KB084991

아낌없이 프러포즈 2

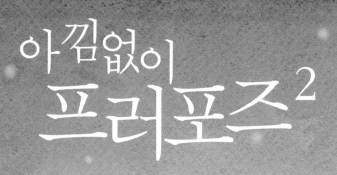

아낌없이 프러포즈 ²

이여운 장편소설

Terrace Book

vol. 1

CONTENTS

vol. 2

흔들리는 마음

이수는 자신을 지켜주고 있던 경찰에게 진심으로 물어보았다.

"그놈은 언제쯤 나타날까요?"

형사도 진짜 알고 싶다는 표정을 지었다. 시간이 길어지니 경찰도 지치긴 마찬가지였다. 사건이 이것만 있는 것도 아니었기에 일도 밀렸다.

"빨리 나타나게 하려면 함정을 파야 하는데."

"그 함정 파죠."

그녀는 가능한 한 빨리 박진웅과 경찰 사이에서 샌드위치되어 있는 상황에서 벗어나 자유로워지고 싶었기에 더 적극적으로 함정 작전을 찬성했다.

"그럼 검사님이 미끼가 되어야 하니까 위험할 수도 있습니다."

"저 올림픽 출신이에요."

이 정도면 올림픽 출신이라는 걸 너무 우려먹는 것 같기도 했다.

"운동이랑 실전이랑 같나."

경험 많은 형사가 보기에는 그녀의 자신감이 가소로워 보였나 보다. 바로 까였다.

"현장 수사도 많이 했어요."

"됐고. 주말까지만 더 기다려보죠. 그래도 안 나타나면 뭔가 수를 쓰는 걸로."

"주말 되기 전에 꼭 잡아야 해요!"

그녀가 발끈하자 형사도 짜증을 냈다.

"우리도 빨리 잡고 싶어요. 잠복이 쉬운 줄 아나."

당신들 눈치 보며 좋아하는 남자도 숨어서 만나야 하는 내 마음은 쉬운 줄 아느냐고! 그렇게 맞받아치고 싶었지만 이수는 주먹만 꽉 쥐었다. 경찰과 싸워봤자 그녀만 손해였다.

"그럼 목요일까지만 기다려요. 그래도 안 나타나면 금요일에 함정 파는 걸로."

그녀가 어떻게든 주말이 오기 전에 해결을 보려고 하자 형사는 의심스러운 눈으로 그녀를 보았다.

"왜요? 주말에 급한 일 있어요? 또 육지 친구 놀러 오나?"

역시 형사인가 보다. 포인트를 정확히 찍어서 섬뜩했다. 그녀는 바로 검찰청 안으로 도망쳐버렸다.

비가 내린 거리는 밤이 아닌데도 어두워서 분위기가 축 가라앉아 보였다. 박진웅은 가늘게 내리는 비를 몸으로 맞으며 아파트 건물을 매서운 눈으로 올려다보고 있었다.

그는 제대로 굴러가던 자신의 삶이 이렇게 망가진 게 모두 은이수 검사 때문이라고 생각했다. 그러니 석재처럼 없애버려야만 했다. 그런다고 본인이 지은 죄가 이 세상에서 완전히 없어지는 것도 아니었지만 복수심에 지배당한 박진웅은 다른 생각은 할 수 없었다.

그런데 경찰들이 은이수 검사 주위를 지키고 있어서 접근이 쉽지 않았다. 기회가 쉽게 오지 않자 박진웅은 더더욱 대담한 수법을 찾게 되었다. 그는 피시방으로 가서 인터넷으로 폭탄에 대해 검색했다. 사제 폭탄을 만드는 법은 생각보다 어렵지 않았다.

폭탄 만드는 법만 알아내고 바로 피시방에서 나온 박진웅은 어둠이 내린 거리를 빠르게 벗어났다. 그는 지금 사람이 아니라 도시의 그늘을 찾아 숨어드는 곰팡이 같은 존재였다.

태준은 휴대폰에 도훈의 번호를 띄워놓고 한참을 그냥 바라보고만 있었다. 분명 도훈이라면 알고 있을 거다. 이수의 주위에 경찰이 있는 이유를. 아니, 사실은 그것보다 두 사람의 관계가 어찌 정리된 건지 그게 더 궁금해 미칠 것 같았다. 분명 도훈이 본인 입으로 말했었다. 이수에게 정식으로 만나자고 말했다고. 하지만 절대 이수에게 먼저 도훈에 관해 물을 수는 없었다. 그게 또다시 그녀와의 사이를 돌이킬 수 없게 만들까 두려웠다.

여전히 그에게 최도훈은 넘을 수 없는 벽처럼 느껴졌다. 과연 그 벽을 깰 수 있을까? 깨지 못하면 그녀와의 사이에 결국 한계가 올 텐데. 그럼에도 도훈에게 지독한 패배감을 느꼈었던 태준은 자신할 수가 없었다.

"대표님, 말씀하신 코미디 프로 찾아왔는데 틀까요?"

운전 중이던 재이가 그에게 물었다.

심각하게 휴대폰을 보고 있던 태준은 휴대폰을 집어넣으며 고개를 끄덕였다. 코미디 프로를 본다고 생겨날 유머 감각이 아니었지만 그래도 그녀가 좋아하는 사람이 되기 위해 노력은 해보고 싶었다.

"저게 왜 웃긴 거야?"

사람들이 웃는 부분에 대해 재이에게 물어보기도 했다. 웃긴 이유를 물어야 알 수 있는 수준이라니. 아무래도 그가 재미있는 사람이 되는 건 이번 생에는 불가능할지도 모르겠다.

삑삑―.

그는 재미있지도 않고, 잘 웃지도 않는 사람이었지만 그가 자연스럽게 웃게 되는 순간이 있었다. 그녀가 보낸 메시지를 본 태준의 얼굴에 미소가 걸렸다.

> 오늘 영상 통화는 밤 12시에. 졸리면 미리 보고하기.

이수가 보낸 메시지를 보고 있는데 통화가 들어왔다. 김상철이었다. 태준은 바로 전화를 연결했다.

[은이수 검사 위협하는 놈 어디 있는지 찾았어. 잡으면 정말 그냥 경찰에 넘겨?]

태준의 눈빛이 단번에 살벌해지는 걸 보고 재이는 운전대를 꽉 잡고 눈치를 보았다. 요즘 그의 보스는 종잡을 수가 없어서 불안했다.

박진웅은 직접 만든 폭탄이 든 박스를 조심스럽게 들고 거리를 걸었다. 이제 이걸 은이수 검사에게 보내기만 하면 되었다. 폭탄이 중간에 터지지 않고 무사히 도착하려면 어떻게 보내는지도 중요했다. 그가 직접 갈 수는 없었기에 돈을 주고 사람을 사는 수밖에 없었다. 돈만 주면 이런 일을 해줄 사람은 쉽게 구할 수 있을 거다.

끼이익ㅡ.

빠르게 달려오던 검은 차가 박진웅 앞에서 급하게 멈추어 서자 박진웅은 박스를 품에 안으며 차를 경계했다. 차 문이 열리며 험악한 인상의 남자들이 쏟아져 나오자 박진웅은 무언가 크게 잘못되었다는 걸 직감하고 품에 안고 있던 박스를 남자들을 향해 던졌다. 그중 한 남자가 자신을 향해 날아오는 박스를 손으로 아주 쉽게 쳐냈다. 그런데 바닥에 떨어진 박스가 갑자기 폭발음을 내며 터지자 모두 깜짝 놀랐다.

펑ㅡ!

"악! 뭐야!"

"얼어 죽을! 폭탄이잖아!"

"이런 씨발! 저 미친 새끼가 죽을라고!"

느닷없이 터진 폭탄에 남자들이 조폭스럽게 놀라는 사이, 박진웅은 서둘러 도망쳤다.

"야! 저 새끼 쫓아!"

폭탄에 놀란 조폭들은 명령 때문이 아니라 진짜 성이 나서 박진웅을 쫓았다. 박진웅은 잡히면 정말 죽을 수도 있다는 위험을 느끼고 젖먹던 힘을 내서 도망쳤지만 도주하는 동안 먹은 게 별로 없어서 다리에 힘이 들어가지 않았다. 순식간에 쫓아온 조폭 한 명이 뒤에서 우악스럽게 박진웅의 머리카락을 움켜잡고는 조금 전 박진웅이 폭탄 박스를 던졌던 것처럼 그의 몸을 집어 던져버렸다.

퍽ㅡ!

"악!"

바닥에 메다꽂힌 몸에 지독한 통증이 엄습했다. 거기서 끝나지 않고 성난 조폭들이 무차별적으로 그를 때리기 시작했다. 박진웅에게 이런 고통은 태어나서 처음이었다. 누군가에게 고통을 주기만 해봤지 본인이 고통을 당하기는 처음이었다.

❀

이수는 서둘러 차에서 내려 경찰서 안으로 뛰어들어갔다. 박진웅이 제 발로 경찰서에 찾아왔다는 소식을 전해 듣자마자 달려온 길이었다. 그녀와 함께 경찰서에 도착한 잠복 형사도 정말 이해가 안 된다는 표정을 지었다.

"이렇게 자수할 거면서 제주도까지 보복하러 찾아왔다고? 말이 안 되는데."

이수는 굳은 표정으로 앞만 보고 걸었다. 그녀가 아는 박진웅도 절대 자수할 타입이 아니었다. 강력계로 들어섰을 때 유치장에 갇혀 있는 박진웅의 모습이 보였다. 누군가에게 맞은 듯 얼굴이 상처투성이인 것을 보고 그녀의 걸음이 덜컹거리며 멈추었다. 쉽게 박진웅에게 다가가지 못하는 그녀 대신 이 형사가 철창 앞으로 걸어가 박진웅을 보며 따져 물었다.

"야, 이놈아. 이렇게 자수할 거면 빨리할 것이지. 너 때문에 내가 얼마나 생고생을 했는지 알아!"

박진웅은 이 형사는 쳐다보지도 않고 그녀만 노려보았다. 고등학생이라고 믿을 수 없을 정도로 살기등등한 눈빛이었다.

"그런데 얼굴은 왜 이렇게 터진 거야? 니들이 때렸어?"

경찰들은 다들 아니라고 부정했다.

"경찰서 왔을 때부터 저 꼴이었어요."

이수는 박진웅에게 물어볼 게 있었기에 천천히 철창 앞으로 걸어갔다. 그녀가 다가가자 박진웅은 자리에서 일어나 철창 앞으로 다가왔다.

"누가 때린 거야?"

그녀는 차분하게 박진웅에게 물었다. 설마 박진웅을 잡았을 때 이런 질문을 하게 될 줄은 몰랐다. 박진웅은 그녀의 질문에 대답하지 않고 철창을 두 손으로 움켜잡으며 그녀에게 저주의 말을 쏟아냈다.

"당신이 내 인생 박살 낸 것처럼 나도 당신 박살 내버릴 거야."

그녀는 단지 박진웅이 저지른 범죄의 증거를 찾아낸 것뿐이었다.

"넌 아직도 네가 뭘 잘못했는지 모르는구나."

"나 잡으러 온 조폭, 당신이 보낸 거지?"

움찔, 그녀의 어깨가 굳었다. 그녀가 반박하지 않자 박진웅이 철창 사이로 그녀를 노려보며 야차처럼 말했다.

"그러고도 당신이 제대로 검사 생활을 할 수 있을 거 같아? 내가 사람들한테 다 까발릴 거야. 당신 조폭이랑 연관 있다고."

이수는 말없이 박진웅을 쳐다보았다. 갑자기 마음속에 휘몰아치는 이 슬픔이 어디서부터 시작된 건지 모르겠다. 그래서 경찰서를 나서는 그녀의 걸음은 느릿하며 무거웠다. 박진웅을 잡으면 홀가분할 줄 알았는데 오히려 반대였다.

"은이수."

귀에 익은 목소리가 익숙한 느낌으로 그녀의 이름을 불렀다. 이수는 천천히 고개를 들어 앞을 보았다. 경찰서 안으로 도훈이 걸어 들어오고 있었다. 왜 하필 이 순간에. 흔들리던 마음은 그녀에게 다가오는 도

문을 보자 너 성저 없이 흔늘렀다.

⁂

배고파 보인다면서 도훈은 그녀를 끌고 경찰서 앞 해장국 집으로 들어갔다. 도훈은 제주도에 와서도 해장국만 먹었다.

"박지원이 왔어야 하는데, 내가 대신 왔어. 그래서 불만 있으면 말하고."

도훈은 여전히 쿨하게 말했고, 그녀는 죄라도 지은 사람처럼 고개 숙인 채 아무 말도 못 했다. 그런 그녀가 답답했는지 도훈이 주먹으로 탁자를 똑똑 두드리며 강하게 말했다.

"은이수, 정신 차려."

박진웅이 자수했다는 말을 듣자마자 도훈은 이상한 낌새를 느끼고 바로 박지원에게 전화해 자신이 대신 제주도로 내려간다고 하고 온 거였다. 그는 박진웅을 만나고 경찰서에서 나오는 이수의 상태를 보고 확신했다. 이 일에 마태준이 관련되어 있다고.

"저 아까부터 정신 차리고 있었어요."

"말이나 못하면."

도훈은 크게 혀를 찼다. 그녀를 만나면 단단히 혼을 낼 생각이었는데 아픈 것처럼 창백한 얼굴을 보니 그럴 마음도 사라졌다. 하지만 이건 시작에 불과했다. 마태준과 엮여서 그녀가 앞으로 겪게 될 수 있는 일은 지금 이 일과 비교하면 말도 안 되게 더 위험한 일일 거다. 마광호가 이수의 존재를 알게 되는 순간, 그녀의 인생은 돌이킬 수 없게 될 테니.

"지금이라도 그만할 생각 없어?"

"네?"

"마태준 그만 만나면 안 되겠냐고."

질투일 수도 있었고, 그녀에 대한 걱정일 수도 있었다. 도훈이 그녀와 태준의 사이를 다 알고 있다는 것에 이수는 눈빛이 크게 흔들렸다.

"……알고 계셨어요?"

도훈은 밑반찬을 젓가락으로 집어 입에 넣기 시작했다. 한참을 먹기만 하던 도훈은 입에 있는 걸 삼킨 뒤 그녀를 보며 타박했다.

"너 얼빠지?"

웃으라고 한 말인지, 진심으로 묻는 말인지. 그런데 그 황당한 말을 듣는 순간에도 그녀는 슬펐다. 도훈까지 그녀를 슬프게 하고 있었다. 식당을 나와 도훈이 그녀를 집까지 데려다준다고 했지만 그녀가 거절했다.

"최 검사님, 다음번에 제대로 초대할게요. 오늘은 그냥 저 혼자 가면 안 될까요?"

도훈은 할 말 많은 표정으로 그녀를 쳐다보다 할 수 없이 고개를 끄덕였다.

"그래, 그렇게 해."

그녀는 다그치지 않는 도훈이 너무 고마웠다. 도훈까지 그녀를 혼냈으면 정말 견디기 힘들었을 것이다.

도훈과 헤어져 집에 돌아온 시간은 정확히 자정이었다. 그녀가 태준에게 전화하라고 메시지를 보냈던 시간이었다. 집에 불도 켜지 않고 들어와 소파에 앉았는데 전화벨이 울리기 시작했다.

Rrrrrrrr— Rrrrrrrr—.

이 늦은 시간에 전화한 사람이 누구인지 알 수 있었기에 이수는 전화를 받지 못했다. 끝도 없이 울리는 전화벨 소리를 외면하며 이수는 두 눈을 감아버렸다.

오늘은 아주 긴 밤이 될 것 같았다.

❀

결국 밤새 한숨도 못 자고 화장대 앞에 앉은 이수는 푸석한 얼굴에 대충 화장을 했다. 그래도 출근은 해야 했으니까. 매일 하던 출근 준비였지만 오늘은 더더욱 기계적으로 했다. 속은 여전히 엉망이었지만 겉모습은 나름 아무렇지 않아 보였다.

출근해서 무리 없이 일할 수 있을 거다. 그녀에게 보복하려던 범죄자가 잡혔으니 주위 사람들은 오히려 그녀에게 축하의 인사를 해줄 테니까 그때마다 웃어주기도 해야 했다.

또각또각―.

주차장에 주차된 그녀의 차가 있는 곳으로 걸어가던 그녀의 걸음이 느려지다 어느 순간 완전히 멈추었다. 그녀의 눈빛이 믿기 힘겨운 걸 본 듯이 흔들렸다.

오늘은 주말이 아닌데, 이 시간에 여기 있을 수 있는 사람이 아닌데.

태준이 그녀의 차에 기대서 있었다.

그녀가 멈추어 선 채 말없이 그를 처다보고 있자, 태준이 그녀가 있는 쪽으로 걸어왔다.

뚜벅뚜벅―.

그가 걸어오는 발소리가 그녀의 심장을 꾹꾹 짓눌렀다. 태준은 한 걸음을 남겨두고 멈추어 섰다.

그녀가 전화를 안 받은 것에 대해 화를 내려고 이 아침부터 제주도까지 날아온 것인지, 아니면 그녀가 그에게 화가 났다고 생각하고 변명을 하려고 새벽 비행기를 타고 온 것인지.

그의 무표정한 눈빛만 보고는 도저히 읽어낼 수가 없었다.

그와 그녀 사이에 아주 길고 긴 침묵이 흐르고, 그 침묵을 참을 수 없던 이가 먼저 입을 열었다.

"벌써 내가 싫어진 겁니까?"

태준의 질문에 그녀의 눈동자가 크게 흔들렸다.

"그런 겁니까?"

그의 목소리에서 어떤 감정도 느껴지지 않아서 그녀의 심장이 더 아파왔다. 그녀가 지금 그에게 해야 할 건 박진웅을 잡는 데 조폭의 힘을 빌렸느냐고 따지는 일이었다. 그건 명백히 그의 잘못이었다. 그걸로 그녀가 그와 헤어진다고 해도 그는 할 말이 없었다.

또각一.

그녀의 발이 앞으로 나가고 그녀의 손이 그를 향해 뻗었다. 그대로 그를 밀어낼 줄 알았던 손은 그의 몸을 힘껏 끌어안았다. 이수는 그의 가슴에 얼굴을 파묻고 퉁명스럽게 말했다.

"전화 좀 안 받는다고 오바하지 마요."

사실 힘들구나 생각했다. 역시 그와는 어렵구나. 그래서 박진웅의 앞에서도, 도훈과 있을 때도 그리 슬펐던 거다. 그녀의 이성은 그와 끝낼 생각을 하기 시작했으니까. 그런데 그의 얼굴을 보는 순간, 그녀는 바보처럼 또 심장이 뛰었다. 그녀의 눈에는 또 그만 보였다.

이렇게 끝낼 수는 없었다. 그게 가능했다면 그가 검찰청으로 찾아왔을 때 그를 그대로 그냥 보냈을 거다. 그런데 지금은 그때보다 더 마음이 깊어져버렸다. 이대로 그와 헤어지고 그녀가 괜찮을 리 없었다. 아니, 지금보다 더 지옥일 것이다.

태준이 팔을 뻗어 그녀의 어깨를 꽉 끌어안았다. 사실 비행기를 타고 날아오는 내내 마음이 지옥이었다. 그녀가 전화를 안 받는 순간 뭔가 잘못되었다는 걸 깨달았다. 그의 감은 불행에 더 민감했으니까. 그런데 밤에는 제주도로 올 방법이 없었다. 그게 또 그를 미치게 하였다. 그래서 새벽이 되자마자 비행기를 타고 그녀에게 올 수밖에 없었다.

하나의 일로 힘겨워진 두 사람에게 차이가 있다면…… 이수에게 태준은 선택해야 하는 것 중 하나였고, 태준에게 이수는 그냥 전부였다.

이수는 직장인들이 출근길에 사 먹는 토스트를 사서 태준에게 내밀었다. 태준이 손을 뻗어 토스트를 잡자 이수가 말했다.

"이거 먹고 바로 서울 올라가요."

태준이 너무하다는 눈으로 그녀를 쳐다보았다. 새벽 비행기 타고 왔는데 아침 비행기 타고 돌아가라고 하고 있었으니까.

하지만 그가 지금 여기 있다는 것 자체가 너무한 거였다.

이수는 그의 옆자리에 앉아서 토스트를 크게 베어 물며 말했다.

"그리고 한 번만 더 내 일에 조폭 끌어들이면 태준 씨가 진짜 싫어질 거예요."

토스트를 먹으려던 태준의 움직임이 멈추었다. 그가 고개를 돌려 그녀를 쳐다보자, 이수는 봐주지 않고 단호히 말했다.

"정말이에요."

그제야 태준은 그녀가 왜 어젯밤 전화를 안 받았는지 깨닫고 눈빛이 굳었다. 그렇지만 똑같은 상황이 다시 반복된다고 해도 그는 똑같이 했을 거다. 더 이상 그녀가 위험에 빠지는 걸 볼 수 없었으니까. 그에게 힘이 있다면 망설이지 않고 휘두를 거다. 그게 경찰이든 조폭이든 무슨 상관이란 말인가.

그가 지키고 싶은 건 그녀 하나였다.

하지만 그리 말하면 그녀는 지금 이 자리에서 당장 끝내자고 할 게 뻔했기에 태준은 토스트만 베어 물었다.

"맛있죠?"

아무 맛도 안 느껴졌다.

Rrrrrrrrr— Rrrrrrrrr—.

그녀의 전화벨이 시끄럽게 울려대기 시작했다.

"나 늦으니까 고 실무관이 전화했나 보다. 제주도 토박이 아가씨인데 엄청 귀……."

그녀의 말이 중간에 끊겼다. 태준의 시선도 그녀의 휴대폰에 고정되어 있었다. 그녀에게 전화를 건 사람은 최도훈 검사였다.

Rrrrrrrrrrr— Rrrrrrrrrr—.

전화벨은 계속 울리고 두 사람의 사이에는 살얼음 같은 침묵이 흘렀다. 이수는 태준의 옆에서 도저히 도훈의 전화를 받을 수 없어서 그냥 종료 버튼을 누르려고 했지만 태준의 손이 그녀의 휴대폰을 빼앗아갔다. 이수가 놀라서 그를 돌아보았을 때 태준은 이미 그녀의 전화를 대신 받고 있었다.

[은이수, 잘 잤어?]

도훈이 편하게 부르는 그녀의 이름을 듣고 태준의 턱에 힘이 들어갔다. 이수가 그의 손에서 휴대폰을 빼앗아 와서는 서둘러 종료 버튼을 눌러버렸다.

"왜, 왜 남의 전화를 마음대로 받아요!"

그의 행동이 명백히 잘못되었기에 이수는 화를 낼 수밖에 없었다. 하지만 태준도 미안하다고 사과할 마음이 전혀 아니었다.

"최 검사랑 아침마다 전화했던 겁니까?"

그의 의심에 이수의 정신이 아득해졌다. 아무리 그녀가 도훈을 좋아했다는 걸 그가 알고 있다고 해도 설마 그게 이런 의심으로 돌아올 줄은 몰랐다.

"아니에요. 어제 여기서 잡힌 피의자 때문에 최 검사님이 제주도로 내려왔어요."

변명하면서도 기분은 엉망진창이었다.

"최도훈 검사 담당도 아닌데 왜 최 검사가 내려온 겁니까?"

그녀의 해명에도 끝나지 않는 그의 의심에 이수는 손으로 얼굴을 덮었다.

"그만해요. 사람 곤란하게 자꾸 왜 그래요?"

도훈 때문에 그와 싸우고 싶지 않았다. 그게 아니더라도 충분히 어려운 사이였으니까.

"검사님은 단지 곤란할 뿐이겠죠. 그런데 지금 내 기분은 어떨 거 같습니까?"

그녀를 다시 '검사님'이라고 부르는 태준의 목소리는 냉기로 가득 차 있었다. 그리고 이번엔 그가 끝내버릴 듯이 벌떡 일어나서는 그녀만 혼자 두고 걸어가버렸다.

이수는 가버리는 태준을 붙잡을 수가 없었다. 사실대로 말해도 그가 화를 내니, 이 이상 더 어떻게 해명을 해야 하는 건지도 모르겠다. 그녀가 좋아하는 사람은 이제 그뿐이라고 말하길 바라는 건가. 그럼 그는 지금껏 그녀의 마음속에 두 명의 남자가 있다고 생각하면서 그녀를 만나고, 그녀를 안고, 그녀에게 키스했다는 소리였다.

정말 엄청난 아침이었다. 이런 아침이 열 번 정도 반복되면 수명이 단축될 것 같았다.

차에서 내려 검찰청으로 걸어가던 이수는 검찰청 건물 앞에 서 있는 도훈을 발견하고 멈추어 섰다. 도훈이 그녀에게 다가와 타박했다.

"넌 왜 전화를 그런 식으로 끊어. 운전 중이었어?"

그녀의 안색이 안 좋은 걸 보고 도훈은 혀를 찼다.

"잠 못 잤어?"

그것보다 조금 전 태준이 그녀를 바람난 애인 취급하며 가버린 게 더 충격이기는 했다.

"저 진짜 괜찮아요."

도훈에게까지 걱정 끼치기 싫어서 이수는 억지로 웃으며 괜찮은 척했다. 하지만 그게 도훈에게 통할 리가 없었다.

"이번 주말에는 무조건 서울 올라와."

"네? 왜요?"

"집에 가서 좀 쉬라고. 부모님도 만나고, 어머니가 해주신 음식도 먹고. 나한테 전화하면 내가 운동 경기도 보여줄게."

도훈이 그녀를 걱정하며 하는 말에 이수는 쓴웃음을 지었다. 예전에 그가 이렇게 그녀를 챙겨주었다면 그녀는 정말 감격했을 텐데 말이다. 사람 인연이라는 거, 정말 짓궂다.

"최 검사님."

이수의 나직한 부름에 도훈은 그녀를 쳐다보았다. 그녀가 안 좋을 소리를 할 것 같은 느낌이 들었으니까.

"저 마태준이 포기가 안 돼요."

고해성사 같은 그녀의 고백에 도훈의 얼굴이 일그러졌다.

"너 진짜."

"최 검사님 보시기에 제가 정말 미친 것처럼 보이는 거 아는데요, 그래도 지금은 저도 제 마음을 어쩔 수가 없어요."

태준 앞에서는 아니라고 변명하느라 기분이 엉망진창이었는데 도훈 앞에서는 자신의 마음을 솔직하게 말하느라 기분이 엉망진창이었다. 태준과 도훈 두 사람 모두에게 상처를 주고 있다는 게 가장 힘들었다. 그녀는 정말 그 누구에게도 상처 주고 싶지 않았다. 차라리 그녀가 아픈 걸 선택하고 싶었다.

"그러다 네가 다치면."

"괜찮아요. 그게 그 남자 옆에 있기 위해 감수해야 하는 거라면."

도훈의 손이 그녀의 어깨를 아프게 움켜잡았다.

"너 그 말, 네 부모님 앞에서도 할 수 있어?"

도훈이 부모님을 언급하자 그녀의 눈빛이 얼어붙었다.

"못 하지? 그럼 네가 잘못하고 있는 거야. 그러니까 난 너랑 마태준 끝까지 인정 못 해."

도훈은 말을 끝내자마자 그녀를 놓고 걸어가버렸다.

오늘은 두 남자 모두 그녀에게 너무 잔인했다. 지금 마음 같아서는 차라리 혼자인 게 홀가분할 것 같았다. 그럼 상처 주는 일도, 상처받는 일도 없을 테니까.

⁂

그녀를 붙잡으려고 비행기를 타고 갔다가 그녀에게 화만 내고 돌아온 태준은 제주도로 가기 전보다 기분이 더 엉망이었다. 결국 그는 최도훈이라는 이름 앞에서 견디지 못하고 폭발해버렸다. 그 이름을 극복하지 못하면 그와 그녀가 잘될 수 있을 리가 없었다. 그걸 머리는 아는데도 마음은 성난 짐승처럼 들끓었다.

서울에서 그가 할 수 있는 거라고는 정신없이 일에 매달리거나, 미친 듯이 운동하는 것뿐이었다. 이번엔 그녀에게 절대 먼저 전화하지 않으리라 다짐했다. 그런데 그녀도 그에게 먼저 전화하지 않았다. 마치 이대로 그와 끝이 나도 상관없다는 듯이.

정말 너무했다. 지금은 아무 연락 없는 그녀가 세상에서 가장 나쁜 여자였다. 그녀에게 화를 내다, 그녀의 전화를 기다리다, 자신의 운명을 탓하다, 분노 조절 장애 환자처럼 또 화를 내다 제풀에 지치기를 몇 번 하던 그의 발걸음이 마지막에 향한 곳은 재래시장 한 귀퉁이에 있는 채소 가게였다.

태준은 멀찍이 서서 가게를 바라보았다. 이수는 제주도에 있었으니 이곳에 없었다. 대신 그녀의 어머니 혼자 시장의 작은 가게에서 일하고 있었다. 그녀의 집에 있는 사진으로만 본 게 전부였다. 사실 일부러 찾아올 생각은 전혀 없었다. 그녀가 싫어할 거고, 그도 두려웠다. 세상에 그를 반겨줄 부모는 없었으니까. 그의 아버지가 괴롭혔던 대상이 이수의 부모님처럼 약한 사람들이었으니까.

그걸 아는데도 지금은 뭐라도 하지 않으면 견딜 수가 없어서 결국 여기까지 오게 되었다.

"뭐 살 거 있어?"

사진으로만 봤던 그녀의 어머니가 그에게 먼저 말을 걸었을 때 태준은 긴장했다. 그가 아무 말도 못 하고 쳐다만 보자 미숙은 이상한 손님 보듯 그를 보았다.

"안 살 거면 아까부터 왜 거기 서 있는 거야? 혹시 길 잃었어?"

어머니가 그를 단지 시장 손님으로 생각하는 것 같았기에 태준은 천천히 가게로 걸어갔다. 태준이 채소를 살 것 같자 어머니는 적극적으로 물었다.

"뭐 만들어 먹을 건데? 요리할 줄은 아나 모르겠네."

관상을 봤을 때는 이런 시장에 참 안 어울렸다. 어떻게 사람이 이렇게 생길 수 있나 싶을 정도로 얼굴이 오목조목 잘생겼다.

"김치 만들 겁니다."

태준의 입에서 생각도 못 한 음식 이름이 나오자 미숙의 눈이 커졌다.

"총각이 김치를 만들 줄 안다고?"

"네."

"어머니랑 같이 만드나 보지? 그럼 어머니가 직접 와서 고르는 게 좋을 텐데 말이야."

"어머니, 안 계십니다."

김치를 만든다기에 당연히 어머니의 심부름을 온 줄 알았던 미숙은 태준의 말에 움찔했다.

"저런."

상냥한 성격이 아니라서 딱히 위로는 못 해줬지만 태준이 채소를 고르는 손길을 보고 미숙은 또 놀랐다. 그는 싱싱한 채소가 뭔지 잘 알고 고르고 있었다.

"혹시 요식업 하나?"

"네."

어쩐지. 젊은 남자가 시장에 와서 서성일 때부터 뭔가 이상하다 싶었다.

"곧 농장도 같이 할 겁니다."

'농장'이라는 말에 미숙은 관심 어린 표정을 지었다. 평생 중간 상인에게 채소를 받아서 팔았던 그녀에게 꿈이 있다면 땅을 사서 직접 키운 채소를 시장에서 파는 거였다.

"식당에서 쓸 식재료를 직접 생산하게?"

"네."

"젊은 사람이 장사 제대로 하네."

미숙은 원래 말이 많은 편이 아니었다. 장사꾼에 어울리지 않게 무뚝뚝한 성격이었지만 이상하게도 태준에게는 먼저 말을 걸고 있었다.

"집이 이 근처인가?"

"아뇨."

그는 거짓말을 못했다. 그럼 그가 어떻게 이 시장을 찾아온 건지 설명이 명확히 안 되었지만 미숙은 크게 개의치 않고 자신의 말을 했다.

"내가 이 자리에서만 채소 가게를 30년 했거든. 나도 언젠가는 땅 사서 내 손으로 직접 채소 키워 팔 거야. 다음에 또 오게 되면 농장 어떻게 됐는지 말해줘."

태준은 그러셨다고 고개를 끄덕였다.

신기하게도 이곳에서 채소를 고르고 그녀의 어머니와 이야기하는 동안 그의 마음은 평온을 찾았다. 꼭 그의 어머니와 함께 있었을 때처럼 정말 편했다.

"미숙 씨, 나 돈 좀."

그리고 그 평온은 이수의 아버지 길상이 나타나며 깨어졌다. 길상은 채소 가게에 어울리지 않는 지독히 잘생긴 청년을 보고 경계하는 눈으로 쳐다보았다. 태준도 이제 가야 할 때라는 걸 깨닫고 계산을 하기 위해 지갑을 꺼냈다.

"니미럴."

이수는 두 팔과 다리를 쭉 벌리고 누워 천장을 올려다보며 욕을 뱉어냈다. 그래도 시간이 지나면 화가 풀려 먼저 전화할 거라고 생각했는데 주말이 될 때까지 태준은 전화도 없고, 찾아오지도 않았다.

이젠 그녀가 화가 나고 있었다. 진짜 그녀가 도훈과 그 사이에 양다리라도 걸쳤다고 여기는 건가 뭔가. 이런 얼어 죽을. 그 자리에서 한 대 제대로 때렸어야 하는 건데.

이수는 배가 아픈 사람처럼 몸을 작게 웅크렸다.

"나도 절대 먼저 전화 안 한다."

투덜거리던 그녀의 눈에 달력이 들어왔다. 다음 주가 벌써 크리스마스였다. 태준이 크리스마스 선물로 그녀에게 케이크를 만들어준다고 약속했었는데 이번에도 케이크를 못 먹는 건가 싶어서 그녀의 얼굴이

울상이 되었다. 좋아하지 않는다고 부정할 때도 못 먹고, 좋아한다고
말한 뒤에도 못 먹고. 뭐 이따위인가 싶었다.

Rrrrrrrrr— Rrrrrrrr—.

전화벨 소리에 이수는 서둘러 휴대폰을 들어 올렸다. 하지만 액정에
뜬 고 실무관의 이름을 보고 바로 실망하였다. 그래도 전화를 안 받을
수는 없었기에 이수는 통화 버튼을 눌렀다.

"여보세요."

[검사님, 뭐 하세요?]

바닥에 누워 빌빌거리고 있습니다.

[우리 크리스마스 선물 사러 안 가실래요? 제가 류 검사님 선물 사
는 거 도와주세요.]

그때 한 번 만난 류헌의 선물을 사겠다니. 정말 순수한 아가씨였다.

"류 검사 좋아하는 선물은 백화점에 안 파는데."

[그럼 어디 팔아요?]

"인터넷으로 찾는 게 더 빠를 거예요."

[인터넷으로 사면 크리스마스 때까지 안 올 텐데.]

"안 그럼 서울에 있는 매장에 가서 사야 할 텐데."

[그럼 서울 매장 갈래요!]

"그걸 그렇게 쉽게 결정하면 안 될 거 같은데."

[서울에서 선물 사서 바로 류 검사님 만나서 드리면 되잖아요.]

그 말에 아주 중요한 팩트가 숨겨져 있었다.

"설마 나도 같이 서울 가자는 건 아니죠?"

[검사님 안 계시면 제가 어떻게 선물을 사고, 어떻게 류 검사님을 만
나죠?]

그걸 나한테 물으면 어쩌라는 거야. 그녀는 순수와 민폐 사이를 오락가락하고 있었다.

[혹시 제 부탁 귀찮으세요? 크리스마스인데 제주도에만 박혀 있는 거 너무 아깝잖아요.]

이수는 팔에 얼굴을 묻었다. 지금 그녀에게 크리스마스가 얼마나 저주스러운 날인지 고 실무관에게 설명할 기운도 없었다.

"그럼 서울 갈까요?"

여기서 오지도 않는 그의 전화를 기다리며 시간을 죽일 바에는 차라리 서울에 있는 부모님을 찾아가서 크리스마스 선물을 드리는 게 더 나을 것 같았다. 만에 하나, 혹시라도 그가 제주도에 왔다가 그녀가 없어서 못 만나면 그건 지금껏 그녀를 방치한 그의 탓이었다.

크리스마스에는 사랑을

크리스마스 시즌이라서 그런지 공항에도, 거리에도 사람들이 넘쳐났다. 그녀는 목도리로 얼굴을 칭칭 감고 추위와 맞섰고, 고 실무관은 이벤트 같은 서울 나들이에 한껏 들떠서 한시도 입을 다물지 않았다.

"제가 크리스마스 선물 주면 류 검사님이 진짜 깜짝 놀라겠죠?"

"네, 그럴 거예요."

피규어 선물을 주는 여자는 분명 처음일 거다. 감격할지, 경악할지. 사실 그녀도 잘 모르겠다.

"와! 저기 크리스마스트리 봐요. 엄청 크다."

"그러게요."

한 대 걷어차고 싶게 생겼네.

"서울 너무 좋아요."

그때 코끝에 차가운 것이 떨어졌다. 설마 비인가 싶어서 고개를 들어 하늘을 보았는데 나풀거리는 하얀 것들이 떨어져 내리고 있었다. 옆에 있던 고 실무관의 입에서 돌고래 소리가 터져 나왔다.

"꺄악, 눈이에요. 검사님. 이번엔 화이트 크리스마스인가 봐요."

그녀가 보기에도 확실히 눈이었다. 그 눈을 보자 마음속 깊은 곳에서부터 뜨거운 게 끓어올랐다.

"빌어먹을 눈."

내리는 눈을 보고 늘떠 있넌 고 실부관은 그녀가 신심으로 욕하는 소리를 듣고 깜짝 놀라서 어깨를 움츠리며 옆으로 피했다.

"검사님, 방금 욕하셨어요?"

욕하던 그녀가 이젠 손으로 두 눈을 가리고 꼼짝하지 않자, 고 실무관은 걱정되어 그녀에게 가까이 다가서며 물었다.

"검사님, 괜찮으세요?"

전혀 안 괜찮았다. 눈을 보니 한라산에서 태준과 함께 있었던 시간이 떠올라 미칠 것 같았다.

크리스마스 시즌이 되자 퀸 호텔에는 예약이 폭주했다. 특히나 레스토랑 쪽은 이미 한 달 전부터 예약이 꽉 차버려서 어떻게든 해달라는 고객의 소리가 쌓여갔다. 크리스마스에 퀸 호텔에 이리 활기가 넘친 건 오랜만이었기에 일하는 직원들의 입에서도 자연스럽게 '메리 크리스마스'가 흘러나왔다. 크리스마스를 코앞에 두고 서울에 눈이 내리자 분위기는 더 흥이 올랐다.

"크리스마스에 눈 내리면 정말 대박 나는 거 아냐?"

"이미 대박 났어. 매일 크리스마스만 같으면 진짜 호텔 부자 금방 되겠다."

직원들이 창문에 붙어 내리는 눈을 보며 즐거워하고 있을 때, 태준은 집무실에서 혼자 눈이 내리는 걸 바라보고 있었다. 창가에 서 있는 그의 곧은 뒷모습에 짙은 쓸쓸함이 묻어 있었다. 눈을 보니 그도 그녀처럼 눈 덮인 한라산이 떠올랐다. 그때 나누었던 키스의 감촉도 여전히 선명한데 지금은 이렇게 혼자 있다는 게 견딜 수가 없었다.

태준은 고개를 돌려 책상에 놓아두었던 휴대폰을 보았다. 그녀에게 전화하려면 당장이라도 할 수 있었다. 그가 참으면 되었다. 그녀가 그의 배경을 건드린 것처럼 그도 그녀의 곁에 그림자처럼 붙어 있는 최도훈을 건드려면 그녀와 같이 있을 수 있었다. 하지만 휴대폰으로 뻗어가던 그의 손이 허공에서 멈추었다. 그는 핏줄이 튀어나올 정도로 세게 주먹을 쥐었다. 거칠게 숨을 들이켜자 목에도 핏줄이 섰다.

전혀 괜찮지 않다. 이렇게 분노하면서 어떻게 견딘다는 건가.

그의 질투심은 결국 그녀까지 망칠 거다.

태준은 사납게 몸을 돌려 문으로 걸어갔다. 수영이든 뭐든 몸을 움직여야 했다. 아무 생각이 들지 않을 정도로 지칠 때까지.

류헌이 술집 안으로 들어갔을 때 이미 빈 소주병 여러 개가 테이블 위에 쌓여 있었다. 갑자기 고 실무관의 전화를 받고 나온 류헌은 놀라며 물었다.

"이걸 둘이 마셨어요?"

고 실무관은 곤란한 표정으로 웃으며 말했다.

"아뇨, 은 검사님 혼자."

"야! 회식도 아닌데 쓸데없이 왜 많이 마셔."

류헌이 이수를 혼내는 포인트는 특이했다. 그만큼 그동안 회식에서 시달려온 것이다. 이렇게 고기 냄새 가득한 삼겹살 집에서 류헌을 만나려고 계획했던 게 아니었기에 고 실무관은 꽤 난감했다. 이수가 또 빈 잔에 술을 따르자 류헌이 그녀의 손에서 술병을 뺏었다.

"그만 마셔. 너 취했어."

"나 안 취했어. 나랑 100m 달리기할래?"

"취했잖아."

그녀가 몸 쓰자고 하면 무조건 취한 거다. 올림픽 여신이 강림한 거니까.

"저기, 류 검사님. 제가 드릴 게 있어서 그러는데 밖에서 잠깐 저 좀 보실래요?"

"네? 얘만 두고 나가기 그런데."

류헌이 술을 마시려는 이수를 말리며 곤란해하자, 고 실무관은 선물이 든 종이 가방을 두 손으로 꼭 잡고 울상을 지었다. 그래도 크리스마스 선물인데 삼겹살과 소주가 있는 자리에서 줄 수는 없었다. 적어도 운치 있게 눈 내리는 밖에서 주고 싶었다.

"진짜 잠깐이면 되는데."

"그래, 고 실무관이 너 때문에 서울 온 거야. 굉장하지?"

"검사님."

이수가 쓸데없는 말까지 할까 봐 고 실무관은 서둘러 그녀의 입을 막았다. 아직 이성이 조금 남아 있는 이수는 손으로 류헌과 고 실무관을 동시에 밀었다.

"난 괜찮으니까 둘이 나가. 난 진짜 괜찮다."

"너 전혀 안 괜찮아 보이거든."

"괜찮다고! 이 자식아!"

이수가 갑자기 버럭 성을 내자 류헌과 고 실무관은 동시에 놀랐다. 이수는 놀란 토끼 눈이 된 두 사람을 손가락으로 강하게 찌르며 매섭게 말했다.

"내가 나갈까? 니들이 나갈래?"

가만히 있다 봉변당할 것 같았기에 류헌은 할 수 없이 고 실무관과 함께 잠깐 식당 밖으로 나왔다.

"나한테 줄 게 뭔데요?"

류헌은 빨리 받고 들어가려고 먼저 물었다. 고 실무관은 수줍게 종이 가방을 내밀었다.

"크리스마스 선물이에요, 류 검사님."

크리스마스 선물을 굳이 한 번밖에 본 적 없는, 그것도 잠깐 본 사람까지 챙기나 싶었다.

"제주도 사람은 정이 참 많은가 봐요."

예의상 주는 선물이라고 생각하며 류헌은 손을 뻗어 고 실무관이 내민 종이 가방을 받았다.

"그런데 난 빈손인데."

"제 선물 마음에 드시면 나중에 주세요."

결국 달라는 소리 같아서 류헌은 부담이 되었다.

"그만 들어가요."

받을 거 받았기에 류헌은 서둘러 식당 쪽으로 걸어갔다. 조금만 더 둘이 같이 있고 싶었던 고 실무관은 아쉬웠지만 그녀도 술 취해 혼자 있는 이수가 걱정되었기에 류헌의 뒤를 쫓아갔다.

"어?"

식당에 들어온 류헌은 이수가 있어야 할 테이블이 텅 비어 있는 걸 보고 깜짝 놀랐다.

"은 검사 봤어요?"

고 실무관도 그와 함께 나갔다 들어온 거였다. 그녀에게 물어도 그녀가 알 턱이 없었다.

"화장실 갔나?"

하지만 술집에서 사라진 이수는 시간이 흘러도 돌아오지 않았다.

강한은 호텔이 바쁘다는 이유로 밖으로 나오지 않는 태준을 만나기 위해 직접 퀸 호텔로 향했다. 그래도 크리스마스인데 가족끼리 식사 한 끼라도 먹으면 좋을 듯했다. 오는 길에 눈까지 내리니 정말 크리스마스 분위기가 났다.

몸에 묻은 눈을 털어내며 호텔 로비로 들어서던 강한은 낯익은 얼굴을 발견하고 걸음을 멈추었다. 그러고는 로비에 설치된 소파로 방향을 틀어 걸어갔다. 어떻게 된 일인지 모르겠지만 분명 제주도로 내려간다고 했던 이수가 그 소파에 앉아 있었다.

꼼짝도 안 하는 게 이상하다 생각했는데 가까이 가서 보니 눈을 감고 자고 있었다. 거기다 술 냄새까지 났다. 크리스마스라고 술을 이리 많이 마셨을 것 같지는 않았다. 강한은 호텔 로비에서 잠이 든 이수를 물끄러미 보며 휴대폰으로 태준에게 전화를 걸었다.

[네, 아저씨.]

"너 지금 호텔에 있냐?"

[네.]

"그럼 로비로 좀 내려와라."

[아! 호텔에 오셨습니까?]

"그래."

[바로 내려가겠습니다.]

강한은 이수가 있다는 걸 말할까 말까 망설이다 내려오면 바로 알게될 거라 그냥 전화를 끊었다. 그리고 프런트에 있는 직원에게 다가가조심스럽게 물었다.

"저기, 소파에서 자는 아가씨 언제부터 저기 있었어요?"

"30분 정도 되었습니다."

알려줘서 고맙다는 뜻으로 강한이 싱긋 웃고 돌아서는데 엘리베이터 문이 열리며 태준이 내려서는 게 보였다. 엘리베이터에서 소파에 있는 이수가 바로 보였기에 태준의 걸음이 엘리베이터 앞에서 멈추어 섰다. 강한은 일부러 태준을 부르지 않고 어찌하나 지켜보았다.

태준은 이수가 있는 소파로 천천히 걸어가더니 그 앞에서 한쪽 무릎을 꿇고 앉았다. 여자를 보는 태준의 눈빛은 모르는 사람이 봐도 사랑에 빠진 남자라는 걸 단번에 알 수 있었다. 술 취해서 잠든 여자의어떤 점이 저리 간절한 건가 싶었다.

오히려 강한이 호텔 직원들의 시선이 걱정되어 힐긋 옆을 보았더니눈이 마주친 프런트 직원이 멋쩍어하며 웃었다. 강한이 고개를 돌려다시 태준과 이수를 보았을 때 태준은 잠든 이수를 두 팔에 안아 들고 있었다.

"어머."

로맨스 영화에서 나올 듯한 장면에 지켜보던 호텔 여직원들의 입에서 작은 감탄사가 흘러나왔다. 강한도 두 사람의 모습이 예뻐서 그냥바라만 보았다.

태준은 이수를 품에 안고 다시 엘리베이터로 걸어갔다. 1층에 있던 엘리베이터가 바로 열리고 두 사람의 모습은 엘리베이터 안으로 사라져버렸다. 하지만 여자를 소중하게 안고 걸어가던 남자의 모습은 그 후로도 한참이나 호텔 로비에 잔잔한 여운을 남겼다. 아마도 크리스마스라서 더 아름답게 보이나 보다.

⁂

태준은 그녀를 조심스럽게 침대에 내려놓았다. 자꾸만 아래로 떨어지는 그녀의 머리를 그의 어깨에 기대게 하고 그녀가 입은 겨울 코트를 벗겨주었다.

"으음."

그녀가 소리를 내자 코트를 벗겨주던 태준은 잠시 멈칫했다.

깬 것은 아닌지 그녀는 더 이상 움직이지 않았다. 태준은 벗긴 코트를 옆에 걸쳐두고 그녀의 뒷머리를 손으로 받쳐 침대에 조심스럽게 눕혔다. 그러고는 마지막으로 이불로 그녀의 몸을 꼼꼼하게 덮어주었다. 끝까지 깨지 않고 잘 자는 그녀의 얼굴을 태준은 말없이 쳐다보았다.

그래도 그녀는 술을 마시고 잠이 들 수 있었지만 그는 그럴 수도 없었다. 선명한 정신으로 모든 고통을 참아내야 했다.

천천히 뻗어간 그의 손이 그녀의 뺨에 닿았다. 새하얀 여인의 피부가 실크처럼 매끄러웠다. 눈으로, 손으로 못 봤던 시간만큼 그녀의 얼굴을 원 없이 보았다. 질투로 죽을 것 같았지만 그녀의 얼굴을 보니 애틋함은 다시 싹을 틔웠다.

창밖에선 여전히 눈이 내리고 있었다. 올해는 겨울이 아주 길었으면 좋겠다. 그들의 사랑이 시작된 계절이니 이 겨울이 끝나기 전까지 두 사람은 절대 헤어질 수 없었다.

❋

 눈을 뜨기 직전 그녀의 눈매가 찌푸려졌다. 빈속에 술을 잔뜩 마셔서 그런지 몸 상태도 별로고 기분도 별로였다.

 "으윽."

 신음하며 눈을 떴던 이수는 자신이 낯선 공간에 있다는 걸 알고 눈살을 찌푸렸다.

 여기가 어디야?

 마지막 기억에 택시 기사에게 퀸 호텔로 가달라고 말했던 걸 떠올린 이수는 벌떡 일어나 앉았다. 그러고 보니 여기는 퀸 호텔 방이었다. 이수는 자신이 무슨 짓을 저지른 건가 싶어서 두 손으로 머리를 움켜잡았다. 의자에 곱게 벗어놓은 그녀의 코트를 보고는 머리카락을 세게 잡아당기며 침대 위에 엎드렸다.

 저건 누가 벗긴 거냐고.

 달칵—.

 호텔 방문이 열리는 소리에 이수는 번쩍 고개를 들었다. 태준을 이대로 마주치기는 싫었다. 그렇게 헤어지고 처음 보는 건데 이런 식으로 재회하는 건 그녀가 너무 쪽팔렸다. 이수는 서둘러 침대에서 나와 눈앞에 보이는 옷장으로 뛰어갔다. 그녀가 막 옷장 안으로 들어갔을 때 침실 문이 열리며 태준이 들어왔다.

 침대가 빈 것을 보고 태준의 걸음이 멈추었다. 이수도 옷장 틈으로 태준의 동태를 살폈다. 잔뜩 긴장하며 지켜보고 있는데 태준이 침대

쪽으로 걸어왔다. 태준이 그녀의 코트를 집어 들자 이수는 저것도 가져왔어야 했다며 머리를 쥐어뜯었다. 그러다 자신이 신발을 안 신고 있다는 걸 깨달았다.

헉, 내 신발은 또 어디 있는 거야? 설마 그녀가 도망가지 못하게 일부러 벗겨서 숨겨둔 거란 말인가. 그럼 진짜 무서운 남자였다.

이제 여기서 어떻게 나가느냐가 문제였다. 휴대폰이랑 지갑도 없고, 코트도 없고, 신발도 없다.

뚜벅뚜벅―.

태준의 발걸음 소리에 이수는 다시 긴장했다. 옷장 틈으로 보니 태준이 침실 문으로 걸어가고 있었다. 그녀가 나간 줄 알고 밖을 찾아보려는 건가 보다. 태준이 나가자마자 이수는 소리 내지 않게 옷장 문을 열고 나와 침대 주위에서 그녀의 신발부터 찾았다. 보이지 않았다. 도대체 남의 신발을 어디 숨겨놓은 거란 말인가. 혹시 침대 밑에 있나 싶어서 이수는 바닥에 두 손을 짚고 엎드려 침대 아래도 확인했다.

달칵―.

뒤에서 문이 열리는 소리에 그녀의 움직임이 그대로 멈추었다.

"거기서 뭐 합니까?"

술 먹고 찾아온 게 쪽팔려서 숨었더니 더 쪽팔리게도 네 발로 엎드려 있는 자세로 마주쳤다. 아무래도 신이 그녀를 버렸나 보다 생각하며 이수는 두 눈을 질끈 감았다. 그녀가 그에게 엉덩이를 보인 채 움직이지 않자 태준이 다가왔다. 그가 걸어오는 발소리에 이수는 외쳤다.

"가까이 오지 마요!"

그의 발걸음 소리가 멈추었다. 이수는 그에게 뒷모습을 보인 채 일어섰다.

"내 신발 어디 있어요?"

"눈 때문에 더러워져서 세탁 맡겼습니다."

"왜 내 물건을 마음대로!"

화를 내며 돌아서던 이수는 그와 눈이 정면으로 마주치자 울컥해서 목이 꽉 막혔다. 그녀가 그를 노려보자 태준은 손에 들고 있던 그녀의 코트를 내밀었다.

"코트는 여기 있습니다."

그녀를 나쁜 여자 취급했으면서 지금은 이렇게 신사처럼 구는 그의 모습에 더 화가 났다.

"태준 씨 보고 싶어서 온 게 아니라 따지려고 온 거예요!"

태준은 코트를 내밀었던 손을 천천히 아래로 내렸다.

"지금껏 내가 양다리 걸친 거라고 생각한 거잖아요! 그렇게 날 나쁜 여자로 생각했으면서 왜 나한테!"

입 밖으로 꺼내놓으니 다시 감정이 복받쳐서 이수는 끝까지 말하지 못하고 붉게 달아오른 눈으로 그를 쳐다보았다. 태준은 그녀가 괴로워하는 모습을 보고 싶지 않았다. 그게 자신 때문이라면 더 싫었다.

"그걸로 당신 나쁘다고 생각한 적 없어."

그의 나직한 말에 이수는 버럭했다.

"그러니까 그 말은 내가 최 검사님을 여전히 좋아한다고 생각한다는 거잖아요!"

"그건 나라도 그랬을 테니까."

그의 말에 그녀는 멈칫했다.

"내가 다시 태어나면 최도훈 같은 사람으로 태어나고 싶으니까."

단지 남자, 여자의 문제가 아니었다. 그의 존재에 대한 회의까지 겹쳐져서 벗어날 수 없었던 거다. 그녀의 탓이 아니었다. 그의 못난 자격지심이었다. 자신의 못난 마음을 말한 남자는 움직이지 못했다. 그 자리에서 영원히 얼음이 된 것처럼 눈썹 하나 까딱하지 않았다. 대신 그녀가 양말만 신은 발로 발끝으로 걸어서 소리 없이 그에게 다가갔다.

그의 앞까지 다가간 이수는 그의 옷깃을 꽉 움켜잡았다. 그가 아무리 발버둥 쳐도 벗어날 수 없는 최도훈의 그림자는 그녀만이 꺼내줄 수 있었다. 그래서 그의 두 눈을 보며 확실하게 말했다.

"이제 내가 좋아하는 사람은 최 검사님이 아니라 태준 씨뿐이에요."

그녀의 고백에 그를 감싸고 있던 얼음에 균열이 생기며 깨어졌다.

"진심입니까?"

그녀가 처음 좋아한다고 말했을 때도 그는 지금처럼 진심이냐고 물었다. 자신이 사랑받고 있다는 걸 쉽게 믿지 못하는 이 남자가 그녀는 너무 아팠다. 이수는 두 팔을 들어 그의 목을 꽉 끌어안으며 그의 심장에 대고 말했다.

"진심이에요."

태준의 눈동자가 여리게 흔들렸다. 아마도 태준은 또 최도훈 앞에 서면 못난 마음이 다시 가시를 세우며 튀어나오겠지만 그래도 앞으로는 그만을 좋아한다는 그녀의 말이 그를 지켜줄 것이다.

두 사람 사이에 크게 금이 갔던 감정을 정리한 뒤에야 주위의 상황이 눈에 들어왔다. 그녀가 술을 마시다 갑자기 사라져서 류헌과 고 실무관이 그녀를 엄청 찾고 있을 것이다. 이수는 류헌에게 전화했다.

[너 지금 어디야! 갑자기 사라져서 얼마나 찾았는지 알아!]

"나보다도, 고 실무관은 잘 챙겨줬어?"

[몰라. 너 찾느라 중간에 헤어졌는데.]

"야! 고 실무관 서울에 아는 사람 없다고! 당장 전화해봐."

[그럼 네가 전화하면 되잖아. 너 지금 어디야? 집에도 안 갔던데.]

이수는 힐긋 태준 쪽을 보았다. 태준은 조용히 그녀를 쳐다보고 있었지만 그 침묵이 더 압박이었다. 아무래도 지금은 다른 사람 챙길 타이밍이 아닌 것 같았다.

"난 지금 못 갈 거 같아. 그러니까 네가 고 실무관한테 전화해서 좀 챙겨줘."

[내가 왜?]

"피규어 선물도 받았잖아!"

[그건 그렇지만.]

"다음에 나도 사줄게."

[진짜?]

피규어를 미끼로 류헌에게 고 실무관을 맡기고 전화를 끊은 이수는 길게 한숨을 내쉬었다.

그때 태준이 그녀에게 물었다.

"피규어가 뭡니까?"

태준도 혹시나 피규어의 세계에 빠질까 봐 이수는 고개를 저었다.

"죽을 때까지 알 필요 없어요."

태준은 그 친구라는 놈이 들을수록 기이하다면서 눈을 좁혔다.

"강한 아저씨가 안부 전해달라고 했습니다."

태준의 말에 그녀의 표정이 밝아졌다. 반가운 이름이었다.

"정말요?"

"네. 오늘 호텔에서 당신을 제일 먼저 발견한 사람이 강한 아저씨였습니다."

"네? 진짜요? 이강한 씨 지금 호텔에서 지내요?"

"아니, 할 말이 있어 잠깐 들르셨던 겁니다."

"무슨 말이요?"

"크리스마스에 가족끼리 식사하자고."

태준의 가족이라고 하니 마리가 떠올랐다. 그러고 보니 못 본 지 오래됐다.

"마리는 잘 지내요?"

"이번에 식사할 때 보면 저도 오랜만에 만나는 겁니다."

태준도 요즘 그녀 때문에 정신없었던 건 아는데 마리의 입장에서는 엄청 서운할 것 같았다.

"그럼 내일 마리도 불러서 셋이 밥 먹어요."

그녀도 오랜만에 마리를 보고 싶었다. 그런데 태준은 탐탁지 않은 표정을 지었다.

"그냥 둘만 만나면 안 됩니까?"

태준의 속내가 뻔히 보여서 이수는 웃으며 고개를 저었다.

"마리도 꼭 불러요."

마리가 같이 있으면 절대 스킨십은 못 할 거라 태준은 혼자 심각한 표정을 지었다. 그래도 크리스마스인데 말이다. 좀 너무한 거 아닌가 싶었다. 오래도록 못 만나다 겨우 만난 건데.

"그리고 약속대로 크리스마스 케이크 꼭 만들어줘요."

그러고 보니 그런 약속을 했었다.

크리스마스는 서로 선물을 나누는 날이었기에 이수는 태준에게 물었다.

"태준 씨는 무슨 선물 받고 싶어요?"

"그럼 내일 둘만 만나면 안 됩니까?"

"그건 선물이 아니라 엉큼한 거고."

"나 좋아한다고 말했잖습니까."

돈으로 값을 매길 수 없는 그녀의 고백을 이런 때 가져다 써먹는 태준의 가슴을 이수는 머리로 힘껏 박아버렸다.

"윽."

"내일 마리랑 같, 이, 봐, 요."

가슴을 움켜잡은 태준을 뒤로하고 멋있게 돌아서서 걸어가는데 태준이 물었다.

"그 실내화 신고 갈 겁니까?"

그녀의 걸음이 삐끗하며 멈추어 섰다. 이수는 뿔난 시선으로 그를 돌아보았다.

"내 신발 내놔요!"

아무래도 그녀의 신발을 세탁 맡긴 게 아니라 숨겨놓은 것 같았다.

류헌이 고 실무관에게 전화했을 때 그녀는 찜질방에 있다고 했다. 그 말을 듣자 류헌은 정말 미안해졌다. 진짜 서울에서 갈 곳이 없는 줄은 몰랐다.

[은 검사님 전화 왔어요? 와, 다행이다. 나 때문에 서울 왔는데 잘못

된 줄 알고 정말 걱정했어요.]

류헌이 사라진 이수를 찾으러 간다고 해서 그녀도 그를 붙잡을 수 없었다.

"제가 지금 데리러 갈게요."

[네? 저를요?]

"제가 가지고 있는 오피스텔 있으니까 거기서 자요."

피규어들이 있는 은신처였다. 다른 사람한테는 절대 공개를 안 하는 곳이었지만 고 실무관을 집으로 데려갈 수는 없고, 호텔을 잡아주면 이수한테 돈으로 때웠다고 혼날 거 같아서 그곳을 빌려주기로 한 것이다. 그도 나름 크게 인심 쓰는 거였다.

[어머, 저 진짜 괜찮아요. 돈 없어서 찜질방 온 거 아니니까 신경 안 쓰셔도 돼요. 찜질방에서 한번 자보고 싶었거든요. 드라마에 많이 나오잖아요.]

여자들은 드라마에 나오는 거 참 좋아하는구나 싶었다. 그는 마블 영화를 좋아해서 피규어까지 모으니 이해하지 못할 점은 아니었다.

"은 검사가 고 실무관 꼭 챙기라고 했어요. 제가 그냥 찜질방에서 혼자 자게 둔 거 알면 나중에 크게 혼날 거예요."

[그럼 오늘 여기서 저랑 같이 주무실래요?]

류헌은 이게 무슨 소리인가 싶어서 눈매가 찌푸려졌다. 그가 멀쩡한 집 놔두고 찜질방에서 왜 자나?

"저도 찜질방에서 자라고요?"

류헌은 진심으로 말한 게 아닐 거라 생각하며 다시 확인했다.

[네, 여기 엄청 재미있어요. 만화책도 많고, 게임기도 있고, 안마 의자도 있고, 사우나도 있고, 음식도 너무 맛있어요.]

그녀는 꼭 잠자러 간 게 아니라 놀러 간 것처럼 말했다. 이렇게 좋아하는데 군이 그의 은신처를 빌려주는 것도 호의가 아닌 것 같았다.

"제가 찜질방을 한 번도 안 가봐서."

[저도 처음이에요.]

도련님으로 평생을 살아온 류헌은 하늘을 올려다보며 '나에게 왜 이런 시련을 주십니까.'라는 표정을 지었다.

[오실 거예요?]

목소리를 듣는 것만으로도 기대하고 있는 표정이 다 그려졌다. 류헌은 소심하게 물었다.

"제가 안 가면 은 검사한테 다 말할 거예요?"

고 실무관은 1초의 망설임도 없이 대답했다.

[네.]

착한 건지, 못된 건지. 정말 헷갈렸다.

세탁 맡긴 신발은 아침이 되어야 돌아온다고 했다. 호텔 대표가 그걸 몰랐다는 건 말이 안 되었다. 늦은 밤 호텔 직원들 일 시키고 싶지 않아서 실내화를 신고 차에 오른 그녀가 그를 흘겨보자 운전대를 잡은 태준이 변명했다.

"신발이 너무 더러웠습니다."

"눈 오는 날 서울 바닥을 돌아다녔으니까 그렇죠."

그리고 보니 오늘 같이 돌아다닌 고 실무관이 걱정되어 이수는 휴대폰을 꺼냈다. 고 실무관에게는 전화가 아니라 메시지를 보냈다. 류헌과 같이 있을 수도 있으니까.

> 류 검사가 전화했어요? 혹시 무슨 일 있으면 나한테 꼭 전화해요.

그녀가 열심히 메시지를 적는 걸 태준이 힐긋 보고 이수에게 물었다.

"누구한테 보내는 겁니까?"

"나에 대해 너무 다 알려고 하지 마요."

또 츤데레처럼 툴툴대는 그녀의 말에 태준은 눈을 좁혔다. 신발은 정말 일부러 그런 게 아니었는데 말이다. 그땐 그녀가 언제 돌아갈지 계산할 정신도 없었다.

"어? 눈 또 와요."

태준과 만난 뒤에는 처음 내리는 눈이었다. 그래서 그녀는 이제야 겨우 눈을 반길 수 있었다. 그녀가 창문에 매달려 내리는 눈에서 시선을 떼지 못하자 태준이 물었다.

"나가서 직접 눈 맞고 싶습니까?"

"그러고 싶어도 태준 씨 때문에 신발이 없잖아요."

그녀가 신발 때문에 계속 투덜거렸지만 태준은 끝까지 친절함을 잃지 않았다.

"내가 업어주면 괜찮습니다."

그제야 이수는 고개를 돌려 그를 보았다.

"진짜요?"

"네."

그녀가 웃자 태준도 안심했다. 겨우 신발 얘기에서 벗어났다.

태준은 다리 중간에 잠시 차를 세우고는 차에서 내려 조수석 앞으로 가서 한쪽 무릎을 꿇었다. 그러고는 그녀에게 등을 보이며 앉았다. 이수는 바로 업히지 못하고 그의 넓고 따뜻해 보이는 등을 바라만 보았다. 막상 업히려고 하니 좀 부끄럽기도 하고, 그의 넓은 등에 설레었다.

"누구 업어줘본 적 있어요?"

"마리 어릴 때."

마리는 용서해줄 수 있었다. 가족이니까. 이수는 그의 목에 두 팔을 두르고 등에 몸을 기댔다. 태준이 그녀의 다리를 손으로 받치고 일어나자 그녀의 키가 순식간에 2m는 되는 듯 높아졌다.

"우와! 엄청 높아."

그녀가 깜짝 놀라자 태준은 바로 움직이지 않고 고개를 돌려 그녀를 보았다.

"무섭습니까?"

"내가 그렇게 작았던 건 아니거든요."

그녀가 또 츤츤거리자 태준은 그냥 앞으로 걸어 나갔다. 하늘에서 내리는 눈이 두 사람의 위로 떨어졌다. 그녀의 머리 위에, 그의 머리 위에, 그녀의 어깨 위에, 그의 어깨 위에도 하얀 눈이 소복하게 쌓였다.

이수는 손을 뻗어 손바닥에 눈을 받았다. 차가운 눈송이가 따뜻한 손바닥에 내려앉자마자 녹아내렸다.

"한라산에서 본 눈이 더 예쁘긴 했던 거 같아요."

코끝에 떨어졌던 눈송이의 촉감이 아직도 생생했다. 그때 태준과 나누었던 키스의 기억까지.

"거긴 산이 전부 눈에 덮여 있었으니까."

"그래도 내리는 눈을 맞는 게 더 낭만적인 거 같아요."

혼자가 아니라 같이 내리는 눈을 맞으니 아까처럼 괴롭지 않았다. 그

때는 내리는 눈이 괴로웠던 게 아니라 그녀의 옆에 그가 없다는 게 괴로웠나 보다. 태준은 그녀를 업고 내리는 눈 속을 천천히 걸었다. 등 뒤에서 전해져 오는 그녀의 체온이 따뜻했다.

지나가는 차의 불빛들이 그들을 비추며 지나쳐 가고 옆에는 한강이 고요히 흐르고 있었다. 아늑한 시간이었다. 마치 한라산에서 같이 눈 덮인 산을 내려올 때와 비슷했다. 눈 때문인가 보다. 그곳에서도 이곳에서도 하얀 눈이 그들과 함께 있었다.

이수는 태준의 목을 꽉 끌어안으며 그의 어깨에 얼굴을 묻었다. 그가 걸을 때마다 흔들리는 느낌이 꼭 아기 때 요람 속에 있는 것 같기도 해서 몸과 마음이 나른해졌다. 이대로 잘 수도 있을 것 같았다. 하지만 그녀가 자면 이 시간이 그대로 끝날 것 같아서 이수는 잠을 깨우려고 일부러 그에게 말을 걸었다.

"나 무거워요?"

"아뇨."

"추워요?"

"아뇨."

"나 좋아해요?"

"아뇨."

이수는 고개를 번쩍 들고 그의 얼굴을 보았다.

"방금 아니라고 했어요?"

말실수한 거라면 당황해야 하는데 태준은 여전히 아무렇지 않게 눈길을 걷고 있었다.

"방금 나 안 좋아한다고 한 거 맞냐고요?"

그녀가 그의 어깨를 흔들며 따지자 태준은 말했다.

"사랑합니다."

그의 몸을 흔들던 이수는 멈칫했다. 설마 그 말이 나올 줄은 생각조차 못했다. 경험 많다고 그에게 거짓말했던 그녀도 살면서 남자에게 그 말을 한 적은 없었다. 생각해보니 그는 그녀에게 결혼하자는 폭탄 같은 말만 하고 좋아한다고 말한 적이 없었다. 그런데 '좋아한다'는 건 너뛰고 '사랑한다'라니. 역시 스케일이 남달랐다.

그녀도 뭔가 말해야 할 것 같았지만 목이 간지럽기만 하고 말이 쉽게 안 나왔다. 결국 이수는 아까보다 더 세게 그의 목을 꽉 끌어안으며 또 츤데레처럼 말했다.

"그럼 용서해줄게요."

그녀의 무뚝뚝한 반응에 태준은 짧게 웃으며 고개를 들어 눈 내리는 밤하늘을 올려다보았다. 하얀 눈이 흩날리는 꽃잎 같았다. 꼭 봄 같은 겨울이었다. 새싹은 들과 숲이 아니라 그의 마음에서 피어났다.

"이렇게 업고 당신 집까지 걸어갈까요?"

이수는 붉어진 얼굴로 고개만 세차게 저었다. 오늘은 용량 초과였다. 로맨스도 하루의 한계치가 있나 보다. 너무 넘치니까 감당이 안 된다.

크리스마스 시즌이라 거리는 추위를 이기고 나온 사람들로 붐볐다. 그중 가장 크리스마스 느낌이 나는 곳은 백화점이었다. 손님들이 크리스마스 선물을 절로 사고 싶을 정도로 거대한 트리부터 루돌프까지 백화점 전체가 크리스마스 마을처럼 꾸며져 있었다.

크리스마스를 맞아 가족과 친구들에게 줄 선물을 사러 백화점에 왔던 여자들은 날 사달라고 유혹하는 물건보다 한 남자에게 시선을 빼앗겼다.

구두 매장 앞에 서 있는 남자는 반듯하게 서 있는 모습에서 어떤 신비로운 분위기를 풍기고 있었다. 직각으로 떨어지는 넓은 어깨와 단단한 몸은 칼날처럼 날카로운 느낌이었지만 매끄러운 입매와 깊은 눈빛에서 흘러나오는 우수에 찬 분위기가 여심을 자극했다.

남자는 지나가는 여자들이 모두 한 번씩 쳐다보고 가는데도 아주 진지한 눈빛으로 여자 구두만을 바라보고 있었다. 전혀 안 그럴 것처럼 생겼는데 연인의 크리스마스 선물을 직접 사러 온 듯했다. 남자는 여자 구두를 잘 모르니 직원이 추천해주는 걸 그냥 고를 만도 하건만, 그는 아주 오랜 시간을 들여 구두들을 꼼꼼히 살펴보고 있었다.

미적 감각이 뛰어난 것이든, 여자에게 정말 어울리는 구두를 사고 싶은 것이든, 멋진 남자는 섬세하기까지 했다. 저런 남자의 사랑을 받는 여자는 누구인지 정말 궁금했다. 분명 미스코리아 정도는 되는 엄청난 미인일 거다. 어쩌면 재벌가 손녀딸일지도 몰랐다. 혹시 대한민국 사람이 모두 아는 스타 여배우일지도.

"에취!"

욕실에서 나오던 이수는 온몸이 떨릴 정도로 심하게 재채기했다. 그걸 보고 거실에서 TV를 보던 아버지가 혀를 찼다.

"눈 내리는데 그렇게 싸돌아다니니까 감기 걸리지."

이수는 아니라고 고개를 저었다. 그녀는 어제 태준과 눈 맞으며 정말 행복했으니 절대 감기 바이러스에 질 리 없었다.

"그냥 재채기한 거…… 에쿠, 에쿠."

그녀가 연달아 기침하자 아버지는 그녀에게 따끔하게 말했다.

"오늘은 나가지 말고 집에 있어."

안 된다. 오늘도 꼭 나가야 했다. 내일 제주도로 돌아가야 했으니 태준을 만나려면 오늘 밤밖에 시간이 없었다.

"안 돼. 크리스마스잖아요."

"너희 엄마는 크리스마스에도 일한다."

"엄마야 항상 그랬고. 난 오늘 정말 중요한 약속……, 에쿠!"

그녀의 멈추지 않는 기침에 아버지는 감기라고 확신하고 오랜만에 아버지답게 엄하게 말했다.

"밥 먹고, 약 먹고, 보일러 틀고 누워 있어."

이수는 코를 손으로 꾹 막고 그녀의 방으로 피신했다. 아버지가 뭐라고 해도 오늘 꼭 나갈 거다. 방으로 들어온 그녀는 전기장판 온도를 최대한으로 높였다. 감기 바이러스 따위에게 질 수 없었다.

그녀가 직접 케이크를 만들어달라고 해서 태준은 요리할 수 있는 공간이 있는 레지던스 호텔을 예약했다. 크리스마스라서 빈방을 찾는 게 쉬운 일이 아니었기에 방이 있다는 말에 무조건 예약했다. 그래서 또 그녀가 보면 한소리 할 비싼 방을 구하게 되었지만 크리스마스이브니까 그녀도 이해해야 했다.

태준은 룸에 들어오자마자 제일 먼저 사온 식재료를 꺼내놓았다. 고

기부터 과일까지 다양했다. 이수는 케이크만 만들어달라고 했지만 그는 애피타이저부터 케이크까지 풀코스로 만들 생각이었다. 크리스마스였으니까.

태준은 앞치마 끈을 질끈 맨 뒤 세상 심각한 표정으로 식재료들을 바라보았다. 단 1초도 시간을 허비하면 안 되었기에 시작하기 전에 철저하게 계획을 세우고 요리해야 했다. 마리가 좋아하는 음식만 알고 있어서 오늘은 그걸 위주로 메뉴를 짰다. 그녀에게 전화해서 물어볼까도 싶었지만 케이크만 만들어달라고 했던 그녀를 놀라게 해주고 싶어서 일부러 물어보지 않았다.

딩동―.

초인종 소리가 들리자 태준은 잠시 요리하던 손을 멈추고 현관으로 걸어갔다. 이수와 마리 중 누가 먼저 왔을지는 알 수 없었다.

달칵―.

현관문을 열자 문 앞에 마리가 서 있었다. 호텔을 떠나고 처음 보는 거였기에 태준은 반가운 미소를 지었다.

"키가 더 컸네."

마리는 그동안 그녀에게 소홀했던 그에 대한 서운함에 그를 노려보다가 태준의 한마디에 아이처럼 울음을 터트렸다.

"내가 그 집에서 혼자 얼마나 외로웠는데."

태준은 손을 뻗어 힘들었던 마음을 털어놓는 마리를 안아주었다.

"미안."

어른스럽지 못하게 그가 너무 힘들어서 마리까지는 미처 생각하지 못했다. 그 집이 어린 마리가 혼자서 버티기에 얼마나 힘든 곳인지 그만이 유일하게 공감해줄 수 있는데도.

이수는 택시를 타고 태준과 만나기로 한 레지던스 호텔로 향했다. 아버지 몰래 집에서 나오느라 고생 좀 했다. 다행히 기침은 잦아들었다. 그녀는 타고난 건강 체질이라 감기 바이러스에 쉽게 질 리 없었다. 그리고 무엇보다 태준에게 사랑한다는 말을 듣자마자 감기에 걸리면 꼭 그한테 잘못하는 거 같은 기분이 들 것 같았다. 그녀가 건강해서 그녀와 태준의 미래가 1g은 밝아진 기분이었다.

딩동―.

초인종을 누르고 잠시 기다리자 문이 열렸다. 그런데 아주 조금만 열렸다. 그리고 문틈으로 태준이 아니라 마리가 그녀를 노려보았다. 이수는 오랜만에 보는 마리가 반가워서 손을 흔들었다.

"안녕, 마리야."

"난 전혀 안녕하지 못해."

"왜? 크리스마스인데."

"그러니까 오늘은 오빠랑 둘만 있고 싶어."

이러다 그녀가 부른 돌이 그녀를 내쫓을 거 같자, 이수는 문을 두 손으로 잡고 힘껏 열려고 했는데 안에서 마리도 문을 잡고 아예 닫으려고 했다.

"야! 내가 너 부르자고 한 거거든. 이게 은혜를 원수로 갚고 있어."

"됐어. 난 우리 오빠만 있으면 돼."

"나도 오늘 이후 너 두 번 다시 안 불러."

두 여자가 옥신각신하는 소리를 듣고 나온 태준은 두 사람이 문을 사이에 두고 싸우는 모습을 보고는 한숨을 짧게 내쉬고 문으로 걸어갔다. 그러고는 문을 열어 두 여자의 싸움을 종식시켰다.

"얘가 나 못 들어오게 했어요."

그녀가 고자질하자 마리도 지지 않고 받아쳤다.

"이 아줌마가 나한테 욕했어."

"야! 내가 언제!"

두 여자가 또 싸우자 태준은 깊은 한숨을 내쉬었다.

"내가 두 사람 위해 요리할 동안 두 사람은 계속 싸울 건가?"

그의 말에 그녀와 마리는 입을 꾹 다물었다. 안 그래도 눈빛이 깊은 태준이 처연한 눈빛으로 쳐다보니 그녀는 어린애와 싸운 세상에서 제일 철없는 어른이 되어버린 것 같았다. 이수는 억지로 웃으며 마리의 어깨에 팔을 둘렀다.

"우리 싸운 거 아니에요. 인사한 거야. 그렇지, 마리야?"

마리도 태준의 눈빛 때문에 차마 목소리를 높이지 못하고 마지못해 고개를 끄덕였다. 두 여자가 조용해지자 태준은 만족해하며 다시 요리하러 주방으로 갔다.

태준이 등을 보이자마자 마리는 그녀의 손을 거칠게 쳐냈다. 이수는 '악' 소리를 삼키며 태준의 뒤를 쫓아가는 마리를 노려보았다. 내가 다시는 먼저 너를 부르지 않으리라. 잊고 있었다. 태준에 대한 마리의 독점욕이 얼마나 큰지. 아무래도 크리스마스 로맨스는 험난할 듯했다.

제일 늦게 주방으로 따라간 이수는 태준이 혼자 준비한 크리스마스 만찬을 보고 깜짝 놀랐다. 그녀는 정말 케이크만 생각했었다.

"바쁘다고 하지 않았어요?"

그녀가 이 정도 요리를 혼자 준비했으면 온종일 걸렸을 거다.

"계획이 확실히 세워져 있으면 요리는 금방 합니다."

태준은 그의 요리에 불가능은 없다는 자신감을 드러냈다. 평소에는 자신을 숨기고 사는 편이었는데 주방에 들어가면 사람이 변하는 듯했다. 아무래도 그는 호텔 대표가 아니라 식당 셰프를 하며 살아야 더 잘 살 것 같았다.

"케이크는요?"

"식사 먼저 하고 마무리할 생각입니다."

식사할 동안 케이크 시트를 식히면 되었다.

"그럼 태준 씨도 와서 앉아요."

그녀가 태준의 이름을 다정하게 부르자 마리의 눈매가 영역을 침범당한 고양이처럼 변했다.

"아줌마, 왜 우리 오빠 이름을 함부로 막 불러?"

그러고 보니 그녀와 태준이 가까워지고 난 뒤 마리를 처음 보는 거였다. 이수는 다른 게 느껴졌나 싶어 뜨끔했다가 일부러 더 당당하게 말했다.

"친해지면 이름 부르는 거지. 넌 친구랑 이름 안 불러?"

"난 친구 없어."

친구 없다고 당당하게 말할 수 있는 이 집안의 유전자는 정말 특이했다.

"그럼 내가 친구 해줄 테니까 너도 내 이름 부르렴, 마리야."

그녀가 웃으며 손을 내밀자 마리는 그 손을 세게 쳐냈다.

"아줌마는 그냥 아줌마거든."

마지막 요리를 들고 식탁으로 와 앉은 태준은 마리를 나무랐다.

"검사님한테 버릇없이 굴지 마, 마리야."

마리는 자신을 혼낸 태준을 노려보고, 이수도 자신을 또 '검사님'이

라 부른 태준을 흘거보았다. 두 여자가 안 좋은 시선으로 쳐다보자 태
준은 위기 의식을 느끼고 분위기를 전환시킬 수 있는 말을 했다.

"메리 크리스마스."

애피타이저로 준비된 따뜻한 어니언 수프는 그녀가 먹어본 수프 중
최고였다. 버섯 샐러드가 수프와 정말 잘 어울렸다. 입 안에서 버섯 향
이 은은하게 퍼지자 없던 식욕도 살아났다.

메인 요리는 고기 요리부터 마리가 좋아하는 해물 피자까지 풍성하
게 준비되어 있었다.

"진짜 맛있어요. 레스토랑에서 파는 것보다 더 맛있는 거 같아."

마리는 엄청나게 먹는 걸로 표현했고, 그녀는 말로 칭찬했다.

정작 요리를 전부 만든 태준이 가장 적게 먹으면서 그녀들이 먹는
걸 쳐다보기만 했다.

"좋아하는 요리를 말해주면 다음엔 그걸로 해주겠습니다."

너무 좋아하면 아끼게 된다고, 그는 정말 마음이 우울할 때나 꼭 그
가 요리해야 할 일이 아니면 절대 요리하지 않았다. 그러나 이젠 그녀
가 먹을 요리라면 언제든지 할 수 있었다.

"난 다 잘 먹어요."

"특별히 좋아하는 건 없습니까?"

잠시 생각하던 이수의 머릿속에 떠오르는 음식이 하나 있었다.

"가족과 외식할 때마다 항상 삼겹살을 먹었거든요. 삼겹살로도 요
리 만들 수 있어요?"

"있습니다."

삼겹살이라니. 그는 전혀 짐작도 못했다. 역시 그녀가 좋아하는 건 가족과 연결되어 있다.

"그럼 다음에는 삼겹살로 엄청 맛있는 거 만들어줘요."

"다음에 언제?"

피자 한 판을 혼자 다 먹던 마리가 하이에나처럼 두 사람의 대화를 씹어 먹으며 끼어들었다. 그녀가 마리를 보고 싶다고 한 것이기에 이수는 인자한 표정으로 마리를 보았다.

"마리야, 어차피 넌 가족이니 오빠 보고 싶을 때마다 보잖아."

그녀는 오늘이 지나 제주도 내려가면 또 태준을 쉽게 볼 수 없었다.

"아니거든. 오빠 이제 집에도 안 와."

"그건 오빠가 나빴네."

"그러니까."

태준은 대화가 불편한 쪽으로 흐르자 그제야 열심히 먹는 척했다. 식사가 끝나고 태준은 그녀와의 약속대로 크리스마스 케이크를 만들었다. 미리 만들어서 식혀놓은 케이크 시트에 그는 생크림을 골고루 발라주는 아이싱을 했다. 꼭 빵에 하얀 눈이 쌓인 것처럼 새하얗게 변하는 게, 그녀는 보고 있는 것만으로도 행복해졌다.

"내가 한번 해봐도 돼요?"

재미있어 보여 그녀가 태준에게 묻자 옆에서 마리가 나무랐다.

"오빠는 요리할 때 방해하는 거 엄청 싫어해."

그녀가 태준을 보자 그는 마리의 말이 맞는다는 듯 '진심이냐.'는 눈빛으로 그녀를 살피고 있었다. 그가 그녀보다 케이크를 더 중요하게 여기는 것 같아 이수는 오기가 생겼다.

"진짜 안 되는 거예요? 내가 크리스마스 선물로 만들어달라고 한 케이크인데."

'거절하면 넌 날 사랑하지 않는 거야.'라는 눈빛으로 그를 강하게 쏘아보자 태준이 숨을 꿀꺽 삼켰다. 그의 목울대가 요동치는 게 마치 그의 마음속 고뇌를 대신 표현해주는 듯했다.

"한번 해보겠습니까?"

그녀에게 미움받기는 싫었는지 태준은 아주 큰 결심을 한 얼굴로 그녀에게 생크림이 든 짤주머니를 내밀었다. 태준이 그녀에게 권하는 걸 보고 마리도 벌떡 일어나며 외쳤다.

"그럼 나도 할래!"

그래서 케이크의 마지막 단계는 그녀와 마리가 마무리하게 되었다. 베이커리를 처음 하는 두 여자의 손에서 점점 방향성을 잃어가는 케이크를 보며 태준은 옆에서 혼자 심각했다. 꼭 그가 낳은 자식의 얼굴에 낙서하는 걸 지켜보는 기분이었다. 하지만 그만하라는 소리는 차마 할 수 없었다.

"푸하하하, 이거 완전 똥 싼 거 같아."

"먹는 거에 똥이란 소리 하지 마라. 네가 한 것도 완전 이상해."

그래, 두 여자가 행복하니 된 거야. 그럼 된 거지.

그렇게 마음속으로 아무리 되뇌어보아도 똥 모양 크림이 올라간 케이크는 그의 마음을 찢어놓았다.

그녀들이 완성한 케이크는 모양이 이상했지만 태준이 거의 마무리까지 한 것이라 맛은 달콤하게 녹아내렸다. 이수는 케이크를 포크로 조금 떠서 태준에게 내밀었다.

"먹어봐요. 보기보다 맛있어요."

"전 괜찮습니다."

태준은 거절하고는 자리에서 일어나 방 쪽으로 들어갔다. 태준의 뒷모습을 보며 이수는 마리에게 조심스럽게 물었다.

"우리가 케이크 망쳐서 화났나?"

마리는 대답 대신 케이크를 수저로 크게 떠서 입 안에 가득 넣었다. 걸신처럼 먹는데 몸매는 바비 인형인 게 갑자기 분했다.

"넌 그만 먹어."

그녀가 수저를 빼앗으려고 하자 마리는 수저를 꼭 잡고 또 그녀와 옥신각신했다. 그때 방에서 태준이 커다란 선물 꾸러미와 작은 선물 상자를 양손에 하나씩 들고 나왔다. 그가 못생겨진 케이크 때문에 기분 상해 방에 들어간 줄 알았던 이수의 눈이 놀라서 커졌다.

"선물까지 준비했어요?"

그녀는 진짜 이 케이크만으로 만족이었다. 크리스마스 만찬까지 준비해줘서 정말 고마웠는데 선물까지 나오니 받는 게 미안할 정도였다. 그녀가 준비한 것과 비교되었으니까.

"이게 내 거지?"

마리가 자기 몸 크기만 한 선물 꾸러미를 덥석 안으며 태준을 올려다보았다. 욕심 많은 마리가 무조건 남보다 큰 걸 좋아한다는 사실을 알고 골랐기에 태준은 맞다고 고개를 끄덕였다.

마리는 신이 나서 포장지를 뜯었다. 거대한 테디 베어였다. 마리가 인형을 두 팔로 꼭 끌어안자 꼭 아빠를 안은 딸 같았다.

"우와, 저렇게 큰 테디 베어도 있었어요?"

놀라는 그녀에게 태준은 포장된 신발 상자를 내밀었다.

"이건 당신 거."

그녀도 나름 고민하며 준비한 선물이 있긴 했다. 그녀는 선물 상자를 품에 안은 채 자신의 가방을 열었다. 그녀가 꺼낸 건 카드 봉투였다.

"난 소박하게 준비했어요."

태준은 놀란 눈으로 그녀를 보았다.

"설마 크리스마스 카드입니까?"

"푸하하하하하하하. 졸라 촌스러워."

옆에서 마리가 대놓고 비웃으니 카드 봉투를 내민 그녀의 손이 너무 민망했다. 그녀는 고심해서 준비한 것이었다. 미성년자의 눈으로는 절대 읽어낼 수 없는 게 이 카드 안에 담겨 있었다.

태준이 바로 마리를 나무랐다.

"박마리."

태준이 성을 붙여서 부를 때는 화났다는 뜻이라 마리는 입을 다물며 억울한 표정으로 그를 쳐다보았다. 촌스러워서 촌스럽다고 말한 건데 왜 그녀한테 화를 내나. 열여덟 살 소녀는 그게 너무 서러웠다.

"나 잘 거야!"

그녀는 성을 내며 선물 받은 테디 베어의 목을 잡아 올리고는 방으로 들어가 문을 '쾅' 닫아버렸다.

"진짜 마음 상한 거 같은데."

그녀가 걱정스러운 눈으로 마리가 들어간 방문을 보았지만 태준은 개의치 않았다. 미성년자는 이제 잘 시간이었다. 태준은 그녀가 안고만 있는 선물 상자를 손가락으로 톡톡 두드렸다.

"열어봐요."

이수는 태준이 손에 들고 있는 카드 봉투를 힐끔거리며 말했다.

"태준 씨는 내 선물 혼자 있을 때 봤으면 좋겠는데."

"왜요?"

그야 지금 그녀의 앞에서 읽으면 너무 부끄러우니까.

태준이 카드 봉투를 재킷 주머니에 집어넣는 걸 보고 이수는 안심하며 선물 상자를 열어보았다. 상자 안에 들어 있는 여자 구두를 본 그녀의 눈과 입이 동시에 열렸다. 고급스러운 새틴 소재의 은색 하이힐에 섬세하면서 화려한 스와로브스키 장식으로 눈꽃이 박혀 있었다.

"우와, 진짜 예뻐요."

그녀가 좋아하자 태준은 안심했다. 여자 구두는 처음 골라보는 거라 사실 기대 반 걱정 반이었다. 태준이 상자 안의 하이힐 한 짝을 꺼내어 들고 언젠가 그녀가 들어본 적 있는 말을 했다.

"신겨줘도 되겠습니까?"

그 말을 듣자마자 이수는 웃음이 터졌다. 퀸 호텔 비상 계단에서 그 말을 들었을 때는 그의 손에서 구두를 거칠게 빼앗아버렸었다. 그러나 오늘은 구두 한 짝을 손에 들고 있는 남자의 셔츠 깃을 잡아당겨서 입술을 꾹 눌렀다. 도장 찍는 것 같은 그녀의 입맞춤에 태준도 웃음이 터졌다.

"경험 많다고 하지 않았습니까?"

그가 놀리는 말에 이수는 사랑을 아삭 깨물어 먹듯이 그의 입술을 깨물어버렸다.

우리 집에 놀러 와요

"눈까지 왔으면 정말 완벽했을 텐데."

크리스마스 전까지는 세상을 다 덮을 듯 내리던 눈이 정작 크리스마스가 되니 뚝 끊겼다. 정말 심술궂은 신이었다.

"이 정도로도 충분합니다."

욕심 없는 태준의 말에 이수는 곱게 그를 흘겨보았다. 세상에서 제일 완벽한 것처럼 생겨서는, 행복에 대해서는 제일 겁쟁이였다.

"난 그만 가볼게요. 다음에는 제주도에서 봐요."

"집까지 태워다주겠습니다."

"안 돼요. 방에 마리 있잖아요."

"자고 있으니 괜찮습니다."

"우와, 내가 자고 있을 때 그런 말 들었으면 정말 섭섭했을 거야."

그래서 태준은 문 앞에서 멈추어 설 수밖에 없었다. 자신이 무얼 잘못한 건가 생각하고 있는데 이수는 작별의 인사로 손을 흔들었다.

"난 택시 타고 갈게요. 마리 옆에 있어줘요."

"그럼 택시 타는 데까지."

"안 돼요. 여기까지."

아쉬움을 남겨야 그녀의 가치가 올라갈 것이기에 이수는 따라 나오려는 태준에게 으름장을 놓고는 서둘러 혼자 레지던스 호텔 방을 나와버렸다.

탁—.

문이 닫히고 그녀의 모습이 사라지자 그의 크리스마스도 끝나버렸다. 태준은 잠시 문 앞에 망부석처럼 서 있다가 몸을 돌려 창가로 걸어갔다. 밑을 내려다보았는데 이수의 모습은 아직 보이지 않았다.

태준은 그녀가 나오길 기다리며 이수가 준 크리스마스카드를 꺼내어 펼쳤다. 내용은 그리 길지 않았지만 펜으로 꾹꾹 눌러쓴 반듯한 글씨에서 그녀의 정성이 느껴졌다. 그는 애정을 담은 시선으로 카드를 읽어 내려갔다.

> 우리가 같이 크리스마스를 보낼 수 있다는 게
> 정말 신기하지 않아요?

신기한 정도가 아니라 크리스마스의 기적이었다. 그녀를 맞선에서 마주쳤을 때만 해도 그는 당연히 그게 그녀와의 마지막인 줄 알았다.

> 나는 태준 씨를 만날 때마다
> 태준 씨가 점점 더 좋아져요.

그는 그녀를 만날 때마다 점점 더 무서워졌다. 그녀를 잃게 될까 봐. 아마도 그건 살아온 환경의 차이에서 오는 마음의 변화인 것 같았다. 서로가 거리를 둘 때는 그녀가 그를 무서워했는데, 서로가 가까워진 뒤에는 그가 그 무서움을 느끼고 있었다.

하지만 그 두려움도 사랑하기에 느끼는 것이었다. 아무것도 느끼지 못하며 살았던 시간보다는 지금이 훨씬 나았다. 그도 행복하다는 말이 어떤 뜻인지 느낄 수 있게 되었으니까.

> 지금까지는 태준 씨가 먼저 내게 다가왔으니까
> 이번엔 내가 먼저 한발 다가갈게요.

이제 마지막 한 줄이 남아 있었다. 태준은 한참이나 카드에서 눈을 떼지 못했다.

> 다음에는 우리 집에 초대할게요. 우리 집에 놀러 와요.

정말 크리스마스에 받을 만한 카드였다. 전혀 생각도 못한 선물이 그 카드 안에 담겨 있었다.

이수는 크리스마스 날 제주도로 돌아가야 했다.

"나도 같이 가면 안 되냐?"

태준이 선물로 준 구두를 소중하게 가방에 넣는 그녀의 옆에서 아버지가 쭈그려 앉아서 물었다.

"아버지는 어머니랑 같이 와요."

"너희 엄마가 안 간다고 하니까 그렇지."

"그러니까 아버지가 잘 설득해야지."

그녀와 함께 제주도에 가고 싶다는 아버지에게 어머니와 함께 올 것을 당부하고 그녀는 다시 제주도로 돌아가기 위해 집을 나섰다. 제주도에는 그리 오래 있지도 않았는데 그곳에서 워낙 많은 일들이 있어서인지 이젠 그곳이 제2의 고향 같았다.

술 마시다 헤어졌던 고 실무관은 공항에서 다시 만날 수 있었다. 크리스마스이브 날 통화했을 때는 류헌이 서울 구경을 시켜준다고 고 실무관이 들뜬 목소리로 말해서 그냥 구경 잘하라는 말만 하고 신경을 끊었었다.

각자 온 마음을 다해 크리스마스를 보내고 제주도로 내려가게 된 두 여자는 이전보다 좀 더 성숙한 여자가 된 듯한 착각에 빠졌다.

"류 검사가 잘 챙겨줬어요?"

"네, 늦은 밤에 찜질방도 와주시고 너무 좋았어요."

낯선 사람 많은 곳을 싫어하는 류헌이 찜질방이라니. 당분간 류헌한테는 전화하지도 말고 받지도 말아야겠다. 분명 자신이 얼마나 고생했는지에 대해 끝도 없는 푸념을 늘어놓을 테니까.

"은 검사님은 제주도에 올 때보다 훨씬 좋아 보이세요. 그분이랑 잘됐나 봐요?"

태준에 대해서는 한마디도 안 했는데 아무래도 속일 수가 없나 보다. 이수는 티를 낸 게 부끄러워져서 어깨로 고 실무관을 가볍게 밀었는데 고 실무관이 그대로 날아가 유리창에 부딪혔다.

"헉! 고 실무관, 괜찮아요?"

이수는 놀라서 그녀에게로 달려갔다. 괜찮다고 웃는 고 실무관의 왼쪽 뺨이 유리창에 부딪혀 빨갰다.

그때 그들이 탈 항공기 탑승 안내 방송이 공항에 울려 퍼졌다.

다시 제주도로. 주말이 되면 태준이 그녀를 만나러 오리라는 걸 이젠 알기에 이수는 태준이 있는 서울을 떠나는 게 슬프지 않았다.

나 이제 제주도 가요. 다음에는 제주도에서 봐요.

이수가 메시지를 보냈을 때 태준은 일하는 중이라 그녀의 전화를 받지 못했다. 지금이라면 이수에게 전화를 할 수 있었지만 선뜻 하지 못하는 건 본가에 가는 중이라서였다.

태준은 크리스마스에 더 바쁜 호텔 일을 끝내고 저녁에 가족 식사에 참여하기 위해 본가로 차를 타고 가고 있었다. 박만수가 없어졌다고 해서 그의 가족이 행복해지는 건 아니었다. 그래서 태준은 집이 가까워져 올수록 더더욱 이수에게 전화를 할 수가 없었다. 오히려 이수와 연락했던 전화 기록과 메시지를 전부 삭제해서 흔적을 없앴다.

창밖으로 철옹성처럼 생긴 대저택이 보였다. 산이 헐벗은 겨울이라 집은 더더욱 스산하게 느껴졌다. 항암 치료를 끝내고 집으로 돌아온 아버지는 몸이 더 마르고 머리숱도 적어져서 정말 병자처럼 보였다. 그런 아버지의 모습을 보는 태준의 마음은 좋지 않았다. 아버지가 호텔을 빌미로 그를 협박한 것도 어느새 잊고 있었다.

"몸은 좀 괜찮으세요?"

아버지는 여전히 그를 용서 못 한다는 듯이 성난 눈빛으로 그를 쳐다보았다. 눈빛이 살아 있는 걸 보니 그래도 아직은 죽을 때가 아닌 것 같았다.

"그래도 크리스마스는 집에서 가족들과 보낼 수 있어서 좋네. 네가 보기보다 복이 많다. 광호야."

오늘 크리스마스 가족 식사를 성사시킨 강한이 분위기를 바꾸기 위해 마광호에게 말을 걸었지만, 마광호는 모든 게 마음에 안 든다는 듯한 표정을 지으며 입을 꾹 다물고 있었다.

강한은 태준을 돌아보며 친아버지 대신 다정하게 말했다.

"정옥이랑 마리가 늦네. 네가 가서 좀 데려오겠니?"

"네."

태준은 마리에게 가보기 위해 나왔다가 방에서 나오는 마정옥과 먼저 마주쳤다. 태준은 마정옥을 만나면 묻고 싶은 말이 있었기에 오늘은 그가 먼저 그녀에게 말을 걸었다.

"왜 박만수한테 자백하라고 권한 겁니까?"

짙은 화장 속에 갇힌 듯한 마정옥의 검은 눈동자가 그를 향했다.

"궁금하니?"

마정옥이 박만수에게 자백하라고 하지 않았다면 태준은 그날 임원 회장에서 그리 선뜻 발길을 돌릴 수 없었을 거다. 그래서 마정옥이 그를 도와준 것인지, 아니면 또 다른 의도가 있는 것인지 쉽게 판단할 수가 없었다. 태준이 말없이 쳐다만 보자, 마정옥은 긴 손톱이 거슬리는 손을 그의 어깨에 올리며 나직이 말했다.

"네가 마리를 집에 보내준 것에 대한 보답쯤이라고 하자꾸나."

태준의 눈썹이 찌푸려졌다. 그녀의 말이 전혀 진심처럼 들리지 않았으니까. 마정옥이 스쳐 지나간 자리에 향수 향이 진하게 남아 기분이 안 좋았다.

태준은 고개를 돌려 마정옥의 뒷모습을 바라보았다. 만약 마정옥이 박만수를 꼭두각시로 내세워 흑룡파를 가지고 싶었던 서라면 너 이상 자신을 경계할 필요가 없었다. 그가 아버지 대신 갔던 임원회 앞에서 돌아서 나온 순간, 그는 조직에서 부적격자로 낙인 찍힌 거나 마찬가지였으니까.

마정옥이 원한 건 정말 그것이었을까? 만약 그렇다면 마정옥에게는 더더욱 박만수가 필요했다. 여자의 몸으로는 흑룡파를 가질 수 없었으니까. 앞뒤가 맞지 않았다. 생각이 깊어질수록 마정옥의 진짜 속내를 알 수가 없었다.

태준은 답이 안 나오는 질문들을 뒤로하고 마리의 방으로 향했다. 요즘은 나쁜 생각은 오래하고 싶지 않았다. 가능한 좋은 생각만 하고 싶었다.

⁂

태준을 집으로 초대한 후부터 집 꾸미기에 관심이 생겼다. 요리는 평생을 노력해도 태준보다 못할 게 뻔했기에 마음 편하게 포기하고 집 꾸미기에만 신경 썼다. 마치 얼굴에 곱게 화장을 하고 예쁜 옷을 골라 입듯이 꽃을 사와서 꽃병에 꽂아놓고, 인터넷으로 예쁜 인테리어 소품도 처음으로 사봤다. 그렇게 집 꾸미는 일로 퇴근 후의 시간을 다 쓰다 보니 일주일이 순식간에 지나버렸다.

태준이 그녀의 집에 오기로 한 날은 출근하는 날도 아닌데 일부러 알람을 맞추어서 새벽부터 일어나 대청소를 했다. 청소하면서 너무 성급하게 집으로 초대했나 좀 걱정이 되기도 했다.

태준은 그녀를 만나기 위해 매번 바다를 건너오는 거였다. 그냥 보통 커플들이 서울에서 약속 잡고 만나는 것과는 차원이 달랐다.

"그래, 우린 처음부터 차원이 남달랐으니까 남들 따라 진도 맞출 필요는 없지."

그런데 괜히 입고 있는 속옷이 신경 쓰이는 건 진짜 오버 같았다. 그냥 집에만 초대한 거였다. 화끈하게 일을 치르겠다는 게 아니라.

딩동—.

초인종이 울렸을 때 새벽부터 일어나서 한시도 쉬지 못하고 열심히 움직였던 이수는 초인종 소리에 그대로 정지 자세가 되었다. 밖에서 만날 때와는 차원이 다른 긴장감이었다.

역시 너무 빨랐나? 좀 더 가까워진 뒤에 초대했어야 하는 건가?

딩동—.

초인종이 또 울리자 이수는 그제야 서둘러 현관으로 향했다.

벌컥—.

현관문을 열자 짙은 차콜색 울코트를 입고 목도리까지 두른 태준이 허브 화분을 들고 서 있었다. 겨울 향기 물씬 나는 남자가 손에 봄을 들고 나타나니 그 분위기가 정말로 오묘했다. 남자한테 이런 표현은 안 어울리는 것 같았지만, 아름답다고 해야 하나? 그녀가 빤히 쳐다만 보자 태준이 먼저 물었다.

"들어가도 됩니까?"

"아! 네."

이수는 황급히 문 앞에서 비켜섰다. 그녀가 허둥대는 걸 의아하게 생각하며 태준은 집 안으로 들어섰다. 태준의 눈에 제일 먼저 들어온 건 거실 베란다 밖으로 보이는 제주 바다였다. 항상 영상 통화로만 봤던 그 풍경이 눈앞에 진짜로 펼쳐져 있었다. 태준이 베란다 쪽으로 걸어가자 그녀도 그 뒤를 졸졸 쫓아갔다. 꼭 애완견이 된 듯한 기분이었다.

"진짜 바다가 보이는군요."

바다가 품고 있는 도시여서인지 그녀가 사는 제주시는 평화로워 보였고, 섬을 감싸고 있는 바다는 세상의 끝까지 이어진 듯 드넓었으며 겨울과 어우러져 시리게 푸르렀다.

태준이 베란다 풍경을 좋아하는 것 같아 이수는 옆에서 조용히 있어주었다. 그러다 시간이 꽤 흐른 뒤에도 태준이 움직일 생각을 안 하자 그냥 두면 오늘 온종일 이 자리에서 움직이지 않을 수도 있겠다는 느낌이 들어서 그녀는 먼저 태준에게 말을 걸었다.

"배 안 고파요?"

그녀는 일어나서 청소를 엄청 열심히 하느라 배가 정말 많이 고팠다. 그제야 태준이 창문 밖 풍경에서 눈을 떼어 그녀를 보았다. 이수는 손으로 주방 쪽을 가리키며 자랑스럽게 말했다.

"태준 씨를 위해 주방 기구들도 새 걸로 많이 사뒀어요."

그건 그를 위한 선물이라기보다는 손님인 그에게 밥을 차리라는 소리였다.

냉장고에 뭐가 있는지 확인하려고 냉장실을 열어보고 냉동실도 열어본 태준은 냉동실 안에 들어 있는 낯익은 케이크를 보고 멈칫했다.

"아! 거긴 열면 안 돼!"

냉동실 문이 열린 걸 보고 이수가 놀라 외쳤지만 이미 태준은 케이크를 물끄러미 쳐다보고 있었다. 태준은 그녀가 설마 제주도에까지 그걸 가지고 왔을 줄은 상상도 못했다.

태준이 고개를 돌려 그녀를 내려다보자 이수는 눈썹을 눈에 딱 붙이고 왜 케이크를 먹지 않았는지 변명했다.

"예쁘니까 먹는 것보다는 가지고 있는 게 더 나을 거 같아서."

우물우물, 목소리가 점점 목 안으로 말려들어 갔다. 숨겨놓은 속옷이라도 들킨 것처럼 너무 창피했다.

그때였다.

쪽—.

갑자기 생각도 못한 타이밍에 그의 입술이 그녀의 입술에 닿자 이수는 깜짝 놀라서 몸을 뒤로 뺐다. 집에서 스킨십을 너무 쉽게 하는 건 정말 위험했다. 놀라서 눈이 왕방울만 해진 그녀를 보고 태준의 입술이 부드럽게 휘었다.

"한번 따라 해봤습니다."

무슨 소리인가 싶었는데 도장 찍기 같았던 그녀의 입맞춤을 그가 따라 한 것이다. 한발 늦게 깨닫고 얼굴이 화끈거린 이수는 목소리가 커졌다.

"나 이렇게 안 했어요!"

"깨물면 아프니까."

"살짝 했어요!"

"네, 저도 좋았습니다."

우와, 이제 보니 진짜 선수였다. 어떻게 이리 교묘하게 빠져나가나. 당신 진짜 내가 처음이 맞느냐고 따지고 싶은 걸 꾹 눌러 참느라 그녀의 얼굴은 총천연색이 되었다.

태준은 냉동실 문을 열었을 때 이미 오늘의 메뉴를 정했다. 이수네 집 냉장고에 이수 아버지 길상이 잡았던 생선이 많이 남아 있어서 그걸로 오랜만에 생선구이를 했다.

"생선구이 보니까 '춘향' 생각난다."

이수는 생선 굽는 고소한 냄새에 화가 다 풀려서 그의 옆에서 노릇하게 익어가는 생선을 군침 도는 시선으로 바라보았다.

"내가 '춘향'보다 더 맛있게 구워줄 수 있습니다."

태준의 말에 이수는 고개를 가로저었다.

"태준 씨가 아무리 요리를 잘해도 '춘향' 아저씨 생선구이는 무리예요. 생선구이가 쉬워 보여도 20년의 내공이 필요한 요리란 말이에요."

그녀가 그의 솜씨를 믿지 못해도 태준은 흔들리지 않고 생선을 구웠다. 그에게 불가능한 요리는 없었다.

"이 생선, 우리 아버지가 잡은 거예요."

"의외군요."

"네? 뭐가 의외라는 건데요?"

태준은 살짝 움찔했다. 그녀의 어머니가 하는 채소 가게에 찾아갔던 일은 그녀에게 들키고 싶지 않았다. 그가 그녀의 부모님을 직접 만났다고 하면 그녀가 어떤 반응을 보일지도 불안했고, 그날 그곳에 찾아간 것 자체가 그의 여린 속살을 보인 거나 마찬가지였으니까.

"전에 사진 본 적 있습니다."

"아! 그러고 보니."

다행히 무사히 넘어갔다. 그런데 그 잠깐의 흔들림이 요리에 영향을 준 것인지 그의 생선구이는 '춘향'에서 먹은 생선구이보다 맛이 뛰어나지 못했다.

"'춘향' 아저씨가 한 것만큼 맛있어요."

그녀는 진짜 솔직하게 말한 건데 태준은 우울한 눈빛으로 고개를 저었다.

"아뇨, '춘향' 생선구이와 이걸 비교하는 건 실례입니다."

태준이 자신의 요리 앞에서 절망하는 걸 처음 본 이수는 역시 이해할 수 없는 천재의 세계라 여겼다. 그녀의 입맛에는 '춘향' 생선구이나 태준이 해준 생선구이나 똑같이 맛있었으니까.

✿

밥 먹고 난 뒤 차는 그녀가 준비했다. 태준은 그녀의 집에서 베란다가 가장 마음에 들었는지 차를 마실 때도 그곳에서 마셨다. 빨래를 널어놓기만 했던 베란다에 예쁜 탁자와 의자 두 개를 사다 놓아야 할 것 같았다. 앞으로 태준은 그녀의 집에 자주 오게 될 테니까.

처음엔 긴장되었는데 시간이 지나니 사람들 시선을 의식하지 않고 둘이 편하게 있을 수 있어서 좋았다. 그래도 계속 집에만 있을 수는 없었다. 아직 제주도에서 그들이 데이트할 수 있는 곳은 엄청 많이 남아 있었다.

"우리 1월 1일 해돋이 꼭 같이 봐요. 그건 무조건 봐야 해."

사실 그녀는 새해 해돋이를 보러 일부러 동해를 찾아가는 열성을 보인 적은 없었다.

하지만 이번에는 남달랐다. 그와 처음 보내는 새해이기 때문이기도 했고, 꼭 빌고 싶은 소원도 있었다.

"해돋이 보려면 새벽에 출발해야 할 텐데."

"괜찮아요."

마침 바다가 가까운 제주도에 살고 있으니 마음만 먹으면 남방 해 뜨는 바다로 갈 수 있었다.

"이 집에서 같이 출발해야겠죠?"

"당연하죠."

따로 갈 거면 뭐하러 굳이 부지런히 일어나서 같이 해돋이를 보나.

"그럼 저 내일은 이 집에서 자고 가도 되는 겁니까?"

결국 이 질문을 하고 싶어서 밑밥으로 앞의 질문들이 있었던 것 같아서 이수는 입을 벌리고 태준을 보았다. 이 남자, 이제 보니 대놓고 들이대는 남자보다 더 위험한 것 같았다. 위험한 가랑비였다. 가랑비에 옷 젖는 줄 모른다고 어느새 그녀는 이미 흠뻑 젖어 있었다. 그녀는 그처럼 스케일이 크고 스펙터클하지 못했기에 고개를 저었다.

"그건 우리가 더 가까워지면."

"어떻게 해야 더 가까워집니까?"

태준은 모르는 건 솔직하게 그녀에게 물어보았다. 그는 그녀가 처음이었기에.

태준에게 경험 많다고 거짓말했지만 사실 지금처럼 진지한 연애 경험은 전혀 없었기에 이수는 이제 와서 솔직하게 모른다고 할 수 없었다. 그때 그녀의 눈에 태준이 사온 허브 화분이 들어왔다.

"봄이 오면."

그녀는 즉흥적으로 한 대답이 시적이었다고 만족했지만 태준은 쿡쿡 웃었다. 평소에는 전혀 안 웃는 사람이 지금은 소리까지 들릴 정도로 웃으니 이수는 부끄러워서 발끈했다.

"태준 씨는 봄이 웃겨요? 난 하나도 안 웃겨요."

그녀가 왜 웃느냐고 따지자 태준은 아니라고 고개를 저었지만 초승

달 모양으로 부드럽게 휜 눈매에 웃음이 가득했다. 때론 지금의 그와 그녀처럼 서툴러서 더 좋은 게 있었다. 다음을 기대할 수 있으니까.

그녀와 그의 사이에는 그녀의 집에서 보낸 오늘도 있고, 같이 해돋이를 볼 새해 첫날도 있고, 그리고 그 사이에 내일까지 있었다. 사실 개인적으로 따졌을 때 그녀한테 가장 의미 있는 날은 내일이었다.

"태준 씨, 내일 무슨 날인지 알아요?"

그야 새해 전날이었으니까 올해의 마지막 날이었다.

"내 20대의 마지막 날이에요."

그녀는 엄청난 사실을 말하듯이 가슴에 손을 올리며 말했다. 그러나 그녀의 의도와 다르게 남자의 눈에는 손보다 가슴이 더 눈에 들어왔다. 태준은 어쨌든 이번에는 웃으면 안 될 것 같다는 느낌이 있었기에 어정쩡한 표정으로 대답했다.

"그렇군요."

그의 무미건조한 반응에도 굴하지 않고 이수는 그에게 물었다.

"태준 씨는 20대 마지막 날에 뭐 했어요?"

"기억 안 납니다."

확실한 건 한국에 없었다. 여권에 찍힌 도장을 보면 얼추 떠오를지도 몰랐다.

"20대가 가는 게 안 슬펐어요?"

그는 20대와 30대의 차이를 전혀 알 수 없었다. 그리고 그의 인생은 어릴수록 더 힘들었기에 그는 어린 시절로 돌아갈 기회가 있다고 해도 돌아가지 않을 것 같았다.

"전 지금이 더 좋습니다."

"여자는 남자보다 더 나이 드는 것에 민감해요. 그러니까 난 내일 엄청 의미 있게 지내고 싶어요. 뭐 하면 좋을까요?"

그런 걸 그에게 묻다니. 태준에게는 너무 어려운 질문이었다. 태준이 심각한 표정으로 한참이나 가만히 있으니 꼭 얼음땡 당한 사람처럼 느껴졌다.

"지금 생각하는 중이에요?"

"생각 안 납니다."

그리 대답하는 태준의 목소리와 눈빛에는 죽을 때까지 생각해도 모를 거라는 확신이 담겨 있었다. 그가 진지하니까 더 웃겼다.

사실 여자는 그런 어려운 질문을 할 때 이미 자신만의 답을 가지고 있는 경우가 많았다. 이수는 휴대폰을 꺼내 기습적으로 태준의 얼굴을 찰칵 찍었다. 사진 찍는 걸 싫어하는 태준의 미간이 반사적으로 좁아졌다. 이수는 막 찍어도 화보인 그의 사진을 만족한 표정으로 보며 말했다.

"우리 내일 포토 앨범 만들어요."

그와 함께 지낼 그녀의 20대의 마지막 날을 기록해두고 싶었다. 영원히.

제주도에 온 둘째 날, 아침 일찍 숙소에서 나와 그녀의 집으로 찾아왔던 태준은 이수가 걸어오는 그를 사진으로 찍자 놀라서 멈추어 섰다. 하지만 이수는 멈추어 선 그에게 재촉했다.

"자연스럽게 계속 걸어요."

사진을 찍어대는데 어떻게 자연스럽게 걷나.

"내가 20대의 마지막이 아닌데 왜 날 찍는 겁니까?"

"내가 얼마나 멋진 남자랑 20대를 보냈는지 기록해야죠."

그렇다고 너무 얼굴에 휴대폰을 들이밀고 밀착 촬영을 하는 건 부담이라 태준은 뒤로 물러났다. 아무리 포토 앨범을 만들 거라고 말은 했지만 설마 출발 전부터 이리 난사하듯이 찍어댈 줄은 몰라서 태준은 불안한 눈빛으로 그녀에게 물었다.

"오늘 사진 얼마나 찍을 겁니까?"

"목표는 1,000장."

그가 평생 찍은 사진도 백 장이 안 될 것이다.

"그게 가능합니까?"

"괜찮아요. 요즘 휴대폰 성능 좋아요."

휴대폰이 문제가 아니었다. 그 정도로 사진을 찍는다면 사진을 찍다가 죽을 수도 있었다.

"이미 태준 씨 걸어오는 거 30장 찍었어요. 1,000장 금방이에요."

그러니까 그 쓸데없는 걸 왜 그리 많이 찍나.

"진짜 1,000장 다 찍을 겁니까?"

이수는 방금 자신이 찍은 태준의 사진을 확인하며 고개를 끄덕였다.

"태준 씨가 사진이 너무 잘 나와서 금방 찍겠어요."

그러니까 오늘 20대의 마지막 날인 건 그가 아니라 그녀였다.

태준은 그녀의 사진을 빨리 찍어야 그가 덜 찍히겠다 싶어서 그의 휴대폰으로 그녀의 얼굴을 '찰칵찰칵' 여러 장 찍었다. 이수가 고개를 돌려 그를 보는 게 사진에 남았다. 이수가 짧게 눈살을 씨뿌리니 그글 나무라는 것까지.

"그렇게 의미 없이 찍지 마요."

태준은 잠시 황당했다. 그럼 그녀가 찍은 것은 의미가 있단 말인가.

"내가 찍은 건, 나에게 오는 태준 씨. 이렇게 테마가 있잖아요."

뒤통수를 한 대 맞은 기분이었다. 그렇게 막 찍은 거에 그런 뜻이 담겨 있다니.

"저도, 날 보는 이수. 이렇게 테마가 있습니다."

"지금 갖다 붙인 거잖아요."

사실이라 반박할 수가 없었다. 멘붕에 빠진 그의 팔에 팔짱을 끼며 이수는 바로 활짝 웃었다.

"가요. 오늘 제주도 이곳저곳 다니면서 사진 원 없이 찍어봐요."

태준의 발이 안 떨어질 걸 알았는지 그녀가 그를 끌고 차로 향했다.

"진짜 1,000장 다 찍을 겁니까?"

그는 차에 타기 전에 미련을 못 버리고 또 물어보았지만 다 부질없는 짓이었다. 이수는 사진만 찍으면 되었는지 따로 목적지를 정하지 않고 우선은 차로 드라이브하듯이 해안 도로를 달렸다. 운전은 그가 했지만 차를 멈출 수 있는 권한은 그녀에게만 있었다.

"아! 저기 승마장 있다. 우리 말 타요."

목적지는 그렇게 즉흥적으로 정해졌다. 그래도 사진 찍는 것보다는 승마장에서 말 타는 게 태준에게 더 맞았기에 그는 다행이라고 생각하며 차를 세웠다. 승마장 앞에서 이수가 사진을 찍기 위한 또 다른 장치를 꺼내자 태준은 두려움을 느꼈다.

"그건 뭡니까?"

꼭 사람 때리기 좋은 몽둥이처럼 생겼다.

"셀카봉이잖아요."

전 세계 사람이 애용하는 셀카봉일지 몰라도 그는 절대 아니었다.

"우리 같이 사진 찍어요."

이수는 두 사람이 같이 찍은 사진도 욕심내며 승마 공원 앞에서 셀카봉을 높이 들어 올렸다. 생애 처음 셀카봉 밑에 선 태준은 그녀에게 물었다.

"이건 테마가 뭡니까?"

"우리가 말 타러 온 거 인증샷 찍어야죠."

깊은 의미일 필요는 없었다. 사진 장 수 채우려고 찍는 것만 아니면 되었다.

찰칵찰칵—.

아직 말은 타지도 않았는데 승마 공원 앞에서 가볍게 열 장을 찍었다. 좀 지나면 셔터 누르는 소리가 환청으로 들릴 것 같았다.

"태준 씨는 말 타본 적 있어요?"

"낙타는 타본 적 있습니다."

"우와, 그게 더 대단하네. 사막에 가본 거예요?"

"네."

거기 가면 못 찾아낼 줄 알고. 그런데 김상철은 거기까지 찾아왔었다. 그래서 그녀의 20대 마지막 날에 같이 있는 사람이 그가 되었으니 딱히 원망은 없다.

태준은 그녀가 말 타는 걸 먼저 도와주었다.

"태준 씨, 사진 찍어줘요."

하지만 뭘 하든 오늘 그녀의 우선순위는 사진이었다.

태준은 휴대폰을 들어 올려 말을 탄 그녀의 모습을 '찰칵찰칵' 찍어 주었다. 그리고 난 뒤에야 그도 말에 올라탈 수 있었다. 태준이 발판에 발을 올리고 긴 다리를 단번에 쭉 뻗으며 말에 가뿐하게 올라타는 모습은 주위에 있던 다른 사람들의 시선까지 잡아끌었다. 하지만 태준은 이수가 셔터 누르는 소리만 신경 쓰였다.

다행히 말 타는 동안은 그녀도 안전 때문에 휴대폰을 내려놓았다.

말을 타고 제주도 해안가까지 다녀올 수 있었다. 모래사장을 보니 사극에서 보았던 것처럼 말을 타고 시원하게 달려보고 싶었지만 초보자가 너무 욕심내면 사고 날 수 있었다.

승마장을 나올 때 이수가 휴대폰 사진을 보며 흐뭇하게 말했다.

"벌써 200장 넘었어요."

아직 점심도 안 먹었는데 그 정도라니. 진짜 오늘 1,000장도 찍을 수 있을 것 같다.

"점심은 태준 씨가 먹고 싶은 거 먹어요."

오늘 그에게 주어진 자유는 음식이 유일했다. 고마운 일이었다. 이수는 밥을 먹을 때도, 부른 배를 달래기 위해 산책을 할 때도 열심히 사진을 찍었다. 처음엔 셔터 소리가 들릴 때마다 마음이 불편했던 태준도 어느새 사진 찍히는 것에 무덤덤해졌다. 이수가 갑자기 찍어도 놀라지 않고 자연스럽게 움직였다. 어차피 그녀는 찍을 테니까.

"잠깐 차 세워봐요."

한적한 마을을 차로 지나고 있는데 갑자기 이수가 차를 세우라고 했다. 주위에 유명한 관광지가 안 보였기에 태준은 의아해하며 차를 갓길에 세웠다. 그녀가 화장실에 가고 싶을 수도 있으니까. 그런데 이수는 화장실이 급해서 차를 세우라고 한 게 아니었다.

"우리 저기서도 사진 찍지 않을래요?"

이수가 손으로 가리킨 곳에는 아주 오래되어 보이는 사진관이 있었다. 사진관 진열장에는 증명사진과 졸업 사진, 그리고 가족사진이 걸려 있었다. 성말 중요한 사진을 찍을 때 가는 곳이 사진관이었다. 그래서 태준은 이수에게 딜을 던졌다.

"그럼 저기서 찍는 건 한 사람당 100장으로 해서 200장으로 치죠."

어떻게든 사진을 덜 찍으려 하는 그의 노력에 이수는 그를 짧게 흘겨보다 고개를 끄덕였다.

"좋아요."

두 사람이 사진관 안으로 들어갔을 때 사진관은 텅 비어 있었다. 손님이 너무 없어서 주인이 마음대로 자리를 비우는 것 같았다. 그래도 이수는 그곳에서 사진을 찍고 싶었다. 진열장에 걸린 가족사진이 그녀의 시선을 붙잡아 차를 세우게 하였으니까.

"안 계세요?"

두어 번 부르자 삐그덕 소리를 내며 낡은 문이 열리고, 머리에 눈이 내린 듯한 흰 머리에 두꺼운 안경을 쓴 할아버지가 나왔다. 할아버지는 사진관 입구에 서 있는 두 사람을 더 자세히 보려는 듯 안경테를 손으로 밀어 올렸다.

"부부는 아닌 거 같은데."

이수와 태준은 서로를 쳐다보았다. 그 말이 좋은 뜻인지 나쁜 뜻인지 가늠하듯. 마주쳤던 시선은 어색하게 다시 앞으로 향했다.

"그래도 가족사진처럼 찍어주실 수 있으세요?"

보통 손님이 그렇게 말하면 장사하는 입장에서 천생연분 같다고 뺑이라도 치며 받아줄 만도 하건만 할아버지는 사진사로서 소신이 있는 분이었다.

"사진은 있는 그대로 나오는 거야. 그게 싫으면 찍지 말아야지."

할아버지 사진사에게 '손님은 왕'이라는 말은 존재하지 않나 보다. 할아버지는 그와 그녀를 보며 쿨하게 물었다.

"그래서 찍을 거야, 말 거야?"

이수와 태준은 다시 서로를 쳐다보았다.

"찍을 겁니까?"

태준은 서로 안 어울리게 나올까 봐 불안했는지 썩 내키지 않는 눈빛으로 그녀에게 물었다.

"찍어요."

그와 그녀가 오늘 함께 있었다는 걸 증명해줄 사진이었다. 그래서 그녀는 찍고 싶었다.

할아버지 사진사는 오랜만에 써보는 카메라 앞에 서서 느릿한 동작으로 사진 찍을 준비를 했고, 그녀는 사진 찍기 전에 화장을 고쳐야겠다는 의무감이 들어서 차에서 가방을 들고 왔다. 그녀가 사진관 한쪽에 마련된 거울 앞에서 화장을 고치는 모습을 태준이 물끄러미 쳐다보자 이수는 거울을 통해 그를 보며 물었다.

"태준 씨도 화장 조금 할래요?"

원래 남자들도 화장을 하면 사진이 더 잘 나오긴 했다. 태준은 눈썹을 살짝 찌푸리며 고개를 저었다. 그녀도 더 권하지는 않았다. 어차피 그는 이목구비가 워낙 뚜렷해서 그냥 찍어도 사진이 잘 나올 테니까.

"제가 해줘도 되겠습니까?"

태준의 말에 립스틱 뚜껑을 열던 이수는 멈칫했다.

"화장해봤어요?"

태준은 고개를 저었다.

"화장하고 바로 사진 찍어야 하는 거 알죠?"

사진이 못 나오면 화장을 못한 그의 탓이라는 소리였다. 그래도 할 거냐고 그녀가 눈빛으로 묻자 태준은 고개를 끄덕였다. 이수는 살짝 불안하기는 했지만 어차피 립스틱은 잘 못 발라도 티가 많이 안 났기에 태준에게 립스틱을 내밀었다. 립스틱을 받아 든 태준이 그녀의 앞에 섰다. 이수는 그가 바르기 편하게 고개를 한껏 위로 들어 올렸다.

태준의 손이 그녀의 턱 끝에 닿자 살짝 소름이 올라왔다. 그의 눈을 똑바로 볼 수가 없어서 그녀는 눈을 내리깔았다. 립스틱이 입술에 닿자 그와 키스했던 감촉이 떠올라 눈꺼풀이 가늘게 떨리다 완전히 감겨 버렸다. 태준은 립스틱을 다 바르고 엄지손가락 끝으로 아랫입술을 가볍게 문질렀다.

이수는 흠칫 놀라 눈을 떠 그를 올려다보았다.

"뭐 한 거예요?"

"번진 거 지웠습니다."

이수는 고개를 돌려 거울을 보았다. 그가 손가락으로 입술 끝을 문질러서인지 립스틱은 자연스럽게 발색되어 있었다.

"이상합니까?"

그저 화장을 해줬을 뿐인데 심장에 무리가 왔다. 다음부터는 절대 시키지 말아야겠다.

준비를 마친 그와 그녀는 검은 장막 앞에 놓인 엔틱풍 소파에 나란히 앉았다. 카메라도 엄청 크고 사진 한 장을 찍기 위해 준비된 것들도 많아서인지 휴대폰 카메라로 찍을 때와는 전혀 다른 느낌이라 그녀도 살짝 긴장했다.

"나 지금 예뻐요?"

그래서 옆에 있는 태준에게 물어보았다.

"네, 내 눈에는."

그가 덧붙인 말이 신경 쓰여서 그를 돌아보는데 할아버지 사진사의 호통이 바로 날아왔다.

"앞을 봐."

사진 찍을 때는 무조건 정면이었다.

"여자 왼쪽 어깨 내리고."

어깨도 수평을 이루어야 했다. 이수는 웃어야 할 것 같아서 입꼬리를 조금 위로 밀어 올렸다. 그때 그녀의 손을 감싸는 태준의 따뜻한 손이 느껴졌다. 그래, 혼자 찍는 게 아니라 그와 함께 찍는 사진이었다. 그 생각을 하자 긴장감으로 굳어 있던 그녀의 몸이 스르르 풀렸다.

"눈 감지 말고."

찰칵―.

사진이 찍히는 순간 강한 플래시가 터지며 그와 그녀의 1초가 영원히 사진으로 박제되었다.

사진관 덕에 1,000장의 사진은 밤 11시쯤 되었을 때 달성되었다.

"이제 여기서 포토 앨범에 넣을 사진을 골라내야 해요."

"몇 장?"

"한 50장 정도."

고작 50장의 앨범을 만드는 데 그 많은 사진을 찍었다는 소리였기에 태준은 급격히 피로해졌다. 오늘 이후로 그는 사진 찍는 걸 더 싫어하게 될 것 같았다. 하지만 지금은 티를 내지 않았다. 그녀의 20대가 이제 1시간도 채 남지 않았으니까.

"사진 고르려면 시간 많이 걸릴 거 같은데, 해돋이 볼 곳에 미리 가서 고를까요?"

"그래도 해 뜨려면 시간이 한참 남았는데."

"그럼 오늘 밤은 자지 마요."

태준이 그녀를 돌아보자 이수는 큰 눈을 더 크게 뜨며 물었다.

"졸려요?"

태준은 고개를 저었다. 그녀의 기준이 애매하다고 생각한 것뿐이었다. 자쿠지는 야하고, 한 침대에 눕는 건 안 야하고. 그녀의 집에서 그가 밤을 보낼 수 있는 건 봄이 와야 가능하지만 잠만 자지 않으면 밤에 같이 있는 건 오늘도 가능하다니까.

제주도에서 해돋이 장소로 성산 일출봉이 제일 유명했지만 그곳에 가면 사람이 너무 많아 붐빌 것 같았다. 그래서 일출을 볼 수 있는 바닷가 중 사람이 적을 것 같은 곳으로 갔다. 새해에 뜨는 해는 지구 어디서나 똑같을 테니까.

오늘 그와 편하게 종일 드라이브하려고 그녀의 소형차를 포기하고 일부러 큰 차를 렌트했기에 차 안에서 밤을 보내기에 그리 불편할 건 없었다.

"내가 포토 출력기도 미리 준비했어요. 사진 바로 뽑을 수 있어요."

그녀가 앨범을 만들기 위해 준비해온 것들을 하나하나 꺼낼 때마다 태준의 눈동자가 열심히 쫓아갔다. 아무래도 그는 오늘 들러리였나 보다. 앨범에 들어갈 사진 속에는 그도 있었지만 그녀가 하자는 대로 쫓아간 것밖에 한 게 없었다. 그게 좀 미안했다. 그가 사람에 더 익숙했다면 오늘 그녀를 위해 더 뜻깊은 걸 해줄 수 있었을지도 몰랐다.

"앨범에 들어갈 사진은 같이 골라요."

앨범 마지막 사진은 이미 정해져 있었다. 사진관에서 찍은 사진이 나오면 그걸 넣을 거다.

"지금 11시 59분입니다."

시간을 알려준 건 태준이었다. 이수는 그제야 자신의 20대가 1분 남은 걸 알고 눈이 커졌다.

"진짜요? 어떡해. 1분 동안 뭐 해야 하죠? 또 사진이라도 찍⋯⋯."

남은 1분간 무얼 할지는 태준이 정해주었다. 그는 허둥대는 그녀의 입술에 키스했다. 만약 내일 지구의 종말이 온다면 그는 지금 그녀와 키스하고 싶을 것 같았으니까.

그런데 이수의 손이 휴대폰을 더듬거리며 잡자 태준은 손으로 그녀의 손을 지그시 눌렀다. 이 순간까지 사진으로 남기는 건 그가 반대였다. 그가 원치 않자 그녀도 바로 포기하고 그와의 키스에 집중했다. 영원히 돌아오지 못할 청춘을 보내며 나누는 키스여서인지 그 어느 때보다 더 애달팠다.

그녀를 달래듯이 감싸주던 그의 입술은 금세 열기를 품고 욕망을 드러내며 풋사과 같던 키스에 농밀함을 더했다. 부딪혀 오는 그의 단단한 몸이 너무 뜨거웠다. 그가 주는 뜨거움에 그녀의 심장이 겁먹은 아이처럼 울었다. 그럼에도 멈출 수가 없었다. 찰랑찰랑, 넘쳐흐르고 있었다.

이미 줘버린 마음을 다시 주워 담는 건 불가능했다. 그녀가 흘린 신음은 그가 모두 집어삼켜버렸다. 숨이 차올랐다. 귓가로 거칠어진 그의 숨소리가 들려왔지만 그는 키스 그 이상을 하지는 않았다.

1분은 한참 전에 지난 것 같았지만 키스는 쉬이 끝나지 않았다. 입술을 떼었을 때 그녀는 30대에 들어서 있었다. 그래도 마약 같은 남자와의 키스에 취해 20대가 끝나버린 슬픔을 전혀 느낄 수가 없었다. 역시 키스는 탁월한 선택이었다.

"내일은 내일의 태양이 뜬다는 말, 지금이랑 어울려요?"

해돋이를 보러 와서인지 '바람과 함께 사라지다'의 스칼렛의 명언이 떠올랐다.

"전혀 안 어울립니다."

그의 단호함에 이수는 피식 웃으며 두 팔로 그의 목을 끌어안았다. 그러고는 그를 밀어냈던 만큼 더 힘껏 그의 몸을 안았다.

부디 그녀의 30대에 아주 오래오래 그와 함께할 수 있기를.

오늘 새해의 첫해가 떠오를 때 그녀가 빌고 싶은 소원이었다.

차 안에서 꿈도 꾸지 않고 푹 잠이 든 그녀가 깨어난 건 그녀의 어깨를 흔드는 손길과 태준의 목소리 때문이었다.

"곧 해가 뜰 겁니다."

너무 이른 시간이었기에 이수는 괴롭게 눈을 떴다. 태준은 한숨도 안 잔 듯 어제와 똑같은 모습으로 그녀를 바라보고 있었다.

"진짜요?"

"네, 일어나요."

이수는 할 수 없이 태준의 손길에 이끌려 차 밖으로 나왔다. 바다와 맞닿은 하늘에 붉은 기운이 서서히 퍼지고 있었지만 아직 해는 보이지 않았다.

"우와, 하늘 예쁘다."

그녀는 히죽 웃었다. 태준은 그녀의 손을 잡고 해가 뜨는 방향 쪽으로 계속 걸었다. 걷다 보니 그녀도 잠이 완전히 깼다.

"우리 해 뜨는 거 처음으로 같이 보는 거죠?"

"네."

모든 걸 삼켜버리는 어두운 밤이 아니라 환하게 해가 뜨는 아침에 그와 함께 있다는 게 기분이 좋았다. 비록 해가 뜨면 태준은 다시 서울로 돌아가야 하지만 아직은 그녀의 옆에 있으니까.

"해 떠요!"

드디어 모습을 보이는 새해의 첫해를 이수는 팔을 쭉 뻗어 손가락으로 가리켰다. 태준은 그제야 멈추어 섰다. 두 사람은 나란히 서서 떠오르는 붉은 해를 바라보았다. 솟아오르는 태양이 뿜어내는 어마어마한 붉은 빛줄기가 세상을 물들이고, 그와 그녀도 그 빛에 휩싸였다. 더러운 것이 씻기고 깨끗해지는 기분이었다.

"태준 씨는 무슨 소원 빌었어요?"

태준은 말하지 않고 희미한 미소만 지었다. 그녀도 무슨 소원을 빌었는지 태준에게 말하지 않았다. 혹시라도 그들이 오늘 빈 소원이 이루어지지 않는다고 할지라도 그들이 함께 나눈 이 시간은 끝까지 좋은 추억으로 남을 것 같았다.

평생 잊지 못할 해돋이였다.

같이하는 사랑

태준은 공항에서 내리자마자 바로 절로 향해야 했다. 가는 길에 옷도 검은 정장으로 갈아입었다. 어울리지 않게 마광호는 불교 신자였다. 마광호가 불교 신자가 된 건 돌아가신 어머니의 위패를 절에 모시게 된 뒤부터였다. 그래서 1월 1일에는 태준도 아버지와 함께 반드시 절에 갔다.

그가 세상과 단절된 듯한 산 중턱에 있는 절에 도착했을 때 아버지는 이미 도착해서 어머니의 위패 앞에 앉아 있었다. 태준은 조용히 법당 안으로 들어가서 아버지의 옆자리에 앉았다. 조용한 곳에서는 옷깃이 스치는 작은 소리도 너무 크게 들려서 평소보다 움직임이 더 조심스러워지고 입이 무거워졌다.

마광호는 태준에게 시선을 주지 않고 물었다.

"요즘 왜 그리 제주도를 자주 가는 거냐?"

움찔. 아버지의 입에서 처음으로 '제주도'란 말이 나왔을 때 전신으로 소름이 쫙 돋아났다. 태준은 일부러 제주도 갈 때는 카드를 쓰지 않고 현금만 쓰며 흔적을 남기지 않고 있었다. 그리고 누군가 그를 미행했다면 그가 모를 리가 없었다. 아버지가 전부 알고 물어보는 게 아니라고 믿고 태준은 차분한 목소리로 대답했다.

"제주도 리조트를 되찾아 올 겁니다."

제주도에는 퀸 호텔이 어려울 때 팔아버린 리조트가 있었다. 그가 그 리조트에 관심을 가진 건 이수와 재회하기 전부터였기에 의심받을 게 없었다.

"농장하면서 그 리조트는 접은 거 아니었어?"

태준은 숨통이 조여왔지만 아버지 앞에서 티를 낼 수는 없었다.

"그게 누구 때문인지 벌써 잊으신 겁니까?"

태준이 그의 탓을 하자 마광호는 서늘한 표정을 지으며 더 이상 캐묻지 않았다.

태준은 더 조심해야겠다고 어머니의 위패를 보며 생각했다.

휴일이 끝나고 이수가 제일 먼저 한 일은 태준과 함께 찍은 사진을 찾기 위해서 혼자 사진관에 가는 것이었다. 그 사진관에는 여전히 손님이 없었고, 할아버지 사진사는 그런 걸 별로 개의치 않는 듯이 그녀가 찾으러 온 사진을 느릿한 손길로 꺼내주었다.

사진 속 태준과 그녀는 반듯한 자세로 앉아서 카메라를 똑바로 바라보고 있었다. 정적인 자세여서인지 마주 잡은 손에 더 시선이 갔다. 태준은 역시나 영화배우처럼 멋있게 나왔고, 그녀도 꾸밈없이 깨끗하게 나와서 마음에 드는 사진이었다.

이수는 괜히 자랑하고 싶어서 할아버지 사진사에게 물었다.

"우리 태준 씨가 이 사진관에서 찍은 사람들 중에서 제일 잘생기지 않았어요?"

할아버지는 철없는 손녀를 보듯이 그녀를 쳐다보았다.

"사람이 얼굴 뜯어먹고 사는 거 아냐."

"저도 얼굴 보고 좋아하는 거 아니거든요."

할아버지는 그녀의 말을 믿지 않는다는 듯이 혀를 끌끌 찼다.

"너무 다르면 고생해."

할아버지는 태준의 얼굴만 보고도 그녀와 힘든 상대인 걸 알았다는 듯이 그녀가 내민 돈을 받으며 지나가는 투로 그리 말했다. 그래도 이수는 활짝 웃으며 사진을 잘 찍어주어서 고맙다고 말한 뒤 사진을 품에 꼭 안고 그곳을 나왔다. 그러고는 집에 돌아와서 앨범의 가장 마지막에 그 사진을 넣어 포토 앨범을 완성하였다.

"다 됐다."

단 하루의 추억이 고스란히 담긴 그들의 첫 번째 앨범이었다. 이수는 가장 앞 장에 네임펜으로 또박또박 글씨를 적었다.

내 20대의 마지막 날, 그와 함께

앞으로 기념할 날이 올 때마다 앨범을 만들어야겠다. 사진 찍기 싫어하는 태준은 별로 안 좋아할 것 같지만 시간이 지나면 이 앨범을 만든 그녀에게 감사하게 될 것이다. 추억이 생각날 때마다 꺼내어 눈으로 직접 볼 수 있을 테니까. 그게 얼마나 사람에게 위로가 되는 일인지 태준도 곧 알게 될 거라고 믿었다.

호텔 농장 사업은 전 사장의 도움을 받아 순조롭게 진행되었다. 그래서 새로운 농장 부지를 알아보게 되었다. 그는 사실 제주도를 제일 먼저 떠올렸지만 그의 사심으로 호텔 일을 결정할 수는 없었기에 가장 적합한 농장 부지를 고르기 위해 전국의 땅을 살펴보았다.

일하던 중에 전화가 오자 태준은 이수에게 혹시 무슨 일이 생긴 줄 알고 서둘러 전화를 받았다.

[태준 씨 콘서트 가는 거 좋아해요?]

'콘서트'라는 말이 너무 낯설어서 처음 듣는 순간 그게 무슨 뜻인지 태준은 바로 이해하지 못했다.

"네?"

[제주도에서 유명한 가수가 콘서트한다고 해서 제가 표 예매했어요. 이번에는 콘서트 시간에 맞춰 와야 한다고요.]

그런 말이 없어도 그는 제주도에 갈 때마다 항상 일찍 출발했었다.

"전화 안 했어도 빨리 갔을 겁니다."

[그래서 제 목소리 듣는 거 싫어요?]

태준은 피식 웃다 노크 소리에 표정이 사라졌다. 그는 아직도 그녀가 아닌 다른 사람 앞에서는 웃을 수 없었다.

"그만 전화 끊어야 할 거 같습니다."

[알았어요.]

전화를 끊은 태준은 잊을 리 없지만, 달력에 이수가 말한 콘서트 시간을 자신만 알아볼 수 있게 표시해 놓았다.

제주도에 가는 날은 항상 그가 직접 운전을 했다. 이번엔 이수가 약속 시간을 정했기에 평소보다 더 일찍 출발하는 비행기를 예약했다.

공항으로 차를 운전해 가던 태준은 룸미러로 뒤를 보았다. 아까부터 계속 그의 뒤를 쫓아오는 검은 차가 있었다.

그에게 미행을 붙인다면 그건 아버지일 게 뻔했기에 태준은 놀라지 않고 차의 속도를 높였다. 그가 빨리 달리자 뒤에 쫓아오던 차도 다른 차를 추월하며 속도를 높였다. 김상철이 이리 쉽게 그를 또 속이는 행동을 할 리는 없었다. 그럼 홍 실장 쪽이라는 소리였다.

태준은 시간을 확인했다. 아무래도 오늘은 예약한 비행기를 타고 제주도에 가긴 힘들 것 같았다. 어떻게 가든 이수가 말한 시간보다 늦으면 안 되었다. 태준은 운전하면서 휴대폰으로 항공사에 전화했다.

"부산 가는 비행기 중 제일 빠른 게 몇 시입니까? 그 비행기 표 제가 남은 거 다 사려고 하는데."

저번에 제주도에서 일본으로 갔던 것처럼 이번엔 부산에서 제주도로 가는 걸 시도해볼 생각이었다.

그 시각, 이수는 그저 태준과 같이 콘서트를 볼 생각에 들떠서 외출 준비를 하고 있었다. 오늘은 순서를 좀 달리해서 제일 먼저 신발장에서 구두를 꺼냈다. 태준이 크리스마스에 그녀에게 선물해준 구두였다. 오늘 이 구두를 신고 나가기 위해 구두에 어울리는 원피스까지 쇼핑한 상태였다.

이수는 자신의 발에 딱 맞는 구두에 만족스러운 표정을 지었다. 구두도 예쁘고, 쇼핑한 원피스도 마음에 들고, 오늘따라 화장도 잘 먹고, 데이트 계획도 확실해서인지 오늘은 태준을 만나기도 전에 기분이 좋았다.

분명 완벽한 하루가 될 것 같았다.

부산행 비행기로 미행을 따돌리기는 했지만 부산에서 제주도로 가는 비행기가 서울만큼 많지는 않아서 그가 아무리 빨리 가도 이수가 말한 시간보다는 늦을 듯했다. 그래도 공연 시작 전까지 아슬아슬하게 도착할 수는 있을 듯해서 태준은 휴대폰을 들고 그녀에게 전화할지 말지 망설였다.

만약 늦는다고 하면 그녀는 그 이유를 궁금해할 것이다. 이수에게 거짓말을 하기는 싫었던 태준은 그녀에게 전화 대신 메시지를 보냈다.

> 좀 늦을 거 같으니까 공연장 앞에서 만나요.

그가 정말 급한 일 때문에 메시지를 보냈다고 생각했는지 이수도 메시지로 답변했다.

> 호텔에 급한 일 생겼어요? 그래도 콘서트 시작 전에는 꼭 와요.

이수가 보낸 메시지를 읽고 마음이 안 좋아진 태준은 두 손에 얼굴을 묻었다. 그녀와 시작할 때 이런 상황이 올 수도 있다는 걸 모른 것도 아니었다. 그 혼자였을 때도, 평생 겪은 일이었다. 그런데도 막상 닥치니까 막막한 마음이 먼저 들었다.

그가 잘하면 되었다. 아버지에게 끝까지 들키지 않고, 그녀도 끝까지 모르게 하고. 그런데 과연 그게 언제까지 가능할지.

Rrrrrrrrrr— Rrrrrrrrr—.

그의 전화가 울렸다. 전화를 건 사람은 김상철이었다. 태준은 통화 버튼을 누르고 휴대폰을 귀에 가져다 댔다.

[괜찮아? 홍 실장이 움직였던데.]

"아버지가 나 어디까지 의심하는지 알아봐줘."

태준은 건조한 목소리로 필요한 것만 말했다.

[너도 회장님 성격 잘 알잖아. 너한테 여자 있는 거 알았으면 고작 그런 허술한 미행으로 끝냈겠냐. 본인이 의심하며 지켜보고 있다고 너한테 경고 메시지를 던지는 것뿐이야. 제주도에 국제공항이 있으니까 너 딴 맘 먹을까 봐.]

"그래도 모르니까 홍 실장 움직임 주시해줘."

[알았어. 나한테 맡겨.]

김상철과의 전화를 끊은 태준은 멍하니 앉아 제주행 비행기가 출발하기를 기다리는 것밖에 할 수 있는 게 없었다. 제주도여서 분명 좋은 것들이 있었는데, 지금 이 순간에는 제주도여서 그는 당장 그녀에게 갈 수 없었다.

새해가 시작되었지만 날씨는 여전히 겨울이었다. 꾸미고 오느라 평소보다 얇게 입은 이수의 몸이 자꾸 덜덜 떨렸다. 태준이 생각보다 많이 늦어서 이수는 콘서트가 열리는 컨벤션 센터 건물을 나와 입구에서 태준이 오기를 기다렸다.

태준이 늦어서 사실 처음에 좋았던 기분이 좀 가라앉기는 했다. 그래도 콘서트 시작하기 전까지는 오겠지. 시간이 10분 남았을 때도 그녀는 그 믿음을 버리지 않았다.

끼이익—.

컨벤션 센터 앞에서 택시가 멈추고 차 문이 열렸다. 드디어 태준이 내려섰을 때 이수는 안도가 되면서 그를 기다리며 느낀 안 좋은 감정이 싹 사라졌다.

하지만 화난 척을 해야 그가 앞으로 늦지 않을 것 같아서 그녀는 일부러 팔짱을 끼고 엄한 표정을 지었다.

"늦었잖아요."

아마도 스포츠 경기였다면 스포츠 덕후였던 그녀가 입에서 불을 뿜어댈 정도로 화를 냈겠지만 콘서트 표를 산 건 정말 그와 데이트할 목적이었기에 그러지 않았다. 그녀의 손으로 처음 사본 콘서트 표였다.

"화 많이 났습니까?"

태준이 나직하게 그녀에게 물었다. 그녀는 일부러 크게 고개를 끄덕였다. 그리고 이제 그만 콘서트를 보러 들어가야겠다고 생각했는데 그의 머리가 그녀의 위로 조금씩 기울더니 이 상황에 가장 안 어울리는 말을 했다.

"그래도 한번 안아봐도 되겠습니까?"

이수는 고개를 들어 태준의 얼굴을 보았다.

"내가 화난 척한 거 알았어요?"

그녀가 스스로 실토하자 태준은 옅게 웃더니 두 팔을 뻗어 그녀의 몸을 감쌌다. 그의 손이 그녀의 등을 꽉 옥죄어 왔다. 그에게 안긴 이수는 곧 시작될 콘서트를 걱정했고, 그녀를 안은 태준은 그의 사랑이 깨질까 봐 두려웠다. 그녀를 안은 태준이 움직일 생각을 안 해서 그녀가 그의 등을 손으로 툭툭 두드렸다.

"저기, 태준 씨. 콘서트 시작해요."

그제야 태준은 그녀를 놓아주었다. 그녀가 그의 얼굴을 보자 태준은 아무 일 없다는 듯이 미소 지었다.

"들어가요."

그녀는 태준의 손을 잡고 콘서트장으로 이끌었다. 두 사람이 입장하고 바로 콘서트가 시작되었다. 이수는 좌석에 앉고 나서야 살짝 발을 들어 올려 태준에게 신고 온 구두를 보여주었다.

"태준 씨가 사준 구두 신고 왔어요."

태준의 시선이 그녀가 신은 구두에 닿았다. 반짝이는 눈꽃 장식이 어둠 속에서도 아름답게 피어올랐다. 서울 백화점 진열장에 곱게 놓여 있던 구두가 그녀의 발에 신겨져 제주도 땅을 밟았다는 게 새삼 신기했다.

그가 선물한 구두. 그 구두를 신고 있는 이수.

태준은 지금 눈앞에 있는 것만 믿고 싶었다. 일어나지도 않은 일로 두려워하고 싶지 않았다. 그럼 지금 이 순간조차 불행해질 테니까.

"내가 식사도 예약해놨어요. 기대해요."

식사까지 예약했다는 이수는 콘서트가 끝나고 근처 호텔로 향했다. 신경 써서 꾸미고 나왔기에 평소에는 절대 못 가는 호텔 레스토랑을 큰 맘 먹고 예약한 거였다.

"오늘 이건 내가 다 사는 거예요."

검사 월급이 얼마 안 된다는 걸 그도 알고 있었기에 태준은 무리할 거 없다는 뜻으로 말했다.

"저 현금 많습니다."

"그 말, 엄청 은행 강도 같은 거 알아요?"

크리스마스에 서울에서 그한테 너무 받기만 했기에 그녀도 태준에게 제주도에서 먹을 수 있는 가장 고급스러운 요리를 선물해주고 싶은 것뿐이었다.

"태준 씨가 술만 마실 수 있었다면 정말 완벽한데."

이수가 혼자 와인을 마시며 하는 말에 태준은 기가 죽었다. 그건 노력해도 안 되는 거였다. 노력하다 죽을 수도 있었으니까.

"콘서트는 별로 안 좋아하나 봐요."

이수는 태준이 콘서트 내내 무반응이었던 걸 놓치지 않았다.

"괜찮았습니다."

"거짓말하지 않아도 돼요. 사실 나도 너무 좋진 않았거든요. 제주도 올림픽 경기장에서 축구 경기 열리면 그거 보러 가면 되는데, 3월은 되어야 경기가 있대요."

스포츠 덕후인 이수에게 어울리는 건 역시 감미로운 콘서트보다는 열정과 승부욕이 넘치는 스포츠 경기였다.

"1 대 1 경기는 내가 같이해줄 수 있습니다."

이수는 고개를 저었다.

"우리가 승부 걸고 스포츠하면 분명 싸워요. 나 승부욕 엄청나거든요. 그러니까 나랑 싸우고 싶으면 하자고 해요."

태준은 바로 말을 접었다. 그녀와 싸우고 싶은 마음은 조금도 없었으니까.

"그럼 겨울 스키도 무리겠군요."

이수의 포크질이 갑자기 멈추자 태준은 고개를 들어 그녀를 보았다. 이수는 고개를 숙여 냅킨으로 입가를 닦으며 흔들리는 동공을 숨겼다. 그가 보기에는 너무 부자연스러운 행동이었다.

"왜 그럽니까?"

"부끄러운 이야기지만."

말의 시작을 그리하니 괜히 긴장되었다.

"나, 스키 타본 적 없어요."

그녀가 워낙 스포츠를 좋아해서 의외이긴 했지만 그게 왜 부끄러운 이야기인가 싶었다.

"그럴 수도 있는 거 아닙니까?"

"내가 올림픽 출신이라 사람들은 내가 웬만한 운동은 다 잘하는 줄 안단 말이에요. 꼬맹이들도 잘 타는 스키를 내가 기어서 내려가봐요. 다 비웃지."

"안 비웃는 사람도 있습니다."

"그런 사람은 속으로 혼자 웃겠죠."

그냥 이수는 그녀 안의 자격지심에 묶인 거였다. 사람들 앞에서 못하는 모습은 보여줄 수 없다는. 올림픽이 그녀에게 긍정적인 영향만 준 것은 아닌 듯했다.

"그럼 다음에는 스키장에 가겠습니까? 내가 가르쳐줄 테니까."

1 대 1 경기는 싸움을 부르지만 그녀가 못하는 걸 그가 가르쳐주는 건 괜찮았다. 이수는 두 손을 맞잡고 정말 기대된다는 표정을 지었다.

"나, 스키 탈 생각에 심장이 막 두근두근대요."

그녀가 좋아하니 그도 기분이 좋아졌다.

마침 강원도에 땅을 보러 갈 일정이 있었다. 그걸 그녀와 만나는 시기와 맞추면 아버지 쪽에서도 쓸데없는 의심은 못 할 거다. 아버지가 그를 백번 공격한다면 그는 무조건 백번 다 막아낼 것이다.

"나 서핑도 안 해봤어요. 그건 제주도 바다에서도 한다던데. 태준 씨는 서핑해봤어요?"

이수는 오늘 본 콘서트 이야기보다 운동 이야기에 더 열을 올렸다. 태준은 처음으로 그가 잡다하게 이것저것 해보고 산 게 다행이라고 생각했다.

"네, 그것도 가르쳐줄 수 있습니다."

"진짜요? 굉장하다."

부산 공항에 무기력하게 앉아 있을 때만 해도 오늘 그녀에게 굉장하다는 말까지 듣게 될 줄은 몰랐다. 이수는 그를 만나고 가장 행복한 표정으로 그를 쳐다보았다. 그래서 느꼈다. 운동 잘하는 남자가 정말 그녀의 이상형이라는 걸. 앞으로 운동선수들도 경계해야겠다.

공항에서 태준을 놓쳤다는 보고를 전해 들은 마광호는 김상철을 불렀다. 태준에 대해 가장 잘 아는 인물이었으니까.

"넌 알지?"

김상철은 태준이 왜 제주도에 가는지 알고 있었지만 입을 다물었다. 이미 이강한의 일로 태준의 눈 밖에 한 번 났다. 또다시 태준을 배신하면 태준은 그를 진짜 용서하지 않을 것이었다. 마광호는 무서운 보스였지만, 태준은 어릴 때부터 정말 가족같이 지켜온 존재였다.

"죄송합니다. 태준이 허락 없이는 말할 수 없습니다."

그래서 김상철은 마광호 앞에서 침묵을 지켰다.

"말해. 안 그럼 넌 이 자리에서 내 손에 죽는다."

철컥—.

마광호가 사냥용 장총을 꺼내 겨누는 순간 진짜 죽을 수도 있다는 공포에 사로잡혔지만 김상철은 끝까지 입을 다물었다. 마광호의 손가락이 방아쇠를 누르기 시작하자 죽음이 코앞까지 온 기분에 김상철의 얼굴에서 핏기가 사라졌다. 실컷 지옥을 맛보게 한 뒤에야 마광호는 방아쇠에서 손을 떼고 총을 내려놓았다.

"나가봐."

20년 전 태준을 목숨 바쳐 지키라며 태준에게 김상철을 붙여준 건 마광호 자신이었다. 그래서 태준의 비밀을 지켜주는 김상철을 죽일 수는 없었다. 자신이 시킨 대로 하는 것이었으니까. 김상철이 죽으면 흑룡파에서 태준을 목숨 걸고 지켜줄 사람이 없었기에 그것도 문제였다.

그나저나 김상철이 저리 입을 다무는 걸 보면 분명 제주도에 무언가가 있다는 소리였다. 처음엔 국제공항을 통해 또 도망치려고 계획 중인 줄 알았는데 아무래도 그게 아닌 듯했다. 그럼 도대체 뭐지?

마광호는 끝까지 쫓아가 볼 수밖에 없었다. 그에게 태준은 다른 사람으로 대체할 수 없는 하나뿐인 자식이었으니까.

크리스마스에 서울에서 태준을 만난 건 태준이 그녀에게 화가 나서 어쩌다 보니 그리된 상황이었다. 제주도 밖에서 진짜 만나기로 서로 약속한 건 이번이 처음이라 이수는 비행기를 타면서 좀 긴장되었다. 어차피 강원도니 아는 사람을 만날 확률도 거의 없었다. 그리고 둘이 같이 스키를 타다 오는 것뿐이었다.

"그래, 괜찮을 거야."

이수는 자기 최면을 걸며 점점 작아지는 제주도를 바라보았다. 쏙 지금껏 제주도가 그녀와 그를 보호해준 듯한 기분이었다.

처음 키스를 나눈 곳, 처음 프러포즈를 받은 곳…… 그 외에도 제주도에는 그와의 추억이 가득했다.

어느새 그와의 관계가 이렇게 깊어졌다.

이수는 제주도가 안 보일 때까지 눈을 떼지 못했다.

태준이 부동산 재벌처럼 땅을 보고 와야 한다고 해서 이수는 스키장에서 그를 만나기로 했다. 서울에서 스키장 가는 셔틀버스만 타면 되었기에 스키장에 혼자 가는 건 어려울 게 없었다.

"우와!"

스키를 타고 하얀 눈밭을 쏜살같이 내려오는 사람들을 보니 그녀도 어서 빨리 타고 싶어서 손발이 간지러웠다. 역시 오길 잘했다. 오늘 올림픽 여신에서 스키 여신으로 거듭나고 말리라.

태준이 아직 도착하지 않아서 그녀 혼자 스키 타는 사람들을 넋 놓고 구경하고 있는데 누군가 그녀의 어깨를 손으로 톡톡 쳤다. 태준인 줄 알고 반가운 얼굴로 고개를 돌렸던 이수는 낯선 남자 두 명을 발견하고 바로 표정이 굳었다.

"혼자 왔어?"

반말이 기분 나빴다. 딱 봐도 대학생이었으니까. 당장 검사 신분증을 꺼내 함부로 헌팅하는 놈들 코를 납작하게 해주고 싶었지만 제주도에 검사 신분증을 일부러 놓고 온 상태였다. 태준 앞에서만 여자인 척하려고 했는데 엄한 놈들 앞에서 그리되어 버려서 그녀의 목소리가 까칠하게 나갔다.

"아니야. 일행 있어."

"에이, 아까부터 봤는데."

"그러지 말고 우리랑 같이 놀아."

두 명 중 한 명이 겁 없이 그녀의 팔을 잡았다. 이제 대놓고 화를 내도 될 것 같아서 목소리를 끌어 모으는데 그녀를 만진 남자의 팔이 순식간에 꺾이면서 입에서 고통스러운 비명이 터져 나왔다.

"악!"

남자의 팔을 꺾은 건 태준이었다. 태준은 나머지 한 명을 매섭게 쳐다보았다. 태준이 쳐다보는 것만으로도 겁을 먹은 듯 남자는 뒷걸음질을 치고 있었다. 태준은 팔을 잡고 있던 남자를 나머지 한 명 쪽으로 거칠게 밀어버리며 짧게 한마디 했다.

"꺼져."

남자 두 명이 허둥지둥 도망가고 이수는 잘못한 것도 없이 태준의 눈치를 보았다.

"화났어요?"

"아뇨. 파리가 날아오면 쫓아버리면 그만입니다."

태준이 할 수 있는 최고의 욕이었다. 태준은 이런 일로 기분 상하는 건 낭비라고 생각했기에 바로 분위기를 바꿀 만한 말을 했다.

"스키 타러 가죠."

스키 타자는 그의 말에 이수는 아이처럼 좋아하는 표정을 지었다. 사실 스키 타러 가는 게 설레서 어제 잠도 설쳤다.

대여한 스키복으로 갈아입고 스키 부츠까지 신으니 진짜 놀러 온 기분이 났다. 이미 그녀의 머릿속에는 스키 타는 것만 가득 차 있었다.

부츠의 조이개를 제대로 당기지 못해 끙끙대고 있는데 큰 손이 그녀의 부츠를 잡고는 대신 조이개를 힘껏 당겨주었다. 고개를 들어보니 태준이 그녀의 앞에 무릎을 세우고 앉아 있었다. 부츠가 제대로 신겨진 걸 확인한 뒤에는 스키와 부츠를 부착해주는 바인딩 하는 것도 도와주었다.

스키장 눈밭 위에 선 이수는 추운 날씨인데도 도리어 시원함을 느꼈다. 눈밭을 시원하게 내달리는 다른 사람들처럼 자신도 스키를 타고 설원을 달릴 생각을 하니 가슴이 두근두근했다.

"여긴 그냥 평지잖아요."

그녀는 아까 본 사람들처럼 가파른 경사면을 빠르게 내려오는 걸 상상하고 나왔는데 그녀가 서 있는 곳은 평지였다. 초보자는 평지에서 연습해야 한단다. 그녀가 불만스러운 눈으로 쳐다보자 태준이 소신 있는 선생님처럼 말했다.

"무슨 일이든 단계가 있는 겁니다."

그녀는 스스로 상급자 코스가 있는 곳으로 가고 싶었지만 스키를 신은 뒤에는 걸음마 수준으로 움직임이 퇴화되어서 태준이 데려다주지 않는 한 그녀의 의지만으로 가기에는 불가능했다. 평지에서 기본자세를 배우다가 1시간이 지난 뒤에야 리프트를 타고 위로 올라갈 수 있었다.

"우와!"

리프트를 타고 올라가며 경사를 내려가는 사람들을 보니 절로 감탄이 나왔다. 사람들이 날아다니는 것 같았다. 하지만 그녀가 평지에서 한 단계 더 올라간 곳은 초급자 코스였기에 그리 가파르지는 않았다.

이수는 여전히 불만스러운 눈으로 태준을 쳐다보았다.

"난 운동신경이 좋아서 이 정도는 너무 쉽다고요."

"그럼 해보십시오."

그녀는 바로 출발 자세를 잡았다.

"내려가다 멈추고 싶으면 옆으로 넘어져요. 절대 손으로 짚지 말고 엉덩이로."

그녀는 신나게 달려갈 준비를 하는데 태준은 어떻게 멈추는지 알려 주고 있었다.

"그럼 나 먼저 가요."

이수는 자신감 넘치게 경사로 밑으로 미끄러져 내려갔다. 빠른 속도에 바람이 느껴지자 절로 몸 안의 피가 빠르게 돌며 흥분이 되었다. 그녀가 내려가는 걸 한동안 지켜보고 있던 태준도 이쯤이면 되었다고 생각하고는 고글을 내려쓰고 군더더기 없는 동작으로 미끄러져 내려 갔다.

촤르르르르─.

엄청난 속도로 그가 스쳐 지나갈 때마다 초급자 코스의 사람들이 놀라서 돌아보았다. 태준은 먼저 내려간 이수도 곧 따라잡았다.

"와하하하하. 너무 좋아."

"멈추는 법 기억합니까?"

"몰라요."

그 말을 신나게 하며 내려가는 이수를 보며 태준은 짧게 혀를 찼다. 멈추는 법도 모르면서 속도부터 내는 건 너무 위험했다. 태준은 빠르 게 내려가 유려하게 턴을 하고 멈추어 섰다. 이수는 그가 앞을 막아서 자 놀라 외쳤다.

"비켜요!"

"그럼 옆으로 넘어져요."

이수는 넘어지지 못하고 그의 품으로 돌진해 들어와서 두 사람은 같이 눈밭을 굴렀다. 멈추었을 때는 둘 다 눈사람이 되어 있었다. 눈 위에 넘어진 거라 아프지 않았기에 이수는 여전히 신나 있었다.

"나 스키에도 소질 있는 거 같지 않아요?"

그냥 겁이 없는 거였다.

"멈추는 법부터 배우죠."

"에이, 재미없게."

"그거 안 배우면 상급자 코스 못 갑니다."

엄격한 선생 때문에 이수는 차근차근 익힐 수밖에 없었다.

스키를 타고 원 없이 달렸더니 저녁 시간이 되자 유독 허기가 졌다. 추운 곳에서 놀았더니 얼큰한 국물이 먹고 싶어서 이수는 우동을 골랐고, 태준은 돈가스를 주문했다.

"내가 스키도 금방 배우니까 서핑도 금방 배울 거 같지 않아요?"

스키는 어떻게 타는지 모른다고 부끄럼 타며 말했던 이수는 하루 만에 자신감이 잔뜩 붙어 있었다. 태준은 오늘 알았다. 그녀가 안전보다는 재미와 스릴을 우선시한다는 걸. 그래서 스키 타자고 먼저 말한 걸 살짝 후회하는 중이었다.

"혹시 운동 부상으로 그만둔 겁니까?"

"어? 어떻게 알았어요?"

오늘 하는 걸 보고 알았다. 정말 앞으로 그가 몇 배는 더 신경 써야 할 것 같았다.

그때 그들의 옆자리에도 커플이 와서 앉았다. 사람들에게 커플이라고 광고하듯이 여자가 아주 달짝지근한 목소리로 남자를 불렀다.

"자기양, 나 너무 피곤해."

"우리 토끼. 방에 들어가면 오빠가 안마해줄게."

후루룩, 면을 삼키던 이수는 면이 목에 걸릴 뻔했다. '토끼'라고 부르다니. 그녀가 들어본 애칭 중 가장 듣기 힘들었다. 질색하며 고개를 들던 이수는 태준이 옆 커플을 빤히 보고 있는 걸 보고 흠칫했다. 뭐야, 설마 저런 걸 부러워하는 거야? 날 토끼라고 부르고 싶은 거냐고.

이수는 불길한 눈빛으로 힐끔 옆 커플을 훔쳐보았다가 태준이 보고 있는 게 뭔지 깨달았다. 남자와 여자의 손에 같은 반지가 끼워져 있었다. 심플한 링 반지였지만 누구나 보기만 하면 그들이 연인인 걸 알 수 있는 징표인 커플링이었다.

"태준 씨."

그녀가 부르자 그제야 태준은 고개를 돌려 그녀를 보았다.

이수는 반지 대신 그녀가 먹던 우동 면을 젓가락으로 떠서 태준에게 내밀었다.

"우동 먹을래요?"

그녀의 구수한 구애는 싫었는지 태준은 고개를 저었다.

"난 괜찮으니까 먹어요."

먹으라면 먹지요. 그녀는 우동과 태준이 남긴 돈가스까지 다 먹었다. 그녀는 오늘 처음 스키장도 왔고, 스키 타는 것도 재미있었고, 아주 만족했다. 커플링이 없다고 해서 전혀 슬프지 않았다.

리조트 방 예약은 태준이 했다. 그런데 그녀는 방 한 개를 예약했는지 두 개를 했는지 그한테 끝까지 묻지 않았다. 그래서 엘리베이터를 타고 방으로 올라가는 동안 자꾸 눈알이 180도로 회전했다.

설마 한 개를 예약했을까? 아니야. 아직은 두 개겠지.

띵—.

엘리베이터가 열리고 방으로 연결된 문들이 쭉 늘어선 복도가 보이자 이수는 괜히 긴장되었다. 리조트 스위트룸도 같이 써보았고, 해돋이 보려고 같이 밤도 새보았지만 아무래도 지금과는 상황이 다른 것 같았다. 이게 바로 부모님이 걱정하시는 외박 같았다.

스키 타는 것만 잔뜩 기대하고 왔기에 이런 상황은 미처 예상하지 못했다. 집으로 그를 초대해놓고 속옷 걱정할 게 아니라 지금이 바로 그 걱정을 해야 할 때인지도 몰랐다. 어쩌지? 나, 오늘 아침에 무슨 속옷 입었더라? 혼자 걱정하고 있는데 태준이 말했다.

"그럼 푹 자요."

그녀가 고개를 들었을 때 태준은 그녀를 남겨두고 옆방으로 걸어가고 있었다. 역시 방 두 개를 예약했나 보다. 이게 태준답기는 했다. 그녀에게 동의를 구하지 않고 멋대로 할 남자가 아니었으니까. 은근히 신사가 아니라 대놓고 신사였다.

달칵—.

태준이 방문을 열고 그대로 들어가려고 하자 이수는 그의 이름을 불렀다.

"태준 씨."

태준이 복도와 방 중간에 서서 그녀를 돌아보았다. 이수는 망설이다 입술을 떼었다.

"좀 더 같이 있고 싶은데."

절대 그녀의 속옷을 그에게 보여주고 싶다거나 그런 야한 뜻으로 하는 말이 아니었다. 그녀는 순수하게 말한 거였다. 여기서 그냥 헤어지기 아쉬워서. 그녀의 말에 태준은 조금 놀란 표정을 짓다가 곧 부드럽게 미소 지었다.

"그럼 씻고 방으로 찾아가겠습니다."

태준의 말을 들으니 심장이 쿵쾅대며 자신이 얼마나 엄청난 말을 한 건지 깨달았다. 오늘 밤 무슨 일이 생기든 그건 먼저 같이 있자고 말한 그녀의 책임이었다. 이 시간에, 이 장소에서 그런 말을 하다니! 우동 먹은 여자치고 너무 대담했다.

방으로 들어온 이수는 문에 몸을 기대고 참았던 숨을 뱉어냈다.

"하아."

하지만 그리 넋 놓을 때가 아니었다. 태준이 씻고 오기 전에 그녀도 씻고 준비를 마쳐야 했다. 정확히 무슨 준비를 해야 하는 건지 헷갈렸지만 이수는 서둘러 욕실로 달려갔다.

쏴아아아아아아—.

뜨거운 물이 몸에 닿자 달아오른 마음이 더 욱신거리는 것 같았다. 이수는 거울에 비친 자신의 얼굴을 봤다. 홍조로 붉게 달아오른 얼굴은 분명 매일 보는 그녀의 얼굴인데도 너무 낯설어 보였다.

오늘 밤 무슨 일이 일어나든지 후회하지 않을 자신이 있느냐고 이수는 다시 한 번 자신에게 물어보았다. 답은 정해져 있었다.

그들은 좋아하는 마음 하나로 넘어선 안 될 산까지 넘었다. 그리고 그와 함께 보낸 시간은 너무 행복했다. 만약 후회할 게 생긴다면 아마도 그건 그와 해보지 못한 것에 대한 후회일 거다. 그리 생각하니 그녀는 더 용감해질 수 있었다.

딩동―.

초인종이 울렸다. 조금 지나 방문이 열렸을 때 나온 사람은 태준이었다. 금방 씻고 나와서 머리가 젖은 태준은 문 앞에 서 있는 사람을 보고 표정이 굳어졌다.

"형이 왜 여기 있어?"

김상철은 그가 자신을 안 반길 거라는 걸 이미 알고 있었다는 듯이 곤란한 표정을 지으며 말했다.

"회장님이 지금 너 찾으셔."

"왜?"

"왜겠어. 이 시간에 못 오면 너 또 제주도 간 거라는 소리니까. 그러니까 그냥 같이 가자. 괜히 오해 살 필요는 없잖아."

그가 제주도에 있든 강원도에 있든 그건 그의 자유였다. 그는 자신의 모든 행동을 통제하려는 아버지의 욕심에 화가 났다. 그래도 그 혼자만의 문제가 아니라 지금은 이수도 같이 있었기에 그의 뜻대로만 할 수는 없었다. 그가 안 가면 더 강하게 나올 사람이 그의 아버지였다.

"내려가 있어."

"너무 오래 걸리지는 마."

김상철이 떠나고 혼자 남은 태준은 무거운 눈빛으로 이수가 있는 옆방을 보았다. 지금 가야 한다는 걸 그녀에게 어떻게 설명해야 하나 싶었다.

❀

이수는 결국 속옷 앞에서 무릎을 꿇었다. 레이스까지는 바라지도 않지만 스포츠 브라라니. 그녀는 정말 스키 탈 생각만 가득 차서 온 거였다.

"이런 한 치 앞을 못 보는 바보."

연애하는 중이라면 언제 어디서든 준비가 되어 있어야지. 그녀는 연애하는 자세가 안 되어 있었다. 이수는 태준이 여자 속옷을 잘 모를 거라고 중얼거리며 옷을 입었다.

딩동―.

초인종 소리에 그녀의 동작이 얼음땡 하듯이 멈추었다.

드디어 올 것이 왔단 말인가.

이수는 가슴 밖으로 튀어나올 듯이 뛰는 심장을 손으로 꾹 누르고 문으로 걸어갔다. 긴장된다고 태준을 문 앞에 너무 오래 세워둘 수는 없었다.

달칵―.

이수는 문을 조금만 열었다. 문을 열 때만 해도 예쁘게 웃으려고 했는데 복도에 서 있는 태준을 보고 웃을 수 없었다. 태준이 스키장 올 때 입었던 정장을 입고 있었기 때문이었다. 밤에 그녀의 방에 찾아올 때 입을 옷은 아무리 봐도 아니었다.

"왜 그 옷을 입고 있어요?"

그녀가 묻자 태준은 씁쓸한 미소를 지으며 말했다.

"지금 가봐야 합니다."

그녀만 두고 그 혼자 간다는 말로 들렸기에 그녀는 좋은 표정을 지을 수가 없었다.

"왜요?"

태준은 쉽게 이유를 말하지 못하고 굳은 얼굴로 그녀를 쳐다보기만 했다. 그래서 그녀는 알 수 있었다. 그가 호텔 일 때문에 가는 게 아니라 더 안 좋은 일 때문이라는 걸. 어쩌면 그의 아버지와 관련된.

"안 가면 안 돼요?"

이런 식으로 어긋나기 시작하면 앞으로 그들의 사이가 어찌 될지 알 수가 없었기에 이수는 그를 붙잡아 보았다. 태준의 손이 뻗어와 그녀의 뺨에 닿았다. 막 씻고 나온 피부는 아기처럼 보드라웠다. 그래서 손을 떼기 싫었지만 그는 가야 했다. 안 그럼 그녀까지 위험하게 만들 수도 있으니까.

"내일 재이 보낼 테니까."

"싫어요."

그녀를 이 낯선 곳에 혼자만 있게 할 수는 없어 재이를 보내려고 했는데 이수는 단호하게 거부했다. 그게 그에게 화내는 거 같았기에 태준의 마음은 더 무거워졌다.

"이수."

"진짜 갈 거면 내 이름 부르지 마요."

사실 이해해줄 수도 있는 일이었는데 서운한 마음이 드니 그녀도 걷잡을 수가 없었다.

뚜벅―.

그가 뒤로 한 발 물러서는 걸 보고 그녀의 눈동자가 가늘게 흔들렸다. 그녀가 이렇게 말하는데도 진짜 가겠다고?

태준은 정말 그녀에게 등을 보이고 복도를 걸어갔다. 이수는 그녀를 두고 혼자 가버리는 그의 등을 보며 입술을 꾹 깨물었다. 무슨 사정이 있겠지만 지금은 너무 서운했다. 그가 도훈의 전화 때문에 그녀한테 화냈던 것처럼 그녀도 그에게 화내고 싶어졌다. 어떻게 나만 두고 갈 수 있느냐고.

꽃

깊은 밤에 돌아온 태준을 마광호는 건조한 눈으로 보고 무심하게 말했다.

"가봐."

고작 그 말 하려고 이 밤에 그를 불렀다는 것에 태준은 마음 깊은 곳에서 화가 치밀어 올랐다. 그가 어떤 마음으로 그녀만 두고 서울로 왔는데, 그가 얼마나…….

"언제까지 이러실 겁니까?"

태준은 주먹을 꽉 쥐고 그가 낼 수 있는 가장 차분한 목소리로 아버지에게 물었다. 마광호는 그의 사정 따위는 관심 없다는 듯이 이기적으로 대답했다.

"내가 살아 있는 한, 너한테 자유는 없어."

태준의 눈에 붉은 핏발이 일어섰다. 그가 평생을 노력한 걸 그의 아버지는 너무도 쉽게 망쳐버리고 있었으니까.

"제 인생은 제가 선택합니다."

"그 인생도 내가 준 거야."

"아버지!"

태준의 목소리가 높아지자 밖에 있던 김상철이 문을 열었다.

마광호는 김상철에게 손짓했다.

"이놈 내 앞에서 치워."

그렇게 집요하게 찾을 때는 언제고, 이제는 꼴도 보기 싫다고 하니. 김상철이 보기에도 너무하다 싶었다. 그러나 마광호의 말을 거스를 수는 없었기에 김상철은 서둘러 태준에게 다가가 낮게 말했다.

"나가자."

거칠게 몸을 돌린 태준은 바람을 일으키며 그 방에서 퇴장했다. 김상철은 마광호에게 인사하고 서둘러 태준의 뒤를 쫓았다. 태준의 걸음이 얼마나 빠른지 김상철은 거의 뛰어야 했다.

"태준아, 어디 가는 거야?"

그도 알 수 없었다. 그가 지금 어디로 가야 하는지. 그녀에게 돌아가도 되는 건지, 그럼 안 되는 건지.

이수는 도저히 스키 탈 기분이 아니라서 짐을 챙기고 셔틀버스를 타러 갔다. 너무 일찍 나가서 셔틀버스가 출발할 때까지 한참을 기다려야 했다. 그녀가 추운 곳에서 기다리는 게 안쓰러웠는지 버스 기사 아저씨가 평소보다 일찍 버스 문을 열어주었다.

그녀 혼자 덩그러니 싸늘한 버스에 앉아 버스가 출발하길 기다리고 있으려니 서러움이 몰려왔다. 그녀는 재미있게 스키 타려고 제주도에서 여기까지 온 건데 왜 이렇게 처량한 꼴이 된 건가 싶었다. 그래서 혼자 가버린 태준에 대한 원망이 사그라지지 않았다.

그가 제대로 설명이나 했으면 이해하려고 노력이라도 할 텐데 그가 아무 말도 없이 가버려서 이번엔 절대 쉽게 용서할 수 없을 것 같았다. 이수는 손가락으로 서리가 낀 창문에 글자를 적었다.

태준은 그가 그녀에게 사랑한다고 고백했던 한강 다리에서 아침 해가 뜨는 걸 보았다. 빌딩 사이로 뜨는 해는 제주 바다에서 뜨는 해와는 다른 느낌이었다. 분명 같은 태양일 텐데도.

밤에 뜨겁게 끓어올랐던 마음은 해가 떴을 때는 거의 가라앉아 그는 다시 차분해져 있었다. 그가 평생 겪은 일이었다. 새삼 억울해하는 것도 그만 피곤한 일이었다.

태준은 차로 걸어가서 올라탔다. 운전대를 잡고 잠시 어디로 갈지 생각하던 태준은 차의 시동을 켰다. 꼭 사고 싶은 게 있었다. 그걸 사러 갈 생각이었다.

그가 너무 이른 시간에 가서 매장들은 전부 문을 닫은 상태였다. 태준은 그가 살 물건을 파는 매장을 찾아가서 그 앞 계단에 앉아 기다렸다. 지나가던 사람들이 마네킹처럼 우두커니 앉아 있는 그를 한 번씩 쳐다보고 지나갔지만 태준은 개의치 않았다.

매장 오픈 시간이 되자 셔터가 올라가고 매장 문을 열던 점원은 기다리고 있는 태준을 보고 깜짝 놀랐다.

"어머, 뭐 사실 거 있으세요?"

태준이 고개를 끄덕이자 점원은 길을 터주며 그를 안으로 안내했다. 오픈을 준비하던 다른 점원들도 오늘 첫 번째 손님인 태준을 향해 일제히 고개를 숙였다.

태준의 시선이 진열장으로 향했다.

❀

이수는 서울로 올라와 부모님 집으로 갔다. 제주도로 내려갈 비행기 예약을 변경하는 것도 돈이 들어서 그냥 집에 있다가 시간 맞추어 내려갈 생각이었다.

그녀가 연락 없이 가서인지 부모님 집은 텅 비어 있었다. 아버지는 분명 놀러 나가고, 엄마는 가게에서 일하고 있을 것이었다. 이수는 시장으로 향했다. 오랜만에 엄마 가게 일이나 도와드려야겠다.

갑자기 나타난 이수를 보고도 미숙은 별로 놀라지 않았다.

"올 거면 어제 오지."

"어제 왔었어요."

남자가 그녀를 버리고 가서 혼자가 되었다는 말은 하지 않았다. 엄마도 그녀가 친구랑 만나고 왔다고 생각했는지 깊게 묻지 않았다. 이수는 가게 일을 도우며 한 번도 그녀가 있는 제주도에 온 적 없는 엄마에게 제주도에 오라고 권했다.

"가게 문 닫고 와요. 거기 정말 좋아."

"가게 문 그렇게 쉽게 닫는 거 아냐."

사실 가게 문을 하루 이틀 닫는다고 매상에 큰 차이가 있는 건 아니었다. 하지만 엄마가 말하는 건 단순히 돈 얘기가 아니었기에 그녀가 감히 상관없다고 말할 수는 없었다.

Rrrrrrrr— Rrrrrrrr—.

전화벨 소리에 이수가 눈에 띄게 놀라자 미숙이 쳐다보았다. 이수는
휴대폰을 꺼냈다가 전화한 사람이 아버지인 것을 알고 허탈한 표정을
지었다.

"아버지예요. 집에 있는 내 가방 보고 전화했나 봐요."

"넌 가서 아버지 밥이나 차려드려. 분명 노느라 끼니도 걸렀겠지."

통화 버튼을 누르자마자 아버지의 우렁찬 목소리가 들려왔다.

[이수야, 네가 왜 자꾸 서울 와. 내가 제주도 가고 싶다니까.]

옆에 있는 엄마도 다 들었을 거라는 생각에 힐긋 옆을 보니 엄마는
'쯧쯧' 혀를 차며 나물을 다듬고 있었다.

그녀의 부모님은 언제 만나도 여전했다. 비밀이 생긴 건 그녀뿐이었
다. 그녀는 여전히 부모님한테 태준에 대해 말할 용기가 없었다. 항상
부모님한테 자랑스러운 딸로 살려고 노력했기에 그녀가 처음 해본 일
탈에 대해 고백하는 게 쉽지 않았다. 아마도 부모님에게 태준에 대해
솔직하게 말하는 게 그녀가 넘어야 할 마지막 산인 듯했다.

그녀가 제주도로 돌아가기 위해 공항에 갈 때까지도 태준에게서는
연락이 없었다. 이수는 휴대폰을 노려보며 다짐했다.

"내가 절대 먼저 전화하지 않을 거야."

분명 그녀를 혼자 두고 간 건 태준이었다. 그러니 잘못한 것도 태준
이었다. 그런데 왜 그녀가 먼저 전화를 하나. 이번엔 술 먹고 먼저 찾

아가는 바보짓도 절대 하지 않을 거다.

툴툴거리며 출국장으로 걸어가고 있는데 누군가 뒤에서 강하게 그녀의 팔을 잡고 끌어당겼다. 그녀를 끌어당기는 힘에 놀랐던 이수는 그녀의 팔을 붙잡고 있는 태준을 보고 더 놀랐다.

태준은 그녀를 스키장에 혼자 두고 갈 때 입고 있던 옷을 아직도 입고 있었다. 그녀는 알차게 부모님 집에 갔다가 어머니 가게 일까지 도와주고 돌아가는 길이었다. 그런데 그의 모습은 그녀와 헤어졌던 어제의 시간에 멈추어 있는 것처럼 보였다. 어쩌다 옷도 못 갈아입었느냐고 묻고 싶었지만 아직 그에게 화나 있는 중이었기에 이수는 입을 꾹 다물고 그를 쳐다만 보았다.

"줄 게 있습니다."

"필요 없어요."

이수는 뭔지 묻지도 않고 그가 주려는 걸 거부했다. 그녀는 화내는 중이었으니까. 그녀가 안 받는다고 했음에도 태준은 코트 주머니에서 벨벳 상자를 꺼냈다. 보통 그런 상자 안에는 보석이 들어 있기에 그녀의 눈이 살짝 커졌다. 절대 그가 주는 물건에 관심 안 가지려고 했는데 상자를 보니 그 안에 뭐가 들었는지 궁금해졌다.

"그럼 하고 싶어지면 그때 나한테 줘요."

다시 달라고? 나 주는 거 아니었어?

태준은 그녀의 손 위에 벨벳 상자를 올려주고는 몸을 돌려 걸어갔다. 끝까지 어제 일에 대해 미안하다고 사과를 하지 않는 게 괘씸해서 가버리는 태준을 붙잡지 않았다. 비싼 물건으로 퉁 치는 건 나쁜 습관이라고 생각하며 벨벳 상자 뚜껑을 열었던 이수의 눈동자가 가늘게 떨렸다. 거기엔 똑같이 생긴 반지 두 개가 들어 있었다. 커플링이었다.

어제 옆자리 커플을 바라보던 태준의 시선이, 그리고 그녀를 혼자 두고 가버리던 태준의 등이 떠오르며 그녀의 마음이 복잡했다. 그러고 보니 오늘 그녀의 이름을 한 번도 부르지 않았다. 어제 그녀가 화내며 그녀의 이름을 부르지 말라고 했더니.

이수는 반지에서 눈을 떼 멀어진 태준의 등을 보았다. 아마도 이대로 가면 그는 그녀가 먼저 연락할 때까지 제주도에 오지 않을 거 같았다. 그를 보고 싶지 않을 정도로 그에게 화난 건 아니었던 이수는 큰 목소리로 그의 이름을 불렀다.

"태준 씨!"

그제야 태준이 걸음을 멈추고 천천히 몸을 돌려 그녀를 보았다. 이수는 잡고 있던 캐리어도 놔두고 그에게 뛰어갔다. 그의 앞까지 뛰어간 이수는 원망의 눈으로 그를 올려다보며 따졌다.

"그냥 미안하다고 한마디 하면 되잖아요. 왜 그 말을 안 해요?"

태준은 무거운 시선으로 그녀를 보며 말했다.

"미안하다는 말로 해결될 수 없는 문제니까."

그의 말이 아프게 그녀의 마음으로 떨어져 내렸다. 그제야 그가 어떤 상황에 처해 있는지 다 알면서 그를 이해해주지 못하고 화만 낸 그녀의 행동이 도리어 미안해졌다.

괜찮다고 말해줄 수도 있었는데, 쉽게 말하지 못하는 그 마음 다 이해한다고, 혼자만 속앓이하지 말고 그녀에게 말해도 괜찮다고.

이수는 벨벳 상자를 그에게 내밀었다. 그녀가 커플링을 거부하는 줄 알고 태준의 표정이 어두워졌다.

"이건 상자째 줄 게 아니라 직접 반지를 꺼내 끼워줘야죠."

태준이 여린 시선으로 그녀를 보았다.

"제가 끼워줘도 되겠습니까?"

그가 약해지는 이유가 단지 그녀 때문이라면 이수는 그에게 그러지 말라고 하고 싶었다. 그녀가 검찰청 계단에서 그를 먼저 안은 건 그의 어두운 배경까지 모두 끌어안는다는 뜻이었으니까.

그녀가 고개를 끄덕이자 태준은 상자를 열어 작은 반지를 꺼내 그녀의 왼손 약지에 천천히 끼워주었다. 그런데 잘 들어가던 반지가 중간에서 걸렸다. 태준이 힘을 주어 밀어 넣으려고 하자 이수는 아프다고 소리를 냈다.

"악! 아파요."

반지가 더 들어가야 하는데 그녀가 아프다고 하니 태준은 당황했다.

"이게 원래 끝까지 들어가야 하는 거 같은데."

당연했다. 반지는 보통 손가락에 맞는 걸 사야 했다.

"지금 바꿔 오겠습니다."

"나 비행기 타야 해요."

결국 오늘 서로 커플링 나눠 끼는 건 실패였다. 태준은 자신이 반지 치수를 잘못 골라서 이리 되었다는 것에 할 말을 잃어버렸다. 태준이 너무 절망하자, 이수는 남자용 반지를 상자에서 꺼내 태준의 손가락에 끼워주었다. 태준의 반지는 딱 맞춘 듯 정확히 손가락에 들어갔다.

"어쨌든 나눠 낀 거니까 커플링 완성."

태준의 손가락에 끼워진 반지와 그녀의 손가락 중간에 걸린 반지를 맞추어 보며 이수는 만족한 듯 웃었다. 하지만 태준이 원한 건 이런 그림이 아니었다.

"미안합니다."

그의 사과에 이수는 황당해서 웃음이 나왔다.

"강원도에 나 버리고 간 건 안 미안하고 손가락에 안 맞는 반지 사온 건 미안해요?"

그녀의 놀림에도 태준의 표정은 풀리지 않았다. 반지가 그녀의 손가락에 안 맞은 건 정말 충격이었으니까. 그렇게 손을 많이 잡았는데 어떻게 손가락 치수를 틀릴 수 있었나 싶다. 이수는 손가락 중간에 끼워진 반지를 들어 올리며 말했다.

"나 이 반지 그냥 낄래요."

그녀의 말에 태준은 눈살을 찌푸렸다.

"맞는 반지로 다시 사오겠습니다."

"아뇨. 나 이게 마음에 들어요."

"왜?"

"나한테 맞지도 않는 건데 내 손가락에 들어온 게 꼭 태준 씨 같잖아요."

태준은 그게 욕인지 아닌지 잠시 생각에 잠겼다.

"내가 태준 씨를 위해서 반지에 손가락을 맞출게요."

그게 가능하냐는 눈으로 쳐다보는 태준에게 이수는 진지한 목소리로 말했다.

"그러니까 태준 씨도 나한테 맞추려고만 하지 말고, 힘든 일 있으면 나한테 말해요. 나 그렇게 약하지 않아요."

그녀의 말에 태준의 눈동자가 흔들렸다. 그가 감당해야 할 무게라고 생각했기에 그녀는 끝까지 모르게 하고 싶었다. 흔들리는 태준의 눈빛을 보며 이수는 그에게 한 발 다가서 그의 몸을 두 팔로 꼭 끌어안아 주었다.

"우리가 같이하는 사랑이잖아요. 그러니까 태준 씨가 힘들면 나도 힘들어요."

그녀가 처음으로 '사랑'이란 말을 썼다. 그 혼자 시작했던 사랑이, 그렇게 끝날 줄 알았던 마음이 어느새 같이하는 사랑이 되어 있었다.

태준은 한쪽 팔로 그녀의 어깨를 안으며 그녀의 머리에 얼굴을 묻었다. 이젠 익숙해져버린 그녀의 냄새가 그에게 안정을 주었다. 그는 이정도로 충분했다. 그녀가 그의 옆에 있어주고, 이렇게 그가 그녀를 안을 수 있다면 그가 못 이겨낼 고난은 없었다.

"그래도 반지는 손가락에 꼭 맞는 거로 바꾸는 게 좋겠습니다."

태준의 말에 이수는 그의 품에서 웃음을 터트렸다. 그녀는 이미 열심히 손가락 다이어트를 하기로 마음먹었는데 말이다.

Episode 24

결혼식의 마지막 손님

크리스마스에는 내리라고 모든 사람이 기원해도 안 내리던 눈이 새해가 지나서 펄펄 내리기 시작했다.

이수는 걱정스러운 눈으로 창밖을 보았다. 이렇게 눈이 많이 내리면 비행기가 결항할 거 같았으니까. 안 그래도 태준은 비행기가 연착되어서 공항에서 기다리는 중이라고 했다. 그래도 아직 결항 이야기는 안 나오는 걸 보니 비행기가 뜨긴 뜨는 거 같아서 이수는 눈이 더 많이 내리기 전에 먹을 걸 사오기 위해서 밖으로 나갔다.

집을 나서 보니 날씨가 안 좋다는 걸 몸으로 더 느낄 수 있었다. 차를 몰고 다니기도 힘든 날씨였다. 차라리 태준에게 오지 말라고 말해야 하는 거 아닌가 싶어서 이수는 태준에게 전화를 걸었다.

[10분 뒤에 비행기 탈 겁니다.]

"네? 눈이 이렇게 오는데 비행기 날 수 있대요?"

[여기는 날씨가 좀 풀렸습니다.]

"제주도는 너무 안 좋아요. 이번 주는 그냥 오지 않는 게."

[비행기 뜨면 가겠습니다.]

"왔다가 못 돌아가면 어떡하려고요?"

[갈 수 있습니다.]

근거 없는 확신이었다. 그래도 온다는 사람을 막을 수는 없었다. 그녀도 이젠 태준이 없는 주말은 너무 허전했으니까.

"나 지금 마트 가는 길이에요. 뭐 사다 놓을까요?"

이 날씨에 나다니는 건 위험하니 태준이 오면 그녀의 집에서 보내는 게 나을 것 같았다. 태준이 필요한 식재료들을 하나하나 불러주었다. 그리고 마지막에 전화기 안에서 탑승하라는 안내 방송이 들렸다.

[저 이제 비행기 탑니다.]

"그 비행기 무사히 제주도까지 오겠죠?"

그녀의 재수 없는 질문을 태준은 담담히 받아주었다.

[그럴 겁니다.]

전화를 끊고 난 뒤 이수는 비행기 타는 사람한테 괜한 질문을 했다고 자책했다. 그런 질문을 할 바에는 차라리 끝까지 오지 말라고 말렸어야 했다.

눈이 많이 내려서인지 마트에는 사람이 없었다. 이수는 태준이 말한 것 외에도 오래 두고 먹을 수 있는 통조림과 라면을 같이 샀다. 거의 비상식량을 사는 것 같았다.

태준은 무사히 비행기를 타고 제주도에 도착할 수 있었다. 그리고 그게 제주 공항에 들어온 마지막 비행기였다. 그 뒤로 남은 모든 비행기에 붉은 글씨로 결항이 떠 있는 걸 보고 태준은 가슴을 쓸어내렸다.

하마터면 못 올 뻔했다. 이 섬에서 못 나갈 수도 있는 걸 걱정해야 하는 상황에서 태준은 어떻게든 제주도에 왔다는 것에 안도하며 택시를 타기 위해 공항을 나섰다.

"이런 날씨에 관광 왔을 리는 없고, 일 때문에 오셨수광?"

택시 기사는 이런 날 제주도에 온 그를 신기한 눈으로 바라보았다. 아무리 봐도 제주도민은 아닌 듯했으니까. 태준은 굳이 대답하지 않았다. 그의 아버지한테도 절대 말 안 하는 걸 오늘 처음 보는 택시 기사에게 말할 리가 없었다. 택시 기사는 그의 과묵함에 금세 조용해졌다. 무시하는 거냐고 한 소리 하기에는 태준의 덩치가 너무 컸다.

이수의 말대로 제주도에는 눈이 엄청 많이 내리고 있었다. 거의 하늘에서 쏟아붓는 것 같았다. 그래도 태준은 그녀의 집에 올 때 그랬듯이 이수의 아파트에서 좀 떨어진 곳에서 택시를 내렸다. 내릴 때 거스름돈을 안 받았더니 택시 기사는 웃으며 좋은 여행 되라고 말했다. 분명 좋은 여행할 날씨가 아닌데 말이다.

서울보다 사람이 적게 사는 곳이기도 했지만 눈 때문에 거리에는 인적이 완전히 끊겨 있었다. 태준은 쏟아지는 눈을 온몸으로 맞으며 이수의 집으로 걸어갔다. 구두는 금세 눈에 젖어들었다. 머리와 코트 위로도 눈이 점점 쌓여서 인간 눈사람이 되어갔다. 그녀의 집에 가는 게 이렇게 고생길이었던 적은 처음인 것 같았다. 사람이 제일 힘든 줄 알았는데, 이제 보니 자연을 이길 수는 없는 것 같았다.

그가 비행기에서 내렸다는 말을 듣고 아파트 입구까지 나와서 기다리던 이수는 처음엔 그를 못 알아봤다. 눈이 머리며, 몸을 다 뒤덮어 눈사람이 되어 있었으니까.

"태준 씨?"

그가 맞는 거 같다고 생각한 이수는 서둘러 우산을 들고 밖으로 뛰어나갔다. 이수는 그의 머리 위에 우산을 씌워주며 화부터 냈다.

"이렇게 눈이 오는데 왜 걸어와요!"

택시를 탔었다. 그녀의 집 앞에서 내리지 않았을 뿐이지.

"우선 들어가면 안 되겠습니까?"

그의 머리와 몸에 묻은 눈을 열심히 털어주는 이수에게 태준이 말했다. 따뜻한 집에 들어가고 싶다고.

집에 들어서자마자 이수는 태준에게 젖은 옷을 벗고 씻으라고 했다.

"갈아입을 옷이 없는데."

"태준 씨랑 축구 경기 갈 때 입으려고 붉은 악마 티 사놨어요."

분명 축구 경기는 3월이라고 들었는데 말이다. 준비성은 칭찬해줄 만하지만 붉은 악마 티라는 게 영 거슬렸다.

"바지랑 속옷은."

"그건 내가 지금 나가서 사다 줄게요."

"그럼 티도."

"네?"

붉은 악마 티가 있는데 왜 티셔츠를 또 사느냐는 듯이 그녀가 눈을 동그랗게 뜨고 묻자 태준은 아니라고 고개를 저었다.

태준이 씻으러 들어가고 이수는 보일러 온도를 더 높이고는 지갑을 들고 집을 나섰다. 가까운 곳에서 잠잘 때 입는 남자 면바지와 속옷을 사자, 동네 주민이 그녀를 호기심 어린 눈으로 쳐다보았지만 지금은 그런 걸 신경 쓸 틈이 없었다. 서둘러 집에 돌아온 이수는 욕실 앞에 사온 옷을 놓고 노크를 했다.

"앞에 놔뒀어요."

이수는 태준에게 갈아입을 옷을 전해주고 태준이 벗어놓은 옷을 옷걸이에 걸어서 드라이어로 말렸다. 너무 좋은 옷이라 함부로 세탁기에 넣을 수도 없었다. 그렇다고 이 날씨에 세탁소까지 찾아가 맡길 수도 없었다. 자연적으로 말리는 수밖에 달리 방법이 없었다.

그녀는 태준의 코트도 드라이어로 말리다 주머니에 뭉툭한 게 있는 걸 느끼고 슬쩍 주머니에 손을 집어넣어 보았다. 그 안에 들어 있는 건 벨벳 상자였다. 태준이 그녀에게 안 맞는 커플링을 기어코 바꾸어 온 걸 알고 이수는 피식 웃었다. 이수는 모른 척 벨벳 상자를 다시 주머니에 넣어두었다. 나중에 태준이 꺼내면 깜짝 놀라는 척해야겠다.

태준의 옷을 정리하고 그녀는 바로 따뜻한 차를 끓였다. 물이 끓었을 때 태준이 욕실에서 나왔다. 그가 평소에 안 입던 옷 스타일이라 좀 어색하기는 했지만 그래도 젖은 옷을 입고 있는 것보다는 나았다. 이수는 그의 젖은 머리를 보고 드라이어를 꺼내주었다.

"내가 말려줄까요?"

"아뇨. 제가 하겠습니다."

"내가 해줄게요."

태준은 두 번 거절할 수는 없어서 할 수 없이 그녀가 시키는 대로 소파에 앉았다.

위이잉ㅡ.

드라이어에서 나오는 뜨거운 바람이 젖은 머리카락에 닿으니 따뜻했다. 그리고 머리카락을 만지는 그녀의 손길은 간지러웠다.

그의 머리를 말려주던 그녀가 한마디 했다.

"우리 집에 오느라 수고했어요."

참 이상한 말인데 오늘만큼은 정말 어울리는 말이라 태준은 피식 웃고 말았다.

"제가 마지막 비행기였습니다."

그의 말에 이수는 깜짝 놀랐다. 설마 그 정도일 줄은 몰랐다.

"그럼 이제 비행기 안 떠요?"

"네, 아마도 눈 그칠 때까지는."

이수는 고개를 돌려 창밖을 보았다. 눈이 그칠 기미가 보이지 않았다. 태준이 다시 비행기를 타고 서울에 가는 것도 힘들어 보였지만 오늘 밤 당장 태준이 예약한 숙소로 가는 것도 힘들어 보였다. 밤이 되면 눈 쌓인 길은 더 위험해질 테니까.

"눈이 계속 많이 오면 그냥 우리 집에서 자요."

태준은 생각지도 못 한 말을 들었다는 듯 놀란 눈으로 그녀를 올려다보았다. 아직 봄이 오지 못한 겨울의 한가운데에 있었으니까.

"조난 상황이란 겁니까?"

그 말이 마음에 안 들어 이수는 그의 말을 정정했다.

"그냥 로또 맞은 거라고 생각해요."

"폭설이 말입니까?"

그래서 수만 명의 사람이 이 섬에 갇혀서 나가지 못하고 있는데.

"아뇨, 태준 씨가 날 더 오래 볼 수 있는 거요."

그녀의 말을 반박할 수가 없어서 태준은 또다시 피식 웃었다. 그의 젖은 머리는 어느새 찰랑거리며 말라 있었다.

✿

폭설 때문에 집 밖에 나갈 수 없었지만 집 안에서도 할 수 있는 게 많았다. 우선 그녀가 식재료를 넉넉하게 사다 놓았기에 태준은 원하는 요리를 할 수 있었다.

"나 오므라이스 먹고 싶어요."

그녀의 주문을 받아들여 태준은 오므라이스와 따뜻한 국물을 먹을 수 있는 밀푀유 나베 요리를 같이했다. 따뜻한 집 안에서 태준이 만든 따뜻한 요리를 먹으니 폭설이 내리는 겨울에도 포근함을 느낄 수 있었다.

"나 봄에 베란다에 씨앗 심으려고 사다 놓은 거 있는데, 그거 지금 심어도 괜찮을까요?"

태준이 사온 허브 화분 하나만 있는 게 너무 외로워 보여서 아예 베란다에 화단을 만들려고 사온 것이었다.

"집 안은 따뜻해서 온실과 비슷하니까 괜찮을 겁니다."

"그럼 우리 밥 먹고 화단 만들어요."

"그런데 흙은 있습니까?"

"아파트 화단에서 퍼 와서 하려고 했는데."

두 사람의 시선이 폭설이 내리는 창밖으로 향했다. 지금 아파트 화단은 흙보다 눈이 더 많은 상태였다.

"역시 다음에 해야 하나 봐요."

그녀가 실망한 표정으로 포기하자 태준은 흙을 가져와야 할 것만 같은 사명감이 생겼다.

"눈만 치우면 흙 퍼 올 수 있을 겁니다."

남자의 사랑은 때론 무모한 도전에 겁 없이 뛰어들게 하곤 했다. 하지만 이수가 흙을 퍼 와야 하는 삽을 모종삽으로 가져오자 태준도 자신이 없어졌다.

"그걸로는 힘들 거 같은데."

"역시 그렇죠."

포기하려던 이수는 큰 삽을 구할 수 있는 곳이 반짝하며 생각났다.

"아파트 경비실에서 빌릴 수 있을 거예요."

빌릴 수는 있었지만 폭설 내리는 날 삽 빌리러 온 그녀를 아파트 경비원 아저씨는 굉장히 이상한 눈으로 쳐다보았다.

"이 날씨에 눈 치워도 소용없을 텐데."

"아뇨, 화단의 흙만 조금 퍼 오려고요."

"흙?"

"네, 베란다에 화단 만들게요."

'그걸 왜 하필 이 날씨에?'라는 눈으로 아저씨가 쳐다보았다.

"땅이 너무 얼어서 눈 치워도 여자 힘으로 못 파. 그러니까 날 풀리면 해요."

쉬운 길은 언제나 있었다. 그런데 두 사람은 어려운 길을 선택해서 같이 있는 거라서인지 왠지 다른 사람이 힘들다고 하니 더 포기가 안 되었다.

"제 남친이 헐크처럼 힘이 세서 괜찮아요. 빌려주세요."

옆에서 태준이 안 듣고 있는 게 다행이었다. 헐크 남친 내세워 기어코 삽을 빌린 이수는 서둘러 태준이 있는 집으로 돌아갔다.

"삽 빌려 왔어요."

그녀가 빌려 온 삽을 보고서야 태준은 일이 커졌다는 걸 깨달았다. 하지만 이제 와서 못 할 것 같다고 할 수는 없었다. 그녀가 삽을 진짜 빌려왔으니 태준은 눈을 치우고 땅을 파야 했다. 밖으로 나가야 했기에 태준은 코트를 다시 입었다. 이수는 자신의 목도리와 장갑을 태준에게 빌려주었다.

"장갑은 꼭 껴야 해요."

검은색이라 괜찮았는데 여자용 장갑이라 그에게는 많이 작았다. 그래도 안 하는 것보다는 나은 것 같아서 그냥 꼈다.

이수는 태준의 목에 목도리도 꼼꼼하게 둘러주었다.

"밖에 눈 많이 내리니까 빨리 하고 들어와야 해요."

막상 하려고 보니 눈 오는 날 하지 않아도 될 고생을 사서 하는 것 같기도 했지만 두 사람은 누구도 쉽게 그만하자는 말을 못 했다. 이수는 우산을 들고 태준을 따라갔다. 태준이 흙을 퍼 담을 동안 우산을 씌워주기 위해서였다.

아파트 정문 앞에 선 이수와 태준은 맹렬하게 내리는 눈을 보고 잠시 멈추어 섰다. 이수는 태준을 올려다보며 물었다.

"진짜 할 수 있겠어요?"

"가보죠."

태준이 앞장서서 나가자 이수는 우산을 펼쳐 들고 그 뒤를 쫓아갔다. 밖으로 나가자마자 눈이 두 사람을 공격하듯이 내렸다. 아까보다 더 많이 내리는 것 같아서 이수는 태준에게 말했다.

"힘들 거 같아요. 그냥 들어가요."

준비 다 하고 이렇게 나왔는데 그냥 들어갈 수는 없었던 태준은 바로 옆 화단의 눈을 삽으로 푸기 시작했다. 태준이 몇 번 삽으로 눈을 치우니 언 땅이 드러났다.

"흙이다!"

이수는 흙이 보이자 세상에 나와서 흙을 처음 본 사람처럼 외쳤다.

그러나 경비원 아저씨의 말처럼 땅은 돌처럼 얼어 있었다. 태준은 삽으로 언 땅을 '쾅쾅' 내리찍었다. 태준이 한 번 내리찍을 때마다 땅이 쩍쩍 갈라졌다.

역시 장식으로 있는 근육이 아니었다.

그사이 그가 걷어낸 땅 위로 또 눈이 쌓이고 있어서 이수는 사람이 아닌, 땅 위에 우산을 씌워서 눈이 쌓이는 걸 막았다. 태준이 파낸 흙을 바구니에 넣자 이수는 그의 팔을 잡아당겼다.

"이제 들어가요."

태준은 모자랄까 봐 흙을 한 번 더 바구니에 담고는 서둘러 흙이 든 바구니를 들고 아파트로 다시 돌아왔다. 눈을 피해 안으로 들어오자마자 두 사람은 긴 한숨을 토해냈다. 고작 5분도 안 되는 시간이었다. 그런데 눈과 사투라도 벌인 사람처럼 두 사람은 눈 범벅이 되어 있었다. 이수는 태준이 들고 있는 흙을 보고 먼저 웃음을 터트렸다

"어떡해. 진짜 퍼 왔어."

태준은 그녀가 흙을 퍼 오자고 해서 퍼 온 건데 그녀가 웃자 황당한 표정을 짓다가 자신이 생각해도 너무 말도 안 되는 일을 한 것 같아서 덩달아 웃음이 터졌다. 두 사람은 한참을 서로 마주 보며 웃었다. 고작 흙이었는데. 그들이 포기하지 않고 흙을 가져왔다는 게 오늘은 세상에서 제일 뿌듯했다.

두 사람이 오늘 한 일 중 가장 기억에 남는 건 '흙 퍼 오기'였다. 그 뒤에는 평범하게 화단을 만들고, 평범하게 저녁을 먹고 하다 보니 어느새 밤이 왔다. 겨울이라 해가 짧았다. 태준에게 그녀의 집에서 자도

된다고 말하기는 했는데 막상 둘이 있으니 아무것도 안 하고 가만히 있기가 너무 어색했다. 그래서 이수는 태준에게 물었다.

"우리 영화 볼래요?"

태준은 호텔 VIP 영화관에서만 영화를 봤지만 집 안에서 따로 할 게 생각나지 않았기에 고개를 끄덕였다. 이수는 낭만적인 분위기를 원했기에 로맨스 영화를 틀었다. 이수가 불을 끄고 영화를 틀자 태준이 놀라서 물었다.

"불을 왜 끕니까?"

"영화관이 어둡잖아요. 그냥 켜요?"

"마음대로 하십시오."

그의 지적에 괜히 자신이 이상한 짓을 한 것 같아서 이수는 불을 다시 켜고는 그의 옆에 가서 앉았다. 원래는 태준의 어깨에 다정하게 기대서 영화를 보려고 했는데 불이 너무 환해서 태준 대신 쿠션을 껴안았다.

"유명한 영화예요."

클래식은 영원하다고 하니까. 그런데 보수적인 옛날 영화라서인지 너무 건전했다. 그녀의 기준에서는 너무 심심했다.

"사랑을 재미없게 하네."

그녀의 혹평에 태준은 소신 있게 말했다.

"제가 보기엔 아름답습니다."

이수는 바로 공격 대상을 태준으로 바꾸었다.

"그럼 검사가 아니라 여배우를 만나야죠."

태준은 자신이 말실수했다는 걸 깨닫고 아예 입을 다물어버렸다. 그리고 로맨스 영화 감상은 인내의 시간이 되었다. 영화가 끝났을 때 드디어 해방이라고 생각했는데 이수가 그에게 물었다.

"한 편 더 볼래요?"

태준은 마음 깊은 곳에서 우러나오는 말을 했다.

"됐습니다."

영화도 끝나고 나니 정말 할 게 없었다. 태준이 술이라도 마실 수 있다면 지금이 딱 같이 술 마시기 좋은 시간이었다. 그러나 태준이 술을 못 마시니 그녀 혼자 마시는 것도 이상했다. 그렇다고 밤새 눈 뜨고 있을 수는 없었기에 할 수 없이 이수가 먼저 말했다.

"우리 그만 자요."

태준이 긴장한 눈으로 돌아보자 이수는 간단하게 해결 방안을 내놓았다.

"태준 씨는 거실에서 자요. 난 침실에서 잘 테니까."

작은 방이 하나 더 있었지만 키가 큰 태준에게는 너무 좁게 느껴질 것 같아서 거실을 내주었다. 태준은 그런 방법이 있었다는 걸 이제야 알았다는 듯이 짧게 고개를 끄덕이는데 뭔가 좀 실망한 눈빛이었다. 그녀가 스키 리조트에서처럼 좀 더 같이 있고 싶다고 말할 줄 알았나 본데, 여자는 아무 때나 그런 말을 하는 게 아니었다. 그가 타이밍을 놓친 것이었다.

"그럼 잘 자요."

태준에게 이불을 내어주고 이수는 침실 문을 닫기 전에 그에게 굿나잇 인사를 했다. 태준은 거실에 덩그러니 앉아서 그녀를 말없이 쳐다보았다. 깊고 검은 눈빛이 뭔가를 갈구하며 그녀를 지그시 응시하고 있었다.

그래도 이수는 모르는 척 싱긋 웃으며 밝은 말만 했다.

"좋은 꿈 꿔요."

분명 전에 저 말을 들었을 때는 굉장히 따뜻하고 좋았는데 오늘은 이상하게도 좋지가 않았다.

탁―.

이수가 일말의 여지도 주지 않고 문을 닫고 들어가버리자 태준은 그가 쓸 하트 무늬 박힌 베개를 내려다보다 주먹으로 한 대 퍽 쳤다.

"무슨 소리예요?"

방 안에서 이수가 바로 묻자 태준은 움푹 팬 베개를 손으로 툭툭 털며 대답했다.

"아무것도 아닙니다."

태준은 기대를 내려놓고 그냥 누웠다. 리조트에서의 기회를 날려버린 건 그였으니까. 그때 일에 대한 앙금이 남아서 그녀가 선을 긋는 거라고 해도 그는 할 말이 없었다.

태준은 옆으로 누워 이수가 있는 방문을 쳐다보았다. 그녀와 문 하나를 사이에 두고 있다고 생각하니 잠이 더 안 왔다. 그녀와 보내는 시간이 늘어갈수록 자꾸 원하는 게 많아졌다.

처음엔 그녀의 손만 잡아도 설레었고, 키스를 하니 황홀했다. 그리고 이젠 그녀를 안고 싶었다. 그의 사랑은 폭설을 뚫고 제주도까지 오게 하였지만 그의 욕망은 저 문 하나를 열지 못했다. 그래서 사랑과 욕망은 다른 것인가? 아니면 같은 것인데 그가 다른 것으로 착각하고 있는 건가.

뒤척뒤척, 잠 못 드는 건 그녀도 마찬가지였다. 눈을 감아도 정신은 말똥말똥해질 뿐이었다. 이수는 힐긋 거실과 연결된 문을 보았다.

설마 벌써 자나?

문을 열어보고 싶은 마음 반, 그럼 안 된다는 마음 반이었다. 하지만 언제나 호기심이 인내심을 이기게 되어 있었다. 이수는 조심스럽게 침대에서 나와 살금살금 문으로 걸어갔다. 그녀의 손이 문고리를 잡았다.

달칵―.

어두운 밤에 문 여는 소리가 너무 크게 울려서 이수는 흠칫 놀라 그대로 멈추어 섰다. 밖에서 태준이 들었으면 인기척이 있을 텐데 아무 소리가 안 들렸다.

진짜 자나?

이수는 열린 문틈으로 거실을 살펴보았다. 태준이 자고 있어야 할 자리가 텅 비어 있는 걸 보고 이수는 놀라 문을 활짝 열었다.

거실로 나와서야 태준이 어디 있는지 확인할 수 있었다. 태준은 베란다에서 창밖을 보고 있었다. 오늘은 눈 때문에 바다도 안 보이는데 말이다.

"태준 씨."

그녀가 부르는 소리를 듣고서야 태준이 고개를 돌려 그녀를 보았다.

"안 추워요?"

베란다가 이 집에서 제일 추운 곳이었기에 이수는 소파에 놓여 있는 무릎 담요를 집어서 태준의 옆으로 갔다. 그의 어깨에 담요를 덮어주려고 하자, 태준은 오히려 그녀의 어깨를 덮어주려고 해서 둘은 잠시 실랑이를 벌였다.

"그럼 같이 덮어요."

결국 작은 담요를 같이 덮기 위해 두 사람은 꼭 붙어 있어야 했다.

밖에는 좀 약해지긴 했지만 여전히 눈이 내리고 있었다.

"제주도에 이렇게 눈 많이 오는 거 처음이래요."

꼭 그들이 눈을 몰고 다니는 것처럼 그들이 만난 뒤부터 참 많은 눈이 내렸다.

"만약 눈이 안 그쳐서 우리 이 집에 계속 갇혀 있어야 한다면 태준 씨는 뭐 하고 싶어요?"

"야한 것도 됩니까?"

"안 돼요."

그녀가 나무라는 눈으로 쳐다보자 태준은 바로 접었다. 그도 진지하게 한 말은 아니었다. 이 집에 갇힐 일은 절대 없을 테니까.

"이수가 하고 싶은 걸로 해요."

"그럼 지금 주면 안 돼요?"

"네?"

태준은 이수의 말을 알아들을 수가 없어서 그녀의 얼굴만 바라보았다. 이수는 태준의 코트가 걸려 있는 방 쪽을 보았다. 태준이 커플링을 먼저 줄 때까지 모른 척 기다리려고 했는데 그가 꼭 잊어버린 것처럼 아무 말이 없어서 더 이상 기다릴 수가 없었다.

"코트에 있는 거요."

태준은 그제야 그녀가 커플링을 말한다는 걸 알고 몸을 돌려 코트가 있는 방으로 걸어갔다. 방에 들어갔다 나온 태준의 손에는 벨벳 상자가 들려 있었다.

이수는 엎드려 절 받은 것 같아 새침한 표정을 지었다. 태준은 작은 반지를 꺼내어 그녀의 왼손 약지에 천천히 끼워주었다. 이번엔 그녀에게 맞춘 것처럼 반지가 쏙 들어갔다. 태준은 그제야 만족한 표정을 지었다.

"나도 끼워줄게요."

이수는 태준의 반지를 꺼내었다. 그녀보다 커다란 손에도 그녀의 손에 끼워진 것과 똑같은 반지가 끼워졌다, 가운데 작은 다이아가 박힌 고급스러운 백금 반지는 그녀보다 오히려 태준에게 더 어울렸다.

"다른 사람들이 커플링을 한 게 그렇게 부러웠어요?"

그녀가 놀리듯이 하는 말에도 기분이 마냥 좋아서 태준은 두 손으로 그녀의 뺨을 감싸 안았다. 손가락에 끼워진 반지가 어둠 속에서 유독 빛이 났다. 두 사람이 나누어 낀 반지도, 손 안의 그녀도 모두 그를 충족시켜주었다.

태준은 무엇이든 매혹할 것 같은 눈빛으로 그녀를 보며 어둠보다 더 나직한 목소리로 물었다.

"키스해도 됩니까?"

이제 와서 굳이 그녀의 동의를 구하는 태준의 말에 이수는 낮게 웃었다.

"안 된다고 하면 안 할 거예요?"

태준은 바로 코끝을 부딪치며 그녀의 입술을 머금었다. 입술이 닿자 그녀의 눈이 저절로 감겼다. 어둠 속에서 그의 따뜻한 입술의 감촉만이 선명했다. 그는 아주 소중한 것을 어루만지듯이 그녀의 입술에 키스했다. 입술 틈으로 들어오는 숨결이 너무도 달아서 전신에 전율이 일었다. 태준은 고개를 틀며 그녀의 입술에 더 깊이 파고들었다.

인간의 욕심은 끝이 없었다. 처음엔 같이 있을 수 있는 것만으로도 신기했는데 이젠 그걸로는 부족했다. 더 달콤한 것, 더 치명적인 것을 바라게 된다. 태준은 누구에게도 빼앗기지 않기 위해 그녀의 몸을 두 팔로 으스러지게 안았다.

제주도를 집어삼킬 것 같던 폭설은 그쳤지만 아직 거리에 쌓였던 눈이 꽁꽁 얼어붙어서 보통 사람들은 섣불리 외부 활동을 꺼리는 날씨였다. 이런 날씨에도 부지런히 거리를 활보하는 사람들은 택배 기사와 조폭들이었다.

제주도 조폭들은 카지노를 중심으로 활동을 펼치고 있었기에 대도시 조폭 못지않게 자존심이 대단했다. 그래서 거리가 꽁꽁 얼어붙은 날씨에도 담배 열기 하나로 몸을 따뜻하게 데우며 자신들의 영역을 지키고 있었는데 못 보던 얼굴들이 그들의 영역에 발을 들여놓았다.

"저기 오는 놈들, 우리 애들 아니지 않냐?"

한 명이 지적하자 모여 있던 청호파 조폭들은 일제히 그쪽으로 고개를 돌렸다. 침입자들은 각목을 꺼내 들고 무시무시한 기세로 그들을 향해 달려왔다.

"씨발! 저 자식들 뭐야! 막아!"

청호파 조폭은 그들이 누구에게, 왜 공격을 받는지 이유도 모른 채 무작정 공격해 오는 무리를 온몸으로 막아섰다. 무차별적인 싸움판은 불이 한순간에 번지듯이 순식간에 아수라장으로 변했다.

그녀가 제주도 검찰청으로 옮긴 이후 가장 충격적인 일이 벌어졌다. 이 계장이 청첩장을 돌린 것이다. 청첩장을 받은 이수는 깜짝 놀라 물었다.

"중매결혼이에요?"

"아뇨. 연애결혼입니다."

이 계장의 대답이 더 충격이었다. 워커홀릭에 성격도 딱딱한 그가 어떻게 연애를 했다는 건지. 그녀보다 더 오래 이 계장과 일한 고 실무관도 놀라긴 마찬가지였다.

"여자 친구 있는 줄 전혀 몰랐어요."

이 계장이 그런 걸 주위 사람들에게 자랑할 성격이 아니긴 했지만 아무 기척도 없이 갑자기 결혼한다고 하니 놀랄 수밖에 없었다.

"프러포즈는 했어요? 여자들 그런 거 안 해주면 평생 가는데."

"이 계장님은 왠지 밥 먹다가 무드 없이 그냥 말했을 거 같아요. 그렇죠?"

한창 과묵한 결혼 발표자를 앞에 두고, 두 여자가 신나게 프러포즈에 대해 떠들고 있는데 밖에서 누군가의 고함이 들려왔다.

"이런 미친놈들! 여기가 어디라고!"

잡혀 온 피의자들이 자기 죄 없다고 외치는 일은 많았지만 방금 목소리는 피의자가 아니었다.

"어? 방금 목소리, 권 검사님 아니에요?"

소리가 우렁찬 것을 보니 권상학 검사가 맞았다. 그는 총 쏘듯이 말하는 습관 때문에 '권총 검사'라고 불렸다.

"무슨 일이 생겼나 봐요."

고 실무관은 바로 컴퓨터 앞에 앉았다. 실무관들 사이의 채팅이 검찰청에서는 가장 빠른 소식통이었다. 다다다 빠른 속도로 타자를 치던 고 실무관은 깜짝 놀란 표정을 지으며 모니터 위로 고개를 번쩍 들어 권총 검사처럼 외쳤다.

"세상에! 제주도에서 조폭들끼리 싸움 났대요. 그래서 지금 경찰청에 잡혀 온 조폭 수가 엄청나대요."

툭―.

이수는 들고 있던 청첩장을 떨어뜨리고 말았다. 그녀는 조직 폭력 담당도 아니었고, 그녀 때문에 생긴 일도 아닌데 그 말을 듣는 순간 심장이 철렁 내려앉았다.

❋

쾅―!

태준이 바람을 일으키며 문을 거세게 열어젖혔다.

"도대체 무슨 일을 벌이시는 겁니까!"

너무도 기가 막히고 화가 나는 일이라 태준은 그답지 않게 목소리가 높아졌다.

제주도에서 흑룡파가 유혈 사태를 일으킬 일은 없었다. 제주도는 '청호파'라는 부산을 본거지로 한 경남 조직이 장악하고 있었으니까. 그러니 이건 명백히 흑룡파가 남의 구역을 침범해서 생긴 일이었다. 거기에 흑룡파의 수장인 마광호의 명령이 없었다는 건 말이 안 되는 일이었다.

마광호는 화내는 태준을 가소롭다는 눈빛으로 쳐다보았다.

"네가 이 나라에서 나한테 자유로울 수 있는 땅은 어디에도 없어."

아버지는 이번 일이 그 때문이라고 말하면 안 되었다. 그럼 태준이 불행을 몰고 다니는 사람이라고 낙인을 찍는 거나 마찬가지였으니까.

"당장 그만두세요!"

"그럼 너부터 제수도에 두 번 다시 가지 말아야지.

그가 제주도에 왜 가는지 알지도 못하면서 이리 칼부터 뽑아드는 아버지가 태준은 너무도 원망스러웠다.

"그래서 저 하나 굴복시키겠다고 아버지가 만든 원칙을 직접 깨시겠다는 겁니까?"

대한민국에서 가장 큰 두 조직은 서로의 지역을 존중하자고 아주 오래전에 협정을 맺은 적이 있었다. 두 조직의 혈투로 배가 부른 건 경찰과 검찰뿐이었으니까. 살아남기 위해서 공생을 택한 거였다.

"요즘 제주도 땅값이 많이 올랐으니 해볼 만한 장사이기는 하지."

"언제부터 양아치가 되신 겁니까?"

"네 이놈!"

크게 호통을 쳤던 마광호는 바로 거친 기침을 쏟아냈지만, 태준에게는 아버지가 아픈 모습조차 비겁하게 느껴졌다. 태준은 바로 문을 박차고 그 방을 나와버렸고, 밖에 대기하고 있던 홍 실장이 서둘러 뛰어들어가 마광호의 상태를 살폈다.

Rrrrrrrrr— Rrrrrrrrr—.

앞만 보며 걸어가고 있는데 태준의 전화가 울렸다. 최도훈 검사였다. 도훈이 무슨 이야기를 하기 위해 전화했는지 알기에 태준은 전화를 받기 전부터 이미 괴로웠다.

하지만 통화 버튼을 누르고 입을 떼었을 때는 자신도 놀라울 정도로 차분한 목소리가 나왔다.

"네, 마태준입니다."

[우리 만나야 하지 않겠습니까?]

태준은 지금 싫다고 대답할 자격이 없었다.

두 사람은 어두운 한강 다리 밑에서 만나기로 했다. 먼저 도착해 있던 도훈이 피우는 담배 연기가 생명력이 있는 동물처럼 밤의 공기를 타고 올라갔다. 태준의 차가 도착한 것을 보고 도훈은 마지막 한 모금을 깊게 삼키고는 담배를 껐다.

차 문을 열고 내려서는 태준은 모델처럼 늘씬하고 영화배우처럼 분위기가 있었다. 처음 봤을 때부터 느꼈었다. 꼭 비극 영화의 남자 주인공 같다고. 그리고 그 예상은 아주 정확했다고 도훈은 이번에 확신하게 되었다.

"제주도에 난리가 났더군요."

태준은 아무 말 없이 도훈을 쳐다보기만 했다.

"제주지검 검사가 저한테 전화해서 묻더군요. 흑룡파에 무슨 일이 있는 거냐고."

전혀 웃을 내용이 아닌데도 도훈은 말하면서 쿡쿡 낮게 웃었다.

"내가 거기다 대고 어떻게 이게 연애 문제라고 말하겠어요. 그리 말한 나만 미친놈 되는 거지."

한 남자와 한 여자가 눈이 맞아서 만났는데, 그것 때문에 평화의 섬에 조폭 전쟁이 일어났다. 10년을 조직 폭력과 싸우면서 검사 생활을 한 도훈으로서는 정말 끝내주게 지랄 맞은 이야기였다.

도훈의 눈빛이 단번에 날카롭게 변했다.

"이 지경까지 되었는데도 은 검사랑 계속 만날 겁니까?"

"아버지는 제가 막을 겁니다."

"그럴 수 있었으면 먼저 막고 만났어야지!"

도훈의 고함이 고적한 한강에 쩌렁쩌렁 울렸다.

태준은 주먹을 꽉 쥐었지만 도훈처럼 소리치지는 못했다. 도훈은 언제나처럼 맞는 소리만 했으니까. 빌어먹게도.

도훈은 태준의 코앞까지 걸어가서 매서운 눈으로 그를 노려보다 재킷 안 주머니에서 종이를 꺼내어 태준의 앞에 내밀었다.

"정말 자신 있으면 여기 와보던가."

도훈이 꺼낸 건 누군가의 결혼식 청첩장이었다. 결혼식이 열리는 웨딩홀이 제주도에 있다는 게 태준에게는 가장 거슬렸다.

"여기 올 수 있으면 나도 조금은 믿어줄 테니까."

태준은 찌푸린 눈으로 도훈을 쳐다보기만 했다. 그 결혼식이 어떤 결혼식인지는 이수한테서 걸려온 전화에서 알게 되었다.

[나 이번 주말에 우리 사무실 계장님 결혼해서 거기 가봐야 해요.]

태준은 손으로 눈을 가렸다. 그가 대답이 없자 이수는 조심스럽게 그의 이름을 불렀다.

[태준 씨? 듣고 있어요?]

"네, 결혼식."

태준은 기계적으로 대답했다.

[점심때니까 오후에는 볼 수 있어요.]

태준은 도훈이 그 결혼식에 그를 강제로 초대했다는 말을 이수에게 할 수 없었다. 그리고 이수 역시 제주도에서 일어난 조폭 사건이 그와 관련이 있는지 물을 수가 없었다. 서로에게 할 수 없는 말이 생긴다는 건 좋은 징조가 아니었다.

그런데도 그들의 만남이 이번 일로 끝나지 않기를 둘 다 소망했기에 전화 통화는 평소처럼 서로 간의 일상 이야기로 이어졌다.

괜찮을 거다. 아니, 괜찮아야 했다.

그들의 사랑은 이제 막 시작되었을 뿐이니까.

❁

이 계장은 육지가 고향이었지만 결혼식은 여자의 가족이 사는 제주도에서 열려서 이수도 편하게 참석할 수 있었다. 결혼식장에서 만난 고 실무관은 사무실에서보다 더 반갑게 인사하며 다가왔다.

"우와, 검사님 너무 예뻐요."

"고 실무관이 더 예뻐요."

"이 구두, 어디서 산 거예요? 제주도에서 산 거 아니죠?"

태준이 사준 구두를 고 실무관이 칭찬하자 이수는 괜히 뿌듯해서 발을 앞으로 더 내밀게 되었다. 고 실무관과 한창 구두 이야기를 하고 있는데 그녀의 눈에 이곳에서 볼 거라 예상 못한 사람이 들어왔다. 깜짝 놀란 이수의 눈이 커졌다.

"최 검사님?"

그녀를 향해 걸어오는 사람은 정말 도훈이었다.

"좋아 보이네."

도훈이 그녀에게 말을 걸자 이수는 놀란 표정을 지우지 못한 채 물었다.

"설마 이 결혼식 하객으로 오신 거예요?"

"그래, 이 계장이 나 초대했어."

"이 계장이랑 아는 사이예요?"

"이 계장 제주도 오기 전에 같이 일했었어."

생각도 못했다. 이 계장이 그런 이야기는 입도 뻥긋하지 않았으니까. 그녀가 북부지검에서 왔다는 걸 알았으면 도훈과 아는 사이인지 물을 만도 하건만 어떻게 한 번도 티를 안 낸 건가 싶었다.

"박진웅 자수했을 때 나한테 전화해준 사람이 이 계장이야."

"네?"

"너 제주도 내려갈 때 내가 이 계장한테 부탁했었어."

도훈이 개인적으로 부탁까지 했는데 그녀를 그렇게 대했다는 건가. 이 계장도 참 자기 주관이 너무 뚜렷한 캐릭터였다.

"너는 혼자 온 거야?"

옆에 고 실무관이 있는데 그리 묻는 걸 보니 태준에 대한 얘기인 듯해 이수는 어색하게 웃었다.

"최 검사님이 생각하는 것보다 훨씬 잘 지내고 있어요."

도훈이 인정해주지 않는다고 해도 그녀는 태준과 함께 있을 때 행복했다.

"내가 마태준이 결혼식에 불렀어."

생각지 못한 도훈의 말에 그녀의 표정이 창백해졌다. 옆에 있는 고 실무관이 걱정하는 눈으로 보자 이수는 고 실무관에게 부탁했다.

"물 좀 가져다주겠어요?"

고 실무관이 물을 가지러 자리를 뜨고 도훈과 둘만 남게 되자, 이수는 떨리는 목소리로 도훈에게 따졌다.

"왜, 왜 그런 걸 최 검사님 마음대로 하세요?"

"둘 다 못할 거잖아. 넌 확인해보고 싶지 않아?"

"뭘요?"

"마태준이 너랑 헤어질 마음으로 만나는 건지, 아니면 끝까지 갈 생각인지."

그게 이 결혼식이랑 무슨 상관이란 말인가.

"너랑 헤어질 마음이 있으면 마태준 이 결혼식에 못 와."

그녀와 즐거운 사랑만 하다 떠날 생각이라면 굳이 다른 사람들 눈을 신경 써야 하는 이런 자리에 나타날 리 없었다. 거기다 이 결혼식은 검찰청 사람들이 모인 결혼식이다. 마태준이 가장 꺼릴 만한 자리였다.

이수는 도훈의 일방적인 결론에 지고 싶지 않아서 눈에 힘을 꽉 주며 말했다.

"그럼 태준 씨가 오면요? 여기 오기만 하면 나랑 끝까지 갈 수 있다는 거예요?"

"적어도 못 오는 것보다는 가능성이 더 크지 않겠어?"

그녀는 태준과 해피엔딩일 것 같아서 만나는 게 아니었다. 태준과 함께 있는 시간이 좋아서 계속 만나는 것이었다. 그런데 도훈은 그들도 아직 결정 내리지 못한 미래로 그와 그녀를 압박하고 있었다. 숨이 안 쉬어졌다.

이수는 붉어진 눈으로 도훈을 쳐다보았다. 태준에 대한 그녀의 깊어진 마음이 그녀의 눈빛을 통해 보이는 거 같아 도훈은 씁쓸한 미소를 지었다. 사실 도훈은 태준이 오지 않기를 바라고 있었다. 두 사람이 그냥 적당히 즐긴 거였으면 좋겠다. 골치 아픈 사랑이 아니라.

도훈은 이수도, 태준도 다치는 걸 바라지 않았으니까.

태준은 결혼식이 열리는 곳에서 한참 떨어진 거리에서 택시를 내렸다. 멀리서도 집안 잔치가 있다는 걸 알 수 있을 정도로 웨딩홀 앞은 사람들로 북적였다.

태준은 선뜻 다가가지 못하고 바라만 보았다. 여기까지 오긴 했지만 들어가는 건 쉽지 않았다. 만약 결혼식장에 온 사람 중 그의 아버지를 아는 사람이 있다면 그녀가 굉장히 곤란에 처할 수도 있는 일이었다.

그걸 누구보다 잘 아는 최도훈은 왜 그한테 이곳에 오라고 한 건가. 단지 그를 괴롭히기 위해서? 아니, 최도훈이 그렇게 속 좁은 사람이라고 생각한 적은 단 한 번도 없었다. 누군가에게는 세상에서 가장 행복한 결혼식장 앞에서 태준은 미로에 갇혀버린 기분이었다.

이수는 결혼식이 진행되는 내내 자꾸 뒤를 돌아보게 되었다. 혹시라도 태준이 올까 기대하는 마음과 불안한 마음이 뒤엉켜서 어느 게 진짜 그녀의 마음인지 그녀도 잘 알 수가 없었다.

"결혼식은 다 끝나가는데 안 오네."

옆에 앉은 도훈의 말에 이수는 손톱만 뜯었다. 어차피 도훈이 멋대로 오라고 한 거였다. 태준이 이 결혼식에 오든 말든 그녀는 전혀 상관없었다. 그리 생각하는데도 결혼식이 끝나갈수록 그녀의 마음은 바싹바싹 메말라갔다.

"사진 찍겠습니다."

결혼식이 순식간에 끝나고 사진 찍는 일만 남았다. 이수는 고 실무관의 손에 이끌려 사진을 찍기 위해 앞으로 나갔다. 표정 없는 얼굴로 서 있자 사진사가 활짝 웃으라고 지적했다. 하지만 오늘은 도저히 웃을 수가 없었다.

"나 아무래도 안 되겠어."

그녀가 사진을 안 찍으려고 줄에서 빠지려고 하던 그 순간, 결혼식장으로 걸어 들어오는 남자가 그녀의 눈에 들어왔다.

"어머, 저 남자 누구야?"

사진 찍으려고 줄 서 있던 사람들이 일제히 결혼식이 다 끝난 뒤에야 나타난 그를 주목할 정도로 태준은 마지막 손님에 어울리는 아우라가 있었다.

"거기 아가씨 설 거면 똑바로 서고, 빠질 거면 어서 빠져요."

사진사의 지적에 이수는 열에서 빠져나와 결혼식장 뒤로 뛰어갔다. 그녀가 태준에게 가는 걸 보고 남자들 줄에 서 있던 도훈은 짧게 한숨을 내쉬었다.

"자! 찍습니다. 다들 웃으세요."

사진사가 사진을 찍을 때 이수는 태준의 앞에 당도했다. 무슨 말을 해야 할지 알 수 없어서 입술만 깨무는 그녀에게 태준이 나직한 목소리로 말했다.

"안 반가우면 그냥 가겠습니다."

이수는 손을 뻗어 그의 손을 꽉 움켜잡았다.

"그럴 리가 없잖아요."

그가 와주어서 너무 기뻤다. 그가 쉽게 온 게 아니란 걸 알기에 더더욱 그의 용기에 미안하면서 고마웠다. 그녀가 먼저 같이 결혼식에 가자고 했으면 괜찮았을 일이었다. 그런데 그녀가 용기를 내지 못했기에 결국 그가 더 큰 용기를 내야만 했다.

"오늘은 꼭 나랑 같이 결혼식 밥 먹어요."

그녀의 말에 그제야 태준도 웃었다. 사실 그녀가 왜 왔느냐고 당황하며 불안한 눈빛을 보일까 봐 그게 제일 두려웠다.

"거기 두 사람."

도훈이 두 사람을 향해 걸어왔다.

"밥이나 먹으러 가자고."

오늘 두 사람을 힘들게 만들었으면서 아무렇지 않게 친한 척하는 도훈을 두 사람은 똑같이 노려보았다.

식당으로 가는 길에 이수가 여자들에게 붙잡혀서 남자 둘이 나란히 식당으로 걸어가게 되었다.

"와보니까 별거 없지 않아요?"

별일 아닌 듯 말하는 도훈을 태준은 건조한 눈빛으로 바라보았다.

"설마 그거 알게 해주려고 오라고 한 겁니까?"

"그럴 리가. 그냥 마태준 씨가 어느 정도 마음인지 알고 싶었어요."

"그래서 내가 여기 온 걸로 뭐가 확인된 겁니까?"

도훈은 여자들에 둘러싸여 있는 이수를 보며 덤덤히 말했다.

"어쩌면 아버지를 버릴 용기도 있을 수 있겠다."

태준의 눈매가 일그러졌다. 그가 그러고 싶은 적이 없었겠는가.

"난 평생 아버지한테서 도망쳤는데 실패했습니다."

"도망치는 거 말고 버리라고요."

도훈은 검사의 눈빛으로 태준을 보며 말했다.

"박만수 범법 증거 넘긴 것처럼 마광호도 넘겨요."

태준의 눈빛은 단번에 얼어붙었다.

"지금 나보고 병든 아버지 감옥에서 죽게 하라는 겁니까?"

"이건 당신이 죽나 당신 아버지가 죽나, 둘 중 하나가 아니면 해결 안 나요."

그때 앞서가던 이수가 돌아보며 그를 향해 손짓했다. 도훈은 다른 방향으로 따로 걸어가며 그에게 경고하듯이 말했다.

"그러니까 아버지와 자식 관계는 잊어요. 누가 죽고 누가 사느냐의 게임이니까."

도훈은 인간으로서 가장 잔인한 말을 하고는 혼자 밥을 먹으러 가버렸다. 그래서 여자 무리에 그 혼자 앉게 되었다. 태준은 도훈이 아버지를 버리라고 한 것보다 이 자리에 그 혼자만 두고 가버린 게 더 용서가 안 되었다. 여자들이 전부 그만 쳐다보고 있어서 도저히 밥을 먹을 수가 없었다.

고 실무관이 그의 얼굴을 신기한 듯이 보며 질문의 물꼬를 텄다.

"가까이서 보니 더 미남이세요. 어떻게 하면 맞선에서 이런 남자를 만날 수 있어요?"

이수가 식당에 오는 길에 태준을 맞선에서 만났다고 말했나 보았다.

"키가 몇이에요?"

"몸이 좋은데, 운동하세요?"

"연애 많이 하지 않았어요?"

"진짜 성형 하나도 안 한 거예요?"

"옷도 엄청 명품 같은데. 맞죠?"

여자 한 명이랑 맞선 보는 것도 힘들었는데 지금은 여자가 다섯 명이라 다섯 배로 힘들었다. 결국 태준은 이수의 귀에 대고 속삭였다.

"살려주십시오."

태준이 여자들 사이에서 괴로워해서 밥만 먹고 결혼식장을 빠져 나와 그녀의 차에 함께 올라탔다.

"최 검사님한테 화났어요?"

"아뇨."

최도훈의 의도는 마지막에 확실히 들었다. 도훈은 박만수에 이어 마광호까지 잡고 싶은 거다. 하지만 태준한테 그건 쉽게 결정할 수 없는 문제였다. 아무리 나쁜 사람이라도 그한테는 아버지였으니까.

"난 처음에 화났는데 태준 씨 온 거 보고 내가 미안해졌어요. 내가 먼저 결혼식 같이 가자고 말했어야 했는데."

"그런 거로 미안해할 필요 없습니다."

그들이 사람들 시선을 피하게 된 원인은 그에게 있었으니까. 그녀한테는 아무 잘못도 없었다.

"그런데 최 검사님이랑 무슨 이야기 했어요?"

이수는 도훈이 제주도에서 일어난 조폭 패싸움에 대해 태준에게 말했을까 봐 마음이 초조했다. 그 일은 경찰과 검찰이 해결해야 할 일이었다. 태준에게 잘못을 물으면 안 된다고 생각했다. 세상에 아버지의 죄로 아들을 체포하는 법은 없었으니까. 그런데 태준은 그녀의 질문에 대답하지 않고 그녀의 구두를 내려다보았다.

"내가 사준 구두 신었네요."

그리 말하니 갑자기 발이 신경 쓰여서 이수는 발끝을 가지런히 모았다.

"결혼식이니까."

원래 이렇게 사람 많은 곳에서 신어줘야 더 빛을 발하는 구두가 있다. 태준이 사준 구두가 그랬다. 이렇게 예쁜 구두를 신고 나쁜 이야기는 하고 싶지 않았기에 이수는 일부러 더 밝게 웃으며 태준에게 말했다.

"이 구두에 어울리는 멋진 곳으로 가요."

태준은 그녀의 뜻에 따라 차를 몰았다. 병든 아버지를 감옥에 보내는 건 망설여졌지만, 아버지가 제주도에 하려는 짓은 막아야만 했다. 이곳은 그런 식으로 망가져서는 안 되는 곳이었으니까.

제주도를 아버지에게 뺏긴다면 결국 이수도 위험해질 테니 그렇게 되게 할 수는 없었다. 죽어도.

제주도를 지켜라

낮 동안 열심히 일한 사람들이 모두 잘 시간인 늦은 밤 제주의 바다에서는 고기잡이배들이 불을 밝혀 물고기들을 불러 모았고, 지하에 있는 불법 도박장도 불을 밝혀 도박꾼들을 불러 모았다. 눈이 시뻘게질 정도로 도박에만 집중하는 사람은 꼭 마약 중독자들 같았다.

뚜벅뚜벅―.

비밀스럽게 숨겨진 입구로 걸어오는 남자를 보고 보초를 서던 거구의 경호원들은 눈에 날을 세웠다. 딱 봐도 이런 곳에서 도박할 놈으로 보이지는 않았으니까.

남자는 마치 금방 비행기를 타고 유럽에서 날아온 듯 얼굴에 귀티가 흘렀고, 고급스러운 슈트와 탐나는 구두, 그리고 여유로운 태도를 지니고 있었다. 무엇보다 그 남자가 처음 꺼낸 말이 보초들을 더 긴장하게 하였다.

"황 이사 만나러 왔는데."

황 이사는 이곳의 총책임자였다. 아무나 함부로 만날 수 없는 그런 위치의 인물이었기에 보초는 날을 세우며 물었다.

"너 누구야?"

남자는 재킷 주머니에서 명함을 꺼내 보초에게 내밀었다. 명함을 확인한 보초의 얼굴이 일그러졌다.

이 세계에서 당당하게 '마 씨'라는 성을 밝힐 수 있는 존재는 흑룡파 마광호의 직계뿐이었다. '설마 아니겠지?'라는 의심의 눈으로 보초는 다시 남자의 얼굴을 뚫어지게 보았다.

지금 청호파와 흑룡파가 엄청나게 사이가 안 좋은데 그쪽 사람이 부하도 없이 달랑 혼자서 당당히 청호파의 텃밭으로 걸어 들어올 리가 없었다. 죽고 싶어 환장한 게 아니라면 말이다.

"잠깐만 기다리슈."

그래도 명함 속 이름이 아무래도 걸려서 보초는 명함을 들고 안으로 들어갔다. 그리고 10분 정도 지났을 때 보초는 태준에게 도박장 문을 열어주었다.

"따라오십시오."

황 이사한테 가기 위해서는 도박장을 지나야 했다. 땅굴 같은 지하 도박장에서 흐릿한 조명에 의지해서 도박에 빠진 사람들한테서는 살아 있는 사람의 생명력이 느껴지지 않았다.

어둠은 너무도 쉽게 사람들을 잡아먹었다. 그 어둠을 평생 피하며 살았던 태준이 스스로 이곳에 온 것은 어둠에 잡아먹히고 싶어서가 아니라 지키고 싶은 게 있어서였다.

가장 안쪽에 있는 사무실에 황 이사라는 인물이 책상에 두 발을 걸치고 거만하게 앉아서 태준이 출입증으로 쓴 명함을 손에 들고 있었다. 제주도 지역을 책임지고 있는 청호파의 중간 보스이며, 이름은 황

산. 보통 황 이사로 통했다. 태준도 키가 큰데 황 이사는 그보다 더 컸다. 마치 삼국지에 나오는 장비 같은 인상이었다.

"이제 보니 이런 명함 쪼가리보다 얼굴이 더 명함이네."

황 이사는 그를 보자마자 들고 있던 명함을 바닥으로 던져버렸다. 그가 아버지를 많이 닮았다는 소리 같아서 태준은 당연히 기분이 안 좋았다.

"아버지는 함부로 남의 구역을 빼앗으려 하고, 투명인간이었던 아들은 겁도 없이 혼자 날 찾아오고. 도대체 부자가 무슨 속셈이려나."

황 이사는 빈정거리듯 말했다.

아버지가 먼저 반칙을 했으니 황 이사의 무례한 태도에도 태준은 화를 낼 수 없었다.

"흑룡파가 제주 땅에 들어오지 못하게 막는 걸 내가 도와줄 수 있습니다."

태준의 말에 황 이사는 잠시 황당한 표정을 짓다가 갑자기 호탕하게 웃기 시작했다. 너무도 재미있는 소리를 들었다는 듯이, 혹은 너무도 가소롭다는 듯이.

태준은 황 이사가 웃음을 그치기를 조용히 기다렸다. 그는 인내심이 많았으니까.

"흑룡파 황태자가 우릴 도와주겠다고?"

웃음기가 서려 있던 황 이사의 눈빛이 단번에 살벌해지며 목소리에도 칼을 물었다.

"그전에 여기서 살아나갈 걱정이나 먼저 하지 그래."

황 이사가 책상을 내려치자 태준의 등 뒤에 있던 문이 열리며 조직원들이 쏟아지듯 들어와 그를 에워쌌다.

그래도 태준은 놀라지 않고 차분히 서 있었다. 더티 플레이에 더티 플레이로 답하는 조폭 방식에 새삼 놀라기도 지겨웠다.

"아버지 믿고 여기까지 제 발로 왔나 본데, 오늘 여기가 네 무덤이야. 밟아버려!"

황 이사의 명령이 떨어지자마자 태준을 포위하듯이 에워싸고 있던 조직원들이 한꺼번에 그에게 달려들었다. 태준은 무차별적인 공격을 빠르게 피한 뒤 앞에서 공격해 오는 남자의 가슴을 발판으로 차올라 공중으로 날았다.

그의 큰 몸이 가볍게 위로 날아오르는 걸 사람들이 닭 쫓던 개 같은 시선으로 쳐다보았다. 아래로 떨어지던 태준은 공중에서 그대로 발차기를 날려 그의 앞을 가로막고 있던 두 명을 한꺼번에 쓰러뜨렸다.

우당탕—!

그의 발에 맞은 두 명이 요란스럽게 쓰러지며 앞이 뚫리자마자 그는 바로 황 이사가 있는 책상으로 돌진했다. 태준의 목표가 자신인 것을 알고 그제야 황 이사는 책상에 걸치고 있는 발을 내려놓으려고 했다. 하지만 그의 발이 땅에 닿기도 전에 태준이 책상 위로 뛰어올라 그의 얼굴을 발로 후려 차는 게 더 빨랐다.

퍽—!

한 대 제대로 맞고 의자에서 떨어진 황 이사를 보고 부하들은 깜짝 놀라 모두 망부석이 되었다. 고작 1분도 안 된 사이에 일어난 일이었다. 무려 황 이사를 때려서 바닥에 넘어지게 하다니. 크게 다친 건 아니라고 해도 그 개망신이 조직원들에게는 쇼크였다.

태준은 바닥에 쓰러진 황 이사를 내려다보며 차갑게 말했다.

"책상에 발 올리는 건 비매너입니다."

이 상황에서 매너를 찾는 태준의 말에 황 이사는 싸울 의지를 잃고 헛웃음만 흘렸다.

이거, 완전 신개념 또라이였다.

한바탕 난리굿을 친 다음에야 황 이사는 부하들을 다 내보내고 태준과 소파에 마주 앉았다.

"밖에 몇 명이나 있지?"

분명 태준 혼자 온 게 아니라고 황 이사는 확신했다. 그 정도 또라이일 리는 없었다.

"나 혼자 왔습니다."

그 정도 또라이였나.

황 이사는 아까 태준에게 맞은 얼굴이 다시 아파왔다. 방심만 안 했어도 절대 안 맞았을 거라고 황 이사는 확신했다.

"김상철이 그쪽 전담이라고 들었는데."

김상철이 이곳을 알려주기는 했다. 절대 혼자 가면 안 된다고 당부도 했지만 그는 오늘 밤 내로 황 이사와 만나야만 했다. 내일은 이수를 만나야 해서 시간이 없었으니까.

"김상철은 상관없습니다."

"그쪽 혼자 도와주겠다는 말이었어?"

황 이사는 태준이 다시 가소로워졌다.

마광호가 힘이 있는 건 흑룡파라는 거대 조직을 가졌기 때문이다. 그런데 태준은 혼자 찾아와서 도와주겠다고 하고 있으니 전혀 신용이 안 갔다.

그냥 그가 또라이라는 것만 점점 더 확실해졌다.

황 이사는 습관적으로 다리를 꼬며 소파 등받이에 팔을 걸쳤다.

"어디 이유나 들어보자고. 흑룡파 황태자께서 날 왜 도와주겠다고 하는 건지."

태도나 말투에서 황 이사가 그를 전혀 신용하지 않는다는 게 느껴졌지만 태준은 솔직하게 말했다. 그가 원하는 건 하나뿐이었다.

"이 섬에서 내가 자유롭게 지낼 수 있도록 그쪽이 보장하는 거."

황 이사는 가늘게 뜬 눈으로 태준을 바라보았다. 그제야 뭔가 감이 왔다. 마광호가 갑자기 제주도를 노리는 게 단지 제주도 땅값이 금값이 되어서만은 아니라는 거. 그래서 태준이 돌아간 뒤 부하를 불러 지시를 내렸다.

"마태준 뒤밟아. 제주도에서 뭐 하고 지내는지 하나도 빠짐없이 알아와."

마광호에게는 어려운 일인지 몰라도, 황 이사에게는 쉬운 일이었다. 제주도는 그의 집 앞마당이나 마찬가지였으니까.

밤에 어둠의 세계로 외출 다녀오느라 태준은 거의 자지 못하고 이수를 만나야 했다. 묵었던 숙소에서 나와 택시를 탄 태준은 택시 기사에게 말했다.

"우선 출발해주세요. 가다가 목적지 말씀해드릴게요."

택시 기사는 의아한 눈으로 태준을 돌아보았다. 보통은 목적지를 먼저 말해야 택시가 출발할 수 있었으니까. 하지만 태준이 오만 원 한 장을 꺼내 먼저 돈을 주자, 택시 기사는 묻지도 따지지도 않고 차를 출발했다. 택시가 달리는 동안 태준은 룸미러로 뒤에 따라오는 차를 보았다.

황 이사가 그에게 미행을 붙일 거라는 건 예상했기에 당황할 일은 아니었다. 그리고 황 이사가 이수에 대해 안다고 해도 그의 아버지와 달리 함부로 그녀를 건들 수는 없었다.

검사 한 명은 검찰이라는 거대 조직을 상징했다. 폭력 조직이 검찰청과 척을 지고 제주도에서 제대로 사업하며 지낼 수 있을 리가 없었다. 태준이 지금 더 신경 쓰이는 건 황 이사가 이수에 대해 알게 되는 것보다 이수가 황 이사에 대해 알게 되는 거였다. 꼭 나쁜 친구를 들키고 싶지 않은 마음이랄까.

태준은 휴대폰을 꺼내 김상철에게 전화를 걸었다.

"아버지가 황 이사 처리하려고 할 거야. 그게 언제인지 알아봐줘."

태준이 그런 위험한 정보를 그냥 알고만 있을 것 같지는 않았기에 김상철은 불안한 목소리로 물었다.

[그거 알아서 어쩌려고?]

"내가 알아서 해."

[태준아. 그러지 말고. 당분간 제주도는 안 가는 게.]

뚝―.

태준은 일방적으로 전화를 끊고 고개를 들었다. 앞에 이마트 표시가 보이자 태준은 택시 기사에게 목적지를 말했다.

"이마트로 가주십시오."

곧바로 이수의 집으로 갈 수 없다면 겸사겸사 장이나 보고 가야겠다.

미행하던 태준을 놓쳤다는 말에 황 이사는 바로 성을 내었다.

"멍청하게! 그걸 놓쳐!"

하지만 태준이 들어간 곳이 하필이면 주부와 아이들이 넘쳐나는 마트였다. 카트에 타고 있던 어린아이가 미행하던 그들을 보자마자 울음을 터트리는 바람에 더 난감했었다.

"마트라니, 용의주도한 놈."

설마 태준이 진짜 살 게 있어서 거기 갔을 거라고는 미행한 놈들도, 미행시킨 황 이사도 전혀 생각하지 못했다.

황 이사는 분통을 터트리며 습관적으로 책상 위에 발을 올리려다가 그건 비매너라는 태준의 말이 떠올라 멈칫했다. 앞에 서 있는 부하들의 시선도 '그걸로 얻어터졌으면서 또 발을 올리는 건가.'라는 눈빛이었기에 황 이사는 화풀이하듯이 버럭 성을 내었다.

"나가서 다시 찾아! 이 자식들아!"

한편 태준도 곤란해지긴 했다. 마트에 들렀다가 가느라고 좀 늦었으니까. 현관문을 열어준 이수는 태준을 흘겨보았다.

"늦었잖아요."

"미안합니다. 장 좀 보고 오느라."

이수의 시선이 태준의 손에 들린 마트 봉지로 향했다. 장 보고 왔다는 사람이 들고 온 거치고는 참 검소했다.

"뭐 사온 건데요?"

"삼겹살. 그때 먹고 싶다고 했잖습니까."

그녀도 까맣게 잊고 있었다. 그녀가 했던 말을 기억해준 태준의 세심

함에 마음이 좀 풀렸다.

"그래서 집에서 삼겹살 구워 먹자고요?"

집에 냄새 밸 거 같아서 살짝 걱정되는데 태준이 말했다.

"스테이크 만들 겁니다."

삼겹살로 스테이크를 만들어준다는 그의 말에 이수는 눈을 동그랗게 떴다.

"삼겹살로 스테이크를 만들 수 있어요?"

"네, 가능합니다."

이젠 주방에서 앞치마를 메고 요리하는 태준의 모습이 익숙해졌다. 이러다 그녀는 더더욱 요리를 안 하게 될 것 같았다.

"보통 남자들은 대개 요리 잘하는 여자를 원하잖아요. 태준 씨는 안 그래요?"

"네."

"그렇다고 하면 내가 요리 엄청 열심히 배우려고 했는데."

그녀의 말에 태준은 픽 웃음을 흘렸다. 고수가 아마추어를 대할 때의 태도라 이수는 그를 흘겨보았다. 하지만 부정할 수 없게도 태준이 만든 삼겹살 스테이크는 훌륭했다. 겉은 바삭하고 속은 부드러운 육질이 살아 있었다. 절로 와인을 부르는 맛이었다.

"태준 씨도 와인 마실 수 있으면 더 맛있게 먹을 텐데."

그도 잘 구워진 고기와 어울리는 와인을 못 마시는 건 아쉬웠다. 미식가로서 제한이 생기는 거였으니까. 하지만 술은 못 마셔도 식사하면서 창밖으로 보이는 제주 바다의 풍경은 아름다웠고, 같이 식사를 하는 그녀가 행복해 보이니 그는 만족했다.

그가 오고 그렇게 시간이 많이 흐른 것 같지도 않은데 창밖으로 벌써 붉은 기운이 서리고 있었다.

겨울 해는 너무 짧았다. 올해 유독 그렇게 느껴지는 것 같았다.

"몇 시 비행기예요?"

같이 있을 때는 평생 이 시간이 이어질 것 같다가도 그가 서울로 돌아가야 할 시간이 오면 그들에게 허락된 시간이 주말뿐이라는 게 꼭 형벌처럼 느껴졌다.

"내일 아침에 갈 겁니다."

태준이 저녁이 아니라 아침에 간다는 말에 이수는 바로 표정이 밝아졌다.

"진짜요? 그럼 우리 밤에 불꽃놀이해요."

"폭죽 말입니까? 아이들이 하는 거?"

"수요일에 축제였는지 바다에서 불꽃이 터졌어요. 그거 혼자 보면서 내가 얼마나 외로웠다고요."

그래서 그가 오면 꼭 같이 불꽃놀이 해야지 생각하며 그날 충동구매로 폭죽을 엄청 주문했는데 그게 어제 늦게 배달되었다. 그가 그녀의 옆에 없는 시간에 대해 말하면 그는 그냥 미안해졌다. 태준은 손을 뻗어 그녀의 등을 다정하게 안았다. 보호받듯이 그의 품에 안겨 있으니 정말 다시 소녀가 되어버린 기분이었다.

"태준 씨."

"네."

"1시간 늦었으니까 1시간 동안 안아줘야 해요."

그녀가 내린 달콤한 벌에 태준은 짧게 웃으며 그녀의 작은 몸을 더 꽉 끌어안았다. 겨울 해는 벌써 뚝 떨어져 어둠이 다시 몰려왔지만, 그녀를 사랑하는 그의 마음은 빛 속에서도, 어둠 속에서도 똑같았다.

밤에는 그녀가 인터넷 충동구매를 하며 세웠던 계획대로 폭죽을 쏘아 올리기로 했다. 아파트에서 하면 너무 시끄러웠기에 차를 타고 일부러 바다까지 나갔다. 겨울 밤바다에는 사람이 없어 그녀와 그가 전세 낸 것 같았다. 바다라 더욱 추웠기에 태준은 그의 코트를 벗어 그녀의 어깨 위에 걸쳐주었다.

이수는 두꺼운 코트에 파묻혀 그를 빼꼼히 올려다보았다.

"태준 씨도 춥잖아요."

"전 안 춥습니다."

사랑하지 않을 때는 추워서 못 벗어준다고 하더니, 사랑하니 안 춥다니. 그의 말대로라면 사랑은 사람의 체온도 마음대로 바꾸었다.

"에이, 거짓말."

"지금 저 바다에 들어갈 수도 있습니다."

그의 센 척에 이수는 깔깔깔 소리 내어 웃음을 터트렸다. 그녀의 웃음소리가 기분 좋게 세상을 가득 채웠다.

"폭죽놀이 안 해봤죠?"

"네."

이수는 폭죽이 가득 든 상자를 열며 아이 같은 표정을 지었다.

"오늘 밤 원 없이 터트려봐요."

태준이 담배를 안 피웠기에 라이터도 일부러 사왔다. 라이터를 켜자 붉은 불꽃이 어둠 속에서 환하게 빛났다. 이수는 모래사장에 세워놓은 폭죽에 불을 붙였다.

파파팍—.

심지가 빠르게 타들어 가며 곧 불꽃이 '팡' 터지는 소리와 함께 밤하늘로 날아올라 꽃을 피우듯이 환하게 터졌다. 축제가 벌어진 듯 터지는 화려한 불꽃에 두 사람의 시선이 홀린 듯 좇아갔다.

불꽃은 뜨겁고 아름다운 만큼 빠르게 사라졌다. 순간의 불꽃이 태준은 어쩐지 서글펐다. 그가 멍하니 불꽃이 사라진 밤하늘을 바라보고 있는데 이수가 그를 불렀다.

"태준 씨."

태준이 돌아보자 이수는 작은 불꽃이 타오르는 하트 모양 폭죽을 들고 있었다.

"이건 내 마음."

불꽃이 타오르는 하트를 들고 이수는 어두운 밤을 밝히듯이 환하게 웃었다.

"나도 사랑해요."

태준은 그녀한테서 눈을 떼지 못했다. 아무 말도 할 수가 없었다. 단지 그녀를 바라보는 것밖에.

그녀는 처음으로 목사를 피의자로 만나게 되었다. 사람이라면 누구나 죄를 지을 가능성이 있다고 하지만, 하나님을 모시고 사람들에게 봉사하며 살아야 할 목사가 오히려 사람들이 낸 헌금을 횡령했다고 하니 참 세상은 요지경이었다.

"헌금 빼돌려서 어디에 썼어요?"

그녀가 물어도 목사는 두 손을 맞잡고 기도만 올렸다. 왜 교회에서 해야 할 기도를 검찰청에 와서 하는 건지 기가 찰 노릇이었다. 흉악범들의 살벌한 기운보다 나쁜 짓 했으면서 착한 사람의 탈을 쓰고 있는 걸 이수는 더 참을 수가 없었다.

"돈 어디에 썼냐고요!"

갑자기 늘어난 재산도 없고, 갑자기 생긴 고가의 물품도 없었다. 그래서 신도들이 더 늦게 알아챘다고 분통을 터트리며 자기들 손으로 직접 목사를 고소했다. 아직도 목사의 짓이 아니라고 믿고 편드는 신자들도 있었다.

"말 안 하면 괘씸죄 적용해서 진짜 실형 때립니다."

그녀가 겁을 주자 목사는 그제야 눈을 뜨고 처량한 눈으로 그녀를 보며 말했다.

"불쌍한 사람을 위해 썼네."

"그러니까 그게 누구냐고요. 이름을 대요."

"오, 주여."

"야!"

그녀가 소리치자 고 실무관까지 깜짝 놀라서 놀란 다람쥐 표정이 되었다.

"지, 지금 나한테 '야'라고 한 건가? 나보다 한참 나이도 어린 여자가 어디 감히."

"너야말로 어디서 감히 주님을 찾니. 지금 네가 주님 찾을 자격이나 되니? 주님을 다시 만나고 싶으면 네가 지은 죄를 인정하고 벌부터 받아! 돈 어디에다 썼냐고!"

목사가 모멸감에 벌벌 떨면서도 말을 하지 않자 이 계장이 한마디 했다.

"말 못 하는 거 보니 말하면 곤란한 곳 같네요."

이수는 계속 목사를 노려보며 물었다.

"그게 어딘데요?"

"돈이 흔적도 없이 사라진 거라면 뻔하죠."

이 계장이 힌트를 주자, 이수도 그제야 짐작하고 믿을 수 없다는 눈으로 목사를 보았다.

"설마 헌금으로 도박했어요?"

목사는 바로 그녀의 눈을 피했다. 끝까지 묵비권을 행사했지만 그 행동이야말로 자기가 도박했다고 고백하는 거였다.

제주도에 카지노가 많지만 그곳은 전부 외국인 전용이었다. 제주도민이 도박하려면 비행기 타고 강원랜드까지 날아가야 했지만 목사가 비행기를 탄 기록은 전혀 없었다. 배는 시간이 너무 오래 걸려 불가능했다. 그리고 목사는 나이가 많아서 인터넷을 사용할 줄 몰랐다. 도박 사이트 접속 기록도 없었다.

결국 제주도에 있는 불법 도박장에 갔다는 소리였기에 이수는 그곳이 어디인지 알아보기 위해서 권총 검사를 찾아갔다. 불법 도박장이면 분명 조폭이 운영하고 있을 것이니 권총 검사가 제일 잘 알고 있을 것이다. 그런데 이수는 검사실 앞에서 문도 열 수 없었다. 그 안에서 조폭과 권총 검사가 싸우는 소리가 너무도 과격하게 들렸으니까. 그녀가 피의자한테 소리치는 건 그냥 애들 장난이었다.

아무래도 제주도에서 일어난 조직 폭력 사건이 간단하게 끝날 분위기는 아닌 듯했다. 처음엔 굉장히 충격이었지만 태준도 괜찮아 보였고, 그 뒤로 또 다른 사건이 크게 터진 건 없었다. 더 이상 나쁜 일이 생기지 않고 이대로 조용해지길 바랄 뿐이었다. 제발.

여행객들에게 힐링의 섬으로 알려진 제주도에도 유흥과 향락은 존재했다. 그리고 황 이사는 육지에 가면 머리를 조아려야 할 존재들이 있었지만 제주도 안에서는 왕이나 마찬가지였다. 그래서 술 마시며 놀 때도 왕처럼 놀았다. 여자도 한 명으로 부족했다. 그가 양옆에 여자들을 끼고 술을 진탕 마시며 밤을 걸쭉하게 즐기고 있는데 룸살롱 여사장이 새로 온 아이라며 여자 한 명을 데리고 들어왔다.

"서울에서 온 체리예요."

옆에 끼고 있는 여자들이 오징어로 보일 정도로 몸매와 얼굴이 아주 끝내줬다.

"야! 니들은 꺼지고, 너 이리 와."

황 이사는 바로 옆에 달고 있던 여자들을 쳐내고 새로 온 여자를 그의 옆에 앉혔다. 여자 중 가장 최고는 역시 낯선 여자였다.

"제 술 받으세요."

그가 따르라고 하기도 전에 먼저 술병을 들고 애교 있게 웃는 게 참 마음에 들었다. 오늘 밤은 체리 먹는 날이라고. 황 이사는 마음속으로 노래를 부르며 체리가 따라주는 술을 넙죽넙죽 잘도 마셨다.

황 이사는 술이 엄청 셌다. 그래서 웬만하면 술이 취하는 법이 없었는데 그날은 새로 온 체리의 애교에 술을 너무 많이 마셔서인지 몸도 제대로 못 가눌 정도로 취했다. 체리가 취한 그를 부축하고 차까지 데리고 가는 동안도 황 이사는 말랑말랑 탱탱한 체리의 몸을 곧 안을 생각에 그저 기분이 좋았다.

뭔가 잘못되었다는 생각을 하게 된 건 차 안에서 잠들었다가 깨어났을 때였다. 흔들거려서 여전히 차 안인 줄 알았는데 바다 비린내가 심하게 느껴졌다. 마치 배에 타고 있는 듯이.

"뭐야, 왜 바다에……."

황 이사는 벌떡 몸을 일으키려다 자신의 손발이 묶여 있는 걸 깨닫고 표정이 굳었다. 힘으로 그의 육체를 억압하고 있는 줄을 풀어내려고 애써보았지만 소용없었다.

아마추어의 매듭 솜씨가 아니었다. 프로였다.

그때 인기척을 느끼고 고개를 처들었던 황 이사는 그를 향해 걸어오는 여자를 보고 배신감에 얼굴이 일그러졌다. 자기 좀 안아달라는 듯이 아슬아슬한 옷을 입고 애교 떨며 술을 따라주던 체리가 검은 점프슈트를 입고 차가운 얼굴로 그를 내려다보고 있었다.

"체리 네 이년! 당장 이거 못 풀어!"

황 이사가 버럭 성을 내자 여자는 서늘하게 웃었다. 여자 좋아하다여자 손에 죽게 되었으면서도 정신 못 차린 게 참 우스웠으니까.

"체리는 네 제사상에서나 찾아."

여자는 뒤에 있던 남자들에게 손짓을 했다. 그러자 남자 두 명이 다가와 황 이사의 발에 커다란 돌이 달린 사슬을 칭칭 감아 묶었다. 그를 바다에 수장하려는 거라는 걸 깨달은 황 이사는 발작하듯이 요동쳤다.

"니들 내가 누군지 알아! 나 황산이야! 황산! 내 손에 죽고 싶지 않으면 당장 풀어! 마광호 이 새끼! 내 손에 죽었어! 감히 날 건드려!"

그러나 황 이사가 난리를 칠수록 남자들의 동작은 더 빨라졌고, 여자도 황 이사가 너무 시끄러워서 짜증이 났기에 입에 재갈까지 물려버렸다.

"바다에 던져."

황 이사는 어떻게든 버티려고 안간힘을 쓰며 큰 몸으로 요동쳤지만 결국 발에 묶인 돌과 함께 바다로 던져졌다.

풍덩―!

지구 중력이 무시무시한 힘으로 그를 잡아당기며 바다 깊숙이 끌고 들어가자 황 이사는 처음으로 죽음의 공포를 느꼈다. 미친 듯이 몸부림을 쳤지만 그의 몸은 자꾸 밑으로 가라앉을 뿐이었다. 여자 좀 밝혔다고 이리 허무하게 죽다니. 억울하고 억울했다. 이 바다에서 나갈 수만 있다면 평생 여자를 돌 보듯 하리라 결심을 하는 순간이었다.

첨벙―.

무언가 바다로 뛰어들어와 그를 향해 쏜살같이 다가왔다. 그게 사람이라는 걸 깨닫고 황 이사의 눈이 커졌다.

또라이! 아니, 마태준이었다.

"쿨럭. 쿨럭!"

바다 밖으로 얼굴을 내밀자마자 황 이사는 미친 듯이 기침을 해댔다. 10초만 늦었어도 그는 정말 죽었을 거다. 조폭이 원래 사람 죽일 때 시체를 없애기 위해 바다에 수장한다지만 설마 그가 당할 줄이야. 죽다 살아나서 정신없이 숨 쉬는 것만 할 수 있었던 황 이사는 태준이 헤엄치고 가서 타는 배가 바로 그가 납치되어왔던 그 배인 것을 알고 눈이 커졌다. 그리고 다음에는 막혔던 목소리가 터졌다.

"처음부터 그 배에 타고 있었으면서! 왜 이제야 날 구해! 너 일부러 그랬지! 이 또라이야!"

생명의 은인에게 절대 또라이라고는 안 부르려고 했는데 지금은 저절로 입에서 나왔다. 마태준은 그의 목숨을 잘 구해준 것도 아니고, 그렇다고 안 구해준 것도 아니었다.

황 이사가 배에 다시 올라타 보니 그를 바다에 던졌던 여자와 남자들은 모두 기절한 상태로 쓰러져 있었고, 태준이 그들을 밧줄로 묶고 있었다. 체리의 얼굴을 보자마자 황 이사의 분노는 용암 분출하듯이 솟구쳤다.

"이 망할 년. 내가 바다에 던져버리겠어."

황 이사는 그를 직접 바다에 던진 남자들보다 그를 미인계로 꾀어낸 체리가 더 용서가 안 되었다.

"거기 서."

태준이 차갑게 경고했다. 성난 걸음으로 다가오던 황 이사는 삐거덕거리며 멈추어 섰다.

"무사히 섬으로 돌아가고 싶으면 얌전히 앉아 있어."

태준의 명령에 황 이사의 얼굴이 단번에 시뻘게졌다.

"얻다 대고 감히 명령질이야! 너도 이놈들이랑 한패지!"

황 이사가 체리에게 터트릴 분노를 태준에게 터트릴 듯이 달려들자 태준은 바다에 빠져 살려고 허우적대느라 힘이 빠진 그의 다리를 걸어차 넘어뜨리고는 손을 세워 빠르게 황 이사의 목을 쳐서 기절시켰다. 갑판 위는 그제야 조용해졌다.

혼자 정신이 멀쩡한 태준은 시커먼 바다를 멍하니 바라보았다. 이수의 아파트 베란다에서 볼 때는 그렇게나 아름답던 바다였는데 그 한가운데 들어와서 보니 꼭 죽음의 땅 위에 있는 것 같았다. 분명 같은 바다인데. 너무도 큰 이질감에 숨이 갑갑했다.

❀

부두에 도착해서 황 이사를 죽이려 한 인간들은 경찰에 넘기고, 황
이사를 위해서는 119를 불렀다. 그리고 그는 택시를 불렀다. 택시 기
사는 흠뻑 젖은 태준을 몇 번이고 힐끔거렸다.

"이 추운 날 바다에라도 빠졌나?"

태준은 택시에 탈 때면 언제나 그랬듯이 대답 없이 창밖만 보았다.
사실 할 일만 하고 그냥 서울로 돌아갈 생각이었는데 습관이란 무서
웠다. 어느새 그는 택시를 타고 이수의 아파트로 향하고 있었다. 하지
만 이 꼴을 하고 그녀의 집 초인종을 누를 수는 없었다. 시간도 너무
늦어 갈아입을 옷을 살 수도 없었다. 그저 아파트 건물 앞에서 이수의
집을 올려다보는 것밖에 할 수 있는 게 없었다.

그녀의 집에는 아직 불이 켜져 있었다. 늦은 시간인데 깨어 있는 듯
했다. 아쉬운 대로 전화라도 해보기 위해 태준은 코트에서 휴대폰을
꺼내 이수에게 전화를 걸었다.

Rrrrrrrrrr— Rrrrrrrrrr—.

[여보세요.]

그녀의 목소리가 들리자 내내 얼어붙어 있던 그의 얼굴에 그제야 사
람의 온기가 퍼졌다.

"안 잤습니까?"

[그러게요. 용케 깨어 있을 때 전화했네요. 태준 씨는 왜 안 잤어요?]

"화단에 싹 텄습니까?"

[네?]

이 밤에 전화해서 묻는 말치고는 참 황당하다는 걸 그도 알았다. 하지만 그것 외에는 그녀를 베란다로 나오게 할 방법이 없었다. 바다를 보여달라고 하면 그의 모습도 보여주어야 하는 영상 통화를 해야 했으니까.

[잠깐만요. 내가 베란다로 가서 확인해볼게요.]

태준은 고개를 들어 그녀의 집 베란다 쪽을 보았다. 조금 지나자 베란다 문을 열고 나오는 그녀의 모습이 보였다. 태준은 기분이 좋아져서 입꼬리가 위로 올라갔다.

이수는 화단 쪽으로 몸을 숙여 살펴보더니 휴대폰에 대고 말했다.

[아직 안 나왔어요. 좀 걸릴 거 같아.]

"그렇군요."

[진짜 그거 물어보려고 전화한 거예요?]

"그냥 목소리 듣고 싶어서."

그리고 그녀의 모습도 같이 볼 수 있어서 좋았다.

[빨리 자요. 내일 출근해야 하잖아요.]

"그래야죠."

[잘 자요.]

그래도 그녀 덕분에 바다 밑까지 가라앉았던 기분이 나아져서 호텔로 돌아올 수 있었다. 태준은 호텔 방에 들어가자마자 바로 욕실로 향했다.

바닷물에 젖어서 기분 나쁘게 몸에 들러붙어 있던 옷을 벗던 태준은 무언가 허전한 걸 느끼고 바지를 벗기 전에 멈칫했다. 태준은 손을 올려 쇄골 부분을 더듬었다. 목걸이 줄에 건 커플링을 목에 걸고 있었는데 만져지는 게 아무것도 없었다.

태준은 서둘러 거울을 보았다. 커플링이 없는 걸 눈으로 확인한 태준의 안색이 시체처럼 창백해졌다. 그걸 잃어버렸다면 그건 분명 바닷속뿐이었으니까. 황 이사의 목숨을 구하고 이수와 나누어 낀 커플링을 대신 바다에 수장한 걸 깨닫자마자 태준은 다리에 힘이 풀려 욕실 바닥에 풀썩 주저앉고 말았다. 처음으로 사람 구한 게 미칠 듯이 후회되었다. 그런 양아치, 그냥 바다에 빠져 죽게 내버려둘걸.

제주 한라 병원 응급실.

밤바다에 빠져 실신한 남자가 119에 실려 병원 응급실로 들어왔다. 이렇게 추운 날 바다에 빠졌으면 저체온증으로 위험할 수도 있었기에 의료진들은 빠르게 응급 처치를 했다. 정맥주사를 놓으려던 간호사가 환자가 손에 무언가 꽉 쥐고 있는 걸 보고 손을 펴보려고 낑낑대며 노력했다. 겨우 손가락 두 개를 펴자 반짝이는 반지가 보였다.

"어머, 반지네."

사납게 생긴 환자는 어울리지 않게 손에 반지를 꽉 움켜쥐고 있었다. 백금 반지의 가운데 박힌 작은 다이아몬드가 생과 사가 오가는 치열한 응급실 안에서도 아름답게 빛을 발했다.

주얼리숍 직원은 자신이 뭔가 실수했나 싶어서 태준의 눈치를 보았다. 분명 사진과 똑같이 만들어주었는데도 반지를 보는 태준은 '난 망했어.'라는 표정을 짓고 있었다.

"다, 다시 만들어드릴까요?"

"아닙니다."

태준은 반지를 들고 가게를 나왔다.

다시 똑같은 반지를 만들었지만 꼭 가짜 커플링 같은 느낌이 들어서 차마 반지를 낄 수 없었다. 새로 만든 반지를 들고 돌아가는 길에 김상철에게서 전화가 걸려왔다.

[회장님이 네가 황 이사 구해준 거 아셨어.]

어차피 몰래 한 일도 아니었다. 그는 분명 아버지에게 그만두라고 경고했었다.

[너도 알지? 회장님은 굽히는 성격이 아냐. 네가 막으면 더 세게 나가실 거야.]

"그러다 본인이 부러진다는 것도 겪어봐야 참는 법도 배우시겠지."

[그러다 회장님이 무너지시면 그땐 조직이 위험해져. 넌 흑룡파에 몸담은 사람이 몇 명인지 알긴 하냐?]

그는 한 번도 아버지가 무너진다는 생각은 해본 적이 없었다. 세상에서 자신이 제일 강한 사람인 줄 알고 살았던 인물이니까. 아프고 나서도 그건 똑같았다.

"그건 내 알 바 아냐."

태준의 차가운 말에 김상철은 한숨을 내쉬었다.

안 그래도 가짜 커플링 때문에 기분이 별로였던 태준은 바로 전화를 끊어버렸다.

악당은 아버지였다. 그가 아니었다.

이수는 목사가 도박장에서 헌금을 쓴 걸 확인하기 위해 불법 도박장으로 수사를 나가보기로 했다. 마침 권총 검사가 조폭 사건 때문에 도박장으로 황 이사라는 사람을 만나러 간다고 해서 그녀도 그때 묻어서 가기로 했다.

"은 검, 불법 도박장은 완전 범죄 소굴이라고. 얼마나 위험한데. 괜찮겠어?"

권총 검사는 그녀를 걱정한다기보다는 그녀가 신임 여자 검사이기 때문에 데리고 가기 불편하다는 눈으로 쳐다보며 물었다.

"저도 수사하러 가는 겁니다. 무섭다고 울지는 않을 테니까 걱정하지 마세요."

그래도 영 못 미덥다는 표정을 지으며 권총 검사는 경고했다.

"방해만 하지 마."

권총 검사가 한참 선배여서 이수는 알았다고 대답할 수밖에 없었다.

불법 도박장이라고 찾아간 곳은 겉에서 보기엔 평범한 술집이었다. 경찰과 검찰이 갑자기 들이닥치자 술을 마시던 손님들이 영문도 모르고 당황하고, 종업원들은 무조건 막고 보았다. 권총 검사가 앞으로 나서며 수색영장을 당당히 꺼내 들었다.

"여기 도박장인 거 다 알고 온 거니까, 책임자 당장 나오라고 해!"

그녀는 바로 도박장을 급습할 줄 알았는데 권총 검사가 술집 입구에서 수색영장을 꺼내 드는 걸 보고 아차 싶었다. 권총 검사는 아무래도 도박꾼들 잡는 것에는 관심 없고 황 이사라는 인물과 불법 도박장을 미끼로 거래하려는 것 같았다. 그제야 '방해하지 마.'라는 권총 검사의 말뜻을 깨달았다.

그래도 그녀는 목사가 도박했다는 사실을 밝혀내야만 했다. 그래야 초범으로 끝날 테니까. 지금 그냥 넘어가면 목사는 또 도박에 손을 댈 게 분명했다. 그녀가 슬금슬금 대열에서 일탈하려고 하자, 이 계장이 그녀를 붙잡았다.

"어디 가려고요?"

"도박장 찾아봐야겠어요."

"경찰들이랑 같이 찾아야죠."

"이 사람들 도박장에 전혀 관심 없어요. 지금 도박장 꼭 찾아야 할 사람은 나랑 계장님뿐인 거 같아요."

이 계장은 같은 편이라고 생각했던 경찰과 검사를 쭉 둘러보았다. 이수의 말이 아주 틀린 건 아니라는 느낌이 오자 이 계장은 할 수 없이 이수를 따라갔다.

"은 검, 어디 가!"

그녀가 따로 행동하는 걸 보고 권총 검사는 바로 성을 냈다. 이수는 아무것도 모른다는 표정으로 웃으며 대답했다.

"화장실이 급해서."

"이 계장은 왜 같이 가?"

"여기 위험한 거 같아서."

권총 검사는 가지가지 한다는 눈으로 그녀를 쳐다보았지만 지금은 차라리 무능한 검사로 찍혀 눈 밖에 나는 게 나았다. 그래야 의심받지 않고 도박장을 찾을 수 있을 테니까. 화장실을 지나서 가게 뒤편으로 계속 들어가려고 하자 커다란 덩치들이 두 사람 앞을 막아섰다.

"여긴 출입 금지입니다."

이수는 이 계장에게 작은 목소리로 물었다.

"어차피 수색영장 있으니까 이거 공무 집행 방해 아닌가요?"

"권 검사님이 받아 온 수색영장이잖아요. 오히려 권 검사님이 검사님한테 자기 일 방해했다고 할 거 같은데."

"할 수 없네. 그럼 미인계를 쓸 수밖에."

"네?"

이 계장이 무슨 헛소리냐는 표정으로 그녀를 보았을 때, 이수는 이미 웃으면서 덩치에게 다가가고 있었다.

"아우, 운동하시나 봐. 몸 좋으시다."

이 계장은 그만두라고 그녀를 말리려는데, 이수는 날다람쥐처럼 덩치들 사이에 있는 좁은 틈으로 갑자기 획 들어가버렸다.

"야! 잡아!"

그러게. 바로 잡힐 걸 왜 거기로 들어간 건지 이 계장은 속이 탔다. 출입 금지 안으로 뛰어들어갔던 이수는 얼마 가지 못했다. 이 계장의 예상대로 덩치들에게 잡혀서라기보다는 앞에서 산처럼 큰 남자가 막아섰기 때문이었다.

"뭐야?"

남자가 험상궂은 기운을 뿜어내며 말하자 그녀를 쫓아오던 덩치들이 바로 남자를 향해 몸을 숙였다. 아무래도 이 남자가 황 이사인 듯했다. 이수는 잡히기 전에 서둘러 주머니에서 신분증을 꺼내 황 이사에게 보여주었다.

"제주지검 은이수 검사입니다. 이 안 살펴보고 싶은데요. 당연히 협력해주시겠죠?"

권총 검사가 수색영장 들고 왔다고 해서 나가던 중인 황 이사는 갑자기 나타난 여검사의 패기보다 신분증을 들고 있는 여검사의 손에 끼워진 반지에 더 눈이 갔다. 그가 본 적 있는 반지였다. 어떻게 마태준이 가지고 있던 반지와 똑같은 반지를 여검사가 가지고 있는 건가 싶었다.

"검사님이 이쁜 반지 끼고 있네?"

황 이사가 반지를 지적하자 이수는 움찔하더니 서둘러 신분증 든 손을 등 뒤로 숨겼다. 그렇게 반지를 바로 숨기니 더 수상했다. 하지만 검사라니, 아무리 마태준이 또라이라도 그 정도 또라이일까 싶었다. 아니, 마태준이라면 충분히 그럴 수 있는 또라이였다. 책상에 발 올리는 걸 비매너라고 할 때부터 알아봤다.

황 이사는 자신이 드디어 마태준의 약점을 잡았다는 것에 엄청난 희열을 느꼈다.

"이사님. 어떻게 할까요?"

검사가 도박장 발견하는 걸 막아야 할 황 이사가 히죽거리고만 있자 부하가 먼저 물어보았다. 그런데 돌아온 대답이 예상외였다.

"귀한 분이니까 잘 모셔."

물어본 부하도 당황하고, 귀한 사람 취급받은 이수도 황당했다. 하지만 나쁜 뜻은 아닌 것 같아서 이수는 틈을 놓치지 않고 물었다.

"그럼 귀한 사람한테 도박장 구경시켜줄 건가요?"

그녀의 곤란한 질문에 황 이사는 갑자기 대포 쏘듯이 웃음을 터트렸다.

"하하하하하하하하하."

황 이사는 그렇게 웃으며 그녀의 옆을 지나갔고, 그녀가 아무리 불러도 대답하지 않았다. 아무래도 황 이사란 인간, 좀 또라이 같았다.

태준이 호텔에서 일하는 중에 업무용 휴대폰으로 전화가 걸려왔다. 지역 번호가 제주도라서 모르는 번호라도 받게 되었다.

[하하하하하하하, 나 황 이사요.]

전화를 받자마자 기차 화통 삶아 먹은 듯이 웃어대는 목소리에 태준의 미간이 좁아졌다.

"무슨 일로 전화했습니까?"

[전에는 내가 구해준 것에 대해 제대로 인사도 못 한 거 같아서.]

인사는커녕 그를 공격하려고 했었다.

[내가 목숨 빚은 아주 제대로 갚는 놈이요. 끝내주게 좋은 곳에서 제대로 대접할 테니까 시간만 내주쇼.]

황 이사 대신 바다에 수장된 커플링만 생각하면 당장 전화를 집어 던지고 싶었지만 아버지를 막기 위해서는 황 이사가 필요했기에 태준은 꾹 참았다.

"전 주말 자정 넘어서만 시간 납니다."

[지가 신데렐라도 아니고.]

황 이사는 대놓고 투덜거리더니 다시 친한 척 말했다.

[그럼 자정 넘어서 보죠. 내가 아주 귀한 선물도 마련해두었으니까. 기대하시라고.]

전혀 기대가 안 되었기에 태준은 바로 전화를 끊어버렸다. 기대감보다 오히려 뭔가 불안한 마음이 조금 들었지만 황 이사란 인간의 그릇은 이미 파악되었기에 그냥 무시했다.

Episode 26

널 안고 싶어

제주공항 출국장을 나서던 태준은 사람들 틈에서 종이 팻말에 크게 적혀 있는 자신의 이름을 발견하고 놀라서 멈추어 섰다. 아무래도 황 이사의 부하들인 것 같았다. 황 이사와의 전화에서 그가 느꼈던 불안 이 이거였단 말인가.

그는 그냥 모른 척 지나치려고 했는데 팻말을 든 남자들이 그를 쫓 아와서 소란스럽게 말했다.

"사장님! 저희 황 이사님이 리무진을 보냈습니다."

사장님이란 호칭부터 너무 마음에 안 들었다. 같은 사장이라도 조폭 들이 말하는 사장은 상스럽게 들렸다.

"필요 없어요."

그는 제주도에 올 때 눈에 띄는 걸 가장 경계했는데 황 이사는 그가 제주도에 왔다고 동네방네 광고를 해주고 있었다. 정말 몇 번이고 살 인 충동이 일어나게 하는 인간이었다.

"그러지 마시고 타십시오. 리무진이라니까요. 안에 최고급 술도 준비 해…… 헉!"

태준은 옆에서 시끄럽게 나불대는 남자의 멱살을 빠르게 움켜잡고 코앞까지 끌어왔다. 남자는 태준의 기습에 놀라 굳었다.

"황 이사한테 내가 갈 때까지 조용히 기다리라고 전해요. 안 그럼 진짜 죽여버린다고."

그는 사람이든 동물이든 죽인다는 말을 제일 싫어했다. 그의 아버지가 가장 많이 쓰던 협박이었으니까. 그런데 그의 입에서 그 말이 나왔다는 건 정말 화가 났다는 뜻이었다. 그리고 효과는 정확히 있었다. 그를 더 이상 쫓아오지 않았으니까. 태준은 택시를 타고 공항을 바로 빠져나와버렸다.

　　　　　　　　　　　○

이수는 태준이 오기 전에 집 안 청소를 깨끗하게 하느라 오히려 평일보다 더 일찍 일어났다.

딩동―.

초인종 소리에 현관으로 달려가 문을 연 이수는 태준의 얼굴보다 먼저 보이는 화사한 꽃에 놀라 눈이 커졌다. 태준이 오는 길에 사온 분홍 장미 꽃다발을 그녀에게 내밀었다. 그한테 처음 받는 꽃도 아닌데 생각도 못 했던 순간에 꽃다발을 받자 기분이 묘하면서도 행복해졌다.

"너무 예쁘다."

커플링을 잃어버린 게 아무래도 마음에 걸려서 사온 건데 그녀가 좋아하니 태준은 더 죄책감이 생겼다. 커플링 찾겠다고 저 바닷물을 다 퍼낼 수도 없고. 달랑 꽃으로 사죄하고 있다.

"이 꽃 보니 벌써 봄인 거 같아요."

"아뇨. 아직 춥습니다."

좋은 뜻으로 말했던 이수는 태준이 정색하며 춥다고 하자 어이없다는 표정을 짓다 웃어버렸다.

"하여튼 융통성 없어."

그는 융통성도 없고 커플링도 잃어버렸다. 태준의 말대로 날씨가 아직은 많이 추웠기에 밖으로 돌아다니기보다는 따뜻한 집 안에서 시간을 보내게 되었다. 집 안에서 가장 하기 좋은 건 게으름 피우는 것이었다. 따뜻하게 보일러를 튼 거실 바닥에 두툼한 이불을 깔고 누워 간식을 먹으면 여기가 낙원이었다.

"제주도라서인지 귤이 진짜 싸고 맛있어요."

제주도는 겨울이 되면 섬 전체에서 주황색으로 잘 익은 귤을 따기 시작했다. 그녀는 서울에 있을 땐 귤을 자주 먹은 기억이 없었는데 여기 와서는 매일 먹는 과일이 귤이 되었다.

이수는 귤껍질을 까서 알맹이를 태준에게 내밀었다. 태준은 알맹이를 반으로 쪼개 귤 조각 하나를 떼어내어 그녀의 입에 가져다주었다. 이수는 거절하지 않고 덥석 받아먹으며 귤껍질을 또 깠다. 그렇게 귤 셔틀은 바구니의 귤이 떨어질 때까지 이어졌다.

"아, 군고구마 먹고 싶다."

귤을 먹으면서도 또 다른 먹을 걸 생각하는 그녀가 태준은 참 신기했다.

"제가 나가서 사 오겠습니다."

그가 요리 천재이긴 했지만 군고구마는 직접 요리하는 것보다 길거리에서 파는 걸 사 먹는 게 더 맛있었다.

"그러지 말고 우리 가위바위보해요. 진 사람이 사오기."

그가 그냥 갔다 오겠다고 말했는데 왜 굳이 그런 걸 해야 하나 싶었지만 그녀가 손을 내밀며 가위바위보를 외치고 있었기에 태준도 할 수 없이 손을 내밀었다.

"가위바위보!"

그녀는 손을 쫙 펴서 보였고, 그는 가위를 냈다. 자신이 진 걸 알고 이수는 깜짝 놀라며 그를 보았다. 태준도 이길 마음이 전혀 없었기에 당황스러웠다.

"한 번 더 할까요?"

"네."

또 했는데, 이번엔 그가 주먹이고, 그녀도 주먹이었다. 그는 그녀한테 져주려고 했는데 여기서도 지기 싫다는 그녀의 승부욕이 주먹 하나로 나온 거 같아서 이수는 창피해졌다.

이 죽일 놈의 승부욕.

"졌으니까 내가 갔다 올게요."

이수는 승부에 더 집착하기 전에 담요 밖으로 나가며 일어났다. 태준도 덩달아 일어났다.

"그냥 같이 가죠."

"아뇨. 그냥 내가 갔다 올게요."

"혼자 있기 싫습니다."

"난 태준 씨가 사온다고 했으면 그냥 혼자 집에 있으려고 했는데."

'제 사랑이 부족한 건가요?'라는 눈빛으로 그녀가 그를 빤히 올려다 보자 태준은 웃으며 그녀의 입술에 가볍게 입맞춤을 했다. 그녀의 입술에서는 상큼한 귤 맛이 났다.

결국 군고구마를 사기 위해 둘이 같이 집을 나왔다. 아파트 단지에

서 나가 조금만 걸으면 군고구마 파는 아저씨를 만날 수 있기에 차를
두고 같이 길을 걸었다.

"태준 씨는 뭘 먹고 이렇게 컸어요?"

"원래 컸습니다."

"아기 때부터 180이 넘었어요? 징그러워라."

그녀가 놀리듯이 하는 말에 태준은 그녀를 짧게 흘겨보았다.

"태준 씨는 나한테 궁금한 거 없어요?"

"올림픽은 왜 나간 겁니까?"

"내가 운동을 엄청 잘했으니까!"

이수는 갑자기 기운이 넘쳐서 팔꿈치로 그의 옆구리를 팍 쳤다. 정
통으로 맞은 태준은 '윽' 소리가 절로 나왔다. 이수는 장난이었는데 너
무 세게 친 거 같아서 미안해졌다.

"아파요?"

"괜찮습니다."

맞고 나니 커플링에 대한 죄책감이 좀 사라진 거 같았다.

"태준 씨는 내가 뭘 하든 괜찮다고 말할 거 같아."

아마도 그럴 거다. 한 가지만 빼고. 그녀가 헤어지자는 말을 했을 때
도 괜찮다고 말할 자신은 없었다.

"태준 씨는 학교 다닐 때 공부 잘했어요?"

"공부한 적이 없습니다."

"하하하, 운동했던 나보다 더 심하네."

이수는 그를 놀릴 때 제일 신나 보였다. 이번엔 그가 물을 차례 같아
서 태준은 그녀에게 물었다.

"그럼 검사는 왜 된 겁니까?"

"우리나라에서는 '사' 자 붙은 직업이 엘리트잖아요. 성공해서 부모님 기쁘게 해주고 싶었죠."

정말 단순한 이유였다. 사회의 정의를 바로 세우고 싶다는 뜻은 단 한 톨도 없었다. 그런데 검사가 되고, 억울한 사람들을 직접 만나고, 나쁜 놈들에게 분통을 터트리고. 그러다 보니 자연스럽게 진짜 검사가 되어갔다.

"태준 씨는 언제 내가 좋아졌어요?"

태준은 바로 대답하지 못하고 한참을 생각만 했다. 융통성 없는 진지함이 또 도졌다. 이수는 대답을 기다리기 답답해져서 질문을 바꾸었다.

"혹시 이전에 제주공항에서 확인할 게 있다고 했던 거 태준 씨 마음이었어요?"

제주공항에서 그가 확인할 게 있다면서 처음으로 그녀에게 키스했었다. 그때는 혼란스럽기만 했던 것들이 이젠 추억이 되었다.

"네."

"그럼 그 전에는 태준 씨 본인 마음도 모르면서 나한테 들이댔던 거라고요?"

"잘못했습니다."

"사과하면 안 되죠!"

그녀가 그의 팔을 손으로 팡팡 때리자 그는 웃음보가 터져버렸다.

"하하하."

그가 소리 내어 웃을 수 있는 사람이라는 걸 아는 사람은 세상에서 이수 하나뿐일 것이다. 이야기하며 걷다 보니 추운 줄도 모르고 어느새 군고구마 아저씨 앞에 도착했다. 이수는 다짜고짜 처음 보는 아저씨에게 물었다.

"아저씨, 저희 둘 무슨 사이로 보이세요?"

겨울인데도 피부가 햇볕에 그을린 듯이 까만 아저씨는 무심한 눈으로 그녀와 그를 쓰윽 보더니 입을 열었다.

"군고구마 얼마나 살 건데?"

그건 그들이 사는 양에 따라 대답이 달라진다는 뜻이었다. 역시 장사꾼이었다.

"만 원."

"남자 관상이 여자……."

"이만 원이요."

"천생연분이구먼."

군고구마를 이만 원어치나 사고 들은 말에 이수는 좋다고 까르르 웃었다. 아직 겨울이어도 웃음꽃은 만개했다.

두 사람이 함께 있는 시간은 신이 질투라도 하듯이 금방 흘러가버려서 시간은 금세 자정이 가까워져 갔다. 태준은 자정이 넘어서 황 이사를 만나기로 했기에 그만 숙소로 돌아간다고 이수에게 말하고 일어났다.

"내일 봐요."

그가 서울로 돌아가는 것도 아니고 내일 되면 또 만날 수 있는데도 오늘따라 그와 헤어지는 게 더 아쉬워 이수는 그의 옷자락 끝을 붙잡고 소심하게 물었다.

"우리 그냥 밤새 이야기나 할래요?"

태준은 말없이 그녀를 쳐다만 보았다. 그가 좋다고 하지 않자 이수는 그의 눈치를 보며 물었다.

"싫어요?"

"네, 싫습니다."

태준이 그리 딱 부러지게 싫다는 말을 할 줄은 몰랐던 이수는 순간 상처받았다.

"나랑 같이 있는 게 싫다고요?"

"이야기만 하는 게 싫다는 겁니다."

그는 더 이상 그녀를 안고 싶은 그의 마음을 숨기기 싫었다. 그건 죄가 아니었으니까. 그는 태어나 처음으로 여자를 안고 싶어졌고, 그건 그녀를 사랑하기 때문이었다.

그와 헤어지기는 싫고, 지금 그에게 안기는 건 용기가 안 나 이수는 고개를 숙인 채 그의 손가락만 꽉 움켜잡았다. 그래서 태준은 그녀의 정수리만 볼 수 있었다.

두 사람 사이에 생긴 온도 차가 잠시 묵직하게 두 사람을 짓눌렀다.

"내가 이러는 게 싫습니까?"

태준의 나직한 물음에 이수는 아니라고 고개를 저었다.

"그럼 태준 씨는 내가 망설이는 게 싫어요?"

태준도 아니라고 고개를 저었다. 둘 다 서로의 마음을 이해하기에 더 미안한 마음이 생기는 거였다. 태준은 한쪽 팔로 이수의 등을 다정하게 안아주었다. 처음부터 그가 먼저 좋아했고, 그가 무리하게 그녀를 붙잡아서 여기까지 온 관계였다. 그녀가 그와 똑같은 마음이 아니라고 해서, 원하는 게 다르다고 해서 그녀를 원망하지 않았다.

"천천히 와도 됩니다."

결국 봄이 온다는 믿음이 있다면 힘들더라도 버틸 수 있었다. 아무 희망이 없던 과거에 비해 그 기다림은 오히려 축복이었다.

"그럼 오늘은 이만 가보겠습니다."

이수는 돌아간다는 태준을 더 이상 붙잡을 수 없었다. 하지만 그를 보내는 마음이 편한 것도 아니라서 현관에 서서 신발을 신는 그를 쳐다보기만 했다. 구두를 다 신은 태준은 상체를 펴서 그녀를 보았다. 그녀의 표정을 보고 태준은 희미하게 웃었다.

"왜 그런 표정을 짓고 있는 겁니까?"

"꼭 내가 당신 쫓아내는 거 같잖아요."

먼저 간다고 한 건 태준이었다. 그리고 그건 그녀의 탓이 아니라 그가 인내심에 자신이 없어져서였다. 그가 가장 잘하는 게 참는 거라고 믿어왔는데 꼭 그런 것도 아니라는 걸 그녀 때문에 알게 되었다. 태준은 팔을 뻗어 그녀의 머리 위에 손을 올리고는 가볍게 헝클어뜨렸다.

"내가 가자마자 자요. 쓸데없는 생각하지 말고."

그녀가 그 때문에 잠을 설칠 거라 미리 짐작한 듯 태준이 말했다. 뭔가 아이 취급받은 거 같아서 이수의 눈매가 찌푸려졌다. 따뜻함보다 좀 더 뜨거운 그의 입술이 그녀의 이마에 닿자 저절로 눈이 감겼다. 태준은 입술을 떼자마자 바로 그녀의 집을 나갔다.

탁―.

문이 닫히고 그녀 혼자 남게 되자 공허함만이 남았다. 그녀는 도대체 무얼 두려워하는 것일까 싶었다.

아직도 그의 아버지를 신경 쓰고 있는 건가.

아니면 그녀가 사랑하는 남자보다도 그녀의 순결이 더 중요한 건가.

―전전히 와도 됩니다.

그 말이 너무 마음에 걸렸다. 그들이 이렇게 아무 방해도 받지 않고
만날 수 있는 시간이 얼마나 남았는지 그녀도 알 수 없고, 분명 그도
모를 테니까. 그런데 천천히 오라니. 그들이 확신하는 건 서로에게 끌
리는 마음이었고, 확신할 수 없는 건 서로 사랑할 수 있는 시간이었다.
　내일이라도 당장 검찰청에서 그녀의 연인이 흑룡파 보스의 아들이
라는 걸 알게 되면……. 그의 아버지가 그녀의 존재를 알게 되면…….
　이수는 무서운 상상에 쫓기듯이 아까 태준이 나간 문을 열어젖히고
뛰어나갔다. 밖으로 나온 이수는 태준을 쫓아 달려갔다. 하지만 큰 거
리까지 나가도 태준의 모습은 보이지 않았다. 마치 하늘로 솟아버린
사람처럼 사라지고 없었다.
　이수는 태준에게 가지 말라고 전화를 하기 위해 휴대폰을 꺼내려고
했는데 주머니는 텅 비어 있었다. 휴대폰을 집 안에 놓고 나온 것이다.
　태준에게 전화도 할 수 없다는 걸 깨달은 이수는 허망한 시선으로
길게 뻗은 밤의 도로를 바라보았다. 내일이 되면 만날 수 있는데도 마
음이 왜 이리 불안할까 싶었다.

　이수의 집을 나와 바로 황 이사가 말한 장소로 온 태준은 찝찝한 눈
으로 가게 입구를 바라보았다. 들어가지 않아도 그곳이 어떤 곳인지
바로 알 수 있었다. 룸살롱이었다. 클럽도 가지 않는 그를 룸살롱으로
부르다니. 황 이사라는 인간이 점점 싫어지고 있었다.

그냥 돌아가고 싶은 마음이 굴뚝같았지만 황 이사를 만나야만 하는 이유가 있었기에 태준은 거부감을 꾹 눌러 참으며 가게 안으로 들어갔다.

"어머! 우리 가게에 처음 오는 손님이네."

나이에 어울리지 않게 지나치게 화려한 붉은색 옷을 입은 풍채 좋은 중년의 여자가 그에게 다가왔다. 그녀가 함부로 그의 몸을 만지려고 손을 뻗자 태준은 뒤로 한 발 물러나며 자신의 용무를 확실히 밝혔다.

"황 이사 만나러 왔습니다."

"아! 그쪽이 황 이사 손님."

마담은 노골적인 시선으로 그를 위아래로 훑어보고는 따라오라고 했다. 가게 가장 깊숙한 곳에 있는 방까지 걸어가서야 마담은 걸음을 멈추고 룸의 문을 열었다. 열린 문 사이로 들려오는 시끄러운 소리에 태준의 미간이 좁아졌다. 미리 와서 이미 한창 술판을 벌이고 있던 황 이사는 문 앞에 서 있는 그를 보고 큰 목소리로 환대했다.

"아이구! 우리 황태자님 오셨네. 들어와! 들어오라고!"

친한 사람처럼 그를 부르는 손가락을 부러뜨리고 싶은 욕구를 꽉 누르며 태준은 룸 안으로 들어갔다.

황 이사는 혼자가 아니었다. 양옆에 야하게 옷을 입은 술집 여자 두 명을 끼고 앉아 있었다. 여자들은 그를 보고 까르르 웃으며 황 이사에게 말했다.

"어머나. 저 오빠 누구야? 억수로 잘생겼다."

"저짝이 잘생겼냐? 내가 더 잘생겼냐?"

"남자는 얼굴보다 정력이잖아."

"푸하하하하하하. 하긴 내가 그걸로는 세계 일등이야."

곤란한 질문도 여자들은 베테랑답게 노련하게 잘 넘겼다.

"둘만 이야기하고 싶으니 다른 사람은 내보내십시오."

태준의 요구에 황 이사는 양옆에 끼고 있던 여자의 어깨에 두 팔을 올리며 껄껄 웃었다.

"무슨 섭섭한 소리를. 얘들은 내가 그쪽을 위해 준비한 선물이야. 내가 오늘 이 자리를 위해 부산에서 일부러 데려왔어. 죽이지 않아?"

"당신이야말로 여자 때문에 죽을 뻔했으면서 아직도 정신 못 차린 겁니까?"

태준이 그의 흑역사를 꼬집어주자 황 이사의 얼굴에서 웃음이 사라지며 바로 표정이 험악해졌다. 옆에 있던 여자들은 무서움을 느끼며 황 이사의 눈치를 보았다.

"니들은 나가라. 내가 아무래도 오늘 저 양반이랑 아주 심각하게 이야기할 듯하다. 여기서 사람 죽는 소리 나도 경찰에 신고하지 마라."

황 이사가 나가라고 말하자마자 여자들은 서둘러 일어나 룸을 나가버렸다. 둘만 남게 되자 태준은 그제야 테이블로 걸어가 황 이사와 거리를 두고 앉았다. 황 이사는 싸울 듯한 눈빛으로 그를 노려보다 어느 순간 다시 하하하하하 큰 소리로 웃었다.

"쫄지 마소. 내가 설마 생명의 은인을 죽이겠나."

그는 겁먹은 적 없었지만 황 이사의 원맨쇼를 조용히 보고만 있었다. 아무래도 그가 받아치면 더 심하게 굴 거 같았으니까. 정말 피곤한 스타일이었다.

"내가 말이지, 그쪽 위해 준비한 선물이 또 하나 더 있지. 이건 진짜 깜짝 놀랄 거라고."

황 이사가 선물이라고 하며 주머니에 손을 넣기에 이번엔 돈이라도 꺼내는 건가 싶었는데 황 이사가 꺼낸 건 손수건이었다. 손수건을 펼치자 그 안에 든 반지의 다이아몬드가 조명에 반사되어 반짝였다.

태준은 자신이 바다에서 잃어버린 커플링이라는 걸 알고 눈이 단번에 커졌다. 빛보다 빠른 속도로 반지를 향해 손을 뻗었는데 황 이사는 손수건과 함께 반지를 빠르게 뒤로 물렸다. 황 이사의 행동에 태준은 버럭 성을 냈다.

"당장 돌려줘!"

"어허, 선물 주는 사람한테 화내면 내가 주기 싫지."

제주도고 뭐고, 그냥 이 자식을 때려눕히고 반지를 가져가야겠다는 마음이 생겨서 주먹에 힘이 잔뜩 들어갔는데 황 이사가 반지를 빙그르르 돌리며 말했다.

"나랑 약속 하나만 해주면 나도 반지 돌려주겠어."

원래 그의 반지였다. 그러니 그가 약속 따위 해줄 이유는 없었다. 더군다나 자신의 목숨을 구해주느라 잃어버린 반지로 그와 거래를 하려고 하다니. 황 이사란 인간은 그가 생각했던 것보다 더한 양아치였다.

"그쪽이 나 살려준 게 아니라 내가 스스로 살아서 온 걸로 좀 해줘. 안 그럼 내가 부하들 앞에서 너무 쪽팔려서 말이지."

태준은 이를 사리물며 손을 앞으로 내밀었다. 그가 황 이사를 살렸다고 동네방네 소문내고 싶은 마음은 처음부터 없었다. 태준이 약속한 거라 여기고 그의 손에 반지를 올려주려던 황 이사는 반지를 놓기 전에 한마디 더 했다.

"제주지검 은이수 검사가 똑같은 반지를 끼고 있던데."

황 이사의 입에서 이수의 이름이 나오자마자 태준의 눈에서 살기가 뻗어 나오며 반지를 받으려던 손은 순식간에 황 이사의 목을 향해 뻗어가 그의 멱살을 강하게 움켜잡았다.

"컥."

숨을 쉬기 괴로워진 황 이사는 눈을 부릅뜨며 태준을 보았다. 또 방심해서 당할 일은 없다고 생각했는데 또 당했다. 태준은 날 선 눈으로 황 이사를 노려보며 차갑게 말했다.

"그래서 너도 내 아버지처럼 내 약점 잡고 날 조종이라도 하겠다는 거야?"

"컥……. 발!"

황 이사는 탁자를 손으로 세게 두드렸다. 책상 위에 발 올리는 걸 비매너라고 하며 부하들 다 보는 앞에서 그에게 쪽팔림을 주었던 태준이 그의 멱살을 잡느라 테이블 위에 대놓고 발을 올려놓고 있었다.

태준은 황 이사의 손에서 거칠게 반지를 빼앗듯이 가져와서는 테이블 아래로 내려가 문으로 걸어갔다. 문을 나가기 전에 태준은 다시 차분해진 음성으로 황 이사에게 말했다.

"곧 또 흑룡파가 제주도로 와서 소란스럽게 할 겁니다. 시선 돌리기용입니다. 아버지가 진짜 노리는 건 서울에서 진행될 겁니다."

태준은 할 말만 하고 나가버렸다.

혼자 남은 황 이사는 태준이 나가버린 문을 보며 괴롭게 숨을 내쉬었다.

"저놈은 도대체 정체가 뭐야."

신사처럼 굴어서 마광호와 전혀 다른 인간인 줄 알았더니, 그의 숨통을 쥘 때는 마광호와 똑같았다. 손에 자비가 전혀 없었다. 단지 무서운 아버지를 피해 제주도로 숨어든 게 아닌 것만은 확실한 것 같았다. 오히려 마광호가 까딱하다가 제 아들한테 목이 물리겠다.

룸살롱에서 나온 태준은 김상철에게 전화를 걸었다. 아버지가 언제 움직일지 그 시기를 정확히 알아야 했으니까.

[황 이사에 대한 정보, 내가 흘린 것 때문에 나한테는 아무것도 안 가르쳐준다.]

"그럼 카지노 업주들 쪽으로 집중해줘. 분명 접촉할 테니까."

[그렇게까지 해서 시기를 알아낸다고 해도 너 혼자 어떻게 막겠다는 거야? 네가 노크한다고 열어줄 자리가 아냐.]

"그래서 황 이사가 필요해."

[그쪽이 너랑 손잡겠대?]

"그래야 할 거야. 안 그럼 다 잃을 테니까."

전화를 끊은 태준은 주먹 쥐었던 손을 펴 손바닥 위에 놓인 반지를 내려다보았다. 다른 사람 손을 타기는 했지만 그래도 찾아서 다행이었다. 역시 커플링은 새로 만든다고 해서 원래의 것과 같을 수는 없었다. 진짜만이 가지는 가치가 있었다.

태준은 반지를 손가락에 끼웠다. 그곳이 제자리인 듯이 딱 맞는 반지를 보며 태준은 그제야 안도한 표정을 지었다.

앞으로 또 잃어버리는 일은 절대 없을 거다. 절대로.

Episode 27

지금 이 순간이 봄

치카치카―.

이수는 기계적으로 양치질하며 거울 속 자신의 얼굴을 멍하니 바라보았다. 이미 주말은 지나서 태준은 서울로 돌아갔다. 그런데도 그녀 혼자 내내 태준을 쫓아나갔다가 그를 붙잡지 못한 텅 빈 밤거리에 서 있는 기분이었다.

그날 태준은 그녀가 불편하지 않게 그냥 돌아가주었는데 그때 대화를 끝까지 제대로 하지 못한 게 아무래도 문제인 것 같았다. 이제라도 태준과 제대로 대화를 해야 했다. 안 그럼 태준이 다시 제주도에 왔을 때도 모래를 씹어 삼킨 듯한 이 마음이 절대 풀리지 않을 것 같았다.

이수는 양치질을 끝내자마자 욕실에서 나와 휴대폰이 있는 침실로 들어갔다. 지금 당장 만날 수 없으니 우선 전화로라도 말할 생각이었다. 화장대 위에 놓아둔 휴대폰으로 성급하게 손을 뻗어서 잡았는데 마음이 급해서인지 휴대폰이 손가락 사이로 빠져나가 바닥으로 떨어져 내렸다.

'안 돼!'

마음은 그리 외치고 있었는데 그녀는 멍하니 바닥에 떨어지는 휴대폰을 바라보고만 있었다.

우지직―.

바닥에 떨어진 휴대폰 액정이 깨지는 소리가 너무 생생했다. 거미줄처럼 갈라진 금이 꼭 그녀의 심장에 난 것 같아서 잠시 꼼짝도 할 수가 없었다.

몇 초가 흐른 뒤에야 이수는 바닥에 주저앉아 액정이 깨진 휴대폰을 집어 들어서 전원 버튼을 눌러보았다. 화면이 켜졌다. 이걸 다행이라고 해야 하는 건지, 그래도 불길하다고 해야 하는 건지 모르겠다.

휴대폰이 작동되기는 했기에 이수는 액정이 깨진 휴대폰을 들고 검찰청에 출근했다. 그런데 그날 이상한 일은 휴대폰뿐만이 아니었다. 목사가 소환하지도 않았는데 자기 발로 찾아와서 자백을 한 것이다.

"죄송합니다. 제가 도박으로 헌금을 썼습니다."

이수는 사건을 해결해서 기분이 좋은 게 아니라 오히려 기분이 더 찝찝해졌다. 그녀는 아무것도 하지 않았는데 도대체 왜 갑자기 와서 사실대로 다 털어놓는 거란 말인가. 그녀가 아는 한 죄를 지은 놈이 자기 의지로 죄를 뉘우치고 용서를 빌 가능성은 거의 제로였다. 그런 인간이라면 처음부터 죄를 짓지 않는다.

그때 복도에서 또 권총 검사의 욕 소리가 들려왔다.

"이런 죽일 놈의 새끼들! 다 죽었어!"

이수가 고 실무관을 보자, 고 실무관은 빠르게 상황을 알아보고는 그녀에게 말해주었다.

"조폭들이 또 붙었대요. 이번엔 더 심한가 봐요."

이수는 목사에게 도박으로 얼마를 날렸는지 자세히 적으라고 시킨 뒤 휴대폰으로 도훈에게 전화를 걸었다.

[고객님이 전화를 받지 않아⋯⋯.]

도훈이 전화를 받지 않자 이수의 눈매가 가늘어졌다. 이수는 휴대폰을 내려놓고 이 계장에게 말했다.

"황 이사란 사람 연락처 좀 알아봐줘요."

도박 금액을 적던 목사는 '황 이사'란 말에 귀신이라도 본 사람처럼 벌벌 떨었고, 이 계장은 불안한 눈으로 그녀를 보았다.

"굳이 그런 사람에게 연락까지 하며 알아볼 필요는 없지 않나요?"

그들이 맡은 사건은 헌금 횡령이었다. 불법 도박 색출이 아니었다.

"제가 개인적으로 알아볼 게 있어서 그래요. 부탁해요."

이수가 그리 말하고 또 어딘가로 전화를 거는 걸 보고 이 계장이 그녀에게 물었다.

"최 검사님한테 다시 전화하는 겁니까?"

아니, 태준에게 해보는 거였다. 전혀 상관없는 거 같아 보여도 마음에 걸리는 일들이 연달아 일어나니 그녀는 오늘 일어난 일들과 전혀 상관없는 태준이 가장 걱정되었다. 너무 이상하게도.

Rrrrrrrrrrr― Rrrrrrrrrrr―.

태준은 울리는 전화를 그냥 보고 있기만 했다.

"은 검사입니까?"

옆에 있던 남자가 물었다. 최도훈이었다.

태준은 전화를 받지 않고 아예 전화기의 전원을 꺼버리며 말했다.

"황 이사가 곧 연락해 올 겁니다."

"안 하면 어쩔 겁니까?"

이미 그가 언질을 주었다. 다시 제주도가 소란스러워지면 그건 시선

돌리기용이라고.

"할 겁니다."

황 이사가 나쁜 양아치라도 자신의 것은 지키려고 할 거였다. 지금 황 이사가 마광호와 대적할 수 있는 유일한 길은 그와 손잡는 것뿐이 었다.

"1시간 내로 황 이사가 연락해 오지 않으면 늦어요. 그땐 경찰에 지원 요청할 겁니다."

도훈은 손목시계로 시간을 확인하며 그들에게 그리 시간이 많지 않다는 걸 인지시켰다. 지금은 마광호가 그들보다 한 박자 빨랐다. 이렇게 빨리 카지노 업주들을 모을 줄은 미처 예상치 못했다. 마광호가 카지노 업주들에게 카지노 관리에 대한 계약을 억지로 받아내는 걸 막아야 했다. 카지노 사업 쪽이 흑룡파에게 넘어가면 제주도를 장악한 거나 마찬가지였다.

"이런 일 하는 거 처음 아닙니까?"

"그래서 내가 못할 거 같습니까?"

"그게 아니라."

걱정되는 거였다. 한번 조직의 일에 관여하게 되면 그건 늪이 되어 그를 잡아당길 테니까. 이 세계를 오래 겪어본 도훈은 그 생리를 잘 알았지만 그렇다고 태준에게 그만두라고 할 수는 없었다. 지금은 그 말고는 마광호를 막을 수 있는 사람이 없었으니까.

그때 태준의 업무용 전화가 울렸다. 황 이사였다. 태준은 전화를 받기 전에 도훈에게 먼저 말해주었다.

"황 이사입니다."

태준은 통화 버튼을 눌러 전화를 받았다.

"네, 마태준입니다."

[그래서 계획은 있는 거야?]

황 이사는 전화를 받자마자 다짜고짜 물어왔다.

"오늘 아버지가 카지노 업주들을 한 자리에 모을 겁니다."

[뭐라고! 이런 시발!]

황 이사가 욕을 해대기 시작하자 태준은 전화기를 귀에서 떼어냈다. 정말이지 같이 일하기 힘든 인간이었다.

"부산으로 연락하지 말고 믿을 수 있는 부하만 데리고 서울로 오십시오."

[당연히 부산에 지원 요청해야지! 너희 편이라고 지금 편들어!]

"이번 일 진행하면서 부산에 사람도 안 심어놓았을 거 같습니까? 지금 그쪽의 움직임을 가장 주시하고 있을 겁니다."

부산에서 움직이면 여기서 막을 수 있는 기회까지 사라질 것이었다.

[이런 썩을!]

황 이사가 다시 욕을 하기 시작했다.

황 이사가 욕하는 걸 들으며 괴로워하는 태준을 보고 도훈은 혼자 실소를 지었다. 하여튼 자라온 환경과 어울리지 않게 도련님이었다.

태준은 카지노 업주들이 잡혀 있을 것이라 추정되는 흑룡파 소유의 강호 빌딩 근처에서 황 이사와 접촉했다. 그의 말대로 믿을 수 있는 부하 몇 명만 데려온 황 이사는 태준이 검사와 함께 있는 걸 보고는 만나자마자 분개했다.

"이 자식! 검사랑 손잡고 나 속였지!"

"우리만으로는 마무리 지을 수 없습니다. 뚫고 들어가서 카지노 업주들만 데리고 나오는 것도 불가능해요."

마지막에 도훈의 도움을 받아야 가능한 피를 덜 흘리고 끝낼 수 있었다.

"그래서 지금 나보고 검사랑 손잡으란 말이야? 됐어! 이게 누구 얼굴에 똥칠하려고!"

조폭이 검사와 손잡는 건 이 바닥에서 배신이나 수치일 뿐이었다. 그건 어떻게 평가받든지 개의치 않는 태준이나 할 수 있는 거였다.

"검사랑 하든가. 나랑 하든가. 둘 중 하나만 선택해."

시간도 없는데 황 이사는 갑자기 선택을 강요했다. 끝까지 골치 아픈 인간이었다.

"잠깐 둘만 이야기하죠."

태준은 황 이사에게 따라오라고 눈짓하고는 골목 안으로 들어갔다. 도훈은 태준이 황 이사를 해결하게 그냥 두었다. 황 이사의 부하들은 검사인 도훈을 경계하며 태준을 따라간 황 이사가 돌아오길 기다렸다. 잠시 후 골목에서 태준이 먼저 나오고 그 뒤를 황 이사가 따라 나왔다. 씩씩대며 들어갈 때와는 달리 어깨가 아래로 좀 내려가 있었다.

"황 이사가 입구를 맡을 겁니다. 사람들 시선 끄는 동안 최 검사님이랑 저는 뒷문으로 들어가죠."

부하들은 이게 어찌 된 일이냐고 묻는 듯 황 이사를 보았다. 하지만 황 이사는 아무 말도 못 하고 태준이 하는 말을 듣고만 있었다. 도훈은 태준과 함께 빌딩 뒤쪽으로 가면서 그에게 물었다.

"황 이사는 어떻게 해결한 겁니까?"

"비밀로 하기로 약속했습니다."

부하들 앞에서 여자 때문에 쪽팔리게 죽을 뻔한 걸 그가 구해준 일에 대해 폭로 당하는 것과 검사와 같이 제주도 사업을 지켜내는 것 중에 어느 쪽을 선택할 것인지 물었을 뿐이다. 뒷문을 지키고 있는 조직원들이 보이자 태준은 얼굴을 가릴 수 있는 모자와 마스크를 꺼냈다.

"그래도 같은 편이라 신경 쓰입니까?"

"내 얼굴 보면 저쪽이 더 신경 쓰겠죠."

이 상황에 정정당당인가 싶어서 도훈은 실소를 흘렸다. 볼수록 참 해괴한 캐릭터였다. 모자를 푹 눌러쓰고 마스크까지 해서 얼굴을 가린 태준은 도훈을 보며 짧게 말했다.

"내 뒤에서 떨어지면 안 됩니다."

"나도 내 몸 정도는 지킬 수 있습니다."

"여기서는 그 정도로는 부족합니다."

태준이 꼭 베테랑 싸움꾼처럼 말해서 도훈은 의심스러운 눈으로 태준을 보았다.

"싸우는 거 싫어했던 거 아닙니까?"

"싫어합니다."

태준은 바로 뒷문 쪽으로 뛰어가서 그를 막으려는 두 명을 빠른 발차기와 급소 공격으로 한 번에 때려눕혔다. 태준이 몸 쓰는 건 처음 보는 도훈은 마른침을 삼켰다.

마광호 핏줄이 확실했다. 타고난 싸움꾼의 몸이었다. 왜 마광호가 죽어도 싫다는 태준한테 병적으로 집착하는지 이제야 좀 이해가 되었다. 본인의 몸은 늙고 병들어 죽어가는데 그의 젊은 시절과 똑같은 육체를 지닌 태준이 눈앞에 있으니 포기가 안 되는 거였다. 마치 불로장

생을 갈구했던 진시황제처럼 말이다.

태준이 따라오라고 고갯짓을 하자 도훈은 서둘러 그의 뒤를 따라갔다. 가능한 한 빨리 카지노 업주들이 잡혀 있는 꼭대기 층까지 도달해야 했다. 계약이 끝나버리면 돌이킬 수 없었다.

황 이사와 부하들이 입구에서 소란을 피우며 빌딩에 있는 조직원들을 많이 끌어당겼음에도 태준과 도훈이 뚫고 나가야 할 인원도 만만치 않았다.

"많이도 끌고 왔네."

도훈은 쓰러뜨려도 계속 튀어나오는 조폭에 질린다는 표정을 지었다. 자기 몸 지키는 것만으로는 부족하다는 태준의 말은 정확했다. 지금 제일 필요한 건 체력이었다. 몸이 지치니 방어도 무뎌졌다.

퍽ㅡ!

도훈이 누군가의 주먹에 맞아 바닥에 쓰러지자 무차별적인 공격이 쏟아졌다. 반대편에서 싸우던 태준이 달려와 도훈을 공격하는 덩치들을 막아내고는 쓰러진 도훈을 끌고 구석에 있는 방으로 들어가 문을 걸어 잠갔다.

"괜찮습니까?"

도훈은 입가에 흐르는 피를 닦아내며 괜찮다고 고개를 끄덕였다. 그러나 태준이 보기에 도훈은 끝까지 버티지 못할 것 같았다. 그런 도훈을 지켜주다 태준도 시간을 지체할 게 분명했다.

"아무래도 저 혼자 가야 할 거 같습니다."

그게 더 빠를 거라 판단했다.

"혼자 가겠다고요? 그럼 아버지랑 마주치면 그땐 어떻게 해결할 겁니까?"

아버지까지 지금처럼 주먹으로 때려눕힐 수는 없을 거였다. 태준이 유일하게 못 하는 게 그거였다. 태준은 도훈에게 손을 내밀었다.

"검사 신분증 빌려주십시오."

도훈은 황당한 눈으로 태준을 보았다.

"오늘은 검사 노릇까지 하겠다는 겁니까?"

"내가 검사라고 생각해야 카지노 업주들이 안심하고 계약을 하지 않을 겁니다."

"만약 그럴 수 있다고 해도 혼자서 저 많은 방해물들을 다 뚫고 갈 수 있을 거 같습니까?"

"할 수 있습니다."

그 말은 마치 지금껏 도훈이 짐이라서 못 했다는 말처럼 들려 도훈의 표정이 굳었다. 하지만 태준의 말대로 지금은 달리 방법이 없었다. 도훈은 재킷 안주머니에서 신분증을 꺼내 태준의 손 위에 올려주었다.

"만약 성공 못하면 검사 사칭죄로 잡아갈 겁니다."

도훈이 겁을 주어도 태준은 개의치 않고 바로 문을 열고 밖으로 나갔다. 거침없이 빠르게 때리는 소리와 사람의 비명이 이어졌다. 태준이 정말 혼자서 더 빨리 가버리는 소리를 들으며 도훈은 낮게 중얼거렸다.

"괴물 같은 놈."

그래서 신은 세상의 평화를 위해 그에게 양심이라는 걸 주셔서 평생 그 혼자만 괴롭게 살게 만들었나 보다.

자의에 의해서라기보다는 타의에 의해 한자리에 모인 카지노 업주들은 서로의 눈치만 보았다. 그들의 앞에는 계약서가 놓여 있었다. 앞으로 카지노 관리에 대한 사업권을 흑룡파가 운영하는 사업체에 맡긴다는 계약서였다. 계약할 때 항상 대동해야 하는 비서와 변호사도 없이 그들에게 있는 건 달랑 사인할 수 있는 펜뿐이었다.

"아무리 그래도 갑자기 이렇게 강압적으로 계약하는 건 좀 아닌 거 같소."

그나마 용기 있는 카지노 업주가 한마디 하자 홍 실장이 품에서 커다란 회칼을 꺼내어 테이블 위에 내려놓았다. 한 번에 목이 날아갈 것 같은 칼을 보고, 나서서 말을 했던 카지노 업주도 바로 입이 붙어버렸다.

"계약서 읽어보면 알겠지만 불법적이거나 그쪽들이 손해 볼 건 아무것도 없소. 내가 이렇게 양보하면서 계약하자는데도 설마 싫다고 할 건가?"

계약서의 내용보다 이리 갇혀서 강요받는 일방적인 계약 방식이 문제였다.

"그냥 사인하죠. 어차피 지금 관리하는 곳이나 이곳이나 별로 차이가 없는 거 같으니까."

어서 빨리 이곳에서 벗어나고 싶은 젊은 카지노 업주가 제일 먼저 펜을 들었다. 그리고 사인하기 전에 마광호를 보며 확인차 물었다.

"사인만 하면 바로 내보내 주는 거 맞죠?"

마광호는 고개를 끄덕였다.

다른 카지노 업주들의 시선이 사인하려는 업주의 손으로 집중되었다. 설마 진짜 사인할 거냐는 불안감 어린 시선들이었다. 잠시 망설이던 카지노 업주는 펜을 꽉 잡고 종이에 댔다.

그리고 그대로 사인을 하려고 하는데 그 순간 '쾅!' 하는 큰 소리와 함께 굳게 닫혀 있는 문이 벌컥 열렸다.

모두의 시선이 문을 열고 들어온 검은 사내에게 향했다. 남자는 모자를 벗고 신분증을 앞으로 내밀며 말했다.

"서울북부지검 최도훈 검사입니다. 지금 납치, 감금, 협박으로 고소하실 분 계십니까?"

갑자기 나타난 남자가 검사라는 말에 카지노 업주들이 술렁였다. 그때 제일 먼저 사인하려고 했던 업주가 벌떡 일어나며 외쳤다.

"검사님! 제가 지금 협박으로 계약을 강요당했습니다."

한 명이 소리치자 다른 사람들도 덩달아 그들이 부당한 대우를 받았다고 말하기 시작했다.

"저도 지금."

"나도!"

"우리 전부!"

쾅―!

마광호가 거세게 탁자를 내리치며 벼락처럼 외쳤다.

"네 이놈!"

카지노 업주들은 자신들한테 호통치는 줄 알고 겁을 먹고 의자에 주저앉았는데 마광호는 그들이 아니라 검사 신분증 들고 나타난 남자를 노려보고 있었다. 마광호는 자기가 검사라고 말한 남자가 진짜 최도훈이 아니라 태준이라는 걸 알았으니까. 태준은 서늘한 눈으로 분노하는 마광호를 직시했다.

"이 자리에서 협박죄로 잡혀가시고 싶지 않으면 조용히 계셔야 할 겁니다."

세상에는 잘못한 자식을 혼내는 부모만 존재하는 게 아니었다. 잘못한 아버지를 혼내는 아들도 있었다. 그리고 아들의 훈계에 대한 아버지의 대답은 거센 따귀였다.

찰싹—!

얼마나 세게 때린 것인지 태준의 큰 몸이 휘청했다. 카지노 업주들은 깜짝 놀랐다. 그들은 마광호가 검사한테도 함부로 폭력을 행사한다며 놀랐지만, 마광호는 검사가 아니라 아들이라 죽이지도 못하고 분노만 했다.

태준에게는 엄청나게 피곤한 하루였다. 그의 전문은 도망이었지 전면전이 아니었으니까. 그래도 아버지가 나쁜 짓 하려는 걸 막았고 카지노 업주들도 무사히 집으로 돌려보냈고, 무엇보다도 앞으로 황 이사와 볼일도 없었다. 그래서 남은 일은 최도훈 검사한테 모두 떠맡기고 홀가분한 기분으로 호텔로 돌아올 수 있었다.

호텔 직원들은 평소와 달리 시커멓게 입고 모자를 푹 눌러 쓴 그를 알아보지 못했다. 그로서는 그게 더 나았기에 빠르게 엘리베이터로 피신하듯이 들어갔다. 방에 돌아가서 씻고 잠이나 자야겠다는 생각뿐이었는데 엘리베이터 문이 열렸을 때 태준은 바로 내리지 못하고 그 자리에서 굳어버렸다.

제주도에 있어야 할 이수가 호텔 복도에 서 있었다. 오늘 너무 무리해서 헛것을 보는 건가 싶었는데 그를 향해 걸어오는 여자는 분명 이수였다. 태준에게 가까이 걸어온 이수는 그의 입가에 누구에게 맞은 듯 상처가 생긴 걸 보고 눈살을 찌푸렸다.

"싸웠어요?"

태준의 머릿속이 하얗게 변하며 할 말이 생각나지 않았다.

"어떻게 여기에?"

그녀가 갑자기 서울에 온 걸 반가워하는 태도는 전혀 아니었다. 오히려 당황스러움에 가까웠다. 그녀는 그가 전화를 받지 않는 게 오늘따라 너무 불안해서 비행기를 타고 서울까지 온 것이었다.

그런데 그의 모습을 보니 정말 무슨 일이 있었던 것 같았다. 태준은 무슨 일을 하다 그리 다친 건지 쉽게 말을 하지 못했다. 검사의 본능으로 보았을 때 제대로 현행범이었다. 그러나 이수는 현행범 취급하는 대신 손을 뻗어 태준의 손을 잡았다.

"우선 치료부터 해요."

어떤 상황에서도 검사로서 그를 대하고 싶지 않았다. 만약 그녀가 그러면 안 그래도 불안한 두 사람의 사이가 정말 힘들어질 거 같았으니까. 그녀는 그냥 그의 다친 모습을 걱정해주는 연인으로 그의 옆에 남고 싶었다.

그녀가 그의 상처를 치료해주는 동안 태준은 그녀의 표정만 살피고 있었다. 무슨 일이 있었느냐고 그녀가 따져 물어야 하는 상황인데 묵묵히 그의 상처에 약만 발라주고 있으니 오히려 더 그녀의 눈치를 보게 되었다.

"미안합니다."

모든 걸 하나의 단어에 꾸겨 넣은 태준의 사과에 이수는 깊게 한숨을 내쉬었다. 이런 순간에는 어쩔 수 없이 깨닫게 되고 만다. 그들이 하는 사랑이 쉽지 않은 길이라는 걸.

"내가 전에 말했죠. 무슨 일이 있으면 숨기지 말고 말하라고. 우리 같이하는 사랑이니까."

이수는 창백해지는 태준의 손을 꽉 붙잡고는 단호히 말했다.

"그러니까 그냥 말하라고요. 그게 설령 당신 아버지 이야기라도 내가 듣고 무서워서 떠날 일은 없으니까. 당신이 말 안 하면 그게 날 더 불안하게 해서 못 견딘다고요."

그도 그녀에게 아무것도 숨기고 싶지 않았다.

하지만 오늘 일은 어떤 식으로 말해도 그가 사람을 다치게 한 일이었다. 아버지가 하는 방식으로 아버지를 막았다. 태준은 길 잃은 아이 같은 표정으로 그녀를 바라보다가 그녀의 어깨에 머리를 기댔다. 온몸에 힘이 하나도 없었다. 이수는 그녀에게 기대오는 그의 큰 몸을 한쪽 팔로 안아서 지탱했다.

"난 단지 지키고 싶었습니다."

그녀도 그의 말을 믿고 싶었다. 안 그럼 그와 함께할 수 없게 될 수도 있으니까. 이젠 그와 헤어지는 게 세상에서 가장 무서운 일이었다.

밤에 서울에 왔던 이수는 아침 첫 비행기를 타고 제주도로 돌아가야 했다. 출근해야 했으니까. 엄마는 가게에 나가셨고, 아버지는 아직 주무시고 계셔서 이수는 혼자 조용히 집을 나섰다.

택시를 타고 공항에 갈 생각이었는데 집 근처에 세워진 차 앞에 서 있는 태준을 보고 이수는 멈추어 섰다. 말끔하게 슈트를 입은 태준이 평소와 다른 점이라면 입가 옆에 붙어 있는 반창고였다. 그게 없었다면 그가 난장판 속에서 싸우고 온 줄도 모를 모습이었다.

"공항까지 태워줘도 되겠습니까?"

평소였으면 그냥 태워준다고 했을 거다. 여전히 그녀에게 미안한 마음이 있는지 조심스럽게 그녀의 동의를 구하는 태준을 이수는 엄한 시선으로 쳐다보다 말없이 그의 차 조수석에 올라탔다. 그녀가 차에 타자 태준도 안심하며 운전석에 올라탔다.

태준이 직접 운전하는 차는 떠오르는 해의 붉은 기운을 받으며 공항을 향해 달렸다. 그녀가 입을 꾹 다물고 있으니 차 안에는 적막만이 흘렀다. 태준은 벌 받는 학생처럼 그녀가 먼저 말을 할 때까지 인내심을 가지고 기다렸는데 침묵의 시간이 길어질수록 몸 안의 내장이 바싹바싹 마르는 기분이었다.

한강 다리를 건널 때쯤 이수는 창밖의 한강을 보며 입을 열었다.

"나 태준 씨 의심해서 올라온 게 아니라 걱정해서 올라온 거예요."

운전하던 태준은 고개를 돌려 조수석의 그녀를 보았다. 이수는 여전히 창밖의 한강을 보고 있었다. 그가 그녀에게 사랑한다고 처음 고백했던 그곳이었다. 태준은 한강과 그녀의 얼굴을 같이 보며 만감이 교차했다. 그만큼 힘들게 사랑하게 된 그녀였다. 그런 그녀를 실망하게 하고 싶지 않았다.

"두 번 다시 어제 같은 일은 없을 겁니다."

그건 그의 진심이었다. 만약 또 무력을 써야 하는 일이 벌어진다고 해도 그땐 먼저 그녀를 찾아가서 다 말하리라.

"그 말, 꼭 술 먹고 새벽에 떡실신되어 들어온 남편이 다음 날 아침에 하는 말처럼 들리는 거 알아요?"

그녀가 짓궂게 웃으며 말하자 태준도 그제야 마음이 편해졌다.

"그 사람들도 진심으로 그런 말을 했을 겁니다."

"흥. 같은 남자라고 남편들 편드는 거예요? 그런 말 하는 사람 중 술 끊는 사람 없거든요."

그는 술을 한 모금도 못 마시는데 술 덕에 그녀와 풀 수 있었다. 주류 회사에 기부금이라도 보내야 하는 건가 싶다. 그런데 공항에 도착했을 때쯤 김상철에게서 전화가 왔다. 겨우 풀린 분위기를 깨기 싫어서 안 받고 싶었지만, 어제 그가 벌인 일이 있어서 할 수 없이 통화 버튼을 눌렀다.

[태준아! 회장님 쓰러지셨다!]

태준의 눈빛이 차가워졌다.

마광호가 쓰러졌다는 김상철의 전화를 받고 태준은 그녀를 공항에 내려주자마자 병원으로 가야만 했다. 그가 벌인 일 때문에 쓰러진 거라는 걸 알지만 병원에 입원한 아버지의 보호자를 할 사람은 아들인 그뿐이었으니까. 아버지의 병실로 가기 전에 담당 의사를 만나 아버지의 상태에 대해 들었다.

"이번엔 암 때문이 아니라 혈압 때문에 쓰러지셨습니다. 최근에 심하게 충격받은 일이 있으신가요?"

그가 아버지의 뒤통수를 쳤다.

태준은 의사와 면담을 끝내고 아버지의 병실로 향했다. 아버지의 병실을 지키고 있던 홍 실장은 그를 원망 어린 눈으로 쳐다보았지만 별말을 하지는 못하고 길을 비켜주었다. 아버지가 누워 있는 침대 옆까지 걸어간 태준은 낮은 목소리로 물었다.

"괜찮으세요?"

마광호는 천천히 눈을 떠 그를 보았다. 몸이 아픈 것 때문에 지친 건지 오늘은 그를 보고 불같이 분노하지는 않았다.

"넌 네가 이겼다고 생각하겠지?"

잔뜩 쉰 마광호의 목소리는 그의 영혼을 긁는 듯했다.

"그런 적 없습니다."

그의 부정에 마광호는 냉소를 지었다.

"이번 한 번으로 끝이라고 생각하지 마라. 한번 들인 발은 네 마음대로 잘라낼 수 있는 게 아냐."

차라리 화를 내는 게 더 나았다. 그 말이 꼭 그에게 내리는 저주같이 들려서 태준은 눈을 좁혔다.

"아버지 몸 걱정이나 하세요."

도훈의 말대로 버릴 수라도 있다면 좋으련만. 태준은 그럴 수가 없었다. 그래도 그의 아버지였으니까.

아들에게 저주를 퍼붓는 태준의 아버지와 달리, 이수의 아버지는 잔뜩 상기된 목소리로 그녀에게 전화를 걸어왔다.

[이번 주말에 엄마랑 같이 제주도 내려간다.]

아버지가 드디어 어머니를 설득한 것이다. 이수는 깜짝 놀라며 아버지를 칭찬했다.

"진짜? 아버지 굉장하네."

[그럼. 네 엄마는 내 말이라면 껌뻑 죽어.]

그런 것치고는 설득하는 데 참 많은 시간이 걸리기는 했지만 그래도 칭찬했다. 아버지가 아니었으면 어머니는 평생 여행도 못 해보고 일만 하고 사셨을 분이니까.

태준이 오는 시기와 부모님이 오는 시기가 겹쳐서 이수는 태준에게 전화해서 부모님의 제주도 방문에 대해 알려주었다.

"부모님이 제주도에 오세요."

[아, 이번엔 두 분이 같이 오십니까?]

"네, 어머니가 큰맘 먹고 가게 문 닫고 오는 거라 제가 차로 모시고 제주도 관광시켜드려야 할 거 같아요."

[그렇게 해요.]

그녀가 그에게 아직도 화가 나서 안 만나는 게 아니었기에 이수는 밝은 목소리로 태준에게 물었다.

"나 없는 주말에 뭐 할 거예요?"

[살아는 있겠죠.]

엄청난 대답이 돌아와서 이수는 할 말을 잃어버렸다. 그녀가 신경 쓰라고 일부러 이렇게 말하는 거면 정말 고단수였다.

부모님이 오실 때 그녀는 직접 공항으로 차를 끌고 마중을 나갔다.

"이수야!"

출국장을 나서는 아버지는 그녀를 보자마자 손을 높이 들어 크게 흔들었는데 그 모습이 꼭 개선장군 같았다. 하긴 어머니가 가게 문을 닫고 제주도로 오게 한 건 정말 큰일이었기에 이수는 같이 손을 흔들었다. 처음 제주도에 온 어머니는 이국적인 공항 밖 풍경에도 무뚝뚝한 표정이었다.

"그래도 제주도 오니까 좋죠?"

"너희 집이나 가자."

어머니는 그녀에게 주려고 가져온 반찬으로 가방 하나를 꽉 채웠다. 당장 그것들을 그녀의 집 냉장고에 넣을 생각밖에 없는 것 같았다.

"우선 우리 집에 갔다가 제주도 관광해요. 내가 운전사 노릇할게."

"나랏일 하는 사람이 운전사는 무슨."

어머니가 그녀보고 나랏일 한다고 말한 게 이번이 처음도 아닌데 오늘은 그 말을 듣는데 심장 한쪽이 욱신거렸다. 그래도 이수는 웃으며 어머니의 손에서 가방을 빼앗듯이 가져가서 차로 향했다.

그녀의 집에 들러서 어머니에게 처음으로 그녀가 사는 집을 보여드리고, 바로 나와 점심으로 제주 흑돼지를 먹으러 갔다.

"제주도에 와서 꼭 먹어봐야 하는 게 있어. 바로 이 흑돼지랑 갈치조림."

"고기 국수도 있잖아."

"그래? 난 그건 못 먹어봤는데. 그럼 저녁에는 그거 먹을까?"

"그럼 엄마가 결정하면 되겠네. 갈치조림 드실래요? 고기 국수 드실래요?"

"아무거나 가까운 곳으로 가."

"당신은 제주도까지 와서도 그래. 여기까지 왔으면 좋은 것만 보고,

좋은 것만 먹어야지."

"서울이나 제주도나 사람 사는 건 똑같지."

"아니라니까. 여기 사람들은 당신이랑 달라. 당신도 여기 좀 살아봐
야 느낀다니까."

부모님과 함께 있으니 제주도에 있어도 꼭 서울 집에서 밥을 먹는 기
분이었다. 점심을 먹은 뒤에는 그녀가 태준과 함께 다녔던 곳들 중 가
장 좋았던 곳만 골라 부모님을 안내했다. 그리고 사진도 일부러 더 많
이 찍었다.

태준과 만들었던 앨범처럼 부모님의 앨범도 만들어드리고 싶었다.
젊은 사람이었다면 늦은 밤까지 놀았을 테지만 부모님은 저녁을 먹고
바로 집으로 돌아가자고 했다. 일찍 주무시고 일찍 일어나는 걸 알았
기에 이수는 내일 아침 일찍 움직이기로 하고 부모님을 모시고 집으로
왔다.

"두 분이 침실 쓰세요. 내가 작은 방 쓸 테니까."

부모님에게 침실을 내어주고 작은 방으로 온 이수는 휴대폰을 꺼냈
다. 온종일 태준과 연락을 못 해서 어찌 지내나 궁금하고, 그도 그녀
의 전화를 기다리고 있을 것 같아서 태준에게 전화를 걸었다.

"나 부모님이랑 같이 집에 들어왔어요."

[일찍 들어갔네요.]

그와 함께 있을 때는 한창 돌아다녔을 시간이긴 했다.

"아침 일찍 일어나시거든요. 그래서 일찍 주무세요."

[그럼 밤에는 시간 나는 겁니까?]

순간 무슨 시간을 말하는 건가 싶었다.

"설마 내가 시간 난다고 하면 보러 오겠다고요? 태준 씨 와도 나 1시

간밤에 못 낼 수도 있어요."

만약 그녀가 나간 걸 알고 잠귀 밝은 어머니가 전화하면 바로 들어와야 했다.

[전 1분만 봐도 상관없습니다.]

남들과 다르게 살아서 그런지 사람이 참 극단적인 면이 있었다.

"그 정도 볼 거면 오지 말아야죠. 난 반대야."

시간도 아깝고, 돈도 아깝고, 그만 너무 고생이라 이수는 안 된다고 고개를 저었다.

[나 안 보고 싶습니까?]

그리 물으니까 마음이 와락 쏟아져 내렸다. 당연히 월화수목금토일 매일 보고 싶었다.

"설마 내가 보고 싶다고 하면 오려고요?"

[네.]

이수는 문으로 다가가 살짝 열어서 밖을 살폈다. 거실에서 아버지가 어머니 안마를 해주고 계셨다. 저건 하루를 마무리 짓기 전에 아버지가 어머니한테 수고했다는 의미로 해주는 서비스였다. 오늘은 같이 제주도에 와줘서 고맙다는 의미인 것 같았다. 아마 1시간 내로 두 분 다 주무실 것 같긴 했다.

달칵―.

문을 닫은 이수는 심각한 표정을 지었다. 부모님이 잠든 사이 몰래 나가 태준을 만나는 건 꼭 부모님과 태준 중 한쪽을 골라야만 하는 문제 같아 쉽게 결정할 수가 없었다.

[이수.]

그녀가 갈등하는 시간이 길어지자, 태준이 그녀의 이름을 나직이 불렀다. 이수는 조여오는 압박감에 몸을 작게 웅크렸다.

부모님, 태준, 부모님, 태준, 부모님, 태준.

그렇게 반복하던 그녀는 눈을 꽉 감으며 말했다.

"아, 역시 안 되겠어요. 그냥 다음 주에 봐요."

태준을 만나도 부모님이 신경 쓰일 것 같고, 내일 부모님 얼굴 보기도 민망할 것 같았다. 그래서 그녀는 포기했는데 전화기 안에서 태준이 말했다.

[알겠습니다. 그럼 그냥 가겠습니다.]

간다는 말에 이수는 눈을 번쩍 떴다.

"네? 간다고요?"

[밤에 잠깐 보려고 제주도 왔습니다.]

그럼 그렇다고 진작 말을 하지!

[그럼 끊습니다.]

"잠깐만요. 나도 보고 싶어요!"

그녀가 갑자기 태도를 바꾸자 전화기 안에서 태준의 목소리가 낮아졌다.

[안 되겠다면서요.]

"그건 태준 씨가 서울에 있는 줄 알고."

[내가 서울에 있을 때랑 제주도에 있을 때랑 마음이 달라진다는 겁니까?]

지금은 그들이 싸울 때가 아니었다.

"그래서 태준 씨는 제주도까지 와서 나 안 보고 갈 수 있어요?"

[없습니다.]

역시 그는 결단이 빨랐다. 그녀처럼 헤매는 스타일이 아니었다.

"나도 태준 씨가 제주도에 있으면 그냥 보낼 수 없어요."

하지만 그가 서울에 있었다면 이수는 그를 못 오게 했을 거다. 그게 태준은 서운한 거였다.

[전 서울에 있든 제주도에 있든 보고 싶다고 하면 왔을 겁니다.]

"네, 이번에는 태준 씨가 이겼어요. 내가 인정할게요."

[전 이기려고 했던 게 아닙니다.]

"이긴 상으로 제가 태준 씨 소원 들어준다고 해도요?"

[제가 이긴 거로 하죠.]

태준이 바로 말을 바꾸자 이수는 피식 웃었다. 그도 그녀를 만난 뒤 조금은 변한 거 같기도 했다. 좀 귀여워졌다고 해야 하나. 예전이라면 상상할 수 없는 모습이었다.

❀

침실의 불이 꺼지자 이수는 조심스럽게 방문을 열고 나왔다. 몰래 나갔다 와야 했기에 가능한 소리를 내지 않으며 걸으려고 노력했다.

어렵게 집을 나온 이수는 엘리베이터로 달려갔다. 아파트 건물을 나온 이수는 태준을 찾아 뛰었다. 만약 화장실 가려고 깨어난 부모님이 그녀가 방에 없는 걸 알고 전화하면 바로 들어가야 했기에 마음이 급했다.

태준은 그녀의 집이 있는 아파트 건물에서 좀 떨어진 아파트 단지 입구에 서 있었다. 그녀가 오는 걸 보고 태준이 손을 흔들었다. 밤의 풍경과 그가 꼭 하나의 그림처럼 느껴졌다. 이수는 멈추지 않고 달려서 그가 있는 밤의 풍경 속으로 뛰어들었다. 따뜻하고 넓은 그의 품에 안기니 이젠 익숙해져버린 그의 체취가 그녀를 감싸 안았다.

"이수."

그가 부르는 소리에 고개를 들자 촉촉한 입술이 그녀의 입술 위로 내려앉았다. 부드럽고 감미로운 재회의 입맞춤에 몸이 녹아내렸다. 로맨스 영화가 재미없는 이유는 그들의 만남이 더 영화 같았으니까. 이렇게 만날 때마다 애타는 관계가 어디 있을까 싶었다.

❀

거리는 아직 추웠기에 두 사람은 그녀의 차 안에서 이야기를 나누었다.

"몇 시 비행기 타고 온 거예요?"

"밤에 도착했습니다."

어차피 그녀의 부모님들이 잠들기 전까지는 만날 수 없을 거 같았으니까.

"그럼 미리 왔다고 말을 하지."

괜히 그녀만 부모님과 태준 사이에서 가슴 답답할 정도로 갈등했다.

"당신이 전화할 줄 알았으니까."

안 했으면 그한테 큰 잘못을 할 뻔했다.

"혹시……."

그녀가 말을 꺼내고 뒤를 못 잇자 그가 그녀를 빤히 쳐다보았다.

"아니에요."

그녀가 제대로 말하지 않고 그냥 말을 접자 태준은 눈을 좁혔다.

"나한테 숨기는 거 있는 겁니까?"

"그럼 태준 씨가 먼저 나한테 전부 말해요."

그녀가 화살을 그에게 돌리자 태준은 잠시 입을 다물었다가 그녀의 눈을 똑바로 보며 말했다.

"사랑합니다."

이수는 화들짝 놀랐다. 처음 듣는 말도 아닌데, 처음엔 그한테 업혀 있어서 그의 눈을 못 봤었다.

그런데 이 검고 깊은 눈빛으로 그녀를 똑바로 보며 사랑한다고 하니 꼭 심장이 폭탄을 맞은 거 같았다.

"그런 말 말고요!"

이수는 부끄러움을 참을 수 없어 화를 내었다.

"이 말 빼고 뭐가 더 중요한 겁니까?"

반박할 수 없었다.

"그래서 소원이 뭐예요?"

소원 들어주기로 분위기를 바꾸기 위해서 이수는 서둘러 그에게 물었다. 태준은 소원을 말하지 않고 그녀를 물끄러미 쳐다보았다.

"쳐다만 보지 말고 말을 해야 알죠."

그녀의 재촉에 태준은 눈을 초승달 모양으로 접으며 웃기까지 했다. 심상치 않은 섹시한 눈웃음이었다. 별말 아닌데 저렇게 웃을 리가 없었다.

"오늘 말고 다음에 말하겠습니다."

엄청 다행이었다. 그녀는 부모님 몰래 그를 만나러 나온 것이었으니까. 지금 그가 소원으로 그녀를 안고 싶다고 말했으면 정말 곤란했을 거다.

"부모님은 내일 저녁 비행기 타고 가세요. 어머니가 월요일에 가게 문 연다고 하셔서."

제주도에 오고 싶어 했던 아버지한테는 아주 짧은 일정이었지만 어머니만 홀로 서울로 보내고 남을 분은 아니었다. 다정하게 같이 내려왔으니 다정하게 같이 돌아가실 거다.

"전 월요일 첫 비행기 타고 갈 겁니다."

그가 그리 말할 줄 알았기에 이수는 미소를 지었다.

"그럼 우리 내일 밤에 만나요."

부모님께 효도 관광도 시켜드리고, 사랑하는 남자도 만나고.

이 정도면 너무도 완벽한 주말이었다.

다음 날도 예정대로 부모님과의 관광은 계속되었다. 두 분은 저녁 비행기로 돌아가야 했기에 첫날보다 더 알차게 관광을 해야 했다. 아버지는 역시나 예상대로 어머니와 같이 돌아가겠다고 했다.

"여행에서는 먹는 게 남는 거야. 무조건 여기서만 먹을 수 있는 걸 먹어봐야 한다니까."

"아따. 풍경이 좋으니 뭘 먹어도 맛있네. 안 그래, 여보?"

수다스러운 두 부녀 사이에서 어머니는 근엄한 표정만 짓고 계셨다. 평생 이리 살아온 세 사람이라 어색할 것도 없었다. 부모님에게 좋은 시간을 보낼 수 있게 해주었다고 생각했는데 아무래도 자식은 부모의 마음을 완벽하게 알 수는 없나 보다. 어머니의 속내는 그녀가 공항까지 차로 모셔다드렸을 때야 알 수 있었다.

"제주도에서 혼자 지내기 적적하지 않니?"

엄마가 그녀를 걱정하는 거라 여기고 이수는 웃으며 고개를 저었다.

"괜찮아. 같이 일하는 사람들이 다 좋아서 오히려 서울에서 일할 때보다 좋아."

"그래도 집에서 너 혼자 지내는 것보다는 결혼해서 누군가 같이 있는 게 좋지 않겠어?"

엄마의 말에 이수는 웃음을 거두며 어머니의 얼굴을 빤히 보기만 했다. 미숙은 여행 내내 들고 다녔던 가방을 열더니 그 안에서 사진첩 하나를 꺼냈다. 예전에 그녀가 맞선 보러 다닐 때 본 적이 있는 것이었다. 미숙은 이걸 직접 그녀에게 전해주기 위해 아버지를 따라 제주도로 온 거였다.

"내가 보기에는 괜찮은 사람이더라. 한번 만나나 봐."

엄마가 그녀에게 강요할 사람이 아니라는 걸 너무 잘 아는데도 맞선 사진을 보는 순간 쿵, 내려앉은 심장이 쉽게 회복되지 않았다. 지금 엄마에게 말해야 했다. 만나는 남자가 있다고. 그 남자를 많이 사랑해서 맞선을 볼 수가 없다고. 그런데 그녀의 입은 쉽게 열리지 않았다. 태준에 대해서는커녕 맞선을 보지 않겠다는 말조차 못했다.

그녀는 살면서 한 번도 부모님이 실망하는 행동을 한 적이 없었다. 삶의 목표가 부모님의 자랑스러운 딸이 된 건 그만큼 부모님이 그녀를 아껴주었고, 그녀도 부모님을 많이 사랑하기 때문이다. 그런데 그녀가 사랑하는 남자 때문에 부모님에게 처음으로 상처를 줄 수도 있다고 생각하니 벙어리가 되었다. 그렇다고 태준과 결혼만 하지 않으면 괜찮다고 생각할 수도 없었다. 이젠 그와 헤어진다는 생각만으로도 가슴이 날카로운 무기로 난도질당하는 기분이 들었으니까.

"엄마. 난······."

그녀가 어렵게 말을 꺼내자 맞선이 부담스러운 거라 여긴 미숙은 맞선 사진을 이수의 차 글로브 박스를 열어 집어넣었다.

"아직 시간 많이 있으니까 찬찬히 생각해봐."

이수는 손이 하얗게 변할 때까지 핸들을 꽉 움켜잡았다. 끝까지 태준에 대해 당당히 말하지 못하는 비겁한 행동을 스스로가 견딜 수가 없었다.

부모님을 공항에 모셔다드리고 혼자 남게 되어서도 이수는 바로 태준에게 전화할 수 없었다. 지금 이 기분으로 그를 만나면 그한테도 잘못할 거 같았다. 부모님이 떠나신다는 시간은 훨씬 전에 지났는데 그녀의 전화가 늦자 태준이 기다리다 지쳐 먼저 그녀에게 문자를 보냈다.

부모님 아직 안 가셨습니까?

이수는 태준이 보낸 메시지를 한참을 바라보다 그에게 전화를 걸었다. 그녀의 전화를 기다렸다는 듯이 태준은 바로 전화를 받았다.

[지금 혼자 있습니까?]

"태준 씨."

그의 이름을 부르는 그녀의 목소리가 무겁다는 걸 태준은 바로 느꼈다. 그래도 대답하는 그의 목소리는 한결같았다.

[네.]

이수는 숨을 길게 들이켜고는 입을 열었다.

"어머니가 맞선 보라고 하셨는데 나 태순 씨에 대해 말 못 했어요."

그한테는 숨기는 거 없이 전부 말하라고 다그쳤으면서 그녀가 숨길 수는 없었다. 그래서 솔직하게 말하는데 말 한 마디 한 마디 할 때마다 태준에게 죄스러웠다.

"미안해요."

그한테 잘못했으니 사과해야 했다. 그가 화를 내도 그녀는 할 말이 없었다.

[……그래서 부모님 돌아가셨습니까?]

죄인처럼 고개를 푹 숙이고 있던 이수는 머리를 들었다.

"방금 내 말 들었어요?"

[네, 맞선.]

"그런데 화 안 내요?"

[맞선은 내가 더 많이 봤습니다.]

'맞선 킬러'로서의 그의 명성은 잘 알고 있었다.

"하지만 그건 나 만나기 전이잖아요."

[맞선 볼 겁니까?]

이수는 생각할 것도 없이 바로 대답했다.

"아뇨!"

[그럼 전 괜찮습니다.]

그렇게 단순하게 넘어갈 문제가 아니었다.

"어머니한테 태순 씨에 대해 말 못 했다니까요."

[그게 이수 탓은 아니니까. 내 탓이지.]

태준이 그녀를 용서해준다고 해도 그녀 자신이 용서가 안 되었다. 이수는 손으로 두 눈을 가리며 무겁게 말했다.

"난 태준 씨가 차라리 나한테 화냈으면 좋겠어요."

[내가 화내야 더 좋겠다고요? 진심입니까?]

태준이 듣기에는 정말 이상한 요구였다.

"네, 지금 태준 씨한테 욕 한 사발 시원하게 듣고 싶은 심정이에요."

태준은 욕을 하지 않았다. 평생 욕을 입에 달고 사는 사람들 속에서 살면서 귀가 썩는 거 같았으니까. 그런데 욕을 해달라니. 그녀 때문에 당황한 적은 많았지만 그중에서도 가장 황당한 요구였다.

[내가 시원한 냉국수 한 사발은 만들어줄 수 있는데.]

욕해달랐더니 태준이 냉국수 타령이나 하자 이수는 바닥에 엎드려 통곡할 때처럼 손으로 바닥을 두드렸다.

"태준 씨는 왜 욕도 못 해요!"

설마 욕 못 한다고 원망을 들을 줄이야.

달칵─.

문이 열렸을 때 이수는 어제와는 전혀 다른 풀 죽은 얼굴로 그를 맞아주었다. 태준은 그가 욕을 안 해줘서 그런 건가 싶어 오히려 그가 더 그녀의 눈치를 보게 되었다.

"괜찮습니까?"

이수는 고개를 끄덕이고는 그에게 길을 터주었다.

태준은 집 안으로 들어서며 오는 길에 사온 꽃다발을 그녀에게 내밀었다. 그래도 꽃을 보면 좋아할 줄 알았는데 이수는 고개를 저었다.

"지금은 이거 못 받겠어요."

설마 좆까지 마다할 줄이야. 진짜 욕을 해줘야 풀리는 거란 말인가.

태준은 몸을 숙여 그녀와 눈높이를 맞추었다. 평소의 에너지가 느껴지지 않는 그녀의 눈을 보며 태준은 심각하게 물었다.

"제가 어떻게 해야 기분이 나아지겠습니까?"

그의 질문에 그녀가 오히려 울상이 되자 태준은 당황했다.

"제가 말을 잘못했습니까?"

"태준 씨가 너무 착해서 짜증 나요."

살면서 착하다는 말도 처음 들어봤지만 착한데 왜 짜증이 나는가. 오늘 그녀는 속을 알 수 없는 행동만 하는 고양이 같았다. 태준은 조심스럽게 손을 뻗어 그녀의 머리를 만졌다. 그가 부드럽게 머리를 쓰다듬어주자 이수는 그의 품으로 미끄러져 들어와 그의 허리를 꽉 안았다. 이젠 너무 익숙해져버린 품이었다. 넓고, 따뜻하고, 그녀에게만 허락된 특별한 품. 그런데 당당하게 그에 대해 부모님에게 말할 수 없다는 게 너무나 그녀를 힘들게 하였다.

"이수."

그의 부름에 이수는 고개를 들었다.

태준은 붉어진 그녀의 눈가에 입술을 가져가서 달래듯이 다정하게 키스했다.

"다 괜찮을 겁니다."

그렇지 않을 수도 있다는 걸 그가 그녀보다 더 잘 알았지만 지금 이 순간에는 그녀의 마음을 편하게 만들어줄 수 있는 말만 했다. 그녀가 슬픈 건 그가 싫었으니까.

"진짜 그렇게 생각해요?"

그녀는 매달리듯이 그에게 물었다. 그가 무슨 대답을 하든 그 말만 믿고 싶은 심정이었다.

태준은 긴 눈을 접고 눈웃음을 지으며 고개를 끄덕였다. 사람을 홀리는 아득하고 매혹적인 미소였다.

"밤놀이 나가겠습니까?"

태준은 놀 줄도 모르면서 놀러 나가자고 했다. 그래도 이수는 그를 따라 집을 나섰다. 그는 내일 아침이 되면 떠날 테니까. 그와 같이 있는 시간이 무의미하게 흘러가게 둘 수는 없었다.

✿

봄이 오기 전의 마지막 심술처럼 날씨는 더 추워져 있었다. 그래도 그가 운전하는 차 안은 따뜻했다. 이수는 어디 가느냐고 묻지 않고 조수석에 앉아서 차창 밖의 풍경을 바라보았다.

태준은 바다가 아니라 도심으로 차를 몰았다. 지금은 사람들로 북적이는 곳에 가야 그녀의 기분이 살아날 것 같았으니까.

"술 마시고 싶습니까?"

태준의 물음에 이수는 짓궂게 대답했다.

"태준 씨가 마시고 안 죽을 자신 있으면."

태준은 살벌하게 농담하는 그녀를 짧게 흘겨보고는 다시 앞을 보며 운전했다.

"술 마시고 취해도 괜찮습니다. 내가 옆에 있어줄 테니까."

사실 우울할 때는 술로 달래는 게 제일 좋기는 했다. 그런데 태준이 술을 못 마셔서 그와 있을 때는 일부러 술을 피하게 되는 것도 있었다.

"진짜 나 술 마시고 취해도 돼요?"

네.

"나 취하면 밤새 뛸지도 몰라요."

그녀의 주사는 올림픽 여신이었으니까. 술 취하면 그렇게 몸을 움직이고 싶어진다.

"그럼 같이 뛰어주겠습니다."

그 정도는 그에게 어려운 일도 아니라는 듯이 그가 말하자 이수는 그제야 얼굴에 웃음을 지었다.

태준은 이 밤에 사람이 가장 많은 클럽 앞에서 차를 세웠다. 그가 먼저 클럽으로 온 건 오늘이 처음이자 마지막일 것 같았다. 그냥 술집이 아니라 춤과 음악까지 있는 클럽인 걸 보고 이수는 놀라서 태준을 보았다.

"진짜 여기 괜찮아요?"

"시끄럽고 딱 좋습니다."

태준은 결의에 차서 대답했다. 태준이 그녀의 기분을 나아지게 해주려고 일부러 이곳에 온 것을 알기에 이수는 클럽에 들어가기 전부터 이미 기분이 많이 나아져 있었다.

"그럼 태준 씨, 춤도 출 거예요?"

그건 최후의 수단이었다. 끝까지 그녀가 기분이 안 나아지면.

"우선 들어가죠."

태준이 앞장서서 그녀를 데리고 클럽 안으로 들어갔다.

제주도의 클럽은 서울보다 크고 화려하지는 않았지만 그래도 즐길 수 있는 분위기는 충분히 갖추어져 있었다.

쿵―쿵―.

신나는 리듬이 심장을 때리듯이 울렸다. 두 사람은 술 파는 곳으로 가서 그녀가 마실 술을 주문했다. 이수는 술을 못 마시는 태준의 앞에도 술병을 놓아주었다.

"태준 씨는 그냥 들고만 있어요. 그래야 같이 마시는 거 같으니까."

이수는 태준의 병에 소리가 나게 그녀의 병을 부딪치고는 시원한 맥주를 벌컥벌컥 마셨다. 알코올이 몸속으로 들어가니 답답했던 속이 좀 뚫리는 것도 같았다. 술을 못 마시는 태준은 그녀가 과연 무슨 맛으로 술을 마시는 건지 궁금했다.

"맛있습니까?"

"술은 맛이 아니라 기분으로 마시는 거예요."

그가 술맛을 궁금해하니 아무래도 그녀 혼자 마시는 게 마음에 걸렸다.

"내가 술 마신 입으로 키스해도 태준 씨 기절할까요?"

그 정도는 아닐 거라고 생각하던 순간, 그녀의 입술이 다가와 그의 입술 위에 포개졌다. 그녀의 입술에서는 방금 그녀가 마신 맥주의 쌉싸래한 맛이 느껴졌다. 거기에 그녀의 부드러운 입술은 감미로운 맛을 더했다. 입술을 뗀 이수는 그의 얼굴을 잠시 관찰하듯이 쳐다보았다. 태준은 기절하지 않고 멀쩡한 얼굴로 말도 했다.

"나쁘진 않네요."

"뭐가요? 맥주 맛이? 아니면, 내 키스가요?"

"맥주 맛이."

그가 괜찮은 것을 보고 이수는 결심했다.

"오늘 여기 술 종류별로 마시면서 키스해줄게요."

"굳이 그럴 필요까지는."

이미 한 번의 키스로 사람들이 신기한 듯이 쳐다보고 있었다. 제주도 클럽에서는 키스하는 연인이 별로 없나 보다.

"아뇨! 태준 씨도 드디어 술맛을 알 기회잖아요. 내가 희생할게요."

"이게 희생이었습니까?"

태준은 너무한 거 아니냐는 눈으로 그녀를 보았다. 이수는 이미 술을 종류별로 주문하고 있었다. 아무래도 그냥 본인이 술을 마시고 싶어서 그러는 것 같았다. 오늘 술은 정말 탁월한 선택이었다. 취기가 오르자 그녀는 자신의 기분이 우울했던 것도 차츰 망각하며 음악의 리듬에 몸까지 흔들었다. 그녀의 기분이 완전히 좋아진 것 같아서 태준은 안심했다. 그가 춤을 안 추어도 될 거 같았으니까.

"태준 씨, 우리 나가서 춤출래요?"

그래서 이수의 그말에 태준은 자신도 모르게 뒤로 물러났다.

"그냥 보는 게 좋을 거 같습니다."

"아니야. 난 오늘 꼭 태준 씨랑 춤추고 싶어요."

이수는 그의 손을 두 손으로 잡고는 조르듯이 크게 흔들었다. 올림픽 여신은 운동뿐만 아니라 춤추는 것도 좋아했다. 같이 뛰어주는 것만 생각했던 태준은 같이 춤추게 된 상황이 정말 난감하기만 했다. 춤은 안 춰도 되겠다고 안심하고 있었건만. 태준은 그녀의 손에 끌려 억지로 스테이지까지 나가게 되었다.

그곳에는 춤추는 걸 어디서 배워 온 듯한 사람들이 신나게 춤을 추고 있었다. 그 안에서 태준만 고목나무처럼 뻣뻣하게 서 있었다. 그래도 이수는 신나서 그의 주위를 돌며 리듬에 맞추어 몸을 움직였다.

태준은 눈으로 그녀의 움직임을 좇았다. 그녀의 몸짓, 손짓, 눈빛, 그리고 웃음소리가 그의 안을 가득 채웠다. 그래서 춤 못 추는 그도 클럽에서 즐거울 수 있었다.

다시 그녀의 집 앞으로 돌아왔을 때 시간은 이미 새벽이 되어 있었다. 태준은 현관문 앞에서 그녀에게 마지막 인사를 했다.

"잘 자요."

그는 숙소로 돌아갔다가 몇 시간 뒤 비행기를 타야 했다. 그가 미련 없이 그냥 가려고 하자 이수는 그의 옷자락을 붙잡았다. 태준은 몸을 돌려 다시 그녀를 보았다. 이수는 촉촉해진 눈으로 그를 올려다보며 낮게 속삭였다.

"가지 마요."

오늘따라 더 유혹적으로 들리는 말에 태준은 눈을 내리깔았다.

"……취했습니다."

이수는 아니라고 고개를 저었다.

"취해서 하는 말이 아니라 난 태준 씨랑 함께 있을 때는 언제나 봄 같았어요. 지금도 그렇고."

그러니 굳이 봄까지 기다리지 않아도 두 사람이 함께 있는 지금 이 순간이 봄이었다. 그녀가 말하는 '봄'에 그녀의 진심이 전해졌기에 태준의 얼굴에 부드러운 미소가 번졌다.

이수는 그의 손을 잡고 집 안으로 끌어당겼다. 더 이상 그녀를 거부할 힘이 남아 있지 않았던 태준은 그녀가 끌어당기는 대로 움직여 그녀의 집으로 같이 들어갔다.

Episode 28
사랑의 절정

달칵―.

문이 닫히고 누가 먼저 키스를 시작했는지 알 수 없었지만 맞닿은 입술은 봄처럼 따뜻했다.

처음 느꼈던 그의 입술은 벼락이었다. 그녀의 세상이 두 쪽이 나는 줄 알았는데 어느새 그는 그녀에게 봄날의 따뜻함 같은 존재가 되어 있었다. 이수는 그의 입술을 머금고 천천히 그 따뜻함을 음미했다. 그의 다정한 키스로 마음이 촉촉하게 젖어들었다. 지금 이 마음 그대로 그에게 그녀가 줄 수 있는 건 모두 주고 싶었다.

남자와 여자의 끓는점이 다른 건지 그는 그녀보다 좀 더 빨리 뜨거워졌다. 뜨거운 혀가 그녀의 안을 휘저으며 숨이 거칠어지고, 그의 손이 굴곡진 그녀의 몸을 느끼듯이 타고 올라왔다. 이수는 가슴 아래에서 성급한 그의 손을 막으며 나직이 말했다.

"방으로 가요."

태준은 바로 그녀의 몸을 가볍게 안아 올렸다. 순식간에 변해버린 높이에 현기증이 올라와서 이수는 두 팔로 그의 목을 꽉 끌어안았다. 마주친 태준의 눈빛은 익숙하면서도 낯선 뜨거움을 담고 있었다. 앞으로 두 사람에게 일어날 일에 대한 기대감과 함께 두려움도 여전히 남아 있어서 이수는 그 두려움을 떨쳐내기 위해 그에게 말을 걸었다.

"무슨 생각해요?"

그녀의 질문에 태준은 눈살을 찌푸렸다. 이 상황에 생각이라는 걸할 수 있는 남자가 세상에 몇 명이나 있을까 싶었다. 태준도 마찬가지였다.

"아무 생각 안 합니다."

그건 그녀도 아무 생각하지 말라는 경고나 마찬가지였다. 그는 이미그녀와 함께 문을 열고 들어와버렸기에 그녀가 안 되겠다고 머뭇거려도 뒤돌아 나갈 수가 없었다. 그럼 정말 미칠지도 몰랐다.

태준은 그녀를 안고 침실로 걸어갔다. 그가 한 걸음 한 걸음 내디딜때마다 그녀의 심장이 점점 더 크게 부풀어 올랐다. 이수는 다시는 돌아가지 못할 소녀 시절을 붙잡듯이 그의 목을 꽉 끌어안고 두 눈을 감았다.

그를 붙잡은 것, 그를 사랑한 것, 그에게 내어준 모든 것. 그들의 미래가 어찌 되든 절대 후회하지 않을 것이다.

그가 그녀를 침대에 조심스럽게 내려놓자 등에 매끄러운 시트가 닿았다. 이 순간에는 부드러움이 오히려 아찔해서 그녀의 속눈썹이 파르르 떨렸다.

"이수."

그녀를 부르는 소리에 이수는 감았던 눈을 천천히 떴다. 태준이 그녀의 위에서 그녀를 내려다보고 있었다. 술은 그녀 혼자 마셨는데 마치 같이 술을 마신 것처럼 붉은 기운이 도는 그의 얼굴을 보니 그녀의심장은 더 빨리 뛰어댔다. 이 세상에 오직 그와 그녀 둘만 남은 듯, 그녀의 모든 감각이 그를 향해 내달렸다.

툭, 툭—.

태준이 셔츠의 단추를 풀어내려 갈수록 드러나는 탄탄한 그의 몸에 이수는 떨리면서도 눈을 뗄 수가 없었다.

드넓고 각진 어깨, 유혹적인 자태의 쇄골, 매끈한 근육에 둘러싸여 쭉 뻗은 팔, 탄탄한 복부, 아찔한 장골. 옷을 벗고 드러난 그의 육체는 아름답고 관능적이었다. 그 어떤 누구도 그처럼 완벽한 몸을 가지기는 힘들 것이었다. 조금의 나태도 허용하지 않는 몸이었으니까. 그가 지금껏 어찌 살아왔는지 그의 몸이 말해주고 있었다.

하지만 마냥 감탄할 수만은 없었다. 그녀가 그의 몸을 보듯이 그도 그녀의 몸을 볼 것을 생각하니 부끄러움을 참을 수 없어서 이수는 태준에게 부탁했다.

"불 끄면 안 돼요?"

태준은 그녀를 하나도 빠지지 않고 다 보고 싶었지만 그녀가 부끄러워하니 할 수 없이 전등을 끄고 침대 옆의 스탠드만 켰다. 은은한 어둠 속에서는 겹쳐진 몸이 더 생생했다. 앞으로 그들에게 일어날 일에 대한 긴장감에 발끝부터 속눈썹까지 떨림이 퍼졌다.

그녀의 떨림을 달래듯이 그의 입술이 그녀의 얼굴에 다정한 입맞춤을 수없이 해주었다. 이마에, 콧등에, 뺨에, 입술에…… 그의 입술이 닿았던 모든 곳이 뜨거움에 화끈거렸다. 하지만 그녀의 옷깃 안으로 들어온 그의 손만큼 뜨겁지는 못했다. 그녀의 등허리를 타고 올라오는 손은 너무 뜨거워 몸이 절로 뒤틀렸다. 태준은 흐트러지는 그녀의 호흡까지 모두 삼켜버리며 그녀의 입술에 짙은 키스를 했다. 아직 제대로 시작도 안 했는데 현기증에 머리가 녹아내릴 것 같았다.

"흐윽."

달뜬 호흡 사이로 우는 소리가 흘러나왔다. 그녀의 목소리였는데도 너무 낯설었다. 처음 들어보는 본능적인 그녀의 목소리가 태준의 피를 끓게 하여 그의 행동이 더 거침없어졌다. 그녀가 의식했을 때는 서로의 살과 살이 맞닿아 아찔한 상태였다. 이대로 정말 심장이 터져버릴지도 몰랐다. 창문을 통해 들어오는 달빛만이 차분함을 유지하고 있었다. 태준은 잠시 망설이며 그녀의 눈을 보았다. 마치 허락을 구하는 듯한 그의 눈빛에 이수는 미소를 띠며 물었다.

"혹시 벗기는 법 몰라요?"

이런 상황에도 그를 놀릴 여유가 있는 그녀의 말에 태준의 눈썹이 찌푸려졌다. 이윽고 거칠어진 그의 행동은 그녀의 도발 때문이니 그의 탓을 할 수가 없었다. 이수는 두려움을 뚫고 나와 버겁게 그를 안았다. 그녀의 품에서 태준은 비로소 삶의 의미를 찾을 수가 있었다.

그렇게 두 사람의 봄은 뜨겁게 꽃을 피웠다.

태준이 눈을 뜬 건 아침이 와서가 아니라 팔이 허전했기 때문이었다. 분명 잠들기 전까지 그의 팔로 그녀의 몸을 안고 있었는데 옆자리가 텅 비어 있는 걸 보고 태준은 놀라서 벌떡 일어나 앉았다.

창밖으로 보이는 바다, 그가 편히 자기에는 좀 작은 침대, 벗어놓은 옷가지들, 여자 화장대.

분명 그의 방이 아니라 그녀의 방이었다. 그가 그녀의 집 침실 침대에 누워 있는 걸 보니 지난밤의 일이 꿈이 아닌 건 맞는 거 같은데 이수의 모습이 보이지 않았다. 지금은 그 사실 하나만으로도 조바심이 일어서 태준은 서둘러 침대에서 나와 문을 벌컥 열었다. 그녀를 찾아

방을 나서던 태준은 문지방을 넘지 못하고 멈추어 섰다. 부엌에 있는 이수가 바로 보였으니까.

이수는 그의 셔츠를 입고 무언가 요리를 하고 있었다. 평소에 본 적 없는 그녀의 모습에 태준은 그녀의 뒷모습을 멍하니 바라보다 한 박자 늦게 말을 꺼냈다.

"뭐 하는 겁니까?"

그의 목소리에 돌아섰던 이수는 서둘러 다시 고개를 돌리며 부산스럽게 손짓했다.

"몸 좋은 건 안 보여줘도 잘 아니까 뭐라도 좀 입어요. 그런 상태로는 대화가 절대 안 돼요."

그제야 자신이 다 벗고 있다는 걸 깨달은 태준은 방으로 들어가 옷을 입고 다시 나왔다. 셔츠는 그녀가 입고 있어서 상체를 벗은 건 그의 탓이 아니었다.

"내 셔츠······."

태준은 그녀의 몸에서 원피스가 된 자신의 셔츠를 곤란한 시선으로 바라보았다. 그녀가 그런 모습으로 있으니 그의 몸 안에서 뜨거운 게 또 끓어올랐다.

"여분으로 하나 더 가지고 다니잖아요. 그거 입어요."

그녀가 커플룩으로 산 붉은 악마 티셔츠를 싫어해서 그가 여분으로 셔츠를 가지고 다닌다는 걸 그녀도 눈치채고 있었다. 하지만 태준은 세상에 셔츠는 그거 하나뿐이라는 듯이 그녀가 입고 있는 셔츠만 바라보았다. 이수도 셔츠까지 완벽하게 입으라고 강요하지는 않았다. 어차피 서로 격식 차리기에는 너무 많이 알아버렸으니까. 이수는 하던 요리에 집중했다.

"태준 씨 일어나면 먹으라고 내가 요리하고 있어요."

"흠."

태준은 그녀가 하는 요리에는 관심 없다는 듯이 그녀의 움직임만 눈으로 좇았다. 그녀를 안고 나면 이 살증이 풀릴 줄 알았는데 바보 같은 생각이었다. 그녀를 안는 느낌이 어떤 건지 알고 나니 이젠 그녀를 볼 때마다 안고 싶어졌다. 이래서 남자는 짐승이라는 말이 나왔나 보다. 그는 아니라고 철석같이 믿으며 살아왔는데 별반 다르지 않았다.

"몸은 괜찮습니까?"

"엄청 아파요."

그녀의 대답에 태준은 뜨끔했다. 사실 괜찮아 보여서 제주도 떠나기 전에 한 번 더 그녀를 안아보고 싶었기에.

"그런데 국가 대표였잖아요. 근육통이라고 생각하면 버틸 만해요."

그게 어떻게 근육통과 같을 수 있단 말인가. 지금은 센 척하는 그녀가 좀 무서웠다. 또 그녀가 그런 말을 웃으면서 하니 괜히 양심이 쿡쿡 찔려서 태준은 조심스럽게 시선을 돌려버렸다. 그녀는 몸이 아프다면서도 그를 위해 요리까지 했는데, 그는 하고 싶다는 생각만 했으니 반성해야 했다.

짐승과 사람은 정말 한 끗 차이였다.

이수가 그의 앞에 내놓은 건 '에그 베네딕트'라는 이름의 요리였지만 모양은 요리 이름만큼 고상해 보이지는 않았다. 달걀은 너무 익혀 빽빽해 보이고, 베이컨은 좀 탄 듯했다.

"먹어요."

그녀는 그에게 첫 요리를 해주고 기대 가득한 눈으로 그를 쳐다보고 있었다. 그래서 태준은 안 먹을 수 없었기에 나이프로 조금 썰어서 입에 넣었다. 역시나 달걀은 보이는 대로 퍽퍽하고, 베이컨은 오버쿡되어 있었다.

태준이 말없이 씹기만 하자 이수의 눈빛이 가늘어졌다.

"맛없어요?"

설마 그의 인생의 고비가 최고의 순간 다음에 찾아올 줄은 몰랐다.

"맛있습니다."

그는 그렇게 거짓말을 배워갔다.

태준이 완벽하게 진심을 말한 것 같지는 않았지만 그래도 태준이 그녀가 해준 요리를 남기지 않고 다 먹어서 이수는 만족했다. 어차피 요리 천재인 그보다 요리를 더 잘해야겠다는 욕심은 처음부터 없었다.

그녀는 출근해야 했고, 그도 아침 비행기 타고 서울로 돌아가야 해서 몸이 힘든데도 일부러 일찍 일어나 만든 요리였다.

"우리 헤어지기 전에 마지막으로 목욕할래요?"

생각도 못한 그녀의 말에 태준은 쿨럭 거칠게 기침을 했다. 어젯밤 불 꺼달라고 말하던 사람과 같은 사람이 하는 말이 맞나 싶어 그녀를 빤히 보는데 이수는 손가락으로 베란다 쪽을 가리키며 말했다.

"이 근처에 오래된 대중 목욕탕 있어요. 이 시간에 가면 사람 없고 좋아요."

그제야 같이 목욕하자는 소리가 아닌 걸 알고 태준은 급 실망한 표정을 지었다. 그의 검은 속내도 모르고 대중 목욕탕이라고 해서 그가 안 내켜 하는 건가 싶어서 이수는 조심스럽게 물었다.

"왜요? 싫어요?"

"아뇨. 좋습니다."

아무래도 봄이 오자마자 여름을 기대하는 건 너무 욕심인 것 같아서 태준은 그녀의 말에 따르기로 했다. 그의 욕심은 침대 위에서만 부려도 넘칠 거 같았으니까.

　　　　　　　　❀

　그녀가 말한 대중 목욕탕은 그녀의 집에서 가까운 곳에 있었기에 걸어서 가기로 했다. 두 사람은 아무도 없는 제주도의 새벽길을 손을 잡고 걸었다. 길에는 차도 별로 없어서 제주도에 두 사람만 남은 것 같은 기분이 들었다. 겨울 아침 공기는 적당히 차가웠고, 마주 잡은 손은 서로의 존재를 느낄 수 있을 정도로 따뜻했다.

　태준도 그제야 고삐 풀린 것처럼 솟아오르던 욕망이 잦아들며 평온함을 되찾았다. 그녀를 안는 것도 좋았지만, 이렇게 같이 평화로운 시간을 보내는 것도 마음을 충족시켜주었다. 목욕탕으로 가는 길, 언제나처럼 이수가 대화를 이끌었다.

　"대중 목욕탕 가본 적 있어요?"

　"없습니다."

　그는 '대중'이란 말이 들어간 것과 평생 친했던 적이 없었다.

　"여긴 서울처럼 사람이 많지 않으니 태준 씨도 좋아할 거예요. 뜨거운 물에 있다가 나오면 엄청 개운해요."

　그녀는 금방 피어난 개나리꽃 같은 미소를 지었다. 그녀가 웃으니 그도 자연스럽게 입가에 미소가 걸렸다.

　"목욕하고 태준 씨는 바로 비행기 타러 가야죠?"

　하지만 헤어질 생각을 하니 얼굴에 걸려 있던 웃음은 바로 사라졌다. 마음 같아서는 오늘만이라도 제주도에 남고 싶었지만 그렇게 선을 깨기 시작하면 오히려 더 힘들어질 수도 있었다.

"네, 가야 합니다."

태준은 무겁게 대답했다. 더 오래 같이 있고 싶은 건 그뿐만이 아니었기에 이수도 미간을 좁히며 우울한 표정을 지었다.

"나도 출근해야 해요. 그런데 오늘 정말 출근하기 싫다."

태준은 그와 같은 마음인 그녀의 어깨를 한쪽 팔로 끌어안으며 그녀의 이마에 입술을 꾹 눌렀다.

"가능한 한 빨리 또 오겠습니다."

빨리 온다고 해도 금요일 밤이었다. 아무리 그녀를 안고 싶어도 서울에서 그가 할 수 있는 건 그녀를 그리워하는 것뿐이었다. 매일 같이 있을 수 있다면 얼마나 좋을까. 욕심은 끝도 없이 늘어갔다. 이 정도로 괜찮을 거라는 생각 자체가 인간의 오만이었다.

이수가 말한 대중 목욕탕은 아파트에서 5분 거리에 있었다. 오래된 목욕탕은 마치 혼자만 시간을 거스르는 듯이 80년대 분위기를 풍기고 있었다. 두 사람은 목욕탕 앞에서도 헤어져야 했다. 태준은 남탕, 이수는 여탕에 들어가야 했으니까.

"조금 뒤에 봐요."

목욕탕에 들어가기 전에 마지막으로 그녀가 그를 향해 손을 흔들었다. 그녀의 모습이 여탕 안으로 사라지자 그도 남탕으로 들어가려고 했는데 여탕으로 들어갔던 이수가 다시 얼굴을 내밀고 그를 불렀다.

"태준 씨."

태준은 고개를 돌려 다시 여탕 쪽을 보았다. 이수는 여탕 안에서 얼굴만 내밀고 웃으며 그에게 말했다.

"사랑해요."

그가 놀라는 사이 이수는 다시 여탕으로 들어가버렸다. 그 말을 왜 하필 여탕 앞에서. 참 당황스러운 고백 타이밍이었다. 그녀가 사랑한 다고 말해도 지금 그가 갈 수 있는 곳은 남탕뿐이었다. 그래도 기분은 울렁울렁, 심상은 두근두근, 바람은 살랑살랑……. 태준은 살면서 가장 버라이어티한 감정을 아침 제주도의 대중 목욕탕 남탕 앞에서 느끼게 되었다.

❀

태준한테 처음 가보는 대중 목욕탕이 좋았던 점은 아무도 없다는 것이었다. 그 혼자 넓은 목욕탕을 편하게 쓰고 나올 수 있었다. 남자보다 여자가 더 오래 씻기에 태준은 먼저 씻고 나와 밖에서 이수를 기다려야 했다. 시계를 보며 비행기 시간을 확인하니 마음이 조금 조급해졌다. 이수가 늦게 나올수록 얼굴 볼 수 있는 시간이 줄어들었으니까.

목욕탕 안에 있으니 빨리 나오라고 전화도 할 수 없는 상황이었다. 그래도 이수는 다른 여자들보다는 빠르게 씻고 목욕탕을 나왔다. 태준이 그녀를 기다리고 있다는 걸 알았으니까. 씻고 나온 이수는 피부가 더 말랑말랑해진 것처럼 보여 태준의 손끝이 간지러웠다.

"이거 마셔요."

이수는 태준에게 빨대가 꽂힌 요구르트를 내밀었다.

"원래 대중 목욕탕에서는 이런 거 먹어줘야 해."

태준은 딱히 목이 마르지 않았지만 이수가 내민 요구르트를 받아 들었다. 마시기 전에 빨대를 뽑을까 말까 망설이고 있는데 이수가 그에게 물었다.

"목욕탕 괜찮았어요?"

태준은 고개를 끄덕였다.

"나도 뜨거운 물에 몸 푸니까 좋아요. 우리 다음에 또 와요."

어쩐지 앞으로 자주 오게 될 것 같은 대중 목욕탕 건물을 한 번 쳐다본 태준은 다시 이수에게 시선을 주었다. 그녀는 빨대로 요구르트를 쪽 빨아서 마시고 있었다. 그녀의 도톰한 붉은 입술에 그의 시선이 머물렀다.

"이제 비행기 타러 갈 거죠?"

하지만 그녀의 질문에 일렁이던 욕망도 바로 식어버렸다.

이제 가야 했다. 그녀가 없는 서울로.

어쩐지 이번 주는 다른 때에 비해 더 길고 힘들 거 같아서 태준은 씁쓸한 눈으로 이수를 쳐다보았다.

"가기 싫습니다."

오늘따라 아이처럼 구는 남자였다. 그럼 그녀가 어른스럽게 굴 수밖에 없었다. 그래야 균형이 맞았으니까.

"서울 가서 돈 많이 벌어야 나 좋은 곳에 데려다줄 수 있잖아요."

어차피 돈은 지금도 충분히 있었지만 그녀의 말에는 그를 움직이게 하는 힘이 있었다.

그래, 깨끗하게 번 돈으로 그녀를 좋은 곳에 데려가야지.

"돈 얼마나 필요합니까?"

이 순간조차 진지한 그의 말에 이수는 웃음을 터트렸다.

이수는 그녀의 차로 태준을 공항까지 태워주었다. 태준은 원래 말이 없긴 했지만 공항으로 가는 길에는 더 말이 없었다. 이수는 운전하면서 일부러 더 밝은 목소리로 태준에게 말을 걸었다.

"비행기 타기 정말 좋은 날씨 아니에요?"

눈 내리는 날 탔던 비행기를 생각하면 정말 환상적인 날씨였다. 그러나 지금 태준은 차라리 그 폭설 내리던 날이 그리웠다. 그때처럼 눈이 내리면 비행기가 뜨지 않을 테니까.

공항은 평일 이른 아침인데도 사람들로 북적였다. 국제 공항이었기에 각자 떠나는 곳도 다양하고 표정들도 제각각이었다.

"다들 여행 가나 봐요. 부럽다."

"이수도 여행 가고 싶습니까?"

"당연하죠."

다른 사람들이 여행할 때 찾아오는 제주도에 살면서도 또 다른 여행지를 꿈꾼다. 그건 어쩔 수 없는 인간의 본능 같았다. 하지만 이수는 쉬는 날이 없고, 태준은 여권이 없었다. 단단히 마음먹지 않고는 가까운 나라 일본도 가기 힘들었다. 비록 어딘가로 자유롭게 떠나기 위해 온 공항은 아닐지라도 태준은 이수와 다정하게 손을 잡고 공항으로 걸어 들어갔다.

두 사람은 입국장 앞에서 멈추어 섰다. 이제 진짜 헤어져야 할 시간이었다. 태준은 비행기를 타고 서울로 가고, 그녀는 차를 타고 검찰청으로 가야 했다. 태준은 또다시 가기 싫다는 눈빛으로 그녀를 쳐다보며 잡은 손을 더 꽉 붙잡았다.

"이제 손 놔야죠."

"싫습니다."

그의 귀여운 반항에 이수는 까치발을 들어서 그의 입술에 그녀의 입술을 꾹 눌렀다. 말캉한 입술의 부드러운 감촉에 그의 눈이 저절로 감겼다.

"힘내서 잘 가라는 작별 키스."

지금 이 순간 '작별'이란 말은 금지였다. 더 가기 싫어지니까.

태준은 어렵게 그녀와 헤어져 다시 서울로 돌아왔다. 회색 도시는 그가 잠시 떠났다 돌아올 동안 전혀 변함이 없었지만 태준은 이곳을 떠나기 전과 후가 완전히 다른 사람이 된 것 같았다.

서울 땅을 밟자마자 그녀가 보고 싶었다. 하지만 비행기에서 내리자마자 다시 비행기를 타고 제주도로 가는 바보짓을 하지 않기 위해 꾹 참고 퀸 호텔로 돌아왔다. 사무실에 출근하기 전에 옷을 갈아입어야 했기에 태준은 그가 묵는 호텔 방으로 향했다.

달칵―.

호텔 방문을 열고 방으로 들어가던 태준의 걸음이 멈추었다. 하얀 봉투가 바닥에 떨어져 있었기 때문이었다. 그에게 오는 우편물은 모두 비서가 그의 집무실로 가져왔다. 그러니 그의 방에 이게 있다는 건 누군가 일부러 여기까지 찾아와서 방문 밑으로 밀어 넣었다는 뜻이었다. 호텔 직원도 아니면서 그가 이 방에 묵고 있다는 걸 알 수 있는 사람이 몇 명인가 생각하느라 그의 눈빛이 가늘어졌다.

태준은 달갑지 않은 시선으로 바닥에 떨어진 봉투를 내려다보다가 천천히 몸을 숙여 봉투를 집어 들었다. 안에 든 내용물이 묵직했다. 봉투에는 아무것도 적혀 있지 않아서 보낸 사람이 누군지 알 수 없었으나 그가 묵는 방에 놓고 간 것이니 그에게 보낸 것은 확실했다. 참 비겁한 편지 배달이었다. 확실한 건 아버지는 아니라는 거였다. 이런 건 아버지 스타일이 전혀 아니었다.

태준은 정체불명의 봉투를 마치 판도라의 상자처럼 바라보다가 열어보지 않고 거울 앞 테이블 위에 그대로 올려놓았다. 그는 지금 이 기분을 망치고 싶지 않았다. 그래서 봉투를 열어보지 않는 걸 선택했다. 이 봉투를 보낸 사람이 마음대로 그의 방에 이걸 놓고 갔듯이 이 봉투를 열어보는 것도 그의 자유였다. 하지만 뭔가 마음에 걸려서 쓰레기통에 버리지는 못했다. 돌아서자마자 봉투에 대해 잊어버린 태준은 옷을 갈아입기 위해서 드레스룸으로 걸어갔다.

이제 제주의 바람을 털어내고 서울 생활에 적응할 시간이었다.

태준을 보낸 이수한테도 평소보다 길고 긴 월요일이었다.

그녀는 체력이 좋은 편이라 야근을 자주 해도 조금 피곤하고 말았는데 오랜만에 점심까지 거를 정도로 몸이 노곤했다.

"어디 아프세요? 죽이라도 사다드릴까요?"

그녀가 점심을 안 먹는다고 하자 고 실무관이 걱정하며 물었다. 이수는 그냥 잠을 못 자서 졸린 것뿐이라고 변명하며 웃었다.

사람들이 없는 사무실에서 편하게 잠을 자려고 했는데 그녀의 전화가 울렸다. 휴대폰을 본 이수는 태준의 전화임을 알고 짧게 한숨을 내쉬었다. 예전보다 자주 전화 통화하는 사이가 되긴 했지만 점심시간에 전화라니. 처음 있는 일이었다.

그만큼 그녀가 보고 싶었던 거라면 좋은 일이지만 왜 평소보다 그녀가 더 보고 싶어진 건가 생각해 보면 낯 뜨거운 일이었다.

이수는 통화 버튼을 눌렀다.

"여보세요."

[점심시간 맞습니까?]

"네, 다들 밥 먹으러 가서 나 혼자 있어요."

[밥 안 먹습니까?]

"어제 못 자서 좀 자려고요."

태준은 말이 없어졌다. 그의 탓을 하려던 건 아니었기에 이수는 화제를 돌렸다.

"밥 먹었어요?"

[배가 안 고파서 전화했습니다.]

참 이상한 말이었다. 밥 대신 그녀라는 소리였으니까.

"나 잘 거예요."

그녀는 츤데레처럼 굴었다. 진짜 피곤하기도 했고.

[자도 괜찮습니다.]

"전화로 나 자는 모습 보겠다고요? 그건 너무 변태 같지 않아요?"

언젠가 그가 그녀에게 했던 말을 그에게 돌려주었다.

[아닙니다.]

그가 도도한 척 부정해도 이상한 건 이상한 거였다. 이수는 책상에 엎드렸다.

"나 그럼 진짜 잘 거예요."

[누워서 자야 피로가 풀립니다.]

"사무실에서 그건 사치예요."

그녀는 눈을 감았다. 전화로 태준과 연결되어 있어서인지 혼자인 느낌이 안 들었다. 이수는 정말 잠이 들어버렸다.

태준은 그래도 전화를 끊지 않고 잠든 이수의 얼굴을 계속 바라보았다. 보고 싶어서 전화했는데 화면 속 이수를 보니 이상하게도 그리움이 더 지독해졌다. 그의 품 안에서 잠들었던 그녀의 존재가 꼭 현실이 아닌 꿈이었던 것만 같았다. 도대체 앞으로 얼마나 더 그녀를 안아야 진정한 현실이 되는 걸까.

서울에서 태준은 휴대폰을 손에 잡은 망부석이 되어갔다.

❀

황 이사가 부산을 찾아갔을 때 그는 개선장군이나 마찬가지였다. 무시무시한 명성으로 자자한 마광호한테서 제주도를 지켜냈으니 말이다. 물론 그가 문만 지키고 마광호의 아들인 태준이 거의 다 해결했다는 건 비밀이었다. 청호파 안에서는 그가 모든 일을 해낸 걸로 알려져 있었다.

"하하하하하하, 술 받아라. 내 요즘에는 네 덕에 술맛이 난다."

황 이사는 보스가 따라주는 술을 서둘러 두 손으로 공손히 받았다. 보스는 그가 유일하게 고개 숙이는 존재였다.

"앞으로도 믿고 맡겨만 주십시오. 제 몸이 부서지도록 충성하겠습니다."

황 이사는 호기롭게 충성 맹세를 하고는 잔에 가득 찬 술을 단번에 원샷하였다. 보스와의 독대 술자리는 아무나 가질 수 있는 기회가 아니었다. 이참에 눈도장을 확실히 찍어서 다음 후계자 자리에 그의 이름을 확실히 올려놓아야 했다.

"산이야, 우리가 당하고만 있으면 부산 사나이가 아니지 않겠니?"

술을 비운 황 이사는 보스의 의미심장한 말에 움찔하며 고개를 돌렸다.

"상대방이 먼저 칼을 뽑았으면 우리도 뽑아야지."

그 말은 마광호에게 복수전을 하겠다는 의미였기에 황 이사는 방금 들이켠 독한 술이 독처럼 느껴졌다. 마광호가 먼저 반칙을 한 건 사실이었지만 그걸 막을 수 있게 도와준 사람은 마광호의 아들이었다. 떳떳하게 복수하겠다고 말할 처지가 아니었던 황 이사는 어색하게 웃으며 어떻게든 보스의 복수심을 누를 수 있는 말을 했다.

"제가 알아보니까 마광호 아들이 제주도에 있는 여검사랑 눈이 맞았답니다. 그래서 그 노친네가 눈이 돌아가서 그런 짓을 벌인 거더라고요."

세상에서 가장 재미있는 게 가십이고, 묻지도 따지지도 않고 명분이 되는 게 치정이었다. 그래서 태준이 다른 곳에 말하면 죽어버리겠다고 경고한 여검사 이야기를 꺼냈다. 이게 다 그의 아버지가 벌인 일을 덮으려고 꺼낸 말이니 황 이사는 떳떳했다.

황 이사의 말을 들은 보스는 역시나 큰 소리로 껄껄 웃었다.

"마광호 아들이 검사랑 붙었다고? 그놈 진짜 웃기는 놈일세. 하하하하하하하."

"그러니까 말입니다. 제가 직접 만나봤는데 완전 또라이입니다. 하하하하하하하하하."

황 이사는 물타기를 제대로 했다고 생각하며 더 크게 웃었다.

"이번에 제가 제대로 밟아놨으니 마광호가 또 함부로 제주도를 노리는 일은 없을 겁니다. 그러니 우리는 집안싸움에 끼지 말고……."

"산이야."

보스가 묵직하게 부르는 그의 이름이 너무도 불길해서 황 이사는 긴장했다.

"남자로 태어났으면 죽기 전에 큰물에서 놀아봐야 하지 않겠니? 안 그래?"

결국 이번 일을 빌미로 흑룡파 마광호를 치고 서울을 먹겠다는 뜻이었다. 황 이사는 거스를 수 없는 흐름을 느끼고 마른침을 삼켰다. 그가 비록 양아치였어도 의리는 있었다. 그의 목숨을 구해주고, 제주도 지키는 걸 도와준 태준의 뒤통수를 아무렇지 않게 칠 수는 없었다. 그래서 이 상황이 정말 환장할 노릇이었다.

드디어 금요일이었다. 정말 이번 주는 일주일이 꼭 1년인 것처럼 길게만 느껴졌다. 태준은 퇴근 시간이 되자마자 누군가 일이 생겼다며 그를 붙잡기 전에 서둘러 공항으로 향했다.

Rrrrrrrrrr— Rrrrrrrrr—.

울리는 전화가 앞으로 다신 연락하고 싶지 않은 황 이사인 것을 알고 태준은 눈살을 찌푸리며 아예 휴대폰 전원을 꺼버렸다. 그는 일주일 동안 이 시간을 기다리느라 아주 힘들었다. 그러니 그 누구라도 그의 주말을 방해하는 건 용납할 수 없었다. 깨끗하게 무시해주리라.

공항에서 비행기를 타면 제주도까지는 금방이었다. 오히려 호텔에서 공항 가는 시간이 더 오래 걸렸다. 그래서 제주도는 먼 것도 같고, 아닌 것도 같은 묘한 거리감을 느끼게 해주었다.

제주공항에 도착한 태준이 바로 택시에 올라타려고 하는데 황 이사의 부하인 듯 보이는 무리가 차에서 내리는 모습이 눈에 들어왔다. 태준은 그들의 눈에 띄기 전에 서둘러 택시에 올라타서 택시 기사에게 행선지를 말했다. 택시가 출발한 뒤에야 태준은 고개를 돌려 뒤를 보았다. 역시나 전에 공항에서 그의 이름이 적힌 팻말을 들고 있던 놈들이었다.

공항 올 때 걸려왔던 황 이사의 전화를 생각하면 그를 찾으러 일부러 공항에 온 것일 수도 있고, 아니면 그냥 우연히 마주친 것일 수도 있었다. 어느 쪽이든 달갑지 않고 찝찝했다. 만약 우연이 아니라 그들이 이수의 집까지 쫓아온다면 절대 용서하지 않을 것이다.

평소처럼 이수의 집 근처에서 택시를 세우고 내린 태준은 아파트까지 걸어갔다. 분명 시간은 착실히 흘러서 곧 봄이 가까운 시기인데도 제주의 날씨는 여전히 한겨울이었다. 하지만 그는 곧 이수를 만날 생각에만 빠져서 살갗을 때리고 지나가는 바람의 냉기도 느낄 수 없었다. 아파트 단지 안으로 들어서서 이수의 집을 향해 열심히 걸어가던 태준의 걸음이 어느 순간 느려졌다.

뒤에서 무언가 다가오는 기척이 느껴졌다. 안 그래도 공항에서 본 황 이사의 부하들 때문에 예민해져 있던 태준은 느리게 걸어가며 그를 쫓아오는 것이 맞는지 판단했다. 그가 걸음을 늦추니 덩달아 느리게 걷는 게 분명 그를 쫓아오는 것이었다.

확신이 들자마자 태준은 빠르게 돌아서며 힘을 싣고 주먹을 뻗다 이수의 얼굴을 보자마자 서둘러 멈추었다. 뒤에서 그를 놀래주기 위해 다가서던 이수는 그녀의 코앞에서 멈춘 그의 주먹을 보고 눈이 왕방울만 해졌다.

"설마 이걸로 나 때리려고 한 거예요?"

태준은 아니라고 고개를 저으며 손을 폈다.

"절대 아닙니다."

"때리려고 한 거 맞잖아요!"

"아닙니다. 강도인 줄 알았습니다."

"어떻게 나랑 강도를 착각해요!"

일이 이상하게 꼬여버려서 태준은 진땀이 났다. 그러니까 왜 뒤에서 몰래 다가오느냐고 그녀를 나무라고 싶었지만 그랬다가는 오늘 그녀의 집에도 못 들어갈 것 같아서 태준은 무조건 잘못했다고 빌었다. 이수는 집 안에 들어와서도 투덜댔다.

"사람이 일도 미루고 일찍 퇴근했더니 주먹이나 날리고."

태준은 목에 딱 맞추어 맸던 넥타이를 풀어내었다. 갑갑해서 숨을 쉴 수가 없었다.

"그러니까 저녁은 내가 만들 거예요."

"네?"

이상한 전개에 태준은 황망한 시선으로 그녀를 보았다.

"거기 소파에 앉아서 내가 요리하는 거 보고만 있어요."

그렇게 말하며 이수는 사악한 미소를 지었다. 그를 위해 밥을 해주겠다는 건지, 그를 괴롭히겠다는 건지 참 헷갈리는 행동이었다. 하여튼 오자마자 잘못한 게 있어서 태준은 그녀의 말대로 유배 가듯이 소파로 걸어갔다. 이수는 요리하기 전에 앞치마를 매며 그의 앞으로 걸어왔다.

"나 머리 좀 묶어줘요."

그가 잘하는 건 요리인데 그가 못하는 것만 시키고 있었다.

태준은 그녀가 내민 머리 끈을 받아 들었다. 그가 사준 팔찌였다. 아니, 머리 끈인 것 같았다. 그녀가 이걸로 머리만 묶는 것을 보니.

"어떻게 묶어야 합니까?"

"그냥 한 손으로 머리카락을 잡고 나머지 한 손으로는 머리 끈을 두 어 번 감아요."

그녀의 긴 머리를 한 손으로 잡아서 올리니 하얀 목이 드러났다. 그의 시선이 그녀의 목선을 따라 흘렀다.

"이제 머리 끈으로 묶어요."

"아!"

딴 데 정신을 팔다 급하게 머리 끈을 들어 올린 태준은 그녀의 머리가 너무 길어서 머리 끈을 가능한 한 넓게 당겼는데, 그게 문제였다. 머리 끈이 뚝 끊겨버렸다. 태준은 당황해서 끊어진 머리 끈을 들고만 있었고, 이상한 소리를 듣고 고개를 돌렸던 이수는 머리 끈을 보고 비명을 질렀다.

"악! 내 머리 끈! 오늘 진짜 왜 그래요!"

태준도 억울했다. 주먹은 그의 잘못이었지만 머리 끈은 정말 아닌 거 같았으니까.

태준은 또 실수하지 않게 소파에 얌전히 앉아 있었다. 그가 그녀의 눈치를 보는 걸 느낀 이수는 그의 옆으로 다가와 앉으며 그를 올려다보았다.

"내가 화내서 주눅 들었어요?"

주눅까지는 아니지만 그녀의 마음에 안 드는 행동을 또 하고 싶지 않은 건 사실이었다.

"머리 끈은 내일 꼭 다시 사주겠습니다."

머리 끈 끊어진 걸 본 순간 울컥한 거지 그걸로 그에게 화가 난 건 아니었던 이수는 짧게 웃으며 그의 뺨에 입술을 가져다 댔다. 따뜻한 감촉에 그의 눈이 반쯤 감겼다.

사실 서울에서 제주도로 오면서 그녀를 보자마자 안고 키스하고 느끼고 싶었다. 일이 꼬이는 바람에 꾹 참고 있었던 태준은 그녀의 짧은 입맞춤에 참기 힘들어져서 그녀에게 물었다.

"만져봐도 됩니까?"

"어디 만질 건데요? 얼굴? 머리? 손? 배꼽?"

그녀의 장난스러운 질문에 그는 진지하게 대답했다.

"전부."

이수는 허락의 뜻으로 고개를 끄덕였다. 그녀의 허락이 떨어지자마자 태준은 커다란 손으로 그녀의 뺨을 완전히 감싸 안았다. 그들이 같이 보낸 밤의 기억이 떠오르며 그녀의 속눈썹이 가늘게 떨렸다.

태준의 입술이 내려와 막 그녀의 입술을 삼키려던 순간, 두 사람의 사랑을 방해하듯이 전화벨 소리가 크게 울려댔다. 태준은 이곳에 오기 전에 모든 전화를 꺼놓았기에 그의 전화는 절대 아니었다. 이수의 전화였다.

"이번엔 저 아닙니다."

태준의 단호한 말에 이수는 전화를 끄기 위해 서둘러 주머니에서 휴대폰을 꺼냈다가 멈칫했다.

"어? 이 번호는······."

이 계장이 알려 준 황 이사의 전화번호였다. 하지만 황 이사가 먼저 그녀에게 연락할 일은 없었기에 의아해하고 있었는데 태준이 화난 손길로 그녀의 손에서 울리는 휴대폰을 빼앗듯이 가져가며 말했다.

"제가 해결하겠습니다."

도대체 뭘 어떻게 해결하겠다는 건가 싶어서 이수는 일어나는 태준을 올려다보았다. 태준은 휴대폰을 들고 침실로 들어가 문을 닫아버렸다. 그냥 상냥하게 전화를 받지는 않겠다는 뜻이었다.

혼자가 되어서야 태준은 통화 버튼을 눌렀다. 그에게 사람을 붙인 것도 모자라 함부로 이수에게 전화한 황 이사에게 태준은 살벌한 목소리로 경고했다.

"한 번만 더 이 번호로 전화하면 가만 안 두겠어."

[마태준? 역시 거기 붙어 있었구만. 왜 내 전화 씹어! 그러니까 내가 이쪽으로 전화하지!]

황 이사는 도리어 그에게 화를 내었다.

"앞으로 당신이랑 볼 일 없어."

[누군 보고 싶어서 전화한 줄 알아? 우리 보스가 이번 일에 대한 보복으로 네 아버지를 칠 거란 말이야! 그거 알려주려고 전화한 거다. 이 씨발 놈아!]

황 이사가 성난 목소리로 하는 말에 태준의 눈빛은 차게 가라앉았다. 태준이 아무 말도 없자 황 이사는 답답해서 다그치듯이 말했다.

[내 말 듣고 있어? 너희 아버지 위험하다고.]

"그래서 그게 나랑 무슨 상관입니까?"

태준이 냉담하게 받아치는 말에 황 이사는 기가 찬 듯 웃었다.

[지금 무슨 상관이라고 했냐? 야, 이 자식아. 나 같은 양아치도 부모님 앞에서는 나쁜 짓 안 해. 너만 혼자 하늘에서 뚝 떨어졌냐! 네 아버

지야!]

태준은 중간에 전화를 끊어버렸다. 그리고 황 이사가 또 전화 못 하게 이수의 휴대폰 전원도 꺼버렸다. 잠시 숨을 쉬기 버거웠지만 괜찮았다. 자업자득이었다. 평생 나쁜 짓을 그리 많이 했으니 주위에 적이 많을 수밖에 없었다. 아버지가 스스로 불러온 일이었다. 그러니 아버지가 알아서 해결해야 했다. 그는 상관하고 싶지 않았다. 어차피 그에게 아버지란 사람은 없는 것보다 있는 게 더 괴로운 존재였으니까.

똑똑ㅡ.

노크 소리와 함께 이수의 목소리가 들려왔다.

"태준 씨, 무슨 일 있는 거예요?"

태준은 차가운 표정을 지우고 방문을 열고 나갔다. 그러고는 문 앞에 서 있는 이수에게 휴대폰을 내밀었다.

"전원은 제가 껐습니다."

"황 이사가 왜 전화한 거예요?"

그가 말 안 하는 걸 이수가 가장 싫어했기에 아예 말을 안 할 수는 없었다.

"우리가 상관할 일은 아니었습니다. 그들끼리 알아서 할 겁니다."

그러나 이렇게 말을 하는 것 자체가 태준에게는 유쾌하지 않은 일이었다.

"그들이라뇨? 황 이사랑 누구요?"

"이번에는 영역 침범당한 쪽이 보복하려나 봅니다."

태준이 담담히 하는 말에 이수의 눈이 커졌다.

"그럼 큰일이잖아요."

"그래도 우리랑은 상관없습니다."

태준의 말이 틀린 건 아니었다. 그들이 딱히 할 수 있는 일이 있는 건 아니었으니까. 조직 폭력 관련 사건은 그녀가 맡은 영역도 아니었다. 태준도 그저 호텔 대표일 뿐이었다.

"정말 괜찮아요?"

그래도 그의 아버지와 관련된 일이었기에 그녀는 신경 쓰였다.

"네, 제가 힘들 건 전혀 없습니다."

태준이 그와 아버지를 완전히 분리하고 싶어 하는 것처럼 말했기에 이수는 그 일에 대해 더 말할 수가 없었다. 그리고 그녀가 암흑계의 제왕으로 살아온 마광호를 걱정하는 것도 생각해보면 웃긴 일이었다. 그냥 그녀는 그가 신경 쓰였다. 그가 이기적인 사람이 못 된다는 걸 알기에.

어김없이 밤은 깊어갔다. 예전이었다면 태준은 그녀의 집을 나가 숙소로 떠났을 테지만 이젠 굳이 그럴 필요가 없었다.

"그런데 내 침대 태준 씨한테 불편하지 않아요?"

그녀가 자기에는 편했지만 키가 큰 태준이 편하게 쓸 수 있는 침대는 아니었다.

"그럼 내일은 침대 사러 가겠습니까?"

말을 꺼내자마자 침대를 사자는 태준을 이수는 곱게 흘겨보았다.

"침대 비싸단 말이에요."

"제가 사겠습니다."

"우리 집에 놓을 거니까 내가 사야죠."

"저도 같이 쓸 거니까 제가 사겠습니다."

"그럼 반반씩 낼까요?"

태준은 생애 처음 해보는 더치페이로 침대를 사게 되었다. 아직 큰 침대는 없었지만 두 사람은 같은 침대를 썼다. 침대의 안락함보다는 서로에 대한 갈증이 먼저였으니까.

태준은 제일 먼저 그가 그녀의 구박을 받으며 서툴게 묶었던 그녀의 머리 끈을 풀어내었다. 속박에서 풀려난 긴 머리카락이 검은 폭포수처럼 그녀의 동그란 어깨 위로 떨어졌다.

태준은 좋은 향기가 나는 그녀의 머리카락 속에 열 손가락을 전부 찔러 넣어 그녀의 작은 머리통을 꼭 쥐고서 달콤한 키스를 했다. 그녀는 꿀보다 더 달고 크림보다 더 부드러웠다. 그녀의 따뜻한 몸을 안고 같이 침대 위로 쓰러졌다. 오늘도 그녀를 처음 안았을 때처럼 뜨겁게 그녀를 안고 싶었다.

오늘이 세상의 끝인 것처럼, 이 지구에 오직 둘뿐인 것처럼 그렇게 사랑을 나누고 싶었는데……

태준이 그녀를 내려다보며 꼼짝도 안 하자 이수는 이상하게 여기고 그를 불렀다.

"태준 씨?"

태준은 몸을 돌려 그녀에게 등을 보였다. 그는 침대 끝에 걸터앉아 두 손에 얼굴을 묻었다. 그런 태준의 행동에 이수는 천천히 침대에서 몸을 일으켰다. 이수는 태준의 등에 조심스럽게 손을 가져다 대고 이어서 그의 넓은 등에 뺨을 대었다.

"걱정해도 괜찮아요. 아버지잖아요."

위로하듯이 하는 그녀의 말에 그의 몸의 떨림은 더 커졌다.

태준은 김상철에게 전화해서 황 이사가 한 경고에 대해 알렸다.

[그게 진짜야?]

"황 이사한테 직접 들었어."

[젠장, 이런 썩을 놈들이 감히.]

"먼저 건드린 건 아버지야."

[그래서 네가 직접 막았잖아! 그거면 된 거지. 이 기회에 서울까지 다 먹으려는 수작 아니면 뭐겠어.]

태준은 이런 문제로 김상철과 말싸움하며 시간을 낭비하고 싶은 생각이 전혀 없었다. 그것도 이수와 함께 있는 제주도에서는 더더욱 싫었다.

"시기가 언제인지는 내가 황 이사한테 물어볼 테니까 형은 아버지 주위에 경호 철저히 해줘."

[걱정 마. 회장님은 내가 반드시 지킨다.]

"아버지한테는 말하지 마. 그럼 또 먼저 치려고 할 테니까."

[알았어.]

김상철과의 전화 통화를 끝낸 태준은 황 이사에게 전화를 걸었다.

아까 그가 굉장히 까칠하게 전화를 끊었기에 황 이사는 전화를 받자마자 더 까칠하게 굴었다.

[어이구, 내가 또 한 번 더 전화하면 잡아 죽일 듯이 굴더니 어쩐 일로 먼저 전화를 주셨을까.]

"그쪽이 움직일 시기 알려주십시오."

[왜? 너랑 상관없다며. 여검사랑 평생 잘 먹고 잘 살고 싶어서 차라

리 아버지가 죽길 바란 거 아니었어?]

황 이사의 빈정거림에 태준은 두 눈을 감고 꾹 참으며 또박또박 말했다.

"부탁합니다."

그가 부탁한다고 어렵게 말하는 걸 듣고 황 이사는 그제야 빈정거림을 멈추었다.

[내가 말렸더니 나한테는 아직 말 안 해줬어. 나 빼고 할지도 모르니까 알아보고 알려줄게.]

황 이사는 전화를 끊기 전에 엄포를 놓듯이 말했다.

[그리고 이걸로 너랑 나 사이에 계산은 끝이야! 내가 두 번 다시 네 도움 받을 일도, 내가 너한테 우리 조직 정보 넘길 일도 없어! 알았어?]

태준은 황 이사가 말하는 중간에 전화를 끊어버렸다. 짧게 한숨을 내쉬며 고개를 들던 태준은 유리창에 비친 이수를 보고 멈칫했다.

"빨리 가봐야 하는 거예요?"

태준은 몸을 돌려 그녀를 마주 보며 고개를 저었다.

"황 이사 연락 오면 그때 가도 됩니다."

이런 일로 그들의 밤을 망친 게 마음에 걸려 태준은 말을 덧붙였다.

"미안합니다."

그의 사과에 이수는 짧게 눈썹을 찌푸렸다.

"난 그런 말보다는 안아주는 게 더 좋아요."

이수는 그를 향해 두 팔을 뻗었다. 태준은 그녀에게 가까이 다가가 그녀의 몸을 꼭 끌어안았다. 그녀의 온기가 그한테까지 전해져서 마음은 차츰 안정을 찾아갔다.

"그래도 우리 내일 침대 사러 갈 거죠?"

이수의 물음에 태준은 그제야 입가에 옅은 미소를 지었다.

"네."

"걱정 마요. 오늘은 손만 잡고 잘게요."

결국 태준은 웃음이 터져버렸다. 그녀가 그의 옆에 있었기에 그는 괜찮았다. 어떤 어려운 일이 닥쳐도 그녀만 옆에 있어 준다면 다 견딜 수 있을 거 같았다.

✿

태준은 아직 밤처럼 어두운 새벽에 눈을 떴다. 옆을 보니 이수는 깊이 잠들어 있었다. 깨우고 싶지 않아서 태준은 조심스럽게 침대에서 나왔다. 거실로 나와 창밖을 보니 세상은 까맣게 어둠에 잠겨 있었다. 몇 시인지 확인하기 위해서 휴대폰을 켰다가 김상철이 보낸 메시지를 보았다.

[회장님 주위에 경계 강화했어. 너도 가능하면 빨리 서울로 돌아와.]

무심히 휴대폰을 내려놓은 태준은 주방으로 걸어갔다. 그녀를 위해 아침을 만들어주고 싶어서 냉장고 문을 열었다. 이수는 한식을 가장 좋아하니 국과 반찬을 만들어야겠다. 그가 돌아간 뒤에도 먹을 수 있도록 반찬은 넉넉하게 만들 생각이었다.

파를 썰던 그의 손이 멈추었다. 손가락 끝에서 붉은 피가 묻어나왔다. 태준은 찌푸린 눈으로 그의 손가락에서 흐르는 피를 바라보았다. 하필 지금. 요리할 때 피를 보는 일은 거의 없었기에 괜히 기분이 안 좋았다. 베인 상처에서 흐르는 피가 요리에 들어가면 안 되었기에 태준은 구급상자를 찾아 거실 서랍장으로 걸어갔다. 하지만 구급상자는 거실에 없었다. 아무래도 이수가 자는 침실에 있는 듯했다.

침실 문고리로 손을 뻗던 태준은 그 앞에서 멈추어 섰다. 쉽게 문을 열고 들어갈 수가 없었다. 그녀를 깨우기 싫은 건지, 그녀에게 피를 보여주기 싫은 건지. 결국 태준은 소파에 앉아서 피가 멈추길 기다렸다. 까맣던 창밖은 어느새 푸른 기운에 휩싸여 있었다. 태준은 한참이나 아침이 오는 하늘에서 눈을 떼지 못했다.

"으음."

눈을 뜬 이수는 옆자리가 비어 있는 걸 보고 부스스 몸을 일으켰다. 태준이 그녀 몰래 가버렸을 리는 없으니 분명 주방에서 아침을 하고 있을 거다. 침실 문을 열고 나왔더니 역시나 식탁에는 아침이 준비되어 있었다. 오늘은 제대로 된 한식이었다. 그녀가 막 만드는 솜씨로 해준 비빔밥과는 비교가 안 되었다. 그런데 태준의 모습이 보이지 않아서 이수는 눈을 비비며 그를 불렀다.

"태준 씨?"

욕실로 걸어가 문을 똑똑 두드렸다. 아무 응답이 없어서 문을 열어보니 욕실 안은 텅 비어 있었다. 이수는 그제야 좀 당황스러워졌다. 남아 있던 잠도 싹 날아갔다. 그가 황 이사의 전화를 받고 그녀가 깨기 전에 급하게 갔을 수도 있겠다는 생각이 들자 마음이 급해졌다. 태준에게 전화하기 위해서 휴대폰을 찾아 서둘러 다시 침실로 걸어가는데 뒤에서 현관문이 열리는 소리가 들렸다.

띠리릭―. 덜컹―.

휙 몸을 돌려보니 태준이 들어오고 있었다.

"어디 갔다 와요? 나 자는 동안 간 줄 알았잖아요!"

그녀는 깜짝 놀랐던 마음만큼 목소리가 커졌다. 태준도 그녀의 큰 목소리에 멈칫하며 편의점에서 사온 달걀을 들어 올렸다.

"달걀이 다 떨어져서 사 왔습니다."

태준이 팩에 담긴 달걀을 보여주자 이수는 더 분통이 터졌다. 그깟 달걀이 뭐라고 이른 아침부터 일부러 나가서 사 오느냔 말인가.

"나 달걀 안 좋아해요."

툭하면 달걀 들어간 요리를 해달라고 했던 사람이 할 말은 아니었다. 그래서 일부러 사온 거였다. 태준이 사온 달걀을 냉장고 안에 넣고 돌아서는데 어느새 다가온 이수가 그의 허리를 두 팔로 꽉 끌어안았다. 그녀는 그의 가슴에 코를 박고 그의 냄새를 맡으며 그가 진짜 가버린 줄 알고 놀랐던 마음을 달랬다.

"씻었습니까?"

"안 씻었어요!"

여전히 까칠한 그녀의 말투에 태준은 피식 웃었다.

"씻고, 밥 먹고, 침대 사러 가죠."

그녀의 머리를 쓰다듬기 위해 손을 들어 올리던 태준은 손가락에 난 붉은 상처가 눈에 들어오자 손을 내려버렸다.

"침대 사러 가기 전에 신나는 거 하고 싶어졌어요. 우리 바이킹 타러 가요."

"제주도에 그런 게 있었습니까?"

이수는 고개를 치켜들어 그를 흘겨보았다.

"지금 그 말, 제주도 무시하는 거죠?"

제주도를 무시하는 건 그녀를 무시하는 거란 눈빛이었기에 태준은 절대 아니라고 고개를 저었다.

이수가 바이킹을 타고 싶다고 하며 그를 데리고 간 곳은 탑동랜드였다. 진짜 있는 바이킹을 태준은 말없이 올려다보았다.

"이거 엄청 무서워요. 이거에 비하면 서울 바이킹은 애들 놀이야."

이수는 바이킹에 타기 전에 그에게 겁부터 주었다. 하지만 그는 서울 바이킹도 타본 적이 없었기에 그녀의 말이 무슨 뜻인지 전혀 이해할 수 없었다.

"그러니까 비명 질러도 괜찮아요."

"목소리가 안 올라갑니다."

이수는 바이킹 초보자인 그를 끌고 당당하게 앞장서 갔지만 탑동랜드는 문이 닫혀 있었다. 아직 오픈 전이었다. 실망한 표정을 짓는 그녀의 옆에서 태준이 눈치 없이 말했다.

"1시간 뒤에 문 여네요."

그나마 주말이라 평일보다 3시간이나 일찍 여는데도 그랬다.

"나 바이킹 진짜 타고 싶었는데."

"그럼 침대 먼저 고르고 다시 오죠."

어차피 침대를 고르다 보면 이곳도 문을 열 것이다. 태준은 바이킹에 미련을 못 버리는 이수의 손을 잡고 침대가 있는 가구점으로 향했다. 제주도라서 서울처럼 다양하게 침대를 고를 수 있는 규모의 가구점이 없긴 했지만 그래도 킹사이즈 침대는 찾을 수 있었다.

"침대는 누워보고 사야 해요."

이수는 먼저 진열된 침대 위에 올라가 누우며 태준에게도 누워보라고 손짓했다.

"전 괜찮습니다."

"태준 씨 때문에 사는 거잖아요. 당장 누워요."

점잖게 굴었다가 그녀에게 면박을 당한 태준은 할 수 없이 그녀의 옆에 누웠다.

"어때요? 편해요?"

그곳이 집이 아니라 아무나 오가는 가게라는 사실 하나만으로도 태준은 불편함을 지울 수가 없었다.

"글쎄요."

"그럼 눈을 감고 자봐요."

여기서 어떻게 잔단 말인가. 태준은 곤란한 표정을 지으며 고개를 돌려 이수를 보았다. 그녀는 정말 눈을 감고 있었다.

"잠이 옵니까?"

"태준 씨랑 딱 붙어서 자는 게 좋았나 봐요. 안 닿으니 허전하다."

그녀의 말에 태준은 피식 웃었다.

"그럼 그 침대 그냥 쓸까요?"

"우선 둘러보고요."

안 사더라도 침대 쇼핑은 계속해야 했다. 그게 쇼핑의 도리였다.

다른 가게로 이동하던 태준은 길거리에서 여자들 액세서리와 머리 끈을 파는 좌판을 발견하고 그쪽으로 발걸음을 옮겼다. 그녀에게 머리 끈도 사주겠다고 약속했으니까. 태준은 아주 진지한 눈으로 다양한 종류의 머리 끈을 살펴보다 도저히 알 수 없어서 좌판 아줌마에게 물었다.

"여기서 제일 튼튼한 게 뭐죠?"

태준이 왜 그런 식으로 질문하는지 아는 이수만이 뒤에서 입술을 깨물었다.

"애인 선물 해줄 거면 제일 비싼 걸로 골라야지."

태준은 그 말에 순진하게 고개를 끄덕이며 어느 게 제일 비싼 건지 묻고 있었다. 좌판 장사하는 아줌마만 신이 나서 큐빅 박힌 머리핀을 그녀에게 내밀었다.

"이게 제일 비싼 거야."

어찌나 화려한지. 이걸 머리에 꽂고 재판장에 가면 딱 시선 집중되겠다. 이수는 고개를 저어 비싼 머리핀을 거부하고 소박하게 머리 끈을 집어 들었다.

"그럼 난 이거."

"그건 너무 싼데."

아줌마가 비싼 걸로 고르라고 꼬셨지만 이수는 머리 끈을 놓지 않았다. 이왕 살 거면 그녀가 하고 다닐 수 있는 걸로 사야 했다.

"그건 더 쉽게 끊어질 거 같은데."

태준도 탐탁잖은 눈으로 쳐다보았다.

"앞으로 머리는 내가 묶을게요."

그녀가 그리 말하고 나서야 태준은 안심하고 지갑을 꺼냈다. 아줌마에게 머리 끈 가격을 물어보니 너무 싸서 그는 이수에게 말했다.

"더 사도 되겠습니다."

"원래 물건은 딱 하나만 있을 때 더 소중하게 써요."

"물건을 많이 사야 우리 같은 사람도 먹고살지."

이수의 말에 감동하려다가 갑자기 좌판 아줌마가 끼어들어 반박하자 태준은 뭔가 더 사야 한다는 압박감을 느꼈다.

"그럼 이것도 사겠습니다."

태준이 제일 비싸다는 큐빅 박힌 머리핀을 잡자 아줌마의 표정이 환해지고 이수는 발끈했다.

"나 그런 스타일 안 좋아해요."

태준은 이수에게 작게 말했다.

"언젠가 필요할지도 모릅니다."

"언제요?"

태준이 제대로 대답하지 못하고 웃기만 하자 이수는 못마땅한 표정을 지었지만, 머리핀 값까지 내는 태준을 막지는 못했다. 아줌마가 얄밉기는 했지만 어쩌면 집에는 엄마가 돈 많이 벌어오길 기다리는 토끼 같은 자식들이 있을지도 모르니까.

머리핀 장식이 너무 커서 작은 핸드백에는 들어가지도 않았다. 이수는 역시나 괜히 산 것 같다고 작게 투덜대며 머리핀과 머리 끈을 코트 주머니에 집어넣었다.

Rrrrrrrrrr— Rrrrrrrrrr—.

다시 침대 파는 가구점을 찾아 이동하는데 태준의 전화가 울려댔다. 순간 태준과 이수는 동시에 경직되었다. 바로 전화를 받지 못 하는 태준에게 이수가 말했다.

"전화 받아요."

태준은 이수를 한 번 쳐다보고는 휴대폰을 꺼냈다. 전화 건 사람은 황 이사였다. 기다리던 전화라 안 받을 수는 없었기에 태준은 통화 버튼을 누르고 휴대폰을 귀에 가져다 댔다.

[오늘 밤이야. 빨리 서울 가.]

그가 고개를 돌려 그녀를 쳐다보자 이수는 씁쓸하게 웃으며 말했다.

"바이킹은 나 혼자 타야겠다."

그녀의 말에 태준의 심장이 묵직해졌다.

Episode 29

누가 그녀를 납치했나?

황 이사의 전화를 받고 바로 서울로 돌아온 태준은 아버지가 있는 본가로 향했다. 그의 말을 듣고 김상철이 경호를 늘려서 집에는 평소보다 더 많은 사람이 구석구석 지키고 있었다.

대문을 통과하고 만난 김상철은 그에게 아직은 아무런 움직임이 없다고 보고했다.

"절대 뚫릴 일 없을 거야."

사실 한 번 뚫고 들어갔던 태준은 그 말이 그리 신용이 되지는 않았지만 이번엔 그가 하는 일이 아니었기에 믿어보기로 했다. 저택 안으로 들어선 태준은 평소와 다른 적막을 느끼고 잠시 멈추어 섰다. 그러고 보니 마리와 마정옥이 보이지 않았다. 그가 온 것을 알면 둘 중 누구라도 나와 보았을 거다.

태준은 집안 관리를 책임지고 있는 집사에게 물었다.

"고모님과 마리는 외출했나요?"

집사는 사무적으로 대답했다.

"사모님은 마리 아가씨와 함께 거처를 옮기셨습니다."

태준은 처음 듣는 이야기였다.

"언제?"

"월요일에 나가셨습니다."

얼마 되지 않았다.

마정옥이 그리 쉽게 이 집을 나갔다는 게 뭔가 석연치 않았지만 지금은 그보다 아버지 때문에 온 것이었기에 태준은 곧장 아버지가 있는 방으로 향했다.

입원했던 아버지를 본 뒤 처음으로 보는 것이었다. 아마 아버지는 아직도 그를 용서하지 못했을 테지만 그는 평생 더 심하게 아버지에게 시달렸기에 개의치 않고 아버지의 방문을 열었다.

최근 주말만 되면 제주도로 사라졌던 태준이 부르지도 않았는데 먼저 찾아온 것을 보고 마광호는 냉소를 지었다.

"누가 나 죽었다고 말했나 보지."

아버지의 몹쓸 농담에 태준은 얼굴을 찌푸렸다.

"오늘은 이 집에서 자고 갈 겁니다. 아버지도 집에 계실 거죠?"

태준답지 않은 행동에 마광호는 잠시 태준의 얼굴을 바라보다 고개를 돌려 외면했다.

"고모님은 아버지가 내보내신 겁니까?"

"뭐?"

마광호는 마정옥이 이 집에서 나간 것도 모른다는 눈치였다. 아버지가 쫓아낸 것만 아니라면 상관없었기에 태준은 더 묻지 않고 마광호의 방을 나왔다.

오래도록 비워두었던 그의 방으로 간 태준은 방에 혼자 있게 되자 휴대폰을 꺼냈지만 이수에게 전화를 걸지는 못했다. 이 집에서는 차마 그녀에게 전화할 수가 없었다.

태준은 창밖을 보았다. 벌써 어둠이 깔리고 있었다. 오늘만 무사히 지나면 다 괜찮을 거라고, 그리 믿고 싶을 뿐이었다.

밤이 깊어가도 저택은 고요했다. 태준은 잠들지 못하고 창가 앞에 서 있었다. 마치 이대로 시간이 정지된 것만 같은 긴 밤이었다. 황 이사가 그에게 거짓 정보를 주었을 리는 없었다. 그럴 거였다면 처음부터 이런 일이 있을 거라고 전화로 알려주지 말았어야 했다. 아무것도 하지 않는 게 더 피곤해서 태준은 눈두덩을 손으로 꾹 눌렀다.

그때 밖이 소란스러워졌다. 태준은 고개를 들어 밖을 보았다. 제자리를 지키고 있던 경호원들이 일사불란하게 이동하고 있었다. 드디어 시작된 것 같았다. 태준은 자신의 방을 나와 아버지의 방으로 향했다. 위험이 감지되자 아버지의 방 앞에도 경호원들이 몰려와 있었다. 태준은 그들에게 지시했다.

"밖으로 가요. 여긴 내가 있을 테니까."

"하지만 회장님 안전이 제일……."

"당장."

그가 차갑게 명령하자 그제야 경호원들은 밖으로 이동했다. 태준은 마광호가 있는 방의 문을 벌컥 열었다. 마광호는 창가에 서서 밖을 보고 있었다. 별로 놀란 눈빛은 아니었다. 밤하늘의 별을 구경하듯이 자신 때문에 벌어진 싸움판을 지켜보고 있었다.

"싸움 구경 재미있으세요?"

그의 질문에 마광호는 천천히 고개를 돌려 그를 보았다.

"이거 때문에 오늘 왔나 보지? 하긴. 네가 그냥 왔을 리가 없지."

마치 그의 탓을 하는 듯 들려 태준은 눈을 좁혔다. 이건 완벽하게 아버지가 자초한 일이었다. 그의 탓이 아니었다. 그럼에도 그는 아버지가 다치는 걸 막기 위해 제주도에 이수를 혼자 두고 이곳에 왔다. 밖은 점점 전쟁터로 변해갔다. 두 사람 때문에 벌어진 일이나 마찬가지였는데도 태준과 마광호는 방관자처럼 그 광경을 보고 있기만 했다.

이곳은 집이라고 할 수 없는 곳이었다. 세상 어느 집이 이런 난장판일 수 있을까.

"이젠 좀 조용히 살고 싶지 않으세요?"

태준은 원망하는 눈으로 마광호를 바라보았다.

하지만 마광호는 흔들림이 없었다. 그가 원하는 걸 얻기 위해서라면 수많은 사람이 피 흘리고 다쳐도 당연한 대가일 뿐이라 여기는 것이다. 아무래도 그는 마지막 눈을 감을 때까지도 자신의 욕심을 버리지 못할 듯했다.

새벽의 푸른 기운이 퍼질 때가 되어서야 소란은 잠잠해졌다. 중간에 연락을 받고 달려왔던 홍 실장이 두 사람이 있는 방으로 와서 상황 보고를 했다.

"모두 정리했습니다."

그리 말하는 홍 실장의 옷에 묻은 누군가의 핏자국이 태준의 눈살을 찌푸리게 하였다. 태준은 홍 실장을 지나쳐 그 방을 나왔다. 거기서 멈추지 않고 그 집을 아예 나와버렸다. 온 집 안이 피비린내로 뒤덮인 것만 같아서 참고 있을 수가 없었다. 차를 타고 집을 빠져나가려는 그를 김상철이 막아섰다.

"네 덕에 막은 거잖아. 그런데 네가 가면 어쩌자는 거야."

"이제 나랑 상관없는 일이니까 비켜."

"태준아."

부르릉―.

태준이 엔진 소리로 대신 경고하자 김상철은 할 수 없이 차 앞에서 비켜섰다. 길이 터지자마자 태준은 바로 차를 출발시켜서 그곳을 완전히 빠져나왔다.

그 새벽에 태준이 차를 타고 달려간 곳은 공항이었다. 당연히 비행기는 아직 운항하지 않았다. 항상 사람으로 가득했던 공항도 지금은 적막함만이 흘렀다. 태준은 공항 벤치에 혼자 우두커니 앉아서 아침이 오길 기다렸다. 첫 비행기를 타고 제주도로 갈 생각이었다. 아직 일요일이었으니까. 이수가 간절히 보고 싶었으니까.

아무런 생각도 하지 않고 멍하니 앉아 있기를 얼마나 하였을까. 비행기가 뜬다는 안내 방송보다 먼저 울린 건 그의 전화였다. 태준은 느릿한 손으로 휴대폰을 꺼냈다. 전화를 건 사람은 김상철이었다. 받기 싫었지만 손은 통화 버튼을 누르고 있었다. 수화기 안에서 김상철의 다급한 목소리가 흘러나왔다.

[태준아, 회장님이 사라지셨어!]

태준의 눈이 커졌다.

그럴 리가. 그는 분명 아버지가 안전한 걸 눈으로 직접 확인하고 집에서 나왔다. 아버지가 사라졌다는 김상철의 전화를 태준은 납득할 수가 없었다.

"도대체 어떻게 된 거야?"

[나야 다 끝내고 주변 정리하고 있었지. 그리고 마지막으로 회장님한테 인사나 하고 돌아가려고 했는데 와보니 방이 텅 비어 있잖아.]

"홍 실장은?"

그가 마지막으로 보았을 때 아버지는 홍 실장과 같이 있었다.

[같이 사라졌어.]

그럼 아버지 스스로 나갔거나 홍 실장이 배신자라는 소리였다. 어느쪽이든 마광호가 집에서 사라졌다는 건 좋은 신호가 아니었다. 태준은 김상철과의 전화를 끊고 황 이사에게 전화를 걸었다. 그런데 새벽이라서인지 황 이사는 몇 번이나 전화를 걸었을 때에야 겨우 받았다.

[이런 썩을, 거기만 낮이냐!]

받자마자 화부터 내는 황 이사에게 태준은 빠르게 물었다.

"그쪽이 성공했을 때 아버지를 데리고 가려던 곳은 어디였습니까?"

[뭐? 설마 내가 시간까지 다 알려줬는데도 못 막았어?]

"아니, 분명 막았습니다. 그런데 아버지가 사라지셨습니다."

[그건 무슨 개똥 같은 소리야.]

그가 집에서 바로 나오지 않고 아침까지 지키고 있었다면 벌어지지 않았을 일이기에 태준은 손으로 두 눈을 가렸다.

"내가 방심했습니다."

아무리 그 집이 끔찍했어도 오늘 밤만은 끝까지 있었어야 했다.

어두운 창고 안은 퀴퀴하고 오래된 것이 썩는 냄새가 나는 듯 불쾌했다. 마광호는 느릿한 걸음으로 그 안으로 걸어 들어갔다. 마광호의 뒤를 지키는 건 홍 실장 한 명뿐이었다. 홍 실장은 사무라이처럼 날카로운 눈빛으로 주위를 살폈다. 창고 깊숙한 곳에는 장작불이 타오르고 있었고, 청호파의 젊은 보스가 이 낡고 더러운 창고와는 어울리지 않는 최고급 가죽 소파에 앉아 있었다.

"이야, 다 죽어간다고 들었는데 생각보다 멀쩡하십니다."

마광호는 서늘한 눈으로 청호파 보스를 바라보았다.

"네가 내 아들에 대해 알고 있는 게 뭐야?"

단지 그 메시지 하나 때문에 마광호는 성공적으로 청호파의 공격을 막아내고도 자신의 발로 직접 이곳까지 온 것이다.

"쿡쿡, 내가 아무리 생각해봐도 말이야. 당신이 그걸 알고도 그 여자를 지금껏 살려뒀다는 건 말이 안 되거든."

복수전을 하겠다고 호기롭게 칼을 뽑아 들었으니 청호파 보스 이무진은 마광호의 머리카락이라도 잘라가야 했다. 안 그럼 그가 망신을 당하는 것이었으니까. 한 조직의 수장의 자존심에 침이 튀면 그건 피를 흘리는 것보다 더 큰 치명상이었다.

그래서 치사한 수법이라는 건 알고 있었지만 마광호가 자기 아들에게 집착하는 걸 이용해서 그를 불러냈다. 어차피 이 자리에서 마광호를 죽이면 그가 어떤 식으로 마광호를 불러냈는지 알 수 있는 사람은 아무도 없었다. 그저 마광호를 죽인 사람이 청호파의 이무진이라는 것만 역사에 남을 것이다.

이무진은 소파에서 일어나 마광호에게 다가갔다. 홍 실장이 위험을 느끼고 마광호의 앞을 막아서자, 이무진은 대기하고 있는 부하들에게 손짓으로 지시를 내렸다. 우르르 몰려나오는 청호파 조직원들은 확실히 수적으로 우세해 보였다.

홍 실장은 겁먹지 않고 품에서 날렵하게 생긴 칼 두 자루를 빼 들며 파도처럼 밀려오는 청호파를 혼자 상대했다. 하지만 실력이 월등하더라도 끝없이 밀려드는 상대의 공격에 차츰 홍 실장은 밀리기 시작했다. 마광호의 마지막 가드였던 홍 실장까지 묶어둔 이무진은 아무 거리낌 없이 마광호에게 다가갔다. 이제 나이 들고 병까지 든 마광호는 그저 지나간 역사에 불과했다.

"당신 아들이 얼마나 아버지를 우습게 여겼으면 제주도에서 여검사와 밀회를 즐겼을까."

'여검사'라는 말에 마광호의 눈빛이 어둠 속에서 번뜩였다. 그 순간 뜨거운 통증이 복부를 관통했다. 이무진이 품에서 꺼낸 칼로 그의 복부를 단숨에 찌른 것이다.

"회장님!"

홍 실장이 칼에 찔린 마광호한테 달려오려고 했지만 막아서는 청호파 무리 때문에 불가능했다. 마광호는 두 눈을 부릅뜨며 칼을 밀어 넣은 이무진의 손을 꽉 붙잡았다. 이걸 놓치면 그는 정말 죽는 것이었다. 이무진은 어떻게 해서든 마광호를 죽이겠다는 결의로 칼을 쥔 손에 힘을 주었다. 여기서 마광호가 살아나가면 그의 수치가 될 것이었다.

"아버지!"

그때 창고 문 쪽에서 태준의 목소리가 들려왔다.

이무진은 그 소리에 움찔했고, 마광호는 상대방이 흔들린 순간을 놓치지 않고 다른 쪽 팔꿈치로 이무진의 턱을 있는 힘껏 후려쳤다. 뼈가 부러지는 소리가 나며 이무진은 뒤로 나가떨어졌다. 마광호는 복부에 칼이 찔린 채 비틀거리며 달려오는 태준을 보았다. 그를 구하러 온 아들을 보는 마광호의 시선에는 안도보다는 분노가 서려 있었다.

태준이 나타나면서 청호파가 둘로 갈라지자 그제야 홍 실장은 공격을 물리치고 서둘러 마광호에게 달려갔다. 무너지는 그의 몸을 붙잡고 피가 쏟아지는 상처 부위를 손으로 꽉 막았다.

"회장님! 괜찮으십니까?"

마광호는 정신을 잃지 않으려고 붉어진 눈을 부릅뜨며 홍 실장에게 말했다.

"제주도 가서 태준이 꼬여낸 여검사 찾아내서 죽여."

마광호는 그를 칼로 찌른 이무진보다 그 몰래 절대 만나선 안 되는 여자를 만난 아들을 더 용서할 수가 없었다.

"네가 못 하면 내가 죽는다."

칼에 찔린 마광호의 상태가 심각했기에 홍 실장은 무조건 알았다고 고개를 끄덕였다.

⁂

마광호는 바로 병원으로 옮겨져 수술을 받았다. 마광호가 칼에 찔렸다는 소식을 듣고 흑룡파 임원들은 전부 병원으로 몰려왔다. 그 사람들 속에는 친구를 걱정해 달려온 강한도 있었다.

"얼마나 다친 거야? 설마 목숨이 위험한 건 아니지?"

강한은 태준을 붙잡고 수술받고 있는 마광호의 상태에 관해 물었다. 하지만 다른 사람들은 마광호의 상태보다 청호파의 공격에 더 분노했다.

"회장님이 칼에 찔렸는데 어떻게 가만히 있을 수 있나! 당장 부산으로 쳐들어가야 해!"

"우릴 얼마나 우습게 여겼으면 감히 여기까지 올라와! 이참에 싹을 다 잘라버리자고."

수술실 앞에서 또 싸우자고 난리를 피우는 사람들의 목소리를 참을 수 없어서 태준은 차갑게 외쳤다.

"조용!"

태준의 일갈에 시끄럽던 소리가 일시에 잦아들었다. 태준은 그들을 향해 경고했다.

"아버지 수술 중입니다. 걱정하는 사람만 남고 싸우고 싶은 사람은 여기서 당장 꺼져요."

오늘 죽을지도 모를 회장의 곁을 떠날 수는 없었기에 다들 조용해졌다. 마광호가 진짜 죽게 되면 다음 회장을 결정해야 했다. 마광호에게는 장성한 아들이 있고, 그 아들이 지금 수술실 앞을 지키고 있었지만 그는 조직 사람이 아니었다. 그리고 마광호는 아들 때문에 여태껏 자기 뒤를 이을 후계자를 정해놓지 않았다. 그래서 도대체 누가 다음 회장이 될지 서로 눈치 게임이 시작되었다. 아마도 마광호의 죽음에 책임이 있는 이무진을 제거하는 사람이 차기 회장이 될 가능성이 가장 클 거라는 계산이 모두의 머릿속에서 빠르게 돌아가고 있었다.

차기 회장이 될 가능성이 있는 사람 중 한 명인 김상철이 조용히 태준에게 다가갔다.

"홍 실장이 안 보인다."

칼에 찔려 수술이 필요했던 사람은 아버지뿐이었다. 그래서 태준은 같이 현장에 있던 홍 실장은 전혀 신경 쓰지 않았었다.

"찾아볼까?"

"왜?"

"회장님이 수술받고 있는데 홍 실장이 없는 게 이상하잖아."

마광호가 청호파 보스를 만나러 갈 때 유일하게 데리고 갔던 사람이 홍 실장이었다. 그런 사람이 이 자리에 없는 게 이상하긴 했지만 태준은 이런 상황에서까지 의심할 기운은 남아 있지 않았다.

"다쳐서 치료받고 있을 거야."

"응급실에는 없었어."

태준은 찌푸린 얼굴로 더 이상 아무 말도 하지 않았다. 태준이 힘들어 보였기에 김상철은 그 정도로 멈추고 물러났다. 태준은 찾으라고 하지 않았지만 김상철은 조용히 홍 실장을 찾아볼 생각이었다. 이 상황에 홍 실장이 사라졌다면 마광호를 청호파 보스한테 데리고 간 배신자가 홍 실장일 수도 있는 거였으니까. 그럼 청호파 이무진보다 더 먼저 처리해야 할 사람은 홍 실장이었다.

이수는 결국 바이킹을 타지 못했다. 다음에 태준이 제주도에 오면 그때 같이 타는 게 더 좋을 것 같았다.

하루가 지나도 태준에게서 연락이 없어 많이 걱정되었지만 먼저 연락할 수는 없었다. 그녀가 전화한다고 그한테 도움되는 게 아니었으니까. 지금은 오히려 방해일 수도 있었다. 일이 다 해결되면 태준이 분명 전화해줄 거라 생각하며 기다리는데 시간이 흐를수록 죽을 맛이었다.

이수는 꿩 대신 닭이라고 황 이사에게 전화해보았다. 처음에 황 이사의 전화로 알게 된 일이니 분명 그는 어찌 되었는지 알고 있을 거였다. 그런데 뒤가 구린 건지 뭔지 그는 그녀의 전화를 받지 않았다.

"이 자식, 감히 검사 전화를 씹어."

전화를 안 받으면 직접 찾아가면 되었다. 황 이사는 그녀처럼 제주도에 있었으니까. 전화를 피해봐야 그녀의 손바닥 안이었다. 이수는 황 이사를 만나러 가기 위해 집을 나섰다. 주차장에 세워놓았던 차에 올라탔더니 냉기가 흘러서 이수는 제일 먼저 히터부터 틀었다. 지금은 조용한 것도 싫어서 평소 잘 듣지 않는 라디오까지 틀었다. 라디오에선 뉴스가 흘러나오고 있었다.

[오늘 아침 강호 그룹 회장이 칼에 찔려 인근 병원으로 호송되어 수술 중입니다. 용의자는 아직 잡히지 않았으며 경찰은……]

처음엔 강호 그룹이란 명칭이 낯설어서 그게 누구인지 알 수 없었는데 그룹 회장이 칼에 찔렸다는 게 마음에 걸려 이수는 서둘러 휴대폰을 꺼내 강호 그룹을 검색했다. M 엔터테인먼트가 강호 그룹 계열임을 확인한 그녀의 얼굴이 창백해졌다.

도훈이 말했었다. M 엔터테인먼트가 흑룡파의 돈줄이라고. 그러니 강호 그룹은 흑룡파와 관련 있는 기업이었다. 그럼 방금 뉴스에 나온 사람이 마광호라는 소리였다.

마광호가 그리 크게 다쳤으면 어쩌면 태준도 다쳤을 수도 있어서 이수는 더 이상 태준의 전화만 기다리고 있을 수 없었다. 바로 태준의 번호로 전화를 걸려고 했는데 벌컥 조수석 쪽이 문이 갑자기 활짝 열렸다. 이수는 깜짝 놀라 고개를 들었다. 딱 봐도 수상해 보이는 시커먼 옷을 입은 남자가 서 있었다.

"누……."

그녀가 미처 방어할 새도 없이 장갑 낀 커다란 손이 그녀를 향해 뻗어와 입을 틀어막았다.

❀

마광호의 수술은 무사히 끝나 다행히 목숨은 지킬 수 있었다. 하지만 장기까지 다친 큰 상처였기에 좀 더 지켜봐야 한다는 의사의 조심스러운 덧붙임이 있었다.

수술 후 마광호는 중환자실로 옮겨졌다. 마광호가 안 죽을 가망성이 커지자 병원을 지키고 있던 사람 중 반 이상이 떠나갔다. 김상철도 홍실상을 찾기 위해 자리를 비웠다. 태준과 강한이 유일하게 아무 사심 없이 끝까지 마광호 곁에 남아 있었다.

"고모님은 아버지 소식 모르는 건가요?"

수술이 끝나고 아버지가 죽지 않았다는 말을 의사에게서 들은 뒤에야 조금의 여유가 생긴 태준은 강한에게 마정옥에 대해 물었다. 그래도 이런 상황에 가족인 마정옥이 오지 않는 건 용납이 안 되었다.

"내가 병원 오면서 전화로 알려주었는데 안 왔구나."

"너무하는군요."

안 그래도 거북했던 마정옥에게 더 거리감이 생기려고 했다.

"정옥이도 나름대로 사정이 있어. 네가 이해하렴."

강한이 병원에 오지도 않은 마정옥 편을 들자 태준은 탐탁지 않은 표정을 지었다.

"무슨 사정이요?"

"쉽게 말로 할 수 있으면 그게 사정이겠니."

강한은 쓸쓸한 미소만 지었고 태준도 더 캐묻지 않았다. 지금 그가 신경 써야 할 사람은 마정옥이 아니었으니까.

Rrrrrrrrrrr— Rrrrrrrrrrrr—.

조용한 병원 복도에 전화벨이 시끄럽게 울리자 태준은 전원을 아예 끄기 위해 휴대폰을 꺼냈다가 전화 건 사람이 김상철인 걸 알고 눈을 좁혔다.

"김상철은 네가 다른 곳에 보낸 거니?"

"아뇨."

그는 홍 실장을 찾고 있었다. 태준도 이젠 홍 실장이 어디 있는지 궁금해졌기에 통화 버튼을 눌렀다.

"홍 실장 찾았어?"

[태준아, 놀라지 말고 들어.]

또 놀랄 일이 뭐가 남았단 말인가. 태준은 정말 지쳤다.

"또 뭔데?"

이젠 지긋지긋하다는 말투로 물었는데 김상철이 무겁게 가라앉은 목소리로 말했다.

[홍 실장 제주도 가는 비행기 탔어.]

휘청, 태준의 큰 몸이 갑자기 흔들리자 강한이 놀라서 그의 팔을 붙잡았다.

"무슨 일이야? 괜찮니?"

강한은 태준을 걱정해서 묻고, 전화기 안에서는 김상철이 냉정하게 말했다.

[그래서 내가 직접 제주도 가는 중이니까. 넌 병원에 있어. 은 검사 안전한지 내 눈으로 확인하고 전화할게.]

김상철이 전화를 끊자마자 태준은 창백한 얼굴로 이수에게 전화를 걸려고 했는데 손가락이 파르르 떨렸다. 태준이 손을 떠는 걸 보고 강한은 그의 손을 꽉 움켜잡았다.

"태준아, 왜 그래?"

"아버지가……."

"너희 아버지 이제 괜찮아. 수술 잘 끝났다고 의사도 말했잖아."

그가 떠는 건 더 이상 아버지 때문이 아니었다. 아버지가 이수에 대해 알게 된 것이다. 그러니 그 상황에 홍 실장이 수술받는 아버지 곁을 떠나서 제주도로 간 거다.

"아버지가 홍 실장한테 은 검사……."

태준은 숨이 막혀 더 이상 말을 이을 수가 없었다. 만약 아버지가 홍 실장에게 이수를 죽이라고 말했다면, 홍 실장은 분명 그렇게 할 사람이었다. 이수가 죽을 수도 있다는 생각이 들자 태준은 가만히 있을 수 없었다. 태준이 갑자기 중환자실로 돌진하자 강한이 놀라서 그를 막았다.

"안 돼! 태준아, 지금은 안 돼!"

"놔요! 아버지 깨워야 해요!"

홍 실장은 아버지의 말만 들을 사람이었다. 그가 아버지 옆을 지키느라 늦어버렸으니 그가 지금 할 수 있는 건 아버지를 깨우는 것밖에 없었다. 금방 수술 끝낸 환자를 깨우려는 그를 막기 위해 사람들이 사방에서 달려왔다. 하지만 태준의 눈에는 비겁하게 의식 없는 상태로 중환자실 침대에 누워 있는 아버지만 보였다.

태준은 악에 받쳐 소리쳤다.

"아버지!"

어떻게 그한테 이럴 수가 있는가. 태준은 아버지라는 이유 하나만으로 단지 그를 살리고 싶었는데. 어떻게! 아버지는 이토록 그에게 잔인할 수 있단 말인가.

기분이 안 좋았다. 나쁜 꿈을 꾼 것도 같고, 몸이 안 좋은 것도 같고. 그래서인지 눈도 쉽게 안 떠졌다. 이수는 한참 만에야 힘겹게 눈을 떴다. 흐릿한 시야가 점점 선명해지며 그녀가 있는 곳이 보였다. 그녀는 분명 차에 타고 있었는데 지금은 낯선 집 안에 있었다. 오래된 오두막 같은 곳이었다. 이런 곳을 그녀가 스스로 왔을 리가 없었다.

마지막 기억 속에서 그녀를 덮쳤던 괴한을 떠올리고는 이수는 얼굴을 찌푸렸다. 납치된 거라면 그녀를 납치한 사람이 누구인지 정확히 알아야 하는데 그걸 알 수가 없어서 찝찝했다.

우선은 이곳에서 빠져나가야 할 것 같아 몸을 일으키던 이수는 자신의 손과 발이 묶여 있음을 알고 낭패스러운 표정을 지었다. 사법연수원에서 납치되었을 때 탈출하는 방법을 배우지 않은 게 무척 한스러웠다.

이수는 도움이 될 만한 물건을 찾아 몸을 힘겹게 비틀어 외투 주머니를 뒤져보았다. 휴대폰은 당연히 없었고, 주머니에 남아 있는 건 태준이 길거리에서 사준 머리 끈과 큐빅 박힌 머리핀뿐이었다. 그걸 보고 이수는 허탈하게 웃었다.

"진짜 쓸 일이 있네."

이 상황에 그녀에게 절실히 필요한 건 머리 끈보다 머리핀이었다. 이수는 머리핀을 손에 잡고 철제로 된 핀 부분으로 손목을 묶고 있는 끈을 갈기 시작했다. 무딘 날이라 쉽게 되지 않았지만 그래도 계속하다 보면 될 것도 같아서 이수는 그녀의 체력을 모두 끌어모아 미친 듯이 갈았다.

"으윽, 나 올림픽 출신이라고. 우습게 보지 말란 말이야."

반쯤 잘린 끈을 올림픽 나갔던 기운으로 있는 힘을 다해 당기자 우드득 소리를 내며 끊겼다. 손이 자유로워지자 발은 쉽게 풀 수 있었다.

이수는 움직일 수 있게 되자마자 바로 문을 열고 밖으로 뛰어나왔다.

누군가 지키고 있는 사람이 있었다면 또 난관에 부딪혔을 텐데 다행히 밖에는 아무도 없었다. 대신 드넓고 울창한 숲이 그녀를 에워싸고 있었다. 산속이었는데 한라산이라고 하기에는 뭔가 달랐다. 이수는 당황한 시선으로 주위를 둘러보며 중얼거렸다.

"도대체 여기가 어디야?"

알 수 없었지만 산이면 무조건 아래로 내려가야 할 거 같아서 이수는 산장 아래로 내려갔다. 신발도 없이 양말만 신고 겨울 산에서 내려가는 건 지독한 고통을 동반하는 일이었지만 누군가 구해주러 오길 얌전히 기다리고 있을 수만은 없었다. 고립된 곳이라 그녀가 이곳에서 죽어도 아무도 모를 거라는 게 가장 큰 공포였다.

발바닥이 피투성이가 될 때까지 힘겹게 산에서 내려가던 이수는 멀리서 차가 올라오는 걸 보고 큰 나무 뒤로 몸을 숨겼다. 그녀를 구해줄 수 있는 사람보다는 그녀를 잡아온 사람일 가능성이 더 컸다.

저 차만이 이 산에서 나갈 수 있는 유일한 수단이기도 했다. 그녀를 잡아다 놓고 지키는 사람이 없었다는 게 그럴 가능성이 크다는 걸 암시해주었다. 이대로 무모하게 산에서 내려가다 길을 잃고, 기온이 떨어지면 산속에서 목숨이 위험할 수 있었다.

이수는 차가 지나가길 기다렸다가 그녀가 빠져나온 산장이 있는 쪽으로 향하는 차 뒤를 쫓아갔다. 차에서 내리는 사람을 확인한 뒤 저 차를 어떻게든 빼앗아 이곳을 빠져나가야 했다.

차를 쫓아서 다시 산장 쪽으로 올라온 이수는 차 옆에 서 있는 사람을 보고 놀라서 눈이 커졌다. 마정옥이었다. 마리의 엄마이면서 태준의 고모인 바로 그 여자였다.

별장의 문이 열려 있는 걸 보고 강범석은 먼저 차에서 내려 서둘러 안으로 뛰어들어갔다. 이수가 없는 걸 확인하고 나온 강범석은 차에서 내리는 마정옥에게 빠르게 보고했다.

"없습니다."

이수가 사라졌다는 말에도 마정옥은 그리 놀라지 않았다. 어차피 그녀 혼자 이 산을 빠져나가지는 못할 것이다. 그녀도 검사까지 된 머리가 있으니 지키는 사람이 없는 걸 보고 그 정도는 짐작했으리라. 그리고 분명 그들이 타고 온 차를 보았을 테니 이 근처에서 지켜보고 있을 것이다. 그녀가 도망치려면 가장 필요한 건 차였으니까.

마정옥은 천천히 몸을 돌려 숲 쪽을 보았다. 울창한 나무들이 마치 거대한 경비병들처럼 솟아나 있었다. 마정옥은 숲을 향해 큰 목소리로 말했다.

"은이수 검사, 내 말 듣고 있지?"

움찔, 나무 뒤에 숨어 있던 이수는 자신의 이름이 불리자 서둘러 주저앉아 무기가 될 만한 돌과 뾰족한 나뭇가지를 집어 들었다.

"어차피 여기서는 차 없으면 못 나가. 사서 고생하지 말고 나와."

웃기고 있다. 그녀를 납치한 사람들 앞에 어떻게 순순히 기어나가겠나. 검사의 자존심을 걸고 항복할 수 없었다. 상대는 달랑 두 명. 아예 승산이 없는 것도 아니었다.

"기를 써서 돌아가봤자 당신 마광호 손에 죽어. 그 인간이 당신 존재 알고 무서운 놈을 보냈거든."

태준의 아버지가 자신에 대해 알았다는 말에 이수의 두 눈이 얼어붙었다. 이수는 떨리는 손에 힘을 주었다. 마정옥의 말을 곧이곧대로 믿으면 안 되었다. 그녀를 납치한 사람이니까.

"찾아볼까요?"

강범석이 마정옥에게 물었다. 마정옥은 그럴 필요 없다고 고개를 저었다.

"춥고 배고파지면 자기 발로 나올 거야."

숲 쪽을 일별한 뒤 마정옥은 몸을 돌려 별장 안으로 걸어 들어갔다. 강범석도 주위를 둘러보다 마정옥의 뒤를 따라 들어갔다. 이수는 그들이 그냥 들어가버리는 걸 보고 차를 주시했다. 분명 문은 잠가놓고 차 열쇠는 마정옥의 부하가 가지고 있을 거였다.

그녀는 무모하게 모르는 산길을 내려가기보다는 밤이 깊어지길 기다리기로 했다. 의지력이 약한 쪽이 먼저 잠이 들 거였다. 그녀는 불굴의 의지 은이수였다. 버틸 수 있었다.

Episode 30
그녀가 죽으면 나도 죽어

태준은 쉽게 안으로 들어가지 못하고 말없이 주인 없는 집의 거실을 바라보고 서 있었다. 모든 것이 그대로인 곳에 없는 건 그녀뿐이었다. 겨우 집 안으로 들어선 태준은 터벅터벅 소파로 걸어갔다. 그 위에는 마지막으로 보았을 때 그녀가 들고 있던 가방이 놓여 있었다. 예쁜 가방은 너무 작다고 투덜거리던 그녀의 목소리가 선명하게 떠올라 태준의 미간이 괴롭게 좁혀졌다. 이렇게 허무하게 그녀를 잃어버릴 줄 알았다면 그렇게 그녀만 두고 제주도를 떠나지 않았을 거다. 아버지에 대한 원망과 자신에 대한 자책으로 태준은 마음이 죽어갔다. 뒤에서 다가온 김상철이 빠르게 상황을 보고했다.

"아파트 CCTV 확인해보니까 은 검사는 집에서 나간 뒤 들어오지 않았고, 은 검사가 나가고 한참 뒤에 홍 실장이 혼자 엘리베이터에 탔다가 혼자 내려서 돌아가는 게 찍혔어. 다리를 절뚝거리는 게 창고에서 크게 다친 거 같았어. 그런 홍 실장이 이 집을 벗어나 은 검사를 찾아서 감쪽같이 납치하는 건 쉽지 않을 거야."

"그럼 이수는 어디로 간 건데?"

김상철이 보기에도 그게 이상했다. 제주도를 싹 뒤졌는데도 찾지 못했다. 그러니 납치된 건 맞는 거 같은데 그녀를 납치한 게 홍 실장이라면 거의 영화에서나 나오는 닌자 수준이었다. 아무리 홍 실장이 칼 쓰는 데 일인자라고 해도 마광호를 구하려다 크게 상처 입고 제대로 치료도 못 받은 상태로 제주도로 와서 그게 가능할지 의문이었다. 더군다나 상대는 보통 여자도 아니고 일상다반사로 흉악범들을 보고 살았던 검사였다.

"어쩌면 홍 실장 말고 은 검사한테 앙심 품은 피의자일 수도 있지."

하지만 얼마 전에 그런 놈을 붙잡았는데 이렇게 짧은 순간에 또 누군가 보복하러 오기에 이수는 검사했던 기간이 그리 길지 않았다. 이수는 연기처럼 사라졌는데 납치범이 누구인지조차 정확하지 않았다.

지금 가장 정확한 사실은 모두 그의 탓이라는 거였다. 이수가 그만 만나지 않아도 이런 험한 일은 당하지 않았을 것이다. 이런 후회는 절대 하지 않을 거라 다짐하고 또 다짐했는데도 아무 소용이 없었다. 그가 다 망쳤다.

김상철은 걱정스러운 눈으로 태준을 보았다. 안 그래도 마광호도 칼에 맞고 의식이 없는 상태인데 여기서 태준까지 무너지면 흑룡파는 정말 답이 없었다. 그때 김상철의 휴대폰이 울렸다. 김상철은 빠르게 전화를 받았다. 짧게 보고만 듣고 전화를 끊은 김상철은 이수의 물건에서 눈을 떼지 못하는 태준에게 말했다.

"홍 실장이 혼자 비행기 타고 제주도 나갔대."

홍 실장이 혼자 떠났다면 두 가지 경우를 예상할 수 있었다. 이수가 제주도를 벗어났기에 그녀를 쫓아서 간 것이든지, 아니면 이미 홍 실장이 마광호가 내린 임무를 끝내고 돌아가는 것이든지. 최악의 상황을 예상하고 핏기가 사라진 태준에게 김상철은 냉정하게 앞으로 할 일을 알려주었다.

"홍 실장이 만약 병원에 나타나지 않으면 아직도 은 검사 찾고 있는 거겠지."

홍 실장이 병원에 나타나면 그는 손 한 번 제대로 써보지 못하고 이수를 잃은 거고, 홍 실장이 병원에 안 나타나면 이수를 납치한 사람이 누군지도 모르는 늪에 빠지는 것이었다.

태준은 지독한 악몽을 꾸고 있는 기분이었다. 결국은 이 악몽이 아버지도, 이수도 모두 죽는 걸로 끝날까 봐 그게 가장 무서웠다. 하지만 이수를 찾기 전까지는 절망도 사치였기에 태준은 바로 이수의 아파트를 나와 다시 서울로 돌아가는 비행기를 탔다.

밤이 되니 산속은 기온이 뚝 떨어졌다. 이수는 이러다 자신이 얼어죽을 수도 있다는 두려움이 몰려왔다. 특히 신발을 신지 않은 발은 감각이 없었다. 어디서 주워들은 지식 중 동상 때문에 발가락을 자를 수도 있다는 게 생각나자 도저히 안에 있는 사람이 잠들 때까지 기다릴 수 없었다. 여기서 얼어 죽나, 싸우다 죽나 마찬가지일 것 같아서 이수는 숲에서 나와 차 근처로 다가갔다.

마정옥과 그녀의 부하는 집 안으로 들어간 뒤 한 번도 나오지 않았다. 안에서 밖을 감시하고 있을 수도 있었기에 이수는 가능한 낮게 몸을 숙여 이동했다. 차에 가까이 다가가 안을 보니 조수석 쪽에 그녀의 신발이 있었다. 우선은 그거라도 확보하기 위해서 이수는 차 문을 여는 위험을 감수하기로 했다. 잠긴 차 문을 여는 기술은 없지만 간절함이 있는 곳에 길이 있기를 바랄 뿐이었다.

이수는 끈 풀 때 썼던 머리핀의 날 부분을 문 사이에 끼워 넣었다.

껑껑대며 잠긴 차 문을 열려고 애쓰고 있는데 그 순간 차갑고 서늘한 것이 그녀의 목에 다가왔다. 그게 칼날인 것을 알고 이수는 굳어버렸다. 강범석은 칼을 그녀의 목에 댄 채 낮게 명령했다.

"일어나."

이수는 두 손을 위로 올리고 천천히 일어났다.

강범석은 그녀를 별장 쪽으로 끌고 갔다. 생고생이 헛고생되는 순간이었다. 그래도 별장 안은 산보다는 훨씬 따뜻해서 그녀의 억울함이 조금은 상쇄되었다. 나무로 불을 피우는 난로 앞에 앉아 있던 마정옥은 그녀가 다시 돌아온 것을 보고 서늘한 미소를 지었다.

"그러게 얌전히 있지. 왜 사서 고생을 해."

이수는 경계하는 눈으로 그녀를 보며 따져 물었다.

"왜 날 잡아온 거예요?"

"아까 못 들었어? 마광호가 당신 존재를 알고 칼잡이를 보냈어. 내가 안 데려왔으면 당신 이미 저세상 사람이야."

마정옥은 마치 자신이 그녀의 은인인 것처럼 말했지만, 이건 명백히 납치였다. 그녀는 납치범의 말을 곧이곧대로 믿는 멍청이는 될 수 없었다.

"당신 같은 사람이 목적 없이 이런 일을 벌이지는 않겠죠. 당신의 목적만 말해요. 남 핑계 대지 말고."

마정옥은 얼굴에 그나마 걸려 있던 미소가 사라지며 얼음장처럼 차가운 여자가 되었다.

"역시 검사라 따지기 잘하네. 하지만 검사도 사람이니 먹어야 살 수 있지 않겠어?"

마정옥은 손으로 탁자 위를 가리켰다. 그곳에는 물과 음식이 놓여 있었다. 그걸 보자 그동안 잊고 있던 허기와 갈증이 농시에 놀려와 뱃속이 요동을 쳤다.

"먹어. 난 그쪽한테는 갚아줘야 할 게 없으니."

그 말은 꼭 다른 누군가한테는 갚아줘야 할 게 있다는 말처럼 들렸다. 그리고 그녀를 잡아왔으니 그 상대는 태준일 것이다.

"도대체 태준 씨한테 왜 이러는 거예요? 태준 씨는 남한테 나쁜 짓할 사람이 아니에요!"

"대신에 나쁜 짓 잘하는 아버지를 뒀지."

결국 또 마광호였다. 태준이 아니라 마광호가 한 짓 때문에 이러는 거라면 태준의 입장이 너무 억울했다.

"그럼 태준 씨가 아니라 마광호한테 직접 따져요! 죄 없는 사람 괴롭히지 말고."

"나도 그러고 싶었지. 그런데 태준이가 내 복수에 사용할 놈을 검찰에 갖다 바쳤으니 어쩌겠어. 그 녀석은 항상 자기 무덤을 자기가 파. 쯧쯧."

이수는 마정옥이 너무 말도 안 되는 소리를 해서 답답해 미칠 거 같았다. 도대체 어떤 원한이기에 사람이 이리 배배 꼬일 수 있는 건가 싶었다.

태준은 다시 아버지가 있는 병원으로 돌아왔다. 지금은 홍 실장이 나타날 가능성이 가장 큰 곳이었으니까.

부르르르르르—.

진동을 느낀 태준은 주머니에서 휴대폰을 꺼냈다.

전화한 사람은 도훈이었다.

도훈이 왜 전화했는지 전화를 받지 않고도 알 수 있었던 태준은 그의 전화를 받지 않았다. 이수를 찾는 데 검찰의 도움은 필요 없었다. 검찰이 개입하면 오히려 홍 실장은 빨리 끝내려고 할 것이라 이수를 찾을 수 있는 시간이 더 없어졌다.

태준은 유리문을 통해 아직도 중환자실에서 의식 없이 누워 있는 아버지를 차가운 눈으로 바라보았다.

"은 검사 괜찮을 거야."

강한이 옆에서 그를 안심시키기 위해 그리 말했지만 태준에게는 전혀 위로가 되지 못했다.

삐삐―.

그때 태준의 전화로 메시지가 왔다는 알람이 울렸다. 그가 전화를 안 받아서 도훈이 보낸 거라고 생각해 확인 안 하려고 했지만 무언가 마음에 걸려서 태준은 다시 휴대폰을 꺼냈다. 메시지가 온 번호가 이수의 번호인 것을 알고 그의 눈빛이 얼어붙었다.

> 행복했던 사랑이 깨진 기분이 어때?

이수의 번호였지만 그녀가 보낸 건 아니었다. 이수를 납치해간 사람이 보낸 거였다. 그리고 그 납치범이 '사랑'이라는 단어를 쓰는 걸 보고 태준은 확신했다. 이수를 데려간 사람은 홍 실장이 아니라고. 아버지나 홍 실장은 그런 단어를 아예 쓸 수 없는 인종이었다.

이수와 그의 사이를 알고 있는 사람 중 눈에 보이지 않았던 사람이 홍 실장 외에 또 있었다는 걸 깨닫고 태준은 번쩍 고개를 저늘났나.

"고모님 병원에 왔었나요?"

태준의 물음에 강한은 고개를 저었다. 태준의 의심은 더 강해졌다. 마정옥은 이수가 그에게 초콜릿을 주었을 때부터 두 사람 사이를 의심했던 유일한 사람이었다. 그런데 지금껏 조용해서 태준은 마정옥이 두 사람에 관해 관심을 끊은 거라고 생각하고 무시했었다.

하지만 그게 아니라 지금껏 기회를 노린 거라면? 그럼 그 집요함은 그의 아버지보다 더 지독했다. 도대체 무엇이 마정옥을 그리 집요하게 만든 건지 이유를 찾아야만 했다.

태준은 바로 김상철에게 전화를 걸었다.

"이수, 고모님이 데려갔어. 고모님 지금 어디 있는지 알아봐."

[마정옥이 은 검사를 데려갔다고? 왜?]

"지금부터 알아봐야지."

단지 그를 싫어하는 것만으로 이런 일을 벌이지는 않았을 거다. 전화를 끊은 태준은 강한을 보았다. 낯빛이 창백해지는 그의 얼굴은 분명 무언가 알고 있는 듯했다.

"아저씨는 알고 계시죠? 고모님이 왜 이런 일을 벌였는지."

강한은 고개를 저었다. 모른다는 뜻보다는 마정옥이 아니라고 부정하는 몸짓이었다.

"정옥이가 아닐 거야. 분명 홍 실장이야."

"아저씨!"

홍 실장이 아니라 마정옥이 이수를 데려간 거라도 태준은 안심할 수 없었다. 그에게는 위험한 인물이 한 명에서 두 명으로 늘어난 것뿐이었다.

"분명 고모님이에요. 고모님이 왜!"

강한을 몰아붙이던 태준은 이수와 첫날밤을 보내고 서울에 돌아왔을 때 그의 호텔 방에 배달되어 있던 정체불명의 편지 봉투를 떠올리고 벼락 맞은 듯한 표정을 지었다. 등신처럼 그 수상한 물건을 까맣게 잊고 있었다. 태준이 갑자기 몸을 돌려 가버리자 강한이 놀라서 그를 불렀다.

"태준아! 어디 가는 거야?"

태준은 멈추지 않고 더 빨리 걸어갈 뿐이었다.

❀

호텔 방의 문을 거칠게 열고 들어선 태준은 바로 거울 앞 테이블 위에 놓아두었던 봉투를 집어 들어 밀봉된 입구를 찢어서 열어보았다. 봉투 안에는 사진들이 들어 있었다. 그와 이수가 제주도에 있었던 모습이 찍힌 사진들을 보면서 그의 눈빛이 차갑게 불타올랐다. 하루 동안 찍은 사진이 아니었다. 아주 오랜 시간 그와 이수를 쫓아다니며 찍은 사진들이었다.

태준은 그의 소중한 시간을 누군가에게 도둑질당한 기분에 분노하여 사진들을 바닥에 패대기쳤다. 수십 장의 사진이 어지럽게 바닥에 떨어졌다. 그와 그녀의 얼굴로 도배된 사진 중 유일하게 다른 사람이 찍혀 있는 사진이 태준의 눈에 들어왔다.

태준은 천천히 몸을 숙여 그 사진을 집어 들었다. 사진 속 남자는 그가 모르는 사람이었지만 사진 속 여자는 누구인지 단번에 알 수 있었다. 지금보다 훨씬 젊은 시절의 사진이라도 마 씨 일가의 피는 눈빛과 얼굴에서 숨길 수 없이 배어 나오고 있었으니까.

태준은 그 사진만 들고 바로 호텔을 나와 다시 병원으로 향했다. 불안한 마음에 편히 앉지도 못하고 중환자실 앞을 지키고 있는 강한에게 태준은 들고 온 사진을 보여주며 따지듯이 물었다.

"이 남자 누굽니까?"

사진 속 남자와 여자를 본 강한의 눈빛에 놀람과 경악이 동시에 떠올랐다.

"네가 이 사진을 어떻게?"

"고모님이 제게 보냈습니다."

사진 속 여자는 마정옥이었다. 그래서 그는 이제 마정옥이 도대체 무슨 속셈인지 알아야만 했다.

"정옥이가 기어이."

참담한 표정을 짓는 강한은 분명 무언가를 알고 있었다. 그리고 강한은 그에게 지금 당장 그게 무엇인지 말해주어야 했다. 안 그럼 태준은 이제 강한도 용서할 수 없을 것이다.

"사진 속 남자 누굽니까?"

강한은 무거운 목소리로 대답했다.

"마리 친아빠."

태준의 눈빛이 일그러졌다.

"죽었다고 들었는데."

그래서 마정옥이 하필이면 박만수 같은 놈이랑 결혼하게 된 것이다. 마리를 생각하면 정말 최악의 선택이었다.

"야망이 있었던 친구라 광호의 자리를 원했어."

아버지의 이름이 강한의 입에서 나온 순간, 태준은 머리카락이 곤두

서며 등골이 서늘해졌다.

"설마……."

아니길 빌었다. 그것만은 아니길.

"결국 광호 손에 죽었지."

태준은 손으로 얼굴을 가렸다. 그의 아버지는 언제나 이렇게 그를 너무도 쉽게 악의 구렁텅이로 끌어넣었다.

"하지만 그건 일종의 결투 같은 거였어. 광호가 일방적으로 죽인 게 아니라."

"그래서 고모님도 그렇게 생각합니까?"

태준의 서늘한 질문에 강한은 입을 다물었다.

아버지의 명령대로만 움직이는 칼잡이, 그리고 사랑하는 사람을 아버지에게 잃어 18년 동안 복수심만 키워온 여인.

도대체 어느 쪽이 더 위험한 건지 태준은 짐작조차 안 되었다.

태준이 이사한 마정옥의 집으로 찾아갔을 때 그곳은 텅 비어 있었다. 적어도 마리는 있을 줄 알았기에 태준은 마리에게 전화를 걸었다.

[오빠.]

전화를 받자마자 언제나처럼 반갑게 그를 부르는 마리의 목소리를 듣고 태준은 마정옥에 대한 분노가 조금은 누그러졌다. 그에게 아무런 잘못이 없듯이 마리도 마찬가지였다. 마리에게 화풀이하는 건 잘못된 거였다.

"이사했다고 해서 너희 집 왔는데 지금 어디야?"

[나 지금 일본에 있어.]

'해외'라는 말에 태준의 눈이 가늘어졌다. 그가 툭하면 비행기 타고 해외로 잠적하는 바람에 마정옥은 마리까지 그걸 따라할까 봐 절대 해외로 마리를 보내는 법이 없었다.

"혹시 엄마가 보내줬어?"

[어. 나보고 마음껏 놀아도 된다고 해서. 내일은 동남아 갈 거야. 유럽까지 가고 싶긴 한데. 비행기 너무 오래 타는 게 싫어서.]

마리는 처음으로 혼자 마음껏 해보는 해외 여행이 재미있는지 한참이나 재잘댔다. 태준은 인내심을 가지고 마리가 하는 말을 끝까지 듣고 있다가 마지막에 그가 하고 싶은 말을 했다.

"네 엄마한테 전화해서 내가 집에서 기다리고 있다고 말해줄래?"

마정옥이 그의 전화는 안 받아도 마리 전화를 안 받을 리는 없었다.

[엄마한테? 왜?]

마정옥과 그의 사이가 안 좋은 걸 아는 마리는 무언가 느꼈는지 조심스럽게 물었다.

"아버지 상태가 지금 많이 안 좋으셔. 그래서 고모님 모시고 병원에 가려고."

[아, 진짜? 알았어. 내가 바로 전화할게.]

전화를 끊은 태준은 잠시 그 자리에서 움직이지 못했다. 그의 목울대만이 크게 요동쳤다.

잔인함은 또 다른 잔인함을 낳았다. 아버지의 잔인함이 마정옥을 잔인하게 만들었고, 마정옥의 잔인함이 그의 속에 봉인되어 있던 잔인함을 강제로 끄집어냈다.

절대 용서할 수 없었다. 아버지도, 마정옥도.

새벽의 푸른 기운이 어두운 집 안을 감싸 안았다. 굳게 닫혀 있던 문이 열리며 갑자기 전등불이 환하게 켜지자 눈이 부실 정도였다. 하지만 태준은 미동도 않고 앉아 있었다.

집에 들어선 마정옥은 거실에 혼자 우두커니 앉아 있는 그를 보고 마른 미소를 지었다.

"내가 말이지. 너와 여검사 사이를 처음부터 알고도 왜 지금껏 기다린 거 같니?"

지금 그가 알고 싶은 건 이수가 있는 곳뿐이었다. 마정옥의 넋두리에는 전혀 관심이 없었다.

"사랑이 깊어야 잃었을 때 더 잔인한 법이거든."

그러니까 기다렸다는 거다. 그가 이수를 사랑하는 마음이 깊어지길. 그녀의 인내심은 그도 질릴 정도였다.

"전 안 잃을 겁니다."

그런 그를 조롱하듯이 마정옥은 말했다.

"이미 나한테 빼앗겼잖니."

그의 인내심을 박살 내는 말에 태준은 무서운 속도로 마정옥에게 돌진했다. 여자의 몸으로 태준을 이길 수 없는데도 마정옥은 피하지 않고 다가오는 태준을 바라만 보았다. 마정옥의 목을 향해 뻗어가던 사나운 손은 닿기 직전에 멈추었다. 태준은 목에 핏줄이 도드라질 정도로 참으며 마정옥에게 물었다.

"이수 지금 어디 있습니까?"

사랑하는 여자를 찾느라 이성이 거의 날아간 태준을 마정옥은 건조한 눈으로 바라보았다. 18년 전의 그녀는 지금의 태순보다 더 저참했었다. 무릎 꿇고 마광호에게 빌었었다. 아기가 있다고, 그러니 제발 죽이지 말아달라고.

"적어도 난 선택의 기회는 줄게. 네가 혼자 외롭게 죽어갈 건지, 아니면 네 품에서 여검사가 죽는 걸 볼 건지. 선택은 네가 하렴."

마정옥이 마광호 대신 태준을 선택한 이유는 간단했다. 태준은 그녀처럼 누군가를 사랑할 수 있는 마음을 가졌으니까. 악마가 되어버린 마광호와 달리. 태준은 사랑하는 마음만큼 괴로울 거였다. 마정옥은 태준이 괴로워하길 바랐다. 18년 동안 그녀 혼자만 괴로웠던 게 너무 억울하니까.

태준이 듣기에는 선택이라는 말로 포장한 개 같은 소리였다. 그는 그 어느 쪽도 선택할 생각이 없었다.

"미치신 겁니까? 그럼 죄 없는 사람 붙잡아 괴롭히지 말고 병원에나 가세요."

그건 욕을 싫어하는 태준이 할 수 있는 말 중 가장 심한 소리였다. 화내는 태준을 보며 마정옥은 차갑게 웃었다.

"너야말로 인정하지 그래. 여검사, 너만 안 만났어도 이런 일 안 당했어."

마정옥이 가장 아픈 사실을 꼬집자 태준의 눈동자가 풍랑이 일 듯 흔들렸다. 아무런 반박도 못 하는 태준의 어깨로 마정옥의 손이 올라와 툭툭 두드렸다. 위로하듯이, 조롱하듯이.

"그러니까 왜 어리석게 사랑 같은 건 한 거니? 그런 게 너한테 어울린다고 생각했어?"

태준은 주먹을 꽉 쥐었다. 마정옥의 페이스에 휘말리면 안 되었다.

여기서 그가 그녀의 말을 인정하고 괴로워한다고 그녀가 이수를 놓아줄 리 없었다.

"홍 실장이 은 검사 찾고 있습니다."

"그래, 그래서 아무도 못 찾을 장소에 데려다놨으니 홍 실장 걱정은 집어치우고 넌 선택이나 해."

마정옥이 그의 아버지에게 가지고 있는 원한을 알게 된 뒤 확실히 깨달은 게 있었다. 그녀에게 남편인 박만수는 단지 마광호에게 복수할 도구였을 뿐이었다는 것. 그런 박만수를 그가 검찰에 넘겨버리면서 복수의 칼날이 온전히 그에게 향하게 된 것일 수도 있었다.

"홍 실장을 너무 만만하게 보시네요. 만약 홍 실장이 은 검사를 찾아내면 어쩔 겁니까?"

마정옥은 얼굴을 찌푸렸다. 그건 그녀로서도 달갑지 않은 일이었다. 마광호에게만 좋은 일이었으니까.

"그럴 리 없어."

"어떻게 장담하십니까? 박만수도 그리 쉽게 검찰에 잡혔는데."

"그 인간은 원래 멍청했고."

"그런 인간을 선택한 것도 고모님입니다."

마정옥은 못마땅한 눈으로 태준을 노려보았다.

"네가 지금 나한테 그런 거 따질 상황이 아닐 텐데."

"그래서 저한테 대신 복수한다고 고모님의 마음이 풀립니까?"

그의 질문에 마정옥의 눈빛이 사막처럼 변했다.

"아니, 이 마음은 죽을 때까지 지옥일 거야. 그 지옥에 나 혼자만 있기 억울하니까 너라도 오라고."

너무도 진심이 담긴 마정옥의 저주에 태준은 소름이 돋아났다.

이수는 창문에 달린 커튼을 뜯어내어 욱신거리는 발을 둘둘 감았다. 따뜻한 실내에 있으니 발의 통증은 더 심해졌다. 마정옥은 이곳을 빠져나갈 수 있는 유일한 수단인 자동차를 타고 혼자 떠나버리고, 마정옥의 부하가 방 밖에서 그녀를 지키고 있었다. 그리고 그녀의 발 상태도 멀리 도망칠 수 없는 지경이었다.

이수는 창밖으로 보이는 검은 숲과 나무 위로 혼자 고고히 떠 있는 은색 달을 바라보았다. 분명 태준이 지금 그녀를 열심히 찾고 있을 거였다. 그리고 그녀가 연락도 없이 검찰청에 출근하지 않으면 검찰청에서도 그녀를 찾게 될 거다. 그녀를 찾는 사람이 많아져도 어딘지 알 수 없는 이 숲에서 이렇게 혼자일 거라는 게 그녀를 힘들게 했다. 만약 그녀가 여기서 죽는다면 그녀가 죽었다는 걸 아무도 모를 수도 있었다. 죽는 것보다 그게 더 무서웠다.

이대로는 어둠에 그녀가 잠식될 거 같아서 이수는 절뚝거리며 문으로 걸어가 방문을 열었다. 마정옥의 부하 강범석이 창가에 있는 의자에 앉아 있다가 문이 열리는 소리에 고개를 돌렸다. 이수는 강범석을 없는 사람 취급하고 난로 앞 탁자로 걸어가 털썩 앉아서 아까는 거부했던 음식을 먹기 시작했다. 물도 페트병째 들어서 꿀꺽꿀꺽 마셨다. 기회가 왔을 때를 대비해 체력을 보충해둬야 했다. 힘없어서 도망도 못 치면 그게 얼마나 꼴불견인가.

그녀를 유일하게 감시하고 있던 강범석은 그녀가 갑자기 걸신들린 듯이 먹기 시작하자 경계하듯이 보다가 곧 의심을 풀고 다시 창밖을 바라보았다. 그녀를 감시하는 게 아니라 보초 서듯이 밖을 주시하고 있는 게 갑자기 나타날 수 있는 침입자를 경계하는 것 같았다.

설마 태준이 올까 봐 그러는 건가? 하지만 태준은 지금 이곳에 없는 마정옥이 상대하고 있을 거다. 그러니 태준보다 마정옥이 오는 게 더 빨랐다. 그럼 그녀를 죽이려고 마광호가 칼잡이를 보냈다는 말이 사실이란 말인가? 그게 사실이면 마정옥 덕에 그녀가 살아 있다는 거지 같은 현실이 사실이 되는 거였다.

"이런, 젠장."

그녀가 욕을 하자 창밖을 보던 강범석이 다시 그녀를 돌아보았다. 이수는 디저트로 빵을 돌 씹듯이 씹고 있었다. 빵이 맛이 없어서 그런가 보다 생각하고 강범석은 그녀에게 관심을 거두었다.

마정옥의 집을 나온 뒤에도 태준은 그곳을 떠나지 못하고 차 안에서 집을 지켜보았다. 그녀가 이수가 있는 곳으로 가면 그가 뒤를 밟을 거라는 걸 아는 마정옥은 섣불리 집 밖으로 나오지 않았다. 아직 이수를 찾지 못했는데 무의미하게 흘러가는 시간이 태준을 옭아맸다.

Rrrrrrrrrr— Rrrrrrrrrrr—.

전화가 울리자 태준은 마정옥의 집에서 시선을 떼지 않은 채 전화를 받았다. 전화를 건 사람은 김상철이었다.

[마정옥이 소유하고 있는 부동산 다 살펴봤지만 은 검사를 숨긴 흔적은 없었어.]

"이석준이라는 이름으로도 찾아본 거야?"

[그쪽은 이미 오래전에 죽은 사람이라 전혀 없고.]

하지만 마정옥이 아무 연고도 없는 곳에 이수를 숨겼을 리가 없었다. 홍 실장까지 쫓고 있는 걸 알고 있는 상황에서 더더욱. 태준은 자신이 제주도에 다니면서 흔적을 없애려고 현금만 썼던 걸 떠올리고 김상철에게 말했다.

"마정옥이랑 강범석 카드 사용 내역 조회해봐. 은 검사 사라지고 쓴 것 중 서울을 벗어난 게 있으면 알려줘."

[그것도 같이했어. 그런데 신경 쓴 건지 카드 쓴 게 한 건도 없어.]

"홍 실장은?"

[비행기에서 내리고 난 뒤 사라졌어. 지금 찾고 있어.]

그를 향해 겨누어진 칼이 두 개나 있는데 한쪽은 복수심에 활활 불타고 있었고, 한쪽은 어디서 날아오는지 제대로 보이지도 않았다. 상황이 나빠질수록 태준은 점점 냉정해졌다. 그가 자책하고 아버지에 대한 울분을 터트린다고 이수를 찾을 수 있는 게 아니었기에.

"그럼 마리 이름으로 된 부동산이 있는지 알아봐줘."

[마리?]

마리는 이석준의 딸이었지만 마정옥이 박만수와 결혼하면서 박마리로 컸다. 그래서 딸의 이름을 자신의 성과 이석준의 성을 따와서 지었다는 걸 이석준이라는 존재를 알고 난 뒤에야 깨달았다.

그렇게라도 이석준의 흔적을 남기고 싶어 했던 마정옥이라면 마리에게 이석준과 관계된 장소를 유산으로 남겼을지도 몰랐다. 어쩌면 마리를 그곳에 데리고 간 적이 있을지도 모른다고 생각하니 태준은 휴대폰에 시선이 갔다.

하지만 단지 추측과 짐작일 뿐인 생각으로 이 일에 마리를 끌어들일 수는 없었다. 18년이나 복수심에 사로잡혀 산 마정옥조차 마리에게는 입도 뻥끗 안 한 일이었다. 자기 딸만은 그녀처럼 살지 않기를 바라는 마음이었을 거다. 태준은 괴로운 표정을 지으며 휴대폰으로 향하던 손을 거두었다.

Rrrrrrrrr— Rrrrrrrrr—.

그런데 그의 전화가 먼저 울렸다. 전화를 건 사람은 마리였다.

마정옥은 커튼을 조금 젖혀서 아직도 밖에 정차해 있는 태준의 차를 확인했다. 협박은 그녀가 태준에게 했는데 그녀가 감시받는 꼴이었다. 이게 다 계획에 없던 납치 때문이었다. 구치소로 직접 찾아가 박만수에게 자수를 권한 일부터 차근차근 준비해 온 복수이기는 했지만 사실 납치는 마광호가 은이수를 죽이려고 홍 실장을 보내는 바람에 급하게 진행된 일이었다. 마광호한테 또 당할 수는 없었으니까.

그나저나 지금은 태준보다 홍 실장이 더 문제였다. 홍 실장이 은이수를 죽여버리면 그녀의 복수 계획도 물거품이 되는 거니까. 그러니 태준이 어서 빨리 홍 실장을 잡는 게 그녀에게도 좋은 일이었다. 그때 태준의 차에 라이트가 켜지더니 정차해 있던 차가 움직였다. 마정옥은 멀어지는 태준의 차를 눈으로 좇았다.

"설마 홍 실장 찾았나?"

그 순간 무언가 차가운 게 목에 와 닿는 느낌에 마정옥은 눈썹을 추켜올렸다. 눈동자만 움직여 뒤를 보니 시커먼 옷을 입은 남자가 칼을 들고 서 있었다. 마정옥은 놀라지 않고 괴한을 노려보았다.

"홍 실장."

"은이수 검사 어디 있습니까?"

홍 실장은 날카로운 칼날을 그녀의 목에 더 가까이 가져다 대며 은이수의 행방에 관해 물었다. 은이수를 찾고 싶은 마음이 홍 실장보다 몇백 배는 더 강한 태준도 단지 말로 물었을 뿐인데 말이다.

"내가 그걸 너한테 말해줄 거 같아?"

마정옥은 마광호의 개나 마찬가지인 홍 실장을 노기 서린 눈빛으로 쏘아보았다.

"말씀 안 하시면 지금 일본에 있는 마리 양이 무사하지 못할 겁니다."

홍 실장의 입에서 마리의 이름이 나오자 마정옥의 눈빛이 흔들렸다. 마정옥의 목소리가 단번에 높고 날카로워졌다.

"내 딸 건드리면 너 역시 살아남지 못할 거야!"

"전 단지 회장님의 뜻에 따라 움직일 뿐입니다."

그러니 죽어도 상관없다는 뜻이었다. 홍 실장은 휴대폰을 꺼내 들었다.

"지금 말하지 않으면 일본에 전화하겠습니다."

홍 실장의 협박에 마정옥의 눈에 핏발이 섰다. 이미 마광호에게 딸의 아빠를 잃은 마정옥에게 이건 18년 전 그 일이 반복되는 거나 마찬가지인 상황이었다. 분노에 온몸이 부들부들 떨렸다. 그녀가 입을 열지 않자 홍 실장은 단축키 하나를 꾹 눌렀다.

Rrrrrrrrr— Rrrrrrrrr—.

전화벨이 가는 소리가 마정옥에게는 지옥 불이 타들어가는 소리처럼 들렸다. 홍 실장이 지금 당장 해외에 있는 마리를 찾아내어 죽이겠다고 하는 건 허풍일 수도 있었다. 홍 실장이 일본에서 야쿠자 생활을 한 적이 있다고 해도 그건 아주 오래전의 일이니까. 하지만 마리의 목숨을 가지고 배팅을 할 수는 없었다. 그래서 마정옥은 오래 참지 못하고 소리쳤다.

"알았어! 데려다주면 되잖아! 그만!"

이곳에서는 더 독한 인간이 이기는 법이었다.

❀

깊은 산속에서는 시간관념이 사라져서 도대체 지금이 몇 시이고, 이곳에 얼마나 있었던 건지 알 수가 없어졌다.

"나 언제까지 여기 잡아둘 거예요? 검사가 갑자기 사라지면 경찰과 검찰이 찾을 거라는 거 몰라요? 검사 납치범이 무사할 거 같아요?"

그녀가 따지듯이 묻는 말에도 강범석은 들은 척 만 척이었다.

한 번 작정하고 싸움을 걸어볼까라는 생각이 들기도 했지만 지금 이 산속에서 못 나가는 건 그녀나 저쪽이나 마찬가지라는 생각이 들자 그런 마음도 사그라졌다.

"도대체 유일하게 나갈 수 있는 게 차라면서 그걸 가지고 떠나버리면 어쩌자는 건데. 나야 납치된 상황이라고 해도 그쪽은 같은 편이잖아. 너무한 거 아니야?"

듣고 있으려니 너 버림받은 거 아니냐는 놀림으로 들렸기에 강범석은 찌푸린 눈으로 그녀를 노려보았다.

"조용히 해."

"그러기엔 여기서 너무 할 일이 없네."

강범석이 그녀의 입을 막아버리려고 의자에서 벌떡 일어나자, 이수는 주저앉은 상태에서 주먹을 불끈 쥐고 공격 자세를 취했다.

"나 올림픽 국가 대표 출신이야."

종목이 태권도가 아니라 배드민턴이기는 했지만.

강범석은 한주먹거리도 안 되는 게 까불어서 짜증 난다는 눈빛으로 그녀를 바라보다 밖에서 불빛이 보이자 멈칫했다. 강범석은 그녀를 무시하고 창문으로 향했다. 멀리서 다가오는 차의 불빛을 확인한 강범석은 빠르게 돌아서서 그녀에게 다가왔다.

"나가야 돼."

"지금 오는 차 타고 내려간다고요?"

"아니! 위험하니까 숲으로 피해야 한다고."

"네?"

여기는 전화가 안 되기에 마정옥과 수신호를 정했다. 차의 헤드라이트를 한쪽만 켠 게 안전한 거라고. 둘 다 켜져 있으면 위험 신호였다. 그러니 지금 이쪽으로 다가오는 차는 마정옥의 차가 아니든지, 마정옥이 보내는 위험 신호였다.

어느 쪽이든 피해야 하는 상황이었다.

"죽기 싫으면 나 따라와."

납치범이 할 수 있는 말 중 가장 믿으면 안 되는 말이었지만 이수는 강범석을 따라서 별장을 나갈 수밖에 없었다. 이 상황에 강범석의 말을 안 믿었을 경우 그게 진실이면 진짜 그녀가 죽는 거였으니까. 차라리 믿고 좀 재수 없어지는 쪽을 택하는 게 나을 듯했다.

별장에 갇혀 있는 게 최악이라고 생각했는데 더 최악은 밤의 숲에 존재하고 있었다. 숲은 완벽한 암흑이었다. 앞에 무엇이 있는지, 어디서 무엇이 나타날지 알 수 없는 공포가 저절로 사람을 움직이게 하였다. 하지만 그녀는 첫 탈주에 발을 다쳐서 빨리 움직이지 못했다.

그녀가 발 때문에 잘 움직이지 못하자 강범석은 우악스럽게 그녀를 잡아당겼다. 그래도 속도가 안 나자 강범석은 그녀에게 말했다.

"내가 여기서 막고 있을 테니까 혼자 가."

이 망할 납치범이 뭐라는 건가 싶었다.

"도대체 뭘 막는다는 건데요?"

혹시 태준이라면 그녀가 갈 필요가 없었다.

"칼잡이."

가야겠다. 그녀도 칼은 무서웠다.

이수는 혼자서 길도 모르는 숲으로 들어가다 무언가를 느끼고 뒤를 돌아보았다. 어둠 속에서 달빛이 반사된 칼날의 서늘한 은빛만이 눈에 정확히 들어오자 온몸에 소름이 돋아났다.

칠흑 같은 밤을 찢고 나온 칼은 그대로 강범석을 공격했다. 강범석이 칼을 피해 쓰러지는 게 그녀의 눈에 들어오자마자 이수는 바로 몸을 돌려 미친 듯이 뛰기 시작했다. 가지에 긁히고, 돌부리에 걸리고, 무언지도 모를 것에 부딪히면서도 무조건 도망쳤다. 잡히면 저 칼이 그녀를 죽일 게 분명했으니까.

홍 실장이 이수와 강범석의 뒤를 쫓아 숲으로 들어간 뒤 마정옥은 초조하게 손톱을 뜯다 뒤에서 들리는 차 소리에 화들짝 놀라 몸을 돌렸다. 그들의 뒤를 쫓아온 차가 별장 앞에 멈추어 서며 차에서 태준이 내려섰다.

"너!"

놀라는 마정옥과 상대할 시간이 없었기에 태준은 빠르게 물었다.

"어디로 갔습니까?"

마정옥이 어두운 숲 쪽을 손으로 가리키자 태준은 바로 숲으로 뛰어들어갔다. 태준까지 숲으로 들어가는 걸 보고 마정옥은 휘청거리며 차로 다시 돌아가 운전석에 올라탔다. 지금은 전화가 되는 곳으로 내려가 마리한테 전화해봐야 한다는 생각뿐이었기에 마정옥은 차를 출발시켰다.

야생 동물처럼 빠르게 숲을 헤치고 앞으로 나아가던 태준은 멀리 가지 않아 강범석을 만날 수 있었다. 하지만 강범석은 이미 홍 실장의 공격을 받고 치명상을 입은 상태로 쓰러져 꼼짝도 못 하고 있었다. 강범석은 금방 숨이 끊어질 듯이 깔딱거리며 홍 실장이 이수를 쫓아간 쪽을 손가락으로 가리켰다. 이수가 더 위험하다는 걸 깨달은 태준은 숲속으로 뛰어들어가며 크게 외쳤다.

"이수!"

어둠 속에서 그의 목소리만이 메아리쳤다. 사방을 가로막고 있는 나무들은 괴기스러운 존재처럼 보였고, 어둠은 그의 눈을 가려서 그녀를 찾지 못하게 방해했다. 마정옥이 말한 지옥이 바로 이곳인 것 같았다. 눈앞에 보이는 적과는 싸울 수라도 있지만, 어둠 속에 가려진 적은 그에게도 공포였다. 태준은 자신이 1초라도 늦으면 이수를 잃을 수도 있다는 걸 깨닫고 걸음을 멈추었다. 태준은 어둠을 노려보며 이수가 아니라 홍 실장에게 외쳤다.

"그녀를 죽이면 내 시체도 아버지한테 같이 가져가야 할 거야!"

이번에도 그의 목소리만이 밤의 숲을 돌고 돌아 다시 그에게 돌아왔다. 이게 의미 없는 경고로 끝이 난다면 태준은 먼저 전화 온 마리에게 친아빠에 관해 묻는 대신 마정옥의 집에 몰래 숨어든 홍 실장의 뒤를 밟은 걸 후회하게 되리라. 절대 늦지 않을 거라는 오만으로 그녀를 잃는다면 그 역시 살 수 없었다.

부스럭―.

어둠 속에서 작은 소리는 더욱 도드라지게 들렸다. 나뭇잎을 밟는 사람의 발소리가 들리고 커다란 나무 뒤에서 그렇게나 찾던 이수가 걸어 나왔다. 하지만 태준은 그녀를 찾았다고 기뻐할 수가 없었다.

그녀의 목에는 시린 칼날이 겨누어져 있었고, 그 칼은 홍 실장이 쥐고 있었기 때문이었다. 이수는 그의 이름을 부르지도 못하고 창백하게 굳어 있었다. 그 때문에 그녀가 위험해진 일이 이번이 처음이 아니라는 게 그를 더 참담하게 하였다.

"회장님이 크게 실망하셨습니다."

태준은 그녀의 얼굴을 보다 홍 실장에게로 시선을 옮겼다. 홍 실장은 박만수와 완전히 다른 인간이었다. 욕망이 아니라 지시에 따라서 움직이는 칼잡이였다. 그의 손에 칼이 쥐어진 상황에서 이수의 목숨은 온전히 그의 손에 달려 있었기에 섣불리 공격도 할 수 없었다.

"그런데 이 여검사랑 같이 죽겠다니요. 회장님을 그만 괴롭히십시오, 도련님."

아버지 때문에 평생 괴로웠던 건 그였다.

"닥치고 선택해. 이 숲에서 그녀와 나 둘을 죽이고 갈 건지, 아니면 둘 다 살리고 갈 건지."

태준이 자기 말을 얼마나 지독할 정도로 잘 지키는지 마광호의 옆에서 보면서 살았기에 홍 실장은 태준의 경고를 그냥 무시할 수 없었다. '설마 여자 때문에 죽겠어?'라는 생각이 들다가도 태준이라면 그럴 수도 있을 것 같았다.

"내가 죽으면 아버지는 너도 죽이겠지."

마음 없이 지시에 따라서만 움직였던 홍 실장은 처음으로 고장 난 기계처럼 판단이 바로 서지 않았다. 그는 분명 마광호의 지시를 따랐을 뿐인데 그로 인해 그가 죽는다면 그건 뭔가 잘못된 것이었으니까.

"그럼 이번 임무 완수는 회장님이 깨어나신 뒤로 미루겠습니다."

가장 확실한 일 처리는 지시를 내린 마광호에게 먼저 물어보는 거였다. 여검사와 함께 태준이 같이 죽어도 상관없느냐고. 과연 마광호가 뭐라고 대답할지 홍 실장도 참 궁금했다.

홍 실장이 이수의 목을 위협하고 있던 칼을 치우자마자 태준은 그녀에게 달려가 다리에 힘이 풀려 주저앉는 그녀를 품에 안았다. 홍 실장은 연인들의 극적인 해후 따위에는 관심 없었기에 바로 차가 있는 별장 쪽으로 향했다. 이제 그의 머릿속에는 마광호가 있는 병원으로 가야 한다는 생각밖에 없었다.

태준은 추위 때문인지, 공포 때문인지 온몸을 떠는 이수를 꽉 안으며 말했다.

"나랑 같이 떠나요. 우릴 괴롭힐 사람들이 아무도 없는 곳으로."

익숙한 그의 품에서 죽음 직전까지 갔던 극도의 긴장감이 풀린 이수의 의식이 멀어지며 그의 목소리가 뚝뚝 끊겨서 들렸다. 하지만 이젠 기절해도 괜찮았다. 태준이 왔으니까.

Episode 31

같이 떠나자

혼절했던 그녀가 눈을 떴을 때는 낯설고 고립된 산속이 아니라 익숙한 소독약 냄새가 나는 병원에 있었다.

"……옮기고."

사람 말소리가 들려 창 쪽으로 고개를 돌렸더니 창가에 서서 전화하고 있는 태준의 뒷모습이 보였다. 그의 넓은 등을 보자 이수는 그제야 자신이 살았다는 안도감을 느낄 수 있었다.

"아버지 병실에 아무도 못 들어가게 해."

그런데 태준의 목소리는 그녀와 말할 때와 달리 낮고 냉랭해서 그 목소리를 듣고 있으려니 한기가 느껴졌다.

"고모님은 지금 어디 있어?"

태준이 마정옥을 언급하자 화장이 진한 그녀의 얼굴이 떠오르며 춥고 어두웠던 그 산도 같이 생각나 그녀의 몸이 다시 떨렸다. 이수는 참을 수가 없어서 힘겹게 태준을 불렀다.

"태준 씨."

그녀의 목소리를 듣고 태준은 흠칫 놀라며 뒤를 돌아보았다. 그녀가 깨어난 걸 본 태준은 서둘러 전화를 끊고 그녀에게 다가왔다.

"괜찮습니까?"

이수는 그렇다고 대답하고 싶었지만 몸이 떨리기만 할 뿐 아무 말도 할 수가 없었다. 태준은 힘들어하는 그녀를 보고 더 괴로워져서 표정이 굳었다.

"혼자 둬서 미안합니다."

이수는 고개를 들어 태준을 올려다보았다. 그가 미안해하면 안 되었다. 그는 단지 그녀를 구하려고 애쓴 것뿐이니까.

"나 납치한 놈은 어떻게 됐어요?"

인질이 납치범을 걱정하는 건 웃긴 일이었지만 마지막에는 그 때문에 그녀가 살 수 있었기에 물어볼 수밖에 없었다.

"지금 수술 중입니다."

그 수술이 아무래도 죽느냐 사느냐 하는 그런 수술일 것 같아서 이수는 표정이 굳었다. 그 남자가 아니었으면 그녀가 지금 그 수술실에서 수술받고 있었을지도 몰랐다. 아니, 그녀에게는 수술의 기회조차 없었을 거다.

"정말 당신 아버지가 나에 대해 알았어요?"

그래서 그녀가 일면식도 없던 그 무시무시한 칼잡이한테 죽을 뻔했다면 그녀는 이제껏 목숨 건 연애를 한 꼴이었다.

태준은 손을 뻗어 붕대가 감긴 그녀의 손을 조심스럽게 잡았다.

"내가 같이 떠나자고 한 말 기억합니까?"

태준의 말에 그녀의 눈동자가 크게 흔들렸다. 태준이 그 말을 처음 했을 때는 그녀가 정신이 없는 상태였기에 제대로 못 들었다. 그녀로서는 지금 처음 듣는 거나 마찬가지였다.

"내 소원입니다."

태준은 지금껏 아껴두었던 소원을 하필이면 이 순간에 꺼내 들었다.

"아이슬란드 오로라, 당신이랑 꼭 같이 보고 싶습니다."

이수는 아무 대답도 할 수가 없어서 그의 얼굴을 바라만 보았다. 그 때문에 죽을 뻔했다고 해도 그와 헤어지고 싶지 않았다. 여전히 그를 너무 사랑했으니까. 그런데 그와 함께 떠나기에는 이곳에 남겨두고 가야 할 것들이 그녀에게는 그의 존재만큼이나 너무 큰 것들이었다. 그녀의 부모님, 그녀의 직업, 그녀의 인생.

이수는 겨우 떨리는 목소리로 그에게 물었다.

"만약 내가 같이 안 떠나면 우리 헤어지는 거예요?"

태준은 쓰게 웃었다. 그가 검찰청으로 찾아가 그녀에게 프러포즈만 안 했어도 지금 이 상황까지는 오지 않았을 거다. 그의 욕심이 그녀까지 힘들게 만들어버린 거 같아 미안하면서도 태준은 끝까지 그녀를 놓고 싶지 않았다. 그한테는 이제 그녀 말고는 아무것도 없었으니까.

벌컥—!

그때 노크도 없이 병실 문이 갑자기 열렸다. 태준은 경계하며 빠르게 일어나다 문을 연 사람이 도훈인 것을 알고 멈칫했다.

"은 검사!"

도훈을 따라온 류현이 이수의 얼굴을 확인하고 그녀에게 달려왔다.

이수는 갑자기 들이닥친 그들 때문에 어리둥절했다.

"어떻게 왔어?"

"어떻게 오긴! 너 제주도에서 사라졌다고 해서 우리가 얼마나 찾았는데!"

그제야 그녀는 자신이 얼마 동안이나 잡혀 있었던 건지 걱정이 되었다.

"마태준 씨, 나 좀 보죠."

도훈이 냉랭하게 태준의 이름을 부르자 이수는 반사적으로 팔을 뻗어 태준의 앞을 막았다.

"나 괜찮아요. 최 검사님."

"넌 네 몸 걱정이나 해."

도훈이 기어코 태준을 데리고 나가버려서 이수는 그녀의 몸보다 태준을 더 걱정하게 되었다.

병실을 나온 두 사람은 사람들이 없는 병원 옥상으로 올라갔다. 찬바람이 부는 옥상에 마주 서서 도훈은 사나운 눈으로 태준을 보며 말했다.

"그만하십시오. 당신 때문에 은 검사까지 위험해지는 거, 이젠 내가 용납 못 합니다. 당신이 못 멈추면 내가 무슨 죄목을 붙여서라도 마태준 씨 잡아갈 수도 있습니다."

도훈이 그에게 이리 심하게 말할 수밖에 없는 상황이었기에 태준은 눈을 가늘게 뜰 뿐 반박하지 못했다.

"같이 떠날 겁니다."

태준이 뱉어낸 말에 도훈은 기가 찬 표정을 지었다.

"은 검사가 그러겠다고 해요? 자기 부모님, 검사 직업 다 버리고 당신이랑 떠나겠다고."

그녀는 아직 대답하지 않았다.

하지만 지금은 그 방법밖에 다른 길이 없었다. 아버지는 곧 의식을 차릴 거고, 마리에게 간 마정옥도 곧 한국으로 돌아올 거다. 그들이 있는 한국은 안전하지 못했기에 떠나야만 했다.

"그녀와 함께 떠날 겁니다. 그리고 다신 안 돌아옵니다."

태준이 마음을 굳힌 걸 깨닫고 도훈은 아까보다 더 분노했다.

"마태준 씨는 당신 하나만 괜찮으면 되는 겁니까? 지금 마광호가 무너진 흑룡파가 얼마나 망가지고 있는지 알고나 있어요?"

"그런 건 나랑 상관없는 일입니다."

"왜 상관이 없어! 당신한테 힘이 있는데!"

도훈은 그 어느 때보다 격렬하게 그를 힐난했다.

"난 백 명을 희생시켜야 겨우 막을 수 있는 걸 당신은 단 한 명의 희생도 없이 끝낼 수 있다고! 그런데 상관이 없어? 마태준 씨, 당신이 지금껏 외면만 해서 흑룡파 안에서 얼마나 많은 사람이 다치고 죽었는지 알기나 해!"

"그게 왜 내 탓이라는 거야!"

태준도 참지 못하고 소리쳤다. 그가 원해서 마광호의 아들로 태어난 게 아니었다. 평생 아버지한테서 그 자신을 지키기 위해 얼마나 힘겹고 고통스럽게 살았는지 도훈이 제대로 알지도 못하면서 그한테 화풀이하는 거라 여겼다.

"범죄자 잡는 건 검사인 당신 일입니다. 그러니 못 잡아서 사람들이 다쳤으면 당신 책임이죠. 내가 아니라."

그리 말하는 태준의 눈에도 불이 일었다. 도훈은 지지 않고 태준을 노려보다 품에서 수첩을 꺼내 태준에게 던졌다.

"그래도 당신이 다른 사람 걱정이 조금이라도 된다면 거기 적힌 곳 중 아무 곳이나 가봐요. 그럼 당신이 지킬 수 있는 게 뭔지 알게 될 테니까."

도훈은 먼저 등을 돌려 옥상을 떠나버렸다. 혼자 남은 태준은 도훈이 그에게 버리듯이 주고 간 사건 수첩을 붉어진 눈으로 내려다보았다. 그가 지키고 싶은 건 이수 한 명뿐이었다. 그거면 충분했다.

다행히 검찰청에서만 그녀가 사라진 걸 알고 부모님한테는 연락이 안 갔다고 했다. 그래서 이수는 바로 병원을 나와 제주도로 돌아가야 했다.

"좀 더 입원해 있어요."

그녀가 퇴원하겠다고 하자 태준이 말렸다. 그녀가 어떤 일을 겪었는지 가장 잘 알고 있었으니까. 몸은 괜찮다고 해도 분명 정신적 충격이 남아 있을 거였다.

"나 괜찮아요. 여기 오래 있으면 검찰청에서 진짜 큰일 생긴 줄 알 거예요."

큰일이었다. 그녀가 죽을 뻔했으니까.

태준은 그녀의 팔을 끌어당겨 품에 안았다. 그의 팔에 힘이 잔뜩 들어가서 좀 갑갑했지만 이수는 얌전히 그에게 안겼다. 안 괜찮은 건 그녀보다 오히려 그 같았다. 그래서 이수는 팔을 위로 뻗어 손으로 그의 머리를 어루만졌다.

"다 괜찮을 거예요."

그렇지 않았다.

그들은 지금 잠시 태풍의 눈 속에 있는 거뿐이었다. 곧 사나운 태풍이 몰아닥칠 거였다. 그 전에 벗어나야 했다. 아주 멀리. 아무도 그들을 모르는 곳으로.

"제발 나랑 같이 떠나요."

그가 또 떠나자고 하자 그의 머리를 어루만지던 그녀의 손길이 멈추었다. 이수는 괴로운 눈으로 태준을 보았다.

"정말 그 방법밖에 없어요?"

태준이 고개를 끄덕이자 이수는 그의 가슴에 얼굴을 묻고 그의 등을 두 손으로 꽉 붙잡았다. 이번엔 그녀가 선택해야만 했다. 모두 버리고 그를 따라갈 것인지, 아니면 그를 버리고 그녀의 현재를 지킬 것인지. 그녀의 안에서 치열한 갈등이 일어났다.

누군가를 이렇게 사랑하게 된 건 처음인데도 그 사랑을 지키는 게 이렇게도 어려울 줄은 미처 몰랐다.

❀

이수의 검사 친구 류헌이 연차까지 써서 이수와 함께 제주도로 내려가겠다고 해서 태준은 공항까지만 이수를 배웅한 뒤 아버지가 있는 병원으로 향했다.

그의 지시대로 1인실로 옮겨진 마광호의 병실 문 앞을 김상철이 보낸 경호원들이 철저하게 지키고 있었다. 아무도 못 들어가게 하라고 지시했기에 강한까지 병원 복도에 외롭게 혼자 앉아 있었다. 그가 걸어오는 걸 보고 강한은 의자에서 일어났다.

"은 검사는 괜찮니?"

태준은 강한에게 좋게 대답할 수 없었다. 마정옥에 대해 다 알고 있었으면서도 그에게 침묵했으니까. 강한이 조금만 일찍 그에게 전부 이야기해주었다면 그가 더 빨리 이수를 찾을 수 있었을 거라는 원망이 생겼다.

"홍 실장 여기 왔었나요?"

"아, 병실에 들여보내주지 않아서 소란이 좀 있었는데 내가 광호 깨어나면 연락하겠다고 했더니 그냥 갔어."

"아저씨도 그만 들어가세요."

"태준아."

"아버지 깨어나면 연락드리겠습니다."

태준은 강한에게 차갑게 말하고 그 혼자 마광호의 병실로 들어갔다. 강한은 병실 안으로 사라지는 태준의 뒷모습을 슬픈 눈으로 바라보았다. 세상에서 가장 슬픈 일은 어른들이 벌인 일로 아이들이 다치는 거였다. 강한의 눈에는 지금 태준이 꼭 상처받고 다친 아이가 홀로서 있는 듯 보여서 쉽사리 발걸음이 떨어지지 않았다.

병실에 들어선 태준은 천천히 아버지가 누워 있는 병상으로 다가갔다. 사람들이 밖에서 미친 듯이 난리 치고 있었던 동안에도 원인 제공자는 여전히 속 편히 자고 있었다.

"아버지도 사람을 좋아했던 적이 있긴 한 겁니까?"

이젠 아버지가 어떤 마음으로 어머니와 결혼해서 그를 낳은 건지도 의심이 되었다. 그는 단지 자신의 뒤를 이을 아들이 필요했을 뿐인지도 몰랐다.

"이게 마지막입니다."

태준의 눈빛이 매서워지며 단호히 말했다.

"저한테 이제 아버지는 없어요."

마치 그의 목소리를 듣고 있는 듯이 잠잠하던 바이탈 곡선이 변화가 생기기도 했지만 마광호는 바로 눈을 떠 그에게 호통치지는 못했다.

318

"안녕히 계세요, 아버지."

그가 마지막으로 부르는 이름이었다.

아버지.

그에게는 끝까지 너무도 지독하고 서글픈 부름이었다.

제주도로 돌아온 이수는 너무도 자연스럽게 일상으로 복귀할 수 있었다. 병원에 누워 있는 것보다 그게 더 그녀의 정신 건강에 좋긴 했다.

그녀의 납치에 박만수의 아내 마정옥이 개입되었기에 박만수의 구속에 대한 보복으로 대충 정리했다. 그렇게 지나간 일에 대한 건 어떻게 봉합을 했지만 앞으로 닥칠 일이 문제였다.

> 토요일 12시에 인천공항에서 봐요.

태준에게 온 메시지를 보고 그녀의 눈동자가 가늘게 떨렸다. 평소였다면 너무도 반가웠을 태준과의 만남이 이번엔 그녀에게 무겁게 다가왔다. 이게 공항으로 마중 나오라는 게 아니라 같이 떠나자는 말이라는 걸 알았으니까.

처음 제주도 여행을 떠날 때 태준이 이 말을 했을 때만 해도 우습게 들렸는데 그게 진짜 그녀의 현실로 다가와버렸다. 태준이 한 말 중 실없는 농담은 하나도 없었던 거다. 어떤 말이든지 모두 현실이 되었다. 그래서 그는 오래 고민하지 않고도 그리 바로 떠나자는 말을 할 수가 있나 보다. 그녀는 여전히 갈등 중이었다. 생각하면 생각할수록 혼돈은 더 커지기만 했다.

이수는 태준이 보낸 메시지에서 눈을 뗴 부모님과 같이 찍은 사진을 보았다. 그녀가 과연 부모님을 외면하고 태준을 따라가서 끝까지 후회하지 않을 수 있을지 자신할 수가 없었다. 평생 단 하나의 목표가 부모님의 자랑스러운 딸이었는데 부모님의 가슴에 대못을 박고 어찌 살 수 있을까.

그녀의 얼굴이 고통에 차서 일그러졌다. 그럼 태준과 헤어지는 길뿐인데 태준 없이 살아갈 자신도 없었다. 이수는 두 손에 얼굴을 묻고 망부석처럼 움직이지 못했다. 결국 완벽한 선택은 존재할 수 없었다. 어느 쪽을 선택하든지 그녀는 반드시 후회할 거였다.

태준이 공항에 도착한 시간은 오전 10시였다. 멀리 떠나는 길인데도 태준은 가방도 없이 맨몸이었다. 오히려 이수를 만나러 제주도 갈 때보다도 짐이 더 없었다.

이수와 만나기로 한 시간은 아직 두 시간이나 남아 있었다. 그는 그녀가 반드시 올 거라 믿었다. 그녀가 그보다 이 나라를 떠나는 게 백배는 힘들다는 걸 알지만 그녀가 그를 사랑한다고 했으니까. 이대로 그를 버리지는 않으리라.

태준은 통유리를 통해 햇볕이 쏟아져 들어오는 의자에 앉아 그녀를 기다렸다. 창밖 하늘은 구름 한 점 없이 눈이 시릴 정도로 파랬다. 비행기 타기 정말 좋은 날씨였다.

태준이 인천공항에 도착했을 때보다 더 일찍 이수는 김포공항에 도착했다. 공항 철도를 타면 인천공항까지 금방 갈 수 있었지만 그녀는 곧장 태준과 만나기로 한 인천공항으로 가는 대신 부모님 집으로 향했다. 그와 함께 떠나기로 결정하더라도 부모님 얼굴도 보지 않고 떠나는 건 그녀가 차마 할 수 없는 일이었다.

이른 시간에 집에 갔더니 아버지는 TV를 보고 계시고, 엄마는 역시나 가게에 가서서 안 계셨다.

"이수 왔냐? 마침 잘 왔어. TV에서 고기 굽는 거 봤더니 아버지가 고기가 너무 먹고 싶다."

그녀를 보자마자 고기 타령하는 아버지를 보고 이수는 웃음과 함께 눈물이 왈칵 치밀었다. 하지만 이런 일로 울면 바보 되는 거라 꾹 참으며 일부러 밝게 말했다.

"그럼 엄마 가게로 가서 엄마랑 같이 고기 먹으러 가요."

"아이, 네 엄마야 고기 먹겠다고 하면 버섯 먹으라고 할 사람이야. 버섯이 더 건강에 좋다고. 팔다 남은 거 주는 거면서 말이야. 그냥 우리만 먹자."

"가족이니까 다 같이 먹어야지. 오늘은 엄마가 무슨 말을 해도 내가 꼭 고기 먹게 해드릴게요. 가요."

아버지의 팔에 다정하게 팔짱을 끼고 이수는 시장으로 향했다. 엄마는 너무 오래 써서 흙 자국이 천에 무늬처럼 박혀버린 앞치마를 하고 채소를 다듬고 있었다. 옆집 생선 가게 아줌마가 먼저 그녀와 아버지를 알아보고 엄마에게 일러주었다.

"이수 엄마, 검사 딸 왔어. 아이구, 부러워 죽겠어."

그제야 미숙은 흙 묻은 손을 툭툭 털며 같이 걸어오는 이수와 길상을 향해 고개를 들었다. 이수는 엄마를 향해 반갑게 손을 흔들었다.

"우리 고기 먹으러 가요."

"고기는 무슨! 버섯이 더 건강에 좋아. 여기 버섯이 얼마나 많은데."

엄마는 아버지가 했던 말을 똑같이 하며 팔던 채소 중 버섯을 찾았다. 아버지가 그거 보라는 표정을 지었다.

오늘은 아무래도 부모님께 1등급 한우를 사드려야겠다. 무슨 일이 있어도 꼭.

태준은 손목에 찬 시계를 보며 시간을 확인했다. 이제 12시까지 5분밖에 안 남았다. 인천공항에는 2시간 전보다 사람들이 더 많아졌지만 그중에 아직 이수는 없었다. 그녀에게 전화해볼 수도 있었지만 태준은 꾹 참고 그녀를 기다렸다.

그녀가 올 거라 믿었다. 그가 그녀를 사랑하는 만큼 그녀도 그를 사랑할 테니까. 아니, 그녀가 그를 그 정도로 사랑하기는 힘들다고 해도 그녀가 그와 이대로 헤어지고 싶어 하지 않으리라는 건 알았다. 아버지의 횡포에도 그를 탓하지 않았던 그녀였다. 그녀는 여전히 그를 사랑했다.

시계의 시침과 분침과 초침이 모두 정확히 12시를 가리켰다. 태준은 공항 입구 쪽을 보았다. 여러 개의 입구를 통해 공항 안으로 들어오는 사람들은 셀 수도 없이 많았지만 그녀의 모습은 여전히 찾을 수가 없었다. 조금 늦어도 괜찮았다. 예약한 비행기를 놓치면 다음 비행기를 타면 되니까. 오늘 안에만 떠나면 되었다.

항상 부정적인 생각부터 하던 그는 오늘만큼은 너무도 긍정적이었다. 그만큼 노력하고 있었다. 이 사랑을 끝까지 붙잡기 위해서.

삐삐―.

전화벨 대신 메시지 알람이 울렸다. 보낸 사람은 이수였다.

> 미안해요. 부모님 때문에 오늘은 못 갈 거 같아요.
> 내일 얘기해요. 내가 호텔로 갈게요.

태준은 멍한 시선으로 그녀가 보낸 문자를 읽고 또 읽었다. 아무리 읽어도 그건 그녀가 오늘 못 온다는 내용이었다. 약속을 지키지 않은 그녀에게 화를 낼 수 없었다. 그녀가 왜 공항에 안 왔는지 깨달아버렸으니까.

태준은 조용히 휴대폰을 코트 주머니에 집어넣었다. 주머니에 휴대폰 말고 무언가 걸려서 꺼내 보니 병원에서 도훈이 그에게 버리고 간 사건 수첩이었다. 여권 외에는 아무것도 안 가지고 왔다고 여겼는데 왜 하필 이게 여기 있는 것인가 싶었다.

그날 땅에 떨어진 수첩을 집어 들어 쑤셔 넣었던 코트가 바로 오늘 그가 입은 코트라는 걸 태준은 그 수첩을 꺼낼 때까지도 몰랐다. 그저 간절히 이수가 오길 기다렸을 뿐인데, 그의 손에 남겨진 게 이 수첩뿐이라는 게 너무 황망했다. 만약 오늘 그녀가 약속대로 공항에 나타났다면 도훈이 준 이 사건 수첩을 펼쳐볼 일은 절대 없었을 거다.

태준은 무미건조한 눈으로 사건 수첩을 바라보다가 수첩을 펼쳤다. 그 속엔 도훈이 손으로 직접 적은 글들이 빼곡하게 적혀 있었다. 어떤 건 장소였고, 어떤 건 암호였고, 어떤 건 사람 이름이었다. 꼼꼼한 성격답게 모든 메모에 글을 적은 시간이 기록되어 있었다.

감흥 없이 종이들을 넘기던 태준의 손이 마지막 장에서 멈추었다.

강원도에 있는 부둣가 창고 주소가 적혀 있는데 늘어본 적 있는 상소였다. 그게 박만수가 강한과 이수를 납치해서 데려갔던 그 창고라는 걸 떠올린 태준의 눈매가 날카로워졌다.

태준은 도훈이 이 글을 메모한 날짜를 확인했다. 도훈이 그에게 이 수첩을 던지고 간 그날이었다. 이수가 박만수에게 납치되었을 때 적은 게 아니었다. 태준은 휴대폰을 꺼내 김상철에게 전화했다.

"박만수가 강한 아저씨를 납치했었던 그 창고, 지금 누가 쓰고 있어?"

[거기? 박만수가 잡혀가서 없으니 아마도 박만수 똘마니들이 쓰고 있겠지. 왜?]

도훈의 말대로 그가 외면하고 살아서 몰랐던 게 그곳에 있다면 그는 평생 모르고 싶었다. 안 그래도 그는 오늘 이수가 오지 않아서 죽을 만큼 괴로웠으니까. 그런데 그가 왜 이걸 신경 쓰게 하는가. 그는 자신에게 이 수첩을 주고 간 도훈이 참을 수 없이 원망스러웠다.

"지금 사람들 데리고 그곳으로 와. 나도 갈 테니까."

[거기 뭐가 있는데?]

"가보면 알겠지."

그가 외면했던 게 도대체 무엇인지.

태준은 공항에서 비행기를 타는 대신 배들이 오가는 부둣가로 향했다. 수첩에 적힌 창고가 있는 부둣가에 도착해 보니 김상철이 부하들을 끌고 먼저 와 있었다.

"박만수 똘마니들이 창고를 지키고 있어. 아무래도 안에 뭐가 있긴 한가 보네."

"그게 뭔지 보고된 건 없어?"

김상철은 고개를 저었다. 박만수가 잡혀 들어간 뒤 그 밑에 있던 부하들은 조직 내에서 끈 떨어진 부랑아나 마찬가지였다. 조직은 그들을 전혀 신경 쓰지 않았고, 그래도 살아남기 위해 발버둥을 쳐야 하니 그들은 점점 야생 동물처럼 변해갔다.

"밀수품일 수도 있고. 아니면……."

김상철은 말을 아끼며 태준에게 물었다.

"들어가 볼 거야?"

태준은 고개를 끄덕였다. 이번 일만 확인하고 사건 수첩은 다시 주인에게로 돌려보낼 것이다. 최도훈과는 그걸로 끝이라고. 살아 있는 한 두 번 다시 마주치고 싶지 않았다. 김상철이 부하들에게 손짓으로 지시를 내리자 모두 일사불란하게 움직였다. 창고를 지키고 있던 남자들은 갑작스러운 공격에 속수무책으로 당했다. 맞서 싸우거나, 도망치느라 창고 앞은 아수라장이 되었다.

태준은 난장판 사이를 뚫고 창고 문을 향해 걸어갔다. 태준을 뒤따라온 김상철이 창고 문을 열기 전에 그를 돌아보았다.

"충격받지 마라."

마치 김상철은 그 안에 뭐가 있는지 이미 알고 있는 듯한 말투였다. 태준은 개의치 않고 말했다.

"열어."

김상철이 힘을 주어 창고 문을 열었다.

끼이이익—.

녹이 슨 커다란 문은 기괴한 소리를 내며 열렸다. 빛이 어두운 창고 안으로 빨려 들어가듯이 쏟아져 들어가자 그 안에 있는 것들이 보이기 시작했다. 빛을 피해 스멀스멀 움직이는 그것들은 물건이 아니었다. 사람이었다. 마리 또래의 여자아이들. 심지어 마리보다 더 어린아이까지 있었다. 창고에 갇혀 있는 어린 소녀들을 본 태준의 눈이 충격으로 얼어붙었다. 오래도록 이곳에 갇혀 있었던 듯 여자들은 사람을 보자 오히려 빛이 안 닿는 어둠 속으로 몸을 피해 웅크렸다. 태준은 눈 앞에 벌어진 이 상황을 도저히 이해할 수가 없었다.

"이게 뭐야?"

"찾을 사람 없는 가출 소녀들이거나 고아들이겠지."

윤락가에 비싸게 넘길 수 있기에 잡아 온 것이리라.

흑룡파 안에서 여자와 아이는 절대 건드리면 안 되는 금기 사항이었다. 마광호가 만든 법이었다. 그런데 마광호가 약해지자 그 법도 같이 무너지고 있었다.

뚜벅―.

태준은 창고 안으로 걸어 들어갔다. 그가 다가가자 작은 여자아이는 무서움에 벌벌 떨었다. 그 어린 동물 같은 모습을 본 그의 눈빛이 차갑게 가라앉았다. 이곳에서 이 힘없는 소녀들이 어떤 대접을 받았을까 생각하니 심장이 돌덩이처럼 무거워졌다. 태준은 가장 어린 여자아이의 앞에 한쪽 무릎을 꿇고 앉았다. 아이는 작게 몸을 웅크리고 경계하는 눈으로 그를 보기만 했다.

"집이 어디야?"

그의 물음에 아이는 고개를 저었다. 돌아갈 집도 없다는 뜻인 것 같아서 태준은 뜨거운 게 속에서 올라왔다. 태준은 아이를 향해 손을 뻗었다.

"따뜻한 곳으로 가자. 여긴 너무 춥다."

아이는 사람을 무서워하는 동물처럼 한참을 경계하다 그가 인내를 가지고 손을 내밀고 기다리자 조금씩 작은 손을 앞으로 내밀어 그의 손 위에 얹었다. 태준은 여자아이를 안고 일어나 몸을 돌려 창고 문을 향해 걸어갔다. 그러고는 창고를 나서기 전 문 옆에 서 있는 김상철에게 말했다.

"여기 있는 여자아이들 전부 돌려보내고, 아버지 이름으로 임원회 소집해."

임원회라는 말에 김상철의 눈이 커졌다.

"네가 직접 임원회에 나가겠다고?"

그가 오늘 하려고 했던 일은 이수와 함께 이 나라를 떠나는 것뿐이었다. 그런데 그녀가 오지 않았고, 그는 대신 이곳으로 오게 되었다. 품에 안고 있는 아이는 너무 말랐고, 생기가 없었다.

세상에서 그가 가장 불행한 운명을 짊어진 채 살고 있다고 여기며 어떻게든 그 운명을 피해 도망치는 것만이 자신을 지킬 수 있는 일이라고 믿었었다. 그러나 도망칠 기회조차 없이 사그라질 뻔한 생명을 품에 안고 태준은 더 이상 그 자신만을 생각하며 홀가분하게 떠날 수가 없었다. 이수가 쉽게 그와 함께 떠날 수 없는 이유가 그녀의 부모님 때문이라면, 그를 이 나라에 붙잡은 건 그의 양심이었다.

[고객님이 전화를 받지 않아서 음성 사서함으로 연결됩니다.]

태준이 전화를 받지 않자 이수의 표정이 어두워졌다. 그녀가 공항에 나타나지 않아서 분명 마음이 상했을 거다. 하지만 그녀가 쉽게 떠날 수 없는 사정을 그도 이해해주길 바랐다. 그녀도 그와 떠나려고 애썼기에 오늘 제주도에서 서울까지 올라온 거였다.

그런데 부모님과 같이 식사를 하고 나니 두 사람만 두고 도저히 발걸음이 떨어지지 않았다.

"내일 만나서 잘 이야기하면 될 거야."

내일 호텔로 찾아가겠다고 했으니 그때 만나서 태준을 잘 설득하기로 했다. 그들이 처한 상황이 결코 쉬운 게 아니라고 해도 분명 해결책은 있을 것이다. 어쩌면 무작정 도망치는 것보다는 뚫고 나가는 게 더 현명한 선택인지도 몰랐다. 어려운 길은 그만한 보답을 주는 법이니까. 이수는 그럴 거라 굳게 믿고 있었다. 아니, 믿고 싶었다.

그 시각, 태준은 강원도에서 다시 임원회가 열리는 인천으로 향하고 있었다. 오늘 태준은 비행기 대신 차로 도로를 달리며 가장 많은 시간을 보냈다. 그의 지시대로 긴급 임원회를 연 김상철은 조수석에서 돌아보며 말했다.

"갑자기 연 거라 다들 병원에 있는 회장님한테 무슨 일 생긴 줄 알고 모여들 거야. 가서 뭐라고 말하려고?"

태준은 말없이 창밖만 바라보았다. 표정 없는 태준의 옆얼굴을 보며 김상철은 짧게 혀를 찼다. 태준이 뭔가 일을 벌일 것 같아 불안하면서도 그 창고에서 나온 뒤부터 태준이 풍기는 분위기가 뭔가 달라진 듯해서 섣불리 막을 수가 없었다.

임원회가 열리는 인천에는 짧은 시간 안에 많은 사람이 몰려와 있었다. 모두 마광호에 대한 소식을 들을 거라 생각하고 온 것이었다. 차에서 내리는 태준에게 모두의 시선이 집중되었다.

태준은 이전에 한 번 돌아섰던 그 길을 이번엔 거침없이 앞으로 나아가 임원회가 열리는 빌딩 안으로 들어갔다. 임원회장에 먼저 도착해 있던 나이 지긋한 임원들은 그가 문을 열고 들어서자 일제히 그를 향해 고개를 돌렸다. 태준은 마광호가 앉았던 상석으로 걸어가서 선 채로 사람들을 내려다보았다.

"마광호 회장님 아들 마태준입니다."

그가 공식 석상에서 모습을 드러내 자신을 소개한 건 처음 있는 일이었기에 다들 놀라는 눈치였다. 마광호가 자리를 비운 상황에서 그건 매우 큰 의미가 있었다.

"다들 아시겠지만 아버지께서 불미스러운 일로 크게 다치셔서 지금 위급한 상황입니다. 하지만 어떤 상황에서도 조직을 이끌어 나갈 회장 자리가 공석이 되는 일은 없어야 한다고 생각합니다."

흑룡파에서 제왕적 위치를 누려왔던 마광호의 빈자리는 너무 컸다. 지금의 조직은 겉만 거대하고 안은 텅 비어 있는 비정상적인 상태였다. 그러나 그 균열을 바로잡아줄 사람이 조직 내에는 아무도 없었다. 마광호가 자신의 힘을 지키려고 그런 인물은 싹부터 잘라버렸으니까. 결국 창고에 갇혀 있던 그 여자아이들조차 아버지의 악업이 낳은 피해자였다.

"그래서 모두 모인 이 자리에서 긴급 해결책을 말씀드리겠습니다."

김상철은 설마 하는 눈으로 태준을 보았다.

"아버지의 건강이 나아질 때까지 제가 아버지 대신 회장 대행직을 맡겠습니다. 반대하시는 분은 지금 이 자리에서 말씀해주십시오."

태준이 정말 설마 하는 그 말을 직접 하자 김상철은 너무 놀라 숨이 멋었다. 마광호가 그렇게 협박하고 괴롭혀도 평생 넘어가지 않았던 내 준이었다. 그런 태준이 갑자기 권력욕이 생겨 그 자리에 앉겠다는 건 아닐 거다. 아직도 의식 없는 마광호가 태준을 협박했을 리도 없었다.

설마 고작 누군지도 모르는 창고 안 여자아이들 때문이라고?

김상철로서는 도저히 납득이 안 되는 이유라서 이 상황을 쉽게 받아들일 수가 없었다. 그동안 임원들은 섣불리 반대 의사를 내놓지 못하고 서로 눈치만 보고 있었다. 마광호가 죽었다면야 조직 일도 해본 적 없는 태준이 갑자기 어떻게 조직 수장이 되느냐고 반박했을 테지만, 아직 마광호가 살아 있었다. 지금 반대 의사를 표한 임원을 나중에 마광호가 어찌 처리할지 모두 짐작이 되었기에 이 상황에서 섣불리 그럴 수는 없다는 말을 뱉어내지 못했다.

"반대가 없으시면 허락의 뜻으로 받아들이겠습니다."

임원들이 용기 내지 못해 아무 말도 못 하는 사이, 태준은 쐐기를 박고는 낭패스러워하는 임원들에게 마지막으로 깍듯하게 인사까지 한 뒤 임원회장을 나와버렸다. 김상철은 한발 늦게 서둘러 태준의 뒤를 쫓아갔다.

"태……."

태준의 이름을 부르려던 김상철은 항상 부르던 그 이름을 끝까지 부르지 못하고 말문이 막혀버렸다. 이제 태준은 그냥 마광호 아들이 아니라 흑룡파의 보스였다. 지금 이 순간부터 마광호보다 더 힘이 있는 존재가 된 거다.

이렇게 갑자기, 이렇게 한순간에 너무도 커져버린 태준의 존재가 김상철은 처음으로 너무 버거웠다. 그를 마음먹은 대로 다룰 수 있다고 생각했던 건 모두 자신의 착각이었나 보다.

이수는 태준에게 '내일'이라고 말한 날의 아침이 오자마자 서둘러 집을 나서 퀸 호텔로 향했다. 전화를 안 받는 태준이 걱정되어 밤새 한숨도 자지 못했다.

태준이 묵고 있는 호텔 방 앞에 도착해서 초인종을 눌렀는데 안에서는 아무런 응답이 없었다. 아무리 그녀에게 화가 났어도 이건 정도가 좀 심한 거 같아서 이수는 주먹으로 문을 쾅쾅 두드렸다.

"태준 씨! 나랑 이야기 좀 해요. 태준 씨!"

그렇게 한참을 문을 두드리고 있는데 누군가 그녀를 불렀다.

"저기."

그녀가 돌아보자 호텔 직원 유니폼을 입고 있는 여자가 곤란한 표정으로 그녀를 쳐다보고 있었다.

"그렇게 두드리셔도 소용없어요."

"네?"

"대표님 이제 그 방에 안 돌아오실 거예요."

그게 도대체 무슨 소리인지 이수는 알아들을 수가 없었다.

"무슨 뜻이에요? 숙소를 여기가 아니라 다른 곳으로 옮겼다고요?"

"그게 아니라……."

호텔 직원은 괴로운 표정을 지으며 그녀가 도저히 믿을 수 없는 말을 했다.

"대표님, 오늘 아침 호텔 대표직 사임하셨어요."

문을 두드리던 그녀의 손이 아래로 툭 떨어졌다. 그제야 이수는 무언가 크게 잘못되었다는 걸 느꼈다. 이건 단지 태준이 공항에 오지 않은 그녀에게 화가 나 전화도 안 받고 문도 안 열어주는 게 아니었다. 그녀가 모르는 무슨 일이 벌어지고 있었다.

이수는 서둘러 휴대폰을 꺼내 태준에게 전화를 걸었다.

[이 번호는 없는 번호이오니 다시 확인하시고 걸어주시기 바랍니다.]

아주 지독한 악몽을 꾸는 기분이었다. 그녀가 사랑했던 남자가 한순간에 이 세상에서 사라져버린 아주 끔찍한 악몽.

태준의 전화번호는 사라져버리고, 호텔에서조차 만날 수 없자 이수는 강한을 찾아갔다. 강한이라면 분명 태준을 만날 수 있게 그녀를 도와줄 거라 믿었기 때문이었다. 그런데 강한은 회사에 없었다. 마광호가 있는 병원에 있다고 했다.

그곳은 그녀가 갈 수 없는 곳이었다. 이곳은 자유의 땅이었는데 그녀가 갈 수 없는 곳이 있었다. 아직 그녀에겐 어두운 숲속을 달리던 공포가 남아 있어 몸이 떨릴 뿐 마광호가 있는 병원 근처에도 갈 수가 없었다. 이수는 마지막 지푸라기라도 잡는 심정으로 도훈을 찾아갔다.

"태준 씨 전화번호가 없는 번호래요."

도훈은 갑자기 찾아와서 그리 말하는 그녀를 찌푸린 눈으로 쳐다보았다.

"호텔에도 갑자기 사표 냈다고 하고."

이수는 차가운 손을 뻗어 도훈의 옷깃을 붙잡고 사정했다.

"태준 씨 좀 불러주세요. 아무래도 태준 씨가 저한테 많이 화가 난 거 같아요."

"그만해."

"아뇨. 제가 진짜 잘못했어요. 태준 씨랑 공항에서 만나기로 했는데 부모님이 너무 고기를 맛있게 드셔서. 고작 그거 때문에 태준 씨한테······."

"제발 그만하라고! 이 자식아! 다 끝났어!"

도훈의 고함이 쩌렁쩌렁 울렸다.

그는 알고 있었기에. 나태준이 그녀에게 올 수 없게 된 게 이수 때문이 아니라 그가 태준에게 준 그 사건 수첩 탓이라는 걸.

마광호가 힘들게 의식을 차렸을 때 가장 먼저 본 건 태준이었다. 머리를 잘라서인지 살이 빠진 건지 그의 기억보다 인상이 변한 듯 느껴졌다. 매끄러웠던 얼굴선에 좀 더 날이 섰다. 아직 산소 호흡기를 달고 있어 마광호는 말은 하지 못하고 태준을 바라만 보았다. 태준은 앉아 있던 의자에서 일어나 마광호의 머리맡으로 다가갔다.

"제 말 들리세요? 아버지."

마광호는 짧게 고개를 끄덕였다.

"아버지는 죽다 살아나셨고, 아버지가 의식이 없는 동안 제가 임원회를 열어 회장 대행직을 맡았습니다."

마광호의 눈이 커졌다. 그건 마광호 역시 김상철처럼 쉽게 믿을 수 없는 일이었기에. 마광호가 무슨 짓을 해도 절대 굽히지 않았던 태준이었다.

"제가 왜 그랬는지 아세요?"

마광호는 눈만 부릅뜨고 태준을 쳐다보았다. 태준은 이제 막 다시 살아난 아버지의 귀에 대고 낮고 차갑게 말했다.

"또다시 은이수 검사 건들면 그때는 아버지가 대가를 치르게 될 겁니다."

마광호의 눈동자가 부르르 떨리며 기계의 바이탈 곡선이 크게 흔들렸다. 그래도 태준은 개의치 않고 냉정하게 그를 내려다보았다.

"이 말을 꼭 아버지한테 해야 했으니까."

그 말을 그가 아무것도 아닌 상태에서 했으면 마광호는 분명 무시했을 거다. 그래서 마광호가 가졌던 힘을 모두 다 가지고 와서 해야만 했다. 마광호가 그에게 그랬듯이.

병실 문이 열리며 기계의 경고음을 들은 간호사와 의사가 뛰어들어왔다. 태준은 그제야 뒤로 물러났다. 말을 할 수 없는 마광호가 그를 향해 손을 뻗었지만 태준은 무시한 채 냉정하게 몸을 돌려 병실을 나와버렸다.

그가 병실을 나오자 밖에서 대기하고 있던 김상철과 경호원들이 그의 뒤를 따랐다. 홍 실장만이 마광호의 병실 앞에 남아 멀어지는 태준을 마뜩잖은 시선으로 좇았다.

여검사와 같이 죽겠다던 대책 없는 도련님이 하루아침에 마광호의 힘을 모두 가로채 가서 새로운 군주가 되었으니 이게 어찌 된 상황인지 알다가도 모를 노릇이었다. 마태준을 잘못 보고 있었던 건가, 아니면 마태준이 변한 것인가.

뚜벅뚜벅ㅡ.

태준은 앞만 보고 걸어갔다. 이젠 뒤돌아볼 수 없었다. 이 모든 건 그녀가 공항에 오지 않은 탓이 아니었다. 그녀에게 그와 부모님 중 한쪽을 선택하게 한 그의 잘못이었다. 그는 그녀를 잃고 싶지 않은 마음만 앞서서 그녀가 그 때문에 위험에 처한 상황에서도, 그녀가 그런 어려운 선택 앞에서 괴로워할 때도 그저 그녀와 함께 도망칠 생각만 했었다.

창고에 있던 여자아이들의 눈이 그에게 말하는 듯했다. 엄살떨지 말라고. 그래서 그는 더 이상 피할 수 없었고, 결국 주어진 운명을 받아들인 것뿐이었다. 공항에 오지 않은 그녀의 탓이 아니었다. 그의 선택이었다. 이 짐승의 길을 피하지 않고 걸어가다 보면 알게 되겠지. 그가 왜 이곳에서 태어났는지. 그가 이곳에서 무엇을 할 수 있는지. 그게 그녀를 더 이상 볼 수 없는 길이라고 할지라도.

그래도 하나 다행인 건 이제 그녀가 그 때문에 위험할 일은 없을 거라는 거다.

그렇게 그의 사랑은 끝났다. 봄날의 꽃보다 더 빨리 피어나고 더 빨리 졌다.

그래도 일생에 단 한 번이었던 그 사랑의 기억은 여전히 아름다워서, 너무 그리워서, 그는 아주 오래 잠 못 드는 밤을 보낼 듯했다.

이루어지지 못한 소원이 아직 효력이 남았다면 그래도 꿈에서는 가끔 볼 수 있기를.

그의 사랑은 끝났지만, 그는 여전히 그녀를 사랑하기에.

Episode 32

흑룡파 보스 마태준

1년 후.

어둠이 내린 도시에 비까지 내리자, 이방인들의 도시인 서울은 단숨에 디스토피아로 변한 듯 을씨년스러웠다. 직장인들은 바삐 일을 끝내고 따뜻한 집으로 돌아가길 바라는 시간, 커다란 검은 차들이 군대처럼 열 맞추어 도로를 달려가고 있었다.

도시 외곽의 창고 앞에 도착해서 가장 앞에 달리던 차가 멈추어 서자 뒤따르던 차들도 일제히 정지했다. 멈추어 선 차에서 검은 양복을 입은 시커먼 남자들이 우르르 쏟아져 나와 아직 아무도 내리지 않은 첫 번째 차 앞에 일렬로 줄을 섰다.

조수석 쪽 차 문이 열리고 김상철이 내려서자 가장 앞에 서 있는 부하가 서둘러 장우산을 김상철의 머리 위로 받쳤다.

툭툭─.

비가 우산을 청명하게 때리는 소리가 거슬리는 듯 김상철은 날카로운 눈매를 더 가늘게 떴다.

김상철은 부하가 받쳐준 우산을 빼앗아서 자신이 직접 들고는 묵직한 걸음으로 차의 뒷문 앞으로 가서 섰다. 곧 뒷문이 열리며 검은 양복을 갑옷처럼 입은 태준이 내려섰다.

장신의 태준이 땅에 발을 딛고 서자 꼭 하늘을 받치고 서 있는 듯해서 그 존재감은 모두를 압도했다. 마광호 대신 보스의 자리에 올랐기에 무소불위의 권력이 태준의 어깨에 올려져 있어서 더욱 거대해 보이는 것일 수도 있었다.

열을 맞추어 서 있던 흑룡파 조직원들은 태준을 동경과 두려움이 담긴 시선으로 쳐다보았다. 이제 흑룡파는 마광호가 아니라 그의 지시에 따라 움직였다.

그가 죽으라면 죽는 거고, 살라면 사는 것이었다.

하지만 태준은 이곳에 혼자 있는 듯 메마른 시선으로 창고만 올려다보다가 창고 문을 향해 걸음을 떼었다. 젖은 땅을 밟을 때마다 그의 발자국이 낙인처럼 땅에 찍혔다. 지난 1년이 그에게는 그렇게 낙인을 찍으며 걸어온 길이나 마찬가지였다.

조직원들에게 붙잡혀 온 남자는 이미 흠씬 두들겨 맞아 온몸이 피투성이였다. 걸어오는 태준을 본 남자는 엉금엉금 기어서 태준에게 가려고 했다.

"사, 살려주십시오, 회장님. 제발……. 악!"

목숨을 구걸하던 남자는 누군가의 구둣발에 무참하게 밟혀 바닥에 쓰러졌다. 태준은 손을 들어 그들의 폭력을 멈추게 했다. 조직원들은 그의 손짓 하나에 잘 훈련받은 개처럼 바로 행동을 멈추었다.

"이놈이 확실해?"

1년 전 그가 스스로 조직에 들어오게 만든 그 사건의 주범은 창고가 털렸다는 걸 전해 듣자마자 도주해서 그 당시 잡지 못했었다. 하지만 태준은 포기하지 않고 1년 내내 도망간 놈을 찾았다.

용서받지 못할 죄를 지으면 반드시 그에 합당한 벌을 받는다. 그게 태준이 마광호 대신 흑룡파의 최고 권력 자리에 오른 뒤 지키고 있는 불문율이었다. 더이상 검사의 도움을 받는 행동 같은 건 하지 않았다. 그건 흑룡파 보스의 권위를 추락시키는 행동이었으니까.

조직의 잘못은 조직 내에서 해결한다.

태준은 그의 룰을 지켜내기 위해서 조직의 룰을 따랐다.

"확실합니다, 회장님. 어떻게 처리할까요?"

태준은 서늘한 눈으로 남자를 내려다보았다. 어떻게든 살고 싶다는 남자의 눈과 마주치자 창고에서 보았던 여자아이들의 눈이 다시 떠올랐다. 고요하던 태준의 눈동자에 분노의 일렁임이 일었다. 이런 인간에게 동정심은 필요 없다. 오히려 그 나약한 동정심이 씨앗이 되어 이 악의 집단을 더 악하게 만든다는 걸 태준은 이제 알았다. 그러니 썩은 건 자비 없이 도려낸다. 그래야 악의 집단이 더 악해지는 걸 막을 수 있었다.

김상철은 룸미러로 뒷자리의 태준을 살폈다. 굳이 태준까지 움직일 필요는 없는 일이었다. 그런데 태준은 일부러 궂은 일도 모두 스스로 하고 있었다. 확실히 예전의 태준과 달랐다.

이전의 태준이라면 어떻게든 이 상황에서 도망치려고 했을 거다. 태준이 가장 잘하는 게 도망치는 거였으니까. 그러나 그는 더 이상 도망치지 않았다. 김상철은 태준이 자신을 버린 것인지, 아니면 강해진 것인지 가늠할 수 없어서 항상 그를 주시하게 되었다.

강호 빌딩 회장실에서는 초대받지 않은 손님이 그들을 기다리고 있었다. 복싱 선수처럼 날렵한 몸에 예사롭지 않은 눈매를 가진 젊은 남자였다. 남자는 태준을 향해 꾸벅 인사부터 했다.

"강호범이라고 합니다. 큰 회장님께서 보내셨습니다. 앞으로 회장님 경호는 저한테 맡기십시오."

큰 회장님이라면 마광호였다. 마광호가 보냈다는 말을 듣고 태준의 뒤에 서 있던 김상철의 눈빛이 가늘어졌다. 태준의 경호는 이미 다른 사람들이 맡고 있었다. 그런데 마광호가 군이 사람을 보냈다는 건 경호보다는 감시하려는 목적에 가까웠다. 태준의 힘이 이 이상 커지는 걸 막아야 마광호가 다시 자신의 자리를 되찾을 수 있을 테니까. 결국 태준이 조직에 들어오지 않으려고 할 때도, 조직에 들어와서도 마광호는 끝없이 태준을 믿지 못하고 괴롭혔다.

"필요 없으니까. 꺼져."

태준은 바로 강호범을 쳐냈다. 김상철이 군이 따로 설명해주지 않아도 태준도 그 정도는 느낄 수 있었으니까. 그런데 강호범은 순순히 물러나지 않고 빙그레 웃음까지 지으며 넉살 좋게 말했다.

"어차피 이대로 그냥 돌아가면 저 큰 회장님 손에 죽습니다."

그 태도에서 건방진 놈이라는 게 바로 느껴졌기에 김상철의 얼굴에 노기가 서렸다.

"너 이 자식."

김상철이 강호범에게 화를 내며 다가가려고 하자 태준이 손을 들어 막았다. 태준은 김상철을 막은 손을 앞으로 뻗어 강호범에게 손짓했다.

"내 경호 맡고 싶으면 나부터 이겨."

"회장님."

김상철이 태준을 말렸다. 굳이 이런 놈을 상대하면서까지 격을 떨어뜨릴 필요는 없었다. 그러나 태준은 강호범에게서 눈을 떼지 않았다. 강호범은 겁먹지 않고 오히려 승부욕이 동한 듯 입맛을 다셨다. 그런 강호범의 태도가 태준은 견딜 수 없었다. 아마도 이런 놈이 시간이 지나면 그의 아버지처럼 될 거다.

"그럼 이건 회장님이 먼저 하자고 하신 거니 저한테 맞으셔도 화내지 않으셔야 합니다."

"너 이 자식! 닥치지 못해!"

김상철이 버럭 성을 냈다.

"나가 있어. 명령이야."

김상철은 불안한 눈으로 태준을 보았다. 하지만 명령이라고 하니 따를 수밖에 없었다. 그가 여기서 버티면 결국 강호범과 똑같은 놈이 되는 거니까.

김상철이 나가고 사무실에 둘만 남게 되자 태준은 입고 있던 재킷을 벗었다. 강호범은 유유히 걸으면서도 기민한 시선으로 태준을 살폈다. 어차피 마광호의 아들이라는 이유로 거저먹기로 회장 자리에 오른 인간이었다. 길거리에서 자신의 주먹 하나로 살아남은 강호범은 태준이 전혀 두렵지 않았다.

"저는 회장님이라고 봐주지 않습니다."

강호범의 도발에도 태준은 아무런 동요 없이 손짓만 했다. 강호범은 벌처럼 쏘듯이 태준에게 달려들어 주먹을 날렸다. 정확하고 빠른 펀치였다. 하지만 태준이 조금 더 빨랐다. 아슬아슬하게 강호범의 주먹을 피하며 주먹으로 그의 턱을 인정사정없이 후려갈겼다. 제대로 턱을 얻어맞은 강호범은 휘청하며 뒤로 밀려났다. 어마어마한 통증이 턱에 전해졌다. 턱뼈가 부러진 듯했다.

강호범이 당황한 눈으로 태준을 보자 태준은 또 들어와 보라는 듯 손짓을 했다. 하지만 강호범은 이번엔 아까와는 달리 선뜻 먼저 공격하지 못했다. 강호범이 공격하지 않자 태준은 차분해서 더 선뜩하게 느껴지는 목소리로 말했다.

"내가 먼저 가면 넌 죽는다."

강호범의 눈에 그제야 공포가 서렸다.

누가 감히 그를 '조폭 황태자'라 부르며 아이돌 취급한 건가.

그 대가가 자신의 목숨이라면 아무도 감히 그런 말을 함부로 입 밖으로 꺼내지 못할 것이다.

이수는 한참이나 퀸 호텔 건물을 올려다보다 안으로 들어갔다. 그녀의 목적지는 1층 카페였다. 주말이면 맞선 커플들로 가득 차는 곳.

그녀가 태준과 맞선 볼 때 있었던 직원들은 안 보이고, 이젠 새로운 직원들이 앳된 미소를 지으며 손님을 맞았다. 이수는 창가 자리에 앉아서 커피를 주문했다.

창밖을 보니 3월인데도 여전히 겨울인 것 같은 풍경이었다. 서울은 빌딩들이 빼곡하게 들어차 있어서 봄이 다른 곳보다 더디게 오는 듯했다. 아직 맞선남과는 만나지도 않았는데 그녀는 벌써 제주도로 돌아가고 싶었다.

부모님의 강요로 나온 맞선은 아니었다. 맞선 사진을 내민 건 어머니 쪽이었지만 나가겠다고 말한 건 그녀였다. 이젠 바보 같은 기다림을 그만하고 싶은 마음이 컸기에.

지난 1년 동안 태준은 단 한 번도 제주도에 오지 않았다. 제대로 된 이별의 순간도 없이 그가 사라져버렸기에 그녀는 그들이 이별한 게 맞는지도 헷갈렸다. 그래서 기다리게 되었고, 기다리면 올 줄 알았는데 태준은 오지 않았다.

"나쁜 놈."

저도 모르게 새어 나온 혼잣말에 누군가 답했다.

"저 말입니까?"

이수는 고개를 돌렸다. 맞선남이 테이블 앞에 서 있었다. 사진처럼 반듯하고 부드러운 눈매를 가졌다. 직업은 공무원이었다. 그녀처럼. 부모님은 장사를 한다고 했다. 그녀의 엄마처럼. 그녀와 너무도 닮은 맞선남의 이력을 보고 만나보겠다고 한 거였다. 그녀가 도저히 갈 수 없는 세계로 도망쳐버린 태준에 대한 반발심에.

"아뇨, 제가 잡아야 하는 범죄자를 말한 거였어요."

이수는 사랑의 상처 따위는 전혀 없다는 듯이 맞선남을 향해 싱긋 웃으며 인사했다.

"반갑습니다. 은이수예요."

그녀가 맞선과 함께 계획한 게 있다.

조직 폭력 전담으로 옮겨서 그녀의 손으로 태준을 잡는 것.

여자가 한을 품으면 세상에 못할 일이 없어진다는 걸 요즘 몸으로 느끼고 있었다.

그녀의 손으로 꼭 잡을 거다.

그녀의 마음에 대못 박고 떠나버린 그 나쁜 놈을.

요즘 흑룡파는 마광호의 시대를 지나 새로운 시대를 맞이하고 있었다. 혼란의 시기에 혜성처럼 등장한 새로운 보스는 심판관이었다. 조직 내에서 절대 하지 말아야 할 일에 대한 불문율을 정하고 그걸 어겼을 시에 강력한 처벌을 내렸다. 이제 그들에게 벌을 내릴 수 있는 건 검찰이나 경찰이 아니었다. 그들의 새로운 젊은 보스뿐이었다.

"어차피 그 자리, 마광호 덕에 오른 거잖아."

누군가는 갑자기 하늘에서 뚝 떨어지듯이 보스가 된 마태준을 평가절하했다. 아버지 덕 보고 그 자리에 오른 재벌 3세나 마찬가지라고.

"지금껏 도련님처럼 살기만 했는데 계급장 떼고 붙으면 무서울 게 뭐가 있어."

킬킬거리는 웃음이 조롱에 수긍했다. 조용히 구석에서 자신이 쓰는 칼만 닦고 있던 강호범이 마지막에 묵직하게 한마디 했다.

"조폭 보스 아들로 태어나서 조폭을 안 했다고 도련님이라고? 웃기고 있네."

낄낄대며 웃던 무리에 일순간 정적이 흘렀다. 가장 심하게 마태준을 조롱했던 놈이 발끈하며 맞섰다.

"싸움을 졸라 못하니까 그런 거겠지."

"싸움을 졸라 못하는데 지금껏 마광호의 뜻을 거스르고 자기 하고 싶은 대로 하며 살았다고?"

순간 아까보다 더 선뜩한 침묵이 흘렀다.

조폭 보스의 아들로 태어나 가장 쉽게 사는 길은 아버지처럼 조폭이 되는 거였다. 그런데 마태준은 30년이나 그 반대의 길을 걸었다. 그러니 아무것도 안 한 게 아니었다. 다른 사람도 아니고 소룡들의 뒷길이나 마찬가지인 마광호와 맞서서 지금껏 버틴 거였다. 그건 그들에게 1시간도 불가능한 일이었다. 아니, 10분도 힘든 일이었다.

새로운 보스에 대한 조직원들의 불신과 기대가 부딪치는 가운데, 흑룡파는 그들만의 질서 속에서 빠르게 안정화를 찾아가고 있었다.

"기적입니다."

의사가 또 기적이라고 했을 때 태준은 덤덤하게 듣고만 있었다.

"암세포가 많이 줄었습니다."

아마도 아버지는 이대로 죽는 건 너무 억울하다는 마음으로 암세포를 죽이고 있는 것 같았다. 그도 아버지가 밉기는 하지만 죽길 바라는 마음은 없었기에 다행이라고 생각했다.

"회장님 만나고 가실 겁니까?"

김상철이 상사를 대하는 공손한 말투로 그에게 물었다.

"아니, 됐어."

어차피 곧 퇴원이니 집에서 볼 수 있을 거였다.

태준은 의사에게 아버지의 상태에 대해서만 듣고 그대로 병원을 나왔다. 차에 올라타기 전 태준은 잠시 멈추어 서서 하늘을 올려다보았다. 비행기 한 대가 파란 하늘에 금을 긋듯이 날아가고 있었다. 혹시 저 비행기가 제주도 가는 비행기인가 싶어서 태준은 한참이나 비행기를 바라보다가 차에 올라탔다.

부우우우우우웅―.

병실 창문을 통해 태준을 태우고 떠나는 차를 지켜보는 마광호의 눈빛은 서늘하고 매서웠다. 그의 뜻대로 태준이 조직에 들어왔지만 태준을 그의 자리에 올리려고 한 건 태준을 얼굴마담으로 쓰며 뒤에서 그가 조종하려고 한 거였다. 그런데 지금 태준은 조직뿐만 아니라 그까지 힘으로 누르고 있었다. 그는 마광호였다. 그게 설령 아들이라고 해도 그를 이겨먹으려고 하는 건 절대 용납할 수 없었다.

"진짜 여검사 안 만나고 있어?"

마광호의 뒤에 서 있던 홍 실장이 대답했다.

"네, 1년 동안 한 번도 제주도 가신 적 없습니다."

"서울에서는?"

"없습니다."

"확실해?"

"네."

마광호는 아무래도 그 여검사가 화근이라고 굳게 믿고 있었다. 안 그러면 태준이 저리 갑자기 변할 리가 없었다. 그래서 어떻게든 여검사를 처리하고 싶은데, 지금 그가 여검사를 건드리면 태준은 분명 그를 보호 병동 같은 곳에 가두어버릴 거다. 그 수치를 당할 수는 없었다.

아들 눈치 보느라 그의 뜻대로 못 하는 이 상황이 참을 수가 없어서 마광호는 손에 잡히는 대로 물건을 집어 던졌다. 암 환자 같지 않은 괴력을 보이던 마광호는 금세 지쳐서 씩씩댔다. 그러나 눈빛만은 이대로 죽을 수 없다는 의지로 번뜩였다.

이제 방법은 하나뿐이었다. 그가 어서 병을 이겨내어 태준을 회장 대행 자리에서 내려오게 하는 거. 그때가 되면 무조건 그 여검사를 죽여버릴 거라고 생각하며 마광호는 이를 갈았다. 그 분노와 각오가 마광호가 병을 이겨내는 힘이나 마찬가지였다.

✿

"절 수제자로 받아주십시오."

도훈은 해장국에 들어 있는 고기를 먹으며 그녀의 말을 들은 척도 하지 않았다. 그녀가 사주는 해장국이었는데도 말이다.

"저 정말 진심입니다. 조직 폭력 쪽으로 가고 싶습니다. 검사가 되었으면 철없는 미성년자나 여자 괴롭히는 찌질남들이 아니라 진짜 나쁜 놈들을 잡아야죠."

"헛소리 말고 먹기나 해."

"씨, 전 이 말 하려고 사드리는 거였거든요! 안 들어주실 거면 먹지 마요."

그녀가 치사한 소리를 하고 있을 때 해장국 집 문이 열리며 류헌이 들어왔다.

"은 검사."

반갑게 손을 흔들며 다가오는 류헌을 본 척 만 척하며 이수는 도훈에게 계속 어필했다.

"저 정말 조폭 잘 잡을 수 있습니다."

"이젠 나도 잘 못 잡는 걸 네가 무슨 수로 잡는다는 거야."

"너 오늘 본 맞선 어떻게 됐어?"

류헌이 그녀의 옆에 붙어 앉으며 하는 말에 잠시 대화가 끊겼다. 이수는 쓸데없는 소리 하는 류헌을 흘겨보았고, 도훈은 그녀가 맞선 본 것을 이제야 알았기에 그녀의 얼굴을 뚫어지게 보았다.

"잘됐으면 내가 여기서 댁들이랑 뼈다귀나 뜯고 있겠어."

"댁들?"

하늘 같은 선배인 도훈이 불편한 심기를 드러내자 이수는 바로 머리를 조아렸다.

"그런데 조폭이 뭐요?"

"내가 최 검사님 밑으로 들어가려고."

"뭐? 너 미쳤냐? 거기가 얼마나 험한 곳인데. 여자는 위험해."

"여자가 뭐! 이 자식아."

이수가 류헌의 목을 손으로 부여잡고 화를 내는데 벌써 해장국을 다 먹은 도훈이 일어났다.

"닥치고 제주도나 내려가. 너한테는 거기가 딱이야."

"최 검사님!"

도훈의 추천을 받아 서울로 복귀하려는 그녀의 원대한 계획이 좌절되자 그녀는 오늘 맞선이 잘 안 된 것보다 더 화가 났다. 도훈은 밥만 먹고 냉정하게 떠나버리고 류헌이 그녀의 어깨에 팔을 올리며 꼭 오빠처럼 말했다.

"가고 싶은 곳 있으면 나한테 말해. 내가 해줄게."

그녀를 제주도로 귀양 가게 한 장본인이 하는 말 따위 들을 필요도 없었기에 이수는 류헌의 팔을 거칠게 쳐내고는 도훈의 뒤를 쫓아가며 끝까지 졸랐다.

"그럼 아무 부서나 좋으니까 저 서울만 오게 해주세요. 제발요."

비굴하게 손까지 싹싹 비볐지만 도훈은 들은 척도 안 했다.

이딴 냉혈한을 그녀는 왜 짝사랑했을까. 정말 과거의 그녀가 도저히 이해가 안 되었다. 아니, 아마 과거의 그녀도 현재의 그녀가 하는 꼴을 보면 너 미쳤느냐고 말할지도.

⁂

태준이 눈을 떴을 때는 밤과 새벽의 경계에 있는 시간이었다.

태준은 침대에서 일어나 앉았다. 한 번 잠이 깨면 다시 자는 건 힘들었다. 특히나 그녀의 꿈을 꾸었을 때는 더더욱. 태준은 손으로 눈두덩을 꾹 눌렀다. 이젠 익숙해질 만도 하건만 그녀가 있는 제주도 꿈을 꾸고 깨어날 때마다 자신이 왜 여기 있는 건지 알 수가 없어졌다.

벌써 1년이다. 1년 전의 그는 그녀 없는 삶을 상상도 할 수가 없었는데 지금의 그는 그녀 없이도 이렇게 멀쩡히 살아가고 있었다. 결국 버티면 살 수 있는 게 인간이었다.

태준은 침대에서 일어나 문으로 걸어갔다.

모두가 잠이 든 시간, 서울에 차가 막히지 않는 유일한 시간, 비행기도 뜨지 않는 이 시간에 태준은 차를 몰고 김포공항으로 향했다. 비행기 운항 시간이 아니었기에 공항은 텅 비어 있었다. 태준은 아무도 없는 공항 벤치 끝에 앉았다.

그는 더 이상 제주도에 가지 않았고, 제주도 가는 비행기도 타지 않았지만 가끔은 이렇게 공항에 와서 그만의 시간을 보내는 게 그가 마음을 달래는 유일한 수단이었다.

그녀는 잘 살고 있겠지. 아마 그에 대한 소식도 들었을 거다. 그러니 그녀는 이제 더 이상 그를 사랑하지 않을지도 몰랐다. 그래서 모든 게 제자리로 돌아간 거라면 차라리 잘된 일이라고 생각해야 하는데 그의 마음은 새벽의 차가운 기운에 눌려 무겁게 가라앉기만 했다.

그는 다시 웃지 않는 사람이 되었다. 분명 그녀와 함께 있을 때는 신기할 정도로 많이 웃었던 것 같은데. 이젠 웃는 법을 잊어버렸다. 그저 원래의 그로 돌아간 것뿐이었다.

태준은 동이 트는 도시의 풍경을 말없이 응시했다. 돌아가야 할 시간이었다. 그가 그녀를 그리워하는 것도 해가 뜨기 전까지만 허락된 것이었다.

※

"또 공항 갔다 왔어?"

전화를 받은 김상철의 얼굴이 찌푸려졌다. 비행기가 안 뜨는 시간에 가는 공항이라 예전처럼 비행기 타고 멀리 떠날 수도 없다는 걸 알지만 다른 사람들이 태준이 그러는 걸 알게 되면 곤란했다.

어차피 더 이상 여검사와 잘되는 건 불가능하게 되었으니 시간이 흐르면 찾지 않게 될 거라 생각했는데 태준이 밤에 공항 가는 횟수는 전혀 줄어들지 않았다.

아무래도 무언가 수를 내야 할 것만 같았다. 이대로 그냥 두기에는 불안했다. 태준이 흑룡파 보스로 살기 위해서는 그녀의 흔적을 지워야만 했다. 하지만 평생 여자는 은이수 한 명만 만난 태준이었다.

사랑을 모르는 남자에게 많은 여자를 만나게 하는 것보다 사랑을 아는 남자의 가슴에서 그 여자를 빼내는 게 더 힘들다는 걸 미처 몰랐다. 김상철은 M 엔터테인먼트로 강한을 찾아갔다.

"여배우 중에 여검사랑 분위기 비슷한 여자 없습니까?"

김상철의 질문에 강한은 시니컬한 미소를 지었다.

"그런 대타로 잊힐 사랑이었냐면 태준이 외검사를 위에 흑룡피 보스까지 되지는 않았겠지."

강한의 말이 틀리지 않았기에 김상철은 표정이 더 날카로워졌지만 그 말에 순순히 수긍할 수는 없었다.

"태준이 회장이 된 건 꼭 여검사 때문만은 아닙니다. 큰회장님 병환 때문에 망가져가는 조직을 못 본 체할 수 없었던 겁니다."

"광호가 은 검사를 죽이려고 하지만 않았어도 그런 마음은 가지지도 않았을 거야."

"쯧."

김상철은 거칠게 혀를 찼다. 이런 입바른 소리를 들으려고 바쁜 시간 쪼개서 여기까지 직접 온 게 아니었다.

"될지 안 될지는 해봐야 아는 거니까, 찾아내 주십시오. 꼭 닮을 필요도 없습니다. 분위기만 비슷하면 됩니다."

너무 닮으면 오히려 골치 아팠다.

"그런 일은 별로 하고 싶지 않은데."

"그럼 태준이 상사병으로 잘못되어도 상관없다는 겁니까?"

극단적인 김상철의 말에 강한의 표정도 찌푸려졌다.

"그쪽 말대로 태준의 운명까지 바꿀 정도로 태준을 지배하는 사랑이라면 지금 여검사한테 갈 수 없는 태준이 죽을 만큼 힘들다는 거 아닙니까. 그걸 그냥 보고 있기만 하란 겁니까? 씨발, 뭐라도 해야 할 거 아닙니까."

김상철이 거칠게 말해서 기분이 안 좋기는 했지만 틀린 말이 아니었다. 태준을 은이수 검사에게 보내줄 수 없다면 잊는 거라도 도와주어야 했다. 그래야 태준이 살 수 있을 테니까.

"……알았어. 찾아보지."

사실 이미 생각나는 사람이 한 명 있었다. 아이러니하게도 이수가 직접 손을 잡고 이 회사로 다시 데리고 온 여배우였다. 오연희. 이수가 맡았던 성폭행 사건의 피해자였다. 그러나 그녀를 김상철에게 보여줄지 말지는 아직 정하지 못했기에 찾아본다고 말한 거였다. 과연 그게 태준을 위하는 길인지 확신이 서지 않았으니까.

❀

알람 소리를 듣고 일어난 이수는 파도가 잔잔한 제주의 바다를 보며 크게 기지개를 켰다. 섬은 언제나처럼 한가한 풍경이었지만 그녀는 게으름 피울 시간이 없었기에 바로 출근 준비를 했다. 치카치카, 양치질하며 베란다에 있는 화단에도 잊지 않고 물을 주었다.

"징한 것들. 죽지도 않고 잘도 자라네."

태준과 같이 씨앗을 뿌렸던 화단은 이제 정글이 되었다. 과연 언제까지 버티나 보려고 일부러 물을 주지 말아볼까 하는 고약한 심보도 있었지만 결국 아침에 눈 뜨면 이렇게 물을 주고 있었다. 오히려 물을 너무 많이 줘서 죽을 염려를 해야 할 판이었다.

챙겨야 할 물건들을 가방에 집어넣던 이수는 휴대폰을 집어 들었다. 가방에 넣기 전 이수는 1번 단축 번호를 꾹 눌러보았다.

[없는 번호…….]

얄미운 안내양의 말이 나오자마자 이수는 바로 종료 버튼을 누르고 가방에 휴대폰을 쑤셔 넣어 버렸다. 그래도 그녀가 보고 싶어지면 없앴던 번호를 다시 살릴 수도 있지 않을까 그런 바보 같은 기대를 하는 자신이 너무 싫었다.

태준은 그녀를 사랑한다고 했으면서 자기 멋대로 그녀가 갈 수 없는 곳으로 가버렸다. 그것 하나만으로도 그녀한테는 중범죄자였다. 그걸 법으로 처벌할 방법이 없다는 게 너무 억울해서 법조문을 다시 세세하게 훑어보고 있었다. 뭐 하나 걸리는 게 없나 해서.

"천하에 나쁜 놈."

그녀는 매일 그에게 화를 내며 미칠 것 같은 그리움을 이겨내고 있었다. 울며 기다리는 것보다는 차라리 화를 내는 게 나았다.

그녀도 살아야 했으니까.

검찰청 가서 범죄자도 잡아넣어야 했고, 부모님한테 착한 딸 노릇도 해야 했고, 돈 벌어서 밥도 먹어야 했고, 사회생활하면서 사람들도 만나야 했으니까.

그러나 순간순간 치밀어 오르는 감정을 참을 수 없게 되면 몸 안에 눈물로 가득 차는 기분이었다. 제발 이제라도 돌아왔으면. 그럼 그녀가 용서해줄 수도 있는데.

그런데 매정한 님은 그녀가 절대 만날 수도 없는 곳에서 나오지 않으며 얼굴조차 보여주지 않았다. 보고 싶은데 볼 수 없다는 건 형벌이었다.

도대체 그녀는 무슨 잘못을 했기에 이런 형벌을 받는 건가.

검사이면서 조폭의 아들인 그를 사랑한 게 결국 죄라는 건가.

웃기지 말라고 해라. 그녀는 그런 죄목을 결코 받아들일 수 없었다. 그러니 그도 다시 만나게 되면 좀 더 그럴듯한 이유를 대야 할 거다. 그가 스스로 돌아오는 게 아니라 그녀가 그를 잡게 되는 거라면 굉장히 힘들어질 테니까 말이다.

창고 문만 지키고 있었기에 겨우 큰 벌을 면하고 살아남아 교도소로 박만수의 면회를 온 똘마니는 박만수 앞에서 서러움을 토해냈다.

"상수 형님도 당했습니다. 작정하고 우리 쪽 애들 씨를 말리고 있는 거라고요. 형님. 이거 전부 형님을 경계해서 하는 짓거리입니다."

자신들이 저지른 잘못은 생각도 안 하고 파벌 싸움으로 몰고 가는 똘마니의 말에 박만수는 불같이 분노했다.

"마태준 이놈! 날 검사한테 넘겨서 내 자리를 빼앗은 것도 모자라 내 수족을 다 잘라내! 내가 이렇게 당하고만 있을 것 같아!"

"형님이 거기서 빨리 나오셔야 저희도 삽니다."

조직 내에서 끈 떨어진 똘마니는 어떻게든 박만수를 교도소에서 빼내야 했다. 그래야 다시 힘을 키울 수 있었다. 마태준이 조직의 보스로 있는 동안에는 조직 내에서 그들이 설 수 있는 자리가 조금도 없었다.

하지만 태준이 도훈에게 넘긴 자료들 때문에 재판에서 박만수는 빼도 박도 못하게 유죄였다. 항소한다고 해도 희망은 없었다. 더 이상 마정옥에게 의지할 수도 없었다. 한 번 믿었다가 큰코다쳤으니까. 그럼 남은 방법은 탈주하는 것뿐이었다.

박만수는 교도소 안에서 남은 인생을 살 수는 없었기에 살기 등등한 얼굴로 똘마니에게 말했다.

"내가 곧 병원 갈 일이 생길 거 같으니 준비해둬라."

병원이란 말만 듣고도 박만수가 무슨 계획을 세운 것인지 알아들은 똘마니는 결연한 표정으로 고개를 끄덕였다.

"내가 여기서 나가면 날 이렇게 만든 마태준 그놈부터 제일 먼저 처리한다."

박만수는 복수를 다짐하며 주먹을 부르르 떨었다.

🌸

"10년 전에 도망쳤던 옛 애인이 결혼식장에 나타났대요. 그래서 신부가 거의 기절할 뻔했다고. 진짜 웃기지 않아요? 어떻게 거기 올 생각을 하지."

고 실무관이 해주는 결혼식 괴담을 들으며 이수는 빨대로 차가운 커피를 쭉 들이켰다. 그거 꽤 흥미로운 이야기였다.

"여자가 결혼한다고 하면 도망갔던 남자들이 돌아오나?"

"아무래도 자기가 버린 여자 주위가는 남자가 누군지 엄청 궁금한가 봐요."

버린 여자라는 말에 이수는 울컥했지만 꾹 참았다. 직장 동료 앞에서 추태를 보일 수는 없었다. 그녀가 생각해도 도망간 남자 잡는 가장 쉬운 방법은 결혼식 같았다. 그냥 조폭도 아니고 조폭 우두머리가 되어버린 태준이 검찰에 잡히길 기다리는 건 너무 오랜 시간이 필요할 것 같았으니까. 꼬부랑 할머니 돼서 다시 만나면 그녀만 손해였다.

이수는 생각한 것을 바로 실행에 옮기기 위해서 류헌에게 전화했다.

"나 결혼한다."

[뭐?]

류헌은 귀신 소리라도 들은 사람처럼 기겁했다.

[너 남자 없잖아!]

"서울 갔을 때 맞선 봤잖아."

[그거 저번 주잖아! 그것도 잘 안 됐다며!]

"남자가 다시 전화했어. 그래서 결혼하려고."

[미친 거 아냐!]

진짜 미친 거라면 정말 그 맞선남한테 전화해서 결혼 좀 해주실 수 있느냐고 말했겠지만 그 정도는 아니었다. 류헌한테 말하는 건 도훈에게 말이 흘러가게 하기 위해서였다.

태준이 그녀의 소식을 들을 수 있는 구멍은 도훈뿐이니까.

"결혼이 별거냐. 그냥 할 거야."

[야! 정신 차려!]

류헌이 소리 지르는 건 무시하고 전화를 뚝 끊었다. 잠시 멍하니 허공을 응시하던 이수는 중얼거렸다.

"아, 청첩장도 필요하겠네."

그녀는 자신이 멀쩡하다고 생각하지만 어쩌면 조금씩 미쳐가고 있는 건지도 모르겠다.

그녀는 가짜 청첩장을 M 엔터테인먼트 이강한 사장에게 보냈다. 그녀가 아는 유일한 태준의 지인이었다. 강한조차 더 이상 그녀를 만나주지 않았지만 청첩장을 보면 분명 뭔가 반응이 있을 터였다. 설마 그녀가 가짜 청첩장을 만들었을 거라는 의심은 못하리라.

청첩장에 적은 날짜가 되었을 때 이수는 청첩장에 적은 웨딩홀이 있는 퀸 호텔로 갔다. 그녀는 가장 구석진 곳에 있는 의자에 앉아 모자를 푹 눌러쓰고 선글라스까지 낀 채 누군가 나타나기를 기다렸다.

그날 퀸 호텔 웨딩홀에서는 그녀가 모르는 젊은 남녀의 결혼식이 있어서 그 결혼식에 참석하는 진짜 하객들이 있었다. 남의 결혼식에 그녀는 청첩장 한 장만 없은 꼴이었다.

한 시간이 흐르고, 두 시간이 흐르고, 청첩장에 적힌 시간이 30분 정도 남았을 때 호텔 입구에 낯익은 인물이 들어섰다. 태준은 아니었다. 그녀가 청첩장을 보낸 강한이었다. 강한은 프런트가 아니라 곧장 엘리베이터로 걸어갔다. 강한의 손에 들려 있는 건 그녀가 보낸 청첩장이었다.

이수는 주위를 둘러보았다. 혹시라도 태준이 강한과 같이 오지 않았을까 하는 기대를 하고 사방을 살폈지만 강한은 혼자였다. 이수는 그대로 포기할 수 없었기에 엘리베이터로 달려가 강한의 팔을 붙잡았다. 누군가 붙잡는 손길에 돌아보았던 강한은 그녀를 보고 깜짝 놀랐다.

"은 검사?"

오늘 결혼한다고 청첩장 보낸 여자가 웨딩드레스가 아니라 시커먼 모자와 선글라스를 쓰고 있는 걸 보고 강한은 진짜 깜짝 놀랐다.

"그 청첩장 태준 씨한테도 보여줬어요?"

이수가 다짜고짜 따지듯이 묻자 강한은 착잡한 표정을 지었다. 그제야 그녀가 이런 걸 왜 그에게 보냈는지 알 수 있었으니까.

"아니, 그냥 나만 온 거예요."

태준한테는 차마 말을 할 수 없었고, 그렇다고 이런 걸 받고도 모른 척할 수가 없어서 한 번 와본 거였다. 가짜 청첩장이라는 의심은 전혀 못 했다. 이수가 그런 짓을 정도로 절실할 줄은 미처 몰랐으니까.

태준은 모른다는 강한의 말에 그의 팔을 붙잡고 있는 그녀의 손에 힘이 빠지며 아래로 떨어졌다.

"그럼 도대체 내가 무슨 짓까지 해야 그 사람 귀에 들어가는 건데요? 내 장례식이라도 열어야 해요?"

이수가 너무 위태로워 보여서 강한은 왜 이런 바보 같은 짓을 한 거냐고 그녀를 나무랄 수가 없었다.

"은 검사도 알고 있잖아요. 두 사람 이제 더 이상 함께 갈 수 없는 사이라는 거."

태준도 그걸 알면서 조직에 들어간 것이리라. 처음엔 태준이 단지 이수를 구하고 싶어 그런 거라 여겼다. 그런데 태준이 조직에서 하는 일을 보고 알았다. 태준이 왜 그런 선택을 했는지.

자신의 불행만 볼 줄 알았던 그가 이젠 수많은 사람의 불행을 막기 위해 자신의 힘을 쓰고 있었다.

"그 사람이 저한테 마지막으로 한 말이 뭔지 아세요?"

이수는 금방이라도 눈물이 떨어질 것 같은 붉은 눈으로 말했다.

"같이 떠나자고 했어요. 이제 그만 만나자고 한 게 아니라. 그러니 나랑 진짜 끝내고 싶으면 내 앞에 나타나서 우린 끝이라고 직접 말하라고 하세요. 안 그럼 난 절대 못 끝내니까."

강한은 더 이상 위로도 못 건네고 이수를 바라만 보았다.

태준도 그렇고, 그녀까지 이렇게 힘들어하는 모습을 그냥 보기만 하는 게 너무 힘들었다.

마광호가 병원에서 퇴원해 집으로 돌아왔다. 그날은 저택을 나갔던 마정옥도 모습을 드러냈다. 여전히 짙은 화장으로 자신을 무장한 마정옥은 태준에게 먼저 인사했다.

"우리 새 회장님은 나날이 멋있어지시네."

태준은 차가운 시선으로 마정옥을 바라만 보았다. 이수를 포기하지 않으면 그의 품에서 그녀가 죽는 걸 보게 될 거라고 협박하던 그녀의 말을 태준은 아직도 똑똑히 기억했다. 그리고 마정옥이 여전히 그 사악한 마음을 버리지 않고 가지고 있다는 것도 알고 있었다.

"제가 주시하고 있으니 조심하셔야 할 겁니다."

"그냥 보고 있기만 하는 걸 누가 무서워하니. 네 아버지처럼 쉽게 처리하렴."

태준은 그를 도발하는 마정옥에게 등을 돌리고 걸어가버렸다. 자리를 피하는 태준의 등을 보며 마정옥은 차가운 미소를 지었다. 태준이 아무리 아무렇지 않은 척해도 그녀의 눈에는 보였다. 시커멓게 타서 아무것도 남지 않은 그의 마음이.

마광호를 태운 차가 저택 앞에 도착했을 때 모든 사람이 현관에 마중 나와 있었다. 가장 앞에 서 있던 태준은 차에서 내리는 마광호에게 다가갔다.

"괜찮으십니까?"

마광호는 태준을 냉랭한 눈으로 쳐다보았다.

"날 병자 취급하는 것들이 있으면 가만두지 않을 것이야."

"다들 아버지를 도와주려는 것뿐입니다."

"감히 누굴 도와!"

사람들은 긴장한 눈으로 두 사람을 지켜보았다. 두 부자의 사이는 이전과 확실히 달라졌다. 이전에는 마광호가 일방적으로 태준을 내리눌렀는데 지금은 서로 간의 기가 팽팽하게 부딪쳤다.

힘을 나눈다는 게 이렇게나 위험한 거라는 걸 마광호 역시 이번에 제대로 깨달았다. 그래서 더 빨리 건강해져야 한다는 생각뿐이었다. 그것만이 그가 유일한 권력자가 되는 길이었다.

마광호가 집으로 돌아와서 평소보다 더 피곤한 날이었다. 그래서 태준은 일찍 그의 방으로 들어갔다. 답답한 넥타이를 풀어내는데 두통이 올라와서 미간에 잔뜩 힘을 주었다.

Rrrrrrrrrr— Rrrrrrrrrr—.

시끄럽게 울리는 전화벨 소리 때문에 두통이 더 심해졌다. 전화를 건 사람은 강한이었다. 아버지 때문에 전화한 거라 여기고 태준은 통화 버튼을 눌렀다.

"아버지 지금 집에 오셨습니다. 어디 계십니까?"

잠깐의 침묵이 흐르고 난 뒤 흘러나온 강한의 목소리는 낮고 조심스러웠다.

[여기 퀸 호텔인데, 나 지금 은이수 검사와 같이 있다.]

단지 세 음절로 된 이름일 뿐인데도 그 이름을 듣는 순간 얼어붙어 있던 그의 심장이 쩍 하며 갈라지듯 가파른 박동을 시작했다. 순식간에 빨라지는 심장을 붙잡으려고 해도 무리였다. 두통은 어느새 현기증으로 바뀌어 있었다.

"왜?"

강한이 어째서 그녀와 함께 있는 건지 태준은 도저히 이해가 안 되었다.

[사정이 좀 있어. 술을 마셨는데 은 검사가 취해서 잠들었어.]

태준은 손으로 눈을 가렸다. 참고 참았던 것이 한 번에 다 쏟아져 나오듯이 마음이 엉망진창이 되어갔다. 강한에게 도대체 무슨 짓을 한 거냐고 화를 내고 싶었다.

[네가 헤어지자는 말을 제대로 안 해서 은 검사가 못 끝내겠대. 이제라도 직접 만나서 해주면 안 되겠니? 그게 이별의 예의잖니.]

"싫습니다!"

태준의 목소리가 발작적으로 튀어나왔다.

이별의 예의 따위 그는 몰랐다. 알고 싶지도 않았다. 그가 어떤 마음으로 그녀를 놓아주었는데. 헤어지자는 말을 그보고 직접 하라는 건 그에게 너무 가혹했다.

[태준아, 은 검사가 너무 힘들어 보여서 그래.]

태준은 손에 꽉 힘을 주어 주먹을 쥐었다. 핏줄이 금방이라도 피부를 뚫고 나올 듯 튀어 올랐다.

"참으라고 하세요."

이젠 그가 안아줄 수 없었다. 그녀에게 갈 수도 없었다.

그런데 그보고 어쩌라고.

지금 그가 그녀에게 가는 건 옛날보다 더 그녀를 엉망진창으로 망치는 것밖에 안 되었다.

태준은 일방적으로 전화를 끊어버렸다. 쿵, 벽에 큰 몸이 부딪히고 그대로 아래로 미끄러져 내려갔다. 바닥에 주저앉은 태준은 한참을 움직이지 못했다. 꼭 손끝으로 생명이 스멀스멀 빠져나가는 기분이었다.

그녀에게는 참으라고 독하게 말했는데 정작 그는 자신이 없었다. 이게 과연 참으면 괜찮아지는 걸까? 엉엉 소리 내어 울기라도 하면 좀 나으련만 그는 우는 법을 몰랐다.

그녀조차도 그에게 웃는 것만 가르쳐주었지 우는 걸 알려주지는 못했다.

끊긴 전화기를 들고 강한은 낭패스러운 표정을 지었다. 고개를 돌려 이수가 있는 테이블 쪽을 보니 여전히 그녀는 테이블에 웅크리고 누운 채 일어나지 못하고 있었다.

"은 검사, 일어날 수 있겠어요?"

강한이 테이블로 다가가 그녀의 어깨를 잡고 흔들자 이수는 얼굴을 찌푸리기만 할 뿐 눈을 뜨지 못했다. 태준이 오지 않는다면 어쩔 수 없이 호텔 룸을 잡아 재워야 할 것 같다고 생각하고 있는데 그녀의 휴대폰이 울렸다.

발신자를 보니 '최도훈 검사'였다. 그가 누군지 알고 있었기에 강한은 짧은 한숨을 내쉬고는 그녀 대신 전화를 받았다.

"네, 은이수 검사 휴대폰입니다."

[누구십니까?]

전화 속 최도훈 검사가 날카롭게 물었다. 강한은 차분하게 그녀가 있는 곳을 알려주었다.

도훈이 서둘러 퀸 호텔로 차를 끌고 달려왔을 때 이수는 혼자 술 취해 테이블에 쓰러져 있었고, 강한은 이미 가고 없었다. 검사인 도훈이 보기에는 딱 범죄가 일어나기 좋은 상황이었기에 화난 목소리로 그녀를 불렀다.

"야! 은이수!"

그가 큰 소리로 화를 내도 이수는 일어나지 못했다. 할 수 없이 도훈은 이를 부득부득 갈며 술 취한 이수를 부축해서 그의 차에 태웠다. 그러고는 류헌한테 전화해 그녀의 부모님 집 주소를 물어본 뒤 그곳으로 차를 운전했다.

"설마 죽은 건 아니죠?"

갑자기 조수석에서 들린 그녀의 목소리에 도훈은 흠칫 놀라 고개를 돌렸다.

"너 언제 정신 차린 거야? 도대체 술은 누구랑 마신 거야?"

도훈이 따지는 말에도 이수는 초점 없는 시선으로 밤하늘을 응시하며 혼잣말처럼 중얼거렸다.

"그 사람 혹시 죽은 거예요?"

태준에 관한 이야기라는 걸 알고 도훈은 버럭 성을 내었다.

"안 죽었으니까 그만 좀 해! 그 인간 잘 살고 있다고."

사실 이젠 도훈도 태준이 잘 살고 있는지 알 수 없었다. 연락이 완전히 끊겨버렸으니까. 그저 원래 그가 살았어야 할 길을 가고 있다는 것만 알고 있었다.

"그런데 왜 안 나타나요?"

"안 나타날 만하니까 안 나타나지. 마태준 사라지고 너한테 아무 일 없는 걸 다행으로 여기고 살아."

"난 전혀 예전처럼 살 수가 없는데 뭐가 다행인데요?"

"그래서 또 납치당하고 싶다는 거야!"

"차라리 그때 같이 죽는 게 나았어."

"그 입 닥쳐라!"

그녀는 원래 술 취하면 올림픽 여신이 되는데 실연의 상처가 생긴 뒤에는 주사까지 바뀌었다.

차라리 죽고 싶다고 궁상떨기.

정말 끔찍한 술주정이었다.

그녀가 일어났을 때 아버지가 부엌에서 해장국을 끓이고 계셨다. 이수는 극심한 숙취로 인해 부스스한 꼴로 아버지에게 사과했다.

"못난 모습 보여 죄송합니다."

"너 아직도 취했냐?"

아버지는 '쯧쯧' 혀를 차며 그녀의 앞에 금방 끓여서 따뜻한 해장국 그릇을 놓아주었다. 이수는 아무것도 먹기 싫었지만 아버지가 아침부터 그녀를 위해 끓여준 해장국이라서 수저를 손에 잡았다.

후르륵―.

해장국 국물을 한 입 먹고는 배시시 웃으며 말했다.

"맛있네."

그런 그녀의 얼굴을 빤히 보던 아버지는 툭 던지듯이 물었다.

"너 혹시 남자한테 차였어?"

그녀가 남자를 만난 것에 대해 전혀 이야기를 안 했기에 모르고 있었다. 하지만 어제 선배 검사의 부축을 받으며 들어올 정도로 취한 이수가 누군가를 부르는 소리를 들었다. 그건 분명 남자 이름이었다.

"무슨 소리야. 남자 만날 시간도 없이 바쁜데."

대수롭지 않게 대답하며 다시 해장국을 수저로 떠서 입에 넣는 그녀의 눈에서 소나기가 내리듯이 굵은 눈물방울이 후드득 떨어져 내렸다. 아버지 길상도 놀라고, 그녀도 놀랐다.

"너 왜 울어?"

"아냐, 나 안 울어."

부정하며 손으로 눈을 닦는데 눈물은 계속 흘러나왔다. 그녀의 의지로 도저히 눈물을 멈출 수가 없어서 이수는 해장국에 코를 박고 엉엉 울어버렸다.

사실 부모님을 원망했다. 그날 부모님한테 가지만 않았어도 그렇게 태준과 헤어질 일은 없었을 거라고. 그녀의 잘못을 부모님 탓으로 돌리는 못난 짓을 해버렸다.

그게 부모님께 너무 미안해서.

돌아오지 않는 태준이 너무 미워서.

그래도 보고 싶은 걸 견딜 수가 없어서.

"이수야, 울지 마. 괜찮아. 엄마랑 아빠가 있잖아."

아버지가 위로해줄수록 눈물은 더 쏟아져 나와 해장국을 싱겁게 만들었다. 그렇게 그녀는 1년 전 그 시간에 멈추어버린 그와 달리 혼자서 이별의 단계를 하나하나 밟아나가고 있었다.

태준이 식사하기 위해 내려갔을 때 마광호가 먼저 나와 식탁 상석에 앉아 있었다. 태준과 눈이 마주치자 마광호는 아침 인사치고는 까칠하게 말했다.

"이 자리도 내놓으라는 거냐?"

"그러실 필요 없습니다."

태준은 항상 앉는 자리에 앉았다. 막 식사를 하려고 수저를 집어 들었는데 김상철이 빠르게 걸어오는 게 보여서 태준은 수저를 다시 내렸다. 김상철은 마광호와 태준이 같이 있는 걸 보고 잠시 누구에게 먼저 보고를 해야 하는 건가 난감한 표정을 지었다.

"그냥 말해."

태준의 말에 김상철은 그제야 입을 열었다.

"박만수가 치료를 위해 병원으로 호송되었다가 그곳에서 의료진을 공격하고 탈출했습니다. 아무래도 조직 내에 조력자가 있었던 것 같습니다."

박만수가 탈주했다는 말에 마광호도 태준도 그리 놀라지 않았다. 박만수가 원래 자기 살길을 바퀴벌레처럼 꾸역꾸역 찾아낸다는 걸 잘 알고 있었으니까.

"조직 내에서 그 누구라도 탈주한 박만수를 숨겨주는 건 절대 용납할 수 없으니 숨겨준 사람은 박만수보다 더 큰 처벌을 받게 될 거라고 전해."

태준의 지시에 마광호가 코웃음을 쳐서 김상철이 더 긴장했다. 태준은 고개를 돌려 마광호를 보았다.

"뭐가 잘못됐습니까?"

"아예 나서서 박만수를 잡지 그래. 그럼 경찰들이 고맙다고 인사라도 하겠구나."

"박만수는 경찰이 잡을 겁니다. 거기에 저희는 일절 개입하지 않습니다."

"그런 어정쩡한 지시를 내릴 바에는 차라리 네 손으로 박만수를 죽여. 그래야 아무도 널 쉽게 보지 못하지."

"전 살인자가 아닙니다."

"약해빠져서는."

"그게 아니라 제가 아버지의 뜻대로 움직이지 않는 게 마음에 안 드시는 것뿐이잖습니까."

"뭐라고!"

"아버지야말로 그렇게 제가 탐탁지 않으면 절 죽이고 이 자리 되찾아가세요. 그럼 사람들이 아버지를 다시 무서워하겠네요."

마광호는 무시무시한 눈으로 태준을 노려보았다.

태준도 감정적이 되어서 심하게 말한 걸 느꼈기에 자리에서 일어났다. 태준이 나가버리자 김상철은 서둘러 마광호에게 인사하고 태준의 뒤를 쫓아갔다.

"너 방금 한 말, 그냥 화나서 한 말이지? 그렇지?"

당황해서 반말이 나와버렸지만 그것도 인식하지 못했다.

태준은 대답 없이 앞만 보고 걸어가버렸다. 김상철은 불안한 눈으로 멀어지는 태준을 보며 휴대폰을 꺼내 강한에게 전화를 걸었다. 강한이 전화를 받자마자 김상철이 빠르게 말했다.

"방금 태준이 뭐라고 말했는지 압니까? 큰회장님한테 자기 죽여달라고 했다고요. 이래도 그냥 손 놓고 있을 겁니까! 내가 말한 거 빨리 찾아줘요."

똑똑—.

노크 소리가 들리자 사무실 창가에 서 있던 강한은 고개를 돌려 문쪽을 보았다.

"들어와요."

곧 문이 열리고 차분한 베이지색 원피스를 입은 오연희가 들어왔다.

"절 부르셨다고 해서."

강한은 신사적인 미소를 지으며 손짓으로 소파를 가리켰다. 오연희는 여전히 사장인 그를 어려워했기에 조심조심 걸어와서 소파에 앉았다. 강한도 소파로 걸어가 맞은편 자리에 앉았다. 강한이 말없이 그녀의 얼굴을 보기만 하자 오연희는 점점 부담되어 몸이 굳어갔다.

"저기, 절 왜 부르셨는지."

만약 강한까지 최경호처럼 그녀에게 못된 짓을 하려고 부른 거면 어쩌나 하는 불안이 오연희의 마음에 피어오르며 그녀의 손이 차가워졌다.

"은이수 검사 기억하죠?"

익숙하고 고마운 이름이 들려오자 오연희는 그제야 굳은 표정을 풀었다.

"네, 당연히 기억해요. 혹시 은 검사님한테 연락 왔었나요?"

"아니, 그게 아니라, 은이수 검사 일로 오연희 씨한테 부탁할 게 있어요."

"은 검사님 일이라면 당연히 제가 기꺼이 도와드리고 싶어요. 무슨 일인데요?"

이젠 오연희가 더 적극적으로 물었다. 하지만 강한은 쉽게 말을 꺼내지 못했다. 서로 잊지 못해 괴로워하는 이수와 태준을 이어주려고 오연희를 부른 게 아니었으니까. 두 사람이 다시 이어지는 건 강한이 보기에도 불가능했다. 그래서 두 사람이 서로 잊을 수 있게라도 해주려는 거다. 서로가 잊는 과정은 분명 고통일 테지만 그 고통 뒤의 상처는 흉터로 남아 안 아프게 되는 순간이 올 테니까.

"연희 씨가 남자를 만나줬으면 하는데."

남자라는 말에 오연희의 눈빛이 겁에 질려 흔들렸다. 아직 폭행의 상처를 다 잊지 못한 오연희에게 남자는 공포의 대상이었으니까.

◈

태준이 들어서자 웅성대는 임원들은 빠르게 입을 다물었다. 박만수 일로 시끄러운 걸 알기에 태준은 모른 척 회장 자리로 걸어가 앉았다.

모두의 눈치를 받으며 가장 나이 많은 임원이 용기를 내어 태준에게 물었다.

"박만수 일은……."

"우리와 상관없는 일입니다."

태준이 날카로운 칼날처럼 선을 긋자, 그 뒤로는 누구도 박만수의 이름을 함부로 말할 수 없었다.

회의 내내 사업 이야기만 이어졌다. 태준은 흑룡파의 보스가 되면서 강호 그룹의 회장직을 맡은 거였기에 건설, 무역, 금융, 문화 예술 분야에 계열사를 두고 있는 그룹 일도 관리해야 했다. 단지 사업만 하는 거였다면 그는 강호 그룹에 요식업을 추가해서 다른 사업 분야보다 더 크게 성장시켰을 거다. 하지만 지금은 맛있는 음식도 그의 위안이 되지는 못했다.

"잠깐 여행이라도 가서 휴식 시간을 갖는 게 어떻겠습니까?"

임원회를 끝내고 나온 태준에게 김상철은 조심스럽게 말을 꺼냈다. 박만수 일도 있고, 태준이 회장직을 맡은 뒤 한 번도 쉬지 못했기에 이참에 차라리 멀리 여행을 가서 쉬는 것도 좋은 방법인 듯했다.

"됐어."

하지만 태준이 한마디로 거부하자 김상철의 표정이 굳었다. 이대로

라면 분명 문제가 터질 것 같았으니까.

"그래도……."

"내가 떠났다가 안 돌아오면 형이 책임질 수 있어?"

태준이 건조한 눈빛과 감정 없는 목소리로 묻는 말에 김상철은 말문이 막혔다. 하지만 태준이 그리 냉정하게 말해도 돌아올 거라는 걸 알았다. 그가 안 돌아오면 은이수 검사가 위험해질 테니까. 은이수 검사 때문에 그렇게 죽기보다 싫어했던 자리에 스스로 올라섰다. 그러니 태준은 반드시 돌아올 거다. 그걸 아는데도 김상철은 또 말을 꺼낼 수가 없었다.

❀

도훈이 일부러 가보라고 한 것인지 류헌이 집으로 찾아왔다. 아침부터 남자 때문에 펑펑 울던 그녀를 본 아버지는 그 어느 때보다 류헌을 반겨주었다.

"아이고, 귀한 손님이 왔네. 어서 들어와."

류헌은 자신이 왜 환대받는지도 모른 채 웃으며 들어왔다. 길상은 류헌의 어깨를 두드리며 그녀를 보았다.

"직업도 같고, 인물도 훤하고, 이수 너랑 참 잘 어울린다."

"그 녀석 아버지가 나 제주도로 쫓아냈어."

길상은 바로 류헌의 어깨를 밀어내버렸다. 류헌은 휘청하다 겨우 균형을 잡았다. 하지만 그게 사실이라 아니라고 반박할 수도 없었다. 길상은 류헌에게 조금만 있다 가라고 쌀쌀맞게 말한 뒤 방으로 들어가버렸다.

"넌 왜 쓸데없는 소리를 해서 나만 미움받게 해."

류헌은 그녀를 타박하며 오는 길에 사온 숙취 해소제를 건넸다.

"맞선남이랑 잘 안 돼서 술 퍼마신 거야? 그러게 왜 잘 알지도 못하는 맞선남이랑 결혼한다고 설치냐."

류헌은 그녀의 말을 곧이곧대로 믿는 건지, 그런 척하는 건지 쓸데없는 맞선남 이야기만 주절거렸다.

"류 검사."

그녀가 진지하게 부르자 류헌은 살짝 긴장하며 그녀를 보았다.

"응?"

"닥쳐. 머리 아파."

"야!"

그때 텔레비전에서 탈주한 박만수 뉴스가 나왔다. 이수는 텔레비전으로 시선을 고정했다. 이미 알고 있던 류헌은 그녀에게 설명해주었다.

"병원 갈 때부터 계획적이었나 봐. 재판이 승산이 없으니까 꼼수를 쓴 거라고 하던데. 최 선배가 금방 잡힐 거니까 걱정하지 말래."

하지만 이수는 뉴스에 나온 박만수의 얼굴을 본 순간부터 기분이 안 좋았다. 금방이라도 무슨 일이 벌어질 것 같은 그런 찝찝함.

아무래도 박만수의 범죄자 관상 때문인가 보다. 보는 것만으로도 기분이 안 좋아지는 얼굴이었다.

차를 타고 이동하던 태준은 창밖으로 퀸 호텔이 보이자 운전하던 재이에게 말했다.

"잠깐 호텔 앞에 세워."

조수석에 앉아 있던 김상철이 돌아보았다. 하지만 특별한 목적이 있던 게 아니었던 태준은 말없이 창밖만 바라보았다. 차는 미끄러지듯이 호텔 진입로로 들어가 정문 앞에 멈추어 섰다.

"30분 뒤에 와."

그 말은 자신에게 하는 말이었기에 김상철은 당황해서 그를 보았다.

"혼자 갈 겁니까?"

"그래."

"안 됩니다."

태준은 퀸 호텔 대표 때와 같은 신분이 아니었다. 절대 혼자 돌아다니게 둘 수 없었다.

"부탁이야. 혼자 있고 싶어."

하지만 태준이 부탁이란 말을 쓰자 김상철은 강압적으로 나갈 수가 없었다.

"그럼 딱 30분밖에 못 드립니다."

시간약속을 하고 태준은 혼자 차에서 내려 퀸 호텔 안으로 걸어 들어갔다. 프런트에 있던 직원들이 그를 보고 깜짝 놀라서 고개를 깊게 숙였다. 태준도 같이 고개 숙여 인사했다.

이곳 역시 그가 갑자기 떠난 곳이었다. 그럴 수밖에 없었다. 그가 계속 이곳에 남아 있었다면 이 호텔은 흑룡파의 것이 되어버렸을 테니까. 다행히 전 사장이 맡아서 잘 지켜주고 있었다.

태준은 1층 카페로 향했다. 커피 한 잔을 마시고 갈 생각이었다. 지금 그에게 주어진 유일한 휴식이었다. 커피를 시키고 앉아 있으니 카페 입구에 그가 왔다는 소문을 들고 온 호텔 직원들이 몰려들었다. 하지만 선뜻 다가와 그에게 말을 걸지는 못했다. 아마 그에 대한 소문을 들었을 거다. 그래서 이곳이 완벽하게 편할 수는 없는 장소라고 해도 태준은 이곳을 그냥 지나칠 수가 없었다. 그녀와 같은 시간을 나눌 수는 없다고 해도, 같은 공간만이라도 공유하고 싶었다.

천천히 커피 한 잔을 마시니 30분이 다 되었다. 태준은 김상철과의 약속대로 호텔을 나섰다. 그가 1분 먼저 나와서 잠시 정문 앞에서 기다리자, 곧 주차장 쪽에서 그가 타고 갈 차가 나오는 게 보였다. 그때 도어맨이 당황한 소리를 냈다.

"어?"

태준도 고개를 돌려 도어맨이 서 있는 쪽을 보자, 호텔 진입로로 차 한 대가 급하게 들어오고 있었다. 전속력으로 달려오는 차의 운전석에 앉아 있는 박만수를 보고 태준은 위기를 직감했다. 그런데 발이 움직이지 않았다.

겁을 먹은 게 아니었다. 그는 그런 게 없었다. 정신은 또렷하게 지금 이 순간의 상황을 직시하고 있는데도 몸이 움직이지 않았다. 아니, 움직이기 싫었다. 아무래도 아버지에게 그를 죽이라는 그 말이 홧김이 아니라…….

"태준아!"

누군가 그의 이름을 다급하게 부르는 소리에 돌아보는데 아주 강력한 힘이 그의 몸을 힘껏 밀어냈다. 그가 옆으로 날아가 쓰러지자마자 박만수의 차가 그를 밀어낸 김상철의 몸을 그대로 쳐버렸다.

쾅—!

차에 부딪혀 허공에 뜬 김상철을 보고 태준은 두 눈이 얼어붙었다. 바닥에 떨어진 김상철이 미동도 하지 않는 걸 보고야 태준은 소리쳤다.

"형!"

그는 단지 커피 한 잔을 마시고 싶었을 뿐이었다. 그거면 충분했는데……

🌸

김상철은 바로 호텔 근처에 있는 한국 병원으로 옮겨서 수술을 받았다. 태준은 그 대신 차에 치인 김상철을 옮길 때 묻은 피로 얼룩진 옷을 그대로 입은 채 수술실 앞에 앉아 있었다.

"박만수는 어떻게 할까요?"

당한 건 배로 갚아준다. 그게 흑룡파의 원칙이었다.

태준은 수술실만 바라보며 나직하게 지시했다.

"산 채로 잡아와."

지시를 받은 몇 명이 바로 박만수를 찾으러 떠나고, 그와 함께 있었던 경호원들은 바로 근처에 있었는데도 김상철이 막을 때까지 그를 지키지 못했다고 문책을 당했다. 하지만 달려드는 사람이 아니고 달려드는 차였다. 몸을 날려 그 차를 막을 용기는 싸움을 잘한다고 해서 쉽게 낼 수 있는 게 아니었다.

당사자인 태준은 누구도 나무랄 자격이 없었다. 그 스스로 피할 수 있었는데도 그러지 못하고 김상철을 다치게 하였으니까. 꼭 박만수가 아니라 그가 김상철을 다치게 한 것만 같은 죄책감에 수술실 앞에서 꼼짝도 못 하고 앉아 있는데 복도 쪽이 소란스러워졌다.

"여기 오면 안 되니까 물러나라고."

"비켜요. 검찰청에서 나왔습니다."

"검사면 우리 형님 친 박만수를 잡아야지! 왜 여기서 설치는데!"

태준은 고개를 들었다.

방금 그 목소리. 그런데 커다란 덩치의 남자들에 가려서 검찰청에서 나왔다고 말한 여자의 모습은 보이지도 않았다.

"공무 집행 방해로 잡혀가기 싫으면 다 비키라고!"

귀를 파고들어 오는 익숙한 목소리에 태준은 벌떡 자리에서 일어났다. 몇 시간 동안 꼼짝도 하지 않던 그가 움직이자 수술실 앞에 모여 있던 조직원들이 모두 그의 움직임을 주시했다.

"그럼 영장을 가져오십시오, 검사님. 우리도 법 좀 압니다."

"그래? 그럼 내가 너희들 방식으로 해줄까?"

"하, 이 검사님 말하는 거 보게."

가소롭다는 표정을 짓는 조폭의 어깨를 힘껏 밀며 뚫고 가려다가 이수는 그대로 뒤로 밀려나 넘어질 뻔했다.

"좋게 말로 할 때 돌아가십시오, 검사님. 안 그럼 진짜 욕보십니다."

툭, 툭.

조롱하듯이 그녀의 어깨를 찌르던 손가락이 갑자기 뒤로 꺾이며 그대로 팔까지 완전히 접혔다.

"아악!"

괴로워하는 조폭의 팔을 꺾은 건 태준이었다. 그래서 그 자리에 있던 누구도 막을 수 없었다.

1년 만에 드디어 그녀의 앞에 나타난 그를 이수는 화난 눈으로 노려보았다. 뉴스에서 탈주범 박만수가 차로 사람을 치고 달아났다는 기사를 보자마자 바로 병원으로 달려왔다. 그가 걱정되어서 한걸음에 달려온 게 아니었다. 그녀를 버리고 떠난 남자 따위, 그녀는 전혀 걱정하

374

지 않았다. 이수는 검사 신분증을 태준의 얼굴 앞으로 들이밀며 또박또박 말했다.

"은이수 검사입니다. 마태준 씨, 긴급체포하겠으니까 저랑 같이 검찰청 동행해주셔야겠습니다."

참 말도 안 되는 검거였다. 우선 무슨 죄를 지었는지 말을 해야 하는데 그게 빠져 있었으니까. 그냥 무조건 잡아간다고만 하고 있었다. 그녀의 마음속에는 그를 잡아가야 하는 확실한 죄목이 있었지만 그게 현행법상 인정이 안 되는 죄였기에 입 밖으로 말을 하지 않은 거였다. 하지만 그 엉터리 검거에도 그 자리에 있던 흑룡파 조직원들은 모두 깜짝 놀랐다. 갑자기 누군지도 모를 신출내기 여검사가 나타나서는 흑룡파 수장을 잡아가겠다고 하고 있었으니까.

답답한 건 젊은 회장의 태도였다. 따끔하게 여검사를 혼내주어야 하는데 아무 말도 못 하고 그녀의 얼굴만 바라보고 있었다. 누가 보면 꼭 한눈에 반하기라도 한 줄 알겠다.

Episode 33

아직도 날 사랑하나요?

그녀가 지금 얼마나 무모하고 위험한 짓을 하고 있는지 태준은 할 수만 있다면 가르쳐주고 싶었다. 하지만 주위에 쳐다보는 눈동자만 백 개가 넘었다. 여기서 그가 그녀를 위해 할 수 있는 행동은 냉혹해지는 것이었다.

"재이."

태준의 부름을 받은 재이가 덩치들을 뚫고 허둥지둥 그의 옆으로 왔다. 힘 좀 쓰는 조직원들은 전부 회장이 지금 왜 하필 제일 비리비리한 운전사를 부른 건지 도저히 이해가 안 되었다.

"검사님 정중히 모시고 나가."

태준이 하필 그를 부른 이유를 너무 잘 아는 재이는 자신만 믿으라는 뜻으로 고개를 세차게 끄덕이고는 서둘러 이수의 옆에 섰다. 그리고 그녀의 귀에 대고 빠르게 말했다.

"검사님, 제발 같이 나가세요. 안 그럼 우리 대표님 진짜 죽어요."

죽는다는 말에 그녀의 눈동자가 흔들렸다. 하지만 그녀는 사생결단 낼 각오로 이 자리에 온 거였다. 이렇게 쉽게 물러날 수 없었다. 그럼 또다시 그를 만나지 못하게 될 테니까. 그녀는 그게 가장 무서웠다. 그녀가 아무리 애써도 그는 이 세상에 존재하지 않는 사람인 것처럼 결코 만날 수 없는 거.

이수가 태준에게 다가가려고 하자 재이는 온 힘을 다해 그녀의 팔을 꽉 붙잡았다.

"제발요, 검사님."

재이가 이수를 빨리 데리고 나가지 못하자 태준의 곁에 있던 덩치들이 앞으로 나섰다.

"회장님, 저놈으로는 무리입니다. 제가 처리하겠습니다."

처리라는 말에 태준의 손이 꽉 주먹 쥐어졌다. 태준은 질끈 두 눈을 감았다가 뜨면서 앞으로 치고 나갔다. 태준의 손이 단번에 그녀의 팔을 움켜잡더니 거칠게 끌고 앞으로 나아갔다. 그녀의 몸이 속수무책으로 그의 손에 의해 끌려갔다. 태준이 직접 움직일 줄은 몰랐기에 그 자리에 있던 모두가 놀라서 쳐다만 보고 있었다.

엘리베이터 앞까지 멈추지 않고 걸어간 태준은 내려가는 버튼을 주먹으로 쾅 쳤다. 방금 그녀가 타고 올라왔던 엘리베이터의 문이 바로 열렸다. 태준은 그녀를 그 안에 밀어 넣었다. 엘리베이터 벽에 부딪힌 이수는 화난 눈으로 그를 쏘아보았다. 하지만 태준은 끝까지 그녀에게 냉정하게 말했다.

"검사 놀이는 다른 곳에 가서 하십시오, 검사님."

그녀를 또다시 '검사님'이라 부르는 그의 목소리에 이수는 소리쳤다.

"어떻게!"

뒷말은 이어질 수 없었다. 엘리베이터 문이 닫히고 아래로 떨어지기 시작했으니까. 이수는 엘리베이터 바닥에 털썩 주저앉았다. 너무 억울하고 화가 나서 눈물도 안 나왔다. 그가 어떻게 그녀한테 이럴 수가 있는가. 어떻게!

띵—.

1층 엘리베이터 문이 열렸을 때 그 앞에는 급하게 뛰어온 노훈이 서친 숨을 내쉬며 서 있었다. 그녀가 뉴스를 보다 갑자기 뛰어나갔다는 걸 류헌을 통해 듣고 달려온 거였다. 그녀가 태준을 만나러 간 걸 알았으니까.

엘리베이터 안에 있는 그녀를 보자마자 도훈은 성난 목소리로 그녀를 나무랐다.

"넌 겁도 없이!"

하지만 도훈은 더 화를 낼 수가 없었다. 그녀가 갑자기 정신을 잃고 바닥에 쓰러졌기 때문이었다. 도훈은 놀라서 엘리베이터 안으로 뛰어들어가 혼절한 이수를 일으켜 안았다.

"은 검사! 정신 차려! 은이수!"

이곳이 바로 병원이었지만 도훈은 태준이 있는 병원에 그녀를 둘 수는 없었기에 그녀를 안고 일어나 엘리베이터 밖으로 나왔다. 혼절한 여자를 안고 병원을 그냥 나가버리는 도훈을 다들 이상하게 쳐다보았다.

이수가 병원에 나타난 일은 바로 집에 있는 마광호에게 보고되었다. 홍 실장한테 겁도 없이 병원에 찾아왔다는 보고를 들은 마광호는 냉소를 지었다.

"그 맹랑함으로 내 아들을 꼬신 건가."

태준이 그의 자리를 대신 맡은 지금, 여검사를 죽이는 건 그에게 너무 불리한 일이었다. 태준은 분명 자기 말대로 행동할 거니까.

태준이 아버지인 그를 죽이지는 못하더라도 그가 두 번 다시 회장 자리에 앉지 못하게 할 수는 있었다. 그건 태준이 그에게 할 수 있는 가장 완벽한 복수였다. 그렇다고 이대로 숨죽이고 있는 것도 마광호다운 게 아니었다. 그가 할 수 있는 일이 있었다.

"박만수 찾아내서 죽여."

홍 실장은 고개를 숙이며 이번에도 군말 없이 마광호의 지시를 받아들였다.

"그리고 태준이 밑에 있는 놈 중 한 명이 한 걸로 꾸며봐."

그건 의외의 지시라 홍 실장은 고개를 들어 마광호를 보며 입을 열었다.

"굳이 왜?"

조직원들이 태준을 좀 더 무서워하길 바라는 건가?

"나 대신 그 자리에 앉았으면 검찰과 한 번 제대로 싸워봐야지."

태준이 검찰의 표적이 되면 여검사와는 완벽하게 적대적인 관계가 되는 것이었다. 태준과 여검사와의 사이를 갈라놓으려는 의도라는 걸 알고 홍 실장은 입을 꾹 다물었다. 잠시 그녀가 죽으면 자신도 죽겠다던 태준의 진심 어린 눈빛이 떠오르긴 했지만 그걸 마광호에게 전할 정도로 감성적이지는 못 했던 홍 실장은 그냥 침묵했다.

어차피 안 될 사이였다. 죽어서 다시 태어난다면 모를까.

김상철은 수술이 무사히 끝나 중환자실로 옮겨졌다. 태준은 끝까지 병원을 떠나지 않고 남아 있었다. 원래는 김상철이 아니라 그가 누워 있어야 할 자리였으니까.

또각또각. 여자 하이힐 소리가 다가와 그의 옆에 섰다.

"여검사가 병원에 와서 난동을 피웠다며?"

마정옥의 목소리에도 태준은 미동 없이 중환자실만 바라보았다.

"굳이 네 손으로 직접 끌어내? 그 정도까지 할 필요는 없어. 은 검사 상처받잖니."

마정옥이 일부러 그를 상처 입히려고 하는 말인 줄 알면서도 심장은 난도질을 당했다.

"친아빠에 대해 마리한테 물어보려고 했습니다."

이번엔 마정옥의 표정이 굳었다.

"뭐? 네가 어떻게!"

태준은 고개를 돌려 메마른 눈으로 마정옥을 보았다.

"은 검사도 그 말을 하더군요. 내가 어떻게 그러냐고. 그런데 하려고 하니 할 수 있었습니다. 그러니 고모님도 제가 아니라 아버지한테 직접 따지세요. 아버지가 안 들으면 들을 때까지 말하시란 말입니다. 고모님이 포기하니까 마리가 자기 아빠가 누군지도 모르는 사생아."

찰싹—!

마정옥의 손이 있는 힘껏 태준의 뺨을 때렸다. 맞은 곳이 바로 빨갛게 달아올랐다. 마정옥은 무시무시한 눈빛으로 그를 노려보았다.

"한 번만 더 내 딸을 사생아라고 부르면 그 여검사 살아남지 못할 거야."

모두가 이수를 이용해 그를 협박했다. 결국 오래전에 그녀가 그의 약점이라고 했던 김상철의 말이 맞았고, 그 말을 했던 김상철은 지금 그 대신 저 안에 누워 있었다. 이런 상황에서 그가 어떻게 그녀를 반갑게 두 팔로 안을 수 있겠나.

눈을 뜬 이수는 하얀 천장을 멍하니 올려다보았다. 드디어 태준을 만났는데 태준의 손에 의해 쫓겨났다. 그게 너무 억울해서 기절까지 하고 깨어난 뒤에도 여전히 울분이 남아 있었다.

"두 번 다시 그러지 마."

도훈의 목소리가 들려서 이수는 고개를 옆으로 돌렸다. 도훈이 팔짱을 끼고 화난 눈으로 그녀를 쳐다보고 있었다.

"네가 오늘 얼마나 위험한 짓을 했는지 알아?"

그녀는 단지 그곳에 태준이 있을 것 같아서 만나러 간 것뿐이었다. 그녀한테 사랑한다고 말했으면서 마지막 인사도 없이 도망쳐버린 나쁜 남자를.

"또 만나러 갈 거예요."

그녀의 말에 도훈은 너무 기가 차서 화도 내지 못했다. 그녀가 류헌한테 갑자기 결혼한다고 말했을 때부터 무슨 일을 벌일까봐 불안했는데 아무래도 혼자 놔두면 큰일 날 거 같았다.

"그렇게 포기가 안 돼?"

이수는 고개를 돌려 도훈을 외면했다. 지금은 누구와도 이야기할 기분이 아니었다. 그냥 혼자 있고 싶었다.

"차라리 나랑 결혼하자."

이 상황과 너무 어울리지 않는 단어가 나와서 이수는 눈살을 찌푸리며 다시 도훈을 보았다.

"너, 나 좋아했었잖아. 그러니까 나랑 결혼하자고."

도훈은 어떻게든 그녀도, 태준도 더 이상 다치지 않게 해주고 싶었다. 이렇게 된 데는 그의 탓도 분명히 있었으니까. 그런데 그게 그녀를 지켜주려는 방식은 또 태준을 잔인하게 상처 입힐 거였다. 그걸 알면서도 도훈은 그리 말했다. 그래야 태준에게 가려는 그녀를 막고, 태준도 그녀를 깨끗하게 포기할 수 있을 테니까.

이수도 도훈이 왜 갑자기 그런 말도 안 되는 소리를 하는지 짐작이 되었기에 메마른 미소를 지었다.

"최악의 프러포즈네요."

그녀는 결혼하자는 도훈의 말에 장미꽃 한 송이를 들고 검찰청 계단을 올라오던 태준의 모습이 떠올라 버렸다. 이렇게 될 줄 미리 알았다고 하더라도 아마 그녀는 그날 그가 내민 꽃을 거절하지 못했을 거다. 그날의 태준은 그녀의 심장에 영원히 박혀버렸으니까.

아무리 대단한 남자라도, 아무리 멋진 프러포즈를 받는다고 해도 그녀의 마음속에서 그날 태준이 한 프러포즈를 지우는 건 불가능했다.

예약한 비행기를 놓쳐버렸다. 병원에서 깨어났을 때 마지막 비행기를 타기도 불가능한 시간이었기에 할 수 없이 아침 첫 비행기를 타고 제주도로 돌아가야 했다. 병원에 아침까지 있기는 싫고, 부모님 계신 집에 가기도 부담스러워서 이수는 택시를 타고 김포공항으로 가자고 했다.

"국제선 쪽이죠?"

"아뇨, 국내선이요."

국내선은 이미 비행기 운항이 끊긴 시간이었기에 택시 기사는 의아한 눈으로 그녀를 보았지만 창밖을 보고 있는 그녀의 얼굴이 말 걸기 부담스러운 분위기를 풍기고 있었기에 그냥 차를 출발했다.

자정이 넘은 서울의 거리는 여전히 활발한 생명력을 뿜어내고 있었다. 이수는 어서 이 번잡한 도시를 벗어나 조용히 혼자 있고 싶을 뿐이었다.

김포공항 근처로 갈수록 차도 줄어들고, 불빛도 줄어들고, 사람도 없어졌다. 택시에서 내린 이수는 사람들이 모두 떠난 공항 건물 안으로 들어갔다. 넓은 공간에 그녀가 걷는 발소리만이 크게 울렸다.

공항이 이토록 스산하게 느껴지기는 처음이었다. 그래도 이수는 개의치 않고 앞으로 걸어나갔다. 적당히 몇 시간 의자에 앉아서 우울 떨다가 첫 비행기를 타고 제주도 돌아가면 되었다.

규칙적인 속도로 걸어가던 그녀의 걸음이 어느 순간 조금씩 느려졌다. 그녀의 시선 안으로 누군가의 뒷모습이 들어왔다. 줄지어 놓여 있는 공항 의자에 사람이 딱 한 명 앉아 있었다. 남자였다. 어깨가 아주 넓고 다리가 굉장히 긴. 얼굴은 안 보이고 반듯한 뒤통수만 보였지만 그녀의 심장이 쿵쿵 뛰기 시작했다.

이수는 공항에 놓인 조각상처럼 앉아 있는 남자에게로 천천히 다가갔다. 누가 다가오는지도 모른 채 그는 앞만 보며 앉아 있었다. 반쯤 떠진 눈에 남은 건 공허함뿐이었다. 어딘가로 떠나고 싶어 공항에 앉아 있는 게 아니었다. 그는 지금 길을 잃은 상태였다.

"태준 씨."

그녀의 부름에 망부석처럼 앉아 있던 그가 소스라치게 놀라며 벌떡 일어났다. 태준은 이 시간에 공항에 있는 그녀를 믿을 수 없다는 눈으로 쳐다보았다. 그럴 리가 없었으니까. 분명 지금은 제주도 가는 비행

기가 없는 시간이었다. 마지막 비행기는 한참 전에 떠났고, 첫 비행기
도 몇 시간은 더 지나야 출발했다.

"왜?"

그녀가 이곳에 있으면 안 되는 시간에 왜 나타난 건지에 대한 질문
을 태준은 한마디 물음으로 끝냈다. 충격에 얼어붙은 그의 눈동자는
이제야 그녀를 버리고 떠난 남자다웠다. 그래서 이수는 원망이 섞인
눈빛으로 그를 쳐다보았다.

"태준 씨야말로 여기서 뭐 하는 건데요?"

태준은 대답하지 못했다. 할 수 있는 말이 있을 리가 없었다. 그래서
서둘러 몸을 돌려 그녀를 피해 걸어가버렸다. 또 도망가는 그의 뒷모
습에 이수는 버럭 소리쳤다.

"당장 거기 서요!"

그녀의 카랑카랑한 목소리가 넓은 공간을 울리자 태준의 커다란 몸
이 덜그럭거리며 멈추어 섰다. 태준은 의자의 등받이를 손이 하얗게
될 정도로 꽉 움켜잡았다. 몸에 있던 힘이 한꺼번에 다 빠져나가버린
듯이 어지러웠다.

또각또각—.

그녀가 다가오는 발소리를 들으며 태준은 빨리 여기서 벗어나야 한
다는 생각뿐이었다. 그녀를 만나면 안 되었다. 그가 어떻게 그녀를 떠
났는데. 그 힘든 일을 또다시 겪을 자신이 없었다.

하지만 그가 도망치지 못한 사이, 이수가 그의 앞에 와서 섰다. 마주
친 그녀의 얼굴과 눈빛에 태준의 눈동자가 힘없이 흔들렸다. 밤이 그
의 힘을 모두 빼앗아버린 듯이 지금은 도저히 병원에서 그랬던 것처럼
그녀에게 그리 매몰차게 굴 수가 없었다.

"진짜 나랑 끝내고 싶으면 그냥 헤어지자고 말해요. 그 말 한마디면 돼요."

지금은 오히려 그녀가 더 냉정했다. 그가 차마 할 수 없는 그 말을 하라고 한다. 그 말을 하면 그에게는 정말 아무것도 남지 않는다. 그래서 차라리 비겁한 걸 선택한 거였다.

"난 이제 검사님이 잡아야 할 상대입니다."

헤어지자는 말 대신 그녀가 검사라서 안 된다는 핑계를 대는 그를 참을 수가 없어서 이수는 두 손으로 그의 옷깃을 잡고 힘껏 잡아당겨 그의 입술에 그녀의 입술을 짓눌렀다. 따뜻한 입술의 말캉한 감촉에 놀라 그의 눈이 커졌다.

입 맞추는 두 사람의 모습은 꼭 사랑하는 연인보다는 맞선에서 처음 만났던 그때로 돌아간 듯했다. 아무런 기교도 없이 입술만 꾹 눌러 맞대고 있던 이수는 입술을 떼며 그의 눈을 똑바로 바라보았다.

"내 핑계 대지 마요."

이수는 팔을 뻗어 그의 목을 감아 더 가까이 끌어당기며 다시 입술을 겹쳤다. 이번엔 그냥 입술을 대고 있는 걸로 끝내지 않고 그의 입술을 빨아들였다.

태준은 정신이 아찔해져서 그녀를 떼어내려고 했지만 그녀의 어깨를 잡은 손에 힘이 들어가지 않았다. 이성이 아득히 멀어지며 심장이 맹렬히 뛰어댔다. 여인의 따뜻한 입술의 감촉이 잠들어 있던 그의 욕망을 깨웠다.

휘청거리며 물러나던 태준은 그대로 의자에 주저앉았다. 그의 몸이 무너지자 입술이 잠시 떨어졌다. 하지만 이수는 물러나지 않고 아예 그의 무릎 위에 앉아 그의 입술을 다시 삼키고 질근 여린 살을 깨물었다. 그러고는 벌어진 입술 사이로 거침없이 침입해 들어가 그의 속살에 그녀의 흔적을 선명히 남기며 호흡을 섞었다.

갈 길을 잃고 헤매던 그의 손이 더 이상 견디지 못하고 그녀의 가는 몸을 꽉 끌어안았다. 그가 키스를 되돌리자 두 사람의 호흡은 열기를 품고 아찔하게 타올랐다.

때론 육체의 언어가 마음보다 더 솔직했다. 사랑한다고 말할 수 없는 대신 서로의 몸을 안고 뜨거운 키스를 나누었다. 이곳이 어디인지, 서로가 누구인지, 저 공항 밖 세상에서 두 사람을 기다리는 게 무엇인지, 아무것도 중요하지 않았다. 적어도 이 순간만큼은.

문을 열었을 때 보이는 방은 더블 베드 하나와 TV가 있는 선반장만이 놓인 작은 방이었다. 공항에서 가장 가까운 곳으로 왔기에 다른 걸 따질 형편이 아니었다. 이수는 먼저 방으로 들어가다가 뒤돌아보았다. 태준은 복도에 선 채 꼼짝도 안 하고 있었다.

"들어와요."

태준은 들어갈 수가 없었다. 이제야 자신이 무얼 하고 있는지 깨달았다. 그가 잠시 미쳤나 보다. 그는 이러면 안 되었다.

"역시 안 되겠습니다."

태준이 그리 말하고 몸을 돌려 엘리베이터 쪽으로 걸어가자 이수는 서둘러 복도로 나왔다.

"태준 씨!"

그녀가 불러도 태준은 멈추지 않았다. 그녀까지 망칠 수는 없었으니까. 그가 그래도 버틸 수 있는 건 그녀만큼은 예전 생활로 돌아가서 살 수 있어서였다. 그래서 버틴 건데 그걸 그의 손으로 망치는 건 정말 바보 같은 짓이었다. 그러니 하면 안 되었다. 그냥 가야 했다.

"최 검사님이 나한테 결혼하자고 했어요!"

그녀가 악을 쓰며 뱉어낸 말에 엘리베이터를 바로 코앞에 두고 그의 걸음이 덜컹거리며 멈추어 섰다. 태준의 눈이 커진 채 얼어붙었다.

"내가 정말 최 검사님이랑 결혼해도 상관없어요? 그래요?"

태준은 고개를 돌려 그에게 잔인한 말을 사정없이 날리는 그녀를 보았다. 지금은 그녀가 그의 아버지보다 더 잔인하게 느껴졌다.

어떻게 그런 질문을 그에게 할 수 있나.

"대답해요!"

"싫습니다!"

대답하기 싫다는 건지, 그녀가 최도훈과 결혼하는 게 싫다는 건지 알 수 없어서 이수는 표정이 일그러졌다. 태준이 그대로 몸을 돌려 엘리베이터를 타고 내려가 버린 걸 보니 대답하기 싫다는 뜻이었나 보다.

혼자 남은 이수는 호텔 복도에 주저앉았다. 그녀도 차라리 그녀를 버리고 떠난 남자 잊고 살 수 있으면 좋겠다. 그런데 그게 안 되었다. 그렇게 하고 싶어도 마음이 그를 버려내지 못했다.

"망할 로미오."

그가 '로미오'라고 말했을 때 뒤도 안 돌아보고 도망쳤어야 했다. 그때 그렇게 하지 못한 게 지금 너무도 후회되었다.

부아아아아아앙―.

이수를 혼자 호텔에 남겨두고 차를 타고 달리던 태준은 한강 다리에서 멈추어 섰다. 태준은 차에서 내려 차가운 공기가 가득한 한강 다리

앞에 섰다. 검은 강이 소리도 없이 흐르고 있었다. 태준은 어깨가 들썩일 정도로 거친 숨을 내쉬며 검은 강을 바라보다가 순식간에 철제 난간으로 주먹을 날렸다.

퍽—!

난간을 때려서 아프고 상처 입는 건 그의 손뿐이지만 태준은 몇 번이고 주먹으로 때리다가 그대로 난간을 꽉 움켜잡으며 몸을 웅크렸다.

"악!"

그의 입에서 언어가 아닌 짐승의 울음을 닮은 외침만이 터져 나왔다. 그녀에게 가지 말라는 말도, 사랑한다는 말도 이젠 할 수가 없었다. 그런데도 어김없이 동쪽 하늘은 붉은 기운이 퍼지며 해가 떠오르려 하고 있었다. 붉게 물든 세상 속으로 고개 숙인 태준의 몸도 빨려 들어갔다.

저 하늘에서 내려다보면 어쩌면 아주 흔한 일, 그런데 두 사람에게는 너무도 큰 고통이었다.

태준은 김상철이 입원해 있는 병원으로 갔다. 김상철이 의식 없이 누워 있으니 그가 새벽에 도시를 누비고 다녀도 뭐라고 하는 사람이 없었다. 새벽에 병원에 온 그의 손이 다친 걸 보고 병원을 지키고 있던 조직원들이 놀라고 당황한 표정을 지었지만 그의 표정이 너무 차가워서 섣불리 말을 떼지 못했다.

태준은 김상철이 있는 중환자실 앞에서 아침을 맞았다.

"회장님."

그게 자신을 부르는 거라는 걸 태준은 몇 번의 부름 뒤에야 깨닫고 고개를 돌렸다. 김상철의 바로 밑에서 일을 맡아서 하는 부하가 서 있었다. 박만수를 찾아오라 지시를 내렸었다.

"박만수가 부산 쪽으로 갔습니다."

부산에는 청호파가 있었다. 위기에 몰린 박만수가 그와 마광호에게 원한이 있는 이무진을 찾아간 것이라는 걸 바로 짐작할 수 있었다.

"어떻게 할까요?"

흑룡파가 박만수를 찾는다는 핑계로 부산을 휘저으면 이무진은 분명 그걸 빌미로 흑룡파를 다시 치려고 할 것이다. 저번에 당한 수치를 갚아야만 보스의 권위가 다시 살아날 테니까.

"……내가 직접 간다."

마음은 아무것도 하기 싫었지만 머리는 그래야 한다는 걸 알았기에 그리 말했다. 그가 직접 이무진을 만나 박만수를 데려와야 다시 두 조직이 싸우는 일이 생기지 않을 거였다.

만약 김상철이 깨어 있었다면 그에게 무모하다고 야단치며 말렸을 거다. 하지만 김상철은 지금 의식 없이 중환자실에 누워 있기에 그를 막을 사람은 아무도 없었다. 다른 조직원들은 그저 그의 명령을 기다리는 눈빛으로 그를 쳐다볼 뿐이었다.

또각또각―.

여자의 하이힐 소리가 병원과는 어울리지 않아서 태준은 고개를 돌려 복도 끝을 보았다. 여자 한 명이 이쪽을 향해 걸어오고 있었다.

긴 머리에, 동그란 얼굴, 순백의 피부, 선한 눈빛.

멀리서 보았을 때는 이수인 줄 알고 심장이 쿵 내려앉았다.

하지만 거리가 가까워질수록 그녀가 아니라는 걸 바로 알 수 있었다. 그저 머리 스타일과 분위기가 비슷했을 뿐이다. 여자가 그를 향해 머리를 깊게 숙여 인사했다.

태준은 굳은 눈으로 여자를 보고 있기만 했다.

여자는 무서운 남자들만 있는 것에 두려움을 느끼는 눈빛으로 더듬거리며 입을 열었다.

"이강한 사장님이 보내서…… 왔습니다."

강한이 여자를 보냈다는 말에 태준의 눈이 가늘어졌다. 김상철이나 할 짓을 강한이 했다는 게 처음엔 믿기 힘들었다. 도대체 강한이 왜 이런 일을 한 건지 생각하고 있는데 여자가 주머니에서 손수건을 꺼내어 그에게 내밀었다.

"손에 상처가……."

태준은 무심한 눈으로 그의 손에 난 상처를 보았다. 이깟 손에 난 상처보다 그의 심장에 난 상처가 더 컸다.

"필요 없으니까 돌아가."

여자를 무시하고 그냥 지나쳐 가려는데 여자가 다급하게 말했다.

"저! 은이수 검사님 알아요."

우뚝, 태준의 걸음이 다시 멈추었다. 태준은 화난 눈으로 여자를 돌아보았다. 이곳에서 그에게 그 이름을 말하는 사람은 모두 그를 협박하려던 사람뿐이었다.

날카로워진 그의 눈빛에 그녀의 떨림은 더 커졌다. 그를 화나게 하려고 한 말은 절대 아니었으니까.

"제, 제 억울함을 풀어주신 분이에요."

"무슨 소리야?"

"제가 사장님한테 성폭행을 당했는데……."

그제야 태준은 눈앞의 여자가 누군지 알 수 있었다.

"설마 최경호?"

그가 이름을 말하자 그녀는 고개를 끄덕였다. 태준은 복잡한 눈으로 여자를 보았다. 그가 이수에게 최경호의 자료를 주지 않았다면 그는 무죄로 풀려났을 거다. 결국 그와도 연관 있는 여자였다.

강한은 어째서 그녀를 그에게 보낸 건가 싶었다. 아버지나 김상철이 그에게 보내는 여자들의 목적은 분명했다. 그를 유혹하는 거. 그건 그를 동물 취급하는 거나 마찬가지였다.

"그래서 이름이 뭡니까?"

태준이 이름을 묻자 그녀는 그제야 고개를 들어 그의 눈을 보았다. 두려움이 가득한 눈. 여자가 아직 폭행의 상처를 극복하지 못했다는 걸 느낄 수 있었다. 그런 그녀에게서 태준이 느낀 건 동병상련이었다. 아픔은 아픔을 알아보고 물결쳤다.

"오, 오연희입니다."

차라리 아무것도 느끼지 않는 게 더 나을 그런 감정이었다.

부산에 가기 전에 옷을 갈아입기 위해 집에 들르자 오랜만에 아버지가 밖에 나와 있었다. 마광호는 높은 곳에서 서늘한 눈으로 그를 내려다보며 물었다.

"부산 간다고?"

방금 병원에서 결정한 것인데 어떻게 그걸 알고 있느냐고 따져 묻는 것도 피곤한 일이라 태준은 말없이 마광호를 올려다보았다.

"네가 정말 그 자리를 지키고 싶다면 이무진을 죽이고 올라와. 그때야 흑룡파가 네 앞에서 제대로 무릎 꿇을 거야."

사람을 죽이라는 말을 아들에게 아무렇지 않게 하는 사람이 그에게 하나뿐인 아버지라는 게 태준은 너무 사무쳤다.

"박만수를 잡으러 가는 거뿐입니다."

"박만수에 대해서는 신경 쓰지 않겠다고 했던 거 같은데."

"상황이 바뀌었습니다."

김상철이 그 대신 죽을 뻔했다. 그러니 누군가는 반드시 그 책임을 져야 했다.

"그래서 이무진 대신 박만수를 죽일 거냐?"

"전 사람을 죽이지 않습니다!"

결국 태준은 참지 못하고 목소리가 높아졌다. 마광호는 그런 태준을 가소롭다는 눈으로 내려다보았다.

"그럼 그 자리에서 내려와야지. 왜 거기 있는 거냐?"

태준은 더 이상 아무 말도 할 수가 없었다. 마광호의 말이 틀리지 않았으니까. 그게 그를 더 참을 수 없게 하였다. 어째서 자신의 권력과 힘만 탐닉하는 아버지가 옳고, 필사적으로 그의 것을 지키려고 하는 그가 틀리단 말인가. 도대체 어째서 그한테만 이토록 가혹한가.

박만수는 살고 싶은 본능을 따라서 무조건 청호파가 있는 부산으로 향했다. 그의 발로 순순히 교도소로 갈 수는 없었다. 그럴 바에는 적과 손을 잡는 게 더 나았다. 그러나 그것도 박만수가 하고 싶다고 해서 쉽게 할 수 있는 문제는 아니었다.

"나 박만수라고! 마광호가 내 처남이야! 이무진한테 제대로 전하란 말이야!"

박만수에게는 자신의 인생이 달린 다급한 문제였지만, 청호파 이무진은 아쉬울 게 없는 상황이었다.

"아, 글쎄, 우리 보스는 당신 안 만난다고 하니까 당장 꺼져."

청호파 조직원들은 경찰과 흑룡파에게 쫓겨 이곳까지 온 박만수를 동정심 없이 몰아내려고 하였다. 박만수는 이대로 쫓겨나면 정말 끝이었기에 막아서는 조직원들을 물리치고 힘으로라도 길을 뚫으려고 했지만 배 나온 중년의 몸으로 혈기왕성한 청년들을 이기는 건 무리였다. 무리하게 뚫고 가려다 그대로 바닥에 패대기쳐졌다.

"아악! 이놈들이 사람 죽이네!"

바닥에 쓰러져서도 소란을 피우는 박만수의 모습을 보고 청호파 조직원들은 질린다는 표정을 지었다. 흑룡파 안에서 박만수에 대한 평가가 왜 그리 나쁜지 그들도 아주 잘 알 수 있었다. 조폭의 카리스마는 한 톨도 없고 그저 성격 나쁜 아저씨일 뿐이었다. 그러니 목숨 바쳐 그를 따르려는 부하들이 없는 게 당연했다.

"일으켜 드려."

뒤에서 들린 묵직한 목소리에 청호파 조직원들은 빠르게 각진 어깨를 꺾으며 머리를 숙였다.

이무진의 오른팔인 곽진승이었다. 거대한 몸집으로 강한 인상을 주는 황산과 달리 곽진승은 작은 체구였지만 눈빛과 행동에서 무시하지 못할 날카로운 카리스마가 뿜어져 나왔다.

곽진승은 조직원들의 손에 잡혀 억지로 일어선 박만수의 앞으로 걸어가서 냉담한 눈빛으로 앓는 소리를 내는 박만수를 쳐다보나 기계식인 목소리로 말했다.

"보스를 만나고 싶으면 마태준의 여자를 처리하고 와. 그게 보스가 내건 조건이다."

박만수의 눈이 커졌다.

"마태준의 여자라니. 무슨 그런 말도 안 되는!"

부정하려던 박만수의 뇌리에 스치는 기억이 있었다. 여검사 앞에서 처음 보는 표정을 짓던 태준. 분명 그때의 태준은 그가 알던 태준이 아니었다.

"그것도 모르는 거라면 정말 이용 가치가 없다는 거군. 죽고 싶지 않으면 꺼져."

곽진승이 차갑게 그를 몰아내려고 하자 박만수는 서둘러 그의 팔을 잡았다.

"아니야! 나 알아! 그 여검사잖아! 아냐?"

자신을 함부로 붙잡은 박만수의 팔을 부러뜨리려던 곽진승은 박만수의 말에 손에서 힘을 뺐다. 적어도 쉽게 죽을 팔자는 아니었나 보다.

"그럼 처리하고 와."

다른 사람도 아니고 마태준의 여자였다. 이미 마태준을 차로 치어 죽이려고 했다고 해도 박만수는 마태준보다 여검사를 죽이는 것에 더 위험을 느꼈다. 그냥 여자가 아니라 검사였으니까.

"만약 내가 그 여검사를 죽이면 청호파가 내 안전을 책임질 거야?"

곽진승은 고개를 끄덕였다. 그들의 약속을 완벽하게 신용할 수는 없었지만 지금은 다른 길이 없었다. 그가 살기 위해서는 무슨 짓이든 해야 했다.

박만수를 보내고 돌아온 곽진승은 이무진에게 보고했다.

"박만수가 여검사를 처리하겠답니다."

이무진은 위스키가 든 술잔을 돌리며 비릿하게 웃었다.

"돼지 같은 자식. 살려고 열심히 꿀꿀대는군."

이무진은 당연히 박만수를 거두어줄 마음이 없었다. 그저 마광호와 마태준에게 갚아줄 빚을 처리하고 싶을 뿐이었다. 그가 직접 손을 쓰지 않고 박만수를 이용하면 같은 식구의 손에 자기 여자를 잃은 마태준은 더 처절하게 괴로울 거다. 그리고 무엇보다 검찰의 복수도 피해갈 수 있었다.

"마태준은 그리 해결하면 된다지만 마광호는 어쩐다."

그때 마광호를 제대로 죽이지 못한 게 이무진에게는 평생의 한으로 남게 생겼다. 그에게는 씻을 수 없는 오명이 되었으니까. 결국 마광호를 뛰어넘을 수 없다는 낙인이 찍힌 것이었으니까. 그건 마광호 손에 죽는 것보다 더 싫은 상황이었다.

"내가 암에 걸려 오늘내일하는 늙은이를 이기지 못 한다는 게 말이 되냐고."

이무진의 손에서 술잔이 산산조각이 났다. 붉은 피가 이무진의 손에서 흘러내렸지만 곽진승은 전혀 당황하지 않고 처다보았다.

"마광호는 약점을 만들지 않아서 지금껏 그 자리를 지킬 수 있었던 겁니다."

이무진도 그걸 잘 알기에 더 분노가 치미는 것이다. 어떻게 같은 피를 나눈 아버지와 아들이 이리 다를 수가 있는지.

"악마한테서 사람이 나온 꼴이군."

이무진은 차갑게 마 씨 부자 사이를 조롱하며 손바닥에 박힌 유리
조각을 털어냈다.

◈

태준은 아버지와 같은 집에 오래 있고 싶지 않아서 아침까지 기다리
지 않고 늦은 밤에 차를 타고 부산으로 출발했다.

창밖은 까만 어둠뿐이었다. 부산이 아니라 어둠의 세상으로 돌진해
들어가는 듯한 기분이었다. 모든 것이 어둠 속으로 빨려 들어가서 단
지 까만 세상만이 남는 순간이었다.

"속도를 높일까요?"

부산까지 가는 시간이 오래 걸릴 것 같고 태준은 전혀 잘 기미가 안
보여서 조수석에 앉아 있던 부하가 그에게 조심스럽게 물었다.

"됐어."

부산에 빨리 가든 늦게 가든 태준에게는 무의미한 일이었다.

"아침은 되어야 도착할 거 같습니다. 눈 붙이고 한숨 주무시는 게."

불편하니 제발 자달라고 부탁한다고 잠이 오는 건 아니었다. 더 또
렷해지는 이성을 뚫고 목소리 하나가 떠올랐다.

—좋은 꿈 꿔요.

태준은 무겁게 눈을 감았다. 그땐 전혀 몰랐다. 그 행복했던 순간이
추억이란 칼날이 되어 그의 심장에 붉디붉은 상처를 낼 줄은. 하지만

그걸 미리 알았다고 해도 그때 그녀의 곁에서 도망칠 수 있었을까.

불가능했다. 그녀는 어찌 생각할까 짐작해보니 마음이 더더욱 깊게 어둠 속으로 빨려 들어갔다.

태준을 태운 차는 밤의 끝을 향해 멈추지 않고 달려갔다.

✿

마음이 아프면 몸도 같이 따라 아픈다는 말이 그냥 하는 소리가 아니었나 보다. 서울에서 다시 제주도로 돌아온 이수는 지독한 독감에 걸려서 검찰청에 처음으로 연차까지 썼다. 침대에 누워 있는데 몸은 끝없이 땅으로 꺼지는 것 같고, 머리는 깨질 것 같았다.

가족과 떨어진 외지에서 혼자 아파하던 그녀를 찾아와준 사람은 고 실무관이었다. 제주도 토박이는 정이 많다는 편견은 좋은 편견이니 그냥 그리 생각해도 좋을 듯싶었다.

"검사님, 겨울 한라산 등반도 거뜬히 하셨잖아요. 그거 보면 엄청 건강 체질이신데 어쩌다 독감에 걸린 건지 모르겠네요. 병원은 다녀오셨어요?"

고 실무관은 보온병에 싸서 온 전복죽을 그릇에 따라서 그녀에게 내밀었다.

"그냥 푹 쉬면 나아요."

"그것도 어릴 때 이야기죠. 검사님 지금⋯⋯."

30대 아니냐고 물으려던 고 실무관은 무례한 질문인가 싶어서 중간에 혀를 말며 말을 멈추었다. 이미 고 실무관이 무슨 말을 하려는지다 눈치챈 이수는 억지로 웃으며 농담처럼 말했다.

"정말 늙나 봐. 작년까지만 해도 감기 절대 안 걸렸는데."

사실은 나이 탓이 아니라 남자 탓이었지만 그걸 사실대로 말하는 건 너무 구질구질해서 이수는 나이 탓으로 돌려버렸다.

"류 검사님한테 전화하셨어요? 제주도에 친한 분 아무도 안 계시잖아요. 비행기 타면 금방 오는데 이럴 때 와줘야 진짜 친한 사이 아닌가."

"고 실무관이 와줬잖아요."

"그냥 전화해주시면 안 돼요?"

류헌의 목소리를 듣고 싶은 거다. 마블 피규어한테 쏟는 정성만큼도 사람에게 관심을 안 보이는 남자가 뭐가 좋은가 싶었지만 그리 말하면 그녀는 더 할 말이 없었다. 검사이면서 그녀가 사랑한 남자는……

이수는 슬퍼지려는 마음을 이겨내기 위해 휴대폰을 잡으며 모든 기운을 끌어모았다.

"알았어요. 내가 류 검사한테 전화해서 지금 당장 제주도까지 오게 하겠어."

"우와, 검사님. 짱 멋있어요."

여자 둘만 있어도 행복은 분명 존재했다. 이리 사소한 즐거움을 느끼면서도 충분히 살 수 있는데. 그녀는 왜 그녀의 마음에서 태준을 버리지 못하는 건가. 이 미련이 그녀가 죽을 때까지 사라지지 않을까 봐 이수는 그게 가장 무서웠다.

태준은 청호파 보스 이무진이 당연히 그를 침입자 취급하며 바로 부산에서 몰아내려고 할 줄 알았다. 그런데 예상외로 이무진은 그를 손님 대접하듯이 술자리에서 만나주었다.

"하하, 흑룡파가 너무 오래 마광호의 손아귀에 있긴 했지. 새로운 회장이 된 걸 축하하네."

나싸고짜 주먹질부터 안 하는 건 다행이지만 이무진이 내미는 술잔은 태준에게 독배나 마찬가지였기에 탐탁잖은 눈으로 바라보다 할 수 없이 손을 뻗어 잔을 받았다. 여기서 술 못 마신다는 걸 말해봤자 새로운 약점만 잡히는 거 같으니까.

"박만수가 찾아오지 않았습니까?"

태준은 이무진과 조폭 우정을 쌓고 싶은 마음은 조금도 없었기에 바로 본론으로 들어갔다.

"내가 좋은 마음으로 술잔을 내밀었으면 그쪽도 시원하게 마셔줘야 나도 말할 마음이 생기지 않겠어?"

혹시 그가 술을 못 마시는 걸 알고 일부러 이러는 건가 싶어서 태준은 날 선 눈빛으로 이무진을 쳐다보았다. 칼날과 칼날이 부딪히듯이 두 보스의 눈빛이 허공에서 부딪혔다.

이무진은 그 나름대로 박만수가 여검사를 제거하러 제주도로 간 걸 태준에게 들킬 수 없었기에 마음에도 없는 환대를 하며 시간을 끄는 거였다. 태준이 술을 마실 수 없는 몸이라는 건 전혀 알지 못했는데도 술 한 잔으로 태준을 궁지에 몰아넣고 있으니 아무래도 둘 중 운빨로 이긴 쪽은 이무진인 듯했다.

"우리가 좋은 마음이 생길 수 있는 사이는 아닌 듯한데."

그리고 태준은 운이 없는 대신 타고난 감으로 이 상황이 이상하다는 걸 간파했다.

"내 아버지를 당신이 죽이려고 했습니다."

"그 덕에 그쪽이 회장 자리 뺏은 거 아닌가. 내 공이 꽤 큰 거 같은데."

술잔을 잡은 태준의 손에 힘이 들어갔다. 그는 뺏은 게 아니었다. 그가 이 자리에 서지 않으면 아버지 손에 이수가 죽게 될 거라 그녀를 지키기 위해 할 수 없이 이러고 있는 거다.

탁—!

태준은 잡고 있던 술잔을 탁자 위에 내리치듯이 놓았다. 술잔에 들어 있던 술이 크게 출렁이며 그의 손을 차갑게 적셨다.

"박만수 지금 어디 있어?"

이무진이 결코 그에게 좋은 마음을 먹을 리 없다. 그럼 무언가 꾸미고 있다는 뜻이었기에 태준은 맹렬하게 이무진을 노려보며 물었다. 그의 환대가 통하지 않자 이무진은 바로 얼굴에 웃음을 거두며 싸늘한 표정으로 술잔을 기울였다.

"술래잡기네. 이참에 부산 관광하면서 한번 잘 찾아봐."

태준은 자리에서 벌떡 일어나 룸을 나와버렸다. 문밖에 대기하고 있던 부하가 서둘러 다가오자 태준은 낮고 빠르게 말했다.

"배편으로 빠져나간 흔적 있나 찾아봐."

이무진이 부산 관광이라는 말을 쓴 순간 느꼈다. 박만수가 부산에 없다는 걸.

황 이사는 정말 곤란한 입장이 되어버렸다. 조직에서 제주도 잘 지켜냈다고 선물은 못 보낼망정 처치 곤란한 박만수를 그에게 떠넘기듯이 보낸 거였다. 그것도 박만수를 은이수 검사 집으로 안내해주라는 굉장히 찝찝한 지시와 함께.

"요즘은 교도소 밥도 잘 나온다는데 그냥 거기 있지. 왜 나와서 사서 고생이야."

황 이사는 박만수가 정말 싫었다. 제주도에 박혀 있느라 박만수에 대한 나쁜 소문을 들어본 적이 없는데도 그냥 박만수의 낯짝을 보는 순간 너무너무 싫었다. 아무래도 그는 돼지 관상과 상극인 듯했다.

"닥치고 네 일이나 똑바로 해."

박만수가 그를 아랫사람 취급하며 말하자 황 이사는 주먹을 불끈 쥐었다. 분명 한 방이면 끝낼 수 있는 놈이었다. 어차피 경찰에 쫓기고 있는 몸이니 여기서 그가 박만수를 처리한다고 해서 큰 문제가 될 것도 없었다.

"그래서 탈옥까지 한 몸이 검사를 처리한 뒷감당은 어찌하려고?"

황 이사는 빈정거리듯이 물었다. 박만수한테는 그럴 배짱이 없어 보였으니까.

"이게 시작이야. 앞으로 청호파를 내가 접수한다."

박만수의 어마무시한 포부에 먼저 질문을 던진 황 이사는 할 말을 잃어버렸다. 이놈은 분명 말도 안 되게 멍청한 놈이거나, 보기보다 엄청나게 센 놈일 것이다. 그런데 보기보다 엄청 센 놈일 리는 없었다. 만약 그렇다면 황 이사는 다음 생에 돼지로 태어나도 상관없었다.

박만수의 허풍에 공격력을 상실한 황 이사는 부하들을 손짓해서 불렀다.

"은이수 검사 집으로 데려가."

은이수 검사와는 태준 때문에 개인적인 연이 있어서 꺼림칙하긴 했지만 태준과의 계약은 이미 끝났다. 그는 청호파 사람이니 보스의 지시에 따라야 했다.

부하들을 시켜 박만수를 은이수 검사 집으로 보내고 혼자 남은 황이사는 골프나 치려고 했지만 오늘따라 영 재미가 없었다. 황 이사는 금방 골프채를 집어 던지고 술을 찾았다. 별맛도 없는 술을 벌컥벌컥 마시며 황 이사는 자기 암시를 걸었다.

"난 내 일을 한 거야. 그놈이랑은 계산 확실히 끝났다고."

그때 그가 미리 태준에게 알려준 덕에 마광호가 아직 목이 붙은 채 살아 있는 거고, 태준은 노력 하나 없이 흑룡파 보스 자리에 오른 거다. 황 이사의 입장에서는 엄청 재수 없는 일이었다. 그는 밑바닥에서부터 아무리 기를 쓰고 올라가려고 해도 여전히 제주도 섬 안인데 말이다.

창가에 서서 부산 시내를 내려다보는 이무진의 입가에 싸늘한 미소가 입가에 걸렸다. 마태준이 부산에서 박만수를 찾는다고 시간을 허비할수록 그에게는 좋은 일이었다.

그때 문이 열리며 곽진승이 서둘러 걸어들어왔다.

"마태준이 자기 부하들도 두고 감쪽같이 사라졌습니다."

박만수를 찾았다는 말이 아니라 전혀 엉뚱한 인물이 사라졌다는 말에 이무진은 눈살을 찌푸리며 고개를 돌렸다.

"뭐? 그럼 흑룡파 놈들이 지금 찾고 있는 게 박만수가 아니라 마태준이라고?"

"네. 저희도 찾아볼까요?"

이무진은 기가 찬 표정을 지었다. 여검사를 만난다고 했을 때부터 말도 안 되는 놈이라고 생각했지만 보스가 되어서까지 자기 멋대로 하다니. 끝없이 자기 무덤을 자기가 파고 있었다. 남의 무덤만 열심히 파는 사람만 있는 이 세계에서는 희귀종이나 마찬가지였다. 그렇기에 보면 볼수록 조직의 보스가 되어 권력을 휘두를 수 있는 인물과는 거리가 멀었다. 그럼 앞으로 길은 뻔했다. 마광호의 손에 끌려 내려오거나 새로운 2인자의 쿠데타가 일어나거나. 어느 쪽이든 마태준이란 인물은 참 불가사의했다. 복수심이 호기심으로 옮겨갈 정도로.

"찾아봐."

"우리 쪽에서 먼저 찾으면?"

"고이 서울로 보내."

그냥 보내라는 말에 곽진승은 놀란 표정을 지었다. 이무진은 창밖을 내려다보며 싸늘한 미소를 지었다.

"좀 더 오래 보고 싶네, 그놈."

마태준의 여자를 죽이라고 사람을 보냈으면서 그에 대해 그리 말하는 건 전혀 앞뒤가 맞지 않았지만 곽진승은 조용히 이무진의 지시를 받들었다. 이무진이 지금 청호파의 보스였으니까.

차는 제주 바다가 잘 보이는 곳에 있는 아파트 단지 앞에 멈추어 섰다. 뒷자리에 앉아 있던 박만수는 육중한 몸을 앞으로 당기며 운전한 황 이사의 부하에게 물었다.

"여기야?"

황 이사의 부하는 고개를 끄덕이고는 은이수가 사는 집 호수가 적힌 종이를 박만수에게 내밀었다. 박만수는 그 종이를 거칠게 가로채고는 차 문을 열고 내렸다. 박만수가 차에서 내리자마자 차는 도망치듯이 출발해서 그곳을 떠나버렸다. 혼자 남겨진 박만수는 은이수 검사가 사는 아파트를 올려다보며 이를 으득 갈았다.

"이 두 연놈 때문에 내가 이 꼴이 됐어."

박만수는 자신이 지금 이렇게 된 걸 모두 남 탓으로 돌렸다. 그의 잘못은 하나도 없었다. 그랬기에 자신의 안위를 위해 남을 해치는 것도 서슴없이 할 수 있었다. 박만수는 망설임 없이 저벅저벅 아파트로 걸어갔다. 손을 점퍼 주머니에 넣고 신문지로 둘둘 싼 칼을 꽉 움켜잡았다.

여자라고 우습게 보면 안 되었다. 상대는 검사였다. 나쁜 놈들을 많이 상대해봤을 테니까 보통내기가 아닐 것이다. 그러니 단번에 숨통을 끊어놔야 했다. 어설프게 살려두면 그만 큰일 나는 거였다. 여검사를 죽이고 청호파 이무진을 이용해서 힘을 키운 뒤 다시 마태준을 칠 생각이었다. 이렇게 도망만 다니거나 경찰에 잡혀 교도소에서 그의 인생을 끝낼 수는 없었다.

엘리베이터까지 올라타는 데 성공한 박만수는 쪽지에 적힌 호수를 보고 가장 꼭대기 층을 눌렀다. 엘리베이터는 묵직하게 위로 올라갔다. 박만수는 마지막 준비 운동을 하듯이 다섯 손가락을 풀며 혀로 입술을 크게 핥았다.

띵―.

꼭대기 층에 도착한 엘리베이터 문이 스르르 열리는 순간, 비장하던 박만수의 눈이 천천히 얼어붙었다.

"너!"

태준이 엘리베이터 앞에 꼭 저승사자처럼 서 있었다. 마치 연극의 막이 올라가듯이 엘리베이터 문이 열리면서 무시무시한 기운을 뿜어내는 태준의 모습이 완전히 드러났다.

퍽―!

태준의 손이 순식간에 뻗어와서 박만수의 얼굴을 잡아채서는 그대로 엘리베이터 벽에 박아버렸다. 머리를 세게 부딪친 박만수는 비명한 번 제대로 지르지 못하고 그대로 기절해 바닥으로 쓰러져 내렸다. 태준은 주먹으로 엘리베이터 1층 버튼을 쾅 눌렀다. 열렸던 엘리베이터 문은 바로 닫혔다. 닫히는 문 사이로 보이는 이수의 집 현관문을 본 태준의 눈빛이 순간 흔들렸지만 문은 바로 닫히고 엘리베이터는 하강했다.

박만수가 부산에 없다는 걸 눈치채지마자 박만수가 어디로 간지 알지도 못하면서 무조건 제주도로 온 것이었다. 의심도 없이, 망설임도 없이. 무조건이었다. 그녀는 몇 번이나 그 때문에 위험에 처했었다. 그래서 그녀를 지키기 위해 그녀와 헤어지고 평생 거부하던 흑룡파에스스로 들어간 것이었다. 그 강렬한 의지가 오늘 그를 이곳으로 이끌었다. 그리고 다행히 오늘은 늦지 않게 그녀를 지킬 수 있었다.

그리고 그 시간, 이수는 독감 때문에 먹은 독한 약에 취해 태준이 밖에 온 줄도 모르고 비몽사몽 잠에 빠져 아침까지 일어나지 못했다.

세상 사는 거 정말 재미없다는 듯 도박장에 모인 현금 다발을 일일이 손으로 세고 있던 황 이사는 밖이 소란스러워지자 얼굴을 찌푸리며 고개를 들었다.

"어떤 놈이 감히."

그가 돈 세는데 정신 사납게 하느냐고 화를 내려던 황 이사는 갑자기 벌컥 열린 문에 깜짝 놀랐다. 그리고 문을 열고 들어온 남자를 보고는 더 깜짝 놀랐다.

"너, 너, 너."

지금 이 순간은 귀신보다 더 무서운 마태준이었다. 뒤가 구린 게 있었기에 황 이사는 황급히 일어나 몸을 피하려고 했는데 이번에도 태준이 더 빨랐다. 순식간에 그가 있는 책상까지 온 태준은 손에 들고 있던 칼을 그대로 황 이사를 향해 찔렀다.

"악!"

황 이사는 정말 칼에 찔리는 줄 알고 비명이 터졌다. 하지만 아무리 기다려도 통증이 안 느껴지자 살짝 눈을 떠보니 마태준이 찌른 칼은 그가 들고 있던 현금 다발에 꽂혀 있었다. 황 이사는 그제야 불같이 화를 내며 소리쳤다.

"너 지금 칼 가지고 장난쳐! 죽을래!"

"박만수가 이 칼로 은 검사 죽이려고 했어. 너 알고 있었지?"

저승사자가 있다면 딱 그렇게 말했을 것 같았다. 태준의 살벌한 눈빛과 저승사자 같은 목소리에 질린 황 이사는 다리에 힘이 풀려 의자에 풀썩 주저앉았다. 하지만 밖에 부하들도 있는데 마태준에게 목숨을 구걸할 수는 없었다. 그는 마지막 남은 자존심으로 더듬더듬 말했다.

"보, 보스의 명령이었어."

"누구 명령이든!"

태준은 손가락으로 황 이사의 목을 가리켰다.

"은 검사가 죽으면 너도 죽어."

마태준이라면 정말 그럴 수 있는 인물이라 황 이사는 등골이 서늘했지만 그로서는 정말 억울한 말이었다.

"넌 흑룡파 보스고, 난 청호파야! 난 죽어도 청호파에 뼈를 묻을……! 악!"

갑자기 태준이 현금 다발에 꽂았던 칼을 빼내며 몸을 세우자, 황 이사는 겁을 먹고 입과 몸이 같이 얼어붙었다. 설마 그가 이번엔 진짜 그를 찌르려고 그러는가 싶었는데 태준은 꼿꼿하게 선 채 차갑게 말했다.

"끝까지 은 검사 지켜주면 청호파 보스 자리 곽진승이 아니라 네가 가질 수 있게 해주겠어."

움찔, 그건 그를 죽이겠다는 겁박보다 황 이사의 심장을 더 움켜잡는 말이었다. 같은 조직도 아닌 태준에게 그럴 권한이 있을 리가 없는데도 황 이사는 너무도 보스가 되고 싶었기에 태준이 그럴 힘이 있다고 믿고 싶을 정도였다. 어느새 태준은 문으로 걸어가고 있었다. 태준은 문 앞에서 황 이사를 돌아보며 못을 박듯 경고했다.

"은 검사가 죽으면 너도 죽는 거고, 은 검사가 살면 네가 청호파의 보스가 되는 거야. 명심해."

태준의 목소리가 황 이사의 뇌로 날아와 아주 깊게 박혔다. 평생 안 잊힐 그런 목소리였다.

뚜벅뚜벅―.

태준이 천천히 걸어서 자신이 난장판으로 만든 도박장을 빠져나갈 때까지도 황 이사는 꼼짝도 못했다.

그가 알던 또라이가 더 무서운 또라이가 되어 나타났다.

세상에 이보다 더 무서운 악몽이 어디 있을까 싶었다.

김상철이 힘겹게 눈을 떴을 때 가장 먼저 본 건 마광호가 그랬듯이 태준이었다. 세상 그 누구보다도 아름다운 얼굴을 가진 남자는 아무 표정이 없었다. 그래서 꼭 꿈 같기도 했다. 아직 말을 하기 힘든 김상철 대신 태준의 입이 천천히 열렸다.

"나 이번엔 늦지 않고 은 검사 지켰어."

그의 목숨을 구해준 걸 먼저 고맙다고 말해야 하는데 태준은 이수에 대해 먼저 말했다. 그리고 마른 웃음소리를 냈다.

"같이 있을 때는 죽어도 안 되던 게 흑룡파 회장이 된 이제는 가능해. 우습지?"

김상철은 웃는 얼굴로 우는 태준에게 괜찮다고 말해주고 싶었지만 지금은 말하는 것도 너무 힘들었다. 태준은 김상철의 병상 옆에서 한참이나 혼자 웃었다. 아니, 울었는지도……

로미오와 줄리엣의 결말

아침에 눈을 뜬 이수는 크게 기지개를 켰다. 그래도 약 먹고 푹 잤더니 독감이 많이 나아져 있었다. 한 번 크게 아프고 났더니 오히려 개운하기까지 했다. 그녀의 몸 안에 쌓여 있던 나쁜 감정들이 독감 바이러스와 함께 죽은 것 같았다. 이수는 창밖의 잔잔한 제주 바다를 보며 다짐했다.

"그래, 이제 일만 열심히 하자."

태준은 그녀가 잡을 수 없는 곳으로 떠나버렸지만 그녀에게는 아직 검사라는 사명감 넘치는 직업이 있었다. 이수는 마음을 굳게 먹고 출근 준비를 했다.

"좋은 아침입니다."

그녀가 기운차게 인사하며 사무실로 들어서자, 고 실무관이 반가운 얼굴로 물었다.

"이제 괜찮으세요?"

이수는 자신이 괜찮다는 걸 보여주기 위해 두 팔을 들어 올려 힘이 넘치는 포즈를 취했다.

"네, 거뜬해요. 내가 타고난 건강 체질이라 독감도 금방 나아요."

"정말 다행이다."

안도하는 고 실무관에게 웃어주고 그녀의 자리로 가던 이수는 이 계장이 심각한 얼굴로 그녀를 보고 있기에 다시 말했다.

"저 이제 정말 괜찮아요. 또 아파서 결근할 일 없을 테니까 안심하세요."

철저한 이 계장이 그녀가 아파서 결근한 것에 대해 안 좋게 생각하는 줄 알고 그리 말했는데 이 계장이 무겁게 입을 열었다.

"박만수가 잡혔습니다."

이수는 별로 놀라지 않았다. 탈주범이니 잡는 게 당연했으니까. 그리고 이젠 태준과 관련된 사람에 관해서는 관심 가지고 싶지 않았다. 그래서 가방을 책상 위에 올려놓으며 무심한 투로 물었다.

"그래요? 어디서요?"

"여기서요."

이 계장의 대답에 이수의 눈이 살짝 커졌다.

"네? 제주도에서 잡혔다고요?"

"네."

도대체 왜? 단지 우연이라고 보기에는 너무 거슬렸다.

태준은 강한의 식사 초대를 받고 그의 집으로 갔다. 그런데 문이 열렸을 때 그를 맞아준 사람은 집주인 강한이 아니라 다른 사람이었다.

오연희. 태준이 기억하는 그녀의 이름이었다.

태준이 건조한 눈으로 쳐다만 보자 오연희는 깊게 고개 숙여 인사했다. 그녀의 인사를 받으니 오히려 깊은 피로감이 몰려왔다. 그냥 집으로 돌아가고 싶어졌다.

"안 들어오고 왜 문 앞에 서 있어? 들어와."

하지만 강한이 나타나서 그리 말했기에 태준은 집 안으로 들어갈 수밖에 없었다. 식사 자리는 오연희까지 포함해서 세 명이었다.

"전 저만 초대한 줄 알았는데요."

태준이 불편한 티를 내며 말하자 강한이 미소를 지으며 오연희가 이 자리에 있을 수밖에 없는 이유를 설명했다.

"너도 오연희 씨 알지? 다시 우리 회사와 계약해서 배우 생활 시작해야 하는데, 아직도 남자가 무섭다는구나. 항상 남자 배우와 같이 작업해야 하는데 꽤 난감한 일이야."

그건 그의 탓이 아니라 최경호 탓이었다. 그런데 왜 그가 그 이야기를 이리 계속 듣고 있어야 하는 건가 싶었다.

"네가 좀 도와줄 수 없나 해서."

태준은 바로 얼굴이 찌푸려졌다.

"제가 왜요?"

태준이 싫은 내색을 보이자 오연희의 작은 어깨는 더 쪼그라들었다. 남자를 무서워한다는 강한의 말은 사실이었으니까.

"은 검사도 오연희 씨 돕고 싶어 했어. 그래서 그때 회사에 같이 왔던 거야."

M 엔터테인먼트에서 이수와 마주쳤던 순간이 떠올라 태준의 눈동자가 한순간 흔들렸다. 태준은 주먹을 꽉 쥐며 흔들리는 마음을 부여잡았다. 그리고 함부로 그녀의 이름을 꺼낸 강한을 원망이 담긴 눈으로 쳐다보았다.

"치사하시네요."

차라리 겉모습만 따져서 가장 화려한 여자를 골랐던 아버지와 김상철이 나왔다. 이수를 이용해 그를 옴짝달싹 못하게 하는 건 그에게 너무 가혹했다.

"너도 이제 잊어야지."

그래서 그를 위해서라는 강한의 말이 전혀 와닿지 않았다.

오연희는 조심스럽게 태준을 쳐다보았다. 힘과 권력을 모두 가진 것도 모자라 여자들이 좋아할 만한 훌륭한 외모까지 가진 남자가 상처 입은 눈빛으로 인내하며 앉아 있는 모습은 그녀에게 무척 깊은 인상을 남겼다.

그녀가 무서워하는 남자들과는 다른 남자.

그리고 그녀가 세상에서 가장 고마워하는 검사를 사랑하는 남자.

오연희의 눈에 비친 마태준은 그랬다.

이수는 아직 제주도 경찰서에 잡혀 있는 박만수를 만나러 갔다. 육지에서 탈주한 박만수가 왜 제주도까지 온 건지 이유를 들어야만 홀가분해질 수 있을 것 같았으니까. 분명 제주도가 섬이라 숨기 위해 바다를 넘어온 것일 거다. 그녀가 굳게 믿고 있는 이유는 그거였다.

박만수는 직접 찾아온 그녀를 보자마자 자리에서 벌떡 일어나며 고래고래 소리를 질렀다.

"네년만 아니었어도 내가 이 꼴이 안 되었어! 다 너랑 마태준 그놈 때문이야! 내가 이번에 못 죽였다고 포기할 거 같아? 내가 너랑 마태준은 반드시 내 손으로 처단한다!"

경찰들이 서둘러 달려와 박만수를 제압했다. 이수는 경찰들한테 거칠게 제압당하는 박만수를 싸늘한 시선으로 쳐다보았다. 굳이 입 아프게 물을 필요도 없었다. 그녀한테 복수하기 위해 제주도까지 왔다는 거니까. 그런데 그녀가 독감으로 골골대는 사이 박만수는 이리 잡혀버렸다.

"어떻게……."

경찰에게 어떻게 박만수를 잡았느냐고 물어보려던 이수는 입을 다물었다. 무얼 확인하려는 건가. 꼭 잡혀야 하는 나쁜 놈이 잡혔다. 그걸로 된 거였다.

이수는 더 무거워진 마음을 안고 경찰서에서 터벅터벅 걸어 나왔다. 길 중간에 멈추어 선 이수는 가방에서 휴대폰을 꺼냈다. 그녀의 휴대폰 통화 목록에는 절대 연결되지 않는 태준의 이름이 아직 남아 있었다. 이수는 감정 없는 글자로 적힌 태준의 이름을 보며 눈매를 찌푸렸다. 그를 잊는다는 건 독감이 낫는 것과는 비교도 안 되게 힘든 일이었다.

강한이 태준에게 부탁한 건 간단했다. 오연희가 남자 공포증이 조금이라도 나을 때까지 같이 식사를 해달라는 것이었다. 태준이 그 부탁을 거절하지 않은 건 단지 이수 때문이었다. 그녀라면 분명 자신이 사건을 맡았던 피해자가 잘 살기를 진심으로 바랄 테니까.

TV에 나와 연기하는 오연희를 보고 이수가 기뻐하길 바라며 태준은 다시 오연희와 만나 같이 식사를 했다.

이번엔 강한이 빠지고 둘뿐이었기에 오연희는 더 긴장했다. 긴장하니 식사를 맛있게 할 수 있을 리가 없었다. 저절로 먹는 둥 마는 둥 하게 되었다. 태준은 여자의 긴장감을 풀어주기 위해 농담 같은 걸 할 수 있는 성격이 아니었기에 묵묵히 식사만 했다. 이게 그의 한계였다.

달그락ㅡ.

적막한 식사 자리에서 포크와 나이프가 식기에 부딪히는 소리만이 더 크게 울렸다. 오연희는 용기를 내어 먼저 말을 했다.

"와, 와인은 안 드세요?"

와인을 마시면 긴장감이 좀 풀어질 것 같아서 꺼낸 말이었는데 태준의 대답이 돌아왔다.

"술 못 마십니다."

"네?"

상상도 못했다. 약하디약한 그녀도 마시는 술을 태준처럼 강한 사람이 못 마신다는 게.

"마시고 싶으면 혼자 마셔요. 난 상관없으니까."

태준이 못 마신다는데 어떻게 마음 편히 와인을 주문하겠나. 오연희는 아니라고 세차게 고개를 저었다. 오연희는 접시 위로 고개를 떨구고 태준은 손을 뻗어 물 잔을 잡았다. 그제야 태준의 눈에 거의 먹지 않은 오연희의 접시가 들어왔다. 태준은 오연희가 고기를 별로 안 좋아하는 거라 생각하고 물었다.

"생선은 좋아합니까?"

태준의 물음에 오연희는 움찔하며 그를 보았다.

"네?"

"생선 좋아하면 다음에는 생선구이로 먹죠."

"다, 다음에요? 또 만나주시는 거예요?"

분위기로 보아 오연희는 당연히 오늘이 마지막이라고 생각했다.

"네, 그럴 겁니다."

태준이 다시 만나주겠다고 대답하자 오연희는 그제야 입가에 미소가 걸리며 표정이 풀어졌다. 그녀가 좋아서 만나주겠다는 것도 아닌데 기뻤다. 어릴 때 처음으로 예쁜 원피스를 입고 느꼈던 순수한 행복과 비슷한 기쁨이었다.

오연희는 태준을 만나러 갈 때 자연스럽게 옷차림에 더 신경을 쓰게 되었다. 화장하는 시간도 길어졌다. 적어도 남자 공포증이 극복될 거라는 강한의 말은 사실이 되고 있었다. 그녀가 남자를 만나러 가면서 자신의 모습에 신경 쓰고 있으니까.

그런데 태준이 그녀를 데리고 간 곳이 고급 레스토랑이 아니 동네 골목에 있는 허름한 생선구이 집이라 좀 당황했다. 생선구이 집 여주인은 태준을 잘 아는 듯 그를 보자마자 다가와서 반갑게 인사했다.

"이런, 세상에! 우리 젊은 대표님 왔네. 이게 얼마 만이야. 오랜만에 보니 더 반갑네. 반가워."

"잘 지내셨습니까?"

"우리야 매일 똑같은 사람들이지. 오늘도 생선구이 정식이지?"

"오늘은 일행이 있습니다."

태준이 돌아보았을 때 오연희는 여전히 가게 밖에서 꿔다놓은 보릿자루처럼 서 있었다. 태준이 낯선 여자를 데려온 걸 알고 춘향 아주머니의 눈빛도 변했다. 그녀가 기억하는 태준은 분명 이수를 좋아하고 있었으니까. 하지만 남의 개인사에 대해 이러쿵저러쿵하는 건 실례였기에 웃으며 오연희에게 손짓했다.

"어서 들어와요. 보기에는 허름해도 우리 집 생선구이 정말 맛있으니까."

오연희는 천천히 움직여 생선구이집 안으로 들어갔다. 실크 원피스에 생선구이 냄새가 밸까 걱정이 되긴 했지만 티 내지 않고 창가에 있는 테이블에 태준과 마주 앉았다. 생선구이는 확실히 맛있었다. 그녀가 지금껏 먹어본 생선 중 가장 훌륭했다. 그래서 냄새는 신경 쓰였지만 스테이크 먹을 때보다 더 많이 먹을 수 있었다.

오늘도 별 대화 없이 태준과 생선구이만 먹고 식당을 나오려는데 가게로 들어오는 남자 손님과 거리가 가까워지자 문 앞에서 오연희가 움찔하며 멈추어 섰다. 낯선 남자가 그녀에게 해를 끼치지도 않았는데도 저도 모르게 몸이 경직되어 움직이지 못하는데 탄탄한 팔이 그녀의 몸 앞으로 뻗어와 그녀의 앞을 가로막았다.

오연희는 고개를 들어 위를 보았다. 계산하며 춘향 여주인과 대화하던 태준이 어느새 다가와 그녀의 옆을 지켜주고 있었다. 태준은 남자 손님이 멀어질 때까지 그녀의 앞을 막고 있는 팔을 치우지 않았다.

태준의 긴 팔과 큰 손은 세상의 어떤 위험도 다 막아줄 것처럼 강인해 보였다. 그녀를 지켜주는 그 팔을 보고 있으려니 안도감과는 또 다른 떨림이 그녀의 심장에 퍼졌다.

"고마워요."

가게를 나와 오연희는 태준에게 감사 인사를 했다. 태준은 그녀가 왜 갑자기 그런 말을 하는지 모르겠다는 눈으로 그녀를 보았다.

"저한테 정말 큰 도움이 되고 있어요."

오연희는 휴대폰의 끈을 만지작거리다 용기를 내어 태준에게 물었다.

"회장님한테도 제가 도움이 되나요?"

태준이 고개를 돌려 그녀를 보았다. 아무것도 담겨 있지 않은 사막 같은 눈빛이 그녀를 아프게 하였다.

"저도 도움을 주고 싶어서. 회장님 마음이 편해지게."

감히 그녀가 태준의 마음에 있는 은이수 검사를 몰아낼 수는 없었다. 그녀는 무명 배우였고, 은이수 검사는 정말 훌륭한 사람이었으니까. 그래도 그녀가 그런 것처럼 태준도 그녀와 있는 동안만큼은 은이수 검사 때문에 괴로워하는 마음에서 벗어나 편했으면 좋겠다. 그 정도만 되어도 좋겠다고 생각하는데 태준이 담담한 목소리로 말했다.

"그건 내가 죽어야 가능한 일이니 신경 쓸 필요 없습니다."

오연희는 굳은 눈으로 태준을 보았다. 그녀는 그 일을 당한 뒤 세상에서 제일 불행하다고 생각하며 살았는데 눈앞의 남자는 그녀를 더 뛰어넘었다. 그래도 그녀는 그 불행에서 벗어나려고 발버둥이라도 치는데 그는 그 불행을 자신의 일부처럼 껴안고 살아가고 있었으니까. 어떻게 그렇게 살 수 있단 말인가. 사람이 어떻게…….

주말이 되자 도훈이 제주도에 왔다. 일부러 그녀를 만나러 온 도훈에게 이수는 퉁명스럽게 말했다.

"제주도 오는 비행기 값이 너무 싸."

"그래서 불만이냐?"

"사람들이 싸다고 너무 많이 제주도로 오니까 그렇죠. 요즘 제주도에는 사람이 너무 많아요. 조금만 더 지나면 서울이나 세구도나 똑같 아지겠어요."

대어날 때부터 제주도에 살았던 사람처럼 말하는 그녀를 보고 도훈은 헛웃음을 지었다.

"일부러 여기까지 만나러 와주는 사람이 있다는 걸 고맙게 생각해."

"네, 네. 엄청 감사하죠."

그를 좋아하던 이수와는 전혀 다르게 꼭 귀찮은 오빠 대하듯 하는 그녀의 태도에 도훈은 서운하면서도 그래도 그녀가 편하게 그를 대해주어서 다행이라고 생각했다.

"요즘은 쉬는 날에 뭐 하냐?"

"저 봉사 활동해요."

"뭔 사?"

"봉사요. 이왕 온 김에 같이 가실래요?"

"너 설마 나 다신 못 오게 하려고 일부러 이러는 거냐?"

"아니에요. 진짜예요. 봉사 활동하면 마음이 얼마나 풍요로워지는데요. 최 검사님도 한번 느껴보세요."

도훈은 아무래도 수상했지만 이수가 진짜 봉사 활동을 간다고 해서 할 수 없이 같이 가기로 했다. 이수의 차로 같이 걸어가던 두 사람은 반대편에서 걸어오는 여자를 보고 멈추어 섰다. 이수가 먼저 반가운 표정을 지으며 여자를 불렀다.

"어머나, 세상에. 오연희 씨, 설마 여기까지 저 만나러 온 거예요?"

그를 보았을 때와는 전혀 다른 반응을 보이는 이수를 도훈이 옆에서 흘겨보았다.

오연희는 이수가 도훈과 함께 있는 것을 불편한 눈으로 보다 꾸벅 고개를 숙여 인사했다. 이수는 도훈에게 빠르게 속삭였다.

"오연희 씨, 남자 무서워해요. 그러니까 우리 집에서 잠깐만 기다려 주실래요?"

오늘 이래저래 홀대받는 거 같아서 도훈은 탐탁잖은 표정을 지었지만 오연희와 이수의 인연을 다 아는 처지에 매몰차게 싫다고 할 수는 없었다.

"알았으니까 1시간은 넘기지 마라."

이수는 도훈을 자신의 집으로 보내고 오연희와 둘만 집 근처 카페로 갔다.

"잘 지냈어요? 내가 너무 정신없이 사느라 연락도 못 했네. 배우 생활은 잘하고 있어요?"

TV에서 오연희가 나온 걸 봤다면 반가운 마음에 먼저 전화를 했을 텐데 아직은 어디에서도 그녀를 보지 못했다.

"검사님은 잘 지내시는 거 같네요."

오연희가 그녀를 빤히 보며 하는 말에 이수는 싱긋 웃었다. 그냥 안부 인사라고만 생각했다.

"당연하죠. 제주도 엄청 좋아요."

"그런데 마태준 씨는 그렇지 못해요."

오연희의 입에서 나온 태준의 이름에 이수의 미소가 그대로 얼어붙었다. 어떻게 오연희의 입에서 그 이름이 나올 수 있는 건지 이수는 도저히 납득이 안 되었다. 박만수가 제주도에서 잡힌 것보다 더 그녀를 혼란스럽게 하였다.

충격에 아무 말도 못 하는 이수에게 오연희는 일방적으로 말했다.

"마태준 씨는 검사님 죽어야 잊을 수 있대요."

그리 말하는 오연희의 눈빛에는 그녀에 대한 원망이 섞여 있었다. 그녀는 분명 오연희에게 원망 살 일을 한 적이 없는데 말이다. 그녀는 최경호를 감옥에 넣어서 망가질 뻔한 오연희의 인생을 다시 찾아주었을 뿐이다.

"그러니까 검사님이 확실히 마태준 씨한테 말해주시면 안 돼요? 검사님 잊어달라고."

이수는 끝까지 한마디도 할 수가 없었다. 오늘 처음 알았다. 세상에서 가장 아픈 공격이 적에게 당하는 게 아니라 위험하지 않다고 굳게 믿고 있던 사람에게 당하는 거라는 걸.

오연희가 떠난 뒤에도 이수는 바로 도훈이 있는 집으로 가지 못 하고 혼자 멍하니 카페에 앉아 있다가 휴대폰을 꺼냈다. 오연희가 실수한 게 있었다. 태준이 그녀를 잊기를 진심으로 바랐다면 그녀한테 찾아와서 그런 말을 하면 안 되었었다. 그녀 역시 잘 지내지 못하고 있었으니까. 그냥 말만 그리 한 거였다. 그냥 괜찮은 척한 거였다.

그녀가 태준에게 매몰차게 버림받은 거였다. 그런데 그녀보고 태준에게 잊어달라 말하라니. 너무 기가 막히고 화가 났다.

이수는 손가락을 휴대폰 자판 위에 올렸다. 그녀가 아는 태준의 번호는 여전히 결번이었고, 태준의 바뀐 전화번호는 전혀 몰랐다. 그런데 재이가 아직 태준의 곁에 있는 걸 병원에서 봤기에 이수는 춘향으로 전화를 걸었다. 어쩌면 재이가 아직 거기에 살고 있을 수도 있었으니까.

[네, 춘향입니다.]

이런 상황에도 익숙한 춘향 아주머니의 목소리가 너무 반가워서 눈물이 날 것 같았다. 이수는 애써 밝은 목소리로 인사했다.

"안녕하세요. 저 거기 자주 가던 검사 아가씨인데 기억하세요?"

[아이고! 이게 누구야. 당연히 기억하지. 잘 지냈어요? 검사 아가씨.]

"네, 그동안 못 찾아가서 죄송해요."

[죄송할 게 뭐 있어. 시간 나고 근처 지나다 생각나면 오면 되지. 우리야 항상 여기 있으니까.]

그녀가 그곳에 살 때와 전혀 변함없는 춘향 아주머니의 목소리를 듣고 있으려니 마음의 안정이 찾아왔다. 정말 서울 가면 꼭 다시 가보고 싶어졌다.

"혹시 재이 씨 아직도 옥탑에 사나요?"

[옥탑 총각? 어. 살지. 자기는 여기가 너무 좋다고 다른 곳으로 이사를 안 한다네. 이젠 우리 식구나 마찬가지야.]

"죄송한데, 재이 씨 휴대폰 번호 좀 가르쳐주실 수 있으세요?"

[옥탑 총각 전화번호?]

정말 오랜만에 전화해서 다짜고짜 그리 친하지도 않았던 재이의 번호를 묻는 건 정말 이상한 일이었지만, 그녀가 최근에 겪은 일들을 춘향 아주머니가 알게 되면 이건 이상한 축에 들어갈 일도 아니었다.

의식을 차린 김상철은 천천히 회복해 나갔다. 더딘 회복이 김상철은 답답할 테지만 태준은 김상철이 죽지 않고 살아나서 정말 다행이라고 생각했다. 태준은 아주 바쁜 일이 없으면 거의 매일 김상철의 병실에 들렀다.

"박만수가 교도소 안에서 죽었어."

박만수가 죽었다는 말에 김상철의 눈이 커졌다.

"설마 큰 회장님이?"

태준을 회장 대행이라 부르는 건 권위가 안 살았기에 다들 마광호를 큰 회장이라 불렀다.

태준은 맞다고 고개를 끄덕였다.

"그리고 검찰은 내가 한 줄 알 거야."

꼬여버린 상황을 듣고 김상철은 얼굴을 찌푸렸다. 모두 마광호가 그린 그림이었다. 아들을 길들이기 위해 사람까지 서슴없이 죽이는 아버지는 분명 마광호 한 명뿐일 거다.

"그냥 제가 했다고 하면 됩니다. 다친 것도 저니."

김상철의 말에 태준은 헛웃음이 절로 나왔다.

"말도 안 되는 소리 하지 마."

"제가 일어나자마자 다 처리할 테니 걱정 마십시오."

"걱정 안 해."

어차피 이번 일이 아니더라도 검찰은 그를 흑룡파의 수장으로 알고 있다. 그러니 전과를 달든 말든 그게 뭐가 다르단 말인가.

"이번 일은 내가 알아서 할 수 있으니까 몸조리나 잘해."

김상철의 병문안을 마치고 나온 태준은 병원 앞에 대기하고 있던 차의 뒷좌석에 올라탔다. 태준이 타자마자 운전사인 재이의 전화가 부르르르 진동으로 울렸다.

"재이, 네 전화야."

재이는 큰 실수라도 한 것처럼 당황해서 서둘러 전원을 꺼버리려고 했는데 태준이 말했다.

"전화 받아. 급한 것도 아니니까."

재이는 미안하다고 고개 숙여 사과한 뒤 통화 버튼을 눌렀다.

"여보세요."

[나 은이수 검사예요. 재이 씨 맞죠?]

툭―.

재이는 전화기 안에서 들려오는 그녀의 목소리에 너무 놀라서 들고 있던 휴대폰을 떨어뜨렸다. 그런 재이의 행동이 이상했기에 태준이 물었다.

"누구 전화야?"

"그, 그그그그그 그게……."

그때 전화기 안에서 그녀가 빽 소리쳤다.

[끊지 마요. 끊으면 내가 직접 찾아갈 거야!]

그게 이수의 목소리라는 걸 태준은 바로 알았기에 표정이 굳었다. 태준은 조수석에 앉아 있던 경호원에게 말했다.

"김상철 병실에 내 전화를 두고 왔어. 좀 가져다줘."

경호원은 바로 알았다고 대답하고 차 문을 열고 나갔다. 재이는 당황한 눈으로 태준을 돌아보았다. 태준은 앞으로 손을 내밀었다.

"내가 받을 테니까 너도 좀 나가 있어."

재이는 서둘러 태준의 손에 자신의 휴대폰을 올려주고는 운전석 문을 열고 나갔다. 차 안에 혼자 남은 태준은 그제야 휴대폰을 귀에 가져다 댔다.

"무슨 짓입니까?"

재이가 아니라 태준의 목소리가 들려오자 이수는 목소리를 낮추어
정상적으로 말했다.

[이제야 연결되었네요. 이렇게 쉽게 받을 걸 전화번호는 도대체 왜
없었어요?]

태준은 주먹을 꽉 움켜쥐었다. 그녀의 목소리는 그동안 냉정을 유지
해 왔던 그의 일상을 너무도 쉽게 파괴했다.

"다시는 재이한테 전화하지 마십시오. 재이 일자리 잃게 하고 싶지
않으면."

[왜 나한테만 그렇게 냉정하게 구는 건데요!]

그녀도 그한테 화만 내고 있었다. 그가 왜 그래야만 했는지 이해해
줄 수는 없나.

[내가 그때 공항 안 나간 걸로 내 탓 하는 거죠? 그렇죠?]

그런 게 아니었다. 그는 오히려 그걸로 그녀한테 미안해하고 있었다.
그녀한테 너무 힘든 선택을 하게 하였으니까.

"끊습니다."

이미 지나간 일이었다. 지금 와서 누구 탓인지 따지는 건 무의미했기
에 그만 전화를 끊으려는데 이수가 그를 붙잡듯이 말했다.

[내가 다 버리고 같이 떠날 수 있다고 하면!]

종료 버튼을 누르려던 그의 손가락이 멈추었다. 그녀의 말이 그의
심장을 흔들어놓았다.

[그럼 어쩔 건데요? 지금이라도 나랑 같이 떠날 수 있어요?]

태준은 대답할 수가 없었다. 그녀가 진심을 말하는 거라 생각할 수
없었으니까. 그저 지금 그에게 화가 나서 홧김에 하는 말이리라.

"당신이 그럴 수 없다는 거 압니다."

서로 너무도 사랑하던 그때도 못 떠났던 그녀가 이제 와서 홀가분하게 떠날 수 있다고는 생각하지 않았다.

[그럴 수 있는지 없는지 보여줄 테니까 이번 주 토요일 밤에 나 버리고 간 그 호텔로 와요.]

뚝―.

이수는 일방적으로 약속을 정하고는 전화를 끊어버렸다.

태준은 전화가 끊어진 뒤에도 한참이나 휴대폰을 내려놓지 못했다. 그녀가 진심을 말하는 거라 여기지 않았다. 이 말에 흔들리면 그가 또 힘들어지는 거였다. 그런데도 마음은 요동을 쳤다.

그녀와 함께 떠날 수만 있다면 그의 삶은 분명 지금과 달라질 테니까. 그녀와 함께 떠날 수만 있다면……

❀

이수는 퇴근하고 돌아오는 길에 편지지와 편지 봉투를 사서 집으로 돌아왔다. 한 장은 검찰청에 낼 사직서를 쓰고, 한 장은 부모님한테 보낼 편지였다. 이수는 잠시 굳은 표정으로 생각하다 마음을 먹고 편지지 위에 글자를 꼭꼭 눌러썼다.

> **엄마, 아빠. 죄송해요.**

사실 태준에게 같이 떠나자고 말한 건 그 순간 즉흥적으로 나온 말이었다. 재이의 번호로 전화를 걸 때까지만 해도 그냥 태준에게 화를 낼 생각이었다.

이 천벌 받을 놈아. 네가 날 버리고 다른 여자를 만나!

그런데 마음이 격해져서 떠나자고 말을 뱉고 나니 깨달았다. 그와 다시 사랑하기 위해서는 그의 말처럼 이 나라를 떠나는 것밖에 방법이 없다는 걸. 그는 이미 1년 전에 그걸 알고 있었던 거다. 그래서 그리 간절하게 그녀한테 떠나자고 했던 거였다. 그런데 그녀는 다른 방법이 있을 줄 알고 망설였다가 결국 그를 놓쳐버렸다.

> 저한테 사랑하는 남자가 있어요.

그를 잃고 싶지 않았다. 그가 그녀한테 올 수 없는 자리에 있다는 걸 알면서도 여전히 그를 사랑했다.

> 두 분 허락도 안 받고
>
> 그 사람이랑 같이 떠나는 절 용서해주세요.

검사라는 명예로운 직업이 그보다 더 소중하지 않았다. 부모님을 생각하면 너무 마음이 아프지만 시간이 흐른 뒤 그녀가 찾아와도 용서하고 받아주실 분들이었다.

> 언젠가 돌아올 수 있게 되면
>
> 그때 찾아뵐게요.

그런데 태준은 지금이 아니면 영원히 잃게 될 게 분명했다. 그녀가 그를 이대로 놓아버리면 그의 인생까지 암흑 속으로 침몰할 게 보이는데 어떻게 모른 척할 수가 있을까. 그러니까 그와 함께 떠날 수 있었다. 그녀는 할 수 있었다.

태준은 장미꽃을 들고 검찰청 계단을 올라가던 그 순간 이미 그녀가 전부였는데, 그녀는 긴 길을 돌고 돌아 이제야 겨우 그가 전부가 될 수 있었다.

❀

금요일 밤에서 토요일로 넘어가는 시간이 되자 태준은 도저히 잠이 들 수 없었다.

토요일이었다. 그녀가 그에게 같이 떠나자고 말한 그날.

하지만 그녀는 올 수 없을 거다. 그에게 말할 때는 떠날 수 있다고 했지만 부모님의 얼굴을 보면 또 흔들릴 게 분명했다. 그리고 설령 진짜 떠날 수 있다고 해도 그와 함께 떠난 걸 금방 후회할지도 몰랐다. 그러니 그만 생각해야 했다. 계속 그녀의 말에 미련을 두고 있으면 그만 더 괴로워졌다. 태준은 침대에서 벌떡 일어나 문으로 걸어갔다. 도저히 잠이 오지 않을 것 같았기에 몸이 지칠 때까지 운동이라도 해서 억지로 잘 생각이었다.

봄이 시작되는 4월이었지만 밤은 여전히 겨울처럼 추웠다. 그래도 태준은 개의치 않고 나무들이 우거진 산책로를 전속력으로 뛰었다.

"헉헉."

그의 숨소리가 몸 안을 가득 채울 때까지 멈추지 않고 속도를 더 높였다. 어떻게 해서든 그녀의 목소리를 지워야 했다.

—내가 다 버리고 같이 떠날 수 있다고 하면…….

하지만 그래야 한다고 다짐할수록 그의 귓가에 그녀의 목소리가 메아리쳤다. 태준은 이를 사리물며 있는 힘껏 앞으로 내달렸다. 흔들리면 안 되었다. 사랑은 끝났다고 그는 분명 다짐했었다. 한 번의 이별도 그리 힘들었는데 또다시 상처받게 되면 그땐 정말 버틸 자신이 없었다.

태준은 그녀한테서 도망치듯이 미친 듯이 달렸다.

이수는 태준에게 같이 떠나자고 말한 토요일이 되었을 때 가방에 옷몇 벌과 여권을 챙겨 들고 그 호텔로 다시 찾아갔다.

프런트에는 그때 봤던 직원이 여전히 자리를 지키고 있었다. 처음엔여자가 남자 대신 체크인한다고 이상한 눈으로 쳐다보더니 지금은 그녀를 전혀 기억 못하는 눈치였다.

"505호 비었나요?"

같은 방을 체크인하고 방으로 올라갔다. 시간은 정하지 않았기에 태준이 몇 시에 올지는 알 수가 없었다. 어쩌면 안 올 수도 있었기에 이수는 코트도 못 벗고 침대에 걸터앉아서 초조하게 그를 기다려야 했다.

아마도 태준 역시 공항에서 그녀를 기다릴 때 이런 마음이었을 거라는 걸 이수는 아주 뒤늦게야 깨닫고 마음이 뭉그러졌다. 그녀가 그에게 너무 큰 상처를 주었다. 지난 1년이 그에 대한 벌이라고 하면 달게받을 테니까 지금은 그가 꼭 그녀에게 와주기를 바랄 뿐이었다.

"제발 와요."

이수는 두 손을 맞잡고 신이 아니라 태준에게 빌었다.

제발 그녀에게 한 번만 더 기회를 주기를.

이번에는 그의 손을 그리 쉽게 놓지 않을 테니까.

똑똑―.

밖에서 들린 선명한 노크 소리에 눈을 감고 있던 그녀의 어깨가 크게 떨렸다. 이수는 눈을 뜨며 벌떡 일어났다.

"태준 씨?"

문을 향해 그의 이름을 불러보았지만 아무 대답이 없었다. 이수는 더듬더듬 문으로 걸어갔다. 문을 열려고 문고리를 움켜잡는데 꼭 그녀의 심장을 움켜잡은 듯이 너무 아팠다.

홍 실장은 마광호의 방이 있는 복도에서 서성이고 있었다. 밤늦은 시간 태준이 혼자 차를 타고 빠져나가는 걸 목격했다. 어차피 밤거리를 헤매다 돌아오려고 하는 것일 테지만 본 이상 마광호에게 보고를 하는 게 맞았다.

그런데 왠지 보고하게 되면 일이 커질 것 같다는 그런 불안함이 생겼다. 요즘 마광호와 태준의 사이가 위태로우니 이번 일은 그냥 넘어가는 게 이 집의 평화를 위해서 좋을 수도 있었다. 자꾸 화를 내면 마광호도 분명 건강이 더 나빠질 거다. 그래서 홍 실장은 마광호의 방 앞에서 그냥 돌아서서 걸어가려고 했다.

"콜록콜록."

그런데 마광호의 방 안에서 들린 기침 소리에 홍 실장은 서둘러 다시 마광호의 방으로 가서 문을 두드렸다.

"회장님, 홍 실장입니다."

문을 연 홍 실장은 마광호가 누워 있는 침대로 소리 없이 다가갔다.

"괜찮으십니까?"

몸이 안 좋아졌는지 마광호의 낯빛이 창백했다. 아직은 완치 안 된 암 환자였기에 언제든지 상태가 나빠질 수 있었다. 마광호는 몸이 안 좋아지면 언제나 그랬듯이 의사가 아니라 아들을 먼저 찾았다. 같이 있으면 지지고 볶아도 그가 죽으면 그의 장례식에 상주 설 사람은 그의 아들인 태준뿐이었으니까.

"태준이 좀 불러와."

홍 실장은 속으로만 짧게 혀를 찼다. 그는 못 본 척하려고 했는데 아무래도 그럴 수 없는 밤이었나 보다.

✾

달칵─.

한 번에 다 열지 못하고 조금 연 문 사이로 태준의 얼굴이 보이자, 내내 긴장하고 있던 이수의 마음이 순식간에 풀어지며 가슴을 누르고 있던 손이 아래로 툭 떨어졌다.

벌컥─.

그녀가 조금 연 문을 태준이 활짝 열며 방 안으로 들어와 두 손으로 그녀의 얼굴을 움켜잡았다. 그리고 쏟아지는 키스에 정신을 차릴 수가 없었다. 어떤 말도 없이 키스부터 시작한 태준은 처음부터 그녀의 입술을 가르며 그녀의 안으로 깊이 파고 들어왔다. 허락도 없이 침범해

온 갈급한 키스에서 그가 그동안 참고 참았던 갈증이 그녀에게까지 전해졌다.

쿵ㅡ.

그의 힘에 밀려 몸이 벽에 부딪혔지만 아찔한 키스에 통증조차 자극적이었다. 이수는 두 팔로 그의 목을 끌어안으며 그에게 매달렸다. 잠시 이성의 끈도 놓고 하나로 뒤엉켜 서로의 입술만 탐했다. 지금은 백 마디의 말보다 거친 키스 한 번이 서로에 대한 갈구를 더 솔직하게 드러내주었다.

"하아."

태준은 그녀의 입에서 흘러나온 숨결까지 모두 삼켜버리며 그녀의 입술을 탐했다. 닿아버린 순간 멈출 수가 없었다. 모든 것이 폭발해버렸다. 그의 손이 코트 안으로 들어와 그녀의 몸을 타고 흐르다 순식간에 그녀를 안아 올렸다. 그녀의 긴 머리카락이 그의 얼굴 위로 쏟아졌다. 그녀의 떨리는 눈동자와 그의 깊고 검은 눈이 허공에서 마주쳤다.

이수는 그의 뺨에 손을 얹고 물었다.

"나 아직 사랑하는 거 맞죠?"

그의 눈빛은 흔들림 없이 그녀를 보았다. 태준은 대답 대신 그녀를 안고 침대로 향했다. 그렇게 사랑했는데도 그녀를 안은 밤은 딱 하룻밤뿐이었다. 그게 너무 서러워서 오늘 밤은 이 마음이 바닥이 날 때까지 그녀를 안고 싶었다.

침대에 그녀를 내려놓자마자 태준은 그녀의 원피스 치맛자락을 단번에 위로 올려 거침없이 벗겨내었다. 윤기 흐르는 그녀의 피부가 드러나자 그의 목울대가 크게 일렁였다. 맨살에 닿은 공기가 소름 돋아 이수는 온기가 있는 그의 품으로 파고들었다.

"천천히 해요."

그녀가 그의 곁에 없던 시간 동안 너무 참기만 해서 그한테는 지금 천천히 할 인내가 남아 있지 않았다.

"그건 무리입니다."

잔뜩 쉰 목소리로 그리 말한 태준은 드러난 그녀의 목덜미에 입술을 대고 강렬하게 빨아들였다. 뱀파이어 같은 그의 행동에 이수는 몸을 떨었다. 밀고 들어오는 그의 몸에 밀려 그녀는 침대 위로 쓰러져 누웠다. 그녀의 목덜미를 탐하던 태준은 봉긋한 가슴까지 내려가며 그녀의 몸에 붉은 흔적을 남겼다. 마치 그의 것이라고 낙인을 찍듯이. 그의 밑에서 힘없이 헐떡거리며 이수는 손으로 그의 셔츠를 움켜잡았다.

"태준 씨도 옷 벗어요."

그제야 태준은 그녀만 옷을 벗었다는 걸 깨달은 듯 그녀의 몸에서 떨어졌다. 태준은 그녀의 옷을 벗길 때보다 더 거침이 없이 자신의 옷을 벗었다. 그가 셔츠를 손으로 잡아당기자 단추들이 후드득 떨어지며 단번에 벌어졌다. 그의 과격한 탈의에 이수의 눈이 커졌다. 그녀가 겁도 없이 한 마리 짐승을 불러들인 건가 불안해할 틈도 없이 단숨에 바지와 속옷까지 벗은 태준이 몸을 겹쳐왔다. 맞닿은 강건한 몸의 무게감에 이수는 숨이 막힐 것 같았다.

"무슨 생각해요?"

그가 완전히 이성을 놓기 전에 이수는 그에게 처음 안길 때 물었던 질문을 또 했다. 생각이란 걸 하고 싶지 않은 순간에 그녀가 또 그런 질문을 하자 태준은 검은 눈빛을 찌푸렸다. 그녀가 떨리는 시선으로 그를 보며 그의 대답을 기다리는데 태준의 손가락이 그녀의 다섯 손가락 사이로 파고들어 와 그녀를 단단히 움켜잡고는 그녀의 팔을 머리 위로 올렸다. 그리고 그의 단단한 가슴이 그녀의 가슴을 짓누르며 다가왔다. 쾅쾅대는 심장의 고동이 나가게 해달라는 비명처럼 느껴졌다.

"대답."

그녀의 여린 재촉을 태준은 거친 키스로 막아버렸다. 그녀의 모든 것을 앗아갈 듯이 그의 입술이 그녀를 빨아들였다.

"흐읍."

그녀의 목소리는 어느새 신음으로 바뀌어 뜨거움에 잠식되어갔다. 그녀도 더 이상 생각이란 걸 할 수 없었다. 몸의 감각만이 그들을 지배해갔다. 단지 중요한 건 그가 안고 있는 여자가 은이수라는 거였고, 그녀가 안긴 남자가 마태준이라는 것이었다.

두 사람은 다시 하나가 되며 서로가 없던 시간 동안 그들을 잠식했던 상실감을 불태워버렸다.

◆

아주 거센 폭풍이 불었는데 태준의 가슴에 기대 그의 심장 소리를 듣고 있으니 그게 꼭 창밖에만 부는 폭풍처럼 느껴졌다. 그들이 같이 있는 곳은 따뜻하고 아늑했다. 그래서 이수는 그의 품으로 더 깊이 파고들었다. 포개진 두 몸은 떨어지지 못하고 자꾸 하나로 겹쳐졌다.

"나 여권 가지고 왔어요."

그녀의 동그란 어깨에 입 맞추던 태준은 멈칫했다. 이수는 그의 표정을 보지 못한 채 그의 몸을 꽉 끌어안으며 물었다.

"우리 어디로 갈 거예요?"

태준이 아무 대답이 없자 이수는 그제야 고개를 들어 그의 얼굴을 보았다.

"왜 대답 안 해요?"

재회의 키스에 같이 뜨거운 밤까지 보냈는데 이제 와서 또 그녀를 불안하게 하면 반칙이었다. 그녀는 이제 떠날 일만 남았다고 생각하고 있었으니까.

"제가 여권이 없습니다."

그의 말은 그녀에게 벼락이나 마찬가지였다. 그래서 이수는 벌떡 일어나 앉으며 그한테서 떨어졌다. 그녀는 믿을 수 없다는 눈으로 그를 보며 힐난하듯이 말을 시작했다.

"그냥 왔다고요? 그럼 오늘 여기 왜 온 거예요? 그냥 나랑 마지막으로 한 번 자보려고 온 거예요? 이거 지금 원나잇이었어요?"

그녀의 목소리는 말이 이어질수록 높아지다가 '원나잇'에서 폭발했다. 태준은 고막을 때리는 그녀의 목소리에 한쪽 눈을 찌푸리며 해명했다.

"난 이수가 또 안 올 거라고 생각했습니다."

그녀는 분명 또 부모님을 보고 망설이게 될 거라 생각했지만 설마 하는 마음에 여기까지 와본 거였다. 그런데 그녀가 호텔 방문을 진짜 열어주자 참지 못하고 키스부터 하게 된 거였다. 이수는 그가 더 이상 자신을 함부로 만지지 못하게 이불로 몸을 둘둘 말며 그를 노려보았다.

"또 내 탓이네요. 뭐, 한 번 바람피운 사람이 계속 바람피운다는 거예요?"

그녀가 말도 안 되는 비유까지 하며 너무 화만 내자 태준은 손을 뻗어 그녀의 다리를 잡고 쭉 잡아당겼다. 이수는 싫다고 바둥거렸지만 힘으로 그를 당할 수는 없어서 어느새 또 그의 품 안이었다. 태준은 부드러운 그녀의 몸을 끌어안고 그녀의 입술에 쪼듯이 버드 키스를 했다. 여권이 없다고 해서 이 소중한 시간을 망칠 수는 없었다.

"나 때문에 다친 형을 만나고 와야 합니다."

모든 걸 뒤로 하고 떠나더라도 그를 구해준 김상철에게만은 말해야 했다. 그녀와 함께 떠날 거라고. 분명 김상철은 잘 가라고 말해줄 것이다. 그게 그가 행복할 수 있는 유일한 길이라는 걸 잘 아니까. 김상철이 그를 구하려다 크게 다친 걸 알기에 이수는 안 된다고 할 수가 없었다.

"그럼 당신이 김상철 만나고 올 동안 난 뭐 해요?"

"여기서 기다려요."

이젠 잠시라도 떨어지기 싫었지만 그녀가 그와 함께 돌아다니는 건 더 위험했다.

이수는 좁은 호텔 방 안을 둘러보았다. 이럴 줄 알았으면 좀 큰 곳으로 잡을 걸 그랬다. 설마 여기서 오래 있어야 할 줄은 몰랐다.

"여기 좁아서 오래 있으면 갑갑해요."

태준은 투덜대는 그녀를 품에 안고 약속했다.

"빨리 돌아오겠습니다."

김상철을 만난 뒤 집에 가서 여권만 가져오면 되었다. 그럼 그녀와 같이 떠날 수 있었다.

이제 누가 뭐라고 욕해도 그 자신만을 위해서 살 거다.

그도 행복해지고 싶었다.

태준은 호텔 방에서 나가기 전에 이수에게 그가 쓰던 휴대폰을 내밀었다.

"연락할 일 있으면 이 휴대폰으로 하겠습니다."

잠깐 다녀오겠다고 한 건데도 막상 그가 그녀만 두고 나간다고 하니 불안해져서 이수는 그가 준 휴대폰을 손에 꼭 쥐고 그를 올려다보았다.

"진짜 금방 올 거죠?"

태준은 안심하라는 뜻으로 그녀의 이마에 짧게 입을 맞추었다.

"나 때문에 못 잤으니 푹 자고 있어요."

잠이 올 리가 없었다. 긴장이 풀리지 않아서 심장은 계속 쿵쿵 뛰어댔다.

"그럼 태준 씨 올 동안 어디 갈지 인터넷 보면서 찾아둘게요."

그리 말하니 꼭 그와 여행을 가는 것처럼 들렸다. 하지만 그녀는 제주도 집을 나서기 전에 부모님한테 쓴 편지를 두고 왔다. 부모님을 만나면 또 마음이 약해질까 봐 이번엔 차마 얼굴 보러도 못 갔다.

"괜찮습니까?"

그녀가 부모님 생각을 한 걸 눈치챈 듯 태준이 불안한 눈빛으로 그녀를 보며 물었다. 이수는 고개를 끄덕였다.

"괜찮아요."

그와 떠나기로 한 것에 대해 겁은 났지만 후회하지는 않았다. 그가 없는 시간이 얼마나 고통스러웠는지 이미 겪었기에 이대로 그를 잃게 되는 게 그녀는 더 두려웠다. 이수는 태준의 허리를 꼭 안으며 말했다.

"빨리 와요. 기다리고 있을게요."

태준은 그녀만 혼자 두고 가는 게 불안해서 잠시 망설이다 여권을 가져오기 위해서라도 나가야 했기에 문을 열고 밖으로 나갔다.

탁―.

문이 닫히고 함께 있던 방에 혼자 남게 되자 이수는 힘없이 침대에 걸터앉았다.

그는 금방 돌아올 거다. 그럼 같이 떠날 수 있었다.

그러니 조금만 참고 기다리면 된다고 그녀는 자신을 다독였다.

태준은 차를 타고 김상철이 있는 병원으로 향했다. 마음이 급했기에 차의 속도를 자꾸 올리게 되었다. 우선 집에 가서 가장 중요한 여권을 먼저 가지고 올까 싶기도 했지만 집에는 아버지가 있었기에 집은 뒤로 미루고 병원으로 향했다.

병원에 도착한 태준은 곧장 김상철이 있는 병실로 올라갔다. 시간이 없었기에 할 말만 하고 돌아갈 생각이었는데 병실 문이 열렸을 때 태준은 곧장 그 안으로 들어갈 수가 없었다. 집에 있어야 할 마광호가 그곳에 있었다. 기습이라도 당한 듯 태준의 눈동자가 짧게 흔들렸다.

"아버지가 어떻게?"

마광호는 느릿하게 고개를 돌려 병실 문 앞에 서 있는 태준을 쳐다보았다.

"상철이가 내 아들 목숨을 살려줬으니 내가 직접 와서 감사 인사 정도는 해야지."

태준의 시선이 침대에 누워 있는 김상철에게로 향했다. 김상철은 뭔가 불안한 눈빛으로 그를 쳐다보고 있었다. 그가 지금 무엇을 하려는지 김상철에게도 말하지 않았기에 김상철이 아버지에게 말할 수 있을 리가 없었다.

"안 들어오고 뭐 하는 거냐?"

태준은 천천히 병실 안으로 들어갔다. 여기서 그냥 가면 분명 의심을 살 거였다. 이수와 함께 비행기를 타고 떠나기 전까지는 그 누구의 의심도 받으면 안 되었다. 침대 옆으로 걸어간 태준은 마광호의 옆에 섰다. 구석에 서 있는 홍 실장과 눈이 마주쳤는데 그를 빤히 쳐다보는 시선이 뭔가 거슬렸다.

이 거북한 상황에서 마광호만 개의치 않고 말했다.

"내가 그래서 상철이한테 선물을 하나 주기로 했어."

태준은 홍 실장한테서 시선을 거두고 마광호를 향해 고개를 내렸다.

"상철아. 마리랑 결혼해라."

태준의 눈이 순식간에 커졌다. 그와 동시에 김상철도 놀라서 아무 대답도 못했다.

"마리는 이제 겨우 스무 살입니다!"

그리고 마정옥이 허락할 리가 없었다. 그걸 듣는 순간 진짜 미쳐서 마광호를 죽이려고 들지도 몰랐다. 그런데도 마광호는 그런 건 전혀 상관없다는 얼굴로 말했다.

"나한테 딸이 없으니 어쩔 수 없잖니. 상철이 같은 믿을 수 있는 사람을 가족으로 들여야지."

"아버지!"

"홍 실장, 정옥이네 집에 가서 전해라. 마리 신랑감 구했다고."

마광호의 지시를 받고 움직이려는 홍 실장의 어깨를 태준이 우악스럽게 움켜쥐며 막았다.

"그만하세요! 고모님한테 미안하지도 않으세요!"

"그럼 네가 결혼을 하던가."

결혼하라는 마광호의 말에 태준의 눈이 얼어붙었다. 마광호는 서늘한 눈으로 그를 올려다보며 물었다.

"네가 마리 대신 내가 정해준 여자랑 결혼할 거냐?"

결국 그거였다. 그를 옭아맬 사슬로 마리와 김상철을 이용하는 마광호를 태준은 핏발 선 눈으로 내려다보았다.

"아버지는 분명 지옥에 떨어질 겁니다."

태준의 경고에 마광호는 비소를 지었다. 그에게 그런 말을 한 게 태준이 처음도 아니었다.

"걱정 마라. 거기서도 난 왕 노릇을 할 테니까."

태준은 바람을 일으키며 그 병실을 나가버렸다. 태준이 가버리는 걸 서늘한 눈으로 지켜보던 마광호는 홍 실장을 불렀다.

"태준이는 정옥이네 갈 테니까, 넌 여검사 찾아서 이번에는 반드시 죽여."

"회장님! ……악!"

김상철이 놀라서 벌떡 일어나려다 부러진 갈비뼈를 마광호가 지팡이로 꾹 누르자 그대로 다시 쓰러졌다.

"끝까지 태준의 옆에서 잘 먹고 잘살려면 입 닥치고 있어라. 안 그럼 너도 오늘 그 여검사랑 같이 제삿날이니까."

마광호의 협박에 김상철은 부르르 떨었다. 그러나 홍 실장은 마광호에게 꼭 물어봐야 할 질문이 있었다. 그걸 못 물어봐서 그전에도 임무를 못 마친 거였다.

"그런데 여검사가 죽으면 작은 회장님도 같이 죽겠다고 하셨는데."

그 말을 듣자마자 마광호는 대노했다.

"그놈은 내가 죽으라고 허락할 때까지 죽을 수 없으니까 헛소리 말고 당장 가!"

홍 실장은 더 묻는 건 무리라 여기고 짧게 고개를 숙여 인사한 뒤 병실을 나섰다.

태준은 차를 타고 마정옥의 집으로 달려가며 이수에게 전화를 걸었다. 늦어질 것 같다고 말을 해야 했으니까.

[여보세요? 다 왔어요?]

이수가 전화를 받자마자 묻는 말에 태준은 심장이 아려왔다. 하지만 그녀한테 티를 낼 수는 없었기에 평소와 같은 목소리로 말했다.

"마리한테도 좀 갔다 오고 싶어서 허락받으려고 전화했습니다."

[마리요?]

이수의 목소리는 단번에 낮아졌다. 그녀는 부모님도 만나지 못하고 왔는데 그는 사방팔방 다 만나겠다고 하니 그녀의 기분이 좋을 리가 없었다.

[언제 그렇게 서로 친하게 지냈다고.]

태준은 거칠게 숨을 들이켜며 핸들을 꽉 움켜잡았다.

"마지막이니까."

[알았어요. 하지만 마리가 진짜 끝이에요. 나 더 못 기다려요.]

"네, 고맙습니다."

[그런 인사 필요 없으니까 빨리 와요.]

태준은 그대로 끊지 못하고 전화에 대고 말했다.

"사랑합니다."

그녀의 얼굴을 보았을 때 해야만 했던 말이었다. 그녀가 아직도 사랑하느냐고 물었을 때 왜 제대로 말하지 못했을까. 후회는 또 하나 더 생겨버렸다.

[난 오면 말해줄 거야.]

뚝―.

그대로 전화가 끊겼다. 태준은 휴대폰을 잠시 쳐다보다가 차의 속도를 높였다.

전화를 끊은 이수는 잠시 휴대폰을 바라보았다. 뭔가 이상했다. 태준이 김상철을 찾아가겠다고 한 건 자기 때문에 다쳐서라고 했다. 그러니 김상철이 그 사고를 당하지 않았다면 그녀와 당장 떠나야 하는 지금 김상철을 일부러 찾아가지 않았을 거다. 그런데 갑자기 마리라고? 마리에게 정말 작별 인사를 하고 싶었다면 전화로도 충분했을 거다.

이수는 태준의 휴대폰에 저장된 전화번호부로 들어가 보았다. 여전히 손으로 꼽을 수 있을 정도의 전화번호만 있었다. 그리고 그중에 마리의 번호는 아예 없었다. 대신 김상철의 이름으로 된 전화번호가 있었다.

마정옥의 집에 도착한 태준은 마리가 문을 열어주자마자 급하게 물었다.

"어머니 어디 계셔?"

마리는 그가 왜 이리 급하게 마정옥을 찾는지 알 수 없어 의아한 표정을 지으며 대답했다.

"방에 있어."

태준은 마정옥의 방으로 가기 전에 마리의 어깨를 잡고 차분하게 말했다.

"넌 방으로 가서 여행 가방 챙겨."

"여행? 또?"

마정옥이 보내준 해외여행에서 돌아온 게 겨우 1년 전이었다.

"이번엔 유럽 쪽으로 갈 거야."

마리는 비행기 오래 타는 거 싫다고 투덜거리며 자신의 방으로 올라갔다. 마리가 자기 방으로 가는 걸 확인한 태준은 마정옥의 방으로 빠르게 향했다. 그가 노크도 없이 문을 열자 방에서 혼자 와인을 마시고 있던 마정옥은 갑자기 나타난 그를 보고 시니컬하게 웃었다.

"이런, 우리 조카님께서 여기까지 어쩐 일이실까? 또 여검사님이 납치되셨나?"

태준은 빠르게 마정옥에게 다가가 와인 잔을 빼앗으며 단호하게 말했다.

"지금 당장 마리랑 이 나라 떠나야 합니다."

떠나라는 말에 마정옥은 얼굴을 찌푸렸다.

"네가 회장 되더니 네 말 한마디면 다 되는 줄 아는 거야?"

마정옥이 그가 떠나라고 말하면 무조건 반발할 줄 알고 직접 찾아온 거였다. 태준은 마정옥의 두 눈을 보며 지금이 어떤 상황인지 확실히 알려주었다.

"지금 안 떠나면 마리도 아버지 손에 망가지게 될 겁니다."

그의 말에 마정옥은 놀랐다가 바로 분노했다.

"네놈들이 뭔데!"

"정신 차리세요! 이럴 시간 없다고요. 일어나요."

태준은 마정옥을 억지로 일으켜 세웠다. 분노를 주체할 수 없는 마정옥은 손톱을 세운 손으로 그를 무차별적으로 때렸다. 태준은 마정옥의 공격을 피하지 않고 오히려 그녀의 몸을 두 팔로 꽉 끌어안았다.

"정말 죄송해요. 평생 고모님이 얼마나 괴로웠는지 죽어도 잊지 않을 테니까 제발 마리는 지켜주세요."

너무도 오랫동안 잊고 살았던 사람의 체온이 그녀에게 전해져 오자 요동치던 마정옥의 몸에서 힘이 빠지며 태준을 때리던 손도 아래로 떨어졌다.

"그리고 은 검사 살려주신 것도 감사해요."

그녀는 단지 복수를 하려던 거였다. 두 사람의 사랑을 도와줄 생각 따위는 한 톨도 없었다. 그래야 태준을 괴롭힐 수 있기에 그런 것뿐이었다. 마정옥의 눈동자가 파들파들 떨렸다. 여전히 그녀는 복수하고 싶은 마음으로 가득 차 있었지만 그녀에게는 마리가 있었다.

가방을 싸다가 시끄러운 소리를 듣고 내려온 마리가 두 사람을 보고 소리쳤다.

"엑! 두 사람 징그럽게 왜 껴안고 있어?"

누군가를 증오하는 마음도, 아직 누군가를 진심으로 사랑해본 적도 없는 그녀의 어린 딸.

태준은 마정옥을 놓아주며 마리에게 말했다.

"작별 인사야."

"그럼 나도."

마리가 달려와 태준의 품에 푹 안겼다. 그 다정한 모습을 마정옥은 처연한 시선으로 쳐다보았다. 이젠 분노하는 것도 지쳤다. 그냥 편해지고 싶었다. 그녀는 너무 오래 분노만 하며 살았다. 그녀가 가장 아름다웠던 시절에, 마리에게 엄마가 필요했던 순간에.

◆

지난밤 혼자 차를 타고 집을 나간 태준의 차가 김포공항에 있다는 건 이미 확인한 사실이었다. 태준의 차가 공항에 있다는 보고를 들은 마광호는 그가 또 여검사를 만나고 있는 거라 확신하고 분노했다.

조심성이 몸에 밴 태준이 이수가 있는 호텔로 이동할 때 택시를 타서 그 뒤의 동선은 끊겼다. 그러나 두 사람은 공항에서 제일 가까운 호텔로 갔기에 두 사람이 묵은 숙소를 찾는 건 그리 어렵지 않았다. 바로 찾아갈 수 있는데도 그러지 않은 건 태준과 그녀가 서로 떨어지길 기다린 거였다.

홍 실장은 엘리베이터를 타고 은이수가 혼자 있는 호텔 방으로 향했다. 품 안에는 전에 그녀를 쫓을 때 썼던 칼이 있었다. 그녀를 죽이는 건 5분도 안 걸리는 일이었다. 여전히 마음에 걸리는 건 태준이 그녀가 죽은 걸 알고 따라 죽을 거 같다는 거였다. 마광호는 헛소리로 여기는 거 같았지만 홍 실장이 태준에게 그 말을 들었을 때 그는 분명 진심이었다. 하여튼 그는 마광호에게 묻고 난 뒤에 죽이는 거니까 그의 책임은 아니었다.

홍 실장은 복도를 걸어가며 눈으로 빠르게 CCTV의 위치를 확인했다. 505호 앞에 도착한 홍 실장은 주머니에서 장갑을 꺼내 꼈다.

여검사도 배울 만큼 배웠으면서 참 한심했다. 그때 죽다 겨우 살아났으면 알아서 그만 만나야지. 어떻게 또 만날 생각을 하느냔 말인가. 홍 실장은 도저히 이해가 안 되었지만 그가 이해할 필요도 없는 일이었다. 그는 그저 마광호가 시킨 일만 하면 되었다. 홍 실장은 손을 들어 문을 노크했다.

똑똑―.

"누구세요?"

안에서 여자 목소리가 들려왔다. 분명 은이수 검사의 목소리였기에 홍 실장은 칼이 든 품으로 오른손을 집어넣었다.

태준은 마정옥과 마리를 공항으로 보내고 그의 여권을 가지러 집으로 향했다. 여권은 서재에 있는 금고 안에 있었고, 예전에 아버지가 쓰던 서재를 이제는 회장 대행을 맡은 그가 쓰고 있었기에 여권을 가지고 나오는 건 예전처럼 어려운 일은 아니었다. 그것보다 신경 쓰이는 문제는 아무도 그가 어딘가 떠나려는 사람인 줄 눈치채지 못하게 들어갔다가 나와야 한다는 거였다. 아버지 외에는 집에서 그에게 그런 걸 대놓고 물을 수 있는 사람은 없긴 했다.

태준은 현관에서 제일 처음 마주친 집사에게 물었다.

"아버지 병원에서 돌아오셨나요?"

"아뇨. 아직 안 오셨습니다. 식사하셨습니까?"

태준은 괜찮다고 대답하고 서재로 연결된 복노 쪽으로 걸어갔다. 마주치는 사람마다 그에게 깍듯하게 고개를 숙여 인사했다. 태준도 평소처럼 짧게 머리를 숙여 인사를 받으며 서재로 향했다. 서재 문이 가까워질수록 심장이 쿵쿵 뛰어댔다. 여권만 챙기면 바로 이수한테 갈 수 있었다.

이제 진짜 마지막이었다.

차분하게 서재 문을 열고 들어간 태준은 서재 문을 닫자마자 움직임이 빨라졌다. 태준은 책상 뒤에 있는 금고로 빠르게 걸어갔다.

삑삑삑삑삑삑삑ㅡ.

비밀번호를 누르자 철컥 금고가 열리는 소리가 났다. 태준은 묵직한 금고 문을 열고 그 안에 있던 그의 여권을 서둘러 꺼냈다. 이제 그녀한테 가기만 하면 된다고 안도하고 있는데 서재 문이 노크도 없이 갑자기 벌컥 열렸다.

"쥐새끼처럼 뭐 하는 거냐?"

마광호의 등장에 태준은 그대로 얼어붙었다. 하지만 반드시 여기서 나가야 했기에 태준은 여권을 들고 있는 손을 아래로 내리며 아버지를 향해 몸을 돌렸다.

"이젠 제가 쓰는 서재입니다. 아버지야말로 노크하세요."

그의 경고에 마광호는 가소롭다는 표정을 지었다. 마광호의 시선이 태준이 손에 꽉 쥐고 있는 청록색 여권으로 향했다. 저게 아직 금고에 남아 있는 걸 보고 태준이 한 번은 꼭 집으로 돌아올 줄 알았다. 태준이 이런 짓을 꾸민 게 처음도 아니었으니까.

"지금 가봐야 소용없다."

마광호가 모두 아는 듯이 말을 해서 태준은 눈을 부릅떴다. 마광호는 그들의 길고 긴 싸움에 마침표를 찍듯이 잔인하게 말했다.

"네가 다른 사람 신경 쓰는 동안 네 여자는 죽었어."

툭―.

태준이 손에 들고 있던 여권이 바닥으로 떨어졌다.

"누구세요?"

호텔 방 안에서 들려온 목소리가 은이수인 것을 확인한 홍 실장은 칼이 든 품으로 오른손을 집어넣었다. 이번엔 태준이 그를 막으러 나타날 수 없으니 빠르게 끝낼 수 있었다.

달칵―.

문이 열리는 소리에 홍 실장은 칼자루를 힘껏 움켜잡았다. 은이수의 얼굴이 보이면 바로 제압해 방으로 들어가 처리할 계획이었다. 그러나 문이 열리고 먼저 보인 건 은이수의 얼굴이 아니었다. 그의 얼굴로 차가운 총구가 먼저 겨누어지자 홍 실장은 멈칫했다.

"손 들어."

경찰 두 명이 그를 향해 총을 겨누고 있었고, 그 뒤로 최도훈 검사와 은이수가 같이 서 있었다. 함정이었다는 걸 깨달은 홍 실장은 칼자루를 놓고 순순히 두 손을 들었다. 홍 실장은 경찰한테 현행범으로 잡힌 것에 당황하지 않고 이수를 보며 메마른 미소를 지었다.

"역시 우리 도련님을 이용한 거였군요."

홍 실장이 그녀를 조롱하듯이 하는 말에 이수의 눈에 불이 일었다.

"말 함부로 하지 마!"

화가 난 이수가 홍 실장에게 다가가려고 하자 도훈이 그녀의 팔을 잡고 막았다.

"검찰청으로 데려가서 죄 확실히 물을 거니까 괜히 때려서 꼬투리 만들지 마."

이수는 분한 눈으로 홍 실장을 노려보았다. 아무래도 불안한 마음에 김상철에게 전화했다가 그에게 들은 거였다. 홍 실장이 또 그녀를 죽이려고 오고 있다고. 그래서 이수는 도훈에게 전화해서 도움을 청했다. 이번에야말로 그녀를 죽이려던 놈을 확실히 잡아넣고 싶었으니까. 검사로서 자연스럽게 나쁜 놈 잡을 생각을 했지 다른 여자들처럼 태준에게 도움 청할 생각을 먼저 하지 않은 걸 홍 실장이 조롱하니 참을 수가 없었다.

"너도 같이 검찰청으로 가서 피해자 진술해."

"전 나중에 갈게요. 태준 씨가 여기로 오기로 했어요."

도훈은 처음부터 이상하게 여겼었다. 왜 하필이면 김포공항 근처에 있는 호텔에 그녀가 있었던 건지.

"너 설마……."

"태준 씨만 오면 바로 갈게요."

도훈이 뭐라고 말하기 전에 이수는 그의 말을 끊으며 안심시켰다.

"오늘 도와주셔서 정말 고마워요."

도훈은 할 말이 있었지만 결국 입을 다물었다. 설령 두 사람이 같이 떠나려고 하는 거라도 그가 막을 수는 없었다.

그건 그녀가 모든 걸 다 버릴 정도로 태준을 사랑한다는 뜻이었으니까. 그녀가 검사도 포기 못 하고 태준도 포기 못 하는 건 나무랄 수 있어도, 모든 걸 버리고 태준을 선택한다면 그 마음을 그가 어찌 비난할까. 도훈은 그 정도로 누군가를 사랑해본 적도 없는데.

"그래, 네가 무사해서 다행이다."

도훈은 그녀의 어깨에 손을 올려 한 번 꾹 잡고는 놓아주었다. 도훈이 경찰들과 함께 홍 실장을 끌고 떠난 뒤 혼자 남게 된 이수는 털썩 침대 위에 주저앉았다.

이제 진짜 태준만 오면 된다.

당장 태준에게 전화해보고 싶었지만 그럼 그녀한테 무슨 일이 있는 줄 알고 그가 불안하게 여길 거 같아서 꾹 참았다. 그가 여권만 가지고 빨리 돌아오겠다고 약속했으니 곧 올 거다.

잠깐만 참고 기다리면 되었다.

태준은 성큼성큼 마광호의 앞까지 걸어가서 핏발 선 눈으로 노려보며 물었다.

"방금 뭐라고 하셨습니까?"

마광호는 냉기 서린 눈으로 태준을 보며 조소를 흘렸다.

"여검사 죽었다고 했다. 네가 나한테 졌어."

"아버지!"

태준이 분노할수록 마광호는 승리감을 느꼈다. 태준이 아무리 악을 써도 그를 이길 수는 없었다. 어차피 그의 피가 없었으면 태어나지도 못했을 존재니까.

태준은 마광호를 그대로 지나쳐 서재를 나가려고 했다. 빨리 이수한테 가봐야 했다. 그 누구의 말도 믿을 수 없었다. 그의 눈으로 직접 확인하기 전에는 절대 믿지 않을 거다. 그녀는 죽지 않았다. 그의 눈으로 죽은 걸 보기 전까지 그녀는 살아 있는 거였다.

"네 이놈! 당장 거기 서!"

마광호가 노기 서린 목소리로 소리쳐도 태준은 멈추지 않고 앞만 보며 걸어갔다. 그녀에게 가야 했다. 처음부터 그녀만 혼자 두고 나오지 말았어야 했다. 여권 따위, 어떻게든 됐을 텐데. 이딴 종이 쪼가리 때문에 그녀를 혼자 둔 자신이 도저히 용서가 안 되었다.

"거기 서란 소리 안 들려!"

태준이 그의 말을 무시하고 계속 움직이자 마광호는 진노하여 진열장 유리를 지팡이로 쳐서 와장창 깨부수고는 그 안에서 사냥용 산탄총을 꺼내었다.

철컥ㅡ.

총이 장전되는 소리에 태준의 어깨가 굳었다.

"넌 내 아들로 살든가, 죽든가. 둘 중 하나밖에 없어."

태준은 그제야 걸음을 멈추고 고개를 돌려 뒤를 보았다. 아버지가 그를 향해 산탄총을 겨누고 있었다. 짐승을 죽일 때 쓰는 총으로 아들을 사냥하려고 했다.

태준은 총이 그를 겨누고 있어도 겁먹지 않았다. 그한테 그런 건 없었다. 평생 한 번도 다정한 적 없이 잔인한 아버지 덕에 어떤 상황에서도 겁먹지 않을 수 있는 돌 심장을 가지게 되었다. 돌이 되어 버린 그의 심장을 유일하게 뛰게 해준 게 그녀였다.

"제 인생은 제가 선택합니다."

"닥쳐!"

"안녕히 계세요, 아버지."

태준의 작별 인사에 마광호의 표정이 야차처럼 변했다.

"네 이놈!"

아버지가 뭐라고 하든, 총으로 그를 위협하든 상관하지 않고 태준은 몸을 돌려 다시 앞으로 걸어갔다.

뚜벅뚜벅—.

태준이 다시 앞으로 걸어가자 마광호는 광기 어린 소리로 외쳤다.

"멈춰!"

태준은 멈추지 않았다. 멈출 수 없었다. 계속 걸어서 그녀에게…….

탕—!

한 발의 총성이 공간과 시간을 무자비하게 찢어놓았다. 김상철의 연락을 받고 급하게 저택으로 왔던 강한은 차에서 내리다 총소리를 듣고 몸이 굳어버렸다. 강한은 부들부들 떨리는 눈으로 저택을 올려다보았다.

"광호 네놈이……."

강한은 서둘러 저택 안으로 뛰어들어갔다.

총소리를 들은 사람들이 웅성거리고 있었지만 누구도 감히 서재로 뛰어가지 못했다. 그 안에 있는 건 태준과 마광호뿐이었으니까. 둘 중 누가 총을 쏜 것이든 그걸 막을 수 있는 사람은 이 집 안에 아무도 없었다. 당연히 경찰에 신고할 수도 없는 일이었다. 강한만이 서둘러 서재로 뛰어가 벌컥 문을 열었다.

"태준아!"

옆구리에 시뻘건 피를 토해내며 주저앉은 태준을 보고 강한은 서둘러 그에게로 뛰어갔다. 마광호가 여전히 산탄총을 손에 쥐고 있는 걸 본 강한은 소리쳤다.

"당장 그 총 내려놔! 네 손으로 네 아들 죽일 셈이야!

"저놈이 먼저 내 말을 거역했어!"

"그렇다고 총을 쏴! 네가 인간이냐!"

"닥쳐! 너도 죽고 싶지 않으면 당장 비켜!"

두 사람이 언성을 높이며 싸우는 동안 총에 맞고 주저앉아 있던 태준이 비틀거리며 일어났다. 태준이 움직이는 걸 보고 마광호는 다시 총을 태준에게 겨냥했다. 태준이 가려고 하면 또 쏠 생각이었다. 그의 말을 거역하는 사람은 아들이라도 살려둘 수 없었다. 그런데 방아쇠에 닿은 손이 부들부들 떨렸다. 총을 쏘면서 한 번도 떨린 적이 없던 손이 떨리기 시작하자 그 떨림은 온몸으로 퍼졌다.

덜덜덜, 천하의 마광호가 총을 든 채 떨고 있는 꼬락서니가 스스로도 참을 수가 없어서 어떻게든 떨림을 멈추려고 했지만 그의 뜻대로 되지 않았다. 마광호 안의 악마는 자비 없이 태준을 쏴 죽이려고 했지만 아버지는 겁을 먹은 거다. 또 한 발을 쏘면 그땐 정말 죽는다고. 마광호가 자기 자신과 싸우는 동안 태준은 다시 걸어가고 있었다. 붉은 피로 길을 만들며 뚜벅뚜벅 걸어갔다. 느리지만 분명한 의지를 품고.

"네 이놈! 당장 못 서!"

마광호가 또 태준을 향해 총을 겨누자 강한은 놀라서 그 앞을 막아섰지만 강한이 막지 않아도 덜덜 떨리는 마광호의 손은 방아쇠를 제대로 누를 수 없는 상태였다.

"아악!"

제 의지대로 움직이지 않는 몸에 마광호가 참지 못하고 짐승처럼 부르짖었다. 강한은 고개를 돌려 태준을 보았다. 태준은 휘청거리면서도 계속 걸어서 서재를 나서고 있었다. 태준이 흘리는 피가, 그럼에도 멈추지 않는 그의 발걸음이 강한의 마음을 찢어놓았다.

털썩, 주저앉는 소리에 앞을 보니 마광호가 바닥에 주저앉아 있었다. 그는 더 이상 소리도 못 치고 영원히 떠나는 아들의 뒷모습을 멍하니 쳐다보고 있었다. 평생을 너무도 모질고 악했지만 그럼에도 마광호 역시 아버지였다. 아들이 철철 흘리는 피가 처음으로 그를 겁먹게 하였다.

태준이 서재를 나가고, 강한이 총상을 입은 태준을 쫓아가자 서재에는 마광호 혼자만이 남겨졌다. 앞으로 영원히 그는 어둠 속에서 혼자일 거다. 그의 유일한 빛을 방금 그의 손으로 죽여버렸으니까.

강한은 태준을 그의 차 조수석에 태우고 빠르게 운전석에 올라탔다. 피를 너무 많이 흘려서 어느새 낯빛이 시체처럼 창백해진 태준을 보고 강한은 시동을 켜며 당부했다.

"병원 갈 거니까 조금만 참아."

"안…… 돼요."

태준이 다 죽어가는 목소리로 반항하자 강한은 버럭 성을 냈다.

"안 되긴 뭐가 안 돼! 당장 치료하지 않으면 정말 죽을 수도 있어!"

"내가, 병원에 가면…… 아버지가……."

병원에서 제대로 치료받아 괜찮아지면 마광호가 다시 찾아올 걸 걱정하는 태준을 보고 강한은 심장이 미어졌다. 정말 죽어서라도 마광호에게서 벗어나려고 하는 태준의 의지를 강한은 모른 척할 수가 없었다.

"알았어. 내가 광호가 절대 못 찾을 의사한테 데려다줄 테니까 끝까지 참을 수 있겠어?"

시간이 너무 오래 걸려 태준의 목숨이 위험해질까 그게 가장 걱정이었지만 태준은 힘겹게 고개를 끄덕이며 병원을 거부했다. 강한은 입술을 세게 깨물며 차를 출발했다.

태준은 자기 몸을 제대로 가눌 수 없어 축 늘어진 상태에서도 계속 말했다.

"이수한테…… 빨리 간다고…… 지금 호텔에……."

"그만 말해. 말할수록 피가 더 나."

"이수……."

"알았으니까 네 몸 걱정이나 해! 우선 살아야 은 검사도 만나러 갈 거 아냐."

태준은 더 이상 말하지 않고 거친 숨소리만 내뱉었다. 강한은 운전하며 계속 태준의 이름을 불렀다.

"태준아, 정신은 놓지 마. 내 말 들리는 거지? 태준아!"

"하아, 하아."

거의 육체의 한계까지 도달한 태준은 무겁게 감기는 눈꺼풀을 마지막 남은 힘으로 부여잡고 창밖을 보았다.

구름 한 점 없는 새파란 하늘이었다.

그녀와 함께 비행기 타고 멀리 떠나기 정말 좋은 날씨였다.

그녀에게 빨리 돌아올 거라고 몇 번이나 약속한 태준은 해가 지려고 할 때까지 돌아오지 않았다. 이수는 더 이상은 가만히 있을 수 없어서 태준이 알려준 번호로 전화를 걸었다.

Rrrrrrrrrrrrr― Rrrrrrrrrrrrr―.

[고객님이 전화를 받지 않아 음성 사서함으로 연결됩니다.]

태준이 전화를 받지 않자 그녀의 눈동자가 여리게 떨렸다.

이번에는 절대 불안해하고 싶지 않았는데 어떻게든 믿고 기다려보려고 했는데. 그런데 또 이렇게 흘러가버리고 있었다. 지금 다시 헤어지게 되면 그땐 정말 영원히 못 볼 수도 있다고 생각하니 마음이 무너져 내렸다.

똑똑―.

노크 소리가 들리자 이수는 벌떡 일어나 문 쪽으로 달려가 누군지 확인하지도 않고 벌컥 문을 열었다. 태준이길 간절히 원하고 문을 열었지만 문 앞에 서 있는 사람은 태준이 아니었다.

"은 검사."

그녀의 이름을 말한 사람은 강한이었다. 강한의 셔츠 소매에 묻어 있는 붉은 피가 거슬리게 눈에 들어왔지만 이수는 그것보다 왜 태준이 아니라 그가 온 건지가 더 궁금했다.

"태준 씨는요?"

태준이 말해주었으니까 그가 여기까지 온 것이리라. 설마 마광호가 강한까지 보낸 건가 하는 생각이 잠깐 들기도 했지만 강한은 홍 실장과는 달랐다. 그녀를 해칠 사람이 아니라고 믿었다.

강한은 힘겹게 웃으며 입을 열었다.

"태준이가 오늘 못 올 거 같아서 미안하다고."

태준이 못 온다는 말에 그녀의 눈이 얼어붙었다. 이수는 강한의 소매를 억세게 움켜잡았다.

"그 사람 지금 어딨어요? 제가 갈게요."

강한은 고개를 지었다.

"은 검사는 갈 수 없는 곳에 있어요."

"상관없어요! 데려다주세요!"

"제발!"

강한의 커다란 단말마에 강한에게 매달리던 그녀는 굳어버렸다. 강한은 금방이라도 눈물이 떨어질 것 같은 붉은 눈으로 그녀를 보며 말했다.

"오늘은 그냥 은 검사 집으로 돌아가요. 부탁이에요."

이수는 강한을 붙잡고 있던 손을 힘없이 내렸다.

물어봐야 했다. 혹시 태준한테 큰일이 생긴 거냐고. 그런데 그렇게 물었다가 그가 죽었다는 말이 돌아올까 무서웠다. 그래서 이수는 다른 식으로 물어보았다.

"제가 집에 돌아가서 얌전히 기다리면 태준 씨가 나중에라도 오겠대요?"

그녀의 물음에 강한은 대답 대신 앞으로 한 발 걸어 나와 그녀의 어깨를 두 팔로 안아주었다.

"내가 정말 미안해요."

그녀는 강한의 사과를 듣고 싶은 게 아니었다. 태준이 그녀에게 올 수 있는지 그걸 알고 싶은 거였다.

"미안해."

몇 번이나 반복되는 강한의 사과에 이수는 돌이 되어 꼼짝도 할 수 없었다.

마광호가 자기 아들까지 죽이고 다시 회장 자리에 올랐다는 소문은 금방 퍼졌다. 암세포까지 이긴 마광호가 진짜 악마로 부활했다고 경찰보다 조폭들이 더 벌벌 떨고 있었다.

도훈은 그 소문을 들은 날 제주도 가는 비행기 표를 끊었다. 제주도에 가서 이수를 만나면 그 소문이 진짜인지 가짜인지 확인할 수 있을 거라고 생각했기 때문이었다.

그날 김포공항 근처 호텔에서 본 게 마지막이 될 줄 알았던 이수는 여전히 제주지방검찰청에서 일하고 있었다. 이수에게는 잘된 일이었지만 그녀를 만나기 전까지 도훈은 굉장히 걱정스러웠다.

"일벌레가 어쩐 일로 평일에 내려오신 거예요? 서울은 요즘 평화로운가 봐요."

그를 보자마자 이수가 평소처럼 말을 해서 도훈은 살짝 안심했다. 아직 태준에 대한 소문은 못 들은 게 확실했다. 태준이 죽었다는 소문을 듣고 그녀가 멀쩡할 리가 없었으니까.

"홍 실장 재판 판결 나왔다고, 그거 알려주려고 왔어."

"에이, 그 정도야 전화로 알려주셔도 돼요. 어차피 능력 좋으신 최 검사님이 제대로 죗값 받게 했겠죠."

그녀가 너무 아무렇지 않은 척하니 도훈은 아무래도 이상해서 먼저 물어볼 수밖에 없었다.

"혹시 마태준이랑 연락돼?"

그가 태준의 이름을 꺼내자 멀쩡하던 이수의 눈동자가 그제야 파르르 떨렸다. 이수는 마시려던 커피를 그냥 다시 내려놓았다.

"아뇨."

"지금 어디 있는지 알아?"

"혹시 태준 씨 진짜 죽었나 확인하러 오신 거예요?"

이수가 서늘한 눈으로 그를 보며 하는 말을 듣고 그제야 그녀도 그 소문을 들었다는 걸 알았다.

"아니, 그냥 네가 걱정되어서 온 거야."

정말 그랬다. 그는 마태준보다 그녀가 더 걱정될 수밖에 없었다.

"저 걱정하실 필요 없어요. 멀쩡해요."

"어떻게 멀쩡할 수 있는데?"

다 버리고 그 남자랑 떠나려고까지 했으면서. 이수는 입술을 꾹 깨물다가 떼며 도훈의 눈을 피하지 않고 똑바로 보았다.

"전국에 있는 병원이란 병원은 다 전화했어요. 그런데 어디에도 태준 씨 이름은 없었어요. 그러니까 살아 있어요. 죽지 않았어요."

그 말은 달리 하면 병원에 갈 기회조차 없이 죽었다는 소리일 수도 있었다. 검사라면 그쪽을 더 생각해야 할 텐데 이수는 어떻게든 긍정적인 쪽으로 생각하려는 것 같았다.

"그래서 넌 마태준이 널 만나러 올 거라 믿고 있다고?"

그럼 네가 너무 가엾어지는 거 아니냐고. 도훈은 그러지 말라고 하고 싶었다.

"오늘 산부인과 가볼 거예요."

이수의 말에 도훈의 눈이 커졌다.

"뭐?"

이수는 자신의 배에 손을 올렸다. 태준과 밤을 보낸 뒤 태준도 돌아오지 않고, 생리도 오지 않았다.

이수는 병원 앞까지 와서 바로 들어가지 못하고 산부인과 간판을 올려다보았다. 도훈이 같이 와주겠다는 걸 억지로 떼어놓고 혼자 왔다. 진짜 주책이다. 어떻게 남의 아이를 가졌을지 모르는 여자와 같이 산부인과에 오겠다는 건지.

이수는 길게 심호흡을 하고는 산부인과 안으로 들어갔다. 작은 병원이었지만 그녀 말고도 산부인과를 찾은 산모들이 몇 명 더 있었다. 누구는 남편과 같이 와서 부른 배를 어루만지며 다정하게 이야기하고 있었고, 누구는 벌써 여러 번 한 임신인지 무덤덤한 얼굴로 잡지를 읽고 있었다. 그녀처럼 임신인지 모를 정도로 날씬한 몸을 가진 여자도 있었다.

이수는 진료 등록을 마친 뒤 구석으로 가서 있는 듯 없는 듯 조용히 앉아 있었다. 여기 오기 전까지는 정말 오만 가지 생각이 다 들었는데 막상 산부인과에 와서 앉아 있으니 오히려 아무 생각이 안 들었다.

사실 생리가 늦는 것 말고는 몸에 별다른 변화는 없었다. 찾아보니 만약 임신이라면 감기 몸살 걸린 것처럼 몸의 체온이 올라가고 입덧 증상이 나타날 수도 있다고 했다. 그녀한테 그런 증상은 전혀 없었다. 그러니 임신이 아니라 그냥 스트레스로 생리가 늦어지는 거라면 그녀의 일상은 변하는 게 없는 거고, 만약 임신이면…….

혹시 그 아이를 보기 위해서라도 태준이 오지 않을까 그런 미련한 마음이 생겼다. 그녀는 사람들이 그가 죽었다고 수군거려도 태준이 죽지 않았다고 믿었다. 그리 쉽게 죽을 남자가 아니었다. 질긴 운명을 가지고 태어난 만큼 질긴 명줄을 가지고 있을 거다. 안 그럼 너무 억울했다.

"은이수 씨."

그녀의 이름을 부르는 간호사의 부름에 잠시 심장이 쿵 내려앉았지만 이수는 일어나서 간호사에게 걸어갔다. 그 순간 마음을 정했다. 임신이라도 괜찮았다. 그녀 혼자서라도 키울 수 있었다.

사랑해서 얻은 아이니까. 설령 태준이 끝까지 안 온다고 해도 그녀는 이 아이를 예쁘게 키울 거다. 남자아이면 그녀처럼 올림픽 나갈 정도로 운동에 소질이 있을 테고, 여자아이면 태준처럼 요리에 소질이 있을지도 몰랐다. 그러니 남자아이여도 괜찮고, 여자아이여도 괜찮았다.

태준이 돌아오지 않는 것만 빼고 다 괜찮았다.

검사를 다 끝내고 결과를 듣기 위해서 산부인과 의사와 마주 앉아 있는데 그제야 이수는 긴장감에 발끝까지 찌릿했다. 그녀의 어머니 정도 나이인 것 같은 여자 의사는 그녀의 검사 결과지를 훑어보다 힐긋 혼자 온 그녀한테 시선을 주었다.

"남자분은?"

짧지만 아주 많은 걸 담고 있는 질문이었다. 아마도 저 질문을 받은 여자가 그녀뿐만 아니라 아주 많을 게 분명하다는 것이 지금 그녀에게 유일하게 위안이 되는 부분이었다.

"저 혼자입니다."

그녀의 간결한 대답에 의사는 잘 알아들었다는 듯이 고개를 한 번 깊게 끄덕였다. 산부인과 의사 30년이면 척하면 척이었다. 환자 얼굴만 봐도 사정이 딱 나왔다. 그런데 눈앞에 앉아 있는 여자는 살짝 애매한 게 있었다. 보통 여자 혼자 임신을 확인하러 산부인과에 오면 초조하거나 겁에 질려 있거나 불안해 보이는 게 보통인데 그녀한테서는 결연한 의지가 느껴졌다.

몇 년 동안 아이를 못 낳다가 겨우 임신하게 된 부부의 경우라면 이해가 되겠는데 그녀는 결혼 반지도 끼고 있지 않은 걸 보니 아직 미혼이었다. 강한 성격을 가지고 있어서 자신은 괜찮을 거라 믿고 있겠지만 현실은 그녀가 상상한 것보다 몇 배는 더 힘들 것이 분명했다. 대한민국이라는 나라에서 여자 혼자 아이를 낳아 키운다는 건 정말 보통 힘든 일이 아니었으니까. 그래도 검사에서 나온 결과를 솔직하게 말해 주는 게 의사가 해야 할 일이었다.

"임신이세요. 3주 되셨네요."

그녀는 두 눈을 크게 뜨고 의사의 얼굴을 바라보기만 했다. 그녀가 놀라서 그런 거라 여기고 의사는 친절하게 알려주었다.

"임신 초기에는 정말 조심해야 해요. 혹시 육체노동이 심한 일 하시나요?"

"검사예요."

"정말요?"

의사는 그녀의 직업을 듣고 처음으로 놀랐다. 그런 직업을 가지고 이리 대책 없이 임신을 했다는 게.

"아, 그럼……."

잠시 말문이 막혔다. 꽉 막힌 조직으로 유명한 검찰이 혼전 임신을 한 그녀에 대해 어떤 시선을 보낼지 뻔했으니까.

"저 진짜 임신 맞나요?"

그녀가 되물어 와서 불편한 순간을 겨우 넘긴 의사는 웃으며 고개를 끄덕였다.

"네, 임신 맞으세요."

그 순간 그녀의 눈에서 후드득 눈물이 쏟아졌다. 처음 진료실에 들어올 때부터 무슨 말을 들어도 전혀 울지 않을 거 같이 굳건해 보였기에 의사는 깜짝 놀랐다.

"괜찮으세요?"

이제야 자신이 얼마나 엄청난 일을 벌인 건지 깨달았단 말인가. 쯧쯧. 의사는 검사의 눈물을 안쓰럽게 여기며 티슈를 손으로 뽑아 건넸다. 의사가 잠시 새 생명을 지켜내는 산부인과 의사의 본분도 잊고 그녀의 임신을 안쓰러워했는데 이수가 울면서 말했다.

"기뻐서 우는 거예요."

"네?"

"너무 기뻐서 우는 거예요."

이수는 그리 말하며 처음 보는 의사 앞에서 펑펑 울었다. 슬퍼서 우는 게 절대 아니었다. 그녀가 정말 사랑한 남자의 아이를 낳을 수 있는 게 기뻐서 우는 거였다.

절대 슬프지 않았다.

그녀는 이 아이가 자신에게 온 게 정말 기뻤다.

아낌없이 프러포즈

사 직 서

세 글자를 쓴 이수는 더 이상 쓰지 못하고 자신이 쓴 세 글자를 한참이나 바라보았다. 당장은 괜찮다고 해도 배가 불러오면 결국 이걸 내야 한다고 생각했다. 사람들이 그녀의 아기에 대해 뭐라고 말하는 것까지 참으면서 검사 일을 하고 싶지 않았다. 그리고 그게 아니더라도 혼자 아이를 키우기에 검사라는 직업은 좋은 직업이 아니었다. 매일 늦은 밤까지 야근에, 항상 사회에서 가장 악질적인 사람만을 만나야 하는 직업이었으니까.

그녀가 이제 가장 지키고 싶은 건 사회 정의보다 그녀의 아이였다.

"희야, 엄마만 믿어."

아이를 부를 이름이 필요해서 태명을 그녀에게 온 기쁨이라는 뜻으로 '희야라고 지었다. 이제 그녀는 언제나 희야와 둘이 있었기에 외로워할 틈이 없었다. 한가할 틈도 없었다. 돈을 열심히 벌어야 했다. 그래야 희야가 태어나면 잘 키울 수 있었으니까. 그녀가 산부인과에 간 결과가 궁금했는지 도훈에게서 전화가 걸려왔다.

[어떻게 됐어?]

도훈도 임신이 얼마나 엄청난 일인지 짐작하는지 지금까지 들어본 적 없는 아주 조심스러운 목소리였다.

"임신 3주래요."

그녀의 대답에 도훈은 한동안 아무 말도 없다가 조금 전보다 더 조심스럽게 물었다.

[낳을 거야?]

"네."

도훈이 더 이상 무슨 소리 못 하게 이수는 머뭇거림 없이 단호하게 대답했다.

[마태준이 안 돌아와도?]

이수는 주먹을 꾹 쥐었다.

"그래도 낳을 거예요."

그런 상상은 정말 하고 싶지도 않았지만 만약 태준이 끝까지 돌아오지 않는다고 하더라도 아이만은 행복하게 키우고 싶었다. 태준은 태준이고, 아이는 아이였다.

[검찰청에는 뭐라고 말할 건데?]

"그래서 말인데 돈 잘 버는 변호사 지인 좀 소개해주세요. 돈 버는 비법 좀 전수받게."

[뭐? 변호사?]

"네, 저 변호사로 돈 많이 벌어서 제주도에 펜션 지으려고요."

도훈은 임신보다 더 허황된 소리를 하는 그녀의 말에 할 말을 잊은 듯 야단도 치지 못했다. 하지만 그녀는 진심이었다. 요즘 세상에 믿을 건 부동산뿐이었다. 부동산은 어느 날 갑자기 사라지지 않고 영원하니까.

그녀가 타고난 건강 체질이라서 그런지 임신했다고 몸이 괴롭거나 입덧으로 먹는 게 힘든 건 없었다. 그러나 그녀의 몸 안에 한 생명이 자라는 건 엄청난 변화였기에 딱 하나 달라진 게 있긴 있었다.

"집에 노모가 홀로 계십니다. 제가 감옥 가면 그 노모를 돌봐줄 사람이 아무도 없어요. 제발 선처해주십시오. 흑흑흑."

검찰청에 조사받으러 오면 누구나 하는 변명 중 아주 흔한 케이스였다. 눈물에 나이 많은 부모님 타령. 정말 나이 많은 부모님이 걱정되었으면 처음부터 나쁜 짓을 하지 말았어야 했다.

이런 피의자를 한두 번 본 게 아니었기에 이 계장과 고 실무관은 심드렁하게 듣고 있다가 이수를 보고 흠칫 놀랐다. 그녀는 닭똥 같은 눈물을 뚝뚝 흘리고 있었다.

"검사님, 왜 그러세요?"

이 계장이 물어볼 정도면 그녀가 정말 이상한 거였다. 그녀도 진짜 우는 걸 싫어했는데 임신한 뒤로 이거 딱 하나가 그녀 마음대로 조절이 안 되었다.

바로 눈물샘.

산부인과에서 펑펑 운 게 바로 이 증상의 시작이었다. 툭하면 눈물이 쏟아져서 그녀도 미칠 노릇이었다. 차라리 입덧으로 밥을 못 먹는 게 백 배 나을 거 같았다.

"저 괜찮아요."

그녀는 서둘러 티슈를 뽑아서 눈물을 닦으며 진정하려고 했지만 눈물은 쉽게 그치지 않았다. 피의자가 노모 타령하는 바람에 그녀의 부모님이 생각난 것이다. 부모님한테는 아직 그녀가 임신했다는 사실을 말하지 못했다. 아이를 낳기 전에 꼭 해야 하는데 아빠 없이 아이를 낳는다는 말을 부모님에게 하는 건 검찰청에 사표 내는 것보다 더 어려운 일이었다.

울면서 동정심을 유발하려고 했던 피의자는 조사하는 검사가 더 심하게 울자 눈만 껌뻑였다.

"그럼 저 선처해주시는 건가요?"

그녀가 우는 걸 자신의 말에 동조해준 걸로 여긴 피의자가 묻는 말에 이수는 울면서 버럭 소리쳤다.

"선처? 넌 감방행이야! 네 부모를 걱정한다면서 남의 부모를 그렇게 패 놔?"

술 먹고 개가 되는 인간들은 제대로 벌을 받게 해야 그 개 같은 버릇을 고칠 수 있었다.

도훈이 소개해준 변호사를 만나러 쉬는 날에 서울에 올라갔다. 부모님한테는 그녀의 힘으로 눈물샘을 조절하게 되면 그때 갈 생각이었다. 지금 가서 바보처럼 엉엉 울면 정말 평생의 흑역사로 남을 게 뻔했다.

변호사 사무실에 도훈이 같이 가주겠다고 했지만 그녀가 혼자 가겠다고 고집을 부려 직접 네이버 지도를 보며 찾아갔다.

"검사 출신이면 로펌에서도 잘 뽑아줄 텐데 그쪽으로 먼저 알아보지 않고."

"제주도에서 할 거라."

"제주도?"

변호사 일 해서 건물 세우고 싶다면서 일은 제주도에서 하겠다는 그녀의 말에 변호사는 헛웃음을 지었다.

"거기서 변호사 해서 돈 벌었다는 사람 못 들어본 거 같은데."

"그래서 노하우 좀 전수받으려고."

"그럼 우선 서울로 올라와."

답은 간단하다는 듯이 변호사가 하는 말에 이수는 진지하게 말했다.

"전 제주도가 좋습니다."

"그럼 변호사 대신 귤 농사를 지어."

"그것도 땅이 있어야 하죠. 그러니 우선 땅 살 돈을 변호사 해서 벌어야죠."

"그럼 서울로 올라와."

변호사와의 면담의 끝은 뭐라고 말해도 결국 '서울로 올라와.'로 끝이 났다. 어쩐지 제주도에서 변호사하면 검사할 때보다 더 돈을 못 벌 거 같다는 불안감이 생기기 시작했지만 제주도를 떠나고 싶은 마음은 안 생겼다. 만약 태준이 돌아오게 되면 그녀를 만나러 제주도로 올 테니까. 제주도를 떠나면 정말 영원히 태준을 못 만날 수도 있다는 불안감에 떠날 수가 없었다.

별 소득 없이 변호사 사무실을 나와 길을 걷던 이수는 발이 아파서 멈추어 섰다. 요즘은 발이 잘 부어서 예전엔 전혀 불편하지 않은 신발이었는데 이젠 꽉 끼면서 아팠다. 이수는 앉을 만한 곳을 찾아가 앉아 신발을 잠시 벗었다.

빌딩 숲 사이로 호젓이 서 있는 벚나무에 분홍색 벚꽃이 어느새 만발해 있었다. 그동안 너무 정신없이 사느라 꽃이 핀 줄도 몰랐다. 이수는 도시에서 우연히 마주친 벚꽃에 시선을 빼앗겼다.

정말 꽃이 피는 봄이 왔는데 그 사람은 도대체 어디 있는 걸까.

뚝—.

그녀의 눈에서 또다시 주책없는 눈물이 흘렀다. 이젠 당황하지 않고 신속하게 가방에서 티슈를 꺼내 눈물을 닦았다.

"지겹다, 눈물."

그녀는 절대 울고 싶지 않은데 호르몬이 자꾸 그녀를 울린다. 몹쓸 호르몬이었다.

다시 길을 가기 위해 신발을 고쳐 신고 일어난 이수는 지하철로 걸어갔다. 서울 온 김에 변호사 사무실 몇 군데를 더 돌아보고 갈 생각이었다. 누군가 한 명은 그녀에게 현실적으로 도움이 되는 조언을 해줄 사람이 있을지도 모르니까.

강한을 마지막으로 본 건 태준이 사라진 날 그를 기다리던 호텔에서였다. 그 뒤 그녀가 먼저 강한에게 연락한 적은 없었다. 이번에는 제주도 내려가기 전에 용기 내서 먼저 강한에게 연락했다. 태준에 대한 소식을 듣기를 기대하고 연락한 건 아니었다. 그냥 마지막으로 같이 밥을 먹고 싶었다. 그래도 그는 태준의 주위에 있던 사람 중 태준을 진심으로 걱정해준 몇 안 되는 사람이었으니까.

강한이 일본에서 오래 살았기에 일식집에서 만나기로 했다. 강한이 알려준 식당에 먼저 도착한 이수는 방으로 안내되어 들어갔다. 자리에 앉자마자 이수는 벽에 기대 눈을 감았다. 잠시라도 눈 붙이고 쉬려고 했는데 집이 아니라서인지 피곤함은 여전했다.

드르륵—.

문이 열리는 소리에 이수는 눈을 떴다. 열린 문 앞에서 강한이 웃으며 그녀를 보고 있었다.

"잘 지냈어요?"

이수는 눈에 힘을 주어 웃었다. 이 자리에서는 절대 울면 안 되었다. 그녀는 단지 임신 때문에 우는 건데 강한은 그녀가 슬퍼서 우는 거라고 착각할 테니까. 그러니 울 기미가 보이면 바로 일식 요리에 곁들여 나오는 와사비를 왕창 먹어서 속을 뻥 뚫어줘야겠다.

"앞으로 얼굴 보기 힘들 거 같아서 서울 온 김에 연락드렸어요."

아기 낳으면 아마 제주도 밖으로 나올 수 없을 거다. 그녀는 그 뜻으로 한 말이었는데 강한은 그녀가 괴로웠던 과거의 기억을 지우고 살고 싶어 하는 줄 알고 쓸쓸한 표정을 지었다.

"난 태준이 소식 물어보려고 연락한 줄 알았는데."

다른 사람의 입에서 자연스럽게 나오는 그 이름에 이수의 눈동자가 물기를 머금고 떨렸다. 그래도 다행히 눈물은 잘 참아냈다. 와사비가 눈물샘에 효과가 있는 것 같았다.

"그 녀석 어디 있는지 지금은 나도 전혀 몰라요."

무슨 말을 들을 거라 기대하고 온 건 아니었지만 그 말에 마음 한쪽이 아파지는 건 막을 수가 없었다.

"태준이가 일부러 나랑도 연락 끊었어요. 그래야 완벽하게 벗어날 수 있을 거라 생각할 테니까."

강한은 잔잔하게 웃으며 그녀를 보았다.

"혹시라도 태준이 은 검사한테 돌아가면 나 대신 말해줘요."

이제 살아 있는 한 만날 수 없겠지만 이 말을 태준에게 전할 수만 있다면 강한으로서는 기쁨이었다.

"넌 자유라고."

마광호는 더 이상 태준을 찾지 않았다. 그의 총에 맞고 집을 떠난 태준이 살아 있는지 죽었는지 확인하지 않았다. 악마가 되어버린 마광호도 아버지이기는 했는지 자신의 눈으로 자식의 죽음을 확인할 용기는 없었던 거다.

태준은 죽음과 맞서 싸워서야 겨우, 그토록 원하던 자유를 얻을 수 있었다.

그러니 제발 살아 있기를.

살아서 자신이 사랑했던 이의 옆에서 남은 인생을 자유롭게 살아갈 기회가 있기를.

이수는 벚꽃 축제에 가기로 했다. 제주도에 살면서 벚꽃 구경을 안 간다는 건 말이 안 되었다. 흐드러지게 핀 아름다운 벚꽃을 보면 분명 태교에도 좋을 거라 여기며 이수는 혼자 왕벚꽃 축제가 열리는 제주대학교로 갔다. 학교라 대학생들도 많고, 벚꽃 구경을 나온 가족들도 많고, 소문 듣고 온 관광객들도 많았다. 무엇보다 오늘의 주인공은 사람보다 벚꽃이었다.

"희야, 벚꽃 진짜 예쁘지?"

그녀도 제주도에서 벚꽃을 보는 건 처음이었다. 태준과 함께 보았던 한라산 눈꽃만큼이나 정말 아름다운 광경이었다. 너무 예쁜 걸 보니 또 눈물이 주르륵 흘렀다. 이젠 콧물보다 흔한 게 눈물이라 익숙하게 눈물을 쓱쓱 닦고는 벚꽃 길을 걸어갔다. 다른 사람들과 달리 그녀는 혼자였지만 괜찮았다. 희야가 함께 있었으니까.

꽃잎이 바람에 실려 하늘하늘 그녀의 머리 위로 떨어져 내렸다. 이수는 손을 뻗어 떨어지는 꽃잎을 받았다. 보드라운 벚꽃잎은 예쁜 사람 손톱처럼 생겼다. 손바닥 위의 꽃잎을 보며 이수는 빙그레 웃었다.

"이건 잘 보관했다가 나중에 희야한테 꼭 보여줘야겠다. 우리가 같이 본 벚꽃이라고."

벚꽃 길을 처음부터 끝까지 걸어본 뒤 집으로 돌아왔다. 택시에서 내린 이수는 바로 집에 들어가지 않고 아파트 앞 목련 나무 밑에 앉아서 신발을 벗었다. 그리 많이 걸은 것도 아닌데 발이 또 부었다. 임신이란 정말 힘든 것이라고 생각하며 발을 손으로 꾹꾹 주물렀다.

─이수.

발을 주무르던 그녀의 손이 잠시 멈칫했다. 눈물샘 고장도 모자라 이젠 환청까지 들리나 보다. 방금 태준의 목소리를 들은 듯했다. 이수는 약해지면 안 된다고 다짐하며 발을 주무르는 손에 더 힘을 주었다.

"이수."

이번엔 더 선명하게 들린 그녀의 이름에 이수의 눈동자가 커졌다. 그녀는 발을 아래로 내리고 천천히 고개를 들어 앞을 보았다.

푸른 녹음과 봄꽃이 수놓아진 아름다운 제주의 봄 길을, 봄보다 더 아름다운 존재감을 드러내는 남자가 뚜벅뚜벅 걸으며 그녀가 있는 곳으로 다가오고 있었다. 이수는 자신이 꿈을 꾸고 있는 건가 싶어서 멍하니 걸어오는 남자를 바라만 보았다.

큰 키에 넓은 어깨, 단정한 얼굴, 깊고 검은 눈동자.

태준이었다.

그는 손에 붉은 장미꽃 다발까지 들고 있었다. 그녀에게 프러포즈하러 검찰청에 왔던 그때처럼.

이수는 자신이 바라는 모든 게 담긴 장면을 현실이라고 쉽게 믿을 수가 없었다. 봄날의 신기루였다. 그래서 그녀가 붙잡는 순간 사라져버릴지도 몰랐다.

멈추지 않고 걸어온 그는 여전히 신발을 벗고 있는 그녀의 앞에서 멈추어 섰다. 할 말을 잃고 그를 올려다보는 그녀를 향해 태준은 부드러운 미소를 지었다. 그가 한쪽 무릎을 굽히며 몸을 낮추자 단번에 그녀와의 시선 거리가 좁혀졌다.

손을 뻗으면 닿을 듯한 거리에 있는 그의 얼굴을 보며 그녀의 커다란 눈동자에 물기가 가득 차올랐다. 봄날의 신기루일 뿐이라도 참을 수가 없었다.

"너무 늦어서 미안해요."

그가 말을 했다. 정말 태준이라는 듯이. 태준은 그녀에게 가지고 온 장미꽃 다발을 내밀었다.

"그래도 나랑 결혼해줄 수 있습니까?"

뚝, 그녀의 눈에서 또 눈물이 떨어졌고 길거리 벗나무에서는 꽃잎이 떨어졌다. 태준은 손을 뻗어 그녀의 눈물을 닦아주었다. 그 손에서 따뜻한 온기가 전해지자 이수는 겨우 그가 봄날의 신기루가 아니라 현실이라는 걸 깨달았다.

"진짜 태준 씨예요?"

태준은 고개를 끄덕였다.

"빨리 온다고 나랑 약속했잖아요."

그녀의 입에서는 그가 돌아온 것에 대한 기쁨의 말보다 원망의 말이 먼저 튀어나왔다. 사람들 말처럼 그가 죽지 않았을 거라 믿으며 버텨 온 시간에 대한 서러움을 그한테 모두 쏟아냈다.

"그런데 왜 이제야 와! 내가 얼마나!"

사실은 너무 무서웠다. 희야한테는 안 그런 척 굴었지만 밤에 잠들 때면 이대로 그녀 혼자 남겨질까 봐 무서움에 잠이 들 수가 없었다.

태준은 울면서 화를 내는 그녀를 두 팔로 꽉 끌어안았다. 그도 그녀에게 빨리 돌아오고 싶었다. 하지만 아버지가 쏜 총에 맞은 총상을 치료해야 했고, 그가 죽었다는 믿음을 사람들이 가지게 할 시간이 필요했다. 그래야 자유로이 그녀에게 올 수 있었으니까.

"앞으로는 다신 혼자 두지 않을게요. 약속합니다."

이수는 엉엉 우느라 그가 무슨 말 하는지 하나도 들리지 않았다. 그 없이 혼자 있는 동안 참 많이도 울었다고 생각했는데 그의 품에서 흘린 눈물이 더 많았다. 이젠 눈물샘이 말라서 울고 싶어도 못 울 것 같았다.

그녀가 눈물을 멈추니 밤이 되었다. 그녀의 눈물이 마를 때까지 안아주던 태준은 그녀의 얼굴을 살펴보며 조심스럽게 물었다.

"이제 괜찮습니까?"

이수는 수분이 다 날아간 마른 목소리로 말했다.

"아버지가 당신 찾을까 봐 지금까지 나한테 못 온 거예요?"

태준은 그렇다고 고개를 끄덕였다.

"이강한 사장이 나한테 말해줬어요. 당신, 자유라고."

자유라는 말은 태준의 심장에 깊게 박혔다. 그건 그가 더 이상 마광호의 아들로 살아가지 않아도 된다는 말이었다. 그가 사랑하는 사람의 옆에서 살아도 된다는 말이었다.

"그럼 이제 나랑 결혼해줄 수 있습니까?"

태준은 두 손으로 그녀의 뺨을 감싸 안으며 다시 그녀에게 청혼을 했다. 이수는 그제야 그의 청혼이 제대로 귀에 들어와서 얼굴을 찌푸렸다.

"난 당신이 마광호 아들이었을 때도 같이 떠나려고 했어요."

그때는 그가 그녀에게 힘든 선택을 하게 하였다. 하지만 이젠 그러지 않아도 되었다. 그는 자유였으니까.

마광호 아들 마태준은 죽고, 이젠 그냥 마태준만 남았다.

"이젠 안 떠나고 여기서 같이 살아도 괜찮습니다."

그들이 사랑한 추억이 가득한 이곳에서 같이 살자는 그의 말에 이수는 울컥했다. 그와 그렇게 살 수 있다는 게 믿기지가 않았다. 서로 깊게 사랑했던 시절에도 그들의 미래는 불투명하기만 했으니까.

"그러면 이제 우리 부모님께 찾아가서 나랑 결혼하고 싶다고 말할 수 있어요?"

태준은 그러겠다고 고개를 끄덕였다. 지금의 그는 아무것도 가진 게 없어서 분명 그녀의 부모님 눈에는 안 차는 신랑감일 테지만 그는 두렵지 않았다. 죽음을 뚫고 그녀에게 돌아온 그가 더 이상 무서워할 건 아무것도 없었다.

이수는 그가 그녀와 결혼하고 싶다는 말보다 그녀의 부모님을 만나서 결혼을 허락받겠다는 게 더 감격스러워서 그의 목을 끌어안으며 깊게 입을 맞추었다. 사막의 끝에서 겨우 마주한 오아시스 같은 재회의 키스는 두 사람의 감정을 더 뜨겁게 달구었다.

태준은 그녀의 입술을 삼키며 그녀의 몸을 소파 위로 쓰러뜨리고 그 위를 점령했다. 당장 그녀를 안고 싶은 마음만이 넘쳐나서 그녀의 옷 속으로 손이 파고드는데 그녀의 손이 그의 팔목을 잡았다.

"안 돼요."

그녀의 거부에 태준의 몸이 굳어버렸다. 이제 그들의 사랑을 가로막을 건 아무것도 없다고 믿은 순간의 거절이라 그 충격은 몇 배로 더 컸다.

"희야가 있어요."

태준은 아직 충격에서 벗어나지 못해서 그녀가 말하는 희야가 뭔지 알아채지도 못했다.

"희야가 뭡니까?"

희야를 묻는 태준의 목소리가 적대적이라 이수는 그를 나무라는 눈빛으로 쳐다보며 대답했다.

"우리 아이요."

아이라는 말에 태준의 눈이 커졌다. 그는 그녀와 결혼할 마음만 가득했지 아이에 대해서는 단 한 번도 생각한 적이 없었으니까. 이수는 아직 납작해서 임신한 것처럼 보이지 않는 그녀의 배를 손으로 감싸며 말했다.

"이 안에 희야가 있어요."

태준의 눈이 그녀의 배로 향했다.

그렇게 희야는 사랑의 방해꾼으로 아빠와 첫 대면을 하게 되었다.

멀리 이수의 부모님 집이 보이자 태준의 걸음이 저도 모르게 멈추었다. 그가 멈추자 이수도 덩달아 멈추어 서며 그를 올려다보았다.

"긴장돼요?"

"아뇨. 괜찮습니다."

말은 그렇게 하면서 표정은 돌처럼 굳어 있고 발도 땅 위에 붙어버렸다. 태준이 이렇게 긴장한 건 처음 본 것 같았다. 그녀로서는 혼자 가서 아이 생겼다고 말했어야 할 상황에서 태준과 함께 가게 되었으니 마음이 든든했지만, 태준한테는 이게 새로운 삶을 살기 위한 첫 관문이나 마찬가지였으니 아무렇지 않을 수가 없었다.

이수는 손을 뻗어 긴장감에 체온까지 내려간 차가운 그의 손에 깍지를 꼈다.

"우리 부모님 어렵지 않은 분들이에요. 내가 좋아하는 사람이라고 하면 같이 좋아해주실 거예요."

"내가 부모도 없고, 아무것도 가진 게 없다고 해도 말입니까?"

태준의 입에서 이렇게 현실적인 말을 들으니 새로웠다. 누구 아들인지보다 차라리 가진 게 없는 걸 걱정하는 게 더 행복이라고 하면 그 말을 이해할 사람이 이 세상에 과연 몇 명이나 있을까.

"그래서 우리 부모님이 반대하시면 나랑 결혼 안 할 거예요?"

태준은 단호히 고개를 저었다. 그래도 그녀와 결혼은 꼭 해야 했다. 지금 그에게 남은 건 그녀와 함께하는 삶뿐이었으니까.

"그럼 가요."

이수는 여전히 발걸음이 무거운 태준을 끌고 집으로 향했다. 부모님께는 미리 오늘 중요한 이야기를 하러 집에 간다고 전화로 말해두었다. 그래서 어머니도 아버지와 함께 집에서 그녀가 오기를 기다리고 있을 거다.

"부모님께 태준 씨 소개해줄 생각하니 심장이 막 두근두근해요."

그녀는 두근두근 정도인지 모르겠지만 태준은 이러다 심장마비 오는 거 아닐까 걱정될 정도로 심장이 아팠다. 결혼 허락을 받으러 이수의 부모님을 만나러 가다니. 살다가 이런 일이 그에게 있을 줄은 그녀를 사랑했을 때조차 상상하지 못했었다. 그녀의 부모님 집으로 향하는 지금이 꼭 거꾸로 뒤집힌 지구를 밟으며 걷는 기분이었다.

분명 그를 마음에 들어 하지 않으실 텐데.

태준은 아무리 긍정적으로 생각하려고 해도 이수의 부모님이 그를 좋아할 거라는 생각은 전혀 들지 않았다.

먼저 문을 열고 나온 사람은 아버지 길상이었다. 길상은 이수가 남자와 함께 서 있는 걸 보고 눈이 접시만 해져서 안에 대고 소리쳤다.

"여보! 이수가 남자랑 같이 왔어!"

이수는 창피해서 아버지를 진정시켰다.

"아버지, 좀 작은 목소리로……. 동네 사람들 다 듣고 오겠네."

"네가 사내놈이랑 같이 왔는데 내가 안 놀라게 생겼어! 이놈 관상은 절대 검찰청이 아니야. 맞지?"

태준을 삿대질하며 말하기에 이수는 힘을 주어 아버지의 손을 아래로 내리며 부탁했다.

"맞으니까 제발 좀만 점잖게."

"넌 이 아비가 부끄럽냐!"

아버지는 버럭 화를 내고는 혼자 집 안으로 성큼성큼 들어가버렸다. 태준은 당황해서 이수에게 말했다.

"화나신 거 같은데."

"삐치신 거예요. 원래 잘 삐치세요."

그래도 지금은 안 되었다. 안 그래도 그가 좋게 보일 점이 별로 없는데 저렇게 삐치시기까지 하면 더 그를 안 좋게 볼 테니.

산 넘어 산이었다.

"들어가요."

이수는 그의 손을 잡아끌었다. 태준은 더 무거워진 마음으로 그녀의 손에 끌려 집 안으로 들어갔다. 거실에는 그녀의 부모가 나란히 서 있었다.

태준은 미숙을 보자마자 고개를 숙여 인사했다. 미숙은 태준의 얼굴을 보고 눈을 좁혔다. 가게에 온 적 있는 손님이라는 걸 기억하고 있었다. 분명 농장한다고 했던.

"태준 씨예요."

이수는 부모님에게 태준을 소개했다. 말 없는 미숙 대신 길상이 한마디 했다.

"남자가 너무 얼굴값 하게 생겼어. 지나쳐. 지나치다고."

길상이 또 태준의 얼굴로 손가락질하자 이번엔 미숙이 길상을 나무랐다.

"사람 얼굴에 함부로 손가락질하지 마소."

"당신도 지금 잘생겼다고 편드나. 저 얼굴 보라고. 딱 여자 꼬이게 생긴 관상이잖아. 우리 이수가 고생한다고."

태준은 설마 생긴 걸로 한 소리 들을 줄은 생각 못 해서 표정이 굳었다.

"두 사람 그렇게 서 있지 말고 들어와."

미숙이 이 집의 가장으로서 그를 손님으로 인정해주었다.

네 사람은 안방에 마주 앉았다. 길상은 여전히 못마땅한 표정으로 태준을 보고 있었고, 미숙은 전혀 표정을 읽을 수 없어서 태준은 아까보다 더 긴장이 심해졌다. 이수는 자기 집이라고 너무 편했는지 바로 본론으로 들어갔다.

"우리 결혼할 거예요."

이수가 던진 폭탄선언에 길상은 목소리를 높였다.

"누구 마음대로!"

"그럼 아버지는 내가 노처녀로 늙어 죽었으면 좋겠어?"

"이상한 놈이랑 결혼할 거면 그냥 혼자 살아."

"왜 얼굴만 보고 이상한 놈이래. 아버지가 더 이상해."

"뭐라고!"

"둘 다 조용."

미숙의 한마디에 길상과 이수는 입을 다물었지만 서로 날을 세우고 노려보았다. 미숙은 태준에게 시선을 주었다.

"계속 이수만 말하네. 자네가 직접 말해보게."

입을 열기 전에 태준의 목울대가 출렁했다. 지금의 그는 그녀를 사랑한다는 것밖에 이수의 부모님을 설득할 수 있는 게 없었기에 부담감이 컸다.

"제가 지금은 가족도 없고, 가진 것도 없습니다."

"이것 봐! 이럴 줄 알았어! 우리 이수가 검사라서 꼬셨구나!"

"아버지! 잘 알지도 못하면서 함부로 말하지 마요."

"하지만."

또 싸우려던 길상과 이수는 태준의 한마디에 움찔하며 조용해졌다. 큰 소리는 아니었지만 깊은 울림이 있는 목소리에는 사람을 압도하는 힘이 있었다.

"결혼 허락해주시면 평생 이수와 행복하게 살겠다고 약속드릴 수 있습니다."

"왜 나만 이야기해요? 우리 희야는?"

이수가 옆에서 끼어들며 희야에 대해 말하자 태준의 표정은 굳고, 길상과 미숙은 그게 뭐냐는 표정을 지었다.

"희야라니?"

태준은 이 자리에서 아이 이야기는 하고 싶지 않았다. 꼭 아이를 무기로 결혼 허락을 받는 것 같았으니까. 그런데 이수는 부모님에게 계속 임신한 걸 숨겨왔기에 태준과 함께 왔을 때 꼭 아이에 대해 말하려고 했었다.

"우리 아이. 나 임신했어."

길상의 입이 쩍 벌어지고, 잘 놀라지 않는 미숙조차 눈이 커졌다.

"너, 너너너너너너."

길상은 이번엔 이수의 얼굴과 배를 손가락질하다 그대로 뒤로 넘어갔다.

쿵―.

놀라서 기절까지 한 길상을 보고 모두 깜짝 놀라서 길상에게 몰려들었다.

"이수 아버지!"

"아빠!"

태준만이 그 자리에서 천장을 올려다보았다. 역시 그의 인생이 한 번에 순탄하게 풀릴 리가 없었다.

길상은 바로 병원으로 옮겨졌다. 검사 결과 다행히 큰 이상은 없다고 했다. 태준은 응급실 밖에서 심각한 얼굴로 이수를 나무랐다.

"그 자리에서 그 이야기까지는 하지 말았어야 했습니다."

태준의 말에 이수는 상처받은 눈으로 그를 바라보았다.

"태준 씨는 내가 임신한 게 안 기뻐요?"

처음 알았을 때도 놀라기만 하고, 오늘도 그녀가 부모님께 임신한 걸 말했다고 나무라고 있으니 그녀가 기분이 좋을 리가 없었다. 태준은 선뜻 대답하지 못하고 복잡한 감정을 담은 눈빛으로 이수를 보았다.

사실 그는 그녀가 임신했다는 걸 안 순간 덜컥 겁부터 났다. 만약 이 아이가 아들이라면 그처럼 힘들게 살 수도 있다는 걸 그는 차마 그녀에게 말할 수가 없었다. 만약 그녀가 예상하지 못한 임신을 하지 않았다면 그는 평생 아이를 가질 용기를 내지 못했을 거다.

"왜 대답 안 해요?"

그녀의 눈에 또 눈물이 차올랐다. 이수는 손으로 콧물 닦듯이 눈물을 쓱 훔치고는 다시 그를 노려보았다. 그때 미숙이 응급실에서 나와 두 사람에게 다가왔다.

"두 사람은 먼저 돌아가."

이수는 눈에 힘을 꽉 주어 눈물을 말리며 고개를 저었다.

"아니야. 아버지 깨어날 때까지 있을게요."

"돌아가서 결혼할 준비나 해. 배 불러오기 전에 해야지."

결혼 준비하라는 말에 그녀도 태준도 놀란 표정을 지었다.

이수는 떨리는 목소리로 엄마에게 물었다.

"그럼 우리 결혼해도 괜찮아요?"

미숙은 헛웃음을 지었다. 벌써 임신까지 했다는데 결혼하지 말라고 반대할 수 있는 부모가 세상에 몇이나 있을까. 하지만 미숙은 이수가 임신했다는 말을 하지 않았어도 사실 이 결혼을 반대할 마음이 별로 없었다. 평생 그들에게 맞추어 살아온 이수인 걸 알기에 결혼만은 본인이 하고 싶은 대로 하게 해주고 싶었으니까. 그 상대가 한마디로 정의하기 어려운 남자이기는 했지만 딸의 선택을 믿어보기로 했다. 언제나 부모의 기대를 뛰어넘는 딸이었으니까.

"이수 아버지가 앞으로도 안 좋은 소리 많이 할 수도 있어. 그래도 참아. 순서를 안 지킨 건 너희들이 먼저니까."

미숙은 그에게 해줄 수 있는 가장 최선의 모습을 보여주었다. 하지만 반쪽짜리 결혼 허락이었기에 태준은 결혼 허락을 받고도 마냥 좋아할 수가 없었다. 그래도 이수는 좋았는지 미숙을 와락 껴안으며 고마워했다.

"우리 진짜 잘 살 거야. 믿어줘요, 엄마."

미숙은 대답 대신 이수의 등을 손으로 툭툭 두드렸다. 그리고 이수의 어깨 너머로 태준을 올려다보며 평생 가족을 책임져 온 가장답게 다부진 목소리로 말했다.

"태준이라고 했지? 앞으로 아이까지 먹여살리려면 정신 똑바로 차리고 살아야 해."

형식적인 환대의 말보다 투박한 충고가 오히려 더 마음 깊이 박혀왔다. 태준은 울컥하는 감정을 누르며 미숙을 향해 머리를 꾸벅 숙였다.

그렇게 그에게 다시 어머니란 존재가 생겼다. 아마도 아버지까지 생기려면 좀 더 시간이 걸릴 것 같았다.

엄마에게 결혼해도 좋다는 허락도 받았는데 제주도 내려오는 내내 이수는 입을 꾹 다물고 한마디도 하지 않았다. 그래서 태준은 그녀의 눈치를 보며 말을 하려다가 몇 번이나 그냥 입을 다물었다.

"다음 주에 나랑 같이 산부인과 가야 해요."

내내 말이 없던 이수가 정 없는 목소리로 그 말을 했을 때 태준은 마른 입술을 벌렸다.

"저는 아직……."

이수는 휙 고개를 돌려 태준을 화난 눈으로 쏘아보았다.

"정말 그렇게밖에 말 못 해요? 어떻게 나랑 결혼은 하고 싶다면서 아이에 대해서는 이렇게 나와요!"

이젠 화를 내도 눈물이 나와서 이수는 주먹으로 눈물을 훔치며 짜

중을 냈다.

"빌어먹을. 완전 콧물이야."

비행기 안이었기에 사람들이 두 사람을 쳐다보았다. 그래서 이수도 더 화를 내지 못하고 입을 꾹 다물며 창밖으로 시선을 돌려버렸다.

"홀쩍."

그녀가 눈물과 함께 콧물을 삼키는 소리가 그의 심장을 쿡쿡 찔렀다. 도대체 그녀에게 어떻게 말을 해야 하는 건지 그도 알 수가 없었다. 아들일까 봐 너무 무섭다고. 그럼 그는 그 아이에게 노력도 해보기전에 죄인이 되는 건데.

그가 말 못 하고 혼자 끙끙 앓는 사이 비행기는 제주도에 도착했다. 사람들이 모두 내리고 태준과 이수는 비행기에 마지막까지 남아 있었다. 태준은 일어나기 전에 이수에게 손을 내밀었다.

"내가 잘못했습니다."

"항상 잘못은 자기가 하지."

그녀는 바로 화를 풀지 않고 투덜댔다.

"이번에도 길이 분명 있을 겁니다."

이수는 태준이 무슨 소리를 하는지 알아들을 수가 없어서 그제야 태준을 돌아보았다.

"무슨 길이요? 우리 방금 결혼 허락받고 돌아온 거잖아요."

태준은 그저 웃으며 그녀의 손을 꼭 잡았다. 무섭더라도 그녀와 그의 아이였다. 아들이든 딸이든 사랑하지 않을 리가 없었다. 그가 이렇게 그녀에게 왔듯이 아들이라도 어떻게든 지켜내리라.

태준은 비행기에서 내리고 나서야 이수에게 용기 내어 물어보았다.

"산부인과 가면 아들인지 아닌지 알 수 있습니까?"

"나도 물어봤는데 16주는 돼야 정확히 알 수 있대요. 우리 결혼식도 빨리 준비해서 그때 지나기 전에 올려야 할 거 같으니까 결혼식 전날 산부인과 가서 물어볼까요?"

그럼 결혼식 때까지 그가 계속 무서울 거라는 걸 그녀는 전혀 모르고 싱글벙글 웃으며 말했다. 태준은 그녀를 또 울릴 수는 없었기에 덜덜 떨리는 심장을 애써 누르며 고개를 끄덕였다.

결혼식은 제주도에서 올리기로 했다. 태준은 결혼식에 초대할 사람이 없고, 그녀는 제주도에서 일하고 있어서 초대할 사람이 대부분 제주도에 있었으니까. 그리고 두 사람의 추억은 모두 제주도에 있었기에 이곳에서 결혼하는 게 더 의미가 있었다.

그녀가 임신 중이라 힘든 일은 가능한 자제해야 했기에 웨딩 촬영도 아기 낳은 뒤에 따로 하기로 하고 결혼식만 간단하게 올리기로 했다. 그럼 준비할 게 별로 없는 거 같은데도 이수는 이불 깔고 누우면 결혼식에 관한 이야기만 계속했다.

"내가 태준 씨 부케 준 야외 결혼식장 기억하죠? 우리 거기서 결혼하면 정말 예쁠 거 같은데."

하지만 결혼식 하객이 별로 없는데 그곳은 너무 넓었다. 태준이 선뜻 대답하지 않자 이수는 다른 뜻으로 오해하고 슬쩍 그를 보며 물었다.

"너무 비싸서 부담돼요?"

"아닙니다. 그날 결혼식에는 사람이 많았는데 우린 그렇지 못할 거 같아서."

그는 정말 초대할 사람이 아무도 없었다. 아니, 초대해서도 안 되었다. 그가 무슨 생각하며 심각한 표정을 짓는지 알아챈 이수는 태준의 팔에 팔짱을 끼며 씨익 웃었다.

"태준 씨가 초대할 사람은 한 명이면 충분해요."

한 명이라도 있단 말인가.

그는 깜짝 놀라며 그녀를 보았다.

"누구 말입니까?"

강한을 말하는 거라면 이젠 강한도 곤란했다. 강한이 그에 대해 아버지에게 말할 리 없다고 해도 강한은 아버지와 가까이 있는 사람이었으니까.

"최 검사님이요."

이수가 도훈에 대해 말하자 태준은 바로 눈썹이 눈에 붙었다.

"그 사람이 왜 내 하객이라는 겁니까?"

죽을 때까지 보기 싫은 사람 리스트에 당연히 최도훈도 있었다.

"두 사람, 애증의 관계잖아요."

"그냥 싫은 관계입니다."

"아니에요. 내가 보기에 정도 분명 있어요."

"그런 거 없습니다!"

태준은 화까지 냈다. 그녀가 짝사랑했던 남자를 그에게 갖다 붙이는 건 정말 용납할 수 없는 일이었으니까.

결혼식을 준비하며 어머니 미숙과는 종종 통화했지만 아버지 길상은 여전히 그녀의 결혼이 싫은 건지 연락을 딱 끊어버렸다. 그녀는 아버지와 친구 같은 사이라 자주 싸웠지만 사실 길상이 그녀에게 이렇게까지 심각하게 화를 낸 건 처음이긴 했다.

"이번엔 나 혼자 서울 가서 아버지 만나고 올게요."

결혼식 전에 아버지와 화해를 해야 했기에 이수는 태준에게 혼자 서울에 갔다 오겠다고 했다.

하지만 길상이 이수에게 화나 있는 이유를 따져보면 그가 문제였다. 그러니 이건 그녀와 길상이 풀어야 할 문제가 아니라 그가 풀어야 할 문제라 태준은 말했다.

"제가 가겠습니다."

이수는 길상이 태준에게 심하게 화낼 게 걱정되어 고개를 저었다.

"그냥 내가 갈게요. 아버지는 내가 잘 아니까."

그래도 태준은 끝까지 자신이 가겠다고 고집을 부려 서울로 향했다. 이수의 집은 미리 간다고 연락하고 집으로 찾아간 것인데 집은 텅 비어 있었다. 미숙은 분명 가게에 나갔을 거고, 길상은 그가 온다는 걸 알고 일부러 나가버린 것 같았다.

미숙에게 전화해서 집에 들어간 태준은 거실 소파에 가만히 앉아서 길상이 돌아오길 기다리다 시계를 보았다. 저녁 시간이 가까워져 오고 있었다. 길상이 오든, 미숙이 가게에서 돌아오든 저녁을 먹어야 할 것 같아서 태준은 자리에서 일어나 부엌으로 향했다.

노부부 둘만 쓰는 부엌은 단출했다. 냉장고에는 미숙이 가게에서 파는 채소들로 만든 밑반찬들이 통에 정갈하게 담겨 있었고, 그 외에도 달걀과 팔다 남은 채소가 전부였다. 요리할 때 쓸 주재료를 냉장실에서 찾지 못해서 냉동실을 열어보았더니 길상이 제주도에서 잡아와서 얼린 생선이 남아 있었다. 태준은 이수의 집에서 실수한 생선구이를 이번엔 제대로 해야겠다고 생각하며 냉동실에서 꽁꽁 언 생선을 꺼냈다.

태준을 피해 일부러 집을 나갔던 길상은 저녁 늦게 집으로 돌아왔다. 배가 고팠으니까. 굳이 배고픈 것까지 참아가면서 태준을 피하는 건 그의 손해라는 생각이 들어서 집에 온 것이었다. 태준이 있든 말든 혼자만 밥을 차려 먹을 거라 생각하며 현관문을 열던 길상은 집 안에 퍼진 고소한 냄새에 발걸음이 멈추었다.

길상은 코를 킁킁거렸다. 이 맛있는 냄새가 도대체 뭔가 싶었다. 그의 집에서 절대 날 리 없는 냄새인데 말이다. 길상은 우선 고개를 길게 빼서 거실 쪽을 보았다. 태준이 있을 거라 예상되었던 소파는 텅 비어 있었다. 그럼 태준은 이미 돌아가고 아내 미숙이 돌아와 저녁을 하는 건가 싶어서 길상은 그제야 편하게 신발을 벗고 집 안에 들어섰다. 길상은 바로 부엌을 향해 가벼운 걸음으로 걸어가며 말했다.

"여보, 뭘 만들기에 냄새가 이리 맛있……."

부엌에서 요리하는 사람이 익숙한 미숙의 뒷모습이 아니라 산처럼 솟은 사내놈인 걸 알고 길상은 그 자리에 얼어붙어버렸다. 길상의 목소리에 뒤돌아본 태준은 얼른 칼을 내려놓고 꾸벅 고개를 숙여 인사했다. 길상은 돌 씹은 표정으로 태준을 보다 식탁으로 시선을 옮겼다.

식욕을 자극할 정도로 노릇하게 구워진 생선구이와 집에서 본 적 없는 먹음직스러운 밑반찬들, 그리고 따뜻한 김이 모락모락 올라오는 국과 밥까지……. 설마 이걸 전부 저 산적 같은 놈이 만들었다고? 그게 말이 돼? 길상은 마음속에서 소리 없는 아우성을 질렀다. 그런데 그의 마음도 모르고 그의 배는 주책없게 꼬르륵 소리를 냈다.

"아직 따뜻하니 드십시오."

"내가 왜 네놈이 만든 걸 먹는데⋯⋯!"

길상은 버럭 성부터 냈다. 태준은 길상에게 먹으라고 강요할 수는 없었기에 부엌에서 나왔다.

"그럼 전 이만 가보겠습니다."

그가 있으면 분명 길상이 안 먹을 것 같아서 태준은 가보겠다고 했다. 길상은 얼굴을 돌려 외면한 채 그의 인사도 받지 않았다. 태준은 그대로 그 집에서 나와버렸다. 시간이 꽤 지난 건지 밖은 벌써 어둠이 깔려 있었다. 이대로 그냥 제주도로 돌아갈 수는 없었기에 태준은 시장에 있는 미숙의 가게로 가보기로 했다.

집에 혼자 남은 길상은 한참이나 인상 쓴 얼굴로 태준이 만든 밥상을 노려보기만 했다.

저건 먹으면 안 돼. 고작 저따위 밥에 내 딸을 넘길 수는 없다고.

길상은 매몰차게 고개를 돌려 안방으로 걸어가다가 꼬르륵 소리에 방문 앞에서 멈추어 섰다. 그는 다시 고개를 돌려 다 차려진 밥상 쪽을 보았다. 맛있는 냄새가 무차별적으로 그를 유혹하고 있었다. 저걸 안 먹으면 미숙이 음식 버린다고 야단칠 텐데.

길상은 자신이 그 음식을 먹어야만 하는 이유를 찾으며 슬금슬금 밥상 쪽으로 걸어갔다. 식탁 앞까지 간 길상은 차려진 음식을 쭉 둘러보다가 제일 먹음직스러워 보이는 생선구이로 손을 뻗었다. 그가 제주도에서 잡아 온 생선이었다. 그러니 이건 그가 먹을 자격이 충분하고도 넘쳤다. 그리 생각하며 생선 살을 조금 발라내어 옆에 있는 양념장에 콕 찍어 입에 넣었다.

생선을 우물우물 씹던 길상의 눈이 커졌다. 그는 믿을 수 없다는 눈으로 생선구이를 보았다. 분명 그도 생선을 구워서 먹었었다. 그때는 이런 맛이 아니었는데 어떻게 이렇게 맛있어진 건가 싶었다. 같은 생선 이 맞나 의심이 들 정도였다. 길상은 혹시나 싶어서 수저를 들어 국을 한술 떠먹어 보았다. 그냥 흔한 국처럼 보였던 것까지 너무 맛있어서 길상의 머리가 뒤로 넘어갔다.

도대체 뭐야. 그놈이 음식에 약이라도 탔나?

가진 게 아무것도 없다던 태준은 요리 천재답게 제일 먼저 길상의 혀부터 사로잡았다.

16주 전에도 아이 성별을 알 수 있다고 해서 결혼식 올리기 일주일 전에 두 사람은 산부인과를 찾아갔다. 태준이 산부인과 가는 게 처음 도 아닌데 그 어느 때보다 긴장한 거 같아서 이수는 그의 손을 잡으며 안심시켰다.

"아들이든 딸이든 우리 희야 건강할 테니까 걱정 마요."

태준은 고개만 끄덕일 뿐 긴장해서 웃을 수도 없었다. 그때 간호사 가 그녀의 이름을 불렀다.

"은이수 씨."

"네!"

태준이 먼저 의자에서 벌떡 일어났다. 산모 이름을 불렀던 간호사는 남자만 로켓처럼 일어나자 웃겼는지 쿡 웃으며 따라오라고 했다. 이수 는 그를 따라 어기적 일어나며 짧게 투덜거렸다.

"대답만 잘하지 말고 나 좀 챙겨요."

태준은 이수가 잡아달라고 내민 손을 붙잡았다. 두 사람은 꼭 결혼식 입장하는 사람들처럼 손을 잡고 진료실로 향했다. 설령 아들이라도 반드시 지켜낼 거라고 몇 번이고 다짐했지만 진료실로 향하는 태준의 마음은 쿵쾅대고 있었다.

산부인과 의사는 같이 들어오는 두 사람을 반가운 눈으로 바라보았다. 처음에 이수 혼자 왔을 때 펑펑 울었던 걸 기억하고 있었기에 아이 아빠와 함께 오는 그녀의 모습이 보기 좋았다. 사연 많아 보이는 커플이지만 그래도 혼자보다는 둘이 더 든든했다.

"요즘도 많이 울어요?"

그녀가 임신 때문에 너무 울게 되었다고 올 때마다 말했기에 의사는 제일 먼저 그걸 물어보았다.

"결혼식 준비 때문에 바빠서 울 틈이 없긴 한데 그래도 드라마 보면 울게 돼요. 진짜 아기 낳으면 괜찮아질까요?"

그녀는 자신이 평생 울보로 살게 될까 봐 진짜 겁이 났다.

"네, 임신 때 증상은 보통 아이 낳으면 사라지니까 너무 걱정하지 마세요."

그건 정말 다행이었다. 이수가 태준을 돌아보며 방긋 웃었는데 태준은 표정이 돌처럼 굳어 있었다. 한 대 때려서 얼음 땡 해주고 싶을 정도였다.

"오늘은 아들인지 딸인지 알 수 있을까요?"

"우선 초음파 검사를 해보죠."

의사는 확실한 답변은 뒤로 미루고 검사부터 시작했다. 처음엔 콩알만 했던 존재가 이젠 어엿하게 머리, 엉덩이, 팔과 다리를 다 갖춘 사람의 형상을 하고 있었다. 초음파를 통해 보는 아기의 모습은 정말 경이로운 경험이었다.

"아기가 정말 잘 자라긴 하네요. 볼 때마다 놀랄 정도예요."

특급 건강은 타고났다는 의사의 말에 이수는 활짝 웃었다. 그리고 태준에게도 강요했다.

"우리 아기 건강하다잖아요. 좀 웃어요."

초음파만 뚫어지게 쳐다보고 있다 야단맞은 태준은 어깨를 움찔 떨었다. 오늘따라 태준이 유독 긴장한 걸 보고 의사는 웃으며 말했다.

"아버지 닮아도 정말 예쁜 딸이겠어요."

태준은 그게 무슨 뜻인지 바로 알아듣지 못하고 멍하니 의사의 얼굴을 쳐다만 보았다. 이수가 먼저 알아듣고 손으로 입을 가렸다.

"세상에, 딸이에요?"

지금도 아기 성별을 가르쳐주지 않는 병원이 많았기에 의사는 긍정도 부정도 없이 후후 웃기만 했다.

"태준 씨, 딸인가 봐. 나 어떡해. 너무 좋아."

이수는 어쩔 줄을 몰라하며 태준을 보았다가 깜짝 놀랐다. 그녀가 놀라는 걸 보고 의사도 초음파에서 눈을 떼 태준을 돌아보았다가 당황했다. 임신 때문에 울보가 된 이수도 울지 않는데 그의 눈에서 눈물한 줄기가 주르륵 흘러내리고 있었다. 그걸 보고 멀쩡하던 그녀의 눈에도 바로 눈물이 고였다.

"태준 씨가 우니까 나도 울고 싶잖아."

태준은 자신이 울고 있는 줄도 몰랐기에 손으로 무심하게 눈 밑을 훔쳤다. 정말 젖어 있었다.

이상한 일이었다. 그는 울지 않는데. 그런데 왜 하필 지금 이 순간 눈물이 나는 건가 싶었다. 딸이라 다행이라고 생각했을 뿐이었다. 그가 아이에게 나쁜 아빠가 안 될 수 있어서 다행이라고.

"태준 씨."

이수가 그를 향해 두 팔을 뻗었다. 태준은 그녀의 품 안으로 들어가 그녀의 어깨에 얼굴을 묻었다. 그가 흘린 눈물이 그녀의 옷을 적셨다. 이건 슬퍼서 우는 눈물이 아니라 기쁨의 눈물이었다.

이수가 그에게 웃음을 알려주었다면 그의 딸 희야는 그에게 눈물을 알려주었다.

산모와 아빠가 같이 울어버리니 중간에서 의사만 곤란해졌다.

울지 말라고 강요할 수도 없어서 두 사람이 눈물을 그칠 때까지 기다리느라 진료 시간이 다른 환자보다 몇 배는 더 길어져버렸다.

산부인과에서 감정 소모를 너무 많이 했더니 배가 엄청 고파서 두 사람은 집에 돌아와서 음식을 왕창 만들어놓고 먹었다. 이수는 수저에 태준이 만들어준 오므라이스를 가득 퍼서 입으로 가져가며 말했다.

"딸이니까 아기 이름을 그냥 희야라고 해도 되겠다. 그죠?"

이젠 그 이름에 정이 생겨버렸다.

"그런데 아이 이름에 꼭 내 성을 붙여야 합니까?"

태준은 할 수만 있다면 이수의 성을 아이에게 주고 싶었다.

태준이 왜 자신의 성을 아이에게 주고 싶어 하지 않는지 이수는 이해했지만, 그녀의 성을 붙여버리면 사람들은 그녀와 태준이 재혼한 줄 알 것이다. 그건 나중에 아이에게 또 다른 상처를 줄 수 있었다.

"마 씨가 흔하지 않고 독특해서 아이가 좋아할 거예요."

"내 이름 처음 듣고 여자 울릴 이름이라고 말한 건 이수였습니다."

그가 처음 만났을 때 그녀가 했던 말을 아직도 기억하는 걸 알고 이수는 움찔했다. 그땐 설마 그와 결혼하게 될 줄 모르고 생각 없이 한 말이었다. 역시 사람은 말조심을 해야 한다. 언제 어떻게 될지 정말 모르는 일이니까.

"우리 희야는 딸이잖아요. 여자 울릴 일 없어요."

그녀가 웃으며 어물쩍 넘어가려고 하자 태준은 그녀를 쳐다보며 입 안의 밥알만 꼭꼭 씹었다.

"그럼 태준 씨랑 내 성 전부 붙여서 '마은희'는 어때요? 성이 '마은'이 되게."

태준은 그제야 표정이 좀 풀렸다. 차라리 새로운 성을 창조하는 게 그로서도 마음이 놓였다.

"그래도 됩니까?"

"네, 요즘은 아빠 엄마 성 모두 붙여서 아이 이름 짓는 사람들도 많대요."

태준은 그게 좋겠다고 고개를 끄덕였다.

아이 이름까지 정하고 기분이 홀가분해진 이수는 웃으며 말했다.

"이제 우리 결혼식만 남았다."

결혼식은 작은 교회에서 치르기로 했다. 결혼식 초대도 정말 가까운 사람만 했다. 그 결혼식은 두 사람이 부부가 되면서 태준이 새로운 삶을 시작하게 되는 순간이었다. 태준도 희야처럼 이제 막 세상에 태어난 거나 마찬가지였다. 그러니 같이 살면서 태준에게 새로운 사람들이 생기게 되면 그때 정말 많은 사람을 초대해서 크게 결혼식을 올리자고 두 사람은 약속했다.

"우리가 진짜 결혼한다는 게 믿어져요?"

태준은 아직도 꿈을 꾸는 것 같았다. 총상을 입고 사경을 헤맬 때 항상 그녀에게 돌아가는 꿈을 꾸다 깨어나곤 했다. 그 허탈감을 또 느끼게 될까 두렵기도 했지만 이건 그때처럼 꿈이 아니라 현실이었다.

그는 지금 그녀와 함께 있었고, 곧 희야도 그들의 옆으로 올 것이다. 그에게 진짜 가족이 생기는 것이었다.

"내 가족이 되어줘서 고마워요."

태준이 그녀의 손을 꼭 잡으며 하는 말에 이수는 그를 흘겨보며 정정했다.

"이럴 땐 고맙다고 하는 게 아니라 사랑한다고 말해줘야죠. 무드 없어서 나 또 눈물 나려고 해."

그녀가 또 콧물 같은 눈물을 흘리기 전에 태준은 그녀의 입술에 키스하며 말했다.

"사랑합니다."

이수는 눈을 감으며 그가 주는 사랑을 음미했다.

이제 '망할 로미오!'는 취소였다. 그는 단지 그녀가 사랑하는 남자였고, 그녀의 아이 아빠일 뿐이었다.

Episode 36
우리의 아름다운 나날

결혼식 날 아침은 신부의 비명으로 시작되었다.

"아악."

무슨 일이 생긴 줄 알고 놀란 태준이 욕실 문을 벌컥 열었다.

"왜 그래요?"

이수는 거울 앞에서 울상을 짓고 서 있었다.

"희야가 자꾸 발로 차요. 이러다 오늘 결혼식 망치겠어."

병원에서 아기가 특급 건강을 지녔다고 하더니 태동도 남들보다 더 빨랐다. 아이가 잘 크고 있다는 신호이니 좋아해야 하지만 그녀가 결혼해야 하는 날만은 예외였다. 결혼 행진곡에 맞추어 입장하다 아이가 발로 차면 이수는 그 자리에 멈추어 서고 말 거다.

"둘이 친하니까 차지 말라고 해보십시오."

지금 그걸 말이라고 하는 건가!

이수는 답답한 소리를 하는 아빠를 흘겨보며 욕실 문을 '쾅' 닫아버렸다.

시간은 착실히 가고 있었다. 결혼식 전에 준비를 마치려면 서둘러야 했다. 태준은 그냥 옷만 입으면 끝날지 몰라도 여자인 그녀는 준비할 게 너무 많아서 마음만 급했다. 그녀의 웨딩드레스와 태준의 턱시도는 제주도 토박이 고 실무관이 좋은 곳을 소개해주어서 어려움 없이 구할 수 있었다.

"어머, 어머, 어머, 어머. 너무 멋있어요!"

턱시도를 입고 나온 태준을 보고 고 실무관은 스타를 만난 사생팬처럼 꺅꺅거리며 휴대폰으로 태준의 사진까지 열심히 찍었다. 아직 탈의실에서 그녀가 웨딩드레스를 입는 걸 도와주던 도우미까지 궁금증에 문 쪽을 보자 이수가 한마디 했다.

"결혼식의 꽃은 신부예요. 절 신랑보다 더 꽃으로 만들어주지 않으면 이 웨딩샵 고소할 겁니다."

검사 신부의 농담은 무시무시했기에 도우미는 다시 그녀에게 집중했다. 하지만 신랑이 너무 엄청난 외모를 가지고 있어서 도우미의 노력으로는 한계가 있었다.

"죄송합니다."

도우미가 갑자기 사과하자 이수는 웃지도 못하고 울지도 못했다. 그녀는 임신 중이라 예쁜 드레스보다는 가능한 몸에 편한 드레스로 골라야만 했다. 희야를 위해서니 괜찮다고 생각했지만 턱시도 입고 멋있는 태준을 보니 괜히 억울해졌다.

사랑은 두 사람이 같이 했는데 왜 임신으로 인한 고생은 그녀만 해야 하는 건가 싶었다.

"부케 태준 씨가 들래요?"

태준은 엄청난 소리를 듣고 눈이 커졌다.

"농담이죠?"

여기서 진심이라고 해야 그녀의 억울함을 갚아주는 거였지만 결혼식 날 심통 난 신부가 될 수는 없었다. 그래서 이수는 대신 다른 말을 했다.

"나 예뻐요?"

"네, 아름답습니다."

"그게 진짜면 내가 묻기 전에 말해주면 좋잖아요."

그의 눈에는 웨딩드레스를 입은 이수가 정말 예뻤다. 그녀는 그의 첫사랑이었고, 그의 마지막 사랑이었다. 그러니 그에게 아름다움이라는 건 그녀를 기준으로 정해지는 말이었다. 그걸 말로 다 표현할 수 있었다면 그는 세상에서 가장 말을 잘하는 남자가 되었을 거다.

"지금 긴장해서 아무 생각도 안 납니다. 손 좀 잡아줘요."

태준이 약한 남자처럼 굴자 이수는 그를 더 괴롭히지 못하고 그가 내민 손을 두 손으로 꽉 잡아주었다. 오늘 결혼식에서 그녀보다 더 긴장할 사람이 그이기는 했다. 평소에 남의 결혼식도 안 가봤을 텐데 오늘은 무려 그의 결혼식이었으니까. 평생 결혼은 안 할 거라고 했던 로미오가 오늘 드디어 결혼한다.

"오늘 우리 잘할 수 있어요."

그녀의 다짐에 태준은 짧게 고개를 끄덕였다. 마치 운동 경기 나가기 직전처럼 신랑 신부가 파이팅하는 것을 보고 고 실무관은 역시 유별나다고 생각하며 그 모습도 사진으로 '찰칵' 찍었다.

야외 결혼식을 해도 좋을 정도로 화창한 날씨였다. 이 따뜻한 날씨가 곧 무더위로 변할 거라는 걸 알기에 더 기분 좋은 따뜻함이었다.

두 사람의 결혼을 축하해주려고 일부러 서울에서 제주도까지 내려온 도훈은 곧장 식장 앞에 서 있는 태준에게로 걸어갔다. 그는 이수가 공식적으로 정한 태준의 유일한 하객이었지만, 태준은 도훈을 보고 반가운 표정을 지을 수가 없었다. 도훈은 그를 도와주기도 했던 사람이지만 아픔도 같이 주었던 사람이니까.

"턱시도 잘 어울리네요."

도훈이 웃으며 건네는 말에 태준은 말없이 그를 바라보기만 했다. 신부 대기실에 있는 이수가 지금 이 모습을 보았다면 신랑은 무조건 웃으며 누구라도 반겨야 한다고 그를 야단쳤을 거다.

"처음 호텔에서 만났을 때만 해도 이런 식으로 마태준 씨를 만나게 될 줄은 정말 몰랐네요."

그도 마찬가지였다. 최도훈을 어떤 카테고리에 넣어야 하는지 도저히 알 수 없을 정도로 인연이 뒤엉켜버렸다.

"앞으로는 행복하게 살아요. 이건 내 진심입니다."

도훈이 악수를 청하듯 손을 앞으로 내밀었다. 태준은 도훈의 단단한 손을 바라보다 천천히 손을 앞으로 내밀어 그의 손을 잡았다. 타인의 온기가 그의 마음에 스며들어 많은 감정을 느끼게 하였다.

"오늘 와주셔서 고맙습니다."

고맙다는 태준의 말에 도훈도 만감이 교차했다. 그들이 서로 이런 말을 할 수 있는 이 시간이 꼭 기적 같았다. 도훈은 태준을 그의 손으로 잡는 걸로 끝이 날 줄 알았으니까.

그런데 마태준은 그의 예상을 뛰어넘는 사람이었다. 아마 마광호도 그걸 느끼고 태준을 포기하게 된 것이리라. 그러니 태준은 행복해질 자격이 있었다. 아니, 반드시 행복해져야만 했다. 그래야 이 세상이 잘 돌아가고 있다는 뜻일 테니까.

"태준아."

미숙의 부름에 태준은 고개를 돌렸다.

"가서 이수 아버지 좀 찾아오렴. 이 양반이 오늘까지 말썽이네."

길상은 끝까지 그들의 결혼을 결사반대한 건 아니지만 그렇다고 두 팔 벌려 환영하는 것도 아니었다. 태준은 그게 자신의 탓이라고 생각했기에 길상을 원망할 수는 없었다.

어딘가로 사라져버린 길상을 찾아 태준은 잠시 결혼식장을 떠났다. 혹시 이수를 만나러 갔나 싶어 신부 대기실로 가보았지만 그곳에도 길상은 없었다.

태준이 길상을 찾은 건 교회 뒤편에 있는 소나무 숲이었다. 길상은 소나무 옆에 있는 벤치에 어깨를 아래로 툭 떨어뜨린 힘없는 자세로 앉아 있었다. 태준은 길상이 그를 좋아하지 않는 걸 알기에 바로 다가가지 못하고 잠시 바라만 보다 결혼식 시간이 가까워진 걸 알고 그를 불렀다.

"아버지."

길상이 고개를 돌려 그를 쳐다보았다. 붉게 달아오른 눈이 금방이라도 울 거 같아서 태준은 조심스러웠다.

"괜찮으십니까?"

"너라면 괜찮겠냐. 어디서 튀어나왔는지도 모를 산적 같은 놈이 내 하나뿐인 딸을 데려가는데!"

그래서 죄송하다고 사과라도 해야 하는 건가 싶었다. 결혼식 시작 시간은 이제 고작 20분 남아 있었다.

"내가 우리 이수를 얼마나 귀하게 키웠는데. 매일 학교에 데려다주고, 마중 나가고. 비 오는 날에는 비 맞고 감기 걸릴까 봐 우산 들고 나가고, 운동 경기할 때도 전부 다 내가 따라갔어. 사법시험 볼 때도."

뭐라고 대꾸해야 할지 도통 알 수가 없어서 태준은 말없이 듣고만 있었다.

"내가 돈을 못 벌어도 이수가 한 번도 부끄러워한 적이 없었는데 네놈 때문에!"

길상이 거친 손가락질로 그를 가리키며 벌떡 일어났다.

"내가 점잖지 않다고 부끄러워하다니. 어떻게 이수가 나한테 이럴 수 있어."

그를 향해 화를 토해낼 줄 알았던 길상은 예상외로 이수를 원망하며 눈물을 뚝뚝 흘렸다. 태준은 길상이 왜 그러는지 도저히 알 수가 없었다. 그를 싫어했던 거 아니었던가? 그런데 왜 갑자기 이수를 탓하고 있는 거지?

"이수가 아버지 부끄러워한 적 없습니다."

"있어. 너 데리고 온 날 나보고 점잖게 굴라고."

설마 지금껏 길상이 그를 미워한 게 이수의 그 말 한마디로 시작된 거란 말인가?

전혀 예상도 못한 거라 태준은 할 말을 잃어버렸다. 태준은 길상이 당연히 그가 아무것도 가진 게 없어서 싫어하는 거라 생각했었다. 태준은 천천히 길상에게 걸어가 그의 좁은 어깨에 손을 올렸다.

"이수가 아버지 기다리고 있을 겁니다."

"어차피 점잖지도 않은 아버지는 창피하기만 하겠지."

"그렇지 않습니다. 이수는 아버지의 지금 모습 그대로 좋아하고 있습니다."

"그런데 왜 네놈이랑 결혼하는데?"

화살이 다시 그에게로 튀었다.

"아버지가 이수를 다른 사람에게 사랑을 줄 줄 아는 사람으로 키우셨으니까. 이수가 그 사랑을 저한테 준 겁니다."

웨딩드레스 입은 이수에게 예쁘다는 그 한마디를 못 해서 구박받던 그와 같은 사람이 맞나 싶을 정도로 말이 술술 나왔다. 길상도 그의 말에 마음이 진정된 듯이 눈물을 그쳤다.

"그렇지. 내가 우리 이수 그렇게 키웠어. 사랑 많은 아이로."

"네. 그러니까 이수는 좋은 아내, 좋은 엄마가 될 겁니다."

길상도 동의하듯이 고개를 끄덕였다. 그리고 길상이 먼저 그에게 물었다.

"결혼식 얼마나 남았어?"

"이제 10분 남았습니다."

길상이 이수의 손을 잡고 식장으로 들어가야 결혼식이 진행될 수 있었다. 길상은 그를 앞서 저벅저벅 교회 쪽으로 걸어갔다.

태준은 길상의 뒤를 따라갔다. 곧 딸을 보내야 하는 아버지의 작은 어깨가 눈에 밟혔다. 그가 기억하는 아버지의 잔인한 뒷모습과는 참 다른 길상의 뒷모습이 그의 마음에 깊게 남았다.

그는 앞으로 길상에게도 좋은 아들이 되고 싶었다. 그의 아버지와는 불가능했던 것이 길상과는 가능할 거 같았다.

처음 사회를 보는 류헌은 긴장한 모습으로 마이크 앞에 섰다. 가장 앞에 앉은 고 실무관이 손을 흔들며 잘하라고 응원했지만 전혀 도움이 안 되었다. 그는 원래 부끄러움이 많은 성격이었다. 그런데 그한테 이런 걸 부탁한 이수가 참 원망스러웠다.

"그, 그럼 결혼식을 시작하겠습니다."

살짝 더듬거렸지만 그래도 매끄럽게 사회자 멘트가 흘러나왔다.

"신랑 입장!"

결혼 행진곡이 울려 퍼지며 턱시도를 입은 태준이 걸어 들어왔다. 곧은 자세로 뚜벅뚜벅 걸어오는 그가 꼭 빛을 몰고 들어온 듯이 갑자기 교회 안이 환해졌다. 작은 교회를 뚫고 우주까지 날아가버릴 것 같은 신랑의 존재감에 하객들은 박수를 치며 감탄을 쏟아냈다.

그때 식장 밖에서는 하얀 웨딩드레스를 입은 이수가 아버지 길상의 손을 잡고 대기하고 있었다. 길상의 눈은 또 촉촉해져 있었다. 이수는 옆에서 충고했다.

"아버지가 울면 나도 울어요. 참아요."

"누가 울었다는 거야."

길상은 무뚝뚝한 아버지처럼 말했다. 태준에게 아버지에 대해 들은 이수는 눈물을 꾹 참으며 똑같이 무뚝뚝하게 말했다.

"아버지는 원래 잘 울고, 점잖지 못하잖아."

길상이 마음 상한 눈으로 돌아보자 이수는 팔을 뻗어 길상의 목을 끌어안았다.

"그래도 내가 세상에서 우리 아버지 제일 사랑하는 거 알죠?"

가족이라는 이유로 그녀가 편하게 굴었던 게 아버지에게 때론 상처가 되어버릴 수도 있었다. 하지만 가족이기에 그 상처도 보듬어줄 수 있는 것이다.

"앞으로도 나 계속 아버지 딸이에요. 어디 가버리는 게 아니라."

길상은 참았던 눈물이 흘러나오려고 해서 서둘러 이수를 떼어냈다.

곧 신부 입장을 해야 했다.

"너야말로 나 부끄럽지 않게 똑바로 걸어 들어가."

이수는 웃으며 길상이 내민 손 위에 그녀의 손을 올렸다. 그때 안에서 아직도 어색한 사회자 류헌의 목소리가 들려왔다.

"신부 입장!"

길상과 이수는 나란히 걸어 식장 안으로 들어갔다. 단상 앞에 서 있는 태준과 눈이 마주쳤다. 아직은 진짜 부부가 되기 전이라서인지 그를 이리 보고 있어도 그가 그리웠다. 이수는 그한테서 눈을 떼지 않으며 버진로드를 걸어나갔다. 그와 점점 가까워질수록 마음이 벅찼다. 이젠 그 누구도 그에게 가는 그녀를, 그녀에게 오려는 그를 막을 수 없었다.

두 사람은 앞으로 영원히 함께할 것이었다.

죽음이 그들을 갈라놓을 때까지.

그녀가 임신해서 무리하게 멀리 신혼 여행을 갈 수는 없었지만 그들이 사는 곳이 아름다운 섬 제주도였기에 굳이 멀리 가지 않아도 신혼 여행 기분을 낼 수 있는 곳은 많았다. 그들은 신혼 여행 기분을 내기 위해서 남제주로 넘어와서 바닷가 앞 절벽 위에 있는 최고급 호텔에서 첫날밤을 보내기로 했다.

"여기 엄청 비쌀 텐데."

태준이 예약했기에 호텔 가격을 모르는 이수는 슬쩍 걱정스러운 눈으로 호텔을 올려다보았다. 결혼하자마자 아기를 낳고 길러야 하는 상황이라 아무래도 돈에 예민해지게 되었다.

"제주도민 할인됩니다."

태준과 할인이라는 말은 정말 안 어울리는 조합이라 이수는 웃음을 터트렸다.

"와, 태준 씨가 한 말 중 제일 웃겼다."

태준은 그녀가 돈 걱정을 하기에 말해준 건데 도대체 뭐가 웃긴 건지 알 수가 없었다. 그래도 임신 때문에 툭하면 눈물이 떨어지는 이수가 밝게 웃으니 그도 좋았다.

태준은 그녀의 손을 조심스럽게 쥐며 물었다.

"내가 예전처럼 돈이 많았으면 좋겠습니까?"

이수는 고개를 저었다.

"지금의 태준 씨가 백 배는 더 좋아요."

그녀에게는 결혼도 할 수 있고, 같이 아이도 키울 수 있는 그가 필요했었다.

그런데 그녀의 말에 태준은 눈을 좁혔다.

"그럼 예전에는 나를 별로 안 좋아했던 겁니까?"

이수는 웃으며 그의 손을 잡아끌어 호텔 안으로 들어갔다.

오늘은 누가 뭐래도 그들의 허니문이었다. 그러니 최고로 좋은 곳에서 최고로 행복한 시간을 보낼 거다.

방문을 열자 고급스럽게 꾸며진 호텔 방이 보이고, 넓은 창밖으로 바다가 그들을 품어주듯이 펼쳐져 있었다. 그림 같은 풍경이었다. 거기에 잔잔한 바닷소리까지 음향으로 더해지니 영화 속으로 들어온 것만 같았다.

"왜 우는 겁니까?"

전혀 울 상황이 아닌데 이수의 눈에서 또 눈물이 흐르자 태준이 당황해서 그녀를 쳐다보았다. ·

"그냥, 너무 예뻐서."

예뻐서 운다고 하니 울지 말라고 위로해주는 것도 애매했다. 태준은 짧게 한숨을 내쉬며 그녀의 어깨를 한쪽 팔로 안아주었다.

"좀 쉬는 게 좋겠습니다."

막 결혼식을 끝내고 왔기에 임신한 이수의 몸을 걱정해서 우선 쉬기로 했다.

"나 공주님 안기해서 침대까지 데려가줘요."

울면서 그런 소리를 하니 참 뭐라 말하기 모호한 분위기가 되었지만 태준은 그녀의 말대로 그녀를 번쩍 안아 들었다. 이수는 그의 목에 두 팔을 두르며 물었다.

"내가 아이 낳아 뚱뚱해지고, 나이 들어서 안 예뻐도 이렇게 안아줄 수 있어요?"

"네. 죽을 때까지."

"나 관에 들어갈 때도요?"

허니문에 할 말은 아니었기에 태준이 입을 꾹 다물고 그녀를 쳐다보자 이수는 히죽 웃었다.

"농담. 웃겼죠?"

"전혀."

말은 무뚝뚝하게 했지만 태준은 그녀의 몸을 소중하게 다루며 침대 위에 내려놓았다. 태준이 그녀의 몸에서 손을 떼기 전에 이수는 기습적으로 그의 목을 끌어당겨 입술을 포갰다.

갑작스러운 입맞춤에 그의 눈이 살짝 커졌다. 임신 초기에는 조심해야 한다고 해서 한동안 두 사람 사이에 스킨십은 거의 없었다.

사랑과 욕구는 비례하는 법인데 고작 두 번의 밤을 보내고 아기가 생겨버려서 본의 아니게 인내의 시간을 보내고 있었다. 그가 조심하지 못했다고 탓할 수도 없는 일이고, 아기한테 너무 빨리 찾아왔다고 나무랄 수도 없는 일이었다.

"괜찮습니까?"

그녀를 걱정하는 태준을 이수는 맵게 흘겨보았다.

"노인과 임산부 걱정은 대중교통 이용할 때나 해요."

어떻게 그러나. 다른 사람도 아니고 그의 아이를 임신한 건데.

이수는 태준의 목에 두르고 있던 팔에 힘을 주어 자신에게 끌어당기며 그에게 명령했다.

"오늘은 우리 허니문이니까 최고로 로맨틱한 키스해줘요."

마음 같아서야 허니문이니까 최고의 밤을 보내고 싶지만 그녀도 배 속의 아기를 생각해서 양보했다.

태준의 손이 올라와 그녀의 뺨을 감쌌다. 다가오는 그의 조각 같은 얼굴을 보며 이수는 천천히 눈을 감았다. 닿기도 전에 그의 입술의 뜨거운 감촉을 기억하는 몸에 잔 전율이 흘렀다.

"이수."

그는 꼭 그녀의 이름을 이 세상에 유일하게 존재하는 사람처럼 불렀다. 그래서 그가 부르는 그녀의 이름이 이수는 너무 특별했다.

부드럽게 닿은 그의 입술은 그녀의 입술을 천천히 빨아들였다. 따뜻한 숨결이 얽히며 그녀의 입술이 자연스럽게 벌어졌다. 열린 입술 사이로 파고들어 온 그의 뜨거운 혀는 그녀의 안에 열기를 더하며 그녀의 혀를 휘감아 빨아당겼다.

호흡이 단번에 달아올랐다.

이수는 그에게 매달리며 잠시 배 속의 아기도 잊어버리고 그와의 키스에 몰두했다.

지금 이 순간만은 누군가의 엄마보다 그냥 그의 여자이고 싶었다.

이수가 눈을 떴을 때 창밖은 아직 새벽의 푸른 기운에 휩싸여 있었다. 이수는 고개를 돌려 옆을 보았다. 태준은 한쪽 팔로 그녀의 몸을 감싸 안고 잠이 들어 있었다. 눈 뜨고 바로 봐도 굴욕 없는 완벽한 미남의 얼굴이다. 아무래도 이 얼굴에 먼저 홀린 거 같다고 생각하며 잠시 태준의 자는 얼굴을 바라보던 이수는 조심스럽게 그를 불렀다.

"태준 씨."

그녀가 두어 번 더 불렀을 때에야 태준의 눈꺼풀이 천천히 위로 올라갔다. 금방 깨어 젖어 있는 검은 눈동자와 마주하자 그녀의 심장은 다시 쿵쿵 뛰었다.

그녀가 사랑에 빠질 수밖에 없었던 건 이 눈빛이었다. 검은 어둠 속에서도 빛바래지 않고 홀로 고고한 빛을 뿜어내고 있던 그의 눈빛을 어떻게 사랑하지 않을 수 있을까.

"우리 해돋이 보러 가요."

새해 첫날에 같이 해돋이를 보며 소원을 빌었듯이 부부가 된 첫날 그때처럼 해돋이를 보며 소원을 빌고 싶었다.

두 사람은 옷을 챙겨 입고 바로 호텔 앞 바닷가로 나왔다. 오늘은 새해 첫날이 아니라서인지 바닷가는 두 사람이 전세 낸 것처럼 텅 비어 있었다. 아무도 없는 모래사장에 두 사람의 다정한 발자국을 남기며 걸어나갔다. 수평선 너머로 붉은 기운이 퍼지기 시작했다. 곧 해가 뜰 것이다.

"난 오늘 빌 소원 정했는데 태준 씨도 정했어요?"

태준은 점점 붉어지는 하늘을 보며 눈을 좁혔다.

"새해가 아닌데도 그런 게 효력이 있습니까?"

"새해만 소원이 효력이 있다는 것도 웃기지 않아요? 그냥 사람들이 하고 싶을 때 하는 거예요."

태준은 피식 웃으며 그녀를 내려다보았다.

"그럼 우리 아기 건강하게 태어나라고."

"난 우리 희야 태준 씨 닮으라고."

그를 닮으라는 말에 태준은 눈살을 찌푸렸다.

"그건 반대입니다."

"딸은 원래 아빠 닮아요."

"나 닮는 것보다 이수 닮는 게 더 좋습니다."

"태준 씨 닮아야 더 예쁘죠."

"아닙니다. 이수 닮아야 더 예쁠 겁니다."

"아니에요. 태준 씨 닮아야 더 예쁘다니까요. 그래야 나중에 미스코리아 내보내죠."

"미스코리아는 안 됩니다."

두 사람은 희야가 서로를 닮아야 한다고 옥신각신하느라 해가 떠오르는 것도 못 봤다. 그때 희야가 누 사람에게 해 는다고 알려주듯이 이수의 배를 뻥 찼다.

"악, 방금 희야가 엄청 세게 찼어요."

태준이 이수의 배 위로 손을 올렸다. 그의 손에도 아기의 태동이 느껴졌다. 신비로운 생명의 느낌이었다.

이제 몇 달만 지나면 그에게 이수뿐만 아니라 한 명의 가족이 더 생긴다.

"내가 좋은 아빠가 될 수 있을까요?"

그에게 아버지란 존재는 지옥 그 자체였다. 그런 아버지만 겪어본 그는 어떤 게 좋은 아버지인지 감조차 안 왔다. 태준이 자신 없는 표정을 짓자 이수는 단단한 눈빛으로 그를 올려다보며 자신 있게 말했다.

"날 사랑하는 것처럼 아이를 사랑해주면 돼요. 그럼 좋은 아빠가 되는 거예요."

태준은 그에게 사랑이라는 걸 가르쳐준 그녀를 두 팔로 꼭 끌어안았다. 동화책에서는 미녀의 진정한 사랑으로 야수의 저주가 풀렸듯이 그녀의 사랑이 그를 로미오가 아니라 그냥 마태준으로 살 수 있게 해주었다.

바다 위로 떠오른 태양의 따뜻한 붉은 빛이 두 사람을 응원하듯이 감싸 안아주었다.

행복한 우리 집

"그만!"

총알처럼 내리꽂히는 이수의 목소리에 태준은 움찔했다. 태준이 내미는 수저를 향해 아기 새처럼 입을 벌리고 있던 희도 큰 눈을 데구르르 굴리며 엄마 쪽을 보았다.

이수는 현관 앞에서 두 손을 허리에 올리고 아주 엄한 표정을 짓고 있었다.

"그만 좀 먹여요. 그렇게 자꾸 먹이니까 돼지가 되어가잖아요!"

아무리 요리 천재라고 해도 이유식까지 맛있게 만드는 건 반칙이었다. 그 덕에 두 사람의 아기 희는 이유식에 집착하는 아기가 되었다. 잘 먹어도 너무 잘 먹었다.

"돼지라니, 말이 심하잖아요."

태준이 그녀를 나무라자 이수는 다다다 달려와서는 손가락으로 희야의 팔을 포동포동 감싸고 있는 살을 집어 올렸다.

"이게 다 살이에요. 보고도 몰라요?"

"원래 아기들은 다 살이 많아요."

"얘가 제일 심해! 난 분명 사람을 낳았는데 지금은 돼지야."

"돼지라고 하지 마요. 희야가 듣잖아."

"맘맘맘맘."

희는 손으로 테이블을 내리치며 밥을 달라고 보챘다.

이수는 태준을 노려보며 물었다.

"그게 몇 그릇째에요?"

분명 희의 얼굴에 묻은 흔적을 보았을 때 첫 번째는 아니었다.

태준은 이수의 눈을 피하며 대답했다.

"두 번째."

"거짓말하지 마요!"

그녀도 예쁜 아내, 착한 엄마 노릇만 하며 살고 싶었다. 그런데 그녀까지 히히거리면 희야는 진짜 돼지로 클지도 몰랐다. 남자아이도 아니고 여자아이였다. 절제를 모르는 이유식은 막아야 했다.

태준은 희를 재우며 희의 포동포동한 뺨에 입을 맞추었다.

"이렇게 예쁜데 엄마는 돼지라고 하고. 진짜 못됐다. 그치?"

"빠-빠-빠-빠."

아직 '아빠'라는 말을 못하는 희는 짧은 단어로 그를 부르며 수영하듯이 손을 버둥거렸다.

아기는 참을 수 없을 정도로 사랑스러웠다. 그래서 희가 밥을 달라고 하면 태준은 안 줄 수가 없었다.

그냥 있어도 예쁘고, 잘 때도 예쁘고, 밥 먹을 때도 예쁘고, 똥 쌀때도 예쁘고, 웃을 때는 더 예쁘고.

울면 마음이 너무 아팠다.

태준은 이수를 사랑하는 마음만이 사랑인 줄 알았는데 그게 아니었다. 희를 사랑하는 마음은 또 달랐다.

씻고 나온 이수는 태준이 잠든 희 옆에 붙어 있는 걸 보고 말했다.

"잘 때는 좀 떨어져요. 희야가 말하게 되면 바로 아빠 얼굴 질린다고 하겠다."

정말 상상하기도 싫은 말을 하는 그녀를 태준은 곱게 흘겨보았다.

"희야가 그럴 리 없습니다."

"그 정도면 다행이게. 자기가 먹어놓고 나중에는 아빠 때문에 돼지 됐다고 태준 씨 원망할걸요."

"그렇지 않습니다."

조금만 더 하면 태준이 정말 마음의 상처를 받을 거 같아서 이수는 그 정도에서 멈추었다. 하여튼 그가 보통의 아빠보다 과한 건 맞았다. 태준의 사전에는 '적당히'란 단어가 없는 듯했다.

화장품을 다 바른 이수는 침대로 다가가 태준의 옆에 턱을 받치고 누웠다.

"내 얼굴은 하루 만에 보는 건데 안 보고 싶었어요?"

그녀는 이제 검찰청 복직 준비를 해야 했다. 그녀는 희를 낳을 때 검찰청을 그만두려고 했는데 태준이 정말 하고 싶은 일이면 그러지 말라고 말렸다. 그래서 이수는 아이 키우기와 검사 일을 병행해보기로 했다. 태준이 거의 육아를 독점하고 있어서 사실 육아 휴직을 마친 뒤에도 별 무리가 없을 것 같기는 했다.

태준은 방금 씻어 더 좋은 향기가 나는 그녀의 뺨에 입을 맞추고는 말했다.

"우리 희야는 돼지가 아닙니다."

이수는 분위기 깨는 그를 흘겨보았다.

희가 비만 아기가 되고 있다는 걸 그가 인식하지 못하면 아무래도 희는 계속 뚱뚱해질 것 같았다. 그런데 이유식 셔틀맨인 태준에게 희를 맡기고 그녀는 검찰청에 나가야만 하다니.

사는 건 언제나 선택의 연속이었다.

태준은 제주도에서 할 수 있는 일을 찾다가 요리하는 게 제일 어울린다는 이수의 말을 받아들여 버려진 창고를 사들여 식당으로 개조해서 오픈했다. 메뉴는 누구나 부담 없이 먹을 수 있는 덮밥으로 정했다. 그날그날 제주도에서 신선하게 구할 수 있는 재료로 덮밥을 만들어 팔았다.

사람들이 많이 다니는 곳에 있는 식당이 아니라 처음엔 손님이 없는 날도 많았지만 한 명이던 손님이 두 명이 되고, 그 손님들이 낸 소문을 듣고 관광객들이 일부러 찾아오는 수가 늘어나면서 식당은 자리를 잡아갔다.

처음 온 손님은 식당 주인의 미모에 처음 놀라고 음식의 맛에 두 번 놀라고, 통통한 아이가 날랜 다람쥐처럼 뛰어다니며 '아빠'라고 부를 때 세 번째로 놀랐다.

세 살이 된 희는 여전히 그가 만든 음식을 제일 맛있게 먹어서 하루가 다르게 무럭무럭 자라고 있었다. 그래서 이수는 이제 희를 '꽃돼지'라고 불렀다. 예뻐서 '꽃'을 붙인 거냐고 물었더니, 희가 말을 알아들어서 꽃을 붙였단다.

"아빠, 내가 있잖아, 어제 코 잘 때 돈가스 먹는 꿈을 꿨어."

희는 자기가 먹고 싶은 걸 말하기 위해서 언어가 아주 빠르게 늘고 있었다. 사람은 좋아하는 게 있으면 노력하며 발전하게 된다는 게 진리인 거 같았다.

"그런데 맛을 모르겠어."

꿈이라 맛을 기억 못 한다는 뜻이었다. 이수가 그만 먹으라고 잔소리하는 걸 알아듣게 된 뒤부터 희는 이제 자신이 먹어야만 하는 이유를 찾으며 말하기 시작했다.

인간의 진화 능력이란 놀라웠다.

"희야, 돈가스 먹고 싶어?"

"으음……. 내가 꼭 먹고 싶은 건 아니고 아빠가 해주면 꿈에서 먹은 돈가스 맛을 내가 알 수 있을 것도 같아."

통통한 두 손으로 턱을 괴고 새침하게 말하는 게 귀여워서 태준은 희를 번쩍 안아 들어 보드라운 뺨에 입을 쪽 맞추었다.

희는 간지럽다며 까르르르 웃었다. 희를 테이블 의자에 앉히고 그는 다시 주방으로 들어갔다. 손님이 다 떠났으니 이젠 두 사람이 먹을 저녁을 만들어야 했다. 희가 돈가스 먹고 싶다고 해서 냉장고에서 제주산 흑돼지고기를 꺼냈다. 이수는 살찐다고 잔소리할 메뉴라 이수 없을 때 만들어 먹어야 했다.

그래도 채소들도 여러 가지 곁들이니 건강에 좋을 거라고 자부하며 태준은 요리를 했다. 그의 요리가 꼭 희를 살찌게만 하는 게 아니었다. 희가 건강한 것도 그가 해준 요리 덕이었다.

돈가스 튀기는 냄새가 퍼지자 희는 미리 수저와 포크를 한 손에 하나씩 들고 의자에서 몸을 들썩였다.

"아빠, 내가 꿈에서 돈가스가 너무 좋아서 막 이렇게 돈가스 춤을 췄어."

희가 의자에서 몸을 흔드는 걸 보고 태준은 하하 소리 내어 웃었다.

드르륵―.

식당 문이 열리는 소리에 돈가스 춤 추던 희야도 멈추고 돈가스 튀기던 태준도 멈칫했다. 문 앞에는 손님이 아니라 늦을 줄 알았던 이수가 서 있었다.

엄마를 보자마자 희는 서둘러 수저와 포크를 내려놓고 테이블에 엎드려 자는 척을 했다. 태준은 튀기고 있던 돈가스를 숨길 곳을 찾아서 빠르게 주위를 살폈다.

"다들 왜 이래? 나한테 혼날 짓 하고 있었어?"

검찰청에서 퇴근하고 온 그녀가 부녀의 수상한 행동을 눈치 못 챌 리가 없었다.

"일찍 왔네요. 밥 먹었습니까?"

태준은 그런 적 없다는 듯이 그녀를 반겼다.

이수는 뒷짐을 지고 식당 안으로 들어와서 아직도 자는 척하는 희의 옆으로 다가가 낮게 말했다.

"안 자는 거 아니까 일어나라."

희는 부스스 고개를 들어 불쌍한 표정으로 그녀를 올려다보았다.

"엄마. 내가 어제 코 잘 때 돈가스 먹는 꿈을 꿨거든."

희는 태준에게는 통했던 돈가스 꿈에 대해 그녀에게도 말했다. 하지만 이수는 냉정하게 주방에 있는 태준을 보며 말했다.

"지금 기름에 튀기고 있는 거면 불 꺼요. 돈가스 안 돼."

"이미 다 했는데."

"그럼 그건 태준 씨가 먹고 애는 수육 줘요."

튀긴 돼지고기 대신 삶은 돼지고기를 주라는 이수의 말에 태준은 난감해졌다.

희는 돈가스를 먹을 수 없다는 걸 느끼고 슬퍼하며 물었다.

"수육이 뭐야?"

"물에 들어간 돼지고기."

그래도 돼지고기라는 것에 희는 살짝 안심했다.

그녀의 지시대로 다시 저녁을 만드는 태준의 옆으로 다가간 이수는 태준에게 오는 길에 사온 장미꽃 한 송이를 내밀며 물었다.

"오늘 무슨 날인지 기억해요?"

태준은 장미꽃을 보고 당황했다. 오늘이 기념일인데 그가 까맣게 잊어버린 거 같아서.

"그래서 일찍 온 겁니까?"

이수는 맞다고 고개를 끄덕이며 웃었다.

그런데도 태준은 전혀 기억이 나지 않아서 돈가스보다 더 큰일났다 싶었다.

"설마 기억 못하는 거예요?"

그녀가 의심하자 태준은 반사적으로 아니라고 고개를 저었다.

생각해낼 수 있었다. 분명 그녀가 사온 장미꽃과 연관이 있을 거다. 그가 장미꽃 한 송이를 그녀한테 준 건 처음으로 프러포즈했을 때였다. 달랑 장미꽃 하나 주었다고 그녀가 구박했던 기억이 선명했다.

"내가 검찰청 찾아가서 처음 프러포즈했던."

이수가 경악한 표정을 지으며 뒤로 물러나는 걸 보고 태준은 아차 싶었다. 틀렸나 보다.

"그건 겨울이잖아요! 그게 언제인지도 잊어버린 거예요? 진짜 충격이다!"

"그날 내가 이수한테 지금 그 장미꽃과 똑같은 걸 줬다고 말하려던 거였습니다."

완벽하게 변명처럼 들렸기에 이수는 불신의 눈으로 그를 쳐다보았다. 태준은 여름도 지났는데 땀이 흐르기 시작했다.

"좀 덥지 않습니까?"

"태준 씨만 더운 거거든요."

이수는 그에게 주려던 장미꽃을 그냥 들고 주방 밖으로 나가버렸다.

그래서 오늘이 무슨 날이란 말인가? 그녀의 생일도 아니고, 결혼기념일도 아니고, 희야 생일은 더더욱 아니고. 도대체 뭐지?

태준은 머릿속이 복잡해져서 음식의 간이 좀 세졌다.

오랜만에 세 가족이 함께 평일 저녁을 먹게 되었다. 희야가 노래 부르던 돈가스 대신 저녁상에는 이수의 말대로 수육이 올랐다.

희는 꿈에서 본 돈가스와 아주 먼 친척 정도 되는 것 같은 수육을 슬픈 눈으로 바라보았다. 태준은 여전히 오늘이 무슨 날인지 알 수가 없어서 이수의 눈치를 보았고, 이수는 아무 말 없이 그녀가 사온 장미꽃 한 송이를 테이블 위 유리잔에 꽂아놓았다.

"희야."

이수가 부르자 수육을 보고 있던 희는 큰 눈동자를 위로 올렸다.

"네가 돈가스보다 더 좋아하는 게 뭐야?"

돈가스도 못 먹게 한 엄마가 왜 그런 걸 물어보나 싶어서 세 살 소녀

는 살짝 심통이 났다. 희가 대답하지 않고 뿔난 표정으로 그녀를 쳐다
보자 이수는 말했다.

"희야가 말하면 엄마가 '뿅' 하고 나타나게 하는 마법 보여줄게."

말하면 나타난다는 말에 희는 기대감에 눈이 더 커졌다.

"진짜?"

"그래, 그러니까 온 마음을 다해 말해봐."

희는 짧은 상체를 튕겨 두 팔을 위로 쭉 뻗어 올리며 외쳤다.

"케이크!"

이수는 문 쪽으로 장풍 쏘는 흉내를 내며 희에게 빠르게 말했다.

"나타났다. 희야, 사라지기 전에 빨리 가서 문 열어봐."

태준은 모녀가 뭐 하는 건가 싶어서 눈동자만 움직여 쳐다보았다.

희야는 바로 의자에서 뛰어내려 식당 문으로 달려가 자기 몸의 몇
배나 되는 문을 두 손으로 벌컥 열었다.

"케이크다!"

진짜 문밖에 놓여 있는 케이크 상자를 보고 희야는 기쁨의 환호성
을 지르며 펄쩍펄쩍 뛰었다.

태준도 놀란 눈으로 이수를 쳐다보았다. 돈가스도 못 먹게 하는 이
수가 그냥 희를 먹이려고 케이크를 사왔을 리가 없었으니까.

"웬 케이크입니까?"

태준이 여전히 모르자 이수는 답답한 표정을 지었다.

"생일이니까 사왔죠."

"하지만 오늘은 이수 생일도 아니고, 희야 생일도 아닌데."

"그럼 누가 남아요?"

바보 같은 표정만 짓고 있는 태준에게 이수는 유리잔에 꽂아놓았던

장미꽃을 뽑아 다시 내밀었다.

"생일 축하해요, 바보 씨."

결혼한 뒤 매년 생일을 챙겨줘도 그는 매년 까먹었다. 태준은 자기 자신을 챙기는 법을 좀 배워야 했다.

희야는 케이크 상자를 두 팔로 가득 안고 두 사람한테 걸어와서 행복에 겨워 울먹였다.

"이 케이크 먹어도 돼요?"

이수는 두 손으로 희야의 통통한 뺨을 비볐다.

"어휴, 우리 꽃돼지. 먹기 전에 촛불부터 붙여야지. 오늘은 아빠 생일이니까."

케이크에 촛불을 켜고 생일 축하 노래를 부르는 건 아주 흔한 풍경이었지만 태준에게는 가족이 생긴 뒤에야 경험할 수 있었던 일이었다.

"생일 축하합니다. 사랑하는 아빠의 생일 축하합니다."

그가 태어난 날을 그의 가족이 축하해주는 이 시간이 그에게는 희야의 돈가스 꿈만큼이나 꿈 같은 날이었다.

희가 네 살이 되는 새해에 이수는 가족이 함께 한라산에 올라가자고 제안했다. 희가 처음 하는 등산이라 태준은 걱정스럽게 말했다.

"희야한테는 아직 무리일 거 같은데."

"남들은 희야를 다섯 살 정도로 보니 괜찮아요."

그거야 보이는 게 그렇다는 거지 희는 아직 너무 어렸다.

"한라산 한 번 올라갔다 오면 3kg은 바로 빠질 거예요."

살 빼려고 산에 데려간다는 소리로 들려 태준은 발끈했다.

"희야 살 빼려고 한라산 가는 거면 갈 수 없습니다."

희의 몸무게에 지대한 공헌을 한 태준이 진짜 화를 내자 이수는 눈을 가늘게 뜨고 그를 쳐다보았다.

"그래서 안 간다고요?"

이수가 정색하자 태준은 바로 꼬리를 내렸다.

"아니, 가더라도 좋은 마음으로 가자는 겁니다."

결국 이수의 계획대로 날씨 좋은 날 가족이 다 함께 한라산에 오르기로 했다. 태준은 희가 편하게 산에 오를 수 있는 운동화를 사서 한라산 가는 날 희에게 신겨주었다.

"희야, 우리 오늘 한라산 가는 거야. 한라산이 뭔지 알아?"

희는 바로 창밖으로 보이는 한라산을 손으로 가리켰다.

"여기서 보면 작아 보여도 가면 엄청 높아."

"아빠보다 더 커?"

희가 키가 큰 그와 한라산을 비교하자 태준은 피식 웃으며 고개를 끄덕였다.

"그럼. 한라산이 훨씬 더 크지."

한라산 입구까지만 차를 타고 가서 내리자 희는 주위를 두리번거리며 물었다.

"한라산이 어딨어?"

"여기가 한라산이야."

희는 처음 오는 한라산을 마냥 신기해했고 이수는 산에 오자 오랜만에 올림픽 정신이 살아나서 의욕적이 되었다.

"자, 정상까지 올라가봅시다."

"희야한테 정상은 무리일 수 있습니다."

"괜찮아요. 희야는 나 닮아서 체력이 좋으니까."

"그건 나 닮은 건데."

"태준 씨 닮아서 식탐이 있겠죠."

두 사람이 옥신각신하는 사이 희는 모르는 등산인들 옆에 붙어서 오이를 얻어먹고 있었다.

그날 등산객 중 희가 가장 어렸기에 마주치는 등산객마다 멈추어 서서 희에게 한마디씩 했다.

"아이고, 어린애가 여기까지 올라왔네. 기특해라."

"어쩜 이리 귀여울까. 포동포동하니."

희는 태준의 걱정과 달리 산을 아주 잘 올랐다. 작고 통통한 몸을 가진 꼬마가 날다람쥐처럼 산에 올라가는 걸 본 사람들은 저절로 미소를 지었다.

"희야, 안 힘들어?"

태준이 몇 번이나 물을 때마다 희는 손을 번쩍 위로 들며 대답했다.

"괜찮아."

사실 정상까지 가면 먹고 싶은 거 다 먹게 해주겠다고 그녀가 살짝 약을 쳐놓기는 했다.

그런데 그게 아니더라도 희는 오늘 등산을 재미있어 하는 거 같았다. 역시 그녀의 뒤를 이어 올림픽 여신이 될 자질이 충분했다. 저 살만 빼면 말이다.

태준은 절대 무리일 거라 여겼는데 희는 그들과 함께 정상까지 올라갔다. 그녀도 전에 태준을 만나러 왔을 때 하산 시간이 되어서 정상까지 못 올라왔었기에 한라산 정상에 오른 건 이번이 처음이었다.

"와! 정상이다!"

한라산 정상에서 내려다보는 제주도는 파라다이스처럼 보였다. 처음 보는 풍경을 신기한 듯이 보던 희는 정상까지 올라오는 게 지치긴 했던 건지 태준의 품에서 곧 잠이 들어버렸다.

두 사람은 한라산 바위에 앉아서 아름다운 제주도를 바라보며 도란도란 이야기를 나누었다.

"날씨 좋은 날 오길 잘한 거 같아요."

"네. 전에 왔을 때 본 거랑 다르네요."

그땐 눈이 잔뜩 쌓여 있었다. 그들의 사랑이 막 시작되던 순간 그들의 사랑을 더 아름답게 만들어준 게 한라산 눈꽃이었다.

"나 올해 인사 발령이 날 거 같아요."

사실 이 이야기를 언제 해야 할까 고민하다 지금 꺼내는 게 좋을 거 같아서 이수는 말했다.

태준은 놀라지 않고 고개를 끄덕였다. 검사들이 일정 기간이 지나면 근무지를 옮긴다는 건 그도 알고 있었다. 이수가 꽤 오랜 시간 제주도 근무를 하긴 했다.

"태준 씨가 계속 제주도에서 살고 싶다고 하면 사표 내도 괜찮아요."

그녀는 이제 가족이 더 중요했기에 그녀의 일을 고집하고 싶지 않았다. 그만큼 제주도는 그들에게 특별한 장소였다. 그들은 이곳에서 사랑했고, 이곳에서 가족이 되었다.

"정말 그래도 괜찮습니까?"

그가 하는 식당이 자리를 잡아가니 곧 그가 버는 돈만으로도 가족을 먹여살릴 수 있을 거다.

"네. 검사가 아니더라도 변호사 하면 되니까."

태준은 그리 말해주는 이수가 고마웠다.

"아직 시간이 있으니 인사 발령 나면 그때 다시 이야기하죠."

하지만 쉽게 결정할 수 없는 문제였기에 태준은 신중하게 말했다. 이수도 그러자고 고개를 끄덕였다.

"나, 사고 싶은 게 하나 있습니다."

태준이 원하는 걸 말하는 건 드문 일이기에 이수는 관심을 가지며 물었다.

"뭔데요?"

"땅."

당연히 물건일 줄 알았기에 이수는 의외라는 눈으로 태준을 돌아보았다.

"식당 넓히게요?"

태준은 고개를 저었다.

"어머니가 땅을 사서 자기 손으로 직접 농작물을 키우고 싶다고 하셨습니다. 그래서 어머니랑 같이 작은 농장을 만들려고."

그녀의 어머니를 위해 땅을 산다는 말에 이수는 마음이 뭉클해져서 태준의 어깨에 머리를 기댔다. 딸은 그의 다리 위에서 잠이 들었고, 아내는 그의 어깨에 기대 쉬었다.

"우리 희야 이다음에 크면 육지로 대학교 보내달라고 엄청 떼쓸지도 몰라요."

"희야가 공부를 좋아할지 모르겠네요."

"체육 특기생으로 갈 수도 있죠."

"아, 그렇네요."

희는 자기 이야기하는 줄도 모르고 입맛을 다시며 잠에 푹 빠져 있었다.

"태준 씨는 나이 들면 어떻게 살고 싶어요?"

"그냥 지금처럼 이렇게 다 함께 있었으면 좋겠습니다."

"그땐 희야가 결혼해서 다른 남자랑 산다고 할 텐데요."

태준은 생각만으로도 슬프다는 듯이 표정이 바로 변했다. 그가 진짜 슬퍼하는 것 같아서 이수는 쿡쿡 웃었다.

"우리 둘째도 낳을까요?"

"아뇨, 전 희야 하나면 충분합니다."

"그러다 나중에 시집가면 울 거면서."

두 사람은 한라산에 앉아서 그들의 미래에 대해 참 많은 이야기를 나누었다. 15년 뒤 희가 대학생이 되었을 때, 25년 뒤 희가 시집갔을 때, 30년 뒤 그들이 늙었을 때. 이젠 그에게도 내일을 이야기할 수 있는 오늘이 허락되었다. 그래서 매일 좋은 생각만 하며 살아야 했다. 그가 행복해야 그의 딸 희도 행복하고, 그의 아내 이수도 행복할 수 있었으니까.

사랑하기에 소중한 이들.

그들과 함께 있는 곳이 태준에게는 '행복한 우리 집'이었다.

〈끝〉

작가 후기

　이 글을 처음 시작한 게 《보스의 노골적 취향》을 쓴 지 얼마 지나지 않았을 때입니다. '보노취'도 완결을 안 냈는데 무모하게 시작한 건 이 글의 프롤로그가 생각났기 때문입니다.

　전 인상적인 한 장면이 떠오르면 글을 쓰고 싶은 마음이 생기는데, 이 글의 프롤로그가 그랬습니다.

　글을 출판사 리뷰와 전체 연령가에 맞추어 수정하면서 그 장면은 중간 클라이맥스 장면으로 옮겨갔습니다.

　검찰청 계단, 여검사, 조폭의 아들, 장미꽃 한 송이……．

　그 장면 하나로 이 글의 주인공들은 그렇게 로미오와 줄리엣이 되었습니다. 처음엔 전혀 몰랐습니다. '로미오와 줄리엣'이라는 설정이 이렇게나 힘든 거라는 걸. 로맨틱 코미디만 썼던 저에게는 거의 도전이 되어버린 과정이었습니다. 그래서 포기하고 싶었던 순간이 '보노취'보다 더 많은 글이었는데, 결국 완결까지 써서 이렇게 작가 후기를 적고 있네요.

　저는 여전히 글을 쓰면서 가장 어려운 게 완결입니다. 항상 완결을 못 내서 글 쓰는 작가만으로는 못 살 거라 생각했습니다. 그래서 이 글의 마지막이 저에게는 특별했습니다. 제가 쓴 글 중 가장 완결다운 완결이었기에.

마지막 마침표를 찍으면서 그런 생각을 했습니다.

'이걸로 됐어.'

두 사람이 같이 만든 화단에 결국 꽃이 피듯이 태준에게 가족과 함께할 수 있는 미래를 주고 끝내면서 저도 제 일을 무사히 끝낸 기분이 들었습니다.

이제 전 다시 코미디로 돌아갈 시간이 되었네요. 제 인생의 로미오는 태준이 한 명뿐일 듯합니다.

이 글을 읽는 여러분들도 지금 힘든 시간을 보내고 계시다면 태준이를 보며 희망을 품으시길.

희망은 포기하지 않는 사람에게 현실이 되는 것 같습니다. 포기하지만 않는다면 누구에게나 기회가 있다고 믿으며 작가 후기를 마칩니다.

마지막으로 처음 네이버 웹소설 삽화를 그리면서 익숙하지 않으실 텐데도 태준이와 이수를 예쁘게 그려주신 신료 님께 감사드리고, 피드백 열심히 주시면서 이 글이 완결까지 무사히 가게 해주신 테라스북 편집부에도 감사드립니다.

아낌없이 프러포즈 2

초판 1쇄 인쇄 2018년 6월 25일
초판 2쇄 발행 2021년 9월 23일

지은이 이여운 ｜ 펴낸이 강성욱 ｜ 책임 기획 전주예 ｜ 기획 편집 송진아 고은결 강가비 정종건
디자인 탁영건 ｜ 일러스트 홍예림 ｜ 로고 김미현 ｜ 교정 서진영 류혜선
펴낸곳 테라스북 ｜ 등록 제2021-000006호
주소 (05020) 서울특별시 광진구 동일로 116 제일빌딩 4층 403호 (화양동)
전화 070-4794-5826 ｜ 팩스 0505-911-5826
블로그 http://terracebook.blog.me ｜ 전자우편 terracebook@naver.com
ISBN 978-89-94300-85-6 (04810)
ISBN 978-89-94300-83-2 (SET)